NAS ALTURAS

NAS ALTURAS

LIZ TOMFORDE

Tradução de Sofia Soter

Rocco

Título original
MILE HIGH

Edição brasileira publicada mediante acordo com Sandra Dijkstra
Literary Agency e Sandra Bruna Agencia Literaria SL.

Imagens de aberturas de capítulo: Freepik

Direitos para a língua portuguesa reservados
com exclusividade para o Brasil à
EDITORA ROCCO LTDA.
Rua Evaristo da Veiga, 65 – 11º andar
Passeio Corporate – Torre 1
20031-040 – Rio de Janeiro – RJ
Tel.: (21) 3525-2000 – Fax: (21) 3525-2001
rocco@rocco.com.br
www.rocco.com.br

Printed in Brazil/Impresso no Brasil

Preparação de originais
ISIS PINTO

CIP-BRASIL. CATALOGAÇÃO NA PUBLICAÇÃO
SINDICATO NACIONAL DOS EDITORES DE LIVROS, RJ

T618n

Tomforde, Liz
Nas alturas / Liz Tomforde ; tradução Sofia Soter. - 1. ed. - Rio de Janeiro : Rocco, 2024.
(Windy city ; 1)

Tradução de: Mile high
ISBN 978-65-5532-462-4
ISBN 978-65-5595-284-1 (recurso eletrônico)

1. Ficção americana. I. Soter, Sofia. II. Título. III. Série.

CDD: 813
24-92263 CDU: 82-3(73)

Meri Gleice Rodrigues de Souza - Bibliotecária - CRB-7/6439

Esta é uma obra de ficção. Nomes, personagens,
organizações, lugares, acontecimentos e incidentes são produtos
da imaginação da autora ou foram usados como fictícios.

O texto deste livro obedece às normas do
Acordo Ortográfico da Língua Portuguesa.

Para minha mãe,
por ser a mulher mais amorosa que conheço.
Queria que toda menina pudesse ter uma mãe como você.

Playlist

Planez – Jeremih feat. J. Cole

Imported – Jessie Reyez & 6LACK

Swim – Chase Atlantic

You Got It – VEDO

Feels – Kehlani

safety net – Ariana Grande feat. Ty Dolla $ign

I Like U – NIKI

Love Lies – Khalid & Normani

Close – Nick Jonas feat. Tove Lo

Every Kind of Way – H.E.R.

One in a Million – Ne-Yo

Hrs and Hrs – Muni Long

Conversations in the Dark – John Legend

Constelations – Jade LeMac

love you anyway – John K

Medicine – James Arthur

Say You Love Me – Jessie Ware

Half a Man – Dean Lewis

Always Been You – Jessie Murph

Get You the Moon – Kina feat. Snøw

Hard Place – H.E.R.

Best Part – Daniel Caesar feat. H.E.R.

1

Zanders

— Eu amo jogar fora de casa.

— Eu odeio jogar fora de casa.

Maddison tira a bagagem da mala do meu Mercedes Benz G-Wagon, minha compra mais recente, e veste o paletó.

— Você odeia pelo mesmo motivo que eu amo tanto.

Tranco o carro, jogo as chaves na bolsa e respiro fundo o ar fresco do outono de Chicago. Amo a temporada de hóquei, e esta é a primeira semana da temporada de hóquei na estrada.

— Só porque tem mulheres fazendo fila pra te ver em toda cidade que visitamos? Enquanto a única mulher que quero ver é minha esposa, que está bem aqui, em Chicago, com minha filha e meu filho recém-nascido?

— Exatamente.

Dou um tapinha no ombro de Maddison enquanto entramos no terminal de voo particular do aeroporto O'Hare.

Mostramos os documentos ao segurança antes de sermos liberados para a pista.

— O avião é novo?

Paro bruscamente e inclino a cabeça para analisar a aeronave nova, com o logo do time estampado na cauda.

— Parece que sim — responde Maddison, distraído com o celular.

— Como anda a Logan? — pergunto, me referindo à esposa dele, com quem sei que está trocando mensagens.

Ele é obcecado por ela. Estão sempre conversando.

— Ela é fodona, cara — diz Maddison, cheio de orgulho na voz. — MJ tem só uma semaninha, e ela já organizou todos os horários dele.

Não me surpreende. A esposa de Maddison, Logan, é uma das minhas melhores amigas, e provavelmente a pessoa mais competente que conheço. Eles são meus únicos amigos com filhos, e sua família de quatro pessoas se tornou minha família também. A filha deles me chama de tio Zee, e eu chamo os filhos deles de sobrinha e sobrinho, mesmo sem parentesco de sangue. O pai deles é meu melhor amigo, praticamente meu irmão.

Mas não foi sempre assim.

Na juventude, Eli Maddison era meu rival mais odiado. Nós dois fomos criados em Indiana e jogávamos em times diferentes na liga sub-18. Ele era o menino de ouro que tinha tudo que queria, o que me deixava puto. A vida dele era perfeita. A família dele era perfeita, e a minha não chegava nem perto disso.

Até que ele foi jogar na Universidade de Minnesota, e eu, na Estadual de Ohio, e nossa rivalidade infantil se transformou em cinco anos intensos de hóquei em nível universitário. Eu estava enfrentando uns problemas familiares na época e descontava a raiva toda no gelo. Maddison acabou sendo alvo da minha babaquice quando o arremessei na lateral com uma defesa feia, no começo da nossa carreira universitária. Ferrei com o tornozelo dele, e a lesão foi tão grave que ele teve que sair da temporada do segundo ano e, por consequência, da convocação da NHL.

Ironicamente, eu também precisei ficar no banco no segundo ano porque repeti em algumas matérias.

Ele me odiava por causa disso, e eu me odiava por vários outros motivos.

Foi aí que comecei a fazer terapia. Religiosamente. Encarei minhas merdas todas e, no último ano da faculdade, eu e Maddison já tínhamos virado melhores amigos. Ainda jogávamos em times diferentes, mas nos respeitávamos e nos identificamos devido a nossas dificuldades relacionadas à saúde mental. Ele sofria de ansiedade e ataques de pânico, enquanto eu sofria de muita raiva amarga, que resultava em ataques de pânico também, simplesmente porque me consumia e me impedia de enxergar a realidade.

Por um acaso do destino, eu e Eli Maddison acabamos no mesmo time ali em Chicago, como jogadores profissionais de hóquei no gelo dos Raptors. Esta temporada marca o início do meu sétimo ano como profissional, e eu nem imagino como seria jogar em outro lugar.

Por isso, preciso garantir que vão renovar meu contrato quando ele acabar, no fim da temporada.

— Scott, o avião é novo? — pergunto para um dos técnicos que passa por nós.

— É — diz ele, olhando para trás. — Todos os times de Chicago ganharam aviões novos. É uma empresa nova, com aeronaves novas. Foi um contrato enorme com a prefeitura.

— Avião novo. Assentos novos... Comissárias novas — acrescento, sugestivo.

— As comissárias mudam sempre — opina Maddison. — E todas tentam transar com você.

Dou de ombros, convencido. Ele não está errado, e eu não me envergonho. Mas não transo com mulheres que trabalham para mim. É confuso, e eu não gosto de confusão.

— Essa é outra novidade — diz o técnico. — Mesma tripulação pela temporada toda. Mesmos pilotos, mesmas comissárias. Nada de gente aleatória entrando e saindo do avião e pedindo autógrafo.

— Ou pedindo pra você tirar a calça — acrescenta Maddison, me olhando.

— Não me incomoda.

Meu celular apita no bolso da calça. Pego o aparelho e encontro duas mensagens no Instagram.

Carrie: *Vi a agenda de jogos. Você vai estar por aqui hoje, né? Estou livre, melhor você também estar!*

Ashley: *Você vai estar na minha cidade hoje. Quero te ver! Faço valer a pena.*

Abro o bloco de notas do celular e acho a nota de título "DENVER" para tentar lembrar quem são aquelas mulheres.

Aparentemente, Carrie era boa de cama e tinha peitões fantásticos, e Ashley pagava um boquete daqueles.

Vai ser difícil escolher aonde quero que a noite me leve. Até porque tem também a opção de sair e ver se expando a escalação de Denver com novas recrutas.

— Vamos sair hoje? — pergunto ao meu melhor amigo, subindo a escada do novo avião.

— Vou jantar com um amigo da faculdade. Ele jogava comigo, mas agora mora em Denver.

— Ah, merda, é mesmo. Bom, vamos beber depois.

— Vou dormir cedo.

— Você sempre dorme cedo. Só quer ficar no hotel e ligar pra sua esposa. Você só sai comigo quando Logan te obriga.

— Bom, eu tenho um filho de uma semana de idade, então te garanto que não vou dormir tarde hoje. Preciso descansar.

— Como vai o MJ? — pergunta Scott, no topo da escada.

— É o carinha mais fofo — diz Maddison, pegando o celular para mostrar as inúmeras fotos que já me mandou durante a semana. — Já é dez vezes mais de boa do que a Ella era quando recém-nascida.

Passo na frente deles e entro no avião, impressionado com a maravilha. É novinho em folha e tem carpete e assentos personalizados, e o logo do time estampado por tudo quanto é canto.

Contorno a parte dianteira do avião, onde ficam os técnicos e funcionários, e vou para a fileira da saída de emergência, onde Maddison e eu nos sentamos há anos, desde que ele virou capitão e eu, capitão alternativo. Comandamos todos os aspectos do time, inclusive os lugares do avião.

Os veteranos ficam na saída de emergência e, dali para trás, vai por ordem de maior para menor senioridade, de modo que os novatos ficam na última fileira.

— De jeito nenhum — declaro imediatamente ao encontrar nosso defensor, Rio, que está em seu segundo ano, no meu lugar. — Vaza daí.

— Eu estava pensando… — começa Rio, o rosto todo ocupado por um sorrisão bobo. — Avião novo, lugar novo, talvez? Quem sabe você e Maddison preferem sentar lá no fundo com os novatos esse ano?

— Nem fodendo. Levanta. Não estou nem aí para você não ser mais novato, vou te tratar do mesmo jeito.

O cabelo cacheado cobre os olhos verde-escuros dele, mas ainda vejo o brilho de diversão ali por me provocar. Bostinha.

Ele é de Boston, Massachusetts. Um italiano filhinho de mamãe que gosta de testar minha paciência. Mas, quase sempre que abre aquela bocona, eu acabo rindo. Porra, ele é bem engraçado. Isso eu admito.

— Rio, sai do nosso lugar — ordena Maddison atrás de mim.

— Sim, senhor.

Ele se levanta com pressa, pega a caixa de som no outro assento e corre para o fundo do avião, que é o lugar dele.

— Por que ele te escuta, mas não me escuta? Sou dez vezes mais intimidador que você.

— Porque você leva ele pra balada sempre que a gente viaja e trata ele como mascotinho, enquanto eu sou o capitão e mantenho a linha dura.

Se meu melhor amigo saísse comigo, talvez eu não tivesse que recrutar um moleque de 22 anos como parceiro quando viajamos.

Jogo a mala no bagageiro e me sento perto da janela.

— Nem fodendo — diz Maddison, me olhando. — Você ficou na janela no ano passado. Dessa vez, vai ficar no corredor.

Olho para o lugar ao meu lado e depois volto a olhar para ele.

— Eu enjoo.

Maddison cai na gargalhada.

— Nem vem. Para de frescura e levanta daí.

Mudo de lugar a contragosto, passando para o assento do lado, porque as fileiras do avião têm só dois lugares de cada lado do corredor. Dois outros veteranos estão na fileira ao lado.

Pego o celular e releio as mensagens das mulheres de Denver, pensando no que quero naquela noite.

— O que você escolheria: uma gostosa boa de cama, um boquete de enlouquecer ou arriscar uma pessoa nova?

Maddison me ignora completamente.

— As três? — respondo por ele. — Acho que dá.

Chega outra mensagem. Dessa vez, é no grupo, e vem do nosso agente, Rich.

Rich: *Entrevista com o Chicago Tribune amanhã antes do jogo. Caprichem. Garantam nossa grana.*

— Rich mandou mensagem — conto para o capitão. — Entrevista amanhã antes do jogo. Quer que a gente capriche no teatrinho.

— Que novidade — suspira Maddison. — Zee, você sabe que sai perdendo nessa. Quando estiver pronto pra mostrar pra todo mundo que você não é o babaca que imaginam, é só me dizer, que eu paro de teatro.

É por isso que Maddison é meu melhor amigo. Ele talvez seja a única pessoa, além da família dele e da minha irmã, que sabe que não sou o cara horrível que a mídia retrata. Porém, minha imagem tem vantagens, entre elas o fato de as mulheres se jogarem no autodeclarado "canalha indelicado" e de nossas personalidades contrastantes nos renderem muito dinheiro.

— Não, ainda estou curtindo — digo honestamente. — Preciso renovar o contrato no fim da temporada. Então, até lá, é bom a gente manter.

Desde que Maddison veio para Chicago, há cinco anos, criamos uma narrativa que os fãs e a mídia amam. Ganhamos dinheiro pra caralho para o time porque nossa dupla enche os estádios de fãs. Os rivais que antes se odiavam, agora melhores amigos e colegas de time. Maddison está casado com a namorada da faculdade há anos, e eles têm dois filhos. Já eu tenho noites em que duas mulheres diferentes aparecem na minha cobertura. Vistos de longe, somos completamente diferentes. Ele é o menino de ouro do hóquei, e eu sou o encrenqueiro da cidade. Ele marca gol, e eu marco noitadas.

As pessoas adoram. Exageramos para a mídia, mas a verdade é que não sou o cafajeste que imaginam. Tem muitas coisas importantes na minha vida além das mulheres que levo da arena para casa. Mas também sou confiante. Gosto de transar com mulheres bonitas e não vou me desculpar. Se isso me tornar uma pessoa ruim, foda-se. Ganho dinheiro à beça com a pose de canalha.

Enquanto mexo no celular, noto uma silhueta pelo canto do olho, mas não me viro para ver quem está na minha frente. Porém, pelo que enxergo, a silhueta curvilínea é de uma mulher, e as únicas mulheres a bordo são comissárias.

— Vocês... — começa ela.

— Sim, eu sou Evan Zanders — interrompo, ainda olhando para o celular. — E, sim, esse é o Eli Maddison — acrescento, cansado. — Nada de autógrafos, por favor.

Isso acontece em quase todo voo. A tripulação nova fica babando pelos atletas profissionais. É meio irritante, mas faz parte do trabalho ser reconhecido assim, como acontece com nós dois.

— Bom pra vocês. E não quero autógrafo nenhum — diz ela, totalmente desinteressada. — Eu ia perguntar se estão prontos para as instruções de segurança da saída de emergência.

Finalmente, ergo o rosto para ela, para seus olhos verde-azulados, penetrantes e atentos. O cabelo é volumoso, cheio de cachos castanhos e rebeldes. A pele é marrom-clara, salpicada de sardas suaves no nariz e no rosto, e sua expressão é de extremo desinteresse em mim.

Estou pouco me fodendo.

Desço o olhar pelo corpo dela. O uniforme justo de comissária abraça todas as curvas de sua silhueta arredondada.

— Você sabe que está na saída de emergência, certo, Evan Zanders? — pergunta ela, como se eu fosse idiota, estreitando os olhos amendoados.

Maddison ri baixinho ao meu lado, porque nunca ouvimos uma mulher se dirigir a mim com tanto desdém.

Eu aperto os olhos, sem recuar e um pouco chocado por ela ter falado assim comigo.

— Estamos prontos, sim — responde Maddison por mim. — Pode começar.

Ela começa o discursinho, e eu me desligo total. Já ouvi isso inúmeras vezes, mas parece que é uma obrigação jurídica repetirem em todos os voos.

Fico mexendo no celular enquanto ela fala, passando pelas fotos de modelos e atrizes, metade das quais eu namorei. Bom, *namorei* provavelmente não é a melhor palavra.

Maddison me cutuca.

— Zee.

— Que foi? — respondo, desatento.

— Porra, ela te perguntou uma parada, cara.

Ergo o rosto e vejo que a comissária está me encarando. Cheia de irritação, ela olha para a tela do meu celular, onde se vê uma mulher seminua no meu feed.

— Você está disposto a ajudar no caso de emergência? — repete ela.

— Estou. Falando nisso, aceito uma água com gás. E limão.

Volto a olhar o celular.

— Tem um cooler nos fundos, pode se servir.

Volto a erguer os olhos. Qual é a dessa mulher? Encontro o crachá: um par de asas ao redor do nome "Stevie".

— Bom, *Stevie*, eu adoraria se você trouxesse para mim.

— Bom, *Evan*, eu adoraria se você prestasse atenção na demonstração de segurança, em vez de achar que eu queria seu autógrafo, como se eu fosse uma maria-patins — diz ela, me dando um tapinha condescendente no ombro. — Eu não quero, nem sou.

— Tem certeza, gata? — pergunto, com o rosto tomado por um sorriso arrogante, e me estico para a frente, me aproximando dela. — Você poderia tirar uma boa graninha.

— Que nojo — diz ela, retorcendo a cara com asco. — Obrigada por escutar — acrescenta para Maddison, antes de seguir para os fundos do avião.

Não consigo deixar de olhar para trás, para fitá-la, chocado. Ela rebola o quadril volumoso, ocupando mais espaço do que as outras comissárias que vi a bordo, e a sainha justa fica mais apertada na cintura.

— Essa Stevie é uma mimada.

— Não, é você que é um babaca, e ela jogou isso na sua cara. — Maddison ri. — E Stevie?

— É, é o nome dela. Vi no crachá.

— Você nunca aprendeu o nome de comissária nenhuma — diz ele, acusatório. — Mas ela obviamente está cagando e andando pra você, amigo.

— Pelo menos no próximo voo ela não vai estar aqui.

— Vai, sim — lembra Maddison. — A tripulação vai acompanhar a temporada inteira. Esqueceu o que o Scott disse?

Merda, verdade. A gente nunca passava a temporada com as mesmas mulheres a bordo antes.

— Já gostei dela porque ela não gosta de você — continua ele. — Vai ser divertido.

Eu me viro para olhar os fundos do avião, e Stevie encontra meu olhar, sem que nenhum de nós dois recue ou se esquive. Os olhos dela provavelmente são os mais interessantes que já vi, e seu corpo é perfeitamente cheio, bem bom de agarrar. Infelizmente, a parte externa de que eu gostei é contaminada pela atitude da qual não gostei.

Ela pode ter esquecido que trabalha para mim, mas eu vou fazer questão de lembrá-la. Sou mesquinho assim mesmo. Vou lembrar essa curta interação enquanto ela estiver no meu avião.

2
Stevie

— Que cuzão.

— Quem?

Minha nova colega, Indy, estica o pescoço para olhar o corredor.

— Aquele ali, na saída de emergência.

— Eli Maddison? Soube que ele é o cara mais simpático da NHL.

— Ele, não. O outro. Do lado dele.

Apesar de os dois homens naquela fileira parecerem amigos, e provavelmente terem muito em comum, na aparência são completamente opostos.

O cabelo de Evan Zanders é preto, raspado em fade bem curtinho, do tipo que parece precisar ser ajustado toda semana. Por outro lado, o cabelo volumoso e castanho de Eli Maddison cai em seus olhos, desgrenhado, e ele provavelmente nem sabe dizer qual foi a última vez que foi ao barbeiro.

A pele de Evan Zanders é de um tom marrom quente e impecável, e a de Eli Maddison, bastante clara, exceto pelo rosto rosado.

O pescoço de Evan Zanders é decorado por uma correntinha de ouro, e os dedos, por anéis de ouro da moda, enquanto Eli Maddison usa uma única joia: a aliança na mão esquerda.

Sou uma mulher solteira. É claro que a primeira coisa que noto nos homens são as mãos, especialmente a esquerda.

O que eles definitivamente têm em comum é que são dois gostosos, e aposto que sabem disso.

Indy olha para o corredor outra vez. Felizmente, estamos no fundo do avião, e estão todos de costas para nós, então ninguém vê sua curiosidade óbvia.

— Está falando do Evan Zanders? É, ele é conhecido por ser escroto, mas e daí? Foi Deus que decidiu jogar uma pitadinha a mais de "sexy" na genética dele.

— Ele é um cuzão.

— É verdade — concorda Indy. — O cuzão dele também deve ter sido esculpido por Deus.

Não consigo segurar a risada com a piada da minha nova amiga. Nos conhecemos faz algumas semanas, no treinamento para o serviço, e ainda não sei muito dela, mas, até agora, a acho ótima. Além do mais, é linda. Alta e magra, de pele naturalmente brilhante e bronzeada, e cabelo loiro que desce liso pelas costas. Tem olhos castanhos e acho que não usa um pingo de maquiagem, porque é simplesmente estonteante assim mesmo.

Olho para o uniforme dela e vejo que cobre perfeitamente sua silhueta esguia. Não tem espaço entre os botões da camisa branca, e a saia-lápis não tem uma ruga sequer, diferente da minha, lutando para conter tudo ali dentro.

Imediatamente envergonhada, ajeito meu uniforme apertado. Encomendei no mês passado, quando estava uns quilos mais magra, mas meu peso sempre variou muito.

— Há quanto tempo você faz isso? — pergunto para Indy enquanto esperamos o resto do time embarcar para darmos a partida na primeira viagem da temporada.

— Há quanto tempo sou comissária? Estou no meu terceiro ano, mas nunca trabalhei para um time. E você?

— É meu quarto ano, meu segundo time. Voava com um time da NBA de Charlotte, mas meu irmão mora em Chicago e me ajudou a achar esse serviço.

— Então você já conhece atletas. Nada disso é novidade para você. Eu estou meio deslumbrada, confesso.

Conheço atletas. Namorei um atleta. Tenho um parente atleta.

— É, assim, é só gente comum, que nem a gente.

— Não sei você, gata, mas eu não faturo milhões de dólares por ano. Não tem nada de comum aí.

Eu definitivamente não ganho nada perto disso, e é por isso que estou morando no apartamento absurdo do meu irmão gêmeo em Chicago até arranjar uma casa própria. Não gosto de depender dele, mas não conheço mais ninguém na cidade, e era ele quem queria minha presença aqui. Além do mais, ele ganha uma nota, então não me sinto culpada por me aproveitar do dinheiro dele para ter onde dormir.

Somos inteiramente diferentes. Ryan é concentrado, organizado motivado e bem-sucedido. Sabe o caminho que quer seguir desde os sete anos. Já eu, aos 26, ainda estou tentando me descobrir. Mas, apesar das diferenças, somos melhores amigos.

— Você é de Chicago? — pergunto para minha nova amiga.

— Nasci e cresci aqui. Quer dizer, no subúrbio. E você?

— Sou de Tennessee, mas fiz faculdade na Carolina do Norte e continuei lá no meu primeiro serviço de comissária. Me mudei para Chicago faz um mês só.

— Novatinha — diz Indy, com o olhar brilhando de animação e um pouco de malícia. — A gente tem que sair quando voltar. Bom, a gente deveria sair na viagem também, mas em Chicago posso te apresentar aos melhores lugares.

Abro um sorriso agradecido, feliz por ter a companhia de uma mulher tão legal e acolhedora no avião. Nosso trabalho pode ser competitivo, e às vezes as garotas não se tratam tão bem, mas Indy parece sincera. Vamos passar a temporada de hóquei inteira viajando juntas, então fico especialmente feliz por nos darmos bem.

Infelizmente, não posso dizer o mesmo da outra comissária. Durante as duas semanas de treinamento, Tara, a comissária-chefe, não pareceu nada acolhedora. *Territorial* é uma descrição melhor. Ou escrota. Tanto faz.

— Tenho que admitir uma coisa — cochicha Indy, afastando do rosto uma mecha de cabelo loiro e fino. — Não entendo porra nenhuma de hóquei.

Deixo escapar uma risada leve.

— É, nem eu.

— Ufa, graças a Deus. Que bom que não é um requisito para o trabalho. Assim, sei quem é todo mundo porque fiz uma investigação digna do FBI nas redes sociais, mas nunca nem vi uma partida. Já meu namorado entende tudo de esporte. Até me liberou para pegar algum deles, se eu quisesse.

— Jura?

Ela desdenha.

— Foi brincadeira. Eu nunca faria isso. Na real, quem provavelmente ia querer permissão se tivesse a oportunidade é *ele*. Ele é louco por esportes, acompanha os atletas, essas coisas todas.

Antes de eu poder contar para Indy que tem alguém na minha casa de quem o namorado dela pode ser fã, o babaca da saída de emergência anda na nossa direção pelo corredor.

Não posso mentir e dizer que Evan Zanders é feio. Ele parece ter acabado de sair da passarela, pelo jeito que desfila até mim. O sorriso safado não esconde os dentes perfeitos, e os olhos são a pura definição de sonho de mel. O terno completo e perfeitamente ajustado, com leve estampa chevron, berra que ele não sai de casa a menos que esteja vestido para impressionar.

Mas ele é um cuzão metido que achou que eu queria um autógrafo e ficou olhando fotos de mulheres lindas e seminuas enquanto eu tentava explicar como salvaria a vida dele em caso de emergência.

Assim… a probabilidade de ele precisar saber o que eu estava tentando explicar é praticamente zero, mas não faz diferença. Ele ainda é um atleta arrogante apaixonado por si mesmo. Conheço bem o tipinho. Já namorei esse tipinho e me recuso a repetir o erro.

Por isso, paro de admirar e me viro para me distrair com algo irrelevante na cozinha de bordo, mas a presença dele é sufocante. Ele é o tipo de homem que todos notam quando entra em um ambiente, o que só faz me irritar ainda mais.

— Olha só, srta. Shay — Indy sussurra meu sobrenome e me cutuca.

Olho para ela, que aponta para Zanders. Eu me viro para ele, que me encara com seus olhos penetrantes. O sorriso mais arrogante curva sua boca quando ele para na pequena entrada da cozinha de bordo no fundo do avião. Ele levanta os dois braços e os apoia no batente, tranquilamente me prendendo com Indy ali.

— Preciso de uma água com gás e limão — diz, com o foco absoluto em mim.

Preciso de todas as minhas forças para não revirar os olhos, porque acabei de explicar onde ele pode pegar uma água. Tem um cooler grandão e chique a meio metro dele, repleto de todo tipo de bebida, exatamente para isso. Atletas saem dos jogos praticamente morrendo de fome e, já que fazemos muitos voos de madrugada depois das partidas, o avião é montado igual a um bufê, com comida e bebida guardadas em tudo quanto é canto, prontas para consumo imediato.

— Tem no cooler.

Aponto para a última fileira de assentos, bem ao lado dele.

— Mas preciso que *você* me sirva.

Que arrogância.

— Eu sirvo! — exclama Indy, animada, ávida para fazer um trabalho que não tem que fazer.

— Não precisa — diz Zanders, a interrompendo. — A Stevie vai me servir.

Estreito os olhos para os dentes reluzentes que finalmente aparecem, porque ele se acha hilário. Ele não é hilário. É irritante.

— Não vai, Stevie?

Queria mandar ele tomar no cu, e não é porque não quero trabalhar, e sim por causa do que ele está tentando provar. Está tentando mostrar que eu trabalho para ele. Porém, ser nosso cliente não significa que ele pode ser grosseiro e esperar que eu não responda com grosseria também.

Hesito, sem querer causar uma má impressão na minha nova colega no primeiro dia de trabalho. Não estou nem aí para a opinião desse cara, mas prefiro não parecer uma escrota na frente da Indy.

— Claro que vou.

Minha voz sai esganiçada demais, mas nenhum deles me conhece bem o suficiente para saber que é fingida.

Zanders se mexe, abrindo o mínimo espaço para eu passar, e o gesto já me deixa desconfortável. Não sou lá tão pequena e não quero passar vergonha se não conseguir me encolher naquele espaço. Um pouco da minha insegurança surge antes de eu me conter e substituí-la pela máscara confiante que me treinei para usar. Zanders, porém, abre um pouco mais de espaço, felizmente o suficiente.

Dou um passo, literalmente um passo, da cozinha de bordo até o cooler que, de tão perto de Zanders, estava quase encostado nele. Abro a tampa e tiro a primeira bebida que aparece, uma água com gás. Ele teria levado menos de três segundos, mas queria discutir.

Enquanto tiro a água do cooler, sinto a presença dele acima de mim. Ele é alto para cacete, deve ter 1,95 m e, em comparação com meus 1,65 m, é uma diferença esmagadora. Ele mal deixa espaço suficiente para eu me virar no corredor e, quando faço isso, dou de cara com seu peito.

— Muito obrigado, *Stevie*.

Ele diz meu nome com o mesmo desprezo com que eu falei antes e pega devagar a garrafa da minha mão. Ele roça de leve os dedos compridos nos meus, enquanto me encara com seus olhos cor de mel. Estica a mão vazia e ajeita as asas na minha camisa e meu crachá torto.

O olhar dele tem malícia, humor e um monte de arrogância ao dançar pelo meu, mas não consigo desviar o rosto de jeito nenhum.

Meu coração acelera, e não é apenas por causa das poucas camadas de tecido que separam sua mão do meu peito, mas porque não gosto quando me olham desse jeito. É intenso e concentrado, como se eu fosse a missão dele nessa temporada.

Como se essa missão fosse tornar minha vida um inferno.

— Limão? — interrompe Indy, oferecendo um guardanapo cheio de fatias de limão.

Zanders desvia o olhar de mim para Indy, na cozinha de bordo, e um suspiro audível de alívio escapa de meu peito quando fujo de sua atenção.

— Nossa, muito obrigado — diz Zanders, com um tom exageradamente alegre ao aceitar o limão. — Você é ótima nesse trabalho...

— Indy.

— Legal.

Ele dispensa Indy e volta a atenção para mim. Curvando-se de leve, ele me olha de frente.

— Stevie, bom trabalho — acrescenta como despedida antes de seguir para o assento.

Eu me endireito e me recomponho, alisando o uniforme de novo e afastando do rosto meu cabelo cacheado e rebelde.

— Transa com ele, por favor — implora Indy quando ficamos só nós duas na cozinha de bordo.

— Como é que é?

— Por favor, por favor, por favorzinho, transa com ele e me conta todos os detalhes.

— Eu *não* vou transar com ele.

— E por que não?

Franzo a testa.

— Porque a gente trabalha para ele. Porque ele é egocêntrico, porque tenho bastante certeza de que ele transa com qualquer pessoa que tenha vagina e duvido que sequer saiba o nome antes.

E não me encaixo no molde típico das modelos que esses caras curtem. Não sou escolhida por homens desse tipo. Essa insegurança, porém, guardo para mim.

— Bom, mas o seu nome ele sabe.

— Oi?

— Ele sabe seu nome.

Ela se curva e se aproxima, me olhando de frente, como Zanders fez.

— *Stevie* — sussurra Indy em tom sedutor, antes de cair na gargalhada.

— Vaza daqui — brinco, dando um empurrão.

Assim que todos os passageiros embarcam e as portas da aeronave são fechadas e vedadas, eu e Indy trancamos a cozinha de bordo, garantindo que esteja tudo seguro para a decolagem. Enquanto trabalhamos, acontece a coisa mais mágica e linda que já me ocorreu em quatro anos de voo.

Simultaneamente, todos os jogadores de hóquei se levantam e começam a tirar os ternos, até ficarem apenas de roupas de baixo.

— Meu Deus... — solto, perdendo o fôlego, com os olhos arregalados.

— O quê. Está. Rolando? — pergunta Indy, igualmente atordoada e boquiaberta.

Toda aquela seção da aeronave está ocupada por homens nus, bundas musculosas e tatuagens para todo lado. Indy e eu nem fingimos que não estamos olhando. Estamos olhando, e nem se nos pagarem vamos parar.

Os jogadores arrumam os ternos com cuidado no bagageiro superior, para que não amarrotem no voo para Denver, antes de se vestirem de novo com roupas mais confortáveis e casuais.

— Gostaram do show, mulherada? — pergunta um dos jogadores, bem-humorado, e me arranca do devaneio.

O cabelo escuro e ondulado dele dança na frente de olhos da cor profunda de esmeralda.

— Gostei — responde Indy, sem hesitar.

— Bom, divirtam-se. Acontece sempre na decolagem e na aterrissagem. A gente tem que entrar e sair do avião de terno, por causa da mídia, mas, a bordo, podemos fazer o que der na telha.

Não era assim quando eu voava com o time de basquete. Eles entravam e saíam do avião no estilo mais casual possível, então isso é novidade.

— Posso ir aí para o fundo para vocês enxergarem melhor no próximo voo.

— Rio, para de ser sempre tão tarado! — exclama outro jogador.

— Esse é o melhor emprego — acrescenta Indy, ainda focada nos homens.

— Eu amo hóquei — decido, sem pensar duas vezes.

3
Stevie

Largo a mala na outra cama do quarto de hotel e conecto o carregador na tomada para ligar o celular. Esqueci de carregar ontem, então a bateria morreu no meio do voo para Denver.

Enquanto espero ligar, tiro o uniforme horrendo, que penduro no guarda-roupa, e pego meu moletom mais confortável. Eu gosto é de conforto. Se pudesse usar moletom, leggings e camisas largas de flanela todo dia, morreria feliz.

O tecido mesclado de poliéster e lã do uniforme de comissária é duro e feio, e minha primeira missão depois de todo voo é tirá-lo o mais rápido possível.

Meu celular apita na mesinha e, sem olhar, já sei quem é. É a única pessoa com quem não fico um dia sem falar: meu melhor amigo. Ryan é o único que me escolhe primeiro, acima de tudo e todos, um dia após o outro.

O nome dele, seguido do emoji de gêmeos dançando, confirma o que eu esperava.

Ryan: *Como foi o primeiro voo?*

Eu: *Foi bom! Os jogadores de hóquei são simpáticos... de modo geral.*

Não menciono o fato de estar trabalhando para o maior mimado da NHL.

Ryan: *Canadenses, né? Mas você sabe que já está com saudade do basquete.*

Eu: *Sei lá, Ry, já viu a bunda de um jogador de hóquei?*

Ryan: *Posso me orgulhar de dizer que nunca vi, nunca verei.*

Eu: *Falando de basquete, tá pronto pro jogo de hoje?*

Ryan: *Sem dúvida. Mas vou sentir sua falta na arquibancada. Preciso do meu amuleto da sorte.*

A temporada de basquete de Ryan e minha temporada de voo sempre coincidiram e, agora que estou trabalhando com hóquei, a agenda é igual. Não consegui ir a muitos jogos desde que ele entrou para o time profissional, mas assisto sempre que posso. Eu mesma me proclamei seu amuleto da sorte, mas, visto que os Chicago Devils não ganham um campeonato há três anos, acho que não estou funcionando bem.

Eu: *Vou assistir. Tem um bar a poucas quadras daqui que deve passar na TV.*

Ryan: *Ou pode ver no hotel... sozinha.*

Deixo escapar uma risada. Ryan sabe que não controla com quem eu ando, mas talvez seja o irmão mais protetor do mundo.

Eu: *Protetor demais.*

Ryan: *Sou seu irmão mais velho. É meu trabalho.*

Eu: *Três minutos mais velho, só.*

Ryan: *Ainda vale. Tenho que ir para a arena. Se cuida. Te amo, Vee.*

Eu: *Te amo. Arrasa.*

Assim que fecho as mensagens, baixo o Tinder de novo. Nunca uso esses apps em casa, mas uma das vantagens de passar tanto tempo viajando é ficar casualmente com desconhecidos.

Sou mais confiante na cama quando estou com alguém que sei que não verei de novo. Não ligo tanto para a aparência do meu corpo, nem se estou flácida demais debaixo de um cara aleatório. Posso me entregar e me sentir bem com o único objetivo de gozar, porque sei que nunca mais vão me ver.

Curto alguns homens bonitos, mas passo direto por mais um monte que é bonito demais. E os homens em Denver parecem ser mais gatos do que em outras cidades que visito, então vou rejeitando ainda mais do que de costume, para não me conectar com alguém que ache atraente demais.

Já lido com muitas inseguranças sozinha, e estou tentando melhorar. Não preciso ainda tentar carregar areia demais para meu caminhãozinho só para transar.

Então me atenho aos homens que acho suficientemente atraentes, mas não a ponto de seu tipo serem mulheres que poderiam aparecer na capa de uma revista.

Em minutos, quase todo mundo que curti dá match comigo, o que aumenta minha confiança. Percorro as opções e paro em um cara que mora perto da cidade em que estou, cuja bio diz: "Procuro só ficada."

Adoro a honestidade, porque também é precisamente o que eu quero.

Enquanto penso na minha cantada extremamente charmosa e esperta, ouço uma batida na porta do hotel.

Largo o celular na cama, visto uma blusa de moletom e espreito pelo olho mágico, por onde vejo minha outra nova colega, Tara.

— Oi — digo, e abro a porta, sorrindo.

— Posso entrar? — pergunta ela, sem muita expressão, o que me preocupa.

Mas também acabei de trabalhar durante um voo inteiro com ela, e ela só sorriu quando falava com passageiros.

— Claro.

Faço sinal para que entre. Ela se senta na cadeira à mesa e me instalo na beira da cama.

— Como foi seu primeiro dia? — pergunta Tara.

Ah, ok, então ela vai ser simpática.

— Foi ótimo. Todo mundo parece bem legal.

— Soube que você já trabalhou com atletas profissionais.

— É, passei as últimas temporadas voando com um time de basquete de Charlotte, mas essa é minha primeira vez trabalhando com um time de hóquei.

Suponho que ela vá começar uma conversa sobre minha experiência profissional, já que a maioria das pessoas surta de animação quando descobre que trabalhei para um time de basquete, mas, em vez disso, a informação conduz ao seu verdadeiro motivo de estar ali: tentar me intimidar.

— Bom, não é igual ao seu último trabalho, então quero reiterar algumas regras.

Lá vamos nós.

— Primeiro — começa Tara —, eu sou comissária-chefe, então o avião é meu, a tripulação é minha e o time é meu. Não me importa que você tenha experiência com voos particulares para atletas. Quem manda aqui sou eu.

— É claro — respondo, sem nem pensar.

Conheço esse tipo de mulher. Já trabalhei com elas. Querem ser vistas, ser conhecidas pelos clientes, e eu não sou de brigar por poder. Não dou a mínima para quem manda no avião. Estou aqui só para trabalhar. Entrar, sair, receber salário. Para mim, é só isso: emprego.

— Vou passar a temporada na frente com a equipe técnica, enquanto você e Indy cuidam dos fundos da aeronave, com os jogadores. Mas quero repetir: não é permitido socializar com nenhum cliente, seja jogador, técnico ou funcionário. Se acontecer, você vai ser demitida. Entendeu?

— Entendi — declaro, confiante.

Ela está tentando me intimidar, mas não vai funcionar.

— Eu que estou na chefia — continua. — Toda necessidade do time passa por mim.

— Está ótimo.

— Não sei como era no seu último emprego e não estou nem aí. Se acontecer qualquer coisa entre você e alguém a bordo, especialmente um jogador, você já era.

Ela não percebeu que já disse isso? E por que está tão preocupada comigo? Eles não fazem meu tipo, e eu não faço o deles.

— Saquei.

— Que bom que nos entendemos — diz ela, e se levanta, indo em direção à porta. — Ah, Stevie — acrescenta, se virando para mim com a preocupação mais falsa que já vi. — Talvez seja bom pensar em encomendar um uniforme maior. O de hoje estava bem apertado, e não quero que os caras entendam mal.

Um nó se forma na minha garganta quando ela vai embora. Sei que a roupa estava mais apertada do que gostaria, mas é porque meu peso varia muito. Não foi de propósito. Eu não estava tentando usar uma roupa justinha para chamar atenção. Mas meu corpo não é tão magro, e tenho curvas em todo lugar possível.

Por outro lado, o uniforme de Tara tinha sido ajustado para apertar a silhueta estreita, e ela deixava os dois botões de cima desnecessariamente abertos, para destacar o decote levantado pelo sutiã com enchimento. Dava para ver especialmente quando ela se curvava na frente de alguém a fim de perguntar o que queria comer ou beber, mas eu é que não ia dizer nada.

De qualquer modo, Tara jogar minha maior insegurança na minha cara desanima a noite, e de repente não tenho desejo nenhum de que alguém veja meu corpo, mesmo que seja alguém que eu nunca mais vá encontrar.

Uma notificação apita no celular: mensagem do cara do Tinder perguntando sobre meus planos. Não respondo e deleto o app de uma vez, desistindo da ideia.

Troco o moletom por leggings, uma camiseta larga de brechó e um agasalho de flanela e calço meus tênis Air Force One. Pego a bolsa, que uso com a alça cruzada no corpo, e saio para o bar que encontrei a poucas quadras do hotel, para ver o primeiro jogo do meu irmão na temporada. De preferência, enquanto como um hambúrguer e bebo uma cerveja.

Duas cervejas.

Três cervejas, provavelmente.

Foda-se, não preciso de limite. Quantas cervejas forem necessárias para esquecer que estou me sentindo uma merda.

A caminhada é agradável, e a brisa de outubro de Denver sopra os cachos que caem no meu rosto. O bar está inesperadamente lotado. É noite de segunda, e não tem nenhum time de Denver jogando, então não esperava que um bar esportivo com TV para todo lado fosse estar cheio assim. Felizmente encontro um lugar vazio no balcão e me instalo confortavelmente para passar as próximas três horas vendo o jogo do meu irmão.

— Vai querer beber o quê?

O barman se debruça um pouco mais do que é necessário no balcão, mas, como ele é bonitinho, deixo para lá.

— Tem chope IPA?

Ele me olha, impressionado.

— Tem a Black IPA da Sanitas. Trezentos ou quinhentos mililitros?

Que pergunta é essa?

— Quinhentos, por favor.

Quando ele volta com minha cerveja perfeitamente servida, a apoia na porta-copos e volta a se debruçar no balcão.

— De onde você é?

Um sorriso de paquera surge em sua boca. Olho para trás, porque não estou inteiramente convencida de que o barman gostoso está falando comigo. Como não encontro ninguém, me volto para ele, cujos olhos azuis estão focados em mim.

— Estou morando em Chicago. Vim para cá a trabalho.

— Ah, é? E quanto tempo vai passar aqui?

— Só essa noite.

O sorrisinho tímido vira um sorrisão malandro.

— Que bom que escolheu meu bar para sua única noite por aqui. Se precisar de qualquer coisa, é só falar comigo. Eu me chamo Jax, aliás.

Ele estica a mão para apertar a minha.

— Stevie.

Aperto a mão dele, notando as veias e músculos do antebraço que continuam até a manga da camisa preta de botão.

De repente, meu plano original para a noite não parece tão ruim.

— Na verdade, preciso, sim, de uma coisa, Jax.

— O que você quiser.

Os olhos dele brilham de malícia.

Eu me debruço no balcão de braços cruzados e abro meu sorriso mais sedutor, mais uma vez usando a máscara de confiança.

— Pode ligar aquela TV — digo, apontando para a telona logo atrás dele — no jogo dos Devils contra os Bucks? Tá passando na ESPN.

Ele estreita os olhos, mas o sorriso aumenta ainda mais.

— Gosta de chope e basquete, é, Stevie? O que preciso fazer para você passar a noite bem nesse balcão?

— Depende de quanta cerveja me servir.

Ele solta uma gargalhada grave e sexy.

— Seu copo nunca vai ficar vazio.

A pele ao redor dos meus olhos chega a se enrugar com meu sorriso satisfeito. É disso que eu preciso: um pouco de atenção de um cara bonito, o jogo do meu irmão na tela e uma cerveja na mão. Já estou me sentindo melhor.

— E aceito um hambúrguer, quando der.

— Caramba, Stevie — diz Jax, e suspira. — Assim vou me apaixonar.

Ele me dá uma piscadela antes de voltar a atenção para o computador onde registra meu pedido.

Minha comida demora um pouco mais do que eu esperava, mas não me incomodo. A atenção do barman e o primeiro tempo do jogo me ocupam bastante. Além do segundo chope.

O comentário de Tara sobre o uniforme não está mais tão presente na minha cabeça, mas finalmente percebo por que me incomodou tanto. Não é só por ser uma insegurança minha, mas também porque ela falou de um jeito muito parecido com o que minha mãe fala do meu corpo.

Nunca é direto. É sempre uma ofensa disfarcada, porque uma senhora sulista não falaria na lata. Não é do estilo delas. Entendo que minha mãe seja uma senhora elegante e perfeita, de metabolismo exageradamente ativo, mas eu não sou assim. Nunca fui. Sou peituda, bunduda, e, acima de tudo, desejo nunca virar o tipo de mulher que ela é.

Eu a amo, mas ela é muito crítica. Nunca me senti suficiente aos olhos dela. Cresci brincando com os garotos, porque meu irmão gêmeo sempre foi meu melhor amigo, e ele era muito mais divertido do que qualquer baile de debutante ou concurso de beleza dos quais minha mãe queria que eu participasse.

Na faculdade, me recusei a me candidatar a uma fraternidade, o que quase a fez surtar. É uma tradição no Sul, e todas as mulheres da família da minha mãe estudaram na mesma faculdade em Tennessee e participaram da mesma fraternidade. Sou de uma família tradicional. Seria fácil entrar no grupo, mas eu não queria nada disso.

E, quando percebeu que havia perdido a batalha para eu ser uma boa moça do Sul, sua atitude rapidamente se tornou de decepção. Não dedicava mais atenção ao meu potencial na sociedade sulista, e sim à diferença do meu corpo para o dela.

Infelizmente, isso se inculcou em mim e me fez acreditar que tenho algo de errado. Minha silhueta foi ficando mais feminina conforme eu crescia, mas minha mãe não está acostumada com curvas. Então, na opinião dela, estou acima do peso simplesmente porque não temos as mesmas medidas. Não sei o que ela esperava. O marido dela, outra metade do meu DNA, não tem nada a ver com o lado dela da família, cheio de gente magrinha, ruiva e sardenta.

Meus pais são extremamente diferentes. Tem as diferenças físicas, claro. Meu pai é negro, e minha mãe, branca. Mas, além disso, suas personalidades são opostas. Meu pai é engraçado, gentil, carinhoso. Minha mãe é fria, distante e às vezes até cruel.

Quero me orgulhar de ser metade de um homem notável, mas é difícil me orgulhar de qualquer coisa quando minha própria mãe se decepciona com tudo que faço. E, por algum motivo, isso está me afetando mais do que afetaria normalmente.

Quando o barman serve meu hambúrguer, um rápido arrependimento me percorre. Quanto mais penso na minha mãe, menos a comida me apetece. Talvez eu devesse ter pedido uma salada sem molho. Talvez meu uniforme fosse caber melhor amanhã se eu fizesse isso.

— Se não começar a comer esse hambúrguer, eu mesmo vou comer — diz Jax, o barman, me arrancando do transe da dúvida.

— Não sou de dividir comida — brinco, puxando o prato.

O peito dele treme de rir enquanto ele me serve um novo chope, que deixa ao lado do copo anterior, ainda pela metade.

Ele é bom. E tem boa chance de acabar essa noite bem feliz. Se não for comigo, vai ser com uma das outras mulheres lindas neste bar, desesperadas pela atenção do barman gostoso. Mas, do jeito que as coisas andam, não me incomodaria se fosse comigo.

Fico de olho no jogo quando Ryan começa o segundo tempo. Ele está na liderança do passe de bola, como deveria. Ele é o armador e o melhor estrategista da liga.

Os Devils entram em formação ofensiva no primeiro avanço na quadra, e Ryan fica aberto para um arremesso de três pontos no canto. Um dos jogadores passa a bola, e ele afunda o arremesso.

— Aí, sim, Ry! — grito, mais alto do que pretendia.

— É torcedora dos Devils, é? — pergunta Jax, olhando da TV para mim. — Stevie, odeio dizer isso, mas talvez seja o fim do nosso amor.

Eu rio enquanto mastigo.

— Não precisa torcer para os Devils. É só gostar do camisa cinco.

— Ryan Shay? Quem é que não gosta do Ryan Shay? Melhor armador da liga.

— É mesmo, porra — digo, jogando uma batata frita na boca. — E é meu irmão.

— Nem fodendo.

Continuo a comer, sem precisar convencê-lo.

— Você está de zoeira?

Antes que eu possa responder, alguém na minha visão periférica estica um copo vazio para pedir um refil, chamando minha atenção.

Imediatamente vejo dois caras do avião. O que estendeu o copo é o jogador de cabelo cacheado escuro que prometeu um showzinho da próxima vez que trocasse de roupa a bordo. Acho que se chama Rio. E o outro é a pessoa que mais gostei de ver desembarcar.

Evan Zanders.

Reviro os olhos de maneira involuntária.

Impecavelmente arrumado, provavelmente tendo levado três vezes o tempo que eu levei para me vestir, ele leva à boca carnuda o copo de uísque, que encosta nos lábios por um instante antes de beber um gole. Ele não me vê e não faz o gesto para seduzir ninguém em específico, só emana sexo naturalmente.

Puta merda, que irritante.

Imediatamente me viro para o barman.

— Vou querer a conta e levar o resto para a viagem, por favor.

— Como é que é? — pergunta ele, confuso, voltando a olhar meu copo cheio.

O alerta de Tara sobre socialização se repete na minha memória. A ideia de acabar a comida, a bebida e a noite com esse barman gostoso entre as pernas é fantástica, mas mais fantástico ainda é não perder o emprego.

Se fosse qualquer outra pessoa do avião, eu poderia ficar ali, discretamente, até acabar o jogo, mas o fato de ser Evan Zanders, logo ele, só me dá vontade de ir embora. Ele me deu uma canseira no voo todo, apertando o botão para me chamar para absolutamente tudo o que lhe ocorria, e, se alguma das outras comissárias ia ver o que queria, ele sempre mandava elas me chamarem.

Ele vai infernizar minha vida no avião. Não preciso que invada também meu tempo livre.

— Preciso ir embora — digo para Jax. — Me vê a conta?

— Está tudo bem?

Ele obviamente está confuso, e não posso culpá-lo. Passei o tempo todo dando mole para ele, nós dois na esperança silenciosa do fim que nossa noite teria depois de o turno dele acabar.

Mas ele é um cara bonito em um bar cheio de mulheres. Vai achar facilmente companhia para a noite.

— Só preciso ir. Foi mal — digo, com um sorriso de desculpas.

Jax traz uma embalagem e a conta, sem cobrar nenhuma das bebidas. Transfiro a comida para a embalagem rápido e estendo o cartão para passar, mas já é tarde.

Antes de o cartão voltar para mim, duas mãos enormes pousam no balcão, uma de cada lado do meu corpo, me prendendo ali. Os dedos dele são compridos e esguios, decorados por anéis de ouro. São todos tatuados, assim como o dorso das mãos, e as unhas passaram por uma boa manicure. Olho fixamente para o seu relógio ridiculamente caro no pulso quando ele se inclina atrás de mim, aproximando a boca da minha orelha.

— Stevie — diz Zanders, com sua voz de veludo. — Está me perseguindo, por acaso?

4

Zanders

Maddison fez o prometido e foi deitar imediatamente depois de jantar com um amigo. Eu, por outro lado, me recuso a acabar o dia às nove e meia, especialmente na primeira noite de viagem da temporada.

É para isso que eu vivo. Passo o rodo em casa e aproveito bem o verão em Chicago, mas tem uma emoção diferente em trepar na estrada. O mistério de quem será, a surpresa de onde vai rolar, a satisfação de saber que nunca mais preciso encontrar aquela mulher, se eu não quiser. Gosto assim.

Por isso, não respondi nenhuma das mulheres de Denver que me mandaram mensagem mais cedo. Não tinha mais emoção. Não tinha mais graça.

— Mais uma? — pergunta Rio.

Dou uma olhada rápida para meu copo de uísque, ainda pela metade, e sei que não preciso de outro. Durante a temporada de campeonato, tento me limitar a dois copos por vez, especialmente na véspera de um jogo. Uma coisa é transar e dormir tarde, mas não sou burro de exagerar e jogar de ressaca.

— Vou mais devagar com esse aqui — digo e, depois de um brinde, tomo um golinho.

Rio levanta a mão para chamar a garçonete, fazendo sinal para pedir outra bebida — é o terceiro copo da noite. Se eu ainda estiver por aqui quando ele pedir o quarto, vou impedir. Não sou capitão, mas sou o alternativo, e, apesar de curtir, ainda tenho a responsabilidade de manter meus parceiros na linha durante a temporada.

Estou distraído, pensando em como este é meu ano para ganhar tudo — a Copa e o contrato renovado que preciso assinar no fim da temporada —, quando a garçonete sexy aparece com a nova bebida do Rio. Mas não é para ele que ela olha ao servir a bebida.

Não, ela finca aquele olhar sedutor em mim.

— Quer mais um? — Ela se debruça com os cotovelos na nossa mesinha alta, casualmente levantando os peitos ainda mais. Olho bem pra eles. — Por minha conta.

Não perco a conexão entre o que estou vendo e o que ela disse. Aqueles peitos ali podem ficar por minha conta à vontade.

Dou um jeito de desviar a atenção da fenda no decote que está mexendo com minha imaginação.

— Tenho um limite de duas bebidas — digo, levantando o copo para mostrar minha última bebida da noite.

— Que pena — responde ela, mordendo o lábio e se aproximando ainda mais. — Estava com a esperança de você ainda estar por aqui quando acabasse meu turno.

Foi fácil. Eu não troquei duas palavras com ela antes disso, mas ela é gostosa pra cacete, e aquele cabelo comprido e preto vai ficar uma beleza enroscado na minha mão mais tarde.

Eu também me debruço na mesa, com o rosto a centímetros do dela.

— Não é porque não vou beber que preciso ir embora.

— Eu me chamo Meg.

— Zanders.

— Eu sei quem você é — diz ela, sorrindo. — Saio do serviço à meia-noite e moro a dez minutos daqui.

— Meu hotel é logo do outro lado da rua — sugiro.

— Melhor ainda.

Ela lambe os lábios, e acompanho o movimento com o olhar. Essa boca vai ficar ainda mais bonita enroscada em outra parte do meu corpo.

Eu transo do meu jeito — nada de amorzinho, nada de meter fofo. Se possível, nem beijo. Vou explicar as regras e, se ela curtir, legal. Se não? Vai ter quem curta.

Um movimento rápido de cachos castanhos chama minha atenção ao longe. Olho para lá e imediatamente reconheço as mechas cor de mel misturadas ali. A dona daqueles cachos passou o voo inteiro me servindo, trazendo tudo que eu pensava em pedir, até um lencinho do banheiro.

Sou escroto, mas foi divertido.

Stevie põe o cartão de crédito com pressa na mão do barman e se levanta, pronta para ir embora. Está com uma roupa muito mais casual do que o uniforme, mas, mesmo com aquela camisa larga de flanela, vejo a bunda gostosa dela daqui.

Eu adoro bunda.

Também adoro peito.

Ela tem as duas coisas, mas seu desdém por mim me desanima do resto. Ou me desafia, ainda não sei.

— Zanders — diz Rio, me arrancando do transe. — Ela falou com você.

Ele faz um gesto sugestivo para a garçonete, que oferece o corpo para mim.

— Oi? — pergunto, distraído, ainda de olho na comissária no balcão.

— Vai esperar o fim do serviço ou posso pegar seu número?

— Não dou meu número…

— Meg — lembra ela.

— Me acha no Insta.

Olho de relance outra vez para Stevie, no balcão, batendo o pé de impaciência ou nervosismo. Não identifico.

Sem pensar duas vezes, me levanto, e meus pés me carregam até ela.

— Zanders! — exclama Rio, chocado.

Também estou surpreso. A garçonete é bonita, mas fazia tempo que eu não me divertia tanto quanto ao torturar Stevie no voo de hoje e quero continuar. A garçonete sem dúvida vai estar esperando quando eu voltar. Não fiz praticamente nada até agora, e ela já me ofereceu uma cama para passar a noite.

Eu chego em Stevie por trás, rápido, e meu corpo alto a domina quando a prendo no lugar, apoiando as mãos no balcão ao lado das mãozinhas dela, decoradas com anéis de ouro delicados.

— Stevie — murmuro ao pé do ouvido dela. — Está me perseguindo, por acaso?

O rosto dela fica tão corado que quase solta vapor. Perto dela assim, o tom rosado do seu rosto fica ainda mais evidente do que no avião. A pele dela tem um tom bonito de marrom-claro, mas com o contraste das bochechas rosadas e das sardas. Outra coisa que não tinha notado era a argolinha dourada no nariz e os muitos anéis e piercings dourados que decoram seus dedos e orelhas.

Ela gira o anel no polegar, nervosa.

— Parece que é você quem está me perseguindo — retruca.

Ela se recusa a se virar para mim, provavelmente porque a prendi aqui e daria de cara com meu peito, que nem quando a bombardeei hoje no voo. Mas espero que ela vire. Gosto de ver ela sem jeito e corada assim. Depois do showzinho de arrogância nas instruções de segurança, eu me diverti muito ao botar ela no devido lugar, ao lembrá-la para quem ela trabalha.

Como ela não se vira, eu me estico para o lado e apoio o cotovelo no balcão, até ela finalmente se virar parar mim, imitando meu gesto.

— Meu hotel fica bem aqui em frente, mas qual é sua desculpa?

Ela aponta para a televisão.

— Foi o bar mais próximo com esporte na TV. Precisava ver o jogo.

— Mas vai embora antes do intervalo?

— Vejo o resto no hotel.

Ela olha ao redor do bar com expressão agitada, provavelmente procurando aquele barman nojento.

— Que pressa toda é essa?

— Sinceramente? Não quero ficar no mesmo bar que você. Você é meio escroto.

Gargalho até jogar a cabeça para trás, e um sorriso confuso, mas bem-humorado, brinca no rosto dela.

— Bom, e eu te acho meio metida, então ficam elas por elas.

Procuro sinal de ofensa em seu rosto sardento, mas não encontro. Na verdade, é certa graça que brilha em seus olhos verde-azulados, o que me faz gostar um pouco mais dela. Mas não muito. Não imagino que a maioria das pessoas reagiria dessa maneira se fosse chamada de metida assim, na lata.

Dou uma olhada na silhueta dela. Apesar da camisa larga, vejo o desenho dos peitos e da cintura. A roupa dela é casual, vestida sem cuidado, enquanto meu look foi planejado e preparado.

— Tem certeza de que precisa ir embora? — pergunta o barman tosco quando devolve o cartão e a nota fiscal de Stevie.

— Tenho — diz ela, a voz pesarosa. — Obrigada pelos chopes, Jax.

Jax? Até o nome dele é de otário.

— É, valeu, *Jax* — acrescento, com tom condescendente. — Pode ir.

— Como é que é? — exclamam Stevie e o barman ao mesmo tempo.

— Pode ir — repito, dispensando-o com um gesto.

Jax olha de Stevie para mim, cheio de confusão no rosto, antes de balançar a cabeça e ir embora.

— Por que você é babaca assim? — pergunta ela, repleta de nojo.

É uma pergunta difícil, então me esquivo.

— O babaca é *ele*.

— Não, ele foi muito simpático, a gente teve um bom papo. Foi você quem estragou.

— Você não ia pra casa dele, de qualquer jeito.

— Como é que você sabe?

— Você está indo embora deixando uma cerveja ainda cheia para trás e metade do jogo pela frente.

Ela pega as coisas no balcão.

— Ele me deu o número dele — acrescenta, convencida, apontando a notinha. — E a noite mal começou.

Sem pensar, pego o papel do balcão e rasgo em pedacinhos pequenos demais para colar. Nem sei por que fiz isso, além de gostar de deixar ela puta.

— Qual é seu problema, cacete?

— Foi um favor, Stevie. Pode me agradecer depois.

— Vai tomar no cu, Zanders.

Hesito por um momento e avalio o rosto de Stevie, notando a raiva sincera que ela emana.

— Seu namoradinho barman estava apertando a bunda daquela garçonete ali — digo, apontando para uma loira que serve uma das mesas — sempre que se cruzavam na porta da cozinha. Aí, quando ela não estava vendo, ele deu uns pegas naquela ali — acrescento, apontando para outra garçonete, que é morena — perto do banheiro. Não me oponho a pegar várias mulheres, mas eu pelo menos não escondo uma das outras. Esse cara aí é um otário.

— Mentira.

— Eu não minto.

A decepção passa pelo olhar de Stevie antes de ela retomar a confiança fingida.

— Bom, talvez eu não esteja nem aí — argumenta.

— Está, sim.

— Você é um cuzão.

— Já falamos disso, Stevie. Eu sei.

Tiro uma nota de vinte da carteira e largo no balcão como gorjeta. Esse cara não merece um centavo meu, nem dela, mas especialmente não quero que ela dê gorjeta demais, sendo que ele passou a noite toda sendo nojento.

— Eu tenho dinheiro.

— Que bom pra você — digo, com um tapinha de desdém no ombro dela. — Tá, agora desembucha.

— Desembuchar o quê?

— Por que está me perseguindo? Já se apaixonou, Stevie? Vai com calma, gata, a gente só se conheceu hoje.

Ela solta uma gargalhada arrogante.

— Você que está apaixonado por si mesmo.

— Alguém precisa estar...

A minha resposta tem muito mais verdade do que ela imagina.

Ela olha para a televisão acima do balcão.

— Você torce pros Devils? — pergunto.

Ela me ignora, mantendo a atenção no relógio que faz contagem regressiva para o intervalo.

— Oi? — pergunta, distraída, quando o armador dos Devils tenta marcar ponto, mas erra, levando o jogo ao intervalo no empate. — Droga.

— Você torce pros Devils — repito, dessa vez uma declaração, e não uma pergunta.

Não gosto de ela ter me ignorado. Não estou acostumado.

— É. Tipo isso.

Ela pendura a bolsa no ombro e cruza a alça, separando os peitos. Olho bem para eles. O corpo dela é uma delícia, cheio de curvas. Ela deveria exibi-lo por aí, em vez de disfarçar com roupas largas e frouxas que já parecem ter visto dias melhores.

— Bom, agora que você conseguiu empatar minha foda — diz Stevie —, posso ir?

Volto a atenção para a garçonete de cabelo preto, cujo olhar se demora em mim enquanto ela mistura o ketchup. Ela está tentando ser sedutora, mas é meio esquisito aquele sorrisinho do outro lado do salão enquanto ela dá tapas no fundo de uma garrafa de molho.

Meu celular apita no bolso, interrompendo o olhar desconfortável, e vejo a mensagem da minha irmã mais velha, Lindsey.

Lindsey: *Oi, Ev. Não queria atrapalhar seu primeiro jogo do campeonato, mas a nossa mãe descobriu meu número. Não sei como, mas ela já me ligou três vezes te procurando. Resumindo: não atenda nenhum número desconhecido. Saudade, maninho.*

Fico boquiaberto, olhando para a tela do celular.

Não tenho nem notícia da minha mãe há dois anos, desde que ela apareceu em um jogo meu para implorar por dinheiro. Eu, é claro, recusei. Ela tinha arranjado meu número, ligado sem parar, e finalmente aparecido pessoalmente. Não posso esconder meu paradeiro porque o cronograma de jogos é postado na internet, mas ela é um dos motivos para eu limitar tanto quem tem meu número. Já tive que mudar de número tantas vezes que perdi a conta.

— Tudo bem? — pergunta uma voz baixa.

— Oi?

Ergo o rosto e encontro o olhar verde-azulado de Stevie, gentil e preocupado.

Minha confiança fraqueja, e eu só baixo a guarda na frente de um número bem seleto de pessoas. Essa comissária convencida não está entre elas.

— Tudo — respondo bruscamente, me sentindo exposto.

— Nossa, está bem, então.

O bar de repente parece cheio demais, muito quente. Não sou claustrofóbico, mas parece até que virei. Fecho a mão em punho. As palmas estão úmidas de suor e uma lufada de ar quente bate no meu rosto, embaçando um pouco a visão. Tento respirar fundo, mas não tem ar.

Merda. Faz anos que não passo por isso.

Sem uma palavra, sem nem pensar duas vezes, saio disparado do bar.

Lá fora, olho para os dois lados, procurando espaço. As ruas estão cheias de gente, e a maioria das pessoas ali volta a atenção para mim. Normalmente, amo os olhares, as saudações, o reconhecimento. Mas, hoje, preciso fugir de todo mundo que tenha olhos.

Atravesso a rua correndo e, por instinto, ando umas poucas quadras, sem ideia de aonde estou indo, mas confiando no meu corpo em pânico para encontrar um canto quieto.

Um parque aparece, mas tem gente em todos os bancos que vejo. Encontro uma árvore grande, cujo tronco é grosso o suficiente para me esconder. Sem nem pensar, me largo sentado na grama, e a calça cara para caralho da Armani esfria imediatamente em contato com o chão molhado.

Inspira fundo. Expira fundo. Se ancora.

Onde estou? Em Denver. No parque.

Qual é a cor dos bancos? Azul.

Por que estou sentindo isso? Porque minha mãe é uma interesseira que abandonou os filhos e o marido, preferindo alguém com mais grana. Porque minha mãe é egoísta pra caralho, e agora quer o *meu* dinheiro. Ela não me quer. Ela não me ama. Ela só quer saber do meu dinheiro.

A fúria volta. A única coisa que me causa ataques de pânico é a raiva cega, mas não posso deixar que me controle. Aprendi isso nos quase dez anos de terapia. Não posso deixar o pânico vencer. Não posso deixar minha mãe vencer.

Por que estou sentindo isso? Porque ela não me ama. Porque preferiu dinheiro a mim e a minha irmã. Mas não importa, porque *eu* me amo.

A terapia me ensinou isso: a me amar. E eu me amo. Sem desculpas, sem dúvidas, eu me amo.

Alguém tem que me amar.

Inspira fundo. Expira fundo.

O pânico passou. Não me sinto mais quente e agitado, sem fôlego. Consegui conter. Não deixei ele me pegar. Parei antes que começasse.

Expiro fundo, abraço os joelhos e abaixo a cabeça.

Larguei a conta do bar em aberto, mas Rio pode pagar. Depois eu pago ele. Tiro o celular e, sem reler a mensagem, respondo.

Eu: *Obrigada por avisar, Linds. Te amo. Vai me visitar logo, por favor.*

Só amei umas poucas pessoas na minha vida, e essas pessoas são os Maddison e minha irmã. É só isso, e pretendo que se mantenha assim. Não preciso de mais.

Lindsey: *Estou olhando minha agenda agora! Marco uma visita assim que o trabalho aliviar um pouco. Por favor, não passe esse ano sentado no banco de penalidades.*

Eu: *Mas é pra isso que me pagam. Sou o babaca de Chicago que não dá a mínima pra ninguém, esqueceu?*

Lindsey: *Claro.*

Ela acrescenta um emoji "chorrindo", porque me conhece. Não sou assim, mas é o que deixo as pessoas acharem. Fica mais fácil. Assim, não me magoo.

5

Zanders

— Estamos aqui com a famosa dupla dos Chicago Raptors, Eli Maddison e Evan Zanders — declara o repórter do *Chicago Tribune*.

A voz dele soa pela caixa de som na sala de conferências da arena de Denver, antes do jogo.

Olho para Maddison, a única pessoa comigo na sala.

— *Famosa dupla* — murmuro baixinho.

Maddison revira os olhos, mas seu peito treme com uma gargalhada silenciosa.

— Maddison, parabéns pelo nascimento do seu filho.

— Obrigado, Jerry — diz meu melhor amigo, se inclinando para a frente, para que o microfone no meio da mesa capte melhor a voz. — Eu e minha esposa estamos muito felizes por aumentar a família Maddison.

— E a Ella? Está gostando de ser irmã mais velha?

— Está amando. — Maddison ri. — Ela é uma espoletinha e está animadíssima por ter um irmão em quem dar ordens no futuro.

— Bom, mal podemos esperar para ver você, sua esposa e seus filhos no próximo jogo em casa, em Chicago.

A conversa normalmente é assim. Os repórteres começam com o papel fofo e sentimental com Maddison e depois seguem para mim.

— EZ — começa Jerry, usando meu apelido.

— E aí, chefe, como vai?

— Vou bem. Vou bem. Mas você deve estar melhor. Sua cara estava pela internet toda na semana passada, com sua nova preferida, na saída da arena no primeiro jogo em casa. É alguém que precisamos conhecer?

Nem imagino por que esses repórteres sentem a necessidade de falar sem parar da minha vida sexual. Mas a personalidade que mantenho na mídia me rende uma grana, então deixo para lá. No entanto, nem faço ideia de quem ele está falando, da semana passada. Depois de um tempo, todas se misturam.

— Fala sério, Jerry. Sou eu. Quando é que vocês precisaram conhecer alguém?

— Foi mal. — Ele ri. — Quase esqueci que estava falando com Evan Zanders. Você provavelmente não deu atenção para nenhuma mulher por mais de 24 horas além da sua mãe.

Olho de relance para Maddison ao ouvir falar da minha mãe. Ninguém sabe da situação da minha família, além dos meus parentes e dos dele. Pago bem minha equipe de relações públicas para manter tudo assim.

Maddison abre um sorrisinho de pena.

— É isso aí — digo, me forçando a rir no viva-voz, odiando o gosto daquelas palavras na minha boca.

— Jerry, vamos falar de hóquei — diz Maddison, mudando logo de assunto.

— Vamos lá. Vocês estão acompanhados de um time e tanto esse ano. Estão pensando na Copa.

— Este é o nosso ano — declara Maddison.

Concordo com a cabeça e acrescento:

— Sem dúvida. Acreditamos que o grupo de atletas com a camisa dos Raptors esse ano tem o potencial de levantar a Stanley no fim do campeonato.

Maddison e eu nos olhamos, cada um de um lado da mesa, com foco total. Quando o assunto é hóquei, especialmente neste ano, a gente não brinca em serviço. É nosso ano para ganhar. Aos 28 anos, eu e Maddison estamos na nossa sétima temporada da NHL, e finalmente temos todo o necessário para levar o campeonato.

— Zanders, nosso *enforcer*, está achando que vai passar menos tempo expulso de campo esse ano?

— Depende — digo, me recostando na cadeira.

— Do quê?

— Se os outros times jogarem limpo, também vou jogar. Mas, se partirem pra cima dos meus parceiros, vão ter que se ver comigo. Não tenho medo de ser expulso. Estou no time para isso, para proteger meu pessoal e garantir que não vão se machucar. Mas, considerando as últimas seis temporadas, não imagino que este ano seja diferente.

— Você gosta mesmo de uma boa porrada. — Jerry ri.

Mentira não é.

— E o que tem a perder? — continua ele. — Você mete a porrada, cumpre seus minutos fora de campo e sai do jogo com uma mulher diferente toda noite. Todo mundo te conhece, EZ. Você não está nem aí para ninguém além de si. E é por isso que Chicago te ama. Você é o maior babaca da liga, mas é nosso babaca.

Maddison se recosta na cadeira, de sobrancelhas franzidas e braços cruzados. Ele balança a cabeça, frustrado, mas sabe como é. A gente faz isso há anos.

Respiro fundo, forçando um sorriso, mesmo que o repórter não veja.

— É isso aí!

— O menino de ouro da cidade e o cafajeste detestável de Chicago — acrescenta Jerry. — Minha manchete preferida para vocês.

Continuamos a falar do time e do objetivo para a temporada, mas de tempos em tempos ele volta a perguntar sobre minha vida íntima. Fala das mulheres com quem saio da arena, das fotos das minhas noites pela cidade, bebendo e curtindo. Sempre lembro a ele, porém, que nunca são as noites de véspera dos jogos.

Sempre que eu e Maddison tentamos mudar o assunto para Mentes Ativas de Chicago — nossa fundação beneficente de apoio a jovens atletas marginalizados que não têm os recursos necessários para cuidar da saúde mental —, Jerry volta a falar de mim e da minha vida de solteiro.

Sei que é essa a imagem que construí nos últimos sete anos, e que justifica o tamanho do cheque que recebo, mas eu adoraria divulgar mais nosso trabalho beneficente. É a única coisa da qual me orgulho de verdade.

Maddison e eu começamos a montar a fundação quando nos mudamos para Chicago. Nós dois precisávamos começar a doar tempo e dinheiro a organizações beneficentes, então criar nosso próprio programa fazia sentido. Reunimos atletas profissionais da cidade toda para compartilhar suas experiências ligadas à saúde mental, na tentativa de quebrar o estigma do tema entre atletas, especialmente homens. Arrecadamos dinheiro com eventos mensais para cobrir sessões de terapia para garotos que precisam de ajuda, mas não têm como pagar, e fazemos parceria com médicos e terapeutas dispostos a trabalhar como voluntários.

Nem imagino a diferença que teria feito na minha vida ter esse tipo de serviço quando era mais novo. Muito da raiva e da sensação de abandono que sinto teriam sido expressas por palavras, em vez de por jogo sujo no gelo.

— Obrigado pelo seu tempo, Jerry — diz Maddison, depois de todas as perguntas invasivas.

Ele desliga o telefone.

— Não vamos mais fazer essas merdas — declara ele.

— Precisamos fazer.

— Zee, eles fazem você parecer um escroto. Não dá nem pra falar da Mentes Ativas sem que eles mudem de assunto pra perguntar com quem você anda transando ou brigando.

Maddison se levanta, frustrado.

Também me frustro. Não estou nem aí para falarem da minha vida íntima, mas gostaria que a mídia também mencionasse as coisas boas que faço pela minha comunidade. A maioria das pessoas nem sabe que sou sócio da fundação. Supõem que é trabalho só de Maddison, porque combina com a imagem de pai de família dele. Não faria sentido na mídia eu ser um babaca que está pouco se lixando para o mundo, mas que ao mesmo tempo fundou uma organização beneficente para jovens marginalizados em sofrimento mental.

— Vamos acabar com isso. Cansei de todo mundo achar que você é um babaca sem coração. Falam de você de um jeito, Zee…

Maddison segue para a porta da sala, balançando a cabeça.

— Não tenho coração mesmo — retruco logo. — Pelo menos até junho, quando estiver com a taça da Copa Stanley e o contrato renovado em mãos.

— Você não tem coração? — pergunta Maddison, incrédulo. — Você chorou vendo *Viva* com a Ella. Você tem coração, cara. Deveria mostrar isso pras pessoas.

— Não use *Viva* contra mim! Porra, que filme triste! — exclamo, me levantando para ir com ele ao vestiário e me arrumar para o jogo. — Aquela última música? Nossa, acaba comigo.

Assim que encosto a bunda no assento do avião de volta para casa, me afundo na poltrona e suspiro. Foi uma derrota brutal, e eu joguei mal pra caralho. Não estava concentrado e me responsabilizo plenamente.

Não esperava que a gente fosse se ferrar tão rápido. Na real, imaginei que fôssemos passar uns bons dez jogos sem uma derrota sequer. A gente é bom nesse nível. Mas hoje a noite não foi nossa.

Tudo bem, a temporada é longa. Vai dar tudo certo.

Meu celular apita no bolso e, enquanto o resto do time embarca, vejo que tenho duas mensagens. Relutante, abro a primeira, do meu agente.

Rich: *EZ, meu chapa. Tinha uma garota te esperando bem na saída do vestiário hoje, e você passou direto. Seria a hora perfeita pra tirarem umas fotos de vocês saindo da arena. O que rolou?*

Frustrado, alongo o pescoço e solto um suspiro profundo. Sei arranjar mulher sozinho, e isso já acontece bastante sem que Rich arranje pra mim. A mídia já saca minha pose de galinha. Não preciso fingir. Já ficou evidente na entrevista com o *Chicago Tribune*, quando não conseguimos dizer meia palavra sobre hóquei nem sobre a fundação.

Depois dessa derrota escrota e de ouvir falar da minha mãe duas vezes em 24 horas, eu não estava a fim de botar lenha na fogueira. A maior parte do continente sabe que sou playboy. Uma noite de folga não vai mudar minha imagem nem me fazer perder o contrato.

Ignoro Rich e abro a mensagem seguinte. Mudo completamente de expressão, aliviando a frustração da noite toda.

— Sua esposa me mandou mensagem — digo para Maddison, e o cutuco para mostrar a foto que Logan me mandou.

Porra, é a coisa mais fofa que já vi. Minha sobrinha não biológica, Ella Jo, está sentada a meio metro da televisão, de pescoço esticado e olhar grudado na tela, vendo nosso jogo. O laço de fita enorme dá uma segurada no cabelão rebelde dela, mas a melhor parte é a camisa. Ela vestiu a número onze, e nas costas está estampado "TIO ZEE".

Logan: *Não mostre pro meu marido. Ele vai me matar por deixar ela vestir essa roupa, mas achei que você fosse gostar de ver sua menina preferida vestindo sua camisa.*

— Como é que é? — exclama Maddison, chocado, ao ver a filha de três anos vestindo a camisa de outro jogador.

Logan: *Já que você ama zoar meu marido, imagino que esteja mostrando a foto agorinha mesmo.*

Ela nos conhece bem até demais.

Maddison finalmente dá uma risada.

Logan: *Oi, mozão. Te amo. Não me mata, por favor.*

— Se foi essa porcaria que a Ella vestiu hoje, claro que a gente perdeu.

Um sorriso arrogante curva a boca de Maddison quando ele se recosta na cadeira e cruza as mãos, apoiando-as tranquilamente na barriga.

— Babaca — resmungo, sorrindo.

— Escroto.

— Estão prontos para as instruções de segurança?

Mando uma resposta rápida para Logan, agradecendo a foto de Ella com minha camisa, antes de dedicar minha atenção total a Stevie.

É minha nova tática para encher o saco dela. Ela queria minha atenção da última vez, né? Então, daqui em diante, vou ficar atento a cada palavrinha que ela disser, e vai ser constrangedor para caralho.

— Sim, por favor!

Guardo o celular e cruzo as mãos no colo, me esticando para a frente com avidez.

Ela sacode a cabeça diante da minha resposta animada, franze a testa e me olha, confusa.

Maddison ri baixinho ao meu lado, pois sabe exatamente o que estou fazendo.

— Tá *bom*... — diz ela, alongando a palavra num tom de confusão.

Stevie explica o funcionamento da saída de emergência para o caso de ser necessário, apesar de ser muito mais rápida desta vez do que da anterior. Suponho que seja porque ela vai precisar repetir isso todo voo até o fim da temporada.

Aceno com a cabeça entusiasmadamente para tudo que ela tem a dizer, mas, sempre que ela me fita com seus olhos verde-azulados, o olhar está carregado de irritação.

— Vocês estão dispostos e aptos a ajudar no caso de emergência? — pergunta ela para mim e para Maddison.

— Sim — responde Maddison, rápido.

Já eu? Nada disso.

— Dúvida — começo. — Como faz exatamente para abrir a janela?

Maddison balança a cabeça, mas seu peito treme com uma risada silenciosa.

Stevie respira fundo, certamente frustrada, antes de repetir o que já explicou.

— Retire a placa plástica, puxe a alavanca vermelha e solte. A janela vai travar junto à aeronave.

Faço que sim com a cabeça várias vezes.

— Entendi, entendi. E quando é para abrir?

Stevie inspira fundo, e não consigo mais conter o sorrisinho malicioso. Porra, isso é divertido.

— Quando receber a instrução de um membro da tripulação.

— E como...

— Puta que pariu, Zanders! Está ou não está disposto e apto a auxiliar em caso de emergência?

Não consigo segurar a gargalhada. Já me sinto dez vezes melhor do que quando saímos do estádio.

Felizmente, um sorriso surge na boca de Stevie, apesar de ela estar tentando se conter. Ela se força a fechar os lábios carnudos, tentando se segurar, mas, finalmente, a gargalhada lhe escapa.

— Estou disposto e apto, sim — concedo, com um sorrisão, antes de me recostar no assento.

Ela balança a cabeça, achando graça.

— Preciso mudar de emprego — resmunga, antes de ir embora.

Quando as portas do avião são fechadas, Stevie volta para nossa fileira, a meros centímetros de mim no corredor. A colega loira está na parte da frente da aeronave, enquanto a terceira comissária fica responsável pela comunicação.

Stevie começa a demonstração de segurança, mostrando como usar o cinto de segurança e a máscara de oxigênio, caso caia. Ninguém mais presta atenção, mas eu concentro meu olhar intenso nela.

Ela sente que estou olhando e vai corando por baixo das sardas.

— Esta aeronave está equipada com seis saídas de emergência — diz a comissária pelo sistema de comunicação. — Duas portas dianteiras, duas janelas nas asas e duas portas na traseira da aeronave.

— Você está arrasando, gata — sussurro.

Stevie balança a cabeça, mantendo a boca fechada com força.

— As comissárias agora indicam as saídas mais próximas — ecoa a voz no sistema de som do avião.

Stevie usa os dedos indicador e médio das duas mãos para indicar as saídas de emergência na traseira do avião, e repete o gesto para sinalizar as saídas das asas no meio do avião, onde estou sentado. Porém, quando aponta para a janela do meu lado, dobra o dedo indicador e faz sinal apenas com o dedo do meio, nitidamente para mim.

Não consigo segurar a gargalhada.

Há um sorriso arrogante e satisfeito na boca de Stevie, e é merecido. A determinação dela de não recuar nem ceder ao meu charme, como acontece com a maioria das mulheres, é oficialmente intrigante e igualmente frustrante.

— Zee! — É a primeira coisa que escuto quando entro na cobertura dos Maddison no dia seguinte.

A exclamação é seguida de perto por uma menininha fofa de três anos se jogando nas minhas pernas, pedindo colo.

— Ella Jo! — cumprimento, e pego e abraço com força a garota despenteada. — Como vai minha menina preferida?

— Única menina — retruca ela, cutucando meu rosto com seus dedinhos.

É verdade.

— Presente?

— Ella! — grita Logan, do quarto do bebê mais adiante no corredor. — Não é assim que se pede coisas pro seu tio.

Olho significativamente para EJ enquanto tento conter o sorriso, pois preciso apoiar Logan em decisões parentais. Mas Ella pode pedir absolutamente qualquer coisa de mim ou dos outros dois tios, e não tem a menor chance de a gente recusar.

Ela bufa baixinho para se corrigir antes de abrir o sorriso mais doce, com covinhas inacreditáveis. Ela inclina a cabeça para o lado, encostando o rostinho rosado no ombro.

— Presente, por favor? — pergunta, pestanejando.

Uma gargalhada vibra no meu peito. Eu ajeito o peso dela no colo antes de pegar o presente no bolso.

Quando Ella tinha um ano, comecei a comprar uma roupinha de bebê em cada cidade em que eu jogava com o pai dela, mesmo que ela não entendesse nem fosse lembrar. Ainda assim, era um jeito divertido de me fazer ir visitar minha sobrinha depois de toda viagem. Agora, todos esses presentes foram passados para o irmãozinho dela, MJ.

No ano passado, quando ela estava com dois anos, passei a trazer cartões postais. Ela gostava das fotos coloridas e bonitas, e se distraía facilmente com um pedaço de papel.

Neste ano, como ela comemorou o terceiro aniversário, passamos para ímãs.

Tiro do bolso o ímã da bandeira do Colorado e vejo os olhos verde-escuros de Ella brilharem de animação.

É uma porcaria de um ímã, mas ela parece ter ganhado um bilhete de loteria.

— Uau! — exclama ela, e eu não consigo conter outra risada.

Ela pode até não ter pedido o presente com tanta educação, mas o valor que dá para aquele negocinho de plástico em suas mãos minúsculas compensa.

Ela vira o ímã para examiná-lo com um sorrisão.

— É pra geladeira — explico. — Vou trazer um de toda cidade em que a gente jogar.

Ela acena com a cabeça, animada, e se desvencilha do meu colo, querendo descer. Eu a boto no chão e ela corre até a geladeira. Ela se ajoelha e gruda o ímã bem na parte de baixo, onde ela alcança, e apoia o queixo nas mãozinhas para admirar.

— E agora, o que se deve dizer, querida? — pergunta Logan, que vem à cozinha, arrastando os pés, com MJ, recém-nascido, no colo.

— Obrigada, tio Zee! — Ella praticamente grita do chão da cozinha.

— De nada, queridinha.

Logan passa por mim e dou um beijo na bochecha dela quando ela põe o filho, adormecido e embrulhado, no meu colo, sem nem perguntar. Ela já sabe que eu quero pegá-lo. Às vezes (na maioria das vezes) meu motivo para visitar não tem nada a ver com meus melhores amigos. Eu vou é para ver as crianças.

— Como está se sentindo, Lo? — pergunto para minha melhor amiga, que teve filho faz menos de duas semanas.

— Estou bem.

Ela abre um sorriso alegre ao se sentar no sofá, dobrando as pernas.

Eu me sento do outro lado, tomando cuidado para não acordar MJ. Mas ele dorme que nem uma pedra, então duvido que vá acordá-lo.

— E está com uma cara ótima.

— Zee, se liga! — Vem a voz de Maddison, achando graça, do corredor.

— Uma cara maaaaravilhosa! — respondo, só para irritar.

— Se você não estivesse com meu filho no colo, eu te moía na porrada — diz ele, vindo para a sala e pegando a filha a caminho do sofá. — Mas ela está linda mesmo. Ella Jo, sua mamãe não está bonita?

— Muito bonita — suspira Ella, apoiando a cabeça no ombro do pai com a cara sonolenta.

Maddison dá a volta no sofá, parando atrás de Logan.

— Acho que é hora do cochilo. Já volto, amor.

Ele dá um beijo rápido na esposa.

Antes de sair da sala com Ella, dá a volta no sofá até chegar em mim e se abaixa, fazendo biquinho.

— Já volto, amor.

— Vai se ferrar.

Empurro a cara dele, rindo.

Olho para as janelas que vão do chão ao teto atrás de Logan.

— Caramba, às vezes esqueço como vocês enxergam meu apartamento daqui.

Forçando a vista, chego a ver a bancada de mármore da cozinha.

Logan se vira para a janela, olhando para o outro lado da rua. Quando se volta para mim, não consegue conter o sorriso e o rubor, fazendo as covinhas aparecerem.

— Acredite. A gente não esquece. Sabe quantas vezes eu e Eli te vimos com alguém na cozinha? Acha que essas cortinas aqui são pra quê? — Ela aponta para as cortinas muito compridas de blecaute, que no momento estão abertas, deixando entrar a luz. — Estou surpresa por ainda não ter arrancado os olhos.

— Sabe quantas mulheres matariam pra ter essa vista? Vocês deveriam é curtir o show.

— Que nojo. — Ela ri.

Eu rio também, antes de notar sua expressão mudar.

— Eli disse que sua mãe encontrou sua irmã.

Solto um suspiro pesado, mas também fico agradecido pela mudança de assunto. Logan é meio que minha terapeuta improvisada, mesmo que eu faça terapia oficial de uma a duas vezes por semana. Conto quase tudo para Logan e estou precisando desabafar desde aquela noite em Denver.

— É, a Lindsey falou que ela não para de ligar, tentando falar comigo.

— Sinto muito, Zee. Posso fazer alguma coisa pra ajudar?

— Não sei. Acho que é só torcer para ela não aparecer nem descobrir meu número.

Logan fica quieta por um momento antes de olhar para mim e, por fim, para o chão.

— Você contou para o seu pai?

Se eu contei para o meu pai? Não conto quase nada para o meu pai desde que saí da casa dele para ir para a faculdade. Ele não é exatamente o cara mais carinhoso ou compreensivo, nos dias atuais. Acho que está pouco se fodendo para eu ser um atleta profissional e ganhar milhões de dólares ao ano. É um contraste tremendo com a minha mãe, cuja intenção atual é se meter na minha vida outra vez.

Mas ele nem sempre foi assim. Na verdade, quando eu era pequeno, a gente era muito próximo. Meu pai ia a todos meus campeonatos de hóquei, mesmo em outras cidades. A gente falava de esporte o dia todo, ele me ajudava a treinar no quintal e vivia me cobrando para estudar, porque sabia que eu precisava manter as notas altas para arranjar uma bolsa.

Meu pai, de modo geral, é boa pessoa, mas se afundou no trabalho assim que minha mãe nos abandonou. Talvez estivesse tentando ser o homem que ela queria, ou pelo menos ganhar o nível de dinheiro que ela queria, na esperança de que voltasse, sei lá. Mas ele me abandonou, que nem minha mãe, mesmo que de outra maneira.

Ele não dava mais importância para minhas notas nem ia me ver jogar. Em vez disso, ficava no trabalho até tarde, se distraindo da dor de cotovelo. Quando voltava para casa, normalmente eu já tinha esquentado o jantar no micro-ondas, comido e ido deitar. Lindsey na época já estava na faculdade, e eu nunca me senti tão sozinho.

Foi aí que começaram os ataques de pânico. Foi aí que começou a raiva. Foi aí que começou a lembrança constante de que ninguém me amava. Foi aí que percebi que ninguém nunca tinha me amado o suficiente para não me abandonar.

Só anos depois, no terceiro ano de faculdade, comecei a fazer terapia e resolver minhas paradas. Percebi que ninguém mais tinha responsabilidade de me amar. Então, comecei a me amar. Ninguém mais me amaria mesmo.

— Zee — chama Logan, em voz baixa.

— Hmm?

Eu afasto a névoa do passado e faço carinho devagar na manta de MJ enquanto ele dorme profundamente no meu colo.

— Você contou pro seu pai que sua mãe está te procurando?

Balanço a cabeça em negativa e abro um meio sorriso.

— Não quero incomodar ele.

Isso é código para: "Não quero falar com ele mais do que é necessário." Mas não digo isso. Logan insiste muito para eu e me pai repararmos nossa relação. Ela perdeu os pais quando era muito nova e faria de tudo para conversar de novo com o pai. Eu me sinto um babaca tremendo toda vez que digo que não tenho vontade de falar com o meu, que está vivo e saudável.

— Ok — ela conclui a conversa com um sorriso triste.

Olho para o menino fofo no meu colo, feliz por ter essa família, mesmo sem vínculo de sangue.

— Ei, Zee — diz Logan, do outro lado do sofá. — A gente te ama muito.

Essa mulher sempre sabe o que eu quero ouvir, assim como o marido lê minhas expressões como um livro aberto. Às vezes acho difícil admitir o que quero, mesmo que eu possa ser muito honesto e direto. Fico agradecido por ter quem me conheça bem assim.

— Também amo vocês.

Na última década, eles foram as únicas pessoas para quem falei isso, além da minha irmã.

6

Stevie

Evan Zanders é um escroto.

Mas acho que estou começando a sacar qual é a dele. Precisamos de apenas três viagens curtas, mas cá estamos.

Ele vai fazer tudo que puder para me perturbar, mas, desde que eu o perturbe de volta, acho que vai dar tudo certo.

Quando as portas da aeronave são fechadas, expulsando o frio de Detroit, faço a demonstração de segurança costumeira, na altura da saída de emergência. Hoje, como a maioria das noites, vamos partir em um corujão, e os passageiros estão muito distraídos para ver o que estou fazendo com a máscara de oxigênio ou o cinto de segurança.

Exceto por um passageiro.

Dou uma chance para adivinhar.

Isso mesmo: os olhos cor de mel de Evan Zanders me fulminam, observando cada movimento do meu trabalho, como acontece há semanas.

Quando guardo os apetrechos de demonstração de segurança, começa minha parte preferida do voo. Só que, hoje, não é minha parte preferida, porque, hoje, estou presa na saída de emergência quando todos os jogadores se levantam e começam a se despir.

Um pânico me percorre por um rápido momento quando tento dar um jeito de fugir, pois preciso chegar à segurança da cozinha no fundo do avião, mas nem adianta. Eu me viro para todos os lados, mas sempre tem alguém tirando a roupa. Estou encalhada entre os corpos perfeitamente esculpidos e quase inteiramente nus.

E o mais notável? O que está bem na minha frente, sem me dar espaço de manobra?

Evan Zanders.

Zanders ocupa o espaço do corredor ao lado do assento dele. Tento me virar e correr para a frente do avião, mas, aparentemente, os técnicos também estão trocando de roupa hoje. Faz sentido, porque é um voo noturno de volta a Chicago, porém não me resta nenhum plano de fuga.

Arregalo os olhos, apavorada, ao encontrar o olhar de Indy na cozinha da frente, onde ela estava fazendo a demonstração de segurança. Em vez de demonstrar pena, ela me dá uma piscadela e mostra dois joinhas antes de se esconder atrás de uma divisória e me jogar aos lobos.

Aos lobos pelados.

Eu me viro e imediatamente encontro o olhar de Zanders. Como não encontraria? Primeiro porque ele tem olhos lindos, com essa cor de mel do cacete. Segundo, porque ele está a meio metro de mim. Ele poderia recuar, se quisesse. Ele tem espaço, mas eu não tenho. Ele está a trinta centímetros de mim quando tira o paletó em um gesto sedutor.

Nem sei se ele está tentando seduzir ou se, naturalmente, ele se parece com um protagonista de um filme pornô, mas estou achando que é a segunda opção.

— Tudo bem aí, Stevie? — pergunta Zanders, com um brilho malicioso no olhar.

— Uhum — digo, com a voz falhando, e pigarreio. — Tudo. Show. Legal.

Viro o rosto para o lado e coço o pescoço enquanto os dedos compridos de Zanders, decorados com anéis dourados, vão desabotoando bem devagarinho a camisa social.

Sinto o olhar dele em mim, enquanto me mantenho virada decididamente para a saída de emergência. Em parte para evitar olhá-lo, e em parte para planejar minha fuga.

O avião ainda não está tão rápido na pista. Se eu me ralasse toda ao pular no asfalto, ainda arderia menos do que o olhar de Zanders.

Na minha visão periférica, surge um corpo inteiro de pele marrom perfeita. E, por algum motivo, não consigo deixar de olhar.

O tronco de Zanders está todo nu. Os ombros dele são largos e amplos, mas o corpo fica mais estreito na cintura. Ele é bombado que nem um super-herói. Até os músculos dele têm músculos.

Vejo a luz refletir na correntinha dourada no pescoço antes de encontrar seu olhar.

Ele está achando muita graça.

— Gosta do que vê? — pergunta, com um sorrisinho.

Ele tem a audácia de sorrir assim.

— Posso... — Minha voz sai dez oitavas mais aguda. Pigarreio de novo, e o peito de Zanders treme de rir. — Posso passar? Preciso ir para o fundo do avião.

E sair de perto de você antes de sofrer insolação só pelo calor de olhar para esse seu corpo insuportavelmente lindo.

— Estou quase acabando — diz ele, sem desviar o olhar enquanto desafivela o cinto com rapidez.

Engulo em seco. É audível. Parece até que passei vários dias sem água no deserto.

Quem diria que meu trabalho vinha com stripper particular?

Ele puxa o zíper da calça com os dedos compridos e deixa a roupa cair na altura dos tornozelos.

A primeira coisa que vejo é a cueca boxer preta dele, logo antes de os meus olhos arregalados serem atraídos para o volume gigantesco na frente. Não estou exagerando. É imenso. E ele nem está duro. Não surpreende que as mulheres se joguem na frente dele. Esse negócio aí devia ter CEP próprio.

— Está se divertindo?

— Hum? — murmuro, inteiramente hipnotizada pela anaconda na cueca dele.

— Gosta do que vê, Stevie?

— Gosto — declaro, atordoada. — Quê? Não. De jeito nenhum.

Eu me viro rapidamente para o outro lado do avião, encarando a saída de emergência, que fica mais atraente a cada segundo.

A gargalhada cruel de Zanders ecoa pelos meus ouvidos, e não consigo evitar que meu olhar reencontre seu corpo.

Eu começo pelos tornozelos e noto a tatuagem preta e sinuosa que ocupa todo o lado esquerdo do corpo. Envolve a perna, risca as costelas, cobre o braço. A tinta preta não tem muito contraste em sua pele escura. Em vez disso, é um complemento. Combina com ele. Não sei explicar.

— Quer tentar responder de novo? — pergunta Zanders, sem fazer esforço para vestir a calça de moletom e a camiseta. O corpo nu dele ocupa o corredor inteiro, e ele apoia as mãos nos assentos dos meus dois lados, me prendendo ali. — Gostou do que viu?

Forço minha expressão mais arrogante, sem planos para inflar ainda mais o ego desse homem. O oxigênio no avião é limitado. Não quero que o ego dele sufoque todo mundo.

Sabe, é questão de segurança.

— Meh — digo, indiferente, e cruzo os braços, encarando ele sem ceder.

— Até parece, querida.

Zanders veste a camiseta branca, só parando de me olhar por um segundo, quando o tecido cobre o rosto. Em seguida, veste a calça cinza de moletom, enquanto eu tento como posso desviar o olhar daquela cueca.

E moletom cinza? Fala sério, cara.

— Acho que você babou um pouquinho... — diz ele, passando o dedo no canto da boca.

Tenho 90% de certeza de que não babei por ele, porém não me surpreenderia tanto se tivesse babado. Mas eu me recuso a confirmar.

Ele é ridículo de tão bonito.

Ele me desafia com o olhar cor de mel, sustentando minha atenção, me desafiando a secar a boca em busca da baba.

— Eu te odeio — lembro a ele, tentando me manter firme, o que o faz cair para a frente em meio a uma gargalhada arrogante, levando a mão ao peito.

Quando Zanders se empertiga outra vez, tento escapar dele, pois preciso sair desse corredor de merda, mas ele me impede, segurando o assento do outro lado e bloqueando a passagem com o braço.

— Aceito uma água com gás — diz ele, e sua voz grave e rouca me causa um arrepio.

Engulo em seco e viro o rosto para ele, brincando com fogo. O rosto dele está a milímetros do meu, e é lindo pra cacete. Praticamente sinto o calor da boca dele daqui. Ou talvez seja a temperatura daquele olhar ardente.

— Tem na geladeira nos fundos, fique à vontade para se servir.

Empurro o braço dele para passar, talvez com um pouco mais de força do que é necessário, mas ele está me deixando abalada, e eu não gosto. Não gosto que arranquem minha máscara de confiança.

— Com limão, Stevie, docinho! — acrescenta ele com uma risada satisfeita, e eu reviro os olhos.

Mas sinto também o rubor esquentar meu rosto.

* * *

Peguei a porcaria da água com gás para ele.

Também levei um refil, um travesseiro e um saco de salgadinho — sendo que ele poderia ter pegado tudo sozinho. A gente deixa essas coisas bem acessíveis de propósito.

Minha única esperança é que a luz para chamar a comissária no assento dele queime e pare de funcionar. Com a frequência com que ele anda apertando aquele botão, não seria uma surpresa.

A luz azul acende na cozinha outra vez, indicando que um passageiro precisa de atendimento.

Solto um grunhido audível. Acabei de fazer um queijo quente. Está perfeitamente derretido, e eu só dei umas poucas mordidas.

Indy ri.

— Parece que seu namoradinho está chamando — diz ela, apontando para a fileira da saída de emergência, onde a luz acima da cara perfeita e ridícula de Zanders está acesa.

— Até posso ir perguntar o que ele quer, mas a gente sabe que ele vai querer que você vá.

Reviro os olhos, alongo o pescoço e tento forçar meu melhor sorriso falso de comissária ao sair da cozinha, mas, enquanto isso, Tara aperta o passo até Zanders, o que acho ótimo. Se alguém quiser cuidar desse mimado, aceito com prazer repassar a responsabilidade.

— Tara vai resolver — informo a Indy ao voltar para a cozinha, nosso cantinho seguro.

— Aposto vinte dólares que ela vai vir até aqui e dizer que Zanders chamou por você.

— Não ganho dinheiro suficiente pra jogar fora com apostas que vou perder.

É a terceira viagem da temporada, e ele não aceitou falar com as outras comissárias em nenhum voo até agora.

Tara pigarreia no espaço entre o corredor e a cozinha.

— Evan Zanders precisa da sua ajuda.

— Sabe o que ele quer? — pergunto, cautelosa.

Apesar de eu não estar socializando com ele, sua tarefa óbvia de infernizar meu serviço a temporada toda talvez esteja chamando a atenção de Tara, então preciso tomar cuidado. Bom, Zanders precisa tomar cuidado.

— Não. Ele disse que precisa de algo que só você pode arranjar.

Tara aperta os lábios em uma linha fina e se vira, voltando para a parte da frente da aeronave, onde trabalha.

Não sei se ela está frustrada por eu chamar atenção ou se está chateada por não ser ela, o que me parece ridículo. Seria loucura alguém querer a atenção que Zanders me dá, dificultando tanto o meu trabalho.

— Vai cuidar do seu mozão — brinca Indy.

— Cala a boca.

O time todo está devorando o jantar quando atravesso o corredor, então, felizmente, ninguém me dá atenção quando sigo para a fileira de Zanders.

— Precisa de alguma coisa? — pergunto com minha voz mais doce, que não é tão doce assim.

Eu nunca diria que sou *doce*.

— Não gostei do jantar.

Ele olha para o prato, onde o filé-mignon perfeitamente preparado está praticamente intocado.

— Tá bom. Quer outra coisa?

— Faz um queijo quente pra mim?

— Jura? Você come essas coisas?

— Ah, meu bem. Está preocupada com minha dieta?

— Na verdade, não. Estou pouco me fodendo — declaro, honesta, e Maddison quase engasga com a gargalhada de susto ao lado dele. — Foi curiosidade. Mas você poderia ter pedido para a outra comissária quando ela veio, sabia?

Ele olha para a frente do avião, onde se encontra a silhueta perfeitamente esbelta de Tara, que nos observa.

— É, mas algo me diz que, em questão de comida, sua opinião é mais confiável do que a dela.

Que história é essa? É o jeito dele de julgar meu corpo? De dizer que sabe que como besteira regularmente e provavelmente sei fazer um bom sanduíche? Assim, não que ele esteja errado, mas...

Engulo em seco, me sentindo repentinamente claustrofóbica no avião. O espaço é apertado demais. Estou exposta para todos naquela fileira. Não quero que ninguém veja minha vergonha. O uniforme aperta meu corpo e o sinto esmagar meu quadril, meu peito, minhas axilas. Todo mundo nota que não cabe direito. Eu sei. A primeira coisa que veem é um corpo com alguns quilos a mais do que eu gostaria, e fui idiota de achar que talvez esses caras não me julgassem por isso.

Foi um erro, e minha máscara caiu completamente. Odeio me sentir tão vulnerável.

— Stevie? — chama Zanders, com humor. — Vai fazer seu trabalho e me trazer um queijo quente ou não vai?

Saio do transe bruscamente, faço que sim em silêncio e saio apressada para a cozinha, sentindo a necessidade de me esconder.

— Stevie? — chama Zanders enquanto me afasto correndo, mas nem me viro.

Preparo o sanduíche, mas não o sirvo. Na verdade, só volto ao corredor quando pousamos em Chicago e todo mundo sai da aeronave.

7

Stevie

Os Chicago Raptors vão jogar em casa, então tenho folga do trabalho esta semana. E, melhor ainda, os Chicago Devils têm a noite de folga, então finalmente posso ver meu irmão.

Mesmo assim, ainda não o vi hoje. Ele teve um treino não oficial pela manhã e uma coletiva de imprensa à tarde, mas vamos ao cinema à noite. Um momentinho para os gêmeos. Passei o dia encolhida no sofá no apartamento incrível dele, esperando que voltasse do estádio.

Não é brincadeira. Esse prédio é uma loucura. Foi construído há uns quatro anos, e Ryan se mudou um ano depois disso, quando foi contratado pelo time de Chicago. Ele não mora na cobertura, mas apenas uns dois andares abaixo, e a vista da varanda, que é de quase 180 graus, é épica. Dá para ver a maior parte de Chicago daqui até o lago Michigan.

Infelizmente, hoje a vista não está tão linda porque está caindo uma chuva torrencial. Normalmente, passo os dias de folga no abrigo, mas os cachorros não estão saindo para passear à tarde por causa do tempo, então não precisaram da minha ajuda.

Em vez disso, fiquei no sofá, vestida com minha calça de moletom mais feia e confortável.

As três viagens rápidas foram boas para eu pegar o jeito da temporada, porque a viagem seguinte será muito mais longa. Começa semana que vem em Nashville. Aposto que quase todo mundo adora parar em Nashville, mas eu só fico ansiosa.

Cresci nos arredores da cidade e fiquei muito agradecida por sair de lá e estudar na Universidade da Carolina do Norte. Nashville me faz sentir que não sou boa o suficiente.

Não sou loira o suficiente. Não sou alta e magra o suficiente, mas também não sou baixa e pequena o suficiente.

Pelo menos era assim que me sentia quando era mais nova, e voltar para lá anda me incomodando desde que fui contratada pelo time de hóquei. É uma parada regular no campeonato da NHL, enquanto, na NBA, eu conseguia evitar visitar minha cidade natal.

Ryan tem sorte. Ele não precisa voltar lá para jogar várias vezes ao ano, mas certamente seria recebido com um desfile de honra. Ele era uma celebridade local na adolescência, enquanto eu era a gêmea com quem as garotas eram simpáticas para tentar se engraçar com a estrela do basquete.

De qualquer jeito, ainda tenho umas duas amigas da escola lá e, apesar de não sermos muito íntimas, seria bom avisar que vou passar pela cidade semana que vem.

— Oi, Vee! — chama Ryan, entrando no apartamento.

Em um pulo, eu me levanto e viro para ele meus olhos arregalados de animação.

— Trouxe pra mim?

— Nem um oi? Nem um "meu irmão querido, minha pessoa preferida no mundo todo, como vai você?"

Torço o nariz.

— Não, fala sério.

— Trouxe, sim — diz ele, jogando para mim um cachorro-quente embrulhado em papel-alumínio. — Mas você sabe que tenho dinheiro pra comprar uma refeição melhor do que um podrão de cinco dólares, né?

— Não me julgue. O podrão do United Center é o melhor que tem. — Desembrulho o cachorro-quente com pressa e vejo que está recheado de cebola frita e pimentão, e coberto de mostarda, bem como eu gosto. — Que horas você quer sair?

— Sair para onde?

Viro a cabeça para ele, que está na cozinha.

— Para o cinema. A gente quer pegar a sessão das sete, né?

— Ah, merda, Vee. Esqueci total que a gente marcou de sair hoje. — Suas feições são dominadas pela culpa. — Marquei um encontro.

— Ah.

É uma surpresa total. Porque, bom, meu irmão não é de namorar.

— Posso desmarcar.

— Você marcou um encontro?

— É, mas vou desmarcar.

— Não faz isso, não.

Meu irmão não namora desde que chegou a Chicago. Ele está concentrado demais na carreira para acrescentar mulheres à equação. Na verdade, ele praticamente se recusa a namorar, então, apesar de provavelmente estar torcendo para eu fornecer uma desculpa para ele desmarcar, não vou encorajar sua solteirice de jeito nenhum.

Ele é a melhor pessoa que eu conheço, sem dúvida, e merece ser feliz, mesmo que ache que o único caminho para isso é o basquete. Infelizmente, o primeiro encontro que ele marcou em três anos coincidiu com o único compromisso que a gente conseguiu marcar em semanas. Agora que começaram os campeonatos de basquete e de hóquei, não vamos nos ver muito.

— Podemos remarcar? A gente pode ir ao cinema assim que eu voltar desses próximos jogos — oferece ele, animado.

— Viajo pra Nashville um dia antes de você voltar, mas não se preocupe. A gente uma hora se vê.

Ryan chega por trás do sofá, onde voltei a me sentar, e abraça meus ombros.

— Por favor, me diga para desmarcar.

— Você não vai desmarcar. Quem é ela, afinal?

— A sobrinha do diretor-geral do nosso time — diz Ryan, sentando-se na beira do sofá. — Ela vai para uma pré-estreia chique de cinema, e nosso diretor pediu um favor.

— Então você *vai* ao cinema.

Uma gargalhada leve vibra no peito de Ryan.

— Ela aparentemente precisa de uma renovação de imagem, e não tem companhia pública melhor do que Ryan Shay, chato e careta.

— Você não é chato, Ry.

— Porra, sou bem chato, sim, Vee.

— Bom, quem sabe você não acaba gostando mesmo dela?

— Ela não faz meu tipo. É um combinado estritamente profissional.

— Como alguém vai fazer seu tipo, se você nunca sai com ninguém?

— Mocinha bancada pelo titio? Não devia ser o tipo de ninguém — diz Ryan, balançando a cabeça, crítico. — Falando nisso, preciso de companhia para um baile de gala beneficente.

— Perfeito, peça para sua namorada atriz famosa e ladra de irmãos.

— Você topa ir comigo, né?

— Claro. Se não estiver viajando com o time.

— Não vai estar. É um evento beneficente de uma fundação de um jogador seu. Mentes Ativas de Chicago. Compra um vestido pra festa no meu cartão, porque é black tie.

Viro a cabeça para ele, estreitando os olhos.

— Tenho meu dinheiro. E prefiro comprar em brechó.

Ryan recua.

— Não vai rolar. Vee, você sabe que eu adoro esse seu estilo retrô, mas não pode usar um vestido de brechó nessa festa.

— Por que não?

— Porque o salão vai estar cheio dos atletas mais ricos de Chicago. Você vai ficar totalmente deslocada.

Essa declaração resolve o debate de uma vez. É o tipo de atenção que eu nunca quero.

— Tá. Pode me pagar um vestido caro pra cacete pra eu usar na frente dos seus colegas ricos pra cacete.

Um sorriso satisfeito surge no rosto dele.

— Leva o Amex preto quando sair.

Ele aperta de leve meu ombro antes de roubar o cachorro-quente da minha mão e dar uma mordida enorme.

— Ei, o que é isso?

— Porra, que delícia. Tenho que comprar um desses pra mim da próxima vez. — Ele limpa a mostarda do canto da boca. — E aí, Nashville, né? Vai avisar ao Patati e ao Patatá que vai estar na cidade?

— Se estiver falando da Hannah e da Jackie, ainda não sei. Não decidi.

Ryan revira a despensa, procurando um lanche.

— Não avise. Elas são do mal.

— Elas são minhas amigas.

— Não são suas amigas, Vee. Elas são só meninas malvadas.

Solto um suspiro exausto. Meu irmão está certo, mas elas eram minhas amigas mais íntimas na escola, mesmo que eu me sentisse a excluída do trio.

— Falando em meninas malvadas, teve notícia da mamãe?

Ryan me olha com irritação.

— A mamãe não é uma menina malvada.

— Para você, não. Você é o filho favorito, afinal.

— Não falei com ela, não. Mas é melhor você avisar que vai passar em Nashville. Ela vai querer te ver.

Não vai, não.

— É, claro, vou avisar.

Evito o olhar do meu irmão antes de ele perceber que a verdade é que eu não pretendia contar para minha mãe que estaria por lá. Adoraria ver meu pai. Mas minha mãe? Melhor não.

— Falando do baile... — Ryan senta no braço do sofá e me olha com cautela. — Brett me procurou hoje.

— Por quê? — retruco bruscamente.

Meu irmão respira fundo.

— Ele quer fazer uma visita. Para ir ao evento.

— Visita? Aqui? Chicago?

Ryan desvia o olhar do meu.

— Falei que era má ideia. Ele não sabia que você estava morando aqui, mas ele está num momento muito difícil, tentando encontrar um emprego na área dos esportes. Todos os maiores times da cidade vão estar nesse evento beneficente. É um bom lugar para networking.

Falta ar nos meus pulmões e, por consequência, oxigênio no meu cérebro só de ouvir o nome de Brett. A última pessoa em quem quero pensar é o colega de time da faculdade do meu irmão... meu ex.

Namoramos durante quase toda a faculdade, mas em vários períodos ele terminava comigo porque tinha arranjado opção melhor. Depois, voltava rastejando porque estava entediado e me botava de volta na montanha-russa sem fim que era tentar ser suficiente para manter sua atenção.

E eu era a idiota que aceitava ele de volta. Toda. Vez. Ele era meu ponto fraco. Eu o amava e só queria que ele me amasse de volta, mas ele não amava. Não sinceramente.

Eu estava lá para preencher um vazio. Para esquentar a cama enquanto ele continuava a procurar coisa melhor. Na época, não percebi, mas minha autoconfiança levou um tombo daqueles porque constantemente me sentia insuficiente para ele, e, é claro, foi na mesma época que minha mãe começou com os comentários sobre minha aparência.

Aí, no último ano, quando Brett soube que tinha sido aceito para um acampamento de treino com um time profissional de basquete, me largou mais rápido do que se pode dizer "estou te usando há três anos", que foi essencialmente o que ele disse, mas sem usar essas palavras.

Lembro tudo como se fosse ontem. Estava esperando Ryan na porta do vestiário da UCN, mas não sabia que meu irmão estava dando entrevista na quadra enquanto o restante do time falava merda do outro lado de uma porta fininha, que não abafava som nenhum.

— E a Stevie? — perguntou um dos garotos ao saber da nova oportunidade do meu namorado.

Sabe qual foi a resposta de Brett?

— O que tem a Stevie? Estava com ela por tédio, mas agora vou virar profissa. Imagina as mulheres que vão se jogar aos meus pés. Acha que vou ficar com a irmã do Shay, se tiver opção melhor?

E foi isso. Foi a última gota para mim. Ele chegou a me procurar umas poucas vezes ao longo dos anos, especialmente depois de ser demitido durante o treinamento da temporada de estreia e nunca mais ter sido contratado por um time profissional da NBA. Mas aquele dia na porta do vestiário foi o dia em que tudo se encaixou. Eu nunca fui nada para ele e, desde então, carrego o peso de saber que fui insuficiente.

Ryan nem imagina como a coisa foi feia. Brett jogou com ele na faculdade e, na época, era um de seus melhores amigos. Porém, a dor de cotovelo que meu irmão me viu sofrer fez com que mantivesse distância do amigo, mesmo sem saber dos detalhes.

Sem drama, mas ele acabou comigo.

E é por isso, senhoras e senhores, que nunca mais vou namorar um atleta. Eles são superficiais e só ligam para o troféu. E eu não sou troféu de ninguém.

— Falei que acho má ideia — insiste Ryan, me arrancando do passado para voltar ao presente. — Mas acho que talvez precise dar uma ajudada. Botar ele em contato com um pessoal da mídia... Sei lá. Tenho pena dele.

Ryan não teria pena se imaginasse o que o antigo colega falou de mim. Na verdade, provavelmente meteria a porrada nele.

— Vou falar para ele não vir.

— Não — digo, balançando a cabeça. — Ele jogou com você na faculdade, Ry. Tá tranquilo. Mas pode arranjar outro lugar para ele se hospedar?

Ele abre um sorriso compreensivo e agradecido.

— Um dia você me conta o que rolou?

— A gente terminou. Simples assim.

— Eu ia gostar que você me contasse, um dia desses. — Ele anda por trás do sofá e bagunça meus cachos antes de ir se arrumar no quarto. — Te amo, Vee.

O desgosto que sinto pelo colega de Ryan fica na minha boca enquanto acabo de comer o cachorro-quente antes de me largar no sofá e me esconder debaixo do meu cobertor pesado.

Passo o fim da tarde vestida com minha calça de moletom mais confortável. Também é a mais surrada, mas não estou tentando impressionar ninguém. Estou sozinha nesse apartamento gigantesco, no centro de uma cidade onde ainda não conheço tanta gente. Considero mandar mensagem para Indy e ver o que ela está fazendo, pensando que pode ser uma boa oportunidade de conhecer melhor minha colega, visto que vamos passar a maior parte dos seis a oito meses seguintes viajando juntas. Mas o peso do cobertor e minha falta de vontade de me levantar do sofá me impedem.

Felizmente parou de chover, então, quando tiver força mental para levantar desse sofá, vou sair para passar o resto da noite agarradinha nos meus rapazes preferidos. E nas moças também.

É claro que estou falando dos cachorros da CIC: Cães Idosos de Chicago.

É um abrigo perto daqui, onde cachorros mais velhos esperam ser adotados e levados para uma casa amorosa em que poderão viver até o fim. Entrei lá como voluntária no dia seguinte que me mudei para Chicago. Eu fazia um serviço parecido na Carolina do Norte, quando estava na faculdade, e isso se tornou certa paixão para mim.

Se eu pudesse viver de cuidar desses animais e de amá-los, viveria. Mas, infelizmente, é uma ONG que sobrevive graças a poucas doações. Então os voluntários estão lá por amor aos animais.

E eu me identifico com eles.

Não exatamente com a idade, afinal, eu só tenho 26 anos, mas a ideia de não ser a primeira opção de ninguém... Isso eu entendo.

Esses cachorros são preteridos em nome dos filhotes e abandonados pelo resto da curta vida no abrigo. Não vou ser dramática e dizer que sou preterida por todos os homens que conheço, porque não chega a ser verdade. Mas, depois do que aconteceu com Brett, lembro bem como é ser a segunda opção. Então eu escolho como primeira opção esses cachorrinhos velhos e fofos que só querem um lar quentinho e o amor de alguém.

E, se meu irmão não fosse alérgico, eu encheria o apartamento de cachorros.

Zapeando pelos canais para encontrar algo decente para ver, acabo pegando um pedaço do jogo dos Raptors. Faltam só dois minutos do último tempo, e está 4–2 a favor deles. Parece uma vitória fácil.

O estádio está lotado, como quando vejo Ryan jogar.

Não entendo muito de hóquei, mas acho melhor aprender, agora que faz parte do meu trabalho, então assisto àqueles últimos minutos. E, nesse tempo, só aprendo que tem um termo chamado *icing* — mas não faço ideia do que quer dizer, apesar de ter duas marcações disso.

Fazem uns anúncios dos melhores jogadores em campo e, quem diria, Evan Zanders ganha a primeira estrela, o que parece ser uma coisa boa.

— Como está hoje, Zanders? — pergunta um dos comentaristas.

Ele levanta a camisa para secar o suor da testa antes de focar os olhos castanhos na câmera e abrir seu típico sorriso eletrizante. Todo atraente, metido e tal.

— Estou bem. Boa vitória para o time hoje.

— Parabéns por ter sido destacado como primeira estrela do jogo. Vai comemorar com alguém especial?

Já vi vários jogos profissionais e nunca ouvi uma pergunta dessas, mas, pelo que sei da reputação de Zanders, a mídia só parece ligar para quando ele está fodendo com alguém, metafórica ou literalmente.

Ele abre um sorrisinho irônico, olhando bem para a câmera.

— Com uns alguéns especiais, na verdade.

Que nojo. Desligo a televisão.

Pego o notebook e mergulho no stalking nível investigativo que Indy já fez. Se vou ficar tanto tempo presa em um avião com esses caras, melhor entender qual é a deles.

Rio é o primeiro nome que aparece. Não tem muita informação sobre o jogador de olhos verdes da defesa, mas ele obviamente é o palhaço do time. Não tem muitas fotos em que ele não esteja com um sorrisão bobo ou carregando uma caixona de som retrô.

Não encontro muito sobre o restante dos jogadores, exceto onde fizeram faculdade, de que país vêm e algumas imagens com namoradas e amigos.

O capitão já é outra coisa. Quando clico no nome de Eli Maddison, surge uma lista imensa de sites. A universidade em que estudou, os times nos quais jogou antes, e, principalmente, a organização beneficente que ele fundou. O nome me parece familiar: Mentes Ativas de Chicago.

Quando as peças se encaixam, percebo que a festa à qual vou com Ryan é ligada à organização do Maddison para apoiar crianças e adolescentes que estão em sofrimento psíquico.

Também há várias fotos dele com a família. A esposa me parece meio familiar, apesar de eu não saber bem de onde, mas o cabelo ruivo me chama atenção e tenho quase certeza de que já a vi em algum lugar.

Também há um sem-fim de fotos de Maddison com a filha, inclusive um vídeo de quando ela invadiu uma coletiva de imprensa ano passado, que viralizou.

É óbvio que Maddison é o pai de família do time.

Evan Zanders é o oposto. Tem quase tanta informação sobre Zanders quanto sobre Maddison. Contudo, não há família alguma representada na busca sobre ele. São inúmeras as imagens dele saindo da arena com mulheres diferentes, nenhuma aparecendo em mais de um dia. As fotos são acompanhadas de manchetes do tipo:

"Evan Zanders, do Chicago Raptors, faz farra na boate até 4 da manhã."

"Número onze expulso de campo por brigar. Enfrenta multas."

"Evan Zanders: o bad boy de Chicago."

Nossa. Que clichê.

Sem querer, reviro os olhos, porque encontrei exatamente o que sabia que veria. Depois, fecho o notebook e o largo no sofá.

Eu me levanto, prendo o cabelo cacheado em um coque rápido, visto um moletom largo e calço meus tênis Air Force One. Antes de sair, pego um saco de petiscos caninos na bancada e dou uma olhada rápida no espelho.

Estou um desastre.

A calça está manchada, com o tecido puído de tão gasto, e preciso lavar o cabelo. Não passei maquiagem nenhuma e tem boas chances do meu queixo ainda estar meio sujo de mostarda do cachorro-quente. Mas os cãezinhos não ligam, nem eu.

Pego o celular, a bolsa e as chaves e saio do apartamento para pegar o elevador.

Estou animada para encontrar meus amigos peludos, que não vejo já faz dias. E essa é a questão com esses animais mais velhos: não dá para saber quanto tempo ainda teremos com eles. A gente precisa dar todo o amor que pode, porque não sabe quanto tempo eles ainda vão passar na Terra.

Desço sozinha no elevador até o térreo enquanto o murmúrio baixo de violino sai da caixa de som para preencher a cabine metálica. O apartamento do meu irmão é chique pra caramba, e só gente podre de rica mora nesse prédio. O porteiro simpático deve morrer do coração toda vez que me vê entrar e sair de camisa de flanela frouxa, camiseta larga e tênis sujo. Mas ele é educado e nunca diz nada.

O elevador para no térreo e, assim que as portas se abrem, eu saio e dou de cara com algo duro.

— Nossa — diz alguém, me segurando com um braço pesado. — Tudo bem aí?

Estou meio tonta por causa da cabeçada em músculo puro, mas enxergo com clareza.

Subo o olhar pelo corpo do desconhecido, notando o contraste entre meus tênis sujos e os sapatos sociais reluzentes dele. Ele tem pernas grossas, e a calça do terno é perfeitamente ajustada às coxas fortes. A camisa branca engomada é praticamente transparente, exibindo a pele tatuada, e, quando olho a correntinha dourada no pescoço, percebo em quem esbarrei.

Meu corpo, considerando o calor que me percorre devido ao contato inesperado, também sabe.

Levanto os olhos e aquelas íris cor de mel me fitam enquanto o sorriso mais safado curva sua boca.

— Stevie — diz Zanders. — Está me perseguindo?

8
Zanders

— Stevie — começo. — Está me perseguindo?

Ela me olha de cima a baixo, me secando da mesma maneira que eu faço com ela.

Seus cachos castanhos estão bagunçados no alto da cabeça, e as roupas engolem sua silhueta. Pestanas escuras emolduram os olhos verde-azulados, e não tem um pingo de maquiagem no rosto dela, exceto por… Seria mostarda no seu queixo?

Ela está a meros centímetros de mim, bem onde trombou com meu peito, e eu continuo a segurá-la. Sem pensar, passo o dedo para limpar com cuidado a mancha amarela no seu rosto. Quando faço isso, Stevie fica boquiaberta e encontra meu olhar, sustentando-o por um momento.

Stevie pigarreia e dá um passo para trás, se afastando.

— Parece que é você que está me perseguindo — retruca ela, se recusando a me olhar, e cruza os braços.

— Como é que eu estaria te perseguindo? — digo, imitando seu gesto teimoso, cruzando os braços também. — Meu melhor amigo mora aqui.

Finalmente, ela volta a me olhar, inclinando a cabeça, confusa.

— Eli Maddison — explico. — A família dele mora aqui. Na cobertura. Mas o elevador deles está em manutenção.

Aponto para o elevador particular do andar de Maddison, que eu sempre uso para evitar esse tipo de situação.

Uma expressão de entendimento toma o rosto de Stevie.

— A esposa dele tem cabelo ruivo, de um tom escuro?

É a cor característica do cabelo de Logan.

— Logan. Tem.

Stevie faz que sim com a cabeça, como se as peças estivessem se encaixando.

— Então obviamente é você que me perseguiu.

Ela bufa.

— Eu moro aqui. Se tem um stalker aqui, certamente não sou eu.

— Até parece, Stevie, docinho — desdenho, sem acreditar.

Não quero ser metido, mas esse prédio, assim como o meu, do outro lado da rua, é caro pra caramba. Ela é comissária de bordo. Duvido muito que tenha dinheiro pra morar aqui.

— Por que você me apelidou assim?

Uma gargalhada cruel escapa da minha boca. Achei que ela fosse mais esperta.

— Você não entendeu?

— O quê?

— O apelido. É ironia. Você não tem um pingo de doçura no corpo, docinho.

Ela sustenta meu olhar por um momento, pensando na resposta. Se fosse outra pessoa, eu esperaria ouvir um palavrão ou até levar um tapa, mas com Stevie, não. Ela é meio surpreendente assim mesmo. Aguenta a zoeira tanto quanto sabe zoar.

Em vez de uma reação negativa, uma risada descontrolada escapa dela, fazendo seu peito tremer.

— Ah, na real é bem engraçado.

Não seguro o sorriso que toma meu rosto ao ver essa garota doidinha, vestida como se não tivesse casa, incapaz de conter a gargalhada histérica no meio desse saguão impecável de mármore branco.

Ela parece inteiramente deslocada, e, porra, eu amo isso.

— Você é muito escroto. — Ela ri.

— Eu sei.

Sorrio de volta.

Deixo que ela recupere o fôlego antes de perguntar outra vez.

— Tá, agora fala sério. Por que você está aqui?

Ela inspira fundo, ainda sorrindo.

— Já falei. Eu moro aqui. Bom, meu irmão mora, e estou morando com ele.

— Seu irmão? Quem é seu irmão?

Eu devo conhecer ele. Essa cidade é grande, mas não a esse ponto. Para conseguir morar nesse prédio, ele tem que ser um ricaço, talvez atleta, alguém que ganhe milhões por ano.

— Você não conhece — diz Stevie. — Tenho que ir. Boa noite.

Ela passa por mim e sai rapidamente do prédio. Eu a vejo ir embora e olho rapidamente para o elevador, pensativo. Fiquei de encontrar Maddison e Logan para tomar um drink de comemoração na varanda, agora que a chuva parou.

Em vez disso, acabo dando meia-volta e saindo correndo do prédio, atrás de uma comissária de bordo que parece decidida a fugir de mim.

— Espera! — chamo, passando pela porta.

Ela para de repente e se vira para mim, toda desgrenhada, e não faço ideia de por que estou correndo atrás dessa mulher.

— Aonde… hm. Aonde você vai? Já passou de meia-noite.

A melhor pergunta seria por que eu estou interessado.

Stevie olha para a rua, no sentido em que estava andando.

— Vou só resolver uma coisa.

— Onde? — *De novo, por que eu quero saber?* — Não é seguro andar por aí à noite em Chicago.

— É daqui a uma quadra. Estou bem.

Stevie me dá as costas e aperta o passo.

Reviro os olhos, frustrado, e acelero para alcançá-la. Pego o cotovelo dela devagar e a viro para mim.

— Espera, Stevie.

Quando ela se vira para mim, eu deslizo os dedos, roçando a pele marrom-clara dela e segurando de leve seu antebraço.

Ela olha minha mão antes de se virar para meu rosto.

— Pois não?

Pois é, Evan, que foi? Porra, tá querendo dizer o quê? Por que não para de ir atrás dessa gata que obviamente quer escapar de você?

Solto o braço dela, tentando formar uma frase. Desde que conheci essa mulher, me diverti incomodando ela e deixando ela toda agitada. Mas hoje fui eu que perdi meu charme e a capacidade de formar frases completas.

Felizmente, ela fala antes de mim.

— Você está cheirando a sexo.

Eu me empertigo, com um sorriso satisfeito.

— Obrigado.

— Não foi um elogio.

— Tomei como um.

Ela revira os olhos.

— Não é culpa sua. Você disse mesmo que ia comemorar com alguns alguéns hoje.

Levanto as sobrancelhas.

— Você viu o jogo?

— Vi os últimos dois minutos.

— Eu estava gostoso pra caralho, né?

— Você é apaixonado por si mesmo.

— Alguém tem que ser — solto minha eterna resposta.

Um casal passa por nós na rua, me olhando e cochichando. A temporada mal começou, e faz um tempo que não faço nada escandaloso para os paparazzi me seguirem sem parar. Ainda assim, é difícil eu andar pela cidade sem ser reconhecido. Não que eu me incomode com a atenção. De modo geral, gosto da exibição.

— Mas não, não eram esses alguéns — explico, apesar de Stevie não ter perguntado. — Eu estava falando de comemorar com a família do Maddison. A esposa dele também é uma das minhas melhores amigas, e, se eu chegar na hora certa, talvez consiga ver o filho recém-nascido deles acordado porque é hora de mamar.

Aponto para o prédio, indicando a cobertura.

— Ah. — Ela ri, sem jeito. — Na câmera pareceu totalmente sexual.

— A mídia sempre vê por esse lado de qualquer jeito — digo, dando de ombros. — Melhor caprichar.

— É, a mídia parece mesmo ter uma imagem clara sua. Pelo menos é o que parece na internet.

Ela arregala os olhos imediatamente, como se tivesse dito algo que não devia.

— Stevie, docinho. Você pesquisou sobre mim no Google? — pergunto, achando graça.

Ela relaxa os ombros, retomando rápido a postura casual e confiante.

— Pesquisei sobre o time todo. Não precisa se doer todo achando que fui atrás de você.

— E o que achou quando pesquisou meu nome, e só o meu?

— Nada que eu não soubesse.

Ah.

Amo minha reputação, amo tudo nela. As pessoas mais importantes para mim sabem que a persona na mídia é só isso: uma persona. Mas gosto que o resto ache que sou um escroto detestável. Dá certo para mim. As mulheres se jogam no meu colo por isso.

Mas, por algum motivo, não gosto que essa comissária de bordo metida me veja assim. Obviamente minha reputação não pega bem com ela. Mas, se ela gostasse de mim, um pouquinho que fosse, seria bem mais divertido zoar com ela no avião, o que ainda é minha missão. Mas parece que Stevie não me suporta, e tudo que eu faço a bordo só faz com que me odeie ainda mais.

Mas acho que quero que ela goste de mim. Tipo, como ser humano.

— Não acredite em tudo que vê na imprensa. É muita encenação para seguir a narrativa que minha equipe de RP criou.

— Então quer dizer que você não sai com uma mulher diferente depois de cada jogo? E na real liga para alguém além de si mesmo?

Levanto as sobrancelhas diante da pergunta direta.

— Tem algum problema em sair do jogo toda noite com uma mulher diferente?

— De jeito nenhum — diz Stevie, rápido, o que me desestabiliza.

Achei que ela fosse dizer que sim. A maioria das mulheres não apoia plenamente essa coisa de "galinha".

— Mas você disse que não é o que parece. Parece que isso combina bem com o retrato que fizeram — conclui ela.

— Bom... — Coço o pescoço, me sentindo exposto de repente. Normalmente não sinto necessidade de me explicar, mas, por algum motivo, agora quero. — Acredite se quiser, às vezes saio do jogo com essas mulheres, na esperança de tirarem fotos, e boto elas em um táxi para casa.

Stevie levanta as sobrancelhas, surpresa.

— Mas é, tem vezes em que elas vão para minha casa mesmo. Minha imagem me rende dinheiro pra caralho. Não faz mal caprichar, e tem suas vantagens.

Uma gargalhada de compreensão escapa de Stevie.

Caramba, ela é bonita mesmo, e é muito atraente o fato de ela não me julgar. Apesar da atitude às vezes irritante e do moletom manchado e puído que está vestindo, e que parece já ter visto dias melhores.

Stevie me olha por um momento, e uma lembrança lampeja em seu olhar antes de seu sorriso murchar.

— Tenho que ir.

Ela me dá as costas rapidamente.

— Opa, opa, opa. — Corro para alcançá-la de novo. Meus sapatos são Louboutin. Ninguém deveria correr de Louboutin. — O que rolou?

Stevie para por um momento, e eu olho para o polegar dela, cujo anel ela está girando, nervosa.

— No outro dia... O que você quis dizer quando falou que confia mais na minha opinião para comida do que na das outras mulheres?

Franzo a testa, confuso.

— Quando você pediu para eu fazer um jantar diferente, porque você não gostou do seu. Você disse que confiava mais na minha opinião sobre comida do que na das minhas colegas.

Ah, é. Eu tinha esquecido que ela tinha ficado esquisita depois daquilo.

— Tá, o que tem?

— O que você quis dizer?

Estou perdido.

— O que eu disse? Que confio mais na sua opinião sobre comida.

— Mas como assim? — insiste ela.

Respiro fundo, tentando sacar de que merda ela está falando. Honestamente, essas mulheres... são todas meio doidas.

— Olha, Stevie. Eu sou um cara simples...

— Não é, não.

— Tá. — Eu rio. Ela está certa. *Simples* provavelmente não é a melhor palavra para me descrever. Eu nem saio de casa sem um look todo planejado. — Direto. Sou direto. Não tem subentendido quando falo alguma coisa. Eu não minto. Não enrolo. Falei o que quis dizer.

— Saquei.

Mais uma vez, ela me dá as costas, mas eu a interrompo, segurando seu braço.

— Eu que não entendi. Pode me explicar por que te ofendi?

Stevie mordisca a ponta do cordão nojento do moletom e continua a girar o anel dourado no polegar.

— Bom, você falou para a garota que não é tão magra que confia mais na opinião dela sobre comida do que na das que são magras.

— E daí?

— Entende por que eu acharia que é um modo de julgar meu corpo?

Opa, como é que é?

— Como é que é? — pergunto, chocado, de olhos arregalados. — Foi por isso que você ficou toda esquisita e se escondeu pelo resto do voo? Achou que eu estava falando do seu corpo?

Stevie fica quieta e desvia o olhar.

— Primeiro, isso nem me ocorreu. Mas você tem uma bunda e uns peitos de enlouquecer — digo, o que faz ela rir. — E não sei o que as outras comissárias comem, mas meu comentário não teve nada a ver com seu tamanho ou com seu corpo. Só sei que, quando te vi naquele bar em Denver, você tinha pedido um hambúrguer com uma cara deliciosa. Aí, quando fui ao banheiro do avião, na volta de Detroit, vi você devorando aquele queijo quente e quis comer um igual. Não falei nada sobre o seu corpo, só sobre suas papilas gustativas. A gente gosta do mesmo tipo de comida.

O rosto sardento de Stevie fica corado.

— Ah — diz ela, a voz fraca, aparentemente envergonhada pela reação exagerada.

— E, se quiser que eu seja direto sobre o seu corpo — digo, olhando Stevie de cima a baixo, obviamente secando ela. — É de arrasar. Você deveria exibir mais. Essa calça de moletom é um horror.

Finalmente, uma risada relaxada escapa da boca de Stevie e chega a meus ouvidos. É gostosa.

— Sério, você faz compras em brechó ou algo do tipo?

Puxo o tecido puído da calça dela, que acho que vai rasgar se eu puxar mais.

Stevie olha rapidamente para sua roupa, se é que posso chamar assim.

— Faço — declara, sem hesitar.

— A gente está te pagando pouco assim? Posso tentar resolver.

— Não. — Ela ri. — Só gosto de comprar roupa de segunda mão.

Isso eu não entendo. Eu tenho um alfaiate que faz metade das minhas roupas, e a outra metade é de grife. Mas roupa usada? Não, valeu.

— Você faz compras só na Louis Vuitton, Prada e Tom Ford? — pergunta ela.

— É.

Stevie ri.

— Eu sei. Era brincadeira. Já notei que só usa grife. Você é bonitinho, Evan Zanders.

Ela dá um tapinha condescendente no meu peito.

— Ah, docinho. Acha que sou bonito?

Ela revira os olhos de zoeira.

— Para de me chamar de docinho.

— Nunca.

Ela me dirige um olhar suave, nós dois quietos, mas sem pararmos de nos encarar.

Depois de um instante, Stevie começa a andar para trás, seguindo na direção para a qual ia antes de eu correr atrás dela, mas ainda de frente para mim.

— Sabe, Zanders. Agora que você falou, vocês não me pagam tão bem *mesmo*. Acho que estou merecendo um aumento.

Mantenho a boca bem fechada, tentando segurar um sorriso, mas ela me pegou. Eu me meti nessa armadilha sozinho.

— Vai começar a ser boazinha comigo no avião, se eu fizer isso?

Ela hesita um instante, inclinando a cabeça para pensar enquanto continua a recuar.

— Duvido.

O sorriso escapa. Não dá mais para segurar.

— Você vai começar a ser bonzinho *comigo* e deixar de ser todo carente com aquele botão? — pergunta ela, com um sorriso esperto.

— Nem fodendo. Melhor você botar seus tênis de corrida no próximo voo. Vou fazer você andar de um lado para o outro.

Escuto a risada dela daqui, apesar de ela já ter andado metade da quadra.

— Vou me alongar bem antes de você me dar uma canseira! — grita ela, e me dá as costas.

Ela não pretendia que soasse sexual, mas agora só consigo pensar em dar outro tipo de canseira nela, e como seria divertido jogar aquele corpo curvilíneo de um lado para o outro. Com ou sem alongamento, ela ainda ia ter dificuldade de andar no dia seguinte.

Não quero ser esquisito, mas fico olhando para Stevie até ela chegar ao destino, na outra quadra. Olho só porque Chicago é perigoso pra caramba. Não tem nada a ver com o movimento da bunda dela, ou com o requebrar do quadril debaixo daquela calça de moletom horrenda que precisa mesmo ir para a lixeira.

9

Zanders

— Viu a manchete de hoje? — pergunta Maddison, botando o celular bem na frente da minha cara.

O tabloide diz "Evan Zanders: semana nova, mulher nova". Abaixo da manchete, uma foto gigantesca da noite anterior, quando eu saí do jogo com a gata que convidei.

— Vai contar para eles que você chamou um táxi na porta do seu prédio e que ela nunca nem entrou? E que, em vez de subir com ela, veio pra nossa casa botar sua sobrinha para dormir?

— Deixe eles acreditarem no que quiserem.

— Quer dizer: deixe acreditarem no que *Rich* quer que acreditem — retruca Maddison.

— Só tenho que fazer esse joguinho até o fim do campeonato. Rich acha que o time não vai renovar meu contrato sem essa pose de cafajeste-que-não-está-nem-aí-para-ninguém, então tenho que continuar.

— É, até parece. Porque o time não vai renovar seu contrato por você ser o melhor defesa do time, um dos melhores da liga, e muito menos vai renovar seu contrato por ser finalista do troféu Norris em três temporadas. — A voz de Maddison transborda de sarcasmo. — Claro que só vão renovar seu contrato se você continuar a passar um rodo astronômico.

— Com o dinheiro que está em jogo, melhor não arriscar.

Sem pensar nem precisar de nada, levanto a mão e aperto o botão para chamar a comissária. O apito ecoa pela cabine e a luz azul brilha acima de mim.

— Porra, Zee, deixa ela em paz — diz Maddison, abanando a cabeça. — A gente vai pousar em Nashville daqui a quinze minutos e você passou o voo inteiro apertando esse botão.

— Não posso. Prometi que ia infernizar o trabalho da Stevie, não posso quebrar a promessa.

— Você é tão mentiroso.

— Como assim?

— Zee, você é a pessoa mais direta e sem rodeios que conheço, mas está mentindo para você mesmo se acha que aperta esse botão sem parar porque quer atrapalhar a vida dela.

— Por que mais seria?

Maddison recosta a cabeça e solta uma risada condescendente.

— Desde quando você ficou burro assim, cara? Você quer transar com ela. Porra, tá na cara.

Bom, que merda. É, eu sei, mas achei que estava sendo mais sutil.

Percebi semana passada, quando esbarrei com Stevie no prédio do Maddison. Por mais puída e velha que fosse aquela calça de moletom, só conseguia pensar em arrancar a roupa dela e meter a cara entre aquelas pernas.

Nossa brincadeirinha de flerte rapidamente acabou com minha confusão. A atitude e a resistência dela não estão mais gerando frustração. Agora é tudo intriga e desejo.

Quando consertaram o elevador particular de Maddison, mas mesmo assim continuei a usar o outro na esperança de esbarrar de novo na comissária de cabelo cacheado, soube que meu plano tinha mudado. Não quero mais dar uma lição nela e ensinar para quem ela trabalha. Quero é que ela goste de mim e, tomara, queira transar comigo também.

Mas seria mais suspeito se eu parasse de infernizar ela, então continuei com isso o voo todo. Além do mais, onde se ganha o pão, não se come a carne; é do que tenho tentando me lembrar. Então, transar com a comissária de bordo não é uma opção, por mais que ande pensando nisso.

— E agora, o que foi? — pergunta Stevie, frustrada, ao apertar a luz acima da minha cabeça para desligar o aviso.

É, Evan, e agora?

Não preciso de porra nenhuma, mas esse botão é tipo um ímã e não consigo parar de apertar, porque sei que, toda vez que peço, uma comissária de bordo sexy cheia de atitude vem até mim.

— Hm… — gaguejo. — Quero… — *Pense. Direito. Seu idiota.* — Quero…

— Ele *quer* transar com você — intervém Maddison no assento ao lado.

Na real, quero dar um pescotapa no meu melhor amigo e mandar ele fechar a matraca, mas não estamos na escola, e assim seria óbvio demais.

Não que minha especialidade seja a sutileza. Não sou tímido com o que quero, mas o que eu quero, essa mulher, eu não deveria querer, nem posso ter.

Viro a cara para Maddison e sustento o olhar dele, sem piscar, indicando que vou acabar com ele assim que sairmos do avião.

Ele só faz cair na gargalhada, se achando especialmente hilário.

Quando me volto para Stevie, os olhos verde-azulados dela brilham de graça, enquanto tenta segurar o sorriso.

— Que tal pedir uma coisa que eu possa mesmo fazer?

— Vou te ver em Nashville?

Puta. Merda. Qual é meu problema? *Vou te ver em Nashville?* Pareço um otário desesperado precisando fazer planos como se não tivesse opções infinitas na ponta dos dedos.

Nashville é uma cidade ideal para mim. Meu Instagram já está inundado de mensagens dos contatinhos do Tennessee, e garanto que, se eu quiser, vou meter fundo numa delas hoje.

— Boa pergunta — retruca Stevie. — Você parece me perseguir por aí, então imagino que vá aparecer no bar ao qual eu for hoje.

Maddison vira a cabeça para mim, com uma expressão confusa. Eu talvez não tenha mencionado que esbarrei em Stevie fora do avião umas vezes. E, mesmo sem essa informação, ele sabe que quero transar com ela. Então está ótimo.

Estou sem palavras pela primeira vez na vida, mas, felizmente, o piloto me salva ao falar pelo sistema de comunicação do avião que as comissárias têm que fazer a verificação para a aterrissagem. Stevie vai para o fundo do avião.

— Zee… — diz Maddison, inteiramente sério. — Não faz isso.

— Não fazer o quê?

Tem um sorrisinho escroto curvando minha boca. Não sou bom em me fazer de bobo, e este momento não é exceção, porque meu melhor amigo revira os olhos.

— Pelo bem dela, não transa com ela. Ela trabalha para você e vai passar o resto da temporada no avião com a gente. Essas histórias se espalham que nem fogo de palha no vestiário. Você sabe muito bem. Pelo bem dela, abaixa o facho, cara.

Respiro fundo e assinto.

— Onde se ganha o pão, não se come a carne — digo, lembrando isso tanto ao meu melhor amigo quanto a mim mesmo.

10
Stevie

Estou quase lá. Com os dedos do pé tensos, pernas abertas e cabeça afundada no travesseiro do hotel. O vibrador treme na minha mão enquanto eu remexo o corpo, prestes a gozar. Fecho os olhos com força enquanto meu melhor amigo portátil faz magia nos meus nervos mais sensíveis.

Nunca viajo sem esse apetrecho. E faz um tempo que não gozo, então o orgasmo está prestes a devastar meu corpo. Já dá para sentir.

Estou quase lá. Porra, quase lá, imaginando outra pessoa fazendo aquilo, em vez de o brinquedo roxo de borracha na minha mão.

Michael B. Jordan. *Sim.*

Liam Hemsworth. *Sim.*

Ai, meu Deus, estou quase.

Evan Zanders. Não.

Não. Não. Não. Não, por favor.

Mas já é tarde, meu corpo inteiro se contrai e minha boca se abre quando eu gozo, imaginando que é Zanders que faz aquilo comigo. Ao atingir o auge, vejo apenas a pele tatuada e os olhos cor de mel dele. A correntinha de ouro no pescoço. Os músculos fortes das costas. Os dedos compridos e os dentes perfeitos. Não. Porra, não.

Quando finalmente relaxo, jogo o vibrador para longe, me sentindo frustrada e traída. Sério, acabei de gozar imaginando Evan Zanders me comendo?

Sim. Acabei, sim.

E consegui imaginar mais alguém a semana toda, desde que vi o volume do que ele carrega na calça, na volta de Detroit?

Não. Não consegui, não.

Por isso estava atrasando aquele orgasmo. Passei a semana toda sem gozar. Parei sempre que pensava naquela carinha linda e besta dele, e desde então ando sexualmente frustrada.

— Stevie! — gritam vozes de mulher, acompanhadas de várias batidas na porta.

Merda. Já deu nove horas?

Pego uma calça de moletom na mala e me visto com dificuldade, tentando me cobrir enquanto vou tropeçando até a entrada. Consigo passar a calça pela bunda antes de abrir a porta.

— Aaaah! — gritam Hannah e Jackie, me abraçando.

Esse acolhimento é meio inesperado. Fazia um tempão que não via nem falava com minhas amigas de escola, mas senti que precisava avisar que ia estar pela cidade. Temos um grupo de mensagens, mas normalmente só elas conversam. Quando eu falei que ia visitar a cidade, elas insistiram para que a gente saísse.

— Oi, gente.

Retribuo o abraço, ou pelo menos tento, apesar de elas estarem esmagando meus braços.

— Por favor, me diga que não vai sair assim.

Hannah me solta e me olha de cima a baixo. Eu olho também para minha roupa relaxada.

— Claro que não. Vou só me trocar rapidinho, e a gente sai.

Dou uma olhada para a roupa das minhas amigas e fico feliz por ter levado uma opção mais distante da minha zona de conforto. Hannah está de vestidinho curto de lantejoulas, e o cropped de Jackie exibe perfeitamente seu abdômen sarado. Eu preferiria sair de camiseta larga e calça jeans frouxa, mas essa cidade já faz eu me sentir deslocada sem isso.

— É seu vibrador ali? — pergunta Hannah, olhando para o brinquedo roxo no chão.

— Hm... — hesito, pegando ele e o enfiando na mala. *Use sua máscara de confiança. Assuma. Elas não têm como saber que você acabou de gozar pensando em ser comida pelo seu cliente.* — É, sim — declaro, confiante.

Muitas mulheres usam vibradores. Não há motivo para vergonha. Ter um negócio desses à mão impede a gente de tomar umas decisões ruins.

Pego da mala a roupa que planejei para sair e vou me trocar no banheiro.

— E aí... — começa Jackie, falando alto para eu escutar do banheiro. — E o Ryan, como vai?

Reviro os olhos, feliz por estar no banheiro e ela não me ver. Jackie, como todas as garotas do colégio, era doida pela atenção do meu irmão. Ele nunca teve nada com ela, sabendo que era minha amiga, mas, sempre que ela menciona o nome dele, sinto que tem segundas intenções.

— Vai bem — respondo, rápido, enquanto visto a minissaia que trouxe para sair.

Comprei a roupa na semana passada em um brechó e gosto de como ela aperta meu quadril e minha bunda. Normalmente, é um look que eu não usaria, mas voltar a Nashville me dá a sensação de que preciso me arrumar de acordo. Fazer mais um esforço.

Completo o look com sapatos de salto e uma blusa justinha de manga comprida.

Não surpreende que o que Zanders disse semana passada ande se repetindo na minha cabeça.

Seu corpo é de arrasar. Você deveria exibir mais.

Não seguro o sorriso ao me olhar no espelho de corpo inteiro.

Largo a calça e a blusa de moletom no chão do banheiro e volto para o quarto.

— Ah.

Hannah para de repente, me avaliando, olhando meu corpo de cima a baixo.

— Que foi?

— Nada. Só não esperava que você vestisse uma roupa tão... *apertada*. Não é seu estilo.

De repente, lá se vai aquela confiança genuína. Tento recuperar a máscara, mas, em Nashville, é quase impossível.

— Acha melhor eu trocar de roupa?

Nem sei o que vestiria. Trouxe apenas uma roupa de sair.

— Não, tá bom assim — opina Jackie. — Vamos logo.

Afasto o cabelo do rosto, pego a bolsa de cima da cama e vou para a porta.

— Vamos começar por onde?

— Whiskey Town.

Balanço a cabeça rapidamente.

— Acho má ideia. Fica bem na frente da arena. Tem grandes chances de a gente esbarrar no time de hóquei.

— Sabemos bem — diz Jackie, com um sorriso malicioso. — Por isso, vamos começar por lá. Queremos conhecer seus novos garotos do hóquei.

Ela esbarra o quadril estreito no meu.

— Não podemos. Vai me meter em encrenca.

Hannah revira os olhos.

— Stevie, tá de boa. Ninguém dá a mínima se você por acaso estiver no mesmo bar que algum jogador do time.

— Não, vocês não me entenderam. Eu literalmente posso ser demitida por socializar com eles.

— Então é só não socializar — declara Jackie, dando de ombros. — Mas você não poder sair com eles não significa que a gente tenha que evitá-los. O mínimo que você pode fazer é uma apresentação.

Eu deveria ter imaginado. Deveria ter percebido. Deveria ter escutado meu irmão e visto que o único motivo para Hannah e Jackie quererem tanto sair comigo é o fato de eu trabalhar para atletas profissionais e elas acharem que eu pagaria de cupido.

Não. Foda-se. Só não sei como me livrar da situação na qual me meti.

Quando saímos, Hannah e Jackie vão andando um metro e meio na minha frente, ávidas para chegar aos bares da avenida de Nashville. É bem provável que parte do time esteja em um dos seus bares prediletos, o Whiskey Town, mas, se os jogadores não estiverem, minhas amigas de colégio certamente vão me fazer ir de bar em bar até encontrá-los.

Só posso torcer para Tara não estar na rua hoje. Se ela estiver por aí e eu por acaso for parar no mesmo bar que o time, estou ferrada.

Indy me mandou mensagem quando chegamos ao hotel, dizendo para me divertir e me convidando para tomar um brunch amanhã. Eu topei na hora e agora queria nem ter contado para Hannah e Jackie que estaria por aqui. Preferiria curtir a noite na cidade com minha colega de trabalho legal e simpática.

— Como estamos? — pergunta Jackie, enquanto ela e Hannah se arrumam rapidamente na frente do bar.

— Ótimas — respondo, distraída, sem nem olhar.

Mostramos a identidade na porta, e elas duas conferem o lugar assim que entramos.

— Tem uma mesa vazia ali — diz Hannah, apontando para o fundo do bar cheio. — Stevie, pega vodca com soda pra nós, e a gente vai pegar aquela mesa lá.

Hannah e Jackie se dão o braço e seguem para os fundos do bar. Elas são idênticas de costas: cabelo loiro comprido, pernas bronzeadas quase alaranjadas e silhueta baixa e magra.

Olhando para mim, sou totalmente diferente, e voltar a esta cidade me lembra constantemente de que não me encaixo. De que não combino com as garotas com quem cresci. De que não sou "bonita", segundo a definição delas.

Eu me sinto invisível ao tentar me esgueirar entre as pessoas que lotam o salão. Não tem ninguém esperando bebida nem fazendo pedido, mas ninguém me dá espaço.

Já odeio esta noite.

Não sei se já me senti tão constrangida quanto agora. Parece que percebo até demais a área que ocupo, os outros corpos aglomerados ao meu redor. Parece que preciso me desculpar por existir nesse espaço. Por ter o meu tamanho. Por não ser pequena o bastante para atravessar a multidão sem incomodar ninguém.

Até que um casal começa a se agarrar agressivamente. Estão tão grudados que abrem espaço para eu me enfiar e chegar ao balcão.

A bartender ri, e eu suspiro de alívio.

— O que vai querer?

— Me vê dois copos de vodca com soda e limão e uma IPA? — peço, enquanto ela pega os copos. — Sua *maior* IPA.

Ela abre um sorriso, trocando um dos copos por outro muito maior. Quando ela abre a torneira de cerveja, olho ao redor do salão e sinto um olhar em mim.

São olhos cor de mel.

Escondido no fundo do bar, Zanders leva a cerveja à boca, os olhos brilhando de graça e a boca repuxada em um sorriso por trás da garrafa de vidro enquanto me encara.

— *Está me perseguindo?* — diz ele, silencioso, do outro lado do bar.

11

Zanders

— Você que vai pagar todas as minhas bebida hoje — lembra Maddison quando pegamos a mesa no fundo de um bar lotado na frente da arena de Nashville.

— Combinado. — Abaixo a cabeça e Maddison não tira o boné, nós dois tentando manter a discrição. — Rio, é você quem paga a conta hoje! — exclamo para meu colega mais novo.

Maddison balança a cabeça e ri baixinho.

— De novo? — choraminga Rio, em meio à música country da banda ao vivo. — Mas eu sempre pago. E nem sou mais tão novato.

— Vai ser o novato até acharmos um mais novo de quem gostamos.

Ele sai para fazer o pedido sem dizer mais nada.

Maddison está mexendo os dedos a mil por hora, mandando mensagem no celular.

— Logan? — adivinho.

— É.

Ele solta um suspiro feliz e satisfeito.

Nem posso zoar meu melhor amigo pelo chá de boceta que leva da esposa. Honestamente, fico é feliz de ter conseguido fazer ele sair do hotel essa vez. Ele é meu amigo mais próximo, mas nunca consegui entender isso de querer transar com uma só mulher pelo resto da vida, muito menos passar o dia todo pensando só nela, como Maddison faz com Logan.

Ele detesta viajar e ama ficar em casa, enquanto eu, em casa, só gosto da família dele. O que me anima é uma cidade nova a cada noite.

Rio volta rápido, com as mãos cheias, encaixando o gargalo das garrafas de cerveja entre os dedos. Uma ruivinha gostosa vem logo atrás dele, com as mãos carregadas de copinhos de shot.

— Não — diz Maddison, rápido, e se vira para Rio. — Nada de shot. A gente vai jogar daqui a menos de vinte e quatro horas.

— Nem olhe para mim, capitão — diz Rio. — Essas moças generosas do bar compraram nossa rodada. É para dar boa sorte amanhã.

Olho para trás de Maddison, para as duas mulheres sentadas no balcão, as duas gostosas para cacete, que levantam copinhos de shot em um brinde.

— Um só não faz mal — digo e pego um copinho repleto de líquido transparente.

A gata de cabelo ruivo apoia os cotovelos na nossa mesa, botando os peitos em evidência, e se aproxima de Maddison.

— Bebo por mim e por você, pode ser? — oferece ela, sedutora, com uma piscadela.

Maddison, Rio e eu caímos na gargalhada, e a ruiva franze a testa, confusa.

Sei que tem atletas por aí que não dão a mínima para estarem casados ou solteiros. Traem as parceiras à vontade, especialmente em viagens. Maddison não é assim. Pelo amor de Deus, ele tatuou as iniciais da esposa no anelar.

— Você não vai conseguir nada — digo para a ruiva sensual, me referindo à paquera dela com meu amigo. — Melhor voltar a atenção para cá.

Ela volta o foco para mim numa rapidez inacreditável, e batemos os copinhos antes de virarmos simultaneamente a tequila.

— Mais um? — pergunta ela, pestanejando.

Olho para Maddison, que está nitidamente desconfortável. Prometi uma noite de amigos, pelo menos no começo. Além do mais, ele não vai demorar a querer voltar para o hotel e ligar para a esposa. Talvez eu expanda minha escalação de Nashville depois de ele ir embora.

— Hoje, não — digo para ela, me referindo a mais do que a bebida.

— Eu sou o Rio! — exclama meu colega, encontrando espaço para chamar a atenção.

— Rio... gostei do nome.

Ela aponta com a cabeça o balcão, chamando-o para ir com ela e as amigas. Meu colega se levanta rapidamente, os olhos verdes brilhando de empolgação.

— Ele não aprendeu nada comigo? — pergunto para Maddison, olhando para Rio, que está todo sedento, e não é por bebida. — A gente não vai atrás das mulheres, elas que vêm atrás da gente.

— *Você* é que não vai atrás das mulheres, e elas vão atrás de você — corrige ele, rindo. — Nem me meta nas suas besteiras.

— Verdade.

Duas loirinhas pegam a mesa bem na nossa frente, tentando fazer contato visual quando se sentam. Maddison não nota, mas eu seco as duas, olhando de cima a baixo. São até bonitas, mas o bronzeado artificial está quase no nível dos Oompa-Loompas, e elas emanam desespero por atenção. Desvio rapidamente o foco de volta para minha mesa, desinteressado.

— Qual é o plano do nosso Halloween atrasado? Ella já escolheu nossas fantasias?

Um sorrisinho surge na boca de Maddison.

— Já.

— E aí?

Não sei se algo vai se comparar com o ano passado, quando Ella Jo, aos dois anos, decidiu se vestir de Hulk no Halloween, então o resto do grupo também se fantasiou de personagens da Marvel para andar pelo quarteirão em Chicago. Foi um espetáculo para os vizinhos ver minha sobrinha toda pintada de verde, acompanhada dos pais e de três tios também fantasiados.

Esse teatro todo é tão divertido para a gente quanto para Ella. Desde que ela nasceu, é nossa tradição escolher fantasias combinando. Mesmo quando a gente perde o Halloween por causa de um jogo, como neste ano, dá para compensar em algum momento de novembro.

— Ela escolheu ser a Bela, de *A bela e a fera*.

— Ah, arrasou. Vou ser a Fera, então.

Maddison balança a cabeça.

— Que foi? Porra, tenho que ser aquela xicrinha, sei lá?

— Ella disse que não quer fazer *A bela e a fera*. Parece que o tema do ano é princesas da Disney.

Quase engasgo com a cerveja, e Maddison solta uma gargalhada alta e grave.

— Tá bom — aceito, sabendo que faria qualquer coisa pela minha menina de três anos e meio preferida. — Então quero ser a Pequena Sereia.

— Você não conhece minha filha? — pergunta Maddison. — Ela já escolheu a roupa de todo mundo. E se você acha que minha esposa, com aquele cabelão ruivo, vai te deixar ser a Ariel, está enganado.

Não seguro a gargalhada. E não é só porque vai ser hilário para cacete ver todo mundo fantasiado de princesa pelas ruas de Chicago no Halloween. Mas porque estamos tendo essa conversa no meio de um bar lotado em Nashville, cercados de mulheres que só querem nossa atenção. Porém, só conseguimos falar da filha espevitada do meu melhor amigo, pela qual faríamos qualquer coisa.

— Então quem eu sou?

— Você, meu amigo, vai ser a Elsa.

— Elsa?! — exclamo. — Porra, *Frozen*?

— Escolha da mocinha — diz Maddison, levantando as mãos. — Quem decide é ela.

Balanço a cabeça, decepcionado.

— Porra, Elsa? Essa EJ quer me matar.

Vou ter que conversar sério com minha sobrinha sobre esse assunto.

Levo a cerveja à boca e meu olhar é imediatamente atraído pelos cachos castanhos balançando perto do balcão. Eu os reconheceria em qualquer lugar. Na verdade, pensei até demais na dona dessa cabeleira nesta semana.

Como é que isso vive acontecendo? Parece que o universo quer me testar.

Stevie parece atrapalhada no bar, pedindo sua bebida.

Ela está sozinha de novo?

Eu me forço a ficar parado, com a bunda na cadeira, mas tudo o que quero é ir até lá, pagar uma bebida para ela, talvez dar uma zoada nela. Gosto de ver ela nervosa, mas, ultimamente, quem anda nervoso sou eu.

Maddison segue meu olhar e se vira para ver quem chamou minha atenção.

— Puta que pariu, tá me tirando? — pergunta ele. — Você mandou ela te encontrar aqui? O que você tá aprontando, Zee?

— Não mandei porra nenhuma. Isso só vive acontecendo. Parece que o universo está implorando para eu comer ela.

— Você é um idiota.

— É brincadeira. — Mais ou menos. — Mas ela até que é gostosa, né?

— Não vamos nem falar disso — diz Maddison, balançando a cabeça. — Ela trabalha para a gente.

Decido não responder, mantendo o olhar na comissária do outro lado do salão.

— Seria a pior coisa do mundo se a gente ficasse? Tipo, uma vezinha só. Só para a gente se aliviar.

— *A gente* se aliviar? Tipo você e ela? — pergunta Maddison, com uma risada condescendente. — Está falando de *você* se aliviar. Que eu saiba, ela não é nada sua fã.

— Todo mundo é meu fã.

Maddison olha para trás, para o bar, e se volta para mim, balançando a cabeça.

— Faz o que quiser, cara. Mas essa mulher vai passar o ano todo no nosso avião. Você vai transar com ela, nunca mais pensar nela, e ela vai se apaixonar por você, que nem todo mundo. A diferença é que, dessa vez, você vai precisar ver ela depois de todo jogo.

Eu gosto da ideia de ver ela depois de todo jogo.

Tento esconder o sorriso, levo a garrafa à boca e tomo um gole. Finalmente, os olhos verde-azulados de Stevie encontram os meus.

— *Está me perseguindo?* — murmuro silenciosamente para ela.

— Você tá fodido — avisa Maddison, baixinho.

Stevie desvia o olhar do meu rapidamente, e eu preciso de toda a minha força de vontade para ficar sentado e não ir até lá. Ela fica de cabeça baixa, abrindo caminho pelo espaço, carregando três copos.

Ou ela está com muita sede ou não veio sozinha.

Assim que ela dá a volta no balcão, meu pau se alegra, acordando rapidinho. Ela está incrível, de sainha justa, colada na bunda. As pernas dela são naturalmente bronzeadas, as coxas, grossas, e o sapato de salto acrescenta uns centímetros na altura.

Que bom que ela seguiu meu conselho de exibir o corpo. Ela é uma sereia, e acho que nem imagina.

Meu queixo cai quando ela vem se aproximando, em parte de choque por ela vir até mim por vontade própria, e em parte de fascínio por ela estar sexy assim. A roupinha é completamente diferente do moletom que a vi usar na semana passada. Esse look ostenta cada curva e desenho de seu corpo.

Porém, não é até mim que ela está vindo. Ela olha para qualquer canto que não seja o meu e para na mesa ao nosso lado, com as duas desesperadas que não pararam de nos olhar um segundo. Stevie se vira rapidamente para as amigas loiras, fingindo nem saber quem eu sou.

Ela põe as bebidas na mesa e pega a cadeira de costas para mim, e imediatamente, que nem um ímã, eu me levanto.

— Deixa ela em paz — manda Maddison, baixinho. — Se ela quisesse falar com você, teria vindo até aqui.

Porra, é verdade. Volto a sentar. Quando virei esse otário desesperado? Mas por que ela não quer falar comigo?

Sinceramente, ninguém nunca recusou minha atenção, e, agora que estou consciente das minhas intenções, acho que a dificuldade está me dando ainda mais vontade de transar com a Stevie.

Tento me concentrar na conversa com meu melhor amigo, nós dois segurando cervejas, mas está difícil. Parece que hoje minha audição está estranha, e só consigo escutar a comissária à minha esquerda e suas amigas.

Se é que merecem esse título.

Na última meia hora, só escutei elas falarem mal de Stevie. Ela pode até não notar que essas mulheres não são suas amigas de verdade, mas para mim está bem evidente. Elas falaram do cabelo dela estar uma bagunça, mas, sinceramente, ele é dez vezes mais incrível do que os fios descoloridos e sem vida das duas. Fizeram comentários negativos sobre o corpo dela, o que me deixa bem alerta, depois de Stevie ter se chateado na semana passada.

O corpo dela é absurdo, do melhor jeito possível. É volumoso e curvilíneo e, sim, tem mais carne para agarrar, mas isso não é nada ruim.

Em determinado momento, quando uma delas comenta que quer uma bebida e que é Stevie que tem que buscar, eu olho para elas, fechando a cara, sem conseguir esconder a irritação.

A primeira loira considera meu contato visual como uma abertura, e não como o "cala a boca, porra" que eu pretendia.

— Esses caras aí estão no time para o qual você trabalha, né? — pergunta ela para Stevie, sem parar de olhar para mim. Eu já desviei o rosto, mas sinto o olhar. — Apresenta a gente.

— Não — diz Stevie, baixinho, mas, como só estou concentrado nela, escuto com nitidez perfeita. — Quer dizer, eles são do time, sim, mas deixa eles em paz. Eles não querem que a gente incomode.

Eu não me incomodaria com Stevie.

— Quer dizer que eles provavelmente nem sabem que você trabalha para eles. Por acaso sabem seu nome?

As duas loiras caem na gargalhada, uma risada nojenta e aguda. São brutalmente malvadas, e não sei por que Stevie anda com elas.

— Não devem saber mesmo — diz ela, embora eu tenha consciência de que ela sabe que isso é mentira.

Afinal, já a chamei de "Stevie, docinho" tantas vezes que perdi a conta.

É estranho ver esse lado dela, o lado que não se defende, porque, desde que nos conhecemos, ela não teve dificuldade de me botar no meu lugar.

Sem pensar mais, eu me levanto, finalmente de saco cheio dessas mulheres, tomando as dores de Stevie. Mas, ainda assim, preciso manter a compostura. Ou o que me restar de compostura. Sinto que perdi estilo pra cacete nessa semana, na real.

Eu me viro casualmente no sentido do banheiro, apesar de não precisar ir de fato. Quando passo pela mesa de Stevie, passo devagar a mão no ombro dela, demorando o toque no pescoço exposto. Encosto os dedos em sua pele arrepiada e aperto de leve.

Caralho, como a pele dela é macia.

— Oi, Stevie, minha linda — digo, olhando para trás ao passar por ela e levantando o canto da boca. — Bom te ver.

Eu me viro para ela, caminhando devagar de costas até o banheiro, com um sorrisinho malicioso cheio de charme, mantendo o foco no rosto sardento e lindo dela.

Stevie passa a mão no pescoço, exatamente onde eu a toquei, e suas bochechas ganham um tom rosado.

Noto a expressão confusa e surpresa das amigas dela. Inteiramente satisfeito, me viro e sigo o corredor até o banheiro.

Enquanto espero na fila ridiculamente comprida para o banheiro que nem preciso usar, meu celular vibra no bolso.

Maddison: *Você tá muito fodido.*

Não é mentira.

Maddison: *Achei que era o sinal para eu ir embora. Fechei a conta. Até amanhã.*

Eu mijo mesmo sem precisar, porque não posso só dar meia-volta e ir para a mesa. Estragaria o disfarce.

Na saída, fico de cabeça baixa, na esperança de não me notarem, e passo por um trio de caras vestidos toscamente de caubói. Não é um estilo de caubói autêntico. É do tipo: "Estou visitando o Sul dos Estados Unidos pela primeira vez, então comprei botas de caubói."

— Eu quero a de vestido brilhante — diz um deles, apontando para a mesa de Stevie.

— Eu fico com a outra loira — opina outro.

— Nem fodendo — reclama o terceiro. — Não vão me largar com a grandona.

Preciso de todas as forças para não me virar e meter um soco na fuça desse escroto. Nem acredito que ele falou dela assim. Ele não sabe porra nenhuma dela. Bom, eu também não sei, mas sei que Stevie é dez vezes mais sexy que qualquer uma daquelas amigas desesperadas. E também tem atitude. Por que ele não ia querer ela?

Ele obviamente tem o pau pequeno. É a única explicação. Se não aguenta um corpaço de mulher, melhor só admitir logo, em vez de falar mal dela só para se sentir melhor.

Ai, caralho.

Eu estou fodido mesmo. Está decidido. Preciso transar com ela antes de o meu saco ficar azul-marinho.

O trio de playboys segue para a mesa de Stevie antes de eu ter minha oportunidade.

Maddison já foi embora faz tempo quando volto ao meu lugar, e Rio ainda está fazendo pose para as moças do bar. Minha cerveja acabou, e não vou beber outra na véspera de um jogo, mas não tenho coragem de ir embora enquanto Stevie está aqui, cercada por cinco das pessoas mais babacas do planeta.

Tentando ser discreto, mas sem dúvida fracassando, concentro minha audição na mesa ao lado, dando uma olhada vez ou outra. As amigas de Stevie estão totalmente encantadas pelo playboy Chad e pelo playboy Brad, enquanto deixam para ela o mais escroto de todos.

Ele obviamente não está interessado, e nem tenta esconder que ela "sobrou" para ele, então se sentou a meio metro dela e se recusa a manter contato visual, mesmo quando ela está falando.

Porra, odeio que Stevie passe por isso. Odiaria que qualquer pessoa passasse por isso.

Também odeio não conseguir ficar parado.

Eu me levanto da mesa e vou até a dela.

— Puta merda, é o Evan Zanders! — anuncia o cara que se recusa a dar atenção para Stevie. — Me dá um autógrafo?

Paro um momento, deixando ele criar esperança.

— Não.

Olho para a mulher de cabelos cacheados ao meu lado, afasto as mechas do rosto dela e, sem pensar, levanto seu queixo para ela me olhar. Seguro o rosto dela com minhas mãos tatuadas e passo o polegar na pele corada e sardenta. Os olhos azuis penetrantes de Stevie me fulminam, confusos, e ela fica boquiaberta. Não a culpo. Nem *eu* sei o que estou fazendo.

— Vamos? — pergunto, com o olhar fixo e concentrado em seus olhos verde-azulados.

Ela não responde. Fica apenas atordoada e surpresa, enquanto os outros cinco do grupo compartilham da mesma expressão chocada.

— Obrigado por fazerem companhia para ela — digo a eles, e pego a mão de Stevie, encorajando-a a se levantar e sair comigo.

Eles podem não notar o sarcasmo na minha voz, mas eu noto perfeitamente.

Ela vem atrás de mim, ainda em um transe confuso, então a abraço pelos ombros e aproximo seu corpo do meu, basicamente a conduzindo para fora do bar. Sinto o olhar do grupo em nós, então abaixo a cabeça para beijar a cabeça de Stevie, caprichando no teatro.

Nunca tinha beijado a cabeça de mulher alguma, e não vou mentir, foi meio esquisito.

12
Stevie

— O que…? — gaguejo, ainda confusa e tonta. — O que você está fazendo?

Eu me desvencilho de Zanders quando saímos do bar. Parte de mim gostou do peso do braço dele no meu ombro, mas a maior parte de mim está extremamente confusa com o que está rolando.

Zanders parece tão surpreso quanto eu por seu teatrinho público e fica paralisado, bem na frente do bar mais movimentado da avenida central de Nashville.

O murmúrio de música ao vivo ecoa de todos os bares da rua.

— Puta merda! É o EZ! — grita alguém, pegando o celular para tirar uma foto do astro.

— Zanders!

Mais fotos, mais flashes.

— Merda — resmunga Zanders, abaixando a cabeça e tentando se esconder.

— É sua nova conquista? — pergunta um rapaz aleatório, e viro a cara para ele quando percebo que se refere a mim. — Ela não parece fazer seu tipo.

Arregalo os olhos para a declaração e meu corpo esquenta, inundado de vergonha. Sinto o peso de uma dezena de olhares, além dos flashes sem fim das câmeras.

Eu me viro no sentido oposto e corro o mais rápido possível, pois preciso fugir daquela cena.

— Stevie, espera! — chama Zanders, correndo atrás de mim.

Como ele é alto pra caralho, e tem pernas que mais lembram troncos, me alcança imediatamente.

— Stevie — repete ele, me puxando devagar pelo braço, em direção a um beco mais escuro atrás do bar. — Vem cá. Merda. Para de fugir de mim desse jeito.

Eu me desvencilho bruscamente, inteiramente agitada com a situação.

— Pode parar de falar meu nome tão alto enquanto seus fãs tiram foto? Não quero aparecer pela internet toda junto com suas tietes.

A constatação me ocorre quando me viro de costas para ele, afastando o cabelo do rosto.

— Ah, merda. Estou ferrada. Estou muito, muito ferrada. Vou ser demitida.

— Do que você está falando? — pergunta Zanders.

— Não posso ser vista com você. — Aponto para o corpo espetacular dele, delineado pela luz fraca do prédio acima. — Vou ser demitida.

Começo a andar em círculos frenéticos no beco estreito, com medo de voltar para a avenida, temendo que seus fãs ávidos estejam esperando para tirar ainda mais fotos.

— Relaxa, Stevie. — Zanders afasta minhas mãos do cabelo, e o metal frio dos anéis de ouro causa um choque na minha pele quente. — Por que você seria demitida?

— Essas fotos. Não posso ser vista com ninguém do time. Vou perder o emprego se me virem socializar com um de vocês.

O som da minha voz sai frenético, as palavras misturadas.

— Como é que é? — A expressão de Zanders é de surpresa, e talvez um pouco de... decepção? — Você não pode sair com a gente?

— Não! Ai, nossa, não.

Cubro o rosto com as mãos, inundada pelo arrependimento, e continuo a dar voltas pelo beco apertado. Eu não deveria ter saído. A noite toda foi horrível, desde que Hannah e Jackie apareceram no hotel. Nenhuma delas deu a mínima para minha companhia. Queriam só me usar para conhecer as pessoas com quem trabalho. Aquele cara de botas de caubói, que dava para notar terem sido compradas hoje mesmo, nem conseguiu me tratar que nem um ser humano. Eu não sentia a mínima atração por ele, mas tentei ser simpática e conversar, embora fosse óbvio que ele não queria ter sobrado para mim.

E agora essas fotos. Ai, meu Deus, essas fotos.

Ergo o olhar e vejo Zanders freneticamente mandando mensagens no celular.

— O que você está fazendo?

— Estou resolvendo.

— Resolvendo o quê?

— As fotos. — Ele guarda o celular no bolso. — Minha equipe de publicidade vai resolver. Tudo o que aparecer on-line vai ser derrubado imediatamente.

— Dá para fazer isso?

— Pago dinheiro pra cacete para fazerem essas merdas. Então, sim. Está resolvido.

Respiro fundo, relaxando os ombros de alívio.

— Obrigada.

A última coisa que quero é ser associada à reputação de Zanders, com as pessoas achando que sou mais uma peguete aleatória, mas, pior que isso, não posso perder o emprego. Nem é que eu ame o serviço ou seja apaixonada pela área, mas é que, com a flexibilidade dos horários, posso passar meu tempo livre com minha paixão de *verdade*: o abrigo para cães. Não imagino muitos outros empregos que me permitam ficar algumas semanas inteiras de folga, em casa.

— O que aconteceu com aquela sua história toda de nunca mentir? — pergunto do nada, ainda inteiramente confusa e completamente perturbada pelo que aconteceu. — Isso que você fez lá me pareceu mentira.

Aponto para o bar.

Zanders dá de ombros.

— Às vezes, uma mentirinha é necessária para conseguir o que eu quero.

— Conseguir o que você quer?

— Isso. Conseguir o que eu quero. E o que eu queria era te afastar daquela gente. Não são suas amigas, se era o que você estava pensando.

— Eu sei que não são. Eu só... acho difícil...

Explicar que acho difícil fazer amizades genuínas porque todo mundo que eu conheço quer me usar como desculpa para se aproximar do meu irmão envolveria contar para Zanders de quem sou irmã, e ainda não quero que ele saiba.

— Deixa para lá.

Zanders fica quieto, me permitindo continuar, se eu quiser, mas eu franzo as sobrancelhas, confusa, estreitando bem os olhos para fitar o belo espécime à minha frente.

— Por que você está sendo legal assim comigo?

Zanders ergue os ombros e desvia o olhar, tímido, o que me parece novidade. Esse cara não tem o menor pingo de timidez.

— Até onde eu sabia, você andava tentando infernizar meu trabalho a temporada toda, e a gente não se suportava — continuo. — Então por que cuidar de mim?

A timidez muda imediatamente, e Zanders dirige a mim seus olhos cor de mel famintos.

— Você acha que não te suporto? — Ele avança em dois passos lentos, como se perseguisse uma presa. — Se não te suporto, por que não consigo parar de apertar aquele botãozinho no avião, sabendo que você vai aparecer bem do meu lado?

Hm, porque está doido para transformar meu trabalho em um pesadelo.

— Se não te suporto — continua ele, dando mais um passo e fechando o espaço entre nós —, por que não consigo parar de pensar em você? Por que não consigo parar de imaginar seu gosto?

Ele desce o olhar para minha boca, que abro para falar, mas as palavras sumiram.

— Se não te suporto — Zanders se aproxima, sem deixar o mínimo espaço entre nós, me dominando com seu corpo enorme —, porque a única coisa em que consegui pensar, todo minuto de todos os dias nessa última semana, foi em como seria transar com você?

Ele fica diante de mim, olhando para meus olhos, tentando me interpretar, mas eu não faço ideia do que pensar.

— Eu quero muito te comer, docinho — acrescenta ele, em voz baixa.

Minha cabeça é inundada por incredulidade, mas, ao mesmo tempo, um choque de confiança genuína me percorre. Esse cara, no qual toda mulher da América do Norte se jogaria, me escolheu. Certo, me escolheu só por uma noite, mas nem isso eu esperava.

De qualquer modo, não vou perder o emprego por causa de um atleta que esquecerá que eu existo assim que tudo acabar.

— Bom, eu não te suporto — digo, na esperança de retomar os limites.

Em vez disso, uma gargalhada grave escapa de seu sorriso malicioso, antes de ele morder o lábio.

— Não acredito.

Ele passa o polegar na minha bochecha, mas, apesar do toque acender meu corpo todo em calor, não retiro o que disse.

— Além do mais — continua ele —, digamos que seja verdade e que você não me suporte. Sexo com ódio é o mais gostoso.

Mantenho o foco na corrente de ouro no pescoço dele, sabendo que não posso olhá-lo nos olhos. Atrás do metal reluzente, as espirais pretas das tatuagens se misturam ao tom escuro da pele. É uma distração perfeita.

— Que tal, Stevie? — Zanders levanta meu queixo com um dedo, puxando de volta meu olhar distraído. — Uma noite de loucura.

Ele curva a boca em um sorrisinho sinistro, uma promessa diabólica no olhar.

Se eu quero? E como quero. Se eu devo? De jeito nenhum.

A reputação dele é o primeiro empecilho, me lembrando da minha promessa: que nunca mais ficaria com um atleta. Eles são bombardeados por tietes, fãs interesseiras, que só querem sua vez. Mas, meu Deus, dá para apostar que ele sabe exatamente o que fazer, e faz um tempo que ninguém me faz gozar direito. Claro, tem o brinquedinho roxo no hotel, mas imagino sexo de verdade.

Quero aceitar. Minha vagina quer aceitar. *Aceite, Stevie. É uma vez só.*

— Não — responde meu cérebro. — Tô de boa.

Dou um tapinha arrogante no peito dele e recuo um passo, me afastando.

Não há nenhuma confiança genuína no que estou dizendo ou fazendo. É tudo pose, porque estou surtando.

Zanders curva a boca em um sorriso bem-humorado. Ele levanta um pouco o queixo, me fitando com olhos maliciosos, e tenho certeza de que minha recusa é exatamente o que ele esperava. Ele gosta que eu não me entregue, mas eu estou gostando cada vez menos.

— A oferta está de pé — diz ele, dando um passo para trás e metendo as mãos nos bolsos casualmente. — Só me dizer quando estiver pronta para ceder.

Uma boa ideia seria dizer nunca. Meu cérebro quer que eu diga nunca.

— Que tal nunca?

— Nunca? — repete ele, levantando as sobrancelhas, me testando.

Eu engulo em seco.

— Uhum.

— Então... — Ele volta a dar passos dominantes até mim, mas, desta vez, recuo no mesmo ritmo, até bater de costas na parede de tijolos do bar e ficar presa ali pelo corpo musculoso dele. — Não quer que eu te beije nunca?

Ele deixa a boca logo acima da minha, e quase sinto a maciez e o calor de seus lábios daqui.

Contemplando por um momento, olho para a boca dele, que lambe o lábio de baixo, molhando de saliva.

Continuo hipnotizada pelo movimento enquanto balanço a cabeça em recusa, tímida.

Bom, que mentira deslavada, Stevie.

Minha respiração pesada e meu peito arfante são contrastes gritantes para a respiração lenta e regular que flui pelo corpo de Zanders. Apesar de estarmos tão colados que, se não fosse pelo ritmo inteiramente diferente de respiração, fosse ser difícil saber onde eu acabo e ele começa.

O corpo dele é grande e dominante e me sufoca do jeito mais delicioso.

Há uma pressão firme contra a minha pelve, fazendo meu corpo inteiro pulsar, finalmente sentindo o que só tive a sorte de ver.

Ele afasta meus cachos do rosto. Passa devagar o polegar grosso na curva da minha orelha, roçando meus inúmeros brincos dourados, e um calafrio de tesão indesejado toma minha coluna.

— E não quer que eu te toque nunca? — pergunta baixinho.

Fico boquiaberta, precisando encher o peito de oxigênio, mas não tem ar nenhum nesse beco aberto.

Me tocar? Quero que toque cada milímetro de mim, mas, se a reação atual do meu corpo com ele completamente vestido servir de referência, acho que não aguentaria se me tocasse nu.

— Não — sussurro a mentira, e minha voz, falhando, expressa exatamente o contrário.

Zanders curva um pouco a boca, achando graça, mas logo se recompõe.

Ele afasta os dedos da minha orelha e do meu pescoço e põe as mãos nos bolsos.

— Tá bom, docinho.

Então recua, abrindo espaço e fazendo exatamente o que pedi, mesmo que eu não quisesse.

E agora meu corpo dói de desejo pela pressão aliviada.

— Mas, quando decidir parar de mentir para si mesma, vai implorar para eu te comer...

Fico quieta, completamente paralisada.

— De joelhos — acrescenta ele, deslizando a atenção pelo meu corpo inteiro.

Ele se demora um pouco mais na minha boca, se referindo a ela com aquela declaração.

Ele recua outro passo, e a tensão no ar diminui. Zanders respira fundo, mudando de diabo transbordando sexo para cavalheiro perfeito ao estender o braço para mim.

— Agora, vou acompanhá-la de volta ao hotel.

Eu o olho, cautelosa e desconfiada.

Ele revira os olhos de brincadeira.

— Vou parar a uma quadra da porta, para suas colegas não me verem.

Não era àquilo que me referia com o olhar, mas vamos acrescentar a socialização à lista de motivos que fazem com que seja má ideia Zanders me acompanhar ao hotel.

— Só quero que você chegue bem.

O sorriso suave dele é doce e sincero, então aceito seu braço e deixo que ele nos conduza de volta ao meu hotel. Ele segue por ruas menores e becos, evitando os fãs, apesar de eu notar que isso acrescenta uns vinte minutos à caminhada.

O tempo todo, meu corpo arde com um desejo que nunca senti.

Zanders fica do outro lado da rua, e eu entro no saguão do hotel. Quando abro a porta, olho de relance para trás. A silhueta de 1,95m dele é dominante naquela roupa ajustada ao corpo, e ele me observa com a postura rígida. Aceno rapidinho antes de entrar e me recuso a olhar de novo para ele, com medo de mudar de ideia.

Quando encosto a cabeça no travesseiro, não consigo conter a pergunta:

— Puta merda, o que foi isso?

13
Stevie

— Você se divertiu ontem? — pergunta Indy, antes de devorar o prato de pão com molho e linguiça vegetariana.

— Hum... — hesito. — Foi certamente interessante. Isso, foi.

Dou uma dentada tão grande quanto a dela, enchendo a boca de todos os carboidratos possíveis no meu restaurante preferido na minha cidade natal. Todos os itens do cardápio de brunch são de morrer, e é parada essencial sempre que volto a Nashville.

Tenho certeza de que vou me arrepender da refeição daqui a algumas horas, quando for visitar minha mãe e precisar desabotoar a calça jeans para respirar sentada, mas vai valer a pena.

— O que foi interessante?

Hum. Deixe-me pensar. Talvez que Evan Zanders, a personificação do sexo, disse que quer transar comigo. Logo depois de me salvar das minhas amigas desnaturadas, que não param de me mandar mensagem desde aquele teatrinho de afeto.

Ou talvez que ele tenha me esmagado contra a parede com seu corpão, encostando o volume em sua cueca em meu corpo e me causando todo tipo de reação.

Ou que, de repente, apareceu um lado fofo no autodeclarado "bad boy de Chicago", quando insistiu em me acompanhar de volta ao hotel.

Interessante talvez não seja a melhor palavra para ontem. Confuso? Emocionante? Chocante?

Eu adoraria contar todos os detalhes a Indy, visto que desde então sou um emaranhado de emoções, mas trabalhamos juntas e a interação acidental que tive com Zanders na noite passada é motivo para eu ser demitida.

— Foi interessante ver minhas amigas de colégio. Elas não são muito legais, e acho que ontem foi o fim necessário da nossa amizade.

— Jura? — pergunta Indy, secando a boca com o guardanapo. — Que droga, Stevie. Você não merece amigas ruins assim.

— Está de boa.

Deixo para lá, porque está de boa mesmo. Faz tempo que preciso cortar relação com Hannah e Jackie, e os comentários diretos que elas supunham ser discretos foram a última gota. No fundo, eu sempre soube que elas andavam comigo pela conexão com meu irmão. Só não esperava que aquilo fosse continuar com meu novo emprego. Ryan ficaria puto, se soubesse. Exatamente por isso, vou guardar segredo, como faço com a maioria das coisas que chatearia meu irmão.

— E sua noite, como foi? — pergunto.

— Foi bem tranquila. Até queria sair, mas sou nova nesse serviço de voo particular e, não vou mentir, fiquei apavorada com aquele discurso da Tara sobre socialização. Achei que era mais seguro me trancar no hotel.

Sinto um nó no estômago ao pensar nas advertências e broncas constantes de Tara sobre nos mantermos afastadas dos clientes fora do horário de trabalho. Nitidamente não estou me saindo muito bem, por mais que meus encontros com Zanders sejam sempre acidentais.

— Você sabe o que a Tara fez ontem, por acaso? — pergunto, com cautela, olhando meu prato e mexendo na comida, nervosa.

E se ela tiver saído ontem? E se tiver me visto? E se tiver visto *a gente*?

Hoje, vasculhei a internet em busca de algum sinal de vazamento de foto de mim e de Zanders no bar, mas a equipe dele fez bem mesmo o serviço e apagou qualquer evidência possível da interação.

— Deve ter feito exatamente o que mandou a gente não fazer. Aposto que ela estava correndo atrás dos jogadores do time, toda desesperada.

Ergo o olhar do prato com uma expressão divertida e vejo os olhos arregalados e o queixo caído de Indy.

— Ah, merda — diz ela, cobrindo a boca com pressa. — Eu falei isso mesmo?

Faz-se um momento de silêncio enquanto nos entreolhamos, testando a situação, sem saber da opinião uma da outra a respeito de nossa colega. Até que, finalmente, caio na gargalhada até precisar me encolher. Indy acaba rindo também, e nós duas gargalhamos tanto que perdemos o ar.

— Ela é muito hipócrita.

Seco a lágrima que se acumulou no canto do olho.

— Ai, meu Deus — suspira Indy, aliviada. — Que bom que a gente concorda, faz semanas que queria te perguntar.

— Ela fica preocupada da gente socializar com os jogadores, mas ela se oferece toda quando fala com eles nos corredores e faz exatamente o que mandou a gente não fazer. — Eu sorrio, adorando a onda de serotonina do acesso de riso. — Mas mesmo assim não vale o risco de perder o emprego.

— Não vale mesmo? — pergunta Indy, inclinando a cabeça. — Acho que eu arriscaria o emprego por uma noite na cama com um desses caras do hóquei.

Dou uma olhada nela, me perguntando se ela sabe de algo que eu ainda não estou pronta para contar. Talvez nunca esteja.

— Hipoteticamente, é claro — diz ela, e aponta para si própria. — Afinal, tenho um namorado que eu amo e tal.

— Claro.

Indy deixou claro nas últimas semanas que leva a sério a relação com o namorado, Alex, com quem ela mora. Sempre faz piada sobre a temperatura subir quando os jogadores começam a tirar a roupa no avião, ou sobre arriscar o emprego por uma noite com eles, mas, pelo que sei sobre o namoro, ela ama Alex demais para arriscar perder *ele*.

— Mas, se estivesse solteira e um certo capitão alternativo de um certo time de hóquei de Chicago, que por acaso transborda *sex appeal*, desse em cima de mim sem parar, eu acho que arriscaria o emprego.

Indy me olha sugestivamente do outro lado da mesa.

— Zanders não está dando em cima de mim quando aperta aquele botão sem parar. Está só me torturando.

— Uhum — murmura Indy. — Está te torturando para chamar sua atenção, porque quer trepar com você.

Eu fico quieta. Indy nem sabe das nossas interações fora do avião, mas já sabe a verdade.

— Uma noite na cama com aquele presente de Deus para as mulheres vale o risco, na minha opinião. — Indy levanta as sobrancelhas em um gesto sugestivo antes de dar mais uma garfada na comida. — E, só para você saber, hipoteticamente, se quisesse quebrar as regras desse negócio de comissária e jogador, seu segredo estaria seguro comigo.

Abro um sorriso agradecido, mas não suficiente para confirmar nem negar.

— Hipoteticamente, é claro — acrescenta ela, e dá mais uma garfada.

Quando chego à casa dos meus pais, a vinte minutos de Nashville, fico imediatamente enjoada de nervoso. Nem sei dizer qual foi a última vez que voltei para casa. Ao longo dos anos, os feriados ficaram confusos, entre os meus cronogramas caóticos e os de Ryan, além da minha tendência explícita a evitar esta cidade.

— Ei, moça — diz o motorista. — Tenho outra corrida. Você precisa sair.

É compreensível. Já faz uns minutos que estou sentada no carro, girando de nervoso o anel dourado no meu polegar e contemplando a ideia de furar com meus pais.

— Desculpa.

Inspiro fundo, saio do carro e ajeito a blusa, me sentindo extremamente desconfortável. E nem é porque ainda estou cheia do brunch, e sim porque escolhi uma roupa totalmente fora do meu hábito. Tenho uma única blusa que minha mãe aprovaria, então é essa a monstruosidade que vesti.

A blusinha rosa-claro é cheia de babados e renda, mas está amarrotada pra cacete por causa da mala. Eu gostaria, sim, de diminuir os comentários inevitáveis da minha mãe, mas nitidamente não o suficiente para arranjar um ferro de passar roupa.

O motorista do Uber dispara assim que fecho a porta do carro, e estou a dois segundos de correr atrás dele e implorar para ele me levar de volta ao hotel.

— Vee! — exclama meu pai, abrindo a porta, e abre os braços. — Chegou minha filha preferida!

— Sou sua única filha, pai.

Eu sorrio e ando até seus braços abertos.

— Que você saiba — brinca ele, me abraçando.

Caramba, que saudade dele. Ele é um querido, mas, infelizmente, visitá-lo envolve visitar minha mãe, e isso eu não aguento com tanta regularidade.

— Amo esse seu novo trabalho por trazer você para casa. Mas o que é isso que está vestindo?

— Só estou tentando tornar a situação mais tranquila, dentro do possível.

Ele se afasta um pouco, ainda segurando meus braços, com um sorriso de desculpas. Meu irmão pode não ver como minha mãe me trata diferente, mas meu pai reparou. É difícil para ele tentar me apoiar, mas também dar amor à esposa, apesar das questões dela.

— Bem-vinda, Stevie — diz minha mãe assim que entro.

A casa está impecável. Era assim quando a gente recebia visitas, quando eu era mais nova. Importante manter as aparências. Bom saber que hoje eu sou considerada visita.

Ela me dá um abraço rápido e desajeitado antes de me olhar de cima a baixo, deixando o desgosto evidente no rosto todo maquiado. Ela passa a mão no meu cabelo, tentando alisá-lo um pouco, mas os cachos logo se soltam.

— Sente-se — diz ela, indicando a mesa da sala de jantar. — Quer beber alguma coisa?

— Tem chá gelado — sugere meu pai, animado. — Está fresquinho, fiz hoje mesmo.

— Leva muito açúcar, Neal.

— Eu adoraria, pai. Obrigada.

Minha mãe alisa o avental com as mãos delicadas antes de tocar as pérolas no pescoço, nitidamente tentando engolir a língua e resistir a falar algo mais direto. O que não seria digno de minha mãe sulista — que Deus a abençoe.

— E seu irmão, como vai?

Claro que a primeira pergunta dela seria sobre meu irmão gêmeo.

Ela se senta na minha frente à mesa, posta com jogos americanos elegantes, como se tivesse marcado um jantar chique, mas sei que não é o caso. É só para fazer parecer que as coisas ficam arrumadas assim todo o tempo.

— Vai bem. Ocupado com o campeonato, mas bem.

— Ele está namorando?

Balanço a cabeça.

— Que eu saiba, não.

— Ele ainda tem tempo — diz minha mãe, sacudindo a mão. — Só tem 26 anos. Não precisa se apressar. Ele é muito bom partido.

Meu pai volta da cozinha, me serve de chá, dá um beijo na minha cabeça e se senta ao lado da minha mãe.

— E você, Vee, como anda? — pergunta ele. — Como vai o emprego novo? E o abrigo?

— Vou bem. O trabalho vai bem. Bem movimentado — digo, com um aceno rápido de cabeça. — E adoro o abrigo. A dona é um doce de mulher, agradecida por toda ajuda que consegue. Queria poder auxiliar em tempo integral. O edifício está bem acabado e precisa de reforma, mas o pouco dinheiro doado mal paga pela comida e pelos remédios dos cachorros, não sobra para nada.

— Você está namorando? — interrompe minha mãe.

— Hum. Não. Enfim, os cachorros são uns fofos e só querem alguém para amá-los.

Meu pai escuta atentamente enquanto continuo a falar, com orgulho evidente em seus olhos castanhos, nitidamente alegre por eu ter encontrado algo que me faz feliz. Minha mãe, por outro lado, não faz o mesmo.

— Tem uma doberman chamada Rosie, que é um amorzinho, mas, sabe, intimida um pouco. Ela já está lá há muito tempo, e os possíveis tutores nem olham para ela duas vezes.

— E o Brett? — pergunta minha mãe, se referindo ao meu ex. — Sempre gostei dele. Talvez você possa procurá-lo, ver se ele está solteiro.

— Theresa — repreende meu pai, baixinho, tentando contê-la, mas não é esse o equilíbrio de poder do relacionamento deles.

— Brett tem motivo para ser meu ex.

— Bom, Stevie — diz minha mãe, não tão inocente —, você não é tão jovem, querida.

É, não sou mais tão jovem, mas tenho exatamente a mesma idade do filho dela, que ela acabou de dizer que tem muito tempo pela frente.

— Encontrei a Hannah e a Jackie ontem — digo, mudando de assunto.

— Ah, foi? A Hannah está linda, né? Vi a mãe dela semana passada na igreja, e você sabia que a irmãzinha dela entrou para o concurso Miss Teen Tennessee deste ano? Pensei em ver se ela queria algum dos vestidos de concurso de miss que comprei para você, naquela época. Sabe, já que você nunca usou, e agora não caberia mesmo.

E lá está. Estava esperando ela falar do meu peso ou do meu tamanho. É surpreendente que tenha aguentado vinte minutos.

— Ótima ideia. — É tudo que consigo dizer, cansada demais para entrar no joguinho da minha mãe. — O chá está muito bom, pai.

Olho para ele, que franze a testa marrom e abre um sorriso de desculpas.

— Obrigado por visitar a gente, Vee — diz ele. — Mas deve estar na hora de você ir. Tem que trabalhar daqui a pouco, né? Vai para Filadélfia hoje?

Meu pai é ótimo, tentando me dar uma desculpa para escapar da visita. Só tenho que ir trabalhar daqui a horas, mas preciso ir embora dessa casa.

— É, melhor eu ir.

Eu me levanto, e meus pais também.

— Stevie, querida. Escova o cabelo antes de ir trabalhar, por favor.

Minha mãe me dá um abraço de despedida rápido e sem jeito.

Cabelo cacheado não se escova, quero dizer. Porque como eu me atrevo a ter cabelo volumoso e ousado, em vez de liso e penteado que nem o dela?

— Pode deixar — respondo.

Não vale a pena.

— Você está linda, Vee — garante meu pai, com um abraço ainda mais apertado. — E estou muito orgulhoso de você, e de tudo que tem feito no trabalho e no voluntariado. Fico muito feliz de você ter encontrado algo que ame assim.

— Obrigada, pai.

Ele olha minha mãe antes de se voltar para mim.

— Vou levar você até o carro.

Ele passa o braço no meu ombro enquanto eu peço pelo celular um carro de volta para o hotel. Assim que saímos de casa e fechamos a porta, ele se vira para mim.

— Não dê ouvidos para ela, querida.

— Como não? É constante. Ela não cansa.

— Vou falar com ela.

— E do que vai adiantar? Você fala com ela há anos, e ela continua assim. Nada que eu faça deixa ela feliz!

— Você sabe como ela é, Vee.

— Sei, sim, pai. Mas isso já não é desculpa.

Meu carro chega bem a tempo, e dou mais um abraço rápido no meu pai, me despedindo.

— Te amo — digo, descendo a calçada até o carro, frustrada.

— Te amo, filha linda — responde ele, bem quando eu entro no carro.

Aceno rapidinho enquanto o carro parte da casa que nunca mais quero visitar.

14

Zanders

Eu gosto de jogar contra Nashville. Os torcedores deles são fervorosos pra cacete, e eu amo essas paradas. A maioria dos atletas curte o clima de jogar em casa, dos vivas do estádio cheio de fãs fiéis usando a cor do time. Já eu adoro mesmo é o ódio de ser o time visitante.

Chamo de vantagem do gelo rival.

Quer me vaiar quando eu pisar no gelo? Tranquilo, vou jogar seu melhor atacante na lateral por isso.

Quer xingar meus colegas ou inventar músicas idiotas pra caralho, sem o menor sentido, só para zoar da gente? Fique à vontade. Isso vai me animar a patinar ainda mais rápido e bater um tiquinho mais forte.

Quer gritar comigo e socar o gelo quando eu estiver aproveitando meus minutos muito merecidos fora de campo? É música para os meus ouvidos, baby.

Mais um motivo para eu amar a vida na estrada.

— Aumenta aí! — grito para Rio, do outro lado do vestiário. — É minha música!

Rio obedece e ajusta o volume na caixa de som retrô que carrega para todo lado, enchendo o vestiário com uma das minhas músicas animadas preferidas.

Fico sentado no meu lugar no vestiário, inteiramente paramentado para o jogo, enquanto a música me dá foco e me prepara para os sessenta minutos de hóquei pela frente.

Pego o celular e vejo uma mensagem da minha irmã, Lindsey. Os horários dela são ainda mais doidos que os meus. Ela é a advogada mais jovem a chegar à posição de sócia no escritório em que trabalha, em Atlanta. Tem trinta anos e é muito foda. Então eu fico feliz sempre que ela tira um tempinho em sua vida ocupada para me procurar. E ainda mais feliz por não estar falando da nossa mãe, que nem na outra mensagem.

Lindsey: *Feliz Dia Nacional dos Irmãos. Nem sabia que isso existia. Boa sorte hoje, onze!*

Junto à mensagem, vem o link de um post no Instagram no qual me marcaram.

Um canal esportivo da nossa área fez um post com várias fotos de atletas de Chicago com seus irmãos acompanhadas da legenda "Feliz Dia Nacional dos Irmãos para nossos irmãos prediletos".

A minha foto com Lindsey, depois de um dos meus jogos, é boa. Tanto que eu tiro print, salvando no meu álbum quase vazio. Tenho basicamente selfies que Ella Jo tirou nas várias vezes em que roubou meu celular.

Passo as fotos e vejo que postaram também uma de Maddison com o irmão. Depois disso, alguns caras que conheço por aí com seus irmãos: alguns que jogam nos Devils, outros do time de beisebol de Chicago, os Windy City Wolves, e um do nosso time de futebol americano, os Chicago Cobras.

A última foto no post é a que mais chama minha atenção. É a foto do armador dos Chicago Devils, o camisa cinco, Ryan Shay. Não é isso que me surpreende; é a comissária de bordo de cabelos cacheados ao seu lado, abraçada a ele.

Stevie.

Clico no botão de tag imediatamente, mas só aparece o perfil de Ryan, então eu clico. Vou para a lista de gente que ele segue e procuro o nome dela.

E lá está: Stevie Shay.

Porra, eu não fazia a menor ideia que Stevie era irmã do Ryan Shay. Eles têm o mesmo tom marrom-claro de pele sardenta e olhos verde-azulados parecidos. Mas teria sido quase impossível adivinhar, mesmo assim. E ela obviamente não queria que eu soubesse. Senão, teria me contado naquela noite em que esbarrei nela no prédio do Maddison, ou quando a vi assistir ao jogo dele em Denver.

Agora faz total sentido ela morar na minha rua. O irmão dela ganha uma nota.

O Instagram de Stevie é trancado, claro. A única coisa que vejo é a foto de perfil, que é um pôr do sol visto da janela de um avião. A bio dela diz "provavelmente viajando...", seguida de um emoji de avião.

Sem pensar duas vezes, peço para seguir essa mulher ousada.

Estou me sentindo bem quando saio do ônibus para subir no avião, depois de ganhar tranquilamente de Nashville. Ou, pelo menos, estou me sentindo bem com o *jogo*.

Não me sinto bem por Stevie ainda não ter aceitado meu pedido de segui-la no Instagram. Faz horas já. Ela com certeza viu.

Ontem, quando ela recusou minha proposta, eu até gostei. Na real, imaginei que fosse recusar. Ela não se abre facilmente para mim, o que torna essa conquista ainda mais divertida. Isso me deixa ligado, o que hoje acontece muito raramente. Mas eu não me incomodaria se ela cedesse um pouquinho, nem que fosse simplesmente para aceitar meu pedido besta de segui-la no Instagram.

— EZ! — grita um dos novatos no fundo do avião, enquanto solto a gravata do pescoço. — Pegou alguma gostosinha sulista ontem? — pergunta, tão alto que o avião todo escuta, inclusive uma comissária específica, que, por acaso, está vindo pelo corredor.

Presumo que as garotas a bordo já estejam acostumadas com nossa boca suja. O avião é uma extensão do vestiário para a gente.

No corredor, ao lado do meu lugar, tento me esticar para trás, abrindo caminho para Stevie passar, mas, sejamos sinceros, não me mexo tanto assim. Já é apertado para qualquer pessoa passar entre os cinquenta caras que subiram a bordo e ainda não se sentaram, então vou fingir que sou cavalheiro e "abrir espaço".

Stevie se recusa a me olhar, indo da parte traseira para a dianteira do avião, mas, quando passa por mim, eu apoio a mão em sua lombar e a conduzo enquanto ela se espreme no pouco espaço.

E, quando a bunda dela roça na minha calça, aperto o quadril dela e sinto seu corpo se tensionar sob meu toque antes de ela seguir caminho.

— Zanders! — chama o novato outra vez, atraindo minha atenção. — Fala sério, cara, quero detalhes!

— Não é só porque você não consegue trepar, Thompson, que precisa ouvir cada detalhe das aventuras sexuais do Zee — comenta Maddison, tentando me ajudar a evitar as perguntas dos outros quanto à minha noite.

Não que eu e Stevie tenhamos ficado, o que ele sabe, mas, se e quando chegar a hora, eu vou mesmo precisar esconder do resto do time — coisa que nunca fiz.

— Não sou de contar — grito para Thompson, do meu lugar na saída de emergência.

O avião inteiro se cala por um instante antes de gargalhadas de hiena preencherem o espaço.

— Até parece!

— Levou uma pancada na cabeça hoje?

— É seu assunto preferido, EZ!

Esses e outros gritos vêm dos meus colegas no fundo do avião. E também escuto as zoeiras da parte da frente da aeronave, onde fica a equipe técnica.

— Sei que você se divertiu ontem — comenta Rio. — Você sumiu do bar em um segundo. Isso só acontece por causa de mulher.

Olho de relance para Stevie, que está tentando se distrair com tarefas inúteis na parte dianteira do avião, enquanto os passageiros continuam a se sentar. Ela não me olha, mas seu rosto sardento está mais corado.

Rio mal sabe que, na verdade, eu levei um fora, coisa que não me acontece desde a puberdade. Ontem só curti minha mão direita quando precisei bater uma depois de deixar Stevie no hotel. Fiquei de pau duro basicamente desde que empurrei ela contra a parede até me resolver no chuveiro.

Maddison se vira para o restante do time.

— Que tal, em vez de pensar em onde Zee meteu o pau ontem, vocês pensarem em como consertar os 38 por cento de média dos dois em vitórias nos *face-offs* de hoje, porra?

— Sim, capitão! — dizem Rio e Thompson ao mesmo tempo, e o fundo do avião finalmente desiste de interrogar como foi minha noite.

Na maior parte do voo para Filadélfia, fiquei de olho no celular, na esperança de ver que Stevie aceitou meu pedido no Instagram.

Novidade... Ela não aceitou.

Fui até ao banheiro no fundo do avião e, no caminho, vi Stevie sentada na cozinha mexendo na porcaria do Instagram.

Porém, meu Instagram está inundado de mulheres de Filadélfia. Ainda estou na esperança de Stevie se decidir e curtir uma noite louca comigo, mas, caso ela não queira mesmo, não me falta opção.

Nunca me falta opção.

Quando apagam as luzes e a maior parte do time apaga no corujão, eu volto à cozinha.

— Precisa de alguma coisa, Zanders? — pergunta a colega loira de Stevie.

Acho que ela se chama Indiana. Ou alguma porra dessas.

— Humm — murmuro em contemplação, tentando mostrar minha presença e chamar atenção da ousada.

Mas Stevie nem dá sinal de que notou que estou atrás dela, ocupando a porta da cozinha. Ela continua a mexer no celular, de costas para mim.

— Quer saber? — diz a colega. — Acho que vou atrás da Tara e dar uma distraída nela.

Isso merece a atenção de Stevie, que olha para a colega. Levanto as sobrancelhas. A loirinha é bem intuitiva, porque sei que não tem jeito nenhum de Stevie ter contado algo para ela. Não depois de surtar ontem com medo de vazar fotos da nossa "socialização".

A comissária passa de fininho por mim, com um tapinha compreensivo no meu ombro, e me deixa a sós com Stevie.

— Precisa de alguma coisa? — pergunta Stevie, ainda olhando para o celular, e não para mim.

Dou uma olhada sorrateira para trás, para o resto do avião, só para confirmar que não tem ninguém de olho. A cozinha fica relativamente escura, então duvido que as colegas dela nos vejam lá da frente.

Como a maioria dos passageiros está dormindo e as colegas dela, distraídas, dou passos lentos e tranquilos até parar bem atrás dela, a milímetros de seu corpo.

Gosto de ficar perto assim dela. Quase dá para contar as sardas decorando seu nariz e suas bochechas, e ela cheira bem pra caralho. Sou meio doido da limpeza, mas alguns dos meus colegas de time mereciam bem umas aulas de higiene.

Stevie se tensiona por um momento, mas se recusa a se virar para mim. Apoio as mãos na bancada, uma de cada lado dela, e a prendo ali.

Vejo a pulsação acelerar no pescoço dela, mas Stevie continua a tentar pagar de tranquila.

— Precisa de alguma coisa? — pergunta ela de novo, casualmente, ainda olhando para o celular apoiado na bancada na nossa frente.

Não vou fazer nenhum drama por ela ser irmã de Ryan Shay. Por algum motivo, ela não quis me contar, então vou continuar a fingir que não faço ideia disso. Não que faça diferença. Na real, esse fato vai fazer eu e Stevie frequentarmos os mesmos lugares ainda mais do que o universo já tem feito. Ryan é importante no mundo esportivo de Chicago, como eu. A gente faz evento pra cacete juntos.

— Só uma coisa — sussurro, minha boca a milímetros da orelha dela e dos brinquinhos dourados que a decoram.

O momento é uma oportunidade valiosa demais para ignorar. O celular de Stevie está bem ali na bancada, desbloqueado, enquanto ela tenta se distrair mexendo na tela.

Parado atrás dela, tomo o telefone, encontro o app, abro, e imediatamente vou para as solicitações pendentes.

Tem só uma: a minha.

— Vou só fingir que você não viu.

Vejo o sorrisinho curvar o canto de sua boca.

Aceito o pedido por ela. Em seguida, sem hesitar, aperto o botão azul que diz "seguir de volta", acrescentando Stevie à minha lista ridiculamente comprida de seguidores no Instagram.

Acabando com o espaço entre nós, grudo o peito nas costas dela.

— Quando mudar de ideia — digo, em voz baixa, roçando a boca na orelha dela —, é assim que vai falar comigo.

Vejo o corpo de Stevie tremer de leve em um calafrio, mas ela mantém os olhos fixos no celular, evitando olhar para mim.

— Sacou, docinho? — pergunto, precisando da confirmação de que não estou doido. De que é uma via de mão dupla. De que ela quer uma noite comigo tanto quanto eu quero com ela.

O ar está pesado de tensão e expectativa enquanto espero a resposta de Stevie. O movimento muito sutil, quase imperceptível, da cabeça dela é minha confirmação, me indicando que vai rolar e provavelmente vai ser em breve.

Ela derrete minimamente junto ao meu corpo, encostando a cabeça no meu peito. Eu me inclino para a frente, me apoiando o máximo possível nela, precisando senti-la e precisando que ela saiba como eu a desejo.

Stevie empina sutilmente a bunda, se esfregando em mim, rebolando o quadril em um movimento pequeno e enlouquecedor, e só posso torcer para o gemido baixo que eu solto acidentalmente ser discreto o suficiente para não notarem.

— Ei, Stevie? — chama Rio de trás de mim, nos dando um susto.

A interrupção faz Stevie dar um pulo, se afastando do celular, e esfregar a bunda no meu pau ainda mais. Um assobio baixo escapa entre meus dentes pela sensação, e não tem a menor chance de eu disfarçar como estou de pau duro.

— Me vê um Gatorade?

Reviro os olhos e me viro rapidamente para o lado da porta do avião, precisando esconder o pau duro que nem pedra dentro do meu moletom.

— Claro, Rio.

Como é que é? Stevie nunca me trata bem assim quando peço coisas a ela.

— Porra, tá ali no cooler, Rio! — digo alto demais, inteiramente frustrado. — Tá logo ali, cara. — Aponto para o cooler branco e gigantesco atrás de mim, a meio metro dele. — Bem ali, caralho.

Quando Stevie nota a ação rolando na minha calça, seu rosto é tomado pelo humor.

— Ah. Então você sabe onde fica o cooler?

— Nem brinca comigo agora, docinho — digo, tentando me ajustar sem meu colega de time notar o volume.

Aparentemente, minha advertência não é tão severa, porque só faz Stevie rir baixinho, inteiramente satisfeita com o efeito que o corpo dela tem sobre o meu.

15 Stevie

Estou quase chegando ao final desta viagem de quatorze dias sem ceder a Zanders. Mas, vou te contar, o vibrador roxo que carrego na mala teve que trabalhar em dobro nessas duas semanas.

Todo voo é uma tentação. Agora, até o jeito como ele pede aquela porcaria de água com gás me dá vontade de montar nele.

Preciso transar, e acho que não adianta ser com qualquer um.

Eu me tranquei no quarto do hotel na Filadélfia, em Buffalo e em Jersey. E agora estou em Washington, deitada na cama, me recusando a sair. Preciso só aguentar a noite, e amanhã pegamos o voo para Chicago.

Estarei livre, em casa.

Pelo menos por enquanto.

Sucumbi a pedir comida por aplicativo para não sair do espaço seguro do hotel. Com nosso histórico, já sei que, se botar um pé para fora, vou dar de cara com Zanders. O universo está me testando, me convencendo a ceder.

E, porra, como eu quero ceder.

Mas não posso. E nem é só por causa do trabalho, mas também da promessa que fiz para mim mesma. Depois de Brett essencialmente me usar por três anos na faculdade, decidi que nunca mais namoraria um atleta. E isso também vale para sexo.

Né? Ou será que é um furo na regra? Parece um furo. Parece um furo *muito* tentador.

Desde aquela noite em Nashville, há duas semanas, nem sei quantas vezes gozei pensando em Evan Zanders. Pensar naquele corpo lindo e esculpido e na mala imensa na calça dele me faz apertar as pernas com força para resistir. Acho que nunca me masturbei tanto na vida, e a aflição e a vontade continuam.

Pego o vibrador roxo na mesa de cabeceira e puxo ele para debaixo das cobertas, até encaixar entre minhas pernas. O zumbido divino preenche o quarto enquanto meu brinquedo predileto me deixa ainda mais excitada. Não vou demorar. Estou quase lá.

O sorriso diabólico de Zanders está na minha cabeça, e eu imagino o corpo perfeito dele em cima do meu.

Os braços musculosos dele o sustentando enquanto ele mete em mim em ritmo lento, para me torturar. A correntinha que bateria no meu queixo, pendurada acima de mim. E a voz dele — suave, confiante, de veludo. Aposto que ele fala sacanagem na cama.

Quero que ele fale sacanagem para mim.

Bzzzzzz. Isso. Quase lá. Estou no ponto. Arqueio o peito, levantando um pouco do colchão.

Bzz. Bzz. Silêncio.

Como é que é?

Olho para o brinquedo e aperto o botão várias vezes, mas não adianta. Morreu. E eu não trouxe o carregador. Nunca precisei carregar numa viagem dessas, mas também nunca gozei tantas vezes em duas semanas.

Está de brincadeira? Até parece que eu já não estava tensa de tesão.

Uso a mão. Funciona.

Desço o dedo do meio pelo ventre até roçar o clitóris, e faço pressão com a mão. Massageio, brinco, circulo.

Tá, vai servir, mas eu queria que fossem os dedos de outra pessoa no serviço. Os dedos compridos e tatuados de alguém, por acaso decorados com anéis de ouro.

Para, Stevie. Você não pode pensar assim.

O celular apita na mesa de cabeceira, me distraindo do orgasmo iminente.

Só pode ser brincadeira. Não é minha noite mesmo.

Reviro os olhos sem querer ao pegar o celular, e, quando vejo o nome de quem me interrompeu, um grunhido audível escapa de mim.

É logo meu ex que está me perturbando, completamente do nada, enquanto eu tento gozar pensando na pessoa com quem não deveria ter fantasias.

Brett: *Oi, Stevie, quanto tempo.*

É, quanto tempo, desde que ouvi você falar para seus colegas que, assim que se profissionalizasse, iria me largar em nome das opções melhores que esperava encontrar por aí.

Brett: *Falei com Ryan outro dia de ir visitar vocês. Não sabia que você estava morando em Chicago, que maneiro! E tá voando com os Raptors? Como é o Evan Zanders pessoalmente? Ele é meu jogador preferido na NHL. Estou pensando em te chamar pra jantar quando chegar por aí. A gente se fala.*

É de matar. Puta que pariu. Não tem a menor chance de eu sair com Brett, muito menos de apresentar ele logo para Zanders.

Jogo o celular do outro lado da cama e retomo a posição, com os dedos entre as pernas, mas não adianta. O momento passou.

Porra, Brett.

Bufando, eu me sento, encostada na cabeceira, totalmente irritada por meu ex ter a audácia de me mandar uma mensagem casual dessas. Ele acha que vou voltar me arrastando para ele, que nem fiz tantas vezes na faculdade? Acha que pode continuar a me tratar como reserva, que eu estarei esperando? Não quero ser reserva de ninguém.

Quero que alguém me escolha.

E sabe quem está tentando me escolher já faz duas semanas? O jogador preferido do Brett na NHL. Pois é.

Em um momento de absoluta frustração, agressividade contida e um toque de arrogância, pego o celular e abro o Instagram. Sem pensar, vou para o perfil de Zanders, seguido por 3,6 milhões de pessoas. Já ele, por outro lado, segue só 128.

E uma das 128 sou eu.

Meus dedos pairam na tela do celular enquanto eu debato internamente se é boa ideia ou não. Quer dizer, sei que é péssima ideia, mas, no momento, parece valer a pena.

É só uma noite. Só uma noite de sexo gostoso, muito necessário, e provavelmente bem sacana. Só uma noite.

O humor que normalmente uso nas primeiras mensagens em app de relacionamento vai pelo cano. Zanders é um tipo diferente de homem, com o qual não estou acostumada. Quero mandar alguma coisa esperta, picante, talvez meio evasiva, mas, em vez disso, a mensagem que mando é... "Oi".

Porra, Stevie, genial.

Menos de trinta segundos depois, dançam na tela aqueles três pontinhos, enquanto Zanders digita a resposta.

A mensagem que ele manda não é "Oi". Não é nem "Tudo bem?". Não é nada fofo ou leve, testando a situação. Não, porque é Zanders. Ele transborda arrogância. Ele sabe o que quer e sempre consegue.

Por exemplo: levei só duas semanas para me entregar para ele.

A mensagem que ele manda? É um endereço. Só um endereço. Sem mais, nem menos. E, por algum motivo, eu acho isso um tesão do caralho. Ele não está de joguinho. Sabe por que o procurei.

O Uber para na frente de uma boate na rua 18, no centro da cidade. Seguindo as instruções de Zanders, subo para o terceiro andar, mas, quando chego, um leão de chácara me para, bloqueando a porta.

— Nome?

— Ah.

Olho para trás, vendo a fila que começa a se formar, querendo entrar no salão escuro à minha frente.

— Devo ter errado de endereço — digo, e releio a mensagem de Zanders. — É aqui o 18th Street Lounge?

— Nome? — repete ele.

— Hum, Stevie?

Ele lê a prancheta que segura, passando o olho nos nomes, antes de sair do meu caminho e me mandar entrar.

— EZ está lá no fundo.

Viro a cabeça de um lado para o outro ao entrar, olhando o ambiente. A balada está lotada, até para um sábado, e é difícil enxergar no salão cheio. A música é tão alta e sufocante que estou a segundos de dar meia-volta e retornar para o hotel.

— Está me perseguindo? — grita alguém acima da música.

Atraída pelo som, olho para o canto da boate, onde parece estar a área VIP. É um trecho separado do resto por cordões de veludo vermelho, e a área está lotada de mulheres bonitas.

Estonteantes, na real. Altas, magras, de tons de pele e cores de cabelo lindos e diferentes.

O que é que eu estou fazendo aqui?

— Stevie — diz Zanders, se levantando do sofá e finalmente aparecendo. — Oi.

Ando até ele, que se desvencilha de várias mãos ávidas para me encontrar no meio do caminho. Ele faz sinal para o segurança responsável pelo cordão de veludo, mandando ele abrir e me deixar entrar.

— Vem cá — diz Zanders, alto o suficiente para eu escutar naquele tumulto, e pega minha mão, me puxando.

Ele entrelaça os dedos nos meus e um pulso de eletricidade sobe pelo meu braço.

Ele nos leva até o fundo da área VIP escura, onde tem mais privacidade e menos vibrações da música martelando os alto-falantes.

— Tem mais alguém do time aqui? — pergunto, nervosa.

— Não, só eu.

Olho ao redor para confirmar e faço que sim com a cabeça, agradecida por ele ter o cuidado de não me convidar para um lugar repleto dos meus clientes. O que estou prestes a fazer já é bem ruim. Não preciso que todo mundo no avião fique sabendo. Muito menos os outros jogadores. Já ouvi o jeito como eles falam das conquistas, e, mesmo que eu esteja prestes a entrar na lista, prefiro que ninguém saiba.

— Está pronto? — pergunto, com olhar de súplica, precisando começar logo, antes de me acovardar ou cair em mim.

— Eita. Tá necessitada, é? — pergunta Zanders, rindo. — Me leva para jantar antes, docinho. Nunca me senti tão usado.

O humor dele alivia minha tensão, e uma risada me escapa. Isto é, até olhar para trás dele, para as inúmeras mulheres com cara de modelo que estão me olhando feio por roubar delas o jogador da noite.

— Você tem um salão e tanto de opções.

Ele nem se vira. Em vez disso, mantém a atenção em mim.

— Sempre tenho opções.

Sinto um gosto amargo na boca e olho para qualquer lado, menos para ele. Visto que, há menos de uma hora, tive notícias do cara que sempre me lembrou de que eu só fui isso: uma opção.

— Mas estou feliz de a minha prioridade ter aparecido — acrescenta ele.

Os olhos cor de mel de Zanders estão suaves, mas cheios de fogo, o que diminui um pouco o meu nervosismo. As palavras dele me dão um pouco da confiança necessária para eu seguir em frente.

— Por que você mudou de ideia? — pergunta ele, afastando os cachos do meu rosto com um toque suave do polegar.

— Honestamente?

— Sempre.

— Meu vibrador morreu, e eu não trouxe o carregador.

Zanders me observa por um momento, questionando a autenticidade da resposta, antes de a gargalhada grave sair de seu peito para meus ouvidos.

— Você sabe segurar o ego dos homens, gata.

Não consigo conter um sorriso de volta. Está tudo bem. A noite vai ser divertida.

— Então vamos?

— Mais tarde — diz Zanders. — Antes, vamos curtir um pouco aqui.

Ele passa para trás de mim, espalma as mãos largas no meu quadril e me empurra para andar. Ele fica bem perto, com o peito grudado nas minhas costas.

— Aqui é o quê? — pergunto, enquanto Zanders nos leva ao bar particular no canto da área VIP.

— Aqui é uma das minhas paradas preferidas na programação da NHL. Dois irmãos que estudaram comigo na faculdade são donos desse lounge. Um cuida da parte administrativa, e o outro tem uma banda que toca todo fim de semana. Ele é talentoso pra caramba. Acho que você vai gostar da música.

— Dessa música?

Franzo a testa, me referindo ao baixo insuportavelmente alto que vibra pelo salão todo.

— Não. Essa música é uma merda.

Zanders me solta quando chegamos ao bar. Ele apoia um braço no balcão, relaxado, gostoso pra cacete sem o menor esforço.

— Mas quando a banda do Nicky tocar, você vai ver.

— O que vão querer, sr. Zanders? — pergunta o barman.

— Ela quer uma cerveja — diz ele, apontando para mim, e eu não faço ideia de como ele sabia disso. — IPA, né?

— É...

— Me vê uma também.

Em vez de interrogá-lo sobre como ele sabe o que eu gosto de beber, eu pergunto:

— Quais são suas outras paradas preferidas na programação da NHL?

— Fort Lauderdale é sempre bom, porque, depois de umas vinte cidades frias de rachar, o sul da Flórida mantém vinte graus perfeitos no meio do inverno. Você com certeza já esteve lá com outros times.

Faço que não com a cabeça.

— Já estive em Miami, mas nunca trabalhei com um time de hóquei.

— Bom, a gente fica sempre na praia por lá, então parece miniférias. E Nova York é legal, também. Mas devo dizer que Columbus é minha parada preferida.

— Columbus? — pergunto. — Em Ohio?

— É onde fica a faculdade estadual de Ohio. Eu estudei lá, então o pessoal que jogou comigo na época em geral aparece nos jogos. É o mais perto de estar em casa que tenho, além de Chicago.

— Você cresceu em Ohio? Tem família por lá?

— Em Indiana, na real. Meu pai ainda mora lá, e minha irmã, em Atlanta, mas a família do Maddison é mais minha família do que eles, então acho que minha casa é Chicago, porque é a casa deles.

O barman nos interrompe, pousando as cervejas no balcão. Fico agradecida pela pausa, porque a conversa está ficando pessoal demais para um encontro com alguém que deve ser apenas um peguete.

— Que lugar você está querendo visitar nessa temporada? — pergunta Zanders, levando a cerveja à boca.

Antes que eu prossiga a conversa, a música eletrônica irritante para de tocar e um grupo de homens sobe no palco, preparando os instrumentos.

— Vem.

Zanders me dá a mão. Quando olho para nossos dedos entrelaçados, quase não me enxergo, de tanta diferença de tamanho. Noto que os antebraços dele são grossos de tão musculosos, com veias aparentes, apesar de ele me segurar de modo inteiramente contraditório. É com leveza que ele me leva da área VIP até a frente do palco.

— Mano EZ — diz o vocalista, e se abaixa para bater o punho no de Zanders.

O espaço logo enche ao nosso redor, todo mundo se empurrando e ocupando a frente do palco.

Zanders me puxa para a frente dele, com minhas costas junto a seu peito, e apoia as mãos na beira da plataforma bem na nossa frente, criando uma barreira segura onde ninguém pode me tocar, por mais gente que esteja se debatendo em volta, tentando achar um bom lugar para ver o show.

Quando a primeira música toma o espaço, entendo completamente por que é um dos lugares preferidos de Zanders. O som da banda é uma mistura especial de R&B e soul, e a voz do vocalista é grave e suave, se mesclando perfeitamente com os instrumentos.

Depois de duas músicas, a plateia relaxa, as harmonias melódicas fluem pelo salão e acalmam todo mundo. Tanto que Zanders nem precisa mais usar aqueles braços gigantescos para me proteger da massa de gente.

Ele pega a cerveja da beira do palco e toma um gole devagar enquanto meu corpo balança involuntariamente no ritmo da música. A outra mão de Zanders solta a plataforma e encontra meu quadril para me segurar de leve. Ele espalma a mão na cintura da minha calça jeans, roçando a parte mais baixa da minha barriga, parando com os dedos perigosamente perto daquela área entre minhas pernas.

Inspiro fundo, trêmula. É a primeira vez que Zanders me toca assim e, depois de duas semanas de fantasia, o nervosismo está começando a vencer.

Porém, não me assusta. Nós dois sabemos o que me trouxe aqui hoje, então, em vez de ficar paralisada como estou, me recosto nele e continuo a balançar devagar ao som da música.

Eu me recuso a pensar nas consequências desta noite. Em vez disso, me concentro no pecado de gostosura que é esse homem atrás de mim, cujo corpo vai acabar com o meu hoje.

Pelo menos é o que eu espero.

Nas músicas oito e nove, acabamos a cerveja, descartamos os copos e eu abandonei completamente o nervosismo. Zanders apoia as duas mãos na minha cintura. Os polegares foram parar debaixo da minha blusa, encostados na pele. O metal frio dos anéis arde ao toque e, pelo menos por hoje, vou tentar não me incomodar com um homem encostando na minha barriga. Embora eu me sinta prender a respiração e me encolher vez ou outra.

Fica de boa. Máscara de confiança no lugar.

Na décima música, esqueci completamente que estou em um show íntimo em uma boate. Só consigo me concentrar no gigante atrás de mim, que me enlouquece completamente com os menores toques.

Zanders desliza as mãos para meu quadril, puxando minha bunda para perto. Ele levanta os dedos, roçando de leve minha costela antes de descer pelos meus braços e pegar minhas mãos. Ele encosta o nariz em mim e passa a boca suavemente pela pele macia debaixo da minha orelha, mas não chega a beijar, e, não vou mentir, essa sessãozinha de provocação está acabando comigo.

— Me beija — peço rápido, arfando.

Ele não responde com palavras, mas faz que não com a cabeça.

— Me toca — imploro.

— Ainda não, docinho. Você sabe da regra.

Ele me solta, se recusando a me tocar, mas eu continuo encostada nele.

É claro que me lembro da regrinha que ele inventou na frente do bar em Nashville, quando disse que, quando eu mudasse de ideia, ia precisar implorar para ele me comer... de joelhos. Mas não vou mentir, achei que fosse da boca para fora.

Nitidamente, não é o caso.

— Escroto.

Reviro os olhos, embora ele não veja.

O peito de Zanders treme atrás de mim.

— Que palavras feias saem dessa boquinha linda.

Ele afasta meu cabelo e roça a minha orelha com a boca, fazendo meu corpo todo queimar.

— Está pronta para me mostrar o que mais essa boca sabe fazer?

Não tem como ficarmos mais colados. Arqueio as costas, esfregando a bunda nele enquanto a música continua a encher o ambiente, mas ainda escuto o gemido grave que ele solta com perfeita nitidez. Pela primeira vez desde que conheci Zanders, a multidão de gente que o cerca, pedindo sua atenção constantemente, não me incomoda. Porque, especialmente por hoje, a atenção dele é toda minha.

— Stevie, docinho — sussurra Zanders —, se não formos embora agora, vou acabar te comendo em um canto escuro desse bar, e preciso te ver na cama. Então, de novo, está pronta para implorar?

Faço que sim com a cabeça, confiante, ainda olhando fixamente para a banda à minha frente.

— Então vamos lá.

Ele pega minha mão imediatamente e nos leva para fora daquele lugar lotado, a caminho do hotel.

16
Stevie

Zanders não solta minha mão, e praticamente me puxa para o saguão do hotel. Ele avança a passos largos e ágeis, tão pronto quanto eu para me levar para o quarto.

— Ai, merda — solta ele, baixinho, e me puxa para trás de um pilar, nos escondendo. — Um dos técnicos está aqui.

Uma pontada de adrenalina me percorre, como se eu já não estivesse tonta o suficiente. Sinto também um pouco de gratidão, porque, mesmo sendo só uma ficada para nós dois, Zanders tem a decência de evitar que eu perca o emprego por isso.

Quando a porta do hotel abre e fecha, Zanders olha de relance para o saguão vazio. Outra vez, pega minha mão e me leva ao elevador. Ele tem pernas muito mais compridas do que as minhas, então preciso correr para manter o ritmo de sua caminhada ágil.

Ele aperta o número do andar e, freneticamente, aperta também o botão para fechar as portas, sem parar de olhar para o saguão. Assim que a porta de metal se fecha, ele se volta para mim, com fome nos olhos cor de mel.

Ele dá um passo calmo, mas confiante, em minha direção, enquanto eu me seguro nos apoios de mão para me manter de pé, porque, do jeito que ele está agora, vindo até mim, sinto que meus joelhos vão ceder a seu olhar perigoso.

— Sabe, Stevie — diz Zanders, me encurralando no elevador —, se você não tivesse sido tão teimosa naquela noite em Nashville, eu já teria te beijado.

Ele corre o polegar pela minha boca e acompanha o movimento com o olhar, hipnotizado.

— Gosto muito dessa sua boca.

Ele cobre minha mandíbula com a mão e, com o polegar, puxa meu queixo para baixo, me fazendo abrir a boca.

— Vou gostar muito de meter nela também.

Puta merda.

Ele chega ainda mais perto, encostando o nariz no meu, a boca a meros centímetros da minha. Porém, não se aproxima mais. Fica ali, me torturando enquanto lambe o lábio inferior.

— Me beija — eu arfo. — Por favor, Zanders.

Ele ergue os lábios carnudos em um sorrisinho sinistro.

— Sabia que ia gostar de ouvir essa boca suja implorar por mim.

Antes que ele possa se abaixar e encostar a boca na minha, o elevador apita, e a porta se abre no andar certo.

— Vamos lá, para eu ouvir um pouco mais.

Ele puxa de leve a barra da minha blusa enquanto caminha de costas, com um sorriso vitorioso no rosto.

Zanders abre a porta do quarto e me deixa entrar primeiro. Quando entro, fico de queixo caído com o luxo. Eu deveria ter notado, por causa do saguão de piso de mármore, ou da melodia de violino no elevador, mas, para ser sincera, estava bem distraída com o jogador de hóquei de 1,95m que está prestes a acabar com meu corpo todo hoje na cama.

A tripulação até fica em hotéis bons, mas não é nada assim. Nem de longe.

Olho para os vários ternos impecáveis pendurados no armário. Zanders está sempre arrumado, então não é surpresa. Depois, passo o olhar para o banheiro, e a bancada está ocupada por mais produtos do que vendem na Sephora. De novo, não fico nada chocada.

O estalo da porta me tira do devaneio, e eu me viro para ele.

Ele avança devagar, desabotoando o colarinho da camisa, expondo as tatuagens, a corrente de ouro e as curvas dos músculos.

— Vai ser só uma ficada — lembro a ele e a mim, paralisada no meio do quarto.

Uma risada silenciosa faz o peito dele tremer enquanto Zanders continua a avançar lentamente. Outro botão.

— Tá perfeito.

— E nunca mais vamos falar disso.

— Eu nem ousaria — diz ele.

Outro passo. Outro botão.

— Mas o que você vai falar pras suas colegas amanhã, quando mal conseguir ficar de pé?

Ah, nossa. É verdade.

— Talvez assim você pare de apertar aquele maldito botão — respondo.

— De jeito nenhum. Mal posso esperar para te ver mancar pelo avião, sabendo que é por minha causa.

Ele para bem na minha frente e desabotoa o último botão da camisa. A roupa se abre, revelando o corpo lindamente torneado, coberto de tinta preta e joias douradas.

De repente, sinto voltar uma pontada de nervosismo, e cruzo os braços sobre o peito. Esse homem, que é o sonho de qualquer mulher, já ficou com as mulheres mais lindas do mundo, e está prestes a me ver. Pelada.

— Tem certeza? — pergunta Zanders, afastando um cachinho do meu rosto.

Olho para os olhos dele, tentando interpretá-los. Doçura e cautela não são bem o estilo dele, então a pergunta preocupada é meio estranha, mesmo que ele provavelmente saiba ler minha linguagem corporal como se eu fosse um livro.

— Porque estou prestes a te estragar para qualquer outro homem.

E pronto.

Aperto as coxas só de pensar.

— Duvido — desafio.

Ponho de volta a máscara de confiança e pego o cinto dele. Sei da regra e, mesmo que não soubesse, estou com água na boca só de pensar em chupar ele.

Assim que encosto no zíper, Zanders me interrompe, cobrindo minhas mãos com as dele. Quando volto a atenção para o rosto dele, noto que sua arrogância desapareceu, substituída por incerteza.

Zanders passa os dedos calejados por baixo da minha camisa, apertando a cintura. Ele dá mais dois passos dominantes para a frente, e eu recuo ao mesmo tempo, até encostar os ombros na parede do quarto.

Ele respira fundo e com dificuldade, com uma expressão visivelmente derrotada, e leva a mão ao meu rosto, cobrindo meu queixo todo apenas com o polegar. Com a outra mão na minha cintura, ele me mantém na posição contra a parede. O toque dele é decidido e controlador, mas também carinhoso, de um jeito estranho e inesperado.

Faíscas douradas brilham nos olhos dele, voltados para os meus, acima de mim.

— Que se fodam as regras — sussurra ele. — A gente sabe que você vai gritar muito meu nome hoje.

E, tendo dito isso, o espaço entre nós é preenchido quando Zanders encosta a boca na minha com urgência. Seus lábios são macios e carnudos, e correspondem a cada deslizar quente e úmido. Inspirando juntos, eu passo os braços pelos ombros dele, o puxando para mais perto, e, quando enfia a língua quente na minha boca, um gemido desesperado escapa da minha garganta.

Porque, meu Deus, como esse cara beija bem.

O efeito de sua boca finalmente encostando na minha, além do controle dominador que ele tem sobre mim, dispara por todos os meus nervos. A energia queima até a ponta dos meus dedos, flui pelo meu peito e, mais notavelmente, atinge o ponto entre as minhas coxas.

A boca quente dele faz um trabalho perfeito na minha antes de descer ao meu pescoço, mordendo e lambendo. Não sei se já precisei do toque de alguém tanto quanto agora.

Ele me pressiona contra a parede com o quadril e, inconscientemente, pressiono o quadril de volta, sentindo-o crescer. Dou mais estímulo, esfregando, me contorcendo, arqueando o corpo, e arranco um grunhido rouco desse homem que parece ter tudo sob controle.

Zanders tira as mãos do meu rosto e da minha cintura e as passa com urgência pela minha bunda, descendo para me levantar como se eu fosse leve como uma pluma.

Um pensamento rápido de vergonha percorre minha mente quando ele me carrega ao sofá, com minhas pernas enroscadas em sua cintura. Zanders, porém, não mostra nenhum esforço em me segurar assim, e se senta com facilidade.

Montada nele, sinto a dureza sob mim, mesmo através da calça jeans. Eu me alinho com o volume e continuou a me mexer e me esfregar, rebolando e tentando aliviar a tensão.

Passo as mãos para o pescoço dele, e arranho sua cabeça em um cafuné.

— Humm — murmura Zanders na minha boca. — Gostei.

Continuo com a boca na dele enquanto requebro o quadril, conseguindo a fricção muito necessária no clitóris, e fazendo pressão na ereção duríssima que ele esconde na calça.

Esconde provavelmente não é a melhor palavra. Pelo que estou sentindo, não está tão escondida.

— Caralho — geme ele. — Gostei ainda mais.

Meu peito se enche de confiança. Vou dar conta disso.

— Do que mais você gosta?

Zanders ergue de leve o canto da boca.

— Ia gostar de ver o que essa sua boca sabe fazer, além de me dar respostas atrevidas.

Passo as mãos pelo peito dele, empurrando a camisa até que caia dos ombros largos.

— Você gosta das minhas respostas atrevidas.

Zanders tenta segurar o sorriso e me beija de novo. Ele enche as mãos com a minha bunda antes de dar um tapa, e me empurra para sair do seu colo.

Eu desço do colo dele e recuo um passo. Zanders se levanta e acaba de tirar a camisa, que larga no sofá. Muito mais alto do que eu, mas com o olhar semicerrado fixo no meu, ele puxa o zíper da calça antes de apontar para a roupa e me mandar, em silêncio, acabar o serviço.

Eu mordo o lábio e me ajoelho na frente dele, minúscula diante desse homem tão poderoso. Encaixo os dedos na cintura da calça e a puxo para baixo. A roupa aperta a bunda e as coxas, como deve ser comum com jogadores de hóquei, mas, passando das partes mais musculosas, cai ao redor dos tornozelos.

Ele observa cada movimento com atenção vigilante.

Zanders tira os sapatos e a calça com os pés, e só consigo olhar para a ereção enorme por baixo da cueca justinha. Eu já o vi tão nu quanto agora, sempre que pegamos o avião, mas esperava que fosse só uma impressão. Mas, considerando o que estou vendo, duro ele fica realmente enorme.

Espalmo a mão no tecido, fazendo Zanders inspirar fundo diante da sensação. Eu o acaricio assim, e o olho por baixo dos cílios.

— Não brinca assim comigo, docinho — diz Zanders, passando o polegar na minha boca, em advertência. — Larga de enrolação, e tira meu pau daí.

Volto a atenção para baixo, pego o elástico da cueca e puxo. Quando o pau dele se liberta na minha frente, com aquele tamanho todo, a primeira coisa que me ocorre é como essa porra vai caber na minha boca, que dirá em outro lugar.

Sinto que arregalo os olhos ao segurar o pau dele pela base, com dificuldade de fechar os dedos por causa do tamanho. É grosso e decorado com veias aparentes. E, para um pau, devo dizer que é bonito pra caralho.

— Abre a boca — ordena Zanders.

Eu faço o que ele manda, lambendo os lábios, e o coloco na boca. Um gemido rouco escapa dele e me invade, me encorajando. Desço a língua pelo comprimento, engolindo tudo que consigo. O que fica para fora, aperto com a mão.

— Boa menina — diz Zanders, e segura meu cabelo para afastar os cachos da minha boca. — Agora, abre a garganta.

Todo o sangue do meu corpo desce para entre minhas pernas, e eu aperto bem os joelhos, na esperança de a fricção aliviar o desejo causado por essas palavras.

Continuo naquele ritmo, mexendo a cabeça, chupando com a boca e acariciando com a mão. Afundo um pouco mais e ergo os olhos marejados para ele. O olhar de comando de Zanders está vidrado em cada movimento meu.

— Continua assim. Caralho, como você é boa — encoraja ele, roçando o polegar na minha bochecha enquanto mexe o quadril para meter. — Delícia da porra.

Ele continua o movimento, e eu engulo tudo que aguento.

— Gosto da sua boca assim, ocupada demais para comentários espertinhos.

Estreito os olhos, continuando a chupá-lo, e Zanders abre um sorriso satisfeito e levanta uma sobrancelha em desafio.

Lambo ao redor da ponta do pau dele em uma sequência ritmada, antes de passar os lábios pelo comprimento. Chupo com mais força, e pego o saco dele com a mão. Acaricio a pele mais fina ali e Zanders se inclina para a frente, se curvando e precisando se segurar nos meus ombros para ficar de pé.

Tiro o pau dele da boca e um sorriso de satisfação surge na minha boca antes de eu respirar fundo, com calma merecida.

— Se eu não posso falar, melhor você não poder também.

— *Caralho.*

Ele estremece quando volta a respirar, de olhos fechados, tentando se recompor.

Zanders ainda está curvado, se apoiando nos meus ombros.

— Eu estava certo, docinho. Você não tem nada de doce, né?

Ele seca a umidade da minha boca com o polegar e, quando o dedo passa pelos meus lábios, eu o chupo e lambo.

O olhar dele fica mais sombrio quando ele afasta o dedo da minha boca e o substitui pela própria boca em um beijo. Puxando minha mão, ele me força a ficar de pé.

Não acredito que esse homem pelado impecável está aqui bem na minha frente. Ele tem braços musculosos, decorados com veias saltadas e tatuagem preta. As pernas são grossas, torneadas e tatuadas. O abdômen é esculpido e reto, e o V musculoso aponta bem para o pau mais perfeito que já vi.

Sério, merecia uma medalha.

— Deixa eu te ver — diz ele, quase inaudível.

Ele puxa de leve a barra da minha camisa, indicando o que quer tirar, mas não continua. Ele espera minha permissão.

O calor sobe ao meu rosto quando o nervosismo volta. Estou pronta para isso? Para ele me ver? Cheguei até aqui, mas e se ele não gostar do que vir? Eu vou precisar viver com essa vergonha no trabalho, vendo ele a bordo depois de cada jogo.

— Ei, tudo bem? — pergunta ele, suave, com os dedos apoiados na minha nuca, o polegar acariciando minha mandíbula. — Se quiser parar, a gente para.

Olho para ele. A combinação de provocação e gentileza entre nós está me deixando doida, sem saber o que esperar.

Sacudo a cabeça em negativa e seguro o quadril dele, apertando e o puxando para perto.

Zanders dá um passo para a frente, encostando a ereção na minha barriga, e me lembra de que não quero parar mesmo.

Retomo a máscara de confiança, pego a barra da blusa e a tiro por cima. Quando jogo a roupa no chão, volto a olhar para ele, que está dando atenção para meu corpo todo.

Ele passa os dedos suavemente pelas minhas costelas, desenhando imagens invisíveis na pele ao me explorar. Passa a mão nas minhas costas e olha para mim. Sustentando meu olhar em aprovação, ele abre meu sutiã com um movimento ágil.

De cabeça baixa, eu passo os braços pelas alças e deixo o sutiã cair no chão. Meus peitos têm tamanhos completamente diferentes e, sem a ajuda do sutiã, ficam bem caídos, por causa do peso. Normalmente, no calor do momento, não me incomodo, mas nunca fiquei com alguém tão perfeito quanto esse homem na minha frente.

Zanders pega meus peitos com as duas mãos, os envolvendo com as palmas largas e apertando, deixando meus mamilos duros de tanta atenção.

As mãos dele são fortes e másculas, e as tatuagens pretas e os anéis de ouro nunca foram mais bonitos do que agora, tocando minha pele.

— Puta que pariu — arfa ele. — Você é surreal, Stevie.

Quando olho para ele, a única coisa que vejo em suas íris cor de mel é luxúria: nada de julgamento, de insatisfação, só desejo e vontade carnal.

Pensando bem, Zanders nunca me deixou envergonhada da minha aparência. Pelo menos, não de propósito. É sempre minha insegurança que volta à cabeça e faz isso no lugar dele.

E, considerando aquele pau batendo continência, diria que só eu mesma estou preocupada com minha aparência.

Eu me empertigo um pouco quando seus dedos encontram, rápidos, o botão da minha calça jeans, e logo o abrem. O zíper desce e ele empurra a calça pelo meu quadril e pernas abaixo. Fico só com a calcinha de renda já encharcada, e Zanders então passa a mão pelo próprio queixo e balança a cabeça, admirado.

— O que você quer, docinho?

Ele encontra meu olhar, esperando uma resposta, mas, pela primeira vez na vida, me faltam palavras.

Zanders avança com um passo dominante, pega meu quadril com as mãos e pressiona minhas costas nuas na parede áspera do outro lado do quarto. Ele encosta uma das mãos na parede, ao lado da minha cabeça, e desliza a outra pela minha barriga, descendo.

Tensiono a barriga, tanto pela textura fria dos anéis quanto pela sensação dos dedos na minha pele corada. Abrindo caminho pela renda da calcinha e pelo calor da minha pele, ele roça o dedo do meio no meu clitóris antes de afundá-lo na umidade acumulada entre minhas pernas.

Um gemido me escapa, e eu desabo para a frente, com a testa no peito dele.

— Ai, meu Deus — diz ele, rouco, com o dedo quente e molhado. — Tá encharcada.

Minhas pernas começam a tremer, mas, com a força com que Zanders me segura, não tem jeito de eu cair.

— Stevie, gata, o que você quer que eu faça?

Enquanto espera minha resposta, ele desce os lábios pelo meu pescoço e pelo meu peito, pegando um dos seios na boca quente, chupando e lambendo. Ao mesmo tempo, ele me penetra com o dedo do meio, que curva para a frente, fazendo meus joelhos tremerem.

— *Me come.* Por favor, Zanders.

Ele abre um sorriso diabólico, com a boca ainda no meu mamilo duro. Saindo do meu calor, ele se endireita e leva devagar o dedo inteiro para dentro da boca, lambendo meu gosto em sua mão.

Zanders me pega no colo, enroscando minhas pernas na sua cintura e deslizando o pau contra a umidade que atravessa o tecido da calcinha.

— Só porque você pediu por favor — acrescenta ele, com um beijo, antes de me jogar na cama e subir rapidamente em cima de mim.

17

Zanders

Stevie está deitada na cama, cravando as unhas nas minhas costas, enquanto eu faço investidas com o quadril, esfregando o pau na perna dela, precisando sentir aquela fricção. Com o movimento, dou meu último beijo em sua boca.

Não se engane, estou amando pra caralho beijar essa mulher, mas beijos são íntimos demais. Beijar durante o ato tem algum efeito no cérebro das mulheres, faz elas se apegarem, acharem que é mais do que uma trepada — mesmo que eu deixe tudo claro logo de cara. Então, diminuo como posso a intimidade. Hoje é só para gozar e finalmente parar de bater punheta pensando nessa gata de cabelo cacheado, como faço há semanas; é para deixar isso para lá. Hoje é uma noite de sexo desapegado, para a gente superar.

Quando me afasto de sua boca, Stevie estica a mão, puxa a luminária da mesa de cabeceira e apaga a única luz que estava acesa.

Sem nem olhar, desço a boca pela pele quente do pescoço dela, estico a mão e acendo a luz novamente.

Mordo e chupo a pele macia do peito dela, tentando só deixar marcas bem baixas, para ela cobrir com o uniforme amanhã. Enquanto isso, ela vai e apaga a luz outra vez.

— O que você tá fazendo? — pergunto, finalmente, levantando o rosto para olhá-la.

— Apagando a luz.

— Deixa acesa. Quero te ver.

— Não — diz ela, insistente, com um olhar de súplica.

Eu não sou burro. Na real, diria que tenho alta sensibilidade aos meus sentimentos e aos dos outros. É o efeito de dez anos de terapia consistente. Mesmo que, na maior parte do tempo, eu esteja pouco me fodendo, entendo as pessoas facilmente.

Então seria mentira se eu dissesse que a mulher na minha cama é inteiramente confiante com o próprio corpo. Os braços cruzados e a falta de contato visual enquanto ela tirava a roupa foram bem simples de ler.

Ela é uma combinação interessante de insegurança e confiança, assim como eu, mas de um jeito totalmente diferente.

Pelo que eu sei dessa comissária de bordo rebelde, ela não ia gostar que eu pisasse em ovos. Então, não vou ser delicado assim. Não vou evitar as partes do corpo dela que lhe causam insegurança, e não dar atenção a elas. Em vez disso, vou tocar cada centímetro do corpo dela enquanto meto tão forte que ela provavelmente vai esquecer até o próprio nome, que dirá o que não gosta em seu corpo.

Mesmo de luz apagada, vejo que os mamilos dela são pontinhas lindas, implorando por mim, então caio de boca, arrancando um gemido suave de Stevie.

Para ser sincero, eu gosto de tudo que sai da boca dessa mulher. Seja um gemido leve de prazer, meu nome em súplica ou uma das piadinhas espertalhonas que sempre dispara contra mim. Gosto de saber que o que sai dela é por minha causa.

Minha respiração toca a pele dela enquanto vou descendo, me abaixando, passando a boca por cima do tecido delicado da calcinha. Enquanto me masturbo, uso a outra mão para puxar um pouco o cós de renda, pronto para enfiar a cara entre as pernas dela.

Stevie cobre minha mão com a dela, me interrompendo.

— Não precisa fazer isso.

— Mas eu quero.

— Não quer, não. — Ela ri.

Eu franzo a testa.

— Quero, sim.

Ela desvia o olhar, me evitando.

— Bom, eu… eu não gosto muito.

Continuo a encará-la, esperando que ela retome o contato visual. Finalmente, ela volta para mim seus olhos verde-azulados, me deixando lê-la como um livro aberto.

Ela está mentindo.

Talvez esteja tímida de me deixar meter a cara entre as pernas dela, ou talvez alguém tenha dado a impressão de que fazer isso é um sacrifício, mas definitivamente não é o meu caso. Ou talvez ela nunca tenha transado com ninguém que sabia o que estava fazendo nesse departamento. De qualquer jeito, ela disse não, então parece que vou pular essa parte da refeição, mesmo que esteja faminto há semanas.

Eu me levanto um pouco e me apoio no cotovelo, acima dela.

— Preciso que você fique confortável comigo.

— Eu fico — solta ela, rápido. — Fico, sim.

— Bom, então a gente precisa acertar umas coisas — digo, e vejo o movimento da garganta dela, engolindo em seco as minhas palavras. — Faz semanas que estou pensando nisso. Não costumo esperar tanto pelas coisas que desejo, mas ver você pelada, na minha cama, com isso aqui — digo, cobrindo com a mão sua calcinha molhada — pronto pra mim… *caralho*. Mal posso esperar para te comer. Mas não vou fazer nada se você continuar falando merda do seu próprio corpo.

— Eu não disse nada…

— Mas aqui — explico, dando um toque na cabeça dela.

Vejo a culpa moldar suas feições.

— Hoje, você é minha, e estou vendo só esse corpão absurdamente gostoso pronto para mim. Esses peitos — digo, tocando-os — onde quero enfiar a cara a noite toda. Essas coxas — continuo, apertando uma por baixo —, que eu adoraria usar para esquentar minhas bochechas. E isso aqui — acrescento, mergulhando os dedos na renda encharcada —, essa boceta quente e molhada pra caralho.

Deslizo um dedo pela fenda e enfio nela, fazendo Stevie arquear as costas e soltar um gemido baixo.

— Hoje, isso tudo é meu — continuo. — E não vou deixar você falar nenhuma merda sobre o que é meu. Então, se você não parar, não vamos fazer nada disso.

Stevie não responde, demonstrando nervosismo.

Esfrego minha ereção nela, para que sinta como estou duro.

— Não estou de brincadeira, Stevie. Se você não começar a se tratar melhor, eu vou lá resolver isso sozinho, como faço há semanas.

— Você não transa com ninguém há semanas? — pergunta ela, franzindo a testa, confusa.

Solto um pouco do peso, apoiando o peito nos seios nus dela. Não é uma posição comum para mim — é muito íntima. Não curto contato visual nem essas paradas durante o sexo, mas, como ainda não começamos tanta coisa, vou deixar para lá.

— Não — digo, honestamente. — Não estava zoando quando falei que faz semanas que penso em transar com você. É só você que ando querendo.

Stevie arregala os olhos, surpresa.

— É isso aqui.

Desço as mãos pela barriga dela, aperto sua perna e dou a volta para apalpar a bunda. Escondo o rosto na curva do pescoço dela, abafando as palavras junto à sua pele.

— Então, por favor, me deixa aproveitar.

— Cacete, Zanders. Não sabia que você estava obcecado assim por mim.

Um leve sorrisinho curva sua boca, e um pouco mais de confiança substitui a insegurança de antes.

Stevie passa as mãos macias nas laterais do meu corpo antes de afundar os dedos na minha lombar, fazendo meu pau se esfregar nela. Fecho um pouco os olhos e repito o movimento, sentindo a fricção muito necessária.

— Caralho, vou destruir seu corpo hoje, e espero acabar também com um pouco dessa insegurança, que não tem o menor sentido.

O sorriso malicioso que se abria em seus lábios murcha, e ela fica boquiaberta de choque.

— Posso te comer até cair, docinho?

As palavras abandonaram essa mulher normalmente sagaz, e ela faz que sim com a cabeça, em silêncio.

— Que bom — digo, e me levanto, pegando o elástico da calcinha dela. — Levanta o quadril para mim.

Ela obedece e, quando puxo a calcinha e deixo a renda cair no chão, aproveito para admirar a vista. Mesmo no escuro, vejo a fenda marrom e macia da boceta dela reluzindo até daqui.

— Que linda — sussurro, e meus dedos a encontram, circulando o clitóris e fazendo ela se contorcer com um simples toque.

Caralho, eu quero devorar ela. Quero enfiar a cabeça bem fundo entre aquelas pernas, até precisar emergir para respirar, mas, como ela disse que não, só vai rolar se Stevie mudar de ideia.

Não que ela precise de muito aquecimento. Já está encharcada, e meus dedos entram nela várias vezes com facilidade. Espero que ela aguente tudo que tenho para oferecer. Para a maioria das mulheres, é difícil. Na real, na maior parte do tempo, tenho que me segurar mais do que gostaria, mas tenho fé que Stevie encara.

Eu me afasto por um momento para pegar uma camisinha na mala, e Stevie me vê colocar o preservativo.

— Por sinal, estou limpo.

Não que ela tenha perguntado, mas eu faço todos os exames regularmente, e achei melhor ela saber.

Ela morde o lábio, olhando para meu pau enluvado, salivando da cama.

— Eu também.

— Vira de bruços.

Enquanto me masturbo, eu vejo ela me obedecer, e ficar de quatro.

— Que boa menina — acrescento, e dou um tapa na bunda dela. — Agora, segura na cabeceira.

Os dedos delicados, decorados com anéis dourados, envolvem a cabeceira da cama, e ela afasta os joelhos, me dando a vista perfeita.

Faz semanas que imagino isso. A aparência da boceta dela, a sensação, mas minha imaginação é uma merda se comparada com a realidade. Esfrego o queixo com a palma da mão, sacudindo a cabeça de satisfação. Porque, caralho, que coisa linda.

Empunhando meu pau, eu subo na cama de joelhos, com a bunda de Stevie bem ali, as pernas abertas para mim. Meto dois dedos na boca antes de descê-los pelo centro dela. Quando os dedos somem dentro dela, Stevie abaixa a cabeça e se pressiona contra a minha mão, encontrando o ritmo.

— O que você quer, docinho?

Estou concentrado nos meus dedos ali dentro, hipnotizado pela cena.

— Quero que pare de me chamar de docinho.

Levanto o canto da boca, sem conseguir esconder.

— Não tem a menor chance. Além do mais, tem o resto do time do outro lado dessas paredes finas. Quer que me escutem gritar seu nome quando eu estiver gozando dentro de você?

Stevie não diz nada, responde só com um gemido enquanto continua a rebolar, mantendo o ritmo dos meus dedos.

Tiro os dedos da boceta dela e aperto a base do meu pau, batendo com ele no clitóris dela.

— O que você quer que eu faça, docinho?

Esfrego o pau na entrada dela, vendo a camisinha ficar molhada.

— Me come — diz ela, suplicante. — Por favor, Zanders.

Ouvir meu nome em sua boca me faz parar por um instante antes de eu agarrar o quadril dela, me alinhar, e meter. Vou relativamente devagar, deixando ela se ajustar ao tamanho, e vejo os nós dos seus dedos ficarem pálidos de tanta força na cabeceira.

— *Ai, meu Deus* — grita ela.

Meus olhos chegam a revirar quando me afundo por inteiro nela, apertando com os dedos seu quadril, tentando me segurar por um momento.

— Que gostoso — encorajo, mas, puta merda, gostoso não chega nem perto.

Delícia. Perfeição. É uma boceta cinco estrelas, isso sim. Ela me aperta, e eu tenho que me concentrar para não gozar que nem um adolescente na puberdade.

A cabeça de Stevie está bem abaixada, com os cachos castanhos caindo para todos os lados, enquanto ela se acostuma comigo dentro dela. Depois de um momento de pausa, ela empurra a bunda para trás, precisando de movimento.

Minha primeira metida é lenta, e faz ela arfar:

— *Isso.*

Com um pouco mais de força, eu recuo antes de meter nela outra vez.

— Ai, nossa, isso.

Stevie arqueia as costas, com a bunda empinada.

É uma bunda gostosa pra caramba, na minha opinião. É bem macia contra os meus quadris, me pressionando toda vez que eu meto. Encho as mãos com sua carne, me ancorando ali, e meto de novo, dessa vez fazendo a cama bater na parede.

— Gostou, docinho?

Porque, caralho, eu gostei.

— Hmmm — geme ela em concordância.

— Você tá indo tão bem, me deixando entrar todinho.

Acelero o movimento e encontro o ritmo para continuar a meter. Ela é apertadinha pra caralho, e responde perfeitamente ao meu ritmo, empinando a bunda, pedindo mais. Eu me curvo, colando o peito nas costas dela, a boca em sua orelha.

— Gosta de mim, né, Stevie? — sussurro, para mais ninguém ouvir o nome dela.

— Você é um chato — diz ela, mas a isso se segue um gemido de desejo, o que me faz rir.

— Acha que aguenta mais?

Meto de novo, dessa vez mais forte, e vejo os olhos dela revirarem de prazer.

— É só isso?

Caralho, ela adora me provocar, e parece que até na cama. Por mim, tudo bem. Pode me desafiar, por favor.

Eu recuo até sair dela, deixando-a vazia.

— Não — choraminga ela, tremendo inteira, e estica a mão para trás, tentando me alcançar. — Não. Eu estava quase lá.

Ela aperta as coxas, precisando preencher aquele vazio dolorido.

— Quais são as palavras mágicas?

— Por favor! — ela implora, com a voz repleta de desespero. — Por favor, Zanders.

Caralho. Acho que nunca ouvi uma combinação de três palavras melhor do que essa.

Passo o braço pela cintura dela e a seguro bem, para que fique levantada. Com a outra mão, cubro a boca de Stevie e a preencho de novo, dando tudo de mim.

Ela grita na palma da minha mão, fechando os olhos enquanto eu meto com força total.

— Você gostou — eu declaro, porque nem preciso perguntar.

Ela faz que sim com a cabeça sem parar, enquanto minha mão a cala.

Eu a preencho assim por trás, de novo e de novo, o ritmo consistente já fazendo meu saco formigar. Mantenho a boca grudada na orelha de Stevie, sussurrando sacanagem enquanto vejo a euforia dominar suas feições bonitas.

Desço a mão para o peito dela, massageando, esfregando e mexendo no mamilo com o dedo. Com a outra mão, me concentro no clitóris, circulando, roçando e deixando ela pronta para gozar comigo.

Até Stevie soltar a cama, pegar minha mão em seu peito e levá-la ao seu pescoço.

Não consigo deixar de sorrir contra o ombro dela enquanto a esgano de leve e meto por trás.

Essa mulher é uma surpresa absoluta. Em um instante, está insegura com a aparência, e, no outro, me pede para sufocar ela enquanto trepamos, deixando o corpo à minha disposição. Mas acho que é parecido com a nossa relação, de modo geral: momentos mais suaves, cercados por uma caralhada de provocação e zoeira.

— Cacete — eu sibilo. — Gosto muito de te comer, docinho.

— Para de me chamar de "docinho".

Não deixo de achar graça de estar comendo e esganando uma mulher que ironicamente chamo de "docinho".

— Nunca. — Eu rio.

Eu recuo, me sentando sobre os calcanhares, e a puxo também, para ela acabar sentada no meu colo e no meu pau. Ela fica com as costas grudadas no meu peito e estica a mão para trás, segurando meu pescoço para se ancorar.

Eu já gostava do corpo dela antes, mas agora, sentindo-a nas mãos e no pau, sabendo que posso dar um bom sacode nela sem quebrá-la, acho que virei fã número um.

— Vai gozar pra mim? — pergunto, a boca roçando a orelha dela.

Outro gemido escapa e ela encosta a cabeça no meu ombro, de olhos fechados, a boca entreaberta de prazer. As bochechas sardentas estão coradas, e a pele macia e marrom está reluzindo de suor.

— Quero tanto que você goze em mim assim, Stevie. Você está indo tão bem.

Continuo a fazer ela quicar no meu pau enquanto gritos enchem o quarto, alguns meus, outros dela. Uma das minhas mãos ainda a segura pelo pescoço, e a outra circula seu clitóris inchado.

Ela começa a tensionar e contrair o corpo, enquanto sua boceta me aperta.

— Por favor, goza em mim — eu imploro.

Eu meto mais algumas vezes, acertando aquele ponto que faz ela tremer inteira, e vejo o orgasmo percorrer Stevie, a dominar.

— *Zee* — grita ela, puxando a corrente de ouro no meu pescoço, tentando se segurar em alguma coisa.

Só minhas pessoas preferidas me chamam por esse apelido, e é de se imaginar que isso me causaria incômodo. Mas escutar ela me chamar assim enquanto goza no meu pau só me faz começar a gozar também.

— Puta que pariu… — exclamo, tentando me segurar.

Então, faço uma coisa que nunca fiz. Dois dos meus dedos soltam o pescoço dela e viram seu rosto para mim, puxando-o pelo queixo. Pressiono a boca contra a dela e gozo dentro de Stevie, para que ela engula o grito do meu nome, para o resto do time não escutar através dessas paredes finas pra cacete.

Mexemos e abrimos as bocas ao mesmo tempo enquanto curtimos nossa onda, Stevie continuando a quicar de leve no meu pau. Ela afunda os dedos na minha nuca, me puxando enquanto eu a beijo com toda a energia que me resta. Aperto seu corpo um pouco úmido, me recusando a deixar aquilo acabar.

Enquanto a onda baixa, há muito contato visual que eu não planejava.

— Eu estava precisando disso — diz Stevie, encostando a cabeça no meu ombro, de olhos fechados, para recuperar o fôlego.

O rosto lindo e sardento dela está brilhando por causa do orgasmo, a boca inchada pelo meu ataque. Ela se solta para deitar na cama, completamente satisfeita e contente, os cachos espalhados no lençol branco.

— Não, estava precisando de *mim* — corrijo, com um tapa na bunda dela.

Eu me levanto rápido e vou ao banheiro para jogar fora a camisinha antes de me olhar no espelho. O ego e a arrogância de costume estão faltando nesse brilho pós-sexo. Em vez disso, o estresse é evidente no meu rosto.

Porque eu gostei muito mais disso do que deveria.

Sempre gosto de sexo. Quem não gosta? Mas acabo de sentir que tomei só uma dose de uma coisa de que vou precisar continuamente para segurar o vício crescente.

O jeito dela de aguentar meu tranco, na cama e nas palavras. Caralho. Achei que precisasse da conquista, mas acho que na verdade comecei um jogo novo, que não vou ganhar nunca.

Será que esse beijo fodeu com minha cabeça, em vez da dela? Por que quero me aconchegar no corpo macio dela antes da segunda rodada?

Volto para o quarto e imediatamente me largo, pelado, ao lado dela na cama, mas, antes de poder puxá-la para um abraço, Stevie escapa do colchão e vai ao banheiro. Tranquilo. Ela logo vai voltar.

O corpo bronzeado e brilhante de Stevie sai desfilando do banheiro uns dois minutos depois, e eu espero que ela volte para a cama. Toda mulher tenta voltar, mas essa é a primeira vez que quero mesmo que alguém fique aqui relaxando comigo enquanto me preparo para a segunda rodada.

Mas, em vez de se aproximar, ela segue para o sofá e pega as roupas caídas no chão.

Eu me levanto um pouco, me apoiando nos cotovelos, expondo inteiramente meu corpo nu, e franzo a testa, vendo ela se vestir.

— O que você tá fazendo?

Stevie veste a calça jeans e a abotoa. É exatamente o contrário do que eu quero.

— Me vestindo.

— Por quê?

Uma risadinha escapa enquanto ela fecha o sutiã, acabando com aquela vista perfeita.

— Porque não posso pegar Uber pelada, né?

— Por que tá indo embora? — reformulo. — Pode ficar aqui.

Hum... como é que é?

— A gente falou que era só uma ficada — comenta Stevie, felizmente ignorando a última parte do que eu disse, enquanto veste a camisa.

— Estava pensando mais em uma *noite* de ficada. Com vários orgasmos no meio.

— Escuta, Zanders, foi legal — diz Stevie, amarrando os tênis Nike imundos. — Mas você é meu cliente. Eu trabalho para você, então não é tão boa ideia.

Passei esse tempo todo tentando lembrar a Stevie que ela trabalha para mim, e agora ela decide aceitar? Bem quando quero que ela esqueça?

— Até amanhã — diz ela, se virando para a porta.

Eu me levanto de um pulo e cubro o pau com a mão, sem ter tempo de me vestir ao seguir Stevie porta fora.

— Espera! — grito, indo atrás dela no corredor. — Pelo menos me deixa pegar o Uber com você. São duas da manhã.

Stevie segue para o elevador.

— Zanders, eu já sou bem grandinha. Sei voltar para o hotel sozinha.

Ela entra no elevador e aperta o botão do térreo.

Eu corro até ela, desajeitado, ainda tentando esconder o pau com a mão. Minhas mãos são grandes, mas meu pau é gigantesco, e a tentativa de esconder praticamente faz ele ficar se sacudindo.

Chego ao elevador e seguro a porta de metal com o braço livre.

— Pelo menos me manda uma mensagem quando chegar, para eu saber que está tudo certo.

Stevie olha para meu corpo nu, com um sorrisinho malicioso na boca, enquanto eu fico ali, desesperado, precisando de alguma coisa dela, qualquer coisa.

— Vou ficar bem.

— Juro por Deus, Stevie. Vou gritar seu nome tão alto agora que a porra do time todo vai saber que você esteve aqui, se você não...

— Tá bom! — interrompe ela. — Eu te mando uma mensagem quando chegar ao hotel.

Olho para ela por um instante, tentando descobrir o que deu errado entre eu fazer ela gozar no meu pau e esse momento, mas não consigo entendê-la. Quero muito chegar mais perto e dar um beijo de despedida, mas ela parece doida para ir embora. Estou acostumado a ver Stevie fugir de mim, mas achei que, depois de hoje, ela fosse parar.

Recuo meu corpo nu e deixo o elevador fechar com a comissária rebelde lá dentro, mas, logo antes de a porta de metal se fechar completamente, vejo Stevie recostar a cabeça na parede, com arrependimento no rosto.

Caralho, o que rolou?

Quando ela vai embora, percebo realmente que estou totalmente pelado e que saí correndo do quarto sem a chave e deixei a porta fechar.

Merda.

Nunca corri atrás de alguém que estava indo embora do meu quarto. Normalmente, sou eu que me visto e imploro para elas irem embora.

Olho para o corredor vazio e começo a caminhada vergonhosa até o quarto do meu melhor amigo, a porta na frente da minha.

Bater na porta não adianta, então a esmurro com a mão livre para que ele acorde.

— Puta que pariu! — exclama Maddison, escancarando a porta, com o cabelo desgrenhado e os olhos mal abertos de tanto sono. — Ai, meu Deus. — Ele ri, me olhando de cima a baixo. — Caralho, isso é bom demais.

— Preciso do seu telefone para ligar para a recepção. Fiquei trancado para fora do quarto.

— Espera aí — diz Maddison, voltando para o quarto, com dificuldade até de andar de tanta gargalhada histérica. — Os caras precisam ver isso.

Ele levanta o celular e tira uma foto minha no corredor, cobrindo o pau com uma das mãos e dando o dedo do meio com a outra.

— Vai se foder — resmungo, e entro no quarto dele.

18
Stevie

A noite passada foi um erro enorme.

E foi *enorme* mesmo. Com duplo sentido.

E não é por causa da desculpa que dei, sobre Zanders ser meu cliente, ou essas merdas que inventei. Mas porque ele estava certo. Ele pode ter me estragado para qualquer outro homem daqui em diante.

Acho que ele pode ter até estragado meu vibrador, o que é um crime tremendo.

Quando me olhei no espelho do banheiro ontem foi que percebi.

Foi o melhor sexo da minha vida. Nem se compara a todas as outras experiências. Pela primeira vez, talvez na vida toda, não tive nenhuma insegurança. Os elogios constantes de Zanders cuidaram disso. Tivemos uma conexão louca, que eu não esperava e, francamente, não queria.

E o problema é esse. Era para dar umazinha só. Mas tudo que queria era voltar para aquela cama e dar de novo e de novo até nem conseguir pensar.

Mas não posso. Não posso me apegar a ele, nem a seu pau de ouro. Ele é tudo que quero evitar desde a faculdade — um atleta arrogante e egocêntrico seguido por uma fila de mulheres só esperando a vez delas. E cometi o erro de entrar na fila, sem conseguir me conter diante dele.

Ele está só procurando a próxima trepada, mas, devo dizer, o moleque sabe o que faz na cama.

— Você transou ontem, né? — provoca Indy. — Está brilhando que nem purpurina, srta. Shay.

— Não transei — digo, tentando falar baixo.

Estamos no fundo do avião, e os caras estão tentando dormir no voo noturno de volta a Chicago.

— Transou, sim — diz ela, rindo. — Foi um cara do Tinder?

Dou as costas para Indy e começo a limpar, distraída, a bancada já impecável da cozinha.

— Eu *não* transei ontem.

— Não, é?

Aquela voz grave e aveludada não é da minha colega. Não, é do homem estonteante que acabou comigo ontem.

Por mais de um motivo, evitei andar pelo corredor durante o voo. O primeiro é que não queria ver Zanders e ter a memória inundada por cada detalhe explícito daquela noite. O segundo é que ele estava certo: estou mancando de um jeito ridículo por causa do pau ridículo e imenso dele.

Olhando para trás, vejo Zanders se recostar na divisória que separa a cozinha do resto do avião, com um sorrisinho convencido na boca perfeitamente carnuda.

Escroto.

— Você tá mancando um pouco, Stevie. Torceu o tornozelo, foi?

Eu odeio ele.

— Ai, meu Deus — diz Indy, alto demais. — Ai. Meu. Deus.

Ela gira a cabeça, olhando de mim para ele e de Zanders para mim, com o rosto corado em um tom lindo de rosa.

— Vocês dois finalmente transaram — sussurra ela o mais baixo possível, boquiaberta.

— Não! — exclamo, mais alto do que pretendia. — Não mesmo.

Zanders, arrogante como é, não nega nada. Em vez disso, fica quieto e dá de ombros, desinteressado.

— Mandou bem — diz Indy, e sua declaração não é dirigida a mim.

Não, ela se dirigiu a Zanders, o que adorei.

— Tem um travesseiro aí que eu possa roubar? — pergunta Rio, aparecendo atrás de Zanders e olhando para mim e para Indy.

— Pega aí, cara — diz Zanders, indicando um dos bagageiros onde guardamos os travesseiros.

É irônico, visto que Zanders nunca pegou uma coisa sequer por conta própria neste maldito avião.

— Eu pego para você — oferece Indy.

— Valeu, Indy.

Os olhos verdes do Rio brilham quando ele diz o nome dela. Ele passa a mão pelo cabelo preto cacheado, afastando-o do rosto, e... ele está flexionando o bíceps?

Indy dá a volta em Zanders, saindo da segurança da nossa cozinha e me deixando a sós com o homem que tentei evitar o voo todo.

— Você não me mandou mensagem ontem.

Ele entra na cozinha, invadindo meu espaço. Olho rapidamente para o corredor, em busca do paradeiro de Tara, mas ela parece bem ocupada dando mole para os técnicos lá na frente.

— Por que não me avisou quando chegou ao hotel? — insiste ele, avançando mais um passo, o peito a centímetros do meu.

Eu estico o pescoço para cima.

— Não achei que era tão sério.

— Porra, tá me tirando? Passei a noite em claro no Instagram, esperando notícias suas.

— Bom, tô aqui.

Sei que estou sendo birrenta, mas estou tentando me distanciar de tudo que senti ontem, e não sei o que fazer além de fingir desapego. Esperava que Zanders fizesse exatamente a mesma coisa, então a preocupação sincera dele me choca.

— O que rolou ontem? — sussurra ele. — Achei que a gente tivesse se divertido.

— A gente se divertiu. E, quando acabou, fui embora.

Os olhos cor de mel de Zanders me fitam, confusos. Não estou tentando fazer ele se se sentir mal, mas preciso me proteger. Ele conseguiu o que queria, e eu também. Amanhã ele vai ter passado para a próxima. Caramba, ele pode passar para a próxima assim que a gente chegar, até mesmo às duas da manhã.

— Você se arrependeu?

A pergunta dele é baixa e suave, com um toque de tristeza.

Ah, caralho. Por que esse homem, que ontem me esganou e me comeu até cansar, parece um cachorrinho pidão agora? Estou até querendo abraçar esse atleta gigante. Ele parece mais vulnerável do que pretendia.

— Desculpa se fizemos alguma coisa que você não queria. Eu não…

— Não — interrompo, balançando a cabeça. — Não me arrependi, não.

É mentira, eu me arrependi, mas não pelo motivo que ele imagina.

Um suspiro aliviado escapa dele, que levanta o dedo indicador para afastar delicadamente um cacho dos meus olhos.

— Tá me tirando, porra?

Zanders afasta a mão com velocidade inacreditável, e nós dois nos viramos para Maddison, que para na porta da cozinha e nos esconde da vista do resto do avião com seu porte largo.

— É *você* a mulher de ontem? — pergunta Maddison em voz baixa, arregalando os olhos castanhos, implorando para eu negar.

Mas eu não nego.

— Stevie, eu tinha fé em você — ele choraminga.

— Vai sentar, porra — responde Zanders.

— Ele é um bosta, né? — continua Maddison. — Soube que ele tem um pintinho minúsculo e nem sabe o que fazer. Ruim de cama que só.

— Vai se foder — cospe Zanders, mas uma gargalhada se segue.

Não consigo conter uma risada, sabendo que Maddison provavelmente já viu no vestiário o tamanho da mala do amigo, assim como eu vi ontem. "Minúsculo" é o contrário do que ele tem entre as pernas.

— Estou decepcionado, Stevie. Vou precisar que você continue a zoar com ele mesmo assim — diz Maddison, fazendo um gesto para nós. — Porque é literalmente minha única diversão nessa merda de avião.

Com isso, ele se vira e volta ao assento, me deixando novamente a sós com seu melhor amigo.

— Então você não se arrependeu de ontem? — pergunta Zanders de novo, sem perder um segundo, com preocupação evidente no rosto.

— Não me arrependi, mas não deve se repetir.

— Eu pensei no contrário. Pensei que *deve, sim,* se repetir. Tipo, em toda viagem.

— Não dá. Zanders, vou ser demitida se alguém descobrir o que aconteceu ontem.

— A loirinha já sabe!

— Reformulando: vou ser demitida se aquela ali descobrir — digo, apontando para a frente do avião.

— A escrota? Tá preocupada com ela? Docinho, eu sei guardar segredo.

— E aquela história de não mentir nunca?

Levanto a sobrancelha e sustento o olhar, testando-o.

Ele me pega pelo quadril, curvando os dedos, me puxando. O toque assertivo arde no meu corpo todo, mas eu abafo o fogo, pois tenho que apagá-lo.

— Essa mentira valeria a pena.

Ele lambe o lábio inferior antes de puxá-lo entre os dentes, com o olhar fixo na minha boca.

Engulo em seco e recuo em um passo largo. Bom, o máximo possível na cozinha minúscula. Zanders solta meu quadril, e eu cruzo os braços com força, para usá-los como uma barreira improvisada.

— Foi só uma ficada.

Zanders balança a cabeça em negativa, sem engolir a resposta.

— Foi só uma ficada, até não ser mais.

Ele se vira para voltar ao assento, me deixando sozinha. Antes de ir, porém, dá uma olhadela rápida para trás, me fitando de cima a baixo, admirando cada centímetro do meu corpo.

— Porque só uma ficada não foi suficiente para mim, de jeito nenhum, e aposto que para você também não.

Aperto com força as coxas, com o rosto corado pela lembrança de ontem.

— Ah, e aceito uma água com gás.

Reviro os olhos e, pela milésima vez, respondo:

— Tem no cooler.

— Com limão, Stevie Docinho.

O rosto exageradamente metido de Zanders assume um sorriso satisfeito enquanto ele vai desfilando de volta até seu lugar.

19 Stevie

— Rosiezinha, quando é que você vai ser adotada?

A pergunta, obviamente, é retórica, visto que Rosie é uma linda doberman preta e caramelo, de cinco anos, que não sabe me responder.

Coço a orelha dela uma última vez antes de fechar a grade, e Rosie enrosca o corpão na mantinha de flanela que comprei num brechó na semana passada. Ela fica bem confortável ali, o que faz sentido. Já faz um ano que mora no abrigo.

Eu só moro em Chicago há alguns meses, mas, pelo que Cheryl, dona do abrigo, me disse, sou a predileta de Rosie.

A maioria das pessoas acha Rosie assustadora pela aparência, mas por dentro ela é uma fofinha cheia de amor para dar, desde que seja para a pessoa certa.

— Você devia levar essa mocinha para casa — diz Cheryl, atrás de mim.

Eu sigo sentada na frente da casinha de Rosie, vendo ela adormecer.

— Adoraria, mas meu irmão ainda é alérgico.

— Humm. Acho que eu trocaria o irmão pelo cachorro.

— Às vezes, eu considero — brinco. — Posso fechar o abrigo hoje.

Cheryl me dispensa.

— Stevie, você tem 26 anos, e é sábado à noite. Certamente tem coisa melhor para fazer além de ficar aqui com uma velha e uns cachorros também velhos.

Cheryl pode até ser uma viúva na casa dos sessenta, mas não tem nada de velha. Ainda é cheia de ânimo e trabalha em horários loucos no abrigo. E isso porque ama esse lugar e esses cães, assim como eu.

Cães Idosos de Chicago é uma ONG fundada por Cheryl e seu falecido marido, para resgatar cães que seriam sacrificados e receber outros que famílias têm a audácia de abandonar quando o bicho de estimação fica velho demais para elas.

Nem me pergunte. Não sou de chorar muito, mas choro sempre que um cachorro mais velho é largado aqui pelos donos, com alguma desculpa horrenda qualquer.

Como é que podem escolher não ficar com um ser que os ama incondicionalmente?

O edifício foi ficando mais decadente desde a morte do marido de Cheryl e, infelizmente, a maioria das pessoas ainda prefere comprar filhotes a adotar um animal adulto. As doações são irrisórias e mal mantêm as portas abertas e a comida nas tigelas dos cães.

Meu irmão, Ryan, é o maior doador, e acho que é por se sentir culpado por eu não poder adotar nenhum dos cães.

Eu passaria o tempo todo aqui, se pudesse, mas, infelizmente, esse trabalho não paga as contas. Não que eu tenha muitas contas, já que nem pago aluguel. Mas, quando me mudar, preciso ter um emprego estável para me sustentar.

— Sério, Stevie, vai se divertir!

Cheryl se senta à bancada da recepção, empurra os óculos para cima e começa a organizar a pilha de boletos que eu temo que ela não tenha dinheiro suficiente para pagar.

Será que conto para Cheryl que diversão, para mim, é vestir meu moletom mais macio e ver um filme enroscada no sofá, visto que Ryan está viajando e Indy saiu com o namorado? Não, vou esconder esse fato. Deixo ela achar que minha vida é emocionante, sendo que, honestamente, a dela provavelmente é muito mais.

Será? Porque faz só uma semana que eu tive a melhor noite de sexo da minha vida com o babaca mais notório da NHL.

— Até amanhã.

Eu me despeço com um aceno rápido e saio do abrigo.

Pego o celular na caminhada breve de volta para casa e confiro o placar do jogo dos Raptors. A partida foi em um horário raro, à tarde, e eu ando estranhamente interessada por hóquei desde que comecei a voar com o time, há menos de dois meses.

A primeira manchete é sobre o placar vitorioso, 4–2 contra Anaheim.

A segunda manchete é acompanhada da cara de Zanders, saindo da arena com uma mulher estonteante.

É o quarto jogo deles desde que voltamos para Chicago, e é a quarta mulher com quem ele foi visto.

Não me surpreende.

Eu sabia o que esperar quando procurei por ele naquela noite em Washington, e não diria que chego a sentir ciúme.

Tá, é mentira. Sinto ciúme, sim, mas é só porque não consigo parar de pensar naquela noite. Foi muito gostosa, muito necessária, e eu estava certa: meu vibrador não me serve de nada desde então.

As palavras de Zanders ecoam na minha cabeça a semana toda. "Porque só uma ficada não foi suficiente para mim, de jeito nenhum." Acho que também não foi suficiente para mim, mas isso não muda o fato de que não pode se repetir. Nem fodendo que vou ser a peguete de viagem dele. Nem sei por que ele sugeriu isso. Obviamente tem mulheres correndo atrás dele em todas as cidades que visitamos e na cidade em que moramos também.

Mais manchetes falam de Zanders e da briga que ele comprou no jogo, da multa que tem que pagar por bater um pouco forte e feio demais no adversário e mais ainda da reputação que ele empunha com honra — a reputação que eu não suporto.

Enfio o celular na bolsa e subo em silêncio no elevador. Bom, silêncio, exceto pela melodia de piano na caixa de metal. Tenho certeza de que os vizinhos de Ryan já se questionaram várias vezes se eu moro mesmo aqui, quando chego de calça de flanela larga e tênis não-tão--branco, coberta de pelo de cachorro, com o cabelo preso em um coque cacheado.

Quando chego em casa, encontro um envelope pendurado na porta do apartamento, com o nosso número escrito na frente. Pego o envelope, destranco a porta e jogo as chaves na mesinha.

Tiro os sapatos, me sento à bancada da cozinha e abro o envelope. Ele contém alguns bombons embrulhados e uma carta.

Oi, vizinho,

Temos uma filha de três anos que não pôde aproveitar o Halloween com o pai porque ele estava viajando a trabalho. Planejamos compensar hoje, pedindo doces de porta em porta.

Se estiver disposto a participar da noite da nossa filha, por favor, deixe acesa a luz do hall e passaremos entre 18h e 19h. Se não, tudo bem! Esperamos que aproveite os doces!

Dos seus vizinhos,

Família Maddison

Bom, acho que é a coisa mais fofa que já li. No Halloween, viajamos da Filadélfia para Buffalo, então sei exatamente qual é a viagem a trabalho a que a carta se refere.

Parte de mim quer apagar a luz porque, que eu saiba, Maddison nem sabe que moro neste prédio, e talvez eu possa evitar que ele descubra quem é meu irmão por mais um tempo. Mas a maior parte de mim quer que a filha dele tenha um Halloween divertido, com vários lugares para pedir doce.

Passo a hora seguinte no sofá, procurando distraidamente alguma coisa para assistir, até escutar uma batida leve na porta. Em um pulo, me levanto, pego os bombons do envelope e abro a porta do apartamento.

A menininha mais fofa, com olhos esmeralda brilhantes e cabelo castanho bagunçado, está ali, carregando uma cesta em forma de abóbora. O vestido amarelo volumoso me indica exatamente quem ela é, e a rosa bordada na luva de cetim só confirma.

— Travessuras ou gostosuras?

— Você deve ser a Bela.

Eu me abaixo para ficar na sua altura e vejo as covinhas fundas nas bochechas de porcelana dela ficarem ainda mais marcadas com um sorriso.

— Stevie?

Levanto a cabeça ao ouvir a voz de Maddison e noto que o corredor está cheio de adultos, principalmente homens, vestidos de princesas da Disney.

— Você mora aqui? — pergunta Maddison, com curiosidade sincera.

Ele está usando um vestido azul-claro de mangas bufantes e uma gargantilha preta, então é difícil responder em vez de só rir.

— Stevie? — pergunta a mulher vestida de Ariel, que se volta para ele. Considerando o cabelo ruivo e as fotos que vi na internet, é Logan, esposa dele. — Tipo…

Ela estica as mãos, imitando as asas de um avião, e Maddison confirma com um aceno de cabeça, mexendo as sobrancelhas sugestivamente.

— Ah, saquei — acrescenta Logan, com um sorriso brincalhão e um tom de compreensão.

Maddison nitidamente contou sobre minha ficada com Zanders.

Falando do defesa de 1,95 m, minha atenção se volta para a retaguarda do grupo, onde se encontra um homem imenso, cheio de tatuagens pretas e joias de ouro, usando um vestido azul-claro cintilante e uma peruca comprida, loira e trançada.

— Oi — diz Zanders, sorrindo e me olhando nos olhos.

Tento segurar a risada, tento mesmo, mas esse homem, conhecido como o maior playboy da cidade, que deve ter mais inimigos do que fãs, está aqui com um vestido que deveria ser longo, embora bata apenas na altura dos joelhos dele.

E ele está fazendo isso em uma noite de sábado, no meio de novembro, só para a filha do melhor amigo ter um bom Halloween.

Esse gesto fofo é a última coisa que eu esperava do jogador de hóquei notoriamente odiado.

— Você morava aqui esse tempo todo?

A pergunta de Maddison me traz de volta à realidade, e percebo que estava certa. Zanders não tinha contado que eu sou vizinha dele.

— Eu me mudei no fim de agosto.

Logan se vira para Zanders.

— É *por isso* que você não tem mais usado o elevador da cobertura — diz Logan.

— Lo…

Zanders arregala os olhos, com a voz severa de advertência, tentando impedir a esposa do melhor amigo de entregá-lo completamente.

Maddison abraça a esposa por trás, os dois achando a maior graça, rindo entre si à custa do amigo.

— Então, você é a Bela? — pergunto, voltando a atenção para a menininha fofa, que é a mais importante nessa noite.

— Sou a Ella, na verdade.

— Ella? Que nome lindo. Você não quis ser a *Cinder*ella? Preferiu que fosse seu pai?

Ela começa a rir baixinho.

— Não — diz, balançando a cabeça, e aponta para si própria com orgulho. — Bela é a mais inteligente. Que nem eu.

— Aaah — digo, e rio, entendendo. — Bom, acho que você escolheu bem.

Eu faço uma concha com a mão e cochicho no ouvido dela:

— Bela é minha preferida também.

— E a Elsa? — pergunta uma voz grave no fim do grupo.

Quando olho para Zanders, ele dá de ombros, como se não estivesse meio desesperado por atenção.

Reviro os olhos de brincadeira e me volto para Ella. Pego os doces que os pais forneceram e acrescento à cesta já bem cheia.

— Bom, Ella, tomara que se divirta muito hoje com sua família.

Ela faz um gesto com a mãozinha, me chamando. Enfim, leva à minha orelha a mão enluvada para cochichar:

— Gostei do seu cabelo.

Eu faço exatamente o mesmo gesto e respondo:

— Também gostei do seu cabelo.

— A gente diz o que, amor? — pergunta Maddison.

— Obrigada!

Ella acena antes de seguir pelo corredor para o próximo apartamento.

Um homem mais baixo, vestido que nem a garota de *Valente*, vai logo atrás; considerando as sobrancelhas ruivas, a peruca vermelha e cacheada não é tão distante de seu cabelo natural. Depois dele vem um homem bronzeado vestido de Jasmine, de barriga de fora e tudo, carregando um bebê recém-nascido, que suponho ser o filho de Maddison. Por fim, vem uma menininha minúscula, fantasiada de Branca de Neve, de coturnos pretos como cereja do bolo.

Maddison encosta o queixo na cabeça da esposa, parecendo um cachorrinho pidão, e os dois se demoram à minha porta com Zanders.

— Ela é fofa — digo, vendo o cabelo castanho de Ella balançar a cada passo alegre.

— Ela tem três anos e mais parece ter treze, mas ainda assim gostamos muito dela. Eu sou a Logan, por sinal — diz ela, estendendo a mão para me cumprimentar, com um sorriso gentil. — Tomara que os garotos não estejam dificultando muito seu trabalho.

— Esse daí, não — digo, apontando para o homem pendurado nela. — Mas esse outro é uma diva.

Eu me viro para Zanders, com a voz tomada de humor, embora a declaração seja extremamente verdadeira.

— Não sou tão ruim — resmunga Zanders.

— É, ele às vezes é chato pra cacete.

— Lo!

— Mas a gente ama ele mesmo assim — diz Logan, dirigindo a Zanders seu sorriso mais fofo antes de voltar para mim. — Foi um prazer te conhecer.

— Igualmente.

— Até mais, Stevie — despede-se Maddison, antes de seguir andando, abraçado na esposa.

Zanders se aproxima da minha porta com certa timidez, depois que todos os amigos se afastam o suficiente para não nos escutarem.

— Está me perseguindo? — brinco.

Ele dá de ombros.

— Ei — diz, com um sorrisinho nos lábios carnudos.

— Ei.

Olho o corpo dele inteiro, sem conseguir esconder a graça.

— Tô gostoso para caralho, já sei.

— É uma descrição possível para esse seu... *vestido*. Sabia que você era bonitinho, mas não *assim*. E esse machucado combina super com o look.

Aponto para o corte na bochecha direita dele, que imagino ter acontecido no jogo de hoje.

— Mandei ele não mexer com minha fonte de renda, mas o outro cara saiu pior — diz Zanders, e se empertiga, passando a mão em um gesto arrogante pelo tecido azul cintilante que cobre seu peito. — Ele se meteu com a rainha do gelo errada.

Meu peito treme com uma risada e inclino a cabeça para o lado.

— Como você acabou de Elsa? Seus amigos todos pareciam mais as personagens.

— Você não acha que essa peruca loira combina com minha pele?

Zanders ri quando eu levanto uma única sobrancelha em resposta.

— Foi Ella que escolheu as fantasias. Disse que as pessoas acham que a Elsa é malvada, como acham que eu sou malvado, mas que na verdade nós dois somos muito legais — diz ele, e levanta as mãos, na defensiva. — Foram palavras dela, não minhas.

Quanto mais conheço o defesa de Chicago, mais acho que Ella está certa.

É mesmo a mais inteligente.

— Vi que você está andando melhor.

Reviro os olhos e nem sequer me digno a responder a declaração. Em vez disso, tento disfarçar o rubor no rosto, enfiando na boca a ponta da cordinha do moletom e olhando para o chão.

— E estou vendo que ainda não jogamos fora esse moletom nojento.

Boquiaberta e me fingindo de ofendida, levanto o rosto para ele.

— Se estiver tão preocupado assim com minhas roupas, pode comprar umas novas.

— Não me tente.

— Não se preocupe. Já vou tirar. Estou indo tomar um banho.

Zanders semicerra os olhos cor de mel.

— Está tentando me excitar enquanto estou de vestido, docinho?

— Tudo te excita.

— *Você* me excita.

Engulo em seco e desvio o olhar dele.

— Como você anda?

A pergunta de Zanders é suave e completamente sincera, o que me pega de surpresa.

— Bem? — respondo.

Franzo a testa, confusa, sem saber por que ele se importa.

— Bem. Que bom. Ótimo, até — diz ele, em palavras atrapalhadas, e nunca vi esse homem confiante tão desnorteado.

Olho para ele de cima a baixo, e penso em por que as manchetes nunca cobrem essa parte da vida dele. Quais seriam as fofocas, se soubessem que o playboy de Chicago estava passando a noite de sábado com um vestido escolhido pela filha do melhor amigo?

Esse pensamento me faz cogitar o que mais não publicam nas notícias sobre ele. Zanders disse que paga bem à equipe de relações públicas para reforçarem a narrativa que escolheu, que obviamente não é essa versão dele que vejo agora.

Mas por que não?

— Dá pra ver meu apartamento daqui.

Saindo do transe, eu sigo o olhar de Zanders para atrás de mim, até as janelas amplas do meu apartamento.

— Ali, no último andar — continua ele, com a voz baixa e a boca perto do meu ouvido.

Ele se curva e aponta, pela janela, o prédio alto do outro lado da rua.

— Você mora logo aqui na frente?

Vejo o apartamento todo daqui e, cacete, como é chique.

— Agora você sabe onde me encontrar quando estiver pronta para uma reprise do fim de semana passado.

Aí está aquela voz sedutora à qual me acostumei. O som transborda sexo. Como é possível?

Eu me viro para ele, e Zanders não se mexe, mantendo a boca pecaminosamente perto da minha. Ele olha da minha boca para meus olhos, e eu faço o mesmo com ele, antes de recuar, abrindo espaço entre nós.

Mesmo de vestido cintilante e peruca platinada, ele ainda consegue me deixar excitada.

Que pau de ouro ridículo.

— Parece que você andou bem ocupado essa semana — retruco, tentando reerguer minhas barreiras.

Mas não sei por que eu disse isso. Zanders ama a sua reputação. Ao esfregar isso na cara dele, fico parecendo uma escrota mesquinha e ciumenta.

Em vez de se gabar, como eu esperava, a expressão dele murcha, surpreendentemente.

— Não acredite em tudo que vê na internet, Stevie, gata.

Um momento de silêncio constrangedor se demora entre nós, antes de eu erguer a boca em um sorriso de desculpas.

A decepção toma o rosto de Zanders, e ele dá as costas para a minha porta, para ir atrás dos amigos.

— A gente se vê.

Ele se despede com um meio sorriso, que não tem tanta alegria. Está mais para tristeza, me lembrando de que sou uma escrota total.

20

Zanders

— Vocês estão mandando bem nesse campeonato.

Eu me recosto no sofá de couro marrom e cruzo as mãos atrás da cabeça.

— Parece que finalmente temos todas as peças necessárias para termos chances reais.

— O gol da vitória de Eli semana passada — diz Eddie, que é terapeuta de nós dois —, nossa, que beleza.

— É, ele me mostrou o replay várias vezes ontem, quando saímos para tomar uma cerveja.

Maddison sempre joga melhor em casa do que fora, então não surpreende que esteja liderando os pontos da liga nessas duas semanas que passamos em casa. Mas Eddie conhece Maddison tão bem quanto eu, então não preciso nem dizer. Ele sempre manda melhor quando a família está na arena.

Eu, por outro lado, me alimento do ódio dos outros estádios, me acostumei a ser minha rede de apoio em todos os aspectos da vida, inclusive no hóquei.

— O que você está pensando do Natal?

A pergunta me faz hesitar. Tentei evitar pensar no temido feriado familiar, mas claro que Eddie perguntaria. Ele é meu terapeuta já faz quase uma década. Nossas sessões semanais normalmente são basicamente uma conversa entre amigos, mas Eddie, sendo Eddie, sempre sabe encontrar a raiz mais profunda do que está acontecendo. E, sabendo todo detalhe sórdido da história da minha família, não me surpreende que ele toque no assunto com o Natal se aproximando.

Eu prometi para ele e para mim mesmo, oito anos atrás, que seria inteiramente honesto em nossas sessões. A honestidade brutal foi transposta para todos os aspectos da minha vida e, devo dizer, é de uma liberdade incrível. Foi o que me ajudou a superar muitos dos demônios internos com os quais brigava quando mais novo.

— Estou apavorado. Nem sei do que vamos falar. Lindsey não vai estar lá para servir de meio de campo, e eu queria ter dado uma desculpa para furar.

— Pode ser uma boa oportunidade para você conversar com seu pai, Zee. Ele nitidamente está se esforçando, vindo te visitar.

— Foi o que a Logan disse.

— Pois é. — Eddie ri. — Logan devia repensar a carreira dela e entrar na minha área.

Desde a faculdade, eu e Maddison frequentamos o mesmo terapeuta, e Eddie já disse brincando que daria metade do salário para Logan, porque é ela que mantém nossa cabeça em ordem fora do consultório.

— O que está impedindo você de ter uma conversa honesta com seu pai? Você é ótimo nisso em todas as outras áreas da vida.

— Não estou com raiva de mais ninguém.

— E por que está com raiva do seu pai?

— Você sabe, Eddie.

— Então me lembre.

É a tática predileta dele. Ele sabe exatamente o motivo, não precisa ser lembrado. Só quer ver se *eu* lembro.

— Porque ele me abandonou, que nem a minha mãe. Porra, foi na mesma época. Ele se afundou no trabalho e me largou sozinho, sem ajuda.

— Você já perguntou por que ele fez isso?

— Não preciso perguntar. Sei por quê. Ele não me amou o suficiente para ser o pai de que eu precisava.

Eddie respira fundo, resignado.

— Que tal, já que vocês vão estar a sós no fim de semana, você perguntar para ele o que aconteceu naqueles seus últimos anos de colégio?

Faço que não com um gesto rápido de cabeça.

— Não me importo mais. Já me distanciei da situação, e me amo o suficiente para não precisar do amor dele, nem de mais ninguém.

— Zee — diz Eddie, recostando a cabeça na cadeira cinza. — Pelo amor de Deus, por favor me diga que, depois de oito anos de trabalho comigo, você já percebeu que isso não é verdade.

O silêncio invade o consultório imaculado que há anos é meu lugar seguro.

— Você não acha que merece amor? — insiste Eddie.

Ele ajeita os óculos sem aro no nariz, cruza as pernas, com o tornozelo sobre o joelho, e une as mãos. Se abrisse a enciclopédia na página de *terapeuta*, certamente encontraria uma foto de Eddie com essa merda de colete de tricô.

Eu obviamente estou evitando responder.

— Você não acha que é amado? — pergunta ele.

— Acho que algumas pessoas me amam. Maddison, Logan, minha irmã. Mas não sei se mais alguém me amaria, se visse quem sou de verdade.

— E quem você é de verdade?

Eddie sabe a resposta.

Reviro os olhos e lembro:

— Alguém que se importa com seus melhores amigos. Que tem força mental, porque se esforçou muito para isso. Que só briga no gelo, para proteger seu time. Que passa mais tempo na função de tio do que com todas as mulheres que as pessoas acham que me ocupam.

Eddie faz que sim com a cabeça, enquanto rabisca no bloco de papel, como faz há oito anos.

— Alguém que tem medo de perder a imagem criada para ele, porque as pessoas amam *aquele* cara. Não sei se vão amar o cara de verdade, nem sei se quero descobrir.

— Você sempre foi meu cliente mais honesto, Zee, mas está mentindo para o mundo inteiro sobre quem é. Para quem não mente nunca, é uma mentira bem grande.

— Eddie — digo, rindo, sem jeito. — É quarta de manhã. Está meio pesado para quarta de manhã.

— É terapia. Estava esperando o quê?

É claro que ele não me deixa me esquivar com piada. Ele me conhece.

— Você quer ser amado?

Cacete. Ele está pegando pesado hoje. Não bebi café o suficiente para isso. Caramba, não bebi *uísque* suficiente.

— Acho que já faz tempo que acabei com essa opção.

— Zee, você tem só 28 anos. Mesmo aos 88, poderia mudar de direção. Você quer ser amado?

Silêncio.

— Você quer ser amado?

Os ruídos da rua entram no consultório silencioso, e eu sigo calado.

— Zee, você quer ser amado?

— Quero! Caralho.

Recosto a cabeça no sofá, fecho os olhos e esfrego o queixo com a palma da mão.

Eddie não é um terapeuta típico, pelo menos comigo. Nesse estágio da nossa relação, ele está mais para *coach*, e é irritante pra caralho.

Mas a verdade é que eu quero ser amado, e é assustador admitir. É muito mais fácil dizer que não quero ser amado quando ninguém me ama.

— Você quer ser amado por quem é ou por quem as pessoas *imaginam* que você seja?

— Por quem eu sou.

— Então por que não deixa ninguém saber quem é?

— Porque estou com medo.

E pronto. É essa a raiz de tudo. Tenho um medo do caralho de que meus torcedores ou qualquer outra pessoa vejam quem sou de verdade. A pose que assumi há sete anos na liga foi o que assinou meus cheques enormes. Tenho medo de perdê-la. Tenho medo de perder meu contrato. Tenho medo de ser dispensado pelo time e pela cidade onde moram meus melhores amigos.

Nem meus pais me amaram o suficiente para me apoiar. Por que eu esperaria isso de mais alguém?

— Ser vulnerável e autêntico é assustador, cara. Apavorante. Mas as pessoas mais importantes para você, para quem você se revelou plenamente, te amam incondicionalmente. Por que não deixar que outros também te amem incondicionalmente? Pelo menos dê uma chance.

Caramba, estou com um aperto no peito. Não é um aperto de ataque de pânico, é um aperto que diz "isso me atingiu que nem uma porrada" e "sei que ele está certo".

— Você está certo.

— Como é bom ouvir isso.

Eddie abre um sorriso satisfeito. Arrogante ridículo.

— Que tal, nesta semana, você se esforçar para ser autêntico e vulnerável com alguém que conhece apenas a versão midiática de EZ, e não o Zee de verdade? — sugere ele. — Seu pai, talvez?

— Meu pai, não.

— Tá bom — diz Eddie, e levanta as mãos, se rendendo. — Mas alguém. Alguém que acha que te conhece de verdade, mas não faz a menor ideia. Mostre quem você é.

— E se não gostarem de quem sou?

Eddie reflete por um momento.

— Aí eu vou dobrar minhas doações para o Mentes Ativas e doar quatro sessões semanais para suas crianças, em vez das duas planejadas.

— Combinado — digo, antes que ele possa voltar atrás.

Se ser vulnerável com alguém me der a oportunidade de acrescentar quatro sessões semanais à quantidade cada vez maior de horas que acumulamos de médicos e terapeutas pela cidade, é o que farei.

O relógio na parede marca dez minutos além do horário.

— Passamos do tempo de novo.

Eddie dá de ombros.

— Você tem dinheiro para hora extra.

Nós nos levantamos e nos abraçamos. Como já falei, fazemos isso há oito anos. Eddie é parte essencial da minha vida e é um amigo de verdade. É da família, e por isso me chama pelo nome que as pessoas mais importantes da minha vida usam, em vez daquele que me foi dado pelos meus pais.

— Você vai à festa de gala mês que vem, né?

Eddie me acompanha até a porta.

— Claro. Estou morto de orgulho de você e de Eli. Lembro quando eram uns dois moleques arrogantes na faculdade. Agora, olha só para vocês.

— Agora somos dois adultos arrogantes mesmo.

— Eu não perderia por nada.

— É black tie — lembro a Eddie, com um dedo em riste.

Foi minha ideia fazer o evento black tie. Mas foda-se. Adoro uma desculpa para me arrumar. Além do mais, fico gostoso pra cacete de smoking.

— Vou te mandar a conta do alfaiate.

O pequeno café embaixo do consultório de Eddie é minha parada típica nas manhãs de quarta. Depois da sessão, estou sempre esgotado. Compro meu café preto com dois cubos de açúcar, como sempre, e continuo a caminhada curta até meu prédio.

O frio de fim de novembro me atinge assim que saio, então abaixo o gorro para cobrir as orelhas. As ruas do centro de Chicago estão movimentadas de gente que precisa ir do ponto A ao ponto B e, felizmente, como mantenho a cabeça baixa e estão todos ocupados demais, não sou notado.

Viro a esquina a duas quadras de casa e paro bruscamente, obrigando o fluxo de gente a dar a volta em mim na calçada, pois ocupo muito espaço.

Estou paralisado porque, logo à frente, vejo uma cabeça de cachos castanhos, hoje presos em coque e envoltos em uma bandana amarela. Stevie está sentada no meio-fio de cimento gelado, com os joelhos encolhidos, a cabeça nas mãos.

O espaço que essa mulher ocupa na minha cabeça ultimamente chega a me preocupar. O que achei que seria uma ficada me fez desejar incessantemente uma segunda rodada, mas, nas últimas semanas, e nas poucas viagens curtas que fizemos desde que a vi no Halloween atrasado, Stevie se manteve afastada.

É irritante.

Mesmo a uma quadra dali, vejo as costas dela vibrarem de leve antes de ela erguer o rosto e secar as bochechas com um gesto frenético.

Não, não, não. Não suporto choro. Correção: não suporto choro de mulher. Especialmente de alguém com quem fiquei. Dar conforto é parte da intimidade que eu gostaria de evitar, mas, aparentemente, ninguém avisou para os meus pés, porque, sem notar, eles me levaram imediatamente até a comissária de bordo triste sentada no meio-fio.

Stevie está com a cabeça afundada entre os braços e não sabe que estou parado ao lado dela, contemplando o chão. Minhas calças custaram mais do que o salário semanal de muita gente, mas cá estou, me sentando nessa calçada nojenta no meio da imundície do centro de Chicago.

— Está me perseguindo?

Esbarro no ombro no dela, na esperança de a brincadeira dissipar o que está rolando.

Não funciona.

Stevie ergue o rosto dos braços cruzados, com os olhos verde-azulados avermelhados. O nariz sardento está inchado e rosado, e a tristeza dela não podia ser mais óbvia.

— Ai, nossa — diz ela, e vira o rosto usando a manga da camisa larga de flanela para secar o nariz e o rosto. — É melhor você ir. Não preciso que veja isso.

— Está tudo bem?

— Está — diz ela, inspirando fundo e tentando se recompor, ainda sem me olhar. — Tudo show.

— Bom, graças a Deus. Porque imagina a vergonha que você ia passar se eu te pegasse chorando no meio-fio.

Levo o café à boca e escondo o sorriso quando ela se vira para mim, rindo junto comigo. A risada dela é boa de ouvir. Muito melhor do que o choro que estava tentando esconder.

Dessa vez, esbarro no joelho no dela.

— O que houve?

Ela ajeita o piercing dourado no nariz, que saiu do lugar quando secou o rosto na manga da camisa.

— Um cachorro morreu.

— Seu? — pergunto, com um aperto no peito por ela.

— Não.

Ela sacode a cabeça e aponta para trás.

Estico o pescoço, olhando para trás, e leio a placa na construção velha. CIDC: Cães Idosos de Chicago.

— Sou voluntária aqui, e um dos nossos cães morreu. Ele tinha doze anos, e já estava na hora, mas fico triste por ter morrido aqui, e não em um lar com alguém que o amasse.

Ah, caralho. Isso não é bom. O apelido de Stevie é irônico, porque ela nunca me mostrou nenhum lado mais doce. Nunca. E agora, sentados nesta calçada, ela decide me dizer que na real é um docinho de coco? Não sei se estou pronto para isso ser verdade.

— Bom, *você* amava ele?

— Claro. Mas é diferente. Ele merecia um lar, uma cama quentinha, um dono que o amasse. Eles só querem que alguém os ame incondicionalmente, mas acabam presos aqui.

Amor incondicional. O que rolou hoje no universo para esse conceito ser jogado na minha cara duas vezes antes do meio-dia?

— Você já se apaixonou? — pergunta ela, totalmente sincera, com os olhos arregalados e curiosos.

De repente, sinto um aperto no peito e minhas palavras escapam, porque o tema do amor não deveria estar em discussão com a última mulher com quem transei.

— Não estou falando desse tipo de paixão — diz Stevie, revirando os olhos de brincadeira. — A gente já sabe que você está apaixonado por mim.

Aí está. Um pouco mais de sua energia atrevida a domina, e a tristeza se dissipa do ar ao nosso redor.

— Vem, Armani — diz ela, e se levanta, estendendo a mão para mim. — Hoje você vai se apaixonar.

— Essa calça é Tom Ford, docinho.

Pego a mão dela e a deixo acreditar que me ajuda a me levantar, mas me levanto sozinho sem que ela faça porra nenhuma.

— Bom, pra mim tanto faz, pode até ser do Walmart. A marca não importa. Vai acabar coberta de pelo de cachorro de qualquer jeito.

Tipicamente, eu diria que nem fodendo, mas, em vez disso, acabo abrindo um sorriso largo demais e seguindo a mulher de cabelos cacheados para o edifício velho atrás de nós.

A entrada apertada é colorida e alegre, com uma parede de cada cor. Mas a pintura quase não aparece por causa da quantidade de polaroids penduradas. Donos novos com seus cães novos e sorrisos imensos, lembrando momentos felizes que esse prédio já viu.

Uma mesa ampla fica no fundo da entrada e, quando viro para o lado, arregalo os olhos, chocado. A sala seguinte é repleta de cachorros. Uns grandes, uns pequenos, uns espalhados nas inúmeras caminhas, outros brincando.

O que noto, especialmente, é como Stevie se ilumina quando abre o portãozinho que separa a recepção da área dos cachorros. Quando ela entra ali, o sorriso domina seu rosto, e um grupo de cães mais velhos vem correndo até ela abanando o rabo, farejando e lambendo.

Eles nitidamente a amam tanto quanto ela os ama.

— Tudo bem aí?

Uma mulher mais velha está do outro lado da sala. Quando Stevie faz que sim, ela abre um meio sorriso e sai por outra porta, nos deixando a sós.

— Vem, bacanudo — diz Stevie, abrindo o portão para mim. — Eles não mordem.

Não estou com medo de me morderem. Sou um cara grande e dominante. A maioria dos cachorros tem medo de mim, e não o contrário.

Meu medo é de ver esse lado mais doce de Stevie. Não sei se estou pronto para saber que esse lado dela existe. Já me distraí demais com esse corpão, que mal aguento, além daquela boca espertalhona. Não sei se vou suportar achar a alma dela atraente também.

Deixo o café na recepção e entro naquela sala ampla cheia de cachorros. O espaço é colorido e eclético, com tapetes de tons diferentes no chão. Há algumas almofadas largas espalhadas, e mais camas de cachorro posicionadas pelo cômodo. Gaiolas de canil estão enfileiradas na parede dos fundos, e alguns cachorros decidiram descansar ali, mesmo que as portas estejam abertas para eles saírem e brincarem.

Alguns dos cães vêm correndo cheirar minhas pernas e meus sapatos. Menos do que os que cercam Stevie, mas mais do que eu esperava. Achei que fossem se intimidar com minha presença dominante, mas parece que estão só felizes de receber visita.

— Esse aí é o Bagel — diz Stevie, apontando para o beagle cheirando meus Louboutins.

— Bagel, o Beagle? Genial.

— Ele chegou mês passado, mas já tem uma casa nova — diz Stevie, com a voz transbordando de empolgação e orgulho. — Ele vai ser levado amanhã.

Ela se larga em uma das almofadas felpudas e cruza as pernas, e os cães vão lamber e farejar a cara dela, abanando os rabos a mil por hora. Ela não os enxota. Em vez disso, acolhe todo aquele amor e retribui com carinhos na barriga e atrás da orelha.

Quando os cachorros se acalmam da comoção, a maioria se afasta, voltando ao que estavam fazendo antes da nossa chegada. Stevie se vira para mim e levanta a sobrancelha, em questionamento, ao me notar ainda parado, de pé, perto do portão. Ela aponta para o chão.

Foda-se. Já vou precisar jogar fora essa roupa toda ou mandar para o tintureiro mesmo. As camisas de flanela e as calças jeans de segunda mão de Stevie estão fazendo muito mais sentido agora.

Eu me sento na frente dela, com espaço suficiente entre nós para esticar minhas pernas compridas. Alguns cachorros cheiram minhas orelhas e minha cabeça, mas, de modo geral, não dão bola para minha presença.

— Então — digo, olhando para a sala colorida. — Que lugar é esse?

Um cachorro pequeno e branco sobe no colo de Stevie e se enrosca entre as pernas dela.

— É um abrigo de resgate de cães idosos. Bom, de cães, de modo geral. Mas procuramos especialmente cães idosos, porque normalmente eles não são os primeiros a serem escolhidos, e queremos que sejam.

— Com que frequência você vem aqui?

— Sempre que vocês estão jogando em casa. Tento vir sempre que dá, quando não viajamos.

Ela ergue o olhar do cachorro que está abraçando e me dirige seu sorriso mais genuíno. As bochechas sardentas estão menos coradas do que quando ela estava chorando lá fora, e os olhos verde-azulados estão muito mais límpidos e brilhantes.

Para ser sincero, nunca a vi tão feliz nos meses desde que a conheci. Ela certamente não parece tão alegre no avião com a gente.

— Por que você não trabalha só com isso? É óbvio que você adora.

E por que estou sugerindo isso? Mesmo que, dois meses atrás, eu quisesse expulsá-la do avião, agora nem imagino viajar sem ela para me enlouquecer — de vários modos.

— Porque, infelizmente, a vida adulta custa dinheiro, e aqui não podem me pagar. Mal conseguem manter as portas abertas.

Tentei evitar olhar para as rachaduras nas paredes e para as manchas de infiltração nos cantos do teto, mas seria mentira dizer que não notei. Além do assoalho, que merece uma pintura, e das dobradiças da porta, que estão rangendo e provavelmente precisam ser trocadas.

— Não tem tanta adoção?

— A gente vive de doação. A adoção custa pouco, porque a gente não quer impedir ninguém de adotar. Mas, mesmo assim, nem sei se muita gente sabe que esse lugarzinho existe. Ou, se sabem, parece que ainda preferem comprar um filhote a adotar um cachorro mais velho.

Um vira-lata misturado com labrador caramelo grandão vem lamber minha orelha. É bem nojento, mas, em vez de secar o rosto, faço carinho no pelo espetado embaixo da coleira, fazendo ele soltar um grunhido contente.

— Esse é o Gus. É o cachorro da Cheryl, que estava aqui agora há pouco, a dona do abrigo.

— Ele é grandão.

— E preguiçoso. — Stevie ri.

— Quantos você tem em casa?

O sorriso bonito dela murcha um pouco.

— Nenhum. Meu irmão, com quem eu moro, é alérgico.

— Bom, que pena. Achei que o motivo para você usar aqueles moletons nojentos fosse que estava passando o dia todo com cachorros no colo.

— Haha — diz Stevie, forçando uma risada, mas logo solta uma risada sincera.

A gargalhada fofa atrai a atenção de um doberman preto e marrom que estava dormindo na gaiola. O cachorrão, que, admito, é meio assustador até para mim, sai da gaiola e se espreguiça longamente, com a bunda empinada.

O doberman fixa as orelhas pontudas e os olhos penetrantes bem em mim, e não vou mentir, por um momento, parece agressivo pra caramba, prestes a arrancar minha cabeça. E não sei se ficar no chão, na altura dele, é a melhor ideia.

Stevie segue meu olhar.

— É a Rosie. Não se engane. Ela é a maior doçura do mundo. Só intimida, mas não é perigosa. É um marshmallow.

Rosie dá dois passinhos, avaliando a sala sutilmente.

— E eu sou a predileta dela — diz Stevie, abrindo os braços para receber Rosie.

Em vez de ir até ela, Rosie dá alguns passos lentos e intimidantes na minha direção.

Ela vem até parar bem entre minhas pernas abertas. Os olhos castanho-amarelados são determinados, focados, como lasers nos meus. Não estou nem aí para o que Stevie falou: Rosie intimida mesmo.

Isto é, até ela cair no meu colo, enfiar a cara na minha coxa e virar de barriga para cima, balançando as pernas e pedindo carinho.

Não seguro a risada, massageando a barriga dela.

— Você que é a predileta, é?

— Eu te odeio.

Rosie vira a cabeçona para mim; já desistiu da tática de intimidação. Ela parece meio apaixonada, e talvez eu retribua.

— Há quanto tempo ela está aqui?

— Faz quase um ano. No Natal do ano passado, os donos deixaram ela aqui, porque tiveram um bebê e decidiram abandonar ela. Disseram que tinham medo dela perto de criança, o que é uma besteira. Ela não faria mal a uma mosca.

Passo o braço por baixo de Rosie, a pegando como um bebê. Ela usa meu bíceps de travesseiro e eu a coço até ela pegar no sono.

Que fofura. Os donos antigos são escrotos.

— Ela é mesmo um marshmallow.

— Ela me lembra de você — comenta Stevie, chamando minha atenção de volta. — Você também é bem fofo por dentro, sr. Zanders.

— Fala sério. Sou assustador pra caralho.

— Até parece, Elsa.

Volto a olhar para a doberman gigante no meu colo e não consigo deixar de me perguntar quem é que recusaria essa cadela, e por que ela está no abrigo. Ela é perfeita.

— Ei, Zanders?

— Hmm?

— Essa é a sensação de ser amado.

21
Stevie

Fiz apenas umas poucas viagens de trabalho entre o Dia de Ação de Graças e o Natal. Passei os voos evitando a fileira da saída de emergência sempre que possível e me trancando no hotel na tentativa de escapar de Evan Zanders. O problema não é exatamente a convivência com ele; é que, sempre que estou com ele, me sinto uma cadela no cio, doida para sentar nele.

Porém, de algum modo, consegui evitá-lo.

Entretanto, se tivesse visto Zanders no abrigo com Rosie antes das viagens, a história seria outra. Ao vê-lo com meus cães prediletos, senti o máximo de atração que já tinha sentido por ele.

E, pela segunda vez desde que nos conhecemos, minha atração não tinha nada a ver com a aparência dele, e sim com o vislumbre de ternura que ele revelou.

— Está pronta, Vee? — pergunta meu pai, me arrancando do devaneio.

Olho ao redor do camarote da família no United Center, e não tinha notado que o espaço, antes lotado, está praticamente vazio nos últimos minutos do jogo. Os Devils estão prestes a vencer em casa com tranquilidade, e a maioria dos familiares certamente quer encontrar os jogadores na saída do vestiário no Natal.

Penduro a bolsa no ombro e sigo meu pai pelo corredor que leva à entrada particular nos fundos do vestiário, usada pelos parentes dos jogadores. Minha mãe está uns três metros à nossa frente, ansiosa para ver o filho amado, e eu tento ignorar o fato de que ela nunca ficou feliz assim em me ver.

Faz anos que não passo Natal com minha família. Tem jogo de basquete no feriado, então, quando eu voava com times da NBA, estava sempre viajando, e meu trabalho era a desculpa perfeita para evitar encontrar minha mãe. Mas a NHL tira folga, então aqui estou.

— Você conhece algum desses caras?

Meu pai passa o braço pelo meu ombro enquanto andamos pelo corredor particular comprido no United Center, cujas paredes estão estampadas com fotos dos dois times profissionais que jogam naquele espaço: os Devils e os Raptors.

— Alguns.

Meu pai para na frente do retrato da escalação deste ano.

— Quem é esse? — pergunta ele, apontando o bobo de cabelo cacheado e olhos verdes.

— Rio — falo, rindo. — Ele é o palhaço da turma. Joga na defesa e anda por aí com uma caixa de som retrô dos anos noventa.

— E esse aqui? — pergunta, indicando o número treze.

— Maddison. Capitão. É o atacante principal, e é um cara muito simpático. A família dele mora no prédio do Ryan, na verdade.

— E ele?

Meu pai aponta para o único jogador que estou tentando não olhar, que passei o dia tentando não olhar, mas, como capitão alternativo, a cara dele está estampada na arena toda. Não que ele se incomode. Conhecendo Zanders, ele provavelmente se ofereceu para tirar fotos.

Pigarreio e desvio o olhar do número onze.

— É Evan Zanders.

— E como ele é?

— Arrogante. Exibido. Egocêntrico. Leva mais tempo se arrumando do que a maioria das mulheres. Compra muita briga no gelo.

Ama a sobrinha. É mais fofo do que demonstra. Faz eu me sentir bem de diversas maneiras.

— Uhum, entendi.

— Entendeu o quê?

— Você gosta dele.

— Não gosto, não — digo, virando a cabeça, e meu pai me olha com um sorriso de compreensão. — Não suporto ele, na verdade.

Uma gargalhada grave vibra em seu peito.

— Vee, eu te amo, mas você mente muito mal. Você está caidinha por ele.

— Não estou caidinha por ninguém. Só trabalho para ele.

O que tento lembrar há semanas, desde aquela noite em que ficamos, em Washington.

— Tá bom.

Meu pai para por aí, mas o sorrisinho enquanto continuamos a andar até o vestiário de Ryan indica que ele não acreditou na minha mentira.

— Ryan! — exclama minha mãe quando meu irmão suado sai para a sala de espera das famílias.

Ela está animada demais, parece até que não o viu de manhã.

— Oi, mãe.

Ele a abraça, e o rosto de minha mãe está iluminado com um sorriso, como normalmente fica quando está com ele. Ryan é o maior orgulho dela, e eu, bom… eu existo.

— Ótimo jogo, filho.

Meu pai é o próximo a abraçar o astro e, embora esteja igualmente orgulhoso, não tem nada a ver com Ryan ser um atleta famoso. Meu pai só entende de basquete por acompanhar o crescimento de Ryan, mas não liga muito para esportes. Ele só ama os filhos e se orgulha de tudo que a gente faz.

Ryan me abraça, encostando o sovaco suado no meu ombro.

— Que nojo — digo. — Mas o jogo foi bom.

— Valeu, Vee — diz ele, me dando um beijo na cabeça. — Vou tomar banho em casa mesmo. Vamos lá. Estou morto de fome.

* * *

— Ryan, eu amo esse seu prédio — diz minha mãe, como disse toda vez que entrou aqui nos últimos três anos.

— É o prédio da Vee também.

— Por enquanto, pelo menos — resmunga ela, e eu respiro fundo, resignada, segurando a língua.

— Feliz Natal — diz o porteiro ao abrir a porta do saguão, para fugirmos do frio. — Srta. Shay, chegou uma encomenda para a senhora. Está na sua cozinha, com a entrega do jantar.

Franzo a testa, confusa. As únicas pessoas que me mandariam um presente estão aqui, e já trocamos presentes pela manhã. Mas, antes de eu ir descobrir o que é, entrego ao porteiro o cartão que eu e Ryan assinamos e recheamos de dinheiro. A grana é principalmente do meu irmão, mas eu acrescentei o que pude.

Rapidamente aprendi a gostar do porteiro, simplesmente porque ele não me trata como uma moradora inadequada do prédio, embora obviamente seja o caso.

— Feliz Natal.

Ele me dá uma piscadela antes de eu apertar o passo para encontrar minha família no elevador, doida para comer o jantar chinês que encomendamos na volta da arena.

O cheiro de *chow mein*, carne com brócolis e frango com laranja invade minhas narinas assim que entramos no apartamento, mas, antes de eu poder aproveitar, pego a caixa de presente perfeitamente embrulhada na bancada e vou me trocar no quarto.

Passei o dia de calça jeans justa, mas estou doida para tirar. Tem dias em que jeans apertado não me incomoda, e outros em que, se qualquer tecido encostar na minha pele, quero matar alguém. É por isso que vivo de moletom ou calça jeans larga. Não me incomoda que não sejam lá tão elegantes. São confortáveis, e eu me sinto bem assim. Meu peso varia quase diariamente. Ter um armário de roupas justas que podem caber em um dia e não caber no próximo só fode com minha autoimagem.

O embrulho azul-celeste atrai minha atenção enquanto visto minha calça de moletom mais confortável. O frio do apartamento me faz pular urgentemente para dentro da roupa, mas, quando enfio a perna esquerda, meu dedo agarra em um dos muitos furinhos na bainha, me fazendo tropeçar e rasgar toda a parte de baixo da calça.

Caio no chão com um baque alto, só parcialmente vestida.

— Tudo bem aí, Vee? — chama meu irmão.

— Tudo.

Suspiro e afasto um cacho do rosto.

Minha lógica insana quer gritar com ele por roubar todos os genes atléticos no útero e, assim, estragar minha calça de moletom preferida. É tudo culpa do Ryan, mesmo.

Descanse em paz é a primeira coisa que me ocorre quando jogo a calça no lixo.

A segunda coisa é que Zanders provavelmente vai ficar muito feliz, mas afasto a ideia. Pensar em Evan Zanders quando estou sem calça é má ideia, e já aconteceu mais do que eu gostaria de admitir.

Troco a camisa de basquete com o número de Ryan por uma blusa larga de gola careca e me sento na cama, doida para descobrir quem é que me deu um presente. Não tem nenhum cartão, só as bordas perfeitamente lisas do papel de embrulho azul-claro, com a fita laranja e um laço.

A caixa embrulhada é de marca. Embora eu não reconheça o logo, fica claro, pela qualidade da caixa, que o presente é bem caro.

Então sei exatamente de quem veio.

O cartão simples sobre o papel de seda chique do embrulho confirma a suspeita.

Stevie,

Comprar essas calças novas me qualifica para tirar as suas?

Brincadeira... mais ou menos.

Feliz Natal,

Zee

(Por favor, jogue fora aquela calça de moletom nojenta.
Ninguém mais precisa vê-la.)

Meu sorriso dói de tão largo. Zanders não parece fazer o tipo que compra presente para as mulheres com quem fica, mas ele também me surpreendeu de várias maneiras desde aquela noite.

Passo a mão no tecido preto da calça. Deve ser o material mais luxuoso que já toquei, o que é a cara de Zanders. É claro que ele comprou um moletom de grife. Não quero nem saber quanto custou.

E não foi só uma calça; ele comprou três, de tamanhos diferentes.

Esse cara é a mistura mais estranha de clichê e imprevisível que já conheci, e me faz duvidar constantemente de que versão é a verdadeira.

A caixa tem um leve cheiro de Zanders, como se tivesse passado alguns dias no apartamento dele antes de ser embrulhada e mandada para cá.

Não vou mentir: meu coração vibra mais do que quero admitir. É um presente muito carinhoso e, por mais aleatório que pareça para quem está de fora, não é. Ele me zoa pelo meu moletom desde a primeira vez que o vi fora do avião, e o fato de ele não só lembrar, como comprar algo que sabe que vai ser confortável para mim, por mais que me elogie quando exibo o corpo, faz eu me sentir... compreendida.

Menti para meu pai sobre estar caidinha, mas o sentimento parece cada vez mais inconfundível.

Embora ainda seja má ideia.

Essa situação só pode acabar comigo magoada, mas decido que, só por hoje, vou ignorar esse fato e aproveitar o presente carinhoso de Zanders.

O material parece até manteiga e escorrega pelas minhas coxas grossas. E eu raspei as pernas de manhã — bom, meia perna, porque tenho preguiça de raspar a perna inteira —, então o tecido macio dá uma sensação ainda mais gostosa e macia.

Eu não sabia que dava para se sentir chique de moletom, mas cá estou, me sentindo chique à beça.

Embora ele tenha comprado as três calças de tamanhos diferentes, todas cabem em mim, então as outras duas vão para uma prateleira especial no armário, e o cartão de Zanders vai para a gaveta da cômoda, onde meu irmão não vai olhar.

Ryan já é protetor por natureza; se ele descobrir que eu dormi com alguém com a reputação de Zanders, ficará mais do que decepcionado.

— De quem foi o presente? — pergunta meu pai, quando apareço na cozinha usando minha calça chique novinha.

Olho de relance para Ryan, que parece igualmente curioso.

— Hum… foi só um presente de Natal de alguém do trabalho.

Não é mentira.

— Que legal, Vee. Fico muito feliz por você estar fazendo amizade.

É, parece um jeito razoável de descrever Zanders.

Eu me sento à mesa de jantar e me sirvo de um pouco de tudo, até mal enxergar a porcelana branca do prato debaixo da comida. Ryan e meu pai se levantam para pegar cerveja, e minha mãe aproveita a oportunidade.

— Tem muita comida nesse prato, Stevie. Sódio demais.

Ela fala em voz baixa, para meu irmão e meu pai não escutarem. Como já mencionei, Ryan é protetor, mas raramente reconhece que a pessoa de quem mais preciso me proteger é nossa própria mãe.

Assim que eles voltam, ela retoma a inocência fingida e leva o guardanapo à boca, secando os cantos dos lábios perfeitamente delineados.

— Que bom que vocês conseguiram vir para o jogo — diz Ryan.

Ele se senta, nitidamente sem perceber o que minha mãe estava aprontando, e me entrega uma cerveja. Assim que o vidro encosta na mesa, eu pego a garrafa e bebo metade sem respirar.

— Eu também, Ryan. Estamos muito orgulhosos de você.

A cerveja desce grossa na garganta, e as palavras da minha mãe quase me engasgam. Dava para ficar mais óbvio quem é o filho preferido? Engulo o líquido frio e reviro os olhos exageradamente.

— Quer dizer alguma coisa, Stevie?

Minha mãe cruza as mãos no colo e inclina a cabeça para mim, me desafiando a falar.

Não estrague o Natal. Não estrague o Natal. Não estrague o Natal.

— Nada.

Empurro a comida no prato com os palitos e desvio o foco da mulher crítica sentada do outro lado da mesa.

— Você não acha que nos orgulhamos de você?

Bom, a pergunta sincera é meio chocante. Eu me viro para os olhos verde-azulados da minha mãe, esperando que ela me surpreenda e me diga que sente, *sim*, orgulho de mim.

— A gente se orgulha muito de você, Vee — intervém meu pai, mas eu já sei o que ele sente e quero ouvir minha mãe dizer.

— Uhum — murmura ela, e o som parece mais de discordância do que de concordância.

O jantar continua, e eu fico quieta. Todos os assuntos de que eu gostaria de falar — do abrigo ou do brechó diferentão que conheci semana passada — vão receber a desaprovação de minha mãe, e não quero que ela estrague nada do que amo. Ela pode falar mal do meu corpo, ou do meu emprego, que não é minha paixão, mas não quero que chegue nem perto das coisas que realmente me trazem alegria.

Enquanto os três estão conversando, minha mãe fascinada pela vida de Ryan em Chicago, pego o celular, achando que talvez deva mandar uma mensagem para Zanders para agradecer a roupa nova.

E queria uma desculpa para falar com ele, também.

Seria de se esperar que uma coisa simples como um moletom não fosse tão importante, mas esse pedacinho de conforto nesse jantar familiar desconfortável faz muita diferença. Além do mais, Zanders fez o presente todo ter a ver comigo, fora o preço bem Evan Zanders. Muito diferente do par de sapatos de salto nude que minha mãe me deu.

Não tenho o número dele, e ele não tem o meu, mas basta uma DM para entrar em contato com o famoso jogador de hóquei.

Imaginei que o Instagram dele fosse exibir um Natal extravagante, mas não tem nada postado. Nas últimas seis semanas, desde que comecei a seguir o defesa de Chicago, ele quase sempre posta novidades para entreter os torcedores. É raro ficar quieto, então eu acho estranho.

— Acabou, Vee? — pergunta Ryan, de pé perto de mim, com a mão no meu prato, pronto para tirar a mesa.

— Ah, acabei.

— Você nem comeu nada.

— Não estou com fome — minto.

Ele se abaixa e olha para meu celular.

— É o Instagram de Evan Zanders?

Merda.

— Não.

Eu fecho o aplicativo e escondo o celular no colo.

— Não suporto esse cara — diz Ryan, e continua o caminho até a cozinha, carregando os pratos. — Ele prejudica reputação esportiva de Chicago.

— E você já conversou com ele, por acaso?

Meu tom sai com irritação demais, e Ryan logo percebe.

— Não preciso. Ele aparece bastante na mídia. Sei exatamente que tipo de cara ele é.

— Bom — interrompe meu pai, com um sorriso malicioso. — Vee conhece ele, então que tal perguntar para ela? O que você acha dele, Stevie?

Todos se viram para mim, e de repente sinto que toda minha família enxerga os pensamentos inadequados que já tive sobre Zanders. Detalhes vívidos daquela noite louca em Washington invadem minha memória, fazendo um rubor esquentar meu rosto.

— Ele é de boa.

— *De boa*, né?

O velho à mesa levanta as sobrancelhas um pouco demais.

— Obrigada, pai, mas pode parar? — pergunto, e me viro para meu irmão. — Ele não é tão ruim quanto você imagina. A mídia não o retrata muito bem, mas ele é mais complexo do que a pose de bad boy.

Ryan está com o olhar fixo em mim, fazendo aquele negócio de gêmeo de tentar ler meus pensamentos.

— É o que parece, pelo menos — acrescento.

Dou de ombros, casualmente, e vou de cabeça baixa até o sofá, tentando evitar o olhar e os truques do meu irmão.

— Brett está vindo visitar. — Ryan muda de assunto.

Graças a Deus que mal comi, porque estaria vomitando agora.

— Ah, é? — exclama minha mãe. — Você ouviu, Stevie?

— Ouvi.

— Que emoção. Eu adoro o Brett. O que ele vem fazer aqui?

— Tem uma festa beneficente programada, e vai ter gente de todas as equipes esportivas da cidade por lá. Como ele precisa fazer networking, espero poder apresentá-lo a uma galera que conheço. Arranjar um emprego para ele por aqui.

— Por aqui? — pergunto, arregalando os olhos de choque ao me virar, com pressa.

— É, por aqui. Eu te falei que ele vinha já faz umas semanas.

— Eu sei, mas não sabia que ele ia tentar trabalhar aqui. *Morar* aqui.

— Eu acho ótimo — interrompe minha mãe. — Brett é um rapaz tão bonito. Stevie, você deveria agradecer por ele vir visitar. Talvez ele te dê outra chance.

Como é que é?

— Eu não quero outra chance!

Ah, merda. *Não estrague o Natal. Não estrague o Natal.*

— Vee, você não precisa dar outra chance para ele, se não quiser — acrescenta o fofo do meu pai.

Minha mãe, por outro lado? Está horrorizada que uma mulher fale alto assim.

— O que aconteceu entre vocês? — pergunta meu irmão.

Olho para minha família, de um para o outro, sem querer contar dos detalhes e da vergonha de quando descobri que estava sendo usada por três anos pelo meu ex-namorado.

Amo meu irmão, mas é melhor deixar algumas coisas para lá. Como o fato de eu transar com o playboy mais notório da cidade. E que o amigo dele é um filho da puta e me fez passar anos me sentindo uma opção indigna. Ele nem vê que nossa mãe faz eu me sentir um lixo, e muito menos seu antigo colega de time, então de que adianta explicar?

— Nada.

Balanço a cabeça rápido e me levanto. Tenho que sair do apartamento e encher o peito de ar fresco.

Olho de relance para as janelas amplas no fundo do apartamento. O cais de Chicago está todo iluminado para o Natal, mas meu olhar fica fixo em uma silhueta alta e forte sentada nos degraus da frente do prédio do outro lado da rua.

Zanders.

— Vou dar uma caminhada.

— Agora? Está tarde.

Visto o casaco, calço meus tênis Nike e acalmo meu pai:

— Não vou muito longe. Preciso só de um tempo.

Pego duas cervejas da geladeira, desço e saio para encontrar a única pessoa que fez eu me sentir bem hoje.

22
Zanders

— Larga de ser esquisito e vem sentar.

As palavras da minha irmã me distraem da janela alta e ampla da cobertura, me chamando de volta à mesa onde ela e meu pai estão sentados após o jantar de Natal.

— Não estou sendo esquisito, Linds.

Tá, é mentira. Estou sendo esquisito, mas é que vi a família de Stevie entrar no prédio faz um tempo, então sei que ela recebeu meu presente, mas ainda não tive notícias dela.

Será que ela não gostou? Já me senti idiota por dar um presente para ela. Ainda mais aquela porra de moletom.

Quem é que dá calças de moletom de presente de Natal para uma mulher?

E quem é que dá presente de Natal para a última ficada?

Eu. Eu dou. Idiota do caralho.

— Então por que você não para de olhar do celular para aquela porcaria de janela a cada cinco segundos?

— Linds, pode parar de me expor assim, por favor?

Eu me sento na frente do meu pai, ao lado da minha irmã, e Lindsey tenta arrancar o celular da minha mão. Porém, sou atleta profissional, então sou rápido em esticar a mão para o alto, onde ela não alcança.

— Por que você está tão estranho hoje? — pergunta ela, com um brilho sabichão nos olhos cor de mel.

— Não estou. Relaxa.

— Você está namorando?! — diz ela, e abre a boca de incredulidade.

— Como é que é? Nem fodendo. Você não me conhece?

— Conheço, sim, Ev. Você está namorando? Ela é gostosa? Eu ia gostar dela?

Lindsay tenta puxar meu braço para pegar o celular, mas eu me mantenho afastado. Para uma advogada de trinta anos, quando o assunto é mulher, ela parece uma adolescente.

— Não estou namorando. É... uma amiga. E, sim, você ia achar ela gostosa.

Lindsey para de me atacar atrás do celular e fica paralisada.

— Eu nunca acho suas tietezinhas gostosas.

— Ela não é tiete, e é diferente das minhas ficantes de sempre.

— Então vocês *ficaram*?

— Que delícia de Natal — comenta meu pai, sarcástico, o que é o máximo que ele me disse hoje, e nem sei se as palavras são dirigidas a mim. — Tenho que atender.

Ele mostra o celular e segue para o quarto de hóspedes.

— Porra, quem é que ligou para ele? Só eu e você ligamos para ele.

— Não — corrige minha irmã. — Só eu ligo para ele. Você vai morrer se for simpático com ele hoje?

— Não estou sendo *anti*pático. A gente só não tem porra nenhuma para conversar.

— Evan, ele veio até aqui só para te ver.

— Para ver a gente.

— Para *te* ver. Vocês já tinham combinado antes de ontem, quando descobri que conseguiria pegar o voo noturno e chegar a tempo. Você vai morrer se fizer um pouquinho de esforço?

Sei que ela está certa, mas isso não muda o fato de que eu e ele não trocamos mais do que algumas palavras genéricas ao longo dos anos. Ainda estou com raiva dele pela forma como lidou com a situação quando minha mãe foi embora. Se Lindsey não tivesse aparecido de última hora, daria para ouvir até grilos no meu apartamento.

— Não sei o que falar com ele. Ele não está nem aí para hóquei. Quer que eu fale do quê? Dessa merda de clima?

— Ele se importa com seus jogos. Ele sempre me atualiza das suas estatísticas quando telefono.

— Bom, ele não me diz porra nenhuma, então também não digo.

Lindsey revira os olhos para minha imaturidade antes de voltar o assunto para a comissária de bordo atrevida que ocupa espaço demais no meu cérebro ultimamente.

— Me mostra uma foto. Aposto que consigo roubar ela de você.

— Pfff. Nem fodendo.

Minha resposta soou falsa até para mim.

Minha irmã é quase mais pegadora do que eu. Ela fica com tanta mulher quanto eu, talvez mais, com metade do esforço. Quando a gente era mais novo, ela roubou de mim mais de uma ou duas ficantes.

Mas não ando pegando tanta mulher ultimamente. Na real, não transo desde aquela noite em Washington. Do que adiantaria? Depois de saber como é transar com uma parceira que aguenta meu tranco, por que me contentaria com menos?

Infelizmente para mim e para minha mão direita, Stevie não aceitou uma segunda rodada.

Mas, desde aquele dia no abrigo, não sei se estou tão interessado assim em só mais uma sessão na cama. Acho que quero passar um tempo com ela, até. De roupa mesmo.

E sem roupa também seria bom.

Sei lá.

— Ev, você está gostando de alguém? Jura?

— Não estou, não, Linds — digo, e minha irmã abre um sorriso de quem entendeu tudo. — Merda. Não sei.

— Puta merda. O que rolou?

— Não rolou nada. A gente ficou uma vez e deu uma mexida na minha cabeça, aí não ando muito tentado a levar mais ninguém para a cama.

Minha irmã arregala os olhos de orgulho.

— Evan... Você *gosta* de alguém.

Solto um suspiro profundo e resignado e escondo o rosto nas mãos.

— Eu sei.

— Posso ver ela?

O tom de Lindsey mudou drasticamente da brincadeira de momentos antes. Agora, sua voz tem só orgulho e animação.

Abro o Instagram de Stevie e mostro minha foto preferida para Lindsey. Mas também deixo o celular afastado da minha irmã, para ela não curtir sem querer. Conhecendo ela, talvez até curtisse de propósito.

A foto de Stevie em uma ponte com vista para um rio, de costas para a câmera, é bonita e natural, os cachos castanhos esvoaçando ao vento. Ela está com o rosto voltado para trás, exibindo as sardas e os olhos verde-azulados. Usa as roupas de sempre, calça jeans larga, tênis Nike sujo, e camisa frouxa de flanela, que se afasta do corpo pelo vento, e ela está só muito... bonita.

Merda. Qual é meu problema?

— Caramba — diz Lindsey, arregalando os olhos. — Ela não faz nada seu tipo de sempre. E também parece legal demais para você.

— Talvez seja mesmo.

— Ela é gostosa, sem dúvida. Olha essa bundona.

Minha irmã se estica para examinar o celular.

— É uma rabuda mesmo.

Minha voz transborda de orgulho, mas não sei o motivo. Não é como se a rabuda em questão fosse minha, mesmo que eu meio queira que seja.

— E aí, qual é a de vocês?

Lindsey relaxa na cadeira e leva o vinho tinto à boca.

— Não é nada. Ela trabalha para o time e...

Lindsey cospe o vinho de volta na taça.

— Ela trabalha para o time? Por favor, me diga que não é uma tara sua de romance proibido.

— Não é. Na real, acho irritante pra caralho que isso possa causar problemas para ela. Enfim, ela é comissária de bordo do nosso avião.

— Ela é sua comissária? — pergunta Lindsey, gargalhando de incredulidade. — Caralho, genial.

Eu reviro os olhos e continuo:

— Era para ser só uma ficada. Para a gente extravasar.

Minha irmã faz que sim com a cabeça, entendendo.

— Mas eu gosto da companhia dela — continuo. — Ela tem pose de confiante e ácida, mas na real é meio fofa, e acho que ela não sabe como é bonita. Acho que essa parada confiante é toda fingimento.

— Babaca por fora, docinho por dentro. Parece alguém que conheço.

— Comprei calças de moletom de presente de Natal para ela.

Isso faz minha irmã hesitar.

— Qual é seu problema?

Dou de ombros.

— É uma piada interna, sei lá. Achei que ia ser charmoso, mas ela não disse uma palavra, e estou com medo de ter feito ela surtar.

— Se uma mulher com quem transei uma vez me desse um moletom de Natal, eu ia precisar pensar muito antes de ficar com ela outra vez.

Ai, que merda.

O celular da minha irmã vibra com um e-mail.

— Está de brincadeira? Clientes não sabem que é Natal, por acaso? — pergunta ela, e se levanta da mesa, seguindo para o terceiro quarto do apartamento. — Vou cobrar em dobro por isso.

Com a parte central do apartamento vazia, como de costume, olho de novo pela janela e para o celular, mas ainda não vejo nada. Quer dizer, nada de Stevie. Tem uma mensagem de Logan me convidando para comer a sobremesa lá antes de as crianças irem dormir, o que é uma desculpa perfeita para sair daqui.

Antes que eu possa dar no pé, meu pai volta à sala, depois de desligar o telefone.

— Quem era?

Ele olha para o celular e de volta para mim.

— Um amigo, só.

Faço que sim com a cabeça, em silêncio, como é costumeiro com meu pai. Não tenho muito a dizer além de expressar a raiva que sinto por ele ter me abandonado quando eu mais precisava de seu apoio, mas é melhor não estragar o Natal assim, então fico quieto. Como fico há doze anos.

— Que horas é seu voo amanhã?

— Oito da manhã.

— Posso chamar um motorista para você.

— Eu pego um táxi.

Outro aceno com a cabeça. Outro momento de silêncio constrangedor.

— O time está bom. Você anda jogando bem.

— Você tem assistido aos jogos?

Merda. A pergunta obviamente era uma crítica, e soou assim. Meu pai recua um pouco, como se tivesse levado um tapa, e não apenas das palavras.

— Claro que tenho, Evan.

— Achei que tivesse parado há muito tempo. Há uns doze anos.

Qual é meu problema, caramba? Passei muito tempo escondendo essa raiva. Não sei por que agora não consigo mais conter.

— Assim como parou de se envolver com qualquer outra parte da minha vida há uns doze anos — acrescento.

Puta merda. Cala. A. Boca.

— Eu estava passando por um momento difícil…

— Ah, você estava passando por um momento difícil? *Você*? Eu tinha dezesseis anos, minha mãe me abandonou, e aí você também me abandonou!

— Eu nunca te abandonei!

Ele ergue a voz, assim como eu.

— Você pode até ter continuado na casa em Indiana, mas me abandonou, sim, porra. Você se afundou no trabalho.

— Claro, Evan. Foi por isso que ela me abandonou. Abandonou a gente. Eu estava tentando compensar.

— Você parou de ir aos meus jogos. Parou de ser meu pai. E agora só me dá bola porque estou na NHL e talvez ganhe o campeonato. Você é tão interesseiro quanto ela, pai.

Nem acredito que essas palavras saíram da minha boca, mas não estou nem aí. Estou com raiva e, pela primeira vez em muito tempo, não consigo me controlar.

— Quem você acha que é para falar assim comigo? Não criei meu filho para falar desse jeito.

— Você parou de me criar faz muito tempo.

— Evan... — O tom de meu pai é inteiramente derrotado, a boca curvada para baixo.

— Ev, o que foi isso?

Lindsey está na porta do quarto onde estava trabalhando, me encarando em choque absoluto.

— Tenho que ir.

Eu me levanto, visto o casaco e cubro as orelhas com o gorro. Não consigo olhar para meu pai sentado à mesa, porque tem culpa demais me invadindo. E raiva também.

— É Natal. Aonde você vai?

— Para a casa dos Maddison.

Saio para o corredor, bato a porta e respiro fundo.

Merda. Não era para isso acontecer. Não era mais para eu me importar. Não preciso que meu pai me ame. Eu me amo, e isso basta.

Estou quicando de energia no elevador ao descer, e, quando o vento frio de Chicago me atinge, assim que saio, não tem nenhum efeito calmante. Ainda estou energizado e agitado.

Preciso relaxar antes de encontrar Ella e MJ, então me sento no degrau da frente do prédio, com o corpo inteiro tremendo de leve, não pelo frio do ar, mas pela adrenalina que me percorre.

Faz muito tempo que não tenho essa dificuldade de articular o que sinto de modo ponderado. A raiva raramente me domina, mas, hoje, não consegui me segurar. Não sei como ele não enxerga o que fez.

Na raiz da questão, quero que ele se desculpe e quero que seja o pai que era quando eu era menor. Sinto saudade dele. Sinto saudade da nossa relação e odeio admitir que preciso que ele me ame como antes.

O oxigênio ao redor não parece querer encher meus pulmões quando, o mais discretamente possível, tento inspirar fundo, o que não funciona.

Achei que eu me amasse o suficiente para não me importar com o afeto de mais ninguém.

— Feliz Natal — diz uma voz suave.

Ergo o rosto dos meus braços cruzados e vejo Stevie na frente do degrau, oferecendo uma garrafa de cerveja.

Meus pulmões se enchem de ar.

— Feliz Natal — digo, e um sorriso agradecido finalmente passa pela minha boca. — Está me perseguindo? — pergunto de brincadeira.

— Parecia que você estava precisando disso.

Ela me entrega a cerveja e se senta ao meu lado, abraçando os joelhos para se esquentar um pouco.

— Você nem imagina.

Brindo com a garrafa e tomo um gole demorado do líquido âmbar fresco antes de abaixar a cabeça, tentando me recompor.

— Está tudo bem?

Stevie vira o rosto para mim, com os olhos verde-azulados preocupados e sinceros.

Sustento o olhar dela por um momento e percebo que verde-azulado não é suficiente para descrever seus olhos. O azul está mais para turquesa, como a parte mais limpa e brilhante do mar. O verde destaca o contorno, escuro como uma floresta de sequoias.

E fico agradecido pela distração que me trazem ao me puxarem para seu abismo hipnotizante.

— Tudo bem, sim.

— Bom, graças a Deus, porque imagina a vergonha que você ia passar se eu te encontrasse chorando nesse degrau?

Os olhos bonitos dela brilham de malícia antes de ela esconder o sorriso espertalhão atrás de um gole de cerveja. O humor traz um alívio muito necessário à minha noite.

— Obrigada pelo presente — diz ela, esbarrando o ombro no meu.

— Você gostou?

Olho para as pernas dela e noto a calça nova.

— Amei. Mas é cara demais.

— Eu sou rico, docinho.

— Eu sei.

— E meu presente, cadê?

— Bem aqui — diz ela, indicando o próprio corpo, ao que reajo levantando a sobrancelha rápido e interessado. — Não. Me expressei mal. O presente é minha *presença*.

— Já achei bom — digo, me aproximando mais um milímetro, ainda sem tocá-la, por mais que eu deseje. — Como foi seu Natal?

Ela me olha momentaneamente, avaliando meu rosto. Talvez considerando o que quer contar, não sei.

— Foi uma merda.

— O que aconteceu?

Stevie toma um gole demorado e balança a cabeça.

— Só umas tretas de família. Minha mãe é meio péssima.

— Opa, a minha também!

A animação na minha voz não tem nada de sarcasmo. Ela é mesmo horrível, mas meu entusiasmo faz Stevie rir.

— Sua mãe faz comentários desagradáveis sobre sua aparência ou declarações críticas sobre a direção da sua vida?

Eu franzo a testa. Que se foda a mãe dela. A primeira parte da pergunta já me irrita outra vez. Sei que Stevie enfrenta algumas inseguranças com o corpo e me tornei muito protetor com esse assunto.

— Minha mãe foi embora, então não diz é nada.

— Merda — diz Stevie, e hesita. — Desculpa, Zanders. Eu não deveria ter perguntado.

Quieto, continuo com o olhar fixo nos degraus à minha frente. Stevie está tentando se abrir para mim. Deve ser melhor não falar só da minha vida.

— Qual é a parte da sua vida que incomoda ela? — pergunto, voltando a conversa para a mulher bonita sentada ao meu lado.

— Honestamente, nem sei. Não sei nem se ela sabe. Mas ela vive me comparando com meu irmão gêmeo, e, comparada com ele, tudo que faço é meio sem graça.

— Por quê? Só porque ele é atleta profissional?

Stevie vira o rosto para mim abruptamente.

— Como você...? Há quanto tempo você sabe?

— Desde que achei seu Instagram, um tempo atrás.

Meu sorriso não tem nada de arrependimento.

— E por que não disse nada?

— Honestamente? Porque estou pouco me fodendo para o Ryan Shay ser seu irmão. E achei que você me contaria, se quisesse que eu soubesse.

Ela relaxa a testa franzida, inclina a cabeça e abre um sorriso agradecido.

— Então, por que você não queria que eu soubesse?

Stevie dá de ombros.

— Achei que, pelo menos uma vez, ia ser bom não ser conhecida como irmã de Ryan Shay. Queria que gostassem de mim por mim, e não pelo meu irmão.

— Eu gosto de você por você.

Caralho. Qual é meu problema hoje, que não consigo fechar a matraca?

Stevie esbarra o ombro no meu, brincando.

— Eu sei. Você é praticamente obcecado por mim.

Graças a Deus ela está fazendo piada. Ainda não estou pronto para ela saber o grau da minha paixão.

Mas eu gosto disso. Gosto de conversar com ela.

Nunca conversei com uma mulher por quem sinto atração. Sempre mantenho a relação superficial e física, porque é tudo que eu quero.

Mas isso. Eu quero isso.

— Não entendo como sua mãe pode criticar tanto. Você tem um emprego estável, afinal. Encontrou uma paixão para ocupar seus dias de folga. E ainda viaja pelo país com o homem mais sexy de Chicago.

Isso faz o corpo dela vibrar com uma gargalhada.

O sorriso dela é lindo pra caralho.

— Ela é uma mulher tradicional do Sul e esperava que eu fosse igual, mas eu não me interessei por concursos de beleza nem por coisas de debutante. Ela certamente achou que eu ia casar com meu namorado da faculdade e engravidar logo depois da formatura, e acho que não se impressiona tanto com meu trabalho nem com o abrigo. Ela esperava que eu vivesse a mesma vida que ela.

— Parece inveja.

— Não é inveja. — Stevie ri. — É decepção.

— Não sei, não, Stevie. Parece que ela acabou obrigada a fazer umas paradas chatas enquanto você pode viver a vida que quer e fazer o que ama.

— O que quero mesmo é não precisar mais voar, para passar o dia todo, todo dia, com os cachorros.

— Ah, não. Preciso que você continue a voar — digo, e dou um gole na cerveja. — Quem mais vai pegar tudo que eu peço no avião?

Stevie revira os olhos.

— Literalmente qualquer outra comissária de bordo.

— E aí, o que sua mãe disse quando você mandou ela se foder?

— É, eu não mandei.

— Por que não? Você não tem dificuldade de me colocar no meu lugar. Por que sua mãe pode te fazer de gato e sapato, e por que você deixou aquelas mulheres em Nashville te tratarem mal também?

Ela encolhe os ombros, tímida, desviando o olhar.

— Stevie... — insisto.

Ela solta um suspiro profundo e resignado.

— Sei lá. Às vezes, quando não estou me sentindo muito bem comigo, deixo outras pessoas me tratarem mal.

— Você não *me* deixa te tratar assim.

Não que eu fosse tratar ela assim.

— É porque com você sempre me sinto bem.

Isso enche meu peito de orgulho.

— Gente assim te trata como se você fosse insuficiente, ou indigna, mas é coisa das inseguranças delas. Esse pessoal é malvado, mas param quando você faz com que parem. Se você começar a se amar, as palavras deles não terão mais sentido. Você precisa começar a se impor, Stevie.

Ela me olha com um sorriso compreensivo.

— Estou me esforçando.

Sem tanta discrição, eu me aproximo mais um centímetro, ainda sem tocá-la.

Só vou tocá-la quando ela disser que quer.

— E a Rosie, como vai?

O rosto de Stevie se ilumina.

— Vai bem, mas está com saudade de você.

— Tenho que ir visitar ela em breve.

A expressão dela derrete com um sorriso suave.

— Como foi seu Natal?

Stevie acaba com a cerveja e deixa a garrafa no chão.

— Foi tranquilo. Mas acho que estraguei a noite.

Ela cruza os braços em cima dos joelhos dobrados e apoia o rosto neles, virada para mim.

— Como assim?

— Meu pai está lá em cima — digo, apontando para o prédio. — E a gente não tem a melhor relação, mas acabei de falar umas merdas que abafei por muito tempo.

— Quer conversar?

Analiso o rosto dela, hesitante. Pouca gente sabe dessa parte da minha vida. Mantenho meu círculo limitado, por medo de as pessoas tentarem se aproveitar de mim, venderem a história para a mídia e exporem esse lado meu que não quero que todos saibam, ou por medo de simplesmente não gostarem de mim como sou.

— Foda-se — digo, e viro o resto da cerveja, tomando coragem. — Minha mãe abandonou a gente quando eu tinha dezesseis anos para casar com um homem que ganhava muito mais dinheiro do que meu pai. Tenho uma irmã mais velha, Lindsey, que estava na faculdade e morando fora de casa na época, então ela não foi afetada do mesmo jeito que eu.

Mantenho o rosto para a frente, sem conseguir olhar para Stevie nesse momento vulnerável.

Isso até ela se aproximar e eu sentir sua coxa e seu ombro encostando em mim. Ela deixa a mão entre nós, cruzada sobre seu joelho.

Eu derreto ao toque dela, e não noto o menor julgamento em seu rosto.

— Eu e meu pai éramos próximos quando eu era mais novo, mas, quando minha mãe foi embora, ele se afundou no trabalho, e, como minha irmã estava na faculdade e meu pai nunca estava em casa, senti que ele tinha me abandonado, que nem minha mãe. A gente mal se fala desde então.

— Que merda. — Stevie suspira.

— E, pela primeira vez em doze anos, acabei de surtar com ele.

— O que ele falou?

— Que trabalhou mais daquele jeito porque estava tentando compensar o abandono dela. Mas eu estava me fodendo para o dinheiro. Queria só que ele estivesse por perto. Queria que ele me amasse.

— Tenho certeza de que ele te ama, Zee. Talvez estivesse só lidando com o luto da partida dela a seu próprio modo. Talvez… sei lá. Talvez ele tivesse os motivos dele.

— Não tem motivo para abandonar os filhos.

Eu me viro para Stevie, e seus olhos verde-azulados sustentam os meus, inabaláveis, confiantes.

— Você acabou de me chamar de Zee. Normalmente só me chama pelo sobrenome.

— É, bom, tem horas em que é meio esquisito te chamar de Zanders.

Meus olhos brilham de humor.

— Que nem quando você me chamou de Zee enquanto gozava em cima de mim.

Stevie fica de queixo caído, fingindo ultraje, e me dá um tapa no ombro.

— Nossa. Aqui estamos nós, tendo um momento especial, e você só quer falar de putaria.

— Estamos tendo um momento especial, é?

— Bom, agora é que não estamos mesmo. O momento passou.

Eu rio baixinho, cruzo os braços em cima dos joelhos e apoio a cabeça neles, espelhando a postura dela. Nossas mãos ficam penduradas, uma ao lado da outra, sem se tocarem.

— Sua mãe é quem saiu perdendo.

As palavras de Stevie fazem meu peito se encher e meus olhos arderem um pouco.

— Ela me abandonou por dinheiro, e agora eu ganho mais do que o homem por quem ela nos trocou. É irônico, né?

— Não é disso que estou falando. Não estou falando do dinheiro que você ganha, de quem as pessoas acham que você é. Estou falando de quem você é de verdade. Foi isso que ela perdeu.

— E você acha que sabe quem sou de verdade?

— Acho que estou começando a descobrir.

A mão dela está bem ali, a meros centímetros da minha, mas não sou muito de dar as mãos. Na verdade, acho que nunca fiz isso por razões sentimentais. Então, em vez disso, engancho a ponta do dedo do meio no dela, e mesmo esse pequeno toque é gostoso.

— Ei, Stevie?

— Hmm.

Ela apoia a cabeça nos braços, de frente para mim.

— Gosto de conversar com você.

23

Zanders

— Outro jogo, Zanders. Outro jogo do qual você saiu sozinho. O que está rolando?

Com o celular apertado contra o rosto, cubro o outro ouvido, tentando abafar o barulho da pista movimentada do aeroporto de Phoenix. Porém, mesmo entre o ruído do motor dos aviões e do resto do meu time passando por mim para embarcar, escuto Rich perfeitamente. O tom de voz alto e frustrado ajuda bastante.

— Rich, eu já falei mil vezes pra parar de mandar essas mulheres me esperarem na porta do vestiário. A mídia já sacou a narrativa. Não precisam de mais fotos minhas com gostosas para vender minha imagem.

— Jura? Porque você não é visto com ninguém desde novembro, e preciso saber o que está acontecendo. Você se recusa a sair acompanhado da arena. Não tem sido visto nas noitadas. Então, o que foi? Você precisa me explicar.

Puta que pariu. Quero que ele largue do meu pé. Durante esse campeonato, é a primeira vez que percebo como cansei dessa imagem de bad boy detestável. E não sou visto com ninguém desde novembro porque foi quando Stevie comentou o fato, enquanto a gente pedia doces com Ella. Não transo com ninguém desde que fiquei com ela, mas não gostei do fato de ela achar que sim. Então, decidi deixar bem claro que foi ela, e só ela.

— Não foi nada, Rich. Só cansei.

Maddison dá um tapinha no meu ombro ao passar, seguindo para o avião.

— Tudo ok? — murmura, se virando para mim no caminho.

Faço que sim com a cabeça, mas transmito muita frustração ao revirar os olhos. Maddison sabe o que é. Faz semanas que ele tenta me convencer a demitir Rich. Mas demitir meu agente no ano de renovação de contrato, por mais frustrante que ele seja, é suicídio profissional.

Dou as costas para o avião e continuo a andar em círculos na pista enquanto o time embarca.

— Cansou do quê, Zanders? De ganhar milhões de dólares por ano? De tanta gente te mimar assim? Das mulheres que se jogam aos seus pés?

— É, mais ou menos isso.

— O que está acontecendo? Vai fazer isso agora? Está a cinco meses de talvez renovar o contrato com o único time para o qual você quer jogar na NHL. Quer jogar isso fora? Fique à vontade. Chicago paga o que paga por causa da imagem que você e Maddison carregam, além do hóquei. Mas posso encontrar outro time que provavelmente vai pagar muito menos, se você quiser.

— Pagar muito menos para *mim* ou para *você*? — murmuro.

— O que você disse?

Penso em expor minha opinião, dizer que sei que ele só se importa com o tamanho dos meus cheques porque ganha uma porcentagem, mas não digo nada. Fecho a boca.

— Nada.

— Quem vai te acompanhar na festa beneficente?

Faz semanas que me pergunto a mesma coisa. Só quero levar Stevie, mas a imprensa vai estar lá em peso. Sei que ela não poderia ir comigo, por causa daquela regra irritante contra socialização. Além do mais, não sei nem se ela ia *querer* me acompanhar.

— Ninguém. Vou sozinho.

— Puta que pariu, Zanders. Não vai, não. Vai ter imprensa demais lá para você ir sem ninguém. Vou arranjar uma acompanhante para você, se você não achar uma sozinho.

— Não, Rich. Vou insistir nisso. Essa noite é importante demais para mim, para eu ficar fingindo com uma tiete qualquer nas fotos. Não vamos zoar com a Mentes Ativas. Pode fazer o que quiser com minha imagem quando o assunto é hóquei, mas, se afetar a fundação ou as crianças, eu vou me retirar.

Faz-se silêncio na linha.

— Tá. Mas você tem cinco meses para dar um gás no Evan Zanders que Chicago tanto ama, senão eu garanto que vai perder o contrato e ser posto em um avião com destino ao cu do mundo, para jogar em uma cidade em que nem mesmo quer pisar.

Ele desliga.

Escroto.

— EZ! — chama Scott, diretor do time, do topo da escada, bem na frente da porta do avião. — Acabou aí?

Olho ao redor da pista e noto que sou o único que sobrou. Subo correndo, e a comissária-chefe fecha a porta assim que entro.

— Tudo bem, cara? — pergunta Maddison, dando um tapinha leve no meu peito quando eu me sento ao lado dele.

— Porra, o Rich tá me matando.

— Demite ele.

— Não posso. Ia ser pior para minha carreira do que o que ele está ameaçando fazer.

— E o que é?

— O de sempre. Que Chicago não vai querer renovar se eu mexer com nossa duplinha. Que, se descobrirem que eu estou pouco me fodendo para a persona que a mídia criou, os torcedores não vão mais gostar de mim.

— Isso é a maior besteira, você sabe muito bem.

Na verdade, não sei. Rich acertou perfeitamente um dos meus maiores medos: descobrirem que não sou o EZ com o qual se acostumaram e pararem de me amar.

— Juro por Deus, ele é tão obcecado pela sua vida pessoal que não me surpreenderia se estivesse ganhando um extra dos tabloides para vazar informação de onde e com quem você tá.

Dou de ombros, quieto. Nesse momento, nada me surpreenderia, mas eu ainda me sinto bem derrotado, como se fosse ficar preso a essa imagem pelo resto da carreira.

— Zee — diz Maddison, um pouco mais baixo. — Rich trabalha para você. É você quem está no controle. Mesmo que ele goste de fazer você acreditar no contrário, o poder é todo seu.

Faço que sim com a cabeça e me recosto no banco, esgotado. Como se a vitória exaustiva na prorrogação já não tivesse exigido muito do meu corpo, o telefonema com Rich pesa na minha cabeça.

Quero parar com esses joguinhos idiotas. Quero sair sozinho da arena sem que ninguém me questione. Quero que Chicago renove meu contrato sem ter dúvida do que acrescento para o time. Quero que Stevie possa sair comigo. Quero que Stevie *queira* sair comigo.

Também quero muito beijar ela.

E, hoje, estou bem cansado de não fazer o que quero.

— Vou dar um telefonema rápido para Logan antes de decolar — diz Maddison, e se vira para a janela para ligar para a esposa. — Feliz Ano-Novo, mozão!

Ah, não falei que é véspera de Ano-Novo, e que pegamos um voo noturno para Chicago, então estaremos sobrevoando Kansas à meia-noite.

Mas é, e a única mulher que quero beijar quando der a hora por acaso está neste avião. Mas não posso tocar nela. Não aqui, e talvez em lugar nenhum.

— Como está a Logan? — pergunto para Maddison, que desligou o telefone.

— Está bem — diz ele, sorrindo. — Comprou o vestido para a festa.

Fico quieto, sabendo o que virá.

— Mal posso esperar para tirar o vestido dela.

Sacudo a cabeça, mas não consigo segurar a risada. Esse filho da puta alegre.

— Rich está pegando no meu pé para levar uma acompanhante — digo.

— Então leva. A gente sabe quem você quer levar, então por que não convida ela logo? Ela está bem ali — diz ele, apontando para o fundo da aeronave. — Vem, vamos lá.

Maddison estica a mão para apertar o botão que chama a comissária, mas dou um tapa para afastá-lo antes de seus dedos encostarem.

— Não — digo em voz baixa, mas séria. — Ela não pode ir comigo.

— Por que não?

— Porque vai ter gente demais da imprensa lá, e ela é proibida de socializar com a gente.

— Que burrice do caralho.

— Nem me fale — digo, com um suspiro resignado, voltando a me recostar. — E eu nem sei se ela ia querer me acompanhar — acrescento, falando o mais baixo possível. — Que eu saiba, nossa ficada foi coisa de uma noite só.

Falando no diabo sexy, Stevie vem até a nossa fileira para fazer a demonstração de segurança, ensinando a quem está na parte traseira do avião a usar o equipamento de segurança, como no começo de todo voo.

— Vamos perguntar — diz Maddison, se esticando para falar com minha comissária preferida.

— Nem pensar — respondo, em volume baixo, mas pontuando bem as palavras.

Stevie franze um pouco as sobrancelhas para nós antes de continuar a demonstração. Ela mantém o olhar para a frente, estendendo o cinto de exemplo, mas fala comigo e com Maddison:

— Por que vocês dois estão parecendo ainda mais apaixonadinhos do que de costume?

Maddison ergue o canto da boca em um sorrisinho sorrateiro. Ele abre a boca para falar, com os olhos brilhando de graça, como se quisesse me testar.

— Nem pensar, porra — digo, o mais baixo que consigo. — Se você falar qualquer coisa, vou te matar. Depois vou casar com sua esposa só por despeito, e seu filho vai *me* chamar de papai.

— Ah, tomar no cu! — exclama Maddison, que não está nem tentando ser discreto. — Stevie, Zee quer que você acompanhe ele em uma festa beneficente em Chicago, mas é cagão demais para perguntar e acha que você não vai querer.

— Caralho, como eu te odeio. Não somos mais amigos.

Maddison se recosta no assento, com aquele sorriso arrogante do cacete, e a risadinha fofa de Stevie ecoa do corredor.

Se minha pele mudasse de cor, estaria corado que nem uma menininha agora ao me virar para ela. Felizmente, nada em sua expressão parece tão incomodada. Na verdade, parece mais estar achando graça de mim e do meu ex-melhor amigo.

— Não posso.

São exatamente as palavras que sabia que ela diria, mas ouvir continua sendo ruim.

E ela nem explicou se não pode por causa do emprego ou só porque não quer.

— Foi o que eu expliquei — digo.

Meu sorriso está tenso e forçado, mas estou tentando fingir indiferença.

— Não, quis dizer que não posso ir com você.

Sim, Stevie, obrigado. Pode me ofender mais um pouquinho, docinho.

— Porque já vou — acrescenta ela.

Isso me faz levantar a cabeça bem rápido.

— Com meu irmão.

Ah. Eu não tinha pensado nisso. Claro que Ryan Shay vai à festa. Todos os bambambãs do esporte de Chicago vão aparecer.

Ah, talvez isso seja bom. O brilho de esperança nos meus olhos e o leve movimento da minha boca indicam precisamente isso.

Talvez seja perfeito.

Eu também estarei na festa, e ninguém vai poder questionar a presença de Stevie lá, por causa do irmão.

Vai ser perfeito, sim.

— Quem é seu irmão? — pergunta Maddison, franzindo a testa, confuso, e olhando de Stevie para mim.

Stevie encontra meu olhar por um momento, confusa, mas sua expressão se suaviza ao perceber que eu não contei nem para meu melhor amigo. Correção: *ex*-melhor amigo. Mas claro que não contei. Ela estava guardando o segredo até de mim, então não vou espalhar por aí.

E, como eu disse, estou pouco me fodendo para o fato de ela ser irmã de Ryan Shay.

Exceto por agora. Agora, estou bem feliz com esse fato, porque ele vai levá-la à festa, que é tudo que eu podia querer.

— Hum… — Ela hesita. — Ele se chama Ryan Shay. Joga basquete no time de Chicago.

— Puta que pariu, não me diga — diz Maddison, boquiaberto.

— Tá. — Stevie ri.

— Peraí. Tá falando sério? Você é irmã do Ryan Shay?

Ela faz que sim com a cabeça, ainda rindo da empolgação de Maddison. Conhecendo ele, a animação é especialmente porque ele quer contar para a esposa e o irmão, que são muito fãs de basquete.

— Sou. É ele o proprietário daquele apartamento no seu prédio. Estou morando com ele por um tempo.

— Puta merda, minha esposa vai surtar.

Olho para Stevie no corredor e abro um sorriso de desculpas por meu parceiro fazer esse escândalo por causa do irmão dela, mas ela não parece incomodada. Está só achando graça. Talvez tenha internalizado o que eu falei, sobre gostar dela independentemente do irmão.

— Por sinal, a Logan, minha esposa, ficou feliz de te conhecer naquele dia dos doces — acrescenta Maddison, trazendo a conversa de volta para Stevie, o que me agrada.

— Ela parece ótima.

— Porra, ela é perfeita — comento, e Maddison abre um sorriso suave.

— Perfeita mesmo — concorda ele.

Aparentemente, voltamos a ser melhores amigos.

— Bom, então acho que vou encontrar ela na festa. E vocês dois também? — pergunta ela, olhando para mim.

É claro que vai nos ver. Ela não sabe que a festa é para arrecadar fundos para a Mentes Ativas de Chicago, organização que eu Maddison fundamos juntos?

— Reserva uma dança para mim? — pergunto, soando meio desesperado e esperançoso.

Foda-se. Estou desesperado mesmo.

Ela levanta uma sobrancelha com expressão brincalhona e retruca:

— Vai parar de apertar o botão para me chamar?

— Sabe, essas duas coisas não me parecem nada equivalentes.

— O quanto você quer essa dança, afinal?

Levanto o canto da boca em um sorriso malicioso. A resposta? Quero pra caralho.

Não respondo, porque não preciso. Ela sabe. Aquele sorrisinho brincalhão em sua boca carnuda me indica isso, e o apertão leve dela no meu ombro ao passar só confirma.

— Tira esse sorriso besta da cara — diz Maddison, rindo.

Continuo a sorrir, feliz demais com a situação.

— Não dá.

— Você sabe que gosta de verdade dela, né? Não sei se já percebeu, mas gosta.

Um suspiro contente me escapa.

— Sei, sim.

Depois de umas duas horas de voo, quase todo mundo está dormindo. Eu cochilei um pouco, mas agora estou desperto.

Meu alarme interno dá um jeito de me acordar sempre que Stevie passa pelo corredor, e eu abro os olhos bem a tempo de aproveitar a vista perfeita. Seja aquela bunda incrível quando anda para um lado ou aquele rosto espetacular que sorri de leve para mim sempre que anda para o outro.

De qualquer jeito, é nota dez.

O avião está totalmente escuro, exceto pelo brilho suave das cozinhas da frente e de trás, então ninguém vê que estou virando a cabeça sem parar, constantemente de olho na parte traseira da aeronave, procurando uma abertura para falar com Stevie a sós.

Falar.

Beijar.

Tanto faz.

É quase meia-noite, e eu ia gostar de começar o ano com ela.

— Está acordado, é?

Viro a cabeça para a área escura ao meu lado e encontro uma das outras comissárias parada junto ao meu assento.

Não sei como ela se chama, mas é aquela que se incomoda com a socialização entre Stevie e a gente. Entre mim e Stevie.

— Hum, é. Não consegui dormir.

Ela se abaixa, agachando até ficar na minha altura.

— Quer que eu traga alguma coisa?

— Não. Valeu.

Olho de relance para a cozinha de novo, mas não vejo Stevie, embora saiba que ela está ali. Indy, cujo nome Stevie me lembrou, está bem visível na área traseira do avião, de olho no meu lugar.

— Tem planos para o Ano-Novo? — pergunta a comissária.

— Só isso aqui mesmo.

— Você não tem saído muito nas viagens. Não ando vendo nada nos tabloides.

— Hum, pois é. Não ando muito a fim de sair.

— Ah, que pena, porque eu estava na esperança de…

— Licença, Tara — interrompe Indy. — Um dos pilotos precisa que a gente troque de lugar com ele para ir ao banheiro. Se quiser resolver isso na cabine, eu posso cuidar da porta e da dianteira da aeronave.

— Ah — diz Tara, se levantando e alisando a saia o mais casualmente possível, como se não estivesse perigosamente perto daquela socialização que proíbe tão rigidamente a Stevie. — É, vamos fazer isso.

Tara dá meia-volta, endireitando os ombros e retomando rapidinho a cara de brava, a caminho da frente do avião.

Indy vai atrás dela, mas, antes de se afastar muito, dá uma olhada para mim, com uma piscadela. Quando me viro para trás e noto que a cozinha está vazia, exceto por uma moça de cabelos cacheados, abro um sorrisinho safado para Indy antes de ela sumir de vista.

Aparentemente, a loirinha é quem manda aqui.

O mais rápido possível, tentando não acordar ninguém, vou de fininho para o fundo do avião, onde sei que Stevie está escondida.

— Oi — digo baixinho, sem conseguir conter o sorriso muito esperançoso ao encontrá-la sozinha.

Eu me apoio com as mãos dos dois lados da barreira que separa a cozinha do resto do avião, nos escondendo tranquilamente das outras pessoas.

— Oi.

Ela ruboriza imediatamente embaixo das sardas.

— Feliz Ano-Novo.

Stevie olha o relógio.

— Ainda faltam uns minutos.

— Então, essa festa...

— Pois não?

— Você vai.

— Vou. — Ela ri.

— Legal — digo, balançando a cabeça que nem um idiota. — Ou sei lá.

— Ou sei lá.

O sorriso dela brilha, nitidamente reconhecendo que estou feliz até demais com isso.

Entro na cozinha, e a expressão de Stevie muda imediatamente. Ela recua, mantendo a mesma distância entre nós.

O sorriso brincalhão some de seu rosto, provavelmente porque o meu também sumiu. Sinto o fogo e o desejo nos meus olhos e a encurralo ali, dando mais um passo à frente. Desta vez, ela não tem aonde ir, e acaba batendo na parede, boquiaberta. Porém, ainda mantenho um pouco de espaço entre nós, para não invadir demais.

Pelo menos até ela me dizer que é o que ela quer.

— E, se não fosse com seu irmão, você iria comigo? — pergunto, em voz baixa e grave.

Stevie não responde, mas vejo o movimento da sua garganta ao engolir em seco, e a pulsação bater forte sob a pele delicada.

— Se não fosse ter problemas no trabalho, você iria comigo?

Ela ainda não responde, com os olhos bonitos repletos das palavras que quer dizer, mas não diz.

— Diga que sim — sussurro. — Diga que iria comigo. Diga que *quer* ir comigo.

Preciso que ela diga que sim, não só para inflar meu ego, mas porque preciso saber que não estou louco. Preciso saber que ela também está sentindo isso. Que também gosta da minha presença. Que gosta de conversar comigo da mesma maneira. Que gosta de trepar comigo da mesma maneira. Que gosta de brincar comigo da mesma maneira.

— Feliz Ano-Novo, porra! — berra Rio do assento dele, acordando o avião inteiro e me assustando.

Em um pulo, eu recuo, me afastando da comissária que poderia enfrentar problemas por estarmos ali.

Rio liga a caixa de som no volume máximo, e a música inunda a aeronave junto a vivas e gritos. Dou uma olhada no corredor e vejo o time todo acordar, alguns jogadores dançando ao som daquela música alta pra caralho.

Stevie me dá a mão, trazendo minha atenção de volta para ela, que está escondida no canto da cozinha, contra a parede, onde ninguém vai vê-la.

Ela pega o tecido da minha camisa, me puxando até eu ficar a meros milímetros dela. Encosto as mãos na parede atrás dela, prendendo-a ali.

Percebo claramente que meu peito sobe e desce mais rápido do que deveria, mas essa mulher me desestabiliza já faz meses, e estou respirando com dificuldade, como se daqui a pouco fosse acabar o oxigênio do avião.

O que ela vai fazer? O que vai me deixar fazer?

Por baixo das pestanas escuras, o olhar de Stevie encontra o meu. Há um toque de incerteza naquele verde-azulado. Como se ela não soubesse bem o que está fazendo. Como se não soubesse bem se consegue dizer.

Mas ela parece querer dizer.

Diga.

— Sim — diz ela, mordendo o lábio. — Eu queria poder ir com você.

"Good Day" soa a todo volume pelo avião, saindo da caixa de som do Rio, e eu curvo o canto da boca. Umedeço o lábio com um movimento rápido de língua, que Stevie acompanha com o olhar, me pedindo para me aproximar sem uma palavra.

Quando ela engancha dois dedos na corrente de ouro do meu pescoço, puxando minha boca, sei que o dia vai ser bom mesmo.

Porra, o ano vai ser bom.

Minha boca cobre a dela, desejando, querendo, tomando tudo que ela tem a oferecer.

Ela curva a mão ao redor do meu pescoço, me puxando mais, e seus anéis de metal refrescam o calor da minha pele. Eu me aproximo, a empurrando contra a parede, querendo chegar o mais perto possível, querendo tudo.

Afasto as mãos da parede para acariciar o rosto dela, e Stevie abre a boca, encontrando minha língua com a dela. O toque é macio e quente, e, para alguém que nunca foi fã de beijos íntimos, nem consigo imaginar não viver este momento.

Ela esfrega o quadril em mim no ritmo do desejo, e o gemido que me escapa soa alto, mas, felizmente, a música do Rio abafa meus ruídos desesperados e famintos.

O avião está mais barulhento, o pessoal, mais animado, e eu preciso parar para não criar problemas para Stevie.

Mas, cacete, não quero parar.

Então não paro.

Minha língua a explora, lambendo e provando, nossos lábios se movendo em sincronia perfeita, sem hesitar um instante, como se feitos exatamente para isso.

Finalmente, e infelizmente, Stevie recua um pouco, interrompendo a conexão. O sorriso contente em sua boca não dá sinal nenhum de arrependimento — apenas de satisfação.

Cacete, como gosto de beijar ela.

Ainda com as mãos tatuadas acariciando seu queixo, eu encosto a testa na dela, nós dois tentando encher os pulmões do oxigênio de que nos privamos por tanto tempo.

— Feliz Ano-Novo — sussurro junto aos lábios dela.

— Feliz Ano-Novo.

Ela sorri.

O contato visual de agora teria me assustado uns meses atrás, mas não consigo desviar os olhos.

Eu quero isso.

Quero ela.

Ela sustenta meu olhar, nós dois igualmente contentes.

— Aceito uma água com gás — digo, baixinho, estragando o momento, porque é preciso, antes que alguém volte para cá.

Meu sorriso safado é cheio de humor, e Stevie empurra meu peito de brincadeira.

— Sai daqui. — Ela ri.

Eu rio junto, me achando excepcionalmente hilário, antes de voltar ao meu assento. Saio da cozinha, mas, um passo depois, mudo de ideia e volto correndo para roubar mais um beijo rápido, escondido de todos.

— Com limão, docinho — acrescento, me demorando bem na frente de sua boca.

— Eu te odeio.

24
Stevie

— Você está linda, Vee.

Ryan se vira para mim no banco de trás do carro, abrindo um sorriso suave de orgulho enquanto esperamos na fila de carros na frente daquele edifício extravagante demais.

— Obrigada.

Esbarro o ombro no dele.

— Não, *eu* que agradeço. Se você não topasse me acompanhar a esse evento, eu ia me ferrar. Lembra aquela sobrinha do diretor? Que eu tive que ajudar naquela pré-estreia? Ela não me deixa em paz, e o diretor pediu para eu trazer ela hoje, mas, felizmente, já tinha combinado com você.

— Parece uma linda história de amor. Desculpa por atrapalhar.

— Fala sério. Meu único amor é o basquete.

— Que romântico.

Passo as mãos pelo cetim azul do vestido e respiro fundo. O preço dessa roupa quase me fez passar mal de tão alto. Porém, assim que experimentei e meu irmão viu a confiança percorrer todos os meus nervos, ele pagou no caixa antes mesmo de eu sair do provador.

Confiança tem sido uma palavra interessante para mim.

Nem sei dizer qual foi a última vez que me senti consistentemente confiante, mas ultimamente tenho sentido isso. Mesmo que eu não queria admitir, a atenção de Zanders mexeu com minha autoestima — do melhor jeito possível.

Sei que ele não me conhece completamente, mas as partes que viu fazem me sentir compreendida. Ele sabe a coisa certa a dizer, e não de um jeito genérico de "toda mulher gosta de ouvir isso". Mas de um jeito especial para mim. Ele faz eu me sentir bem, seja pelos olhares demorados, pelo presente fofo no Natal ou pelo beijo ardente no Ano-Novo.

Ele faz eu me sentir bem.

O beijo do Ano-Novo foi culpa minha, e provavelmente nem deveria ter acontecido, mas eu não consegui me conter. Fazia meses que estava lutando contra nossa conexão física e, por um momento, quis me entregar. Quis me sentir desejada.

Só que o beijo parece um passo em um sentido que eu prometi que não seguiria.

Ando repensando, acho que talvez desse conta de manter um clima casual, se topasse o esquema de ficar só nas viagens. Para ser sincera, não sei o que está rolando entre a gente, então, para proteger meu coração, estou tentando me convencer de que, para Zanders, é só isso: uma atração física. Porque me permitir acreditar que é algo além disso vai me expor à mágoa.

O dano que Zanders pode causar, considerando o que já sinto por ele, me deixa apavorada.

Ele não namora, raramente fica mais de uma vez com a mesma mulher, e certamente não se envolve em relacionamentos sérios — pelo menos, nunca se envolveu. Mas eu tenho que aceitar isso, porque quero conviver com ele.

Gosto de conversar com ele.

Gosto que ele me deixe ver o lado que esconde.

Amei transar com ele e gosto da confiança que ele me dá.

Neste momento, porém, parando na frente de um mar de câmeras pipocando de flash, graças à multidão de repórteres tentando tirar uma casquinha de todos os atletas de Chicago que vieram para a festa de Maddison, a confiança dá lugar ao nervosismo.

— Está tudo bem, Vee — diz Ryan, baixinho, para me tranquilizar, antes de abrir a porta.

Quando meu irmão sai do carro em direção ao tapete vermelho, flashes iluminam tanto o céu noturno que parece até o meio da tarde, em vez de oito da noite. Os gritos e vivas pela atenção de Ryan deixam minha boca seca, só de saber que estou prestes a andar ao lado dele.

Odeio isso.

Talvez o motorista possa dar a volta e me deixar nos fundos.

Estou a dois segundos de pedir isso quando meu irmão estende a mão para dentro do carro, para me chamar.

Merda.

Engulo em seco, pego a mão dele e deixo que me puxe para fora do carro. Ryan me protege como pode, e eu abaixo a cabeça, mas não dá para me esconder. Tem gente demais aqui.

Meu coração acelera conforme avançamos pelo tapete, mas, ao mesmo tempo, sei que o único jeito de escapar dessa atenção é chegar à porta mais adiante. Então continuo andando.

— Ryan Shay! — gritam os repórteres, querendo chamar a atenção dele.

— Ryan Shay, está namorando?

— Quem é sua acompanhante?

Sei que meu irmão nunca é visto com mulheres, porque ele não namora, mas isso é nojento.

O porteiro abre a entrada principal, e Ryan me empurra para dentro antes de se virar para a multidão desesperada.

— Trouxe minha irmã gêmea, então podem relaxar — diz ele, rindo. — Vamos aproveitar essa boa festa por uma boa causa. Obrigado.

Sempre diplomático, ele acena e sorri educadamente para a multidão antes de entrar comigo.

— Tudo bem? — pergunta meu irmão protetor, me levando até o guarda-volumes.

Faço que sim com a cabeça e tiro o casaco de inverno, que deixo no guarda-volumes junto com o agasalho de Ryan.

Felizmente, ele explicou quem eu era, então tomara que minha foto não apareça pela internet toda amanhã. Mal aguento o julgamento da minha própria mãe, que dirá de milhares de trolls brutais na internet.

Assim que somos levados ao salão, eu arregalo os olhos, chocada. A luz, a música, as pessoas — é lindo e impressionante ver tanta gente apoiar a fundação beneficente de Maddison.

— Shay! — exclamam alguns dos colegas de Ryan, nos chamando para a mesinha alta ao redor da qual conversam.

— Shayzinha — diz Dom, que joga com Ryan, e me olha de cima a baixo. — Você está uma gostosa hoje. Comível pra caramba.

— Cuidado aí — adverte meu irmão.

— Para outra pessoa — corrige-se Dom. — Alguém que não jogue no time do seu irmão, e talvez alguém que esteja de boa de acabar com o pinto decepado.

— É bom te ver, Dom.

Eu rio e abraço o homem enorme. Os colegas do time profissional do meu irmão são bem maneiros, o que é muito contraditório, se comparado ao que eu sinto por seus colegas de faculdade.

Por um colega de faculdade.

Um colega de faculdade que estará aqui hoje.

— Posso dar uma taça de champanhe pra sua irmãzinha ou também vou levar uma surra por isso?

— Não sou irmãzinha de ninguém. O fodão aqui — digo, apontando para meu irmão — é só três minutos mais velho.

Ryan passa o braço pelo meu ombro.

— Você ainda é minha irmãzinha. E Stevie é mais da cerveja — explica ele para os amigos. — Vou pegar uma rodada pra gente.

Ryan se afasta e me deixa com o grupo. Como eu falei, eles são legais, mas não tenho absolutamente nada a acrescentar à conversa sobre a derrota da véspera, na prorrogação dupla. Então, cercada por jogadores de basquete imensos que discutem o fracasso do jogo, eu olho ao redor do salão.

O espaço é espetacular, com luz e música baixas, e uma parede repleta de itens em leilão. Obras de arte, ingressos de jogos e objetos colecionáveis, tudo doado para arrecadar dinheiro para a fundação de Maddison.

Os convidados estão estonteantes, vestidos para impressionar. Mulheres lindas de vestidos extravagantes adornam os braços dos atletas de mais destaque de Chicago. Homens altos e fortes dominam o salão, todos usando seus melhores ternos. Todo mundo é tão... bonito.

Enquanto olho ao redor do ambiente, uma atração magnética repentina leva minha atenção ao espaço entre dois dos amigos do meu irmão. Lá, ao longe, do outro lado do salão, um par de olhos cor de mel me observa.

Zanders.

Nossa, como ele está bonito. Está cercado de inúmeras pessoas implorando por atenção, mas focado apenas em mim.

Um sorriso suave toma seus lábios carnudos e muito beijáveis antes de, do outro lado do salão, ele murmurar nossa pergunta preferida:

— Está me perseguindo?

Uma risada me escapa enquanto sustento seu olhar, sentindo um rubor esquentar meu rosto. Zanders sorri com a mesma alegria que eu.

— Qual é a graça, Shayzinha? — pergunta Dom.

Volto a atenção ao grupo ao meu redor e balanço a cabeça para dizer que não foi nada. Ainda não estou pronta para meu irmão saber que fiquei com Evan Zanders, e contar para os colegas dele seria um desastre iminente.

— Quem é aquele ali com seu irmão? — questiona Dom, indicando na direção do balcão.

Sem nem me virar, já sei quem é. O buraco no meu estômago também sabe.

Depois de tantos anos, a ideia de ver Brett hoje tem sido um peso há semanas. Temos uma história sórdida, e algo nele sempre vai me lembrar de que sou insuficiente. Ao mesmo tempo, sempre quis ser suficiente. Nada em mim quer ficar com ele agora, mas parte de mim quer que ele me queira.

Sei que parece zoado, mas é que esse jogo de vaivém que mantivemos por anos, em que ele se afastava e eu corria atrás, tentando ser boa o bastante, ferrou com minha autoimagem de um jeito inimaginável.

Queria só que ele me escolhesse e, agora, anos depois, sinto que preciso provar que mereço ser escolhida.

Então, cá estou, com os cachos alisados como uma tábua. Com a bolsinha nas mãos, na frente da barriga, tentando esconder a curva.

Qual é meu problema? Por que me importo com isso?

— Quem é aquele lá, Shayzinha?

Finalmente, olho para o bar e encontro Ryan com o antigo colega de faculdade — meu ex-namorado.

Ryan está segurando duas cervejas, suponho que uma para mim, e Brett encontra meu olhar.

Meu estômago revira.

Quero fugir e me esconder, mas também quero ficar parada e provar para ele algo que não precisa ser provado.

Que sou suficiente.

— É um amigo de faculdade do Ryan — respondo, distraída.

Brett abre um sorriso quando me vê, dá um tapinha no ombro do meu irmão, pega duas taças de champanhe e vem até mim.

Não consigo parar de olhá-lo. Ele está bonito. Tão bonito como era antes, embora o corpo tenha mudado um pouco por ter parado de jogar basquete.

Nesses meros momentos de proximidade, já sei que não consigo. Não consigo estar na mesma cidade que ele. Já me sinto insuficiente.

— Shay sabe que você deu pro amigo de faculdade dele? — pergunta Dom, com tom de humor, mas com um toque de medo pelo homem vindo até nós.

— Sabe. Nós éramos muito amigos, os três, e ele é meu ex-namorado.

— Eita porra — diz Dom, pegando a taça de champanhe da mesa e fazendo sinal para o resto do grupo. — É nossa deixa.

Os grandalhões vão embora e Brett se aproxima, oferecendo uma taça de champanhe.

— Stevie, você está um espetáculo.

— Pois é, eu sei.

Uma risadinha escapa de Brett.

— Onde foi parar minha Stevie humilde?

Humilde? Acho que ele quis dizer "insegura".

Ele ergue um pouco mais a taça, esperando que eu aceite.

— Eu não bebo champanhe — lembro a ele.

— Mas hoje pode beber. Fala sério, não te vejo há anos. Bebe uma tacinha comigo.

Relutante, aceito a taça, porque nunca tive facilidade de dizer não para ele.

— Como você anda?

— Vou bem — respondo, rápido, acenando com a cabeça. — E você?

Levo a bebida borbulhante à boca e faço uma leve careta. Caralho, como é doce. Só queria uma cerveja.

— Melhorando. Ryan quer me apresentar a um pessoal hoje, então, se tudo correr bem, vou voltar a trabalhar com esportes e, melhor ainda, vou acabar morando na mesma cidade que vocês.

Brett estica a mão e acaricia uma mecha do meu cabelo liso e macio, passando os fios entre os dedos.

— Amo seu cabelo assim — diz ele.

Eu desvio o rosto, sem saber se gosto de senti-lo me tocar outra vez. Mas também não sei se desgosto.

— Estou tão feliz de te ver, Stevie — diz Brett, do nada.

Olho para ele, completamente confusa. Faz anos que não ficamos. Faz anos que não nos falamos. Ele só está sem outras opções.

— Não diz isso — imploro. — Não depois de tudo que você falou.

— Como assim?

Será que ele não sabe mesmo? Será que não percebeu que eu o ouvi contar para o time todo, exceto o meu irmão, que só estava me usando durante os três anos do nosso relacionamento? Que ia me trocar por mulheres melhores e mais gatas assim que virasse profissional?

— Só sei que minha namorada sumiu da face da Terra de repente, e não tive mais notícias dela depois da formatura — continua ele.

— Sua namorada? Ou a garota que você estava usando para se distrair até arranjar coisa melhor?

— Como assim, Stevie?

— Eu te escutei! — digo, erguendo um pouco a voz, a raiva fervilhando. — Naquele dia no vestiário. Você disse para o time todo que só ficava comigo porque estava entediado e que, quando virasse profissional, ia ter muito mais opções à mão. Eu escutei.

— Você está tirando com a minha cara, Stevie? Foi por isso que passou anos me evitando? Foi só papo-furado de vestiário.

Espera. Foi mesmo? Será que eu tinha exagerado aquele tempo todo em relação ao que ele havia falado de mim?

Franzo a testa, confusa. Mesmo que fosse papo-furado, era exatamente assim que ele tinha me tratado por anos — como se eu fosse uma opção e ele estivesse esperando por coisa melhor. Então, não. Não estou errada.

— Você precisa superar.

Olho para ele.

— Superar?

— É, superar. Você passou anos me evitando. Evitando até minhas mensagens. Mas agora vamos morar na mesma cidade, e sei que você ainda nutre sentimentos por mim. Como sempre. Então para de agir assim só porque escutou umas besteiras.

Não tenho nada a dizer, porque não tenho certeza de que ele está errado. *Sentimentos* provavelmente não é a palavra correta, mas talvez eu tenha algo a provar. Que sou melhor do que a situação em que ele me colocou.

— Sua família me ama. Sempre quiseram que a gente acabasse juntos, e agora eu estou aqui. Nosso caso não acabou, você sabe muito bem.

— Acabou, sim — digo, sem a menor convicção.

— Não acabou, não.

— Ela disse que acabou — diz uma voz dominante, forte e confiante atrás de mim.

Sinto a presença de Zanders, e o apoio dele me faz endireitar a coluna, me empertigar.

De trás de mim, Zanders estica o braço, pega a taça de champanhe da minha mão, a deixa na mesa e me entrega uma cerveja.

— Puta merda! — exclama Brett, uma risada nervosa escapando. — Evan Zanders! Estava torcendo para te conhecer hoje. Brett, prazer.

Ele estica o braço para apertar a mão do defesa, mas Zanders se recusa.

— Bom saber. Me dá um momento a sós com Stevie?

Brett se atrapalha, puxando a mão de volta.

— Hm, claro — diz ele, franzindo a testa. — A gente dança depois, Stevie.

— Não dança, não — diz Zanders, e pega meu quadril com sua mão enorme, marcando território.

O metal dos anéis dele afunda na minha pele com um toque dominante, e sinto a irritação que ele emana.

Embora o toque seja discreto, Brett nota imediatamente.

— Seu irmão sabe?

— Se meu irmão sabe o que você falou de mim?

Zanders me aperta mais, e sinto seus os dedos amarrotando o tecido acetinado, o calor ardendo nele.

— Não, perguntei se eu irmão sabe disso aí — diz Brett, indicando com a cabeça o homem gigantesco atrás de mim.

— Não tem nada para ele saber.

Zanders me solta, e eu sinto falta do toque possessivo. Porém, ele continua firme atrás de mim, e a presença dele me dá toda a confiança necessária.

— Acho melhor você ir, Brett — digo, concluindo a conversa.

— A gente se fala depois.

— Eu não...

— A gente *se fala* depois.

Ele soa insistente e irritado, olhando de cima para mim, e de baixo para Zanders. Embora esteja tentando ser um escroto insistente, vejo que está intimidado.

Que bom.

Ele sempre me intimidou, de certa forma, então ver a inversão de papéis graças ao homem gostosão atrás de mim é bom.

Brett se afasta, e Zanders dá a volta para ficar de frente para mim, com o olhar fixo nas costas do meu ex-namorado.

— Quem é esse aí?

Zanders se apoia casualmente com um braço na mesa alta ao nosso lado, parecendo um quitute delicioso que quero devorar.

Jesus Cristinho, como ele está bonito. Tipo, bonito mesmo. O terno é todo preto, inteiramente sob medida, para caber bem em todos os músculos. Nas mãos tatuadas que saem dos punhos do terno, os dedos continuam decorados com anéis — bem como eu gosto.

— Stevie, gata — diz Zanders, erguendo meu queixo até meu olhar disperso voltar ao dele. — Vou precisar que você pare de babar por mim por um segundo para me dizer quem é aquele ali.

Franzo a testa por ser exposta assim, mas ele não está errado.

— *Aquele ali* é meu ex-namorado.

— Eu odeio ele.

— Que choque. — Eu rio.

— Que história era aquela do seu irmão não saber o que ele falou de você? O que ele falou de você?

Seus olhos cor de mel estão aguçados e concentrados, me fazendo querer falar, mas meu irmão está bem ali, atrás dele, no bar, e a hora não é essa.

— Podemos falar disso depois?

— Vamos falar? Você vai me contar depois?

— Vou, sim.

É verdade. Eu acabo sendo completamente aberta e honesta com Zanders, e gosto de conversar com ele. Então, sim, vou contar, se ele perguntar de novo.

Seguindo o olhar dele, o vejo admirar cada centímetro do meu corpo. E eu deixo. Não sinto a necessidade de me esconder, ou de escolher um ângulo melhor, quando estou com ele.

— Você está...

Zanders fica sem palavras, olhando para meus peitos antes de se demorar na perna exposta pela fenda que sobe até a coxa.

— Você está linda, Stevie — diz ele, com o tom suave e autêntico. — Surreal.

Ele balança a cabeça e volta os olhos cor de mel para os meus, admirando meu rosto inteiro.

— Esse vestido... é... Nossa. Apaga o verde dos seus olhos. Hoje, estão só azuis.

Por que ele está falando assim? Está fazendo meu coração disparar, meus pulmões encolherem.

— Seu cabelo está bonito assim — diz ele, sem me tocar, indicando apenas com a cabeça. — Mas já estou com saudade dos seus cachos. São sua marca.

Um sorrisinho surge em minha boca. Também amo meus cachos, e cá estou, de cabelo alisado para impressionar alguém que nem quis me escolher.

O olhar de Zanders não é sexual. Parece que ele está me enxergando por inteiro, e isso me abala.

Zanders é físico. Sexo. Atração. Essas coisas, sei que são fatos. Porém, a expressão dele agora é suave, como se doesse tentar se conter ao me admirar.

Eu pigarreio e desvio o olhar, para deixar de sentir o que ele está me fazendo sentir agora.

— É incrível ver tanta gente aqui pela fundação de Maddison.

Zanders franze a testa, confuso.

— Stevie, você sabe que...

— Vee — interrompe Ryan, com uma cerveja em cada mão. — Cadê o Brett?

O olhar verde-azulado de Ryan vai de Zanders para mim.

— Não sei — digo, e faço um gesto para indicar o jogador de hóquei. — Ryan, Evan Zanders. Zanders, esse é meu irmão, Ryan.

— Oi, cara. Prazer — diz Zanders, se endireitando antes de estender a mão para Ryan.

Ryan o cumprimenta.

— É, eu sei quem você é.

Merda.

A tensão entre nós três é pesada, sem ninguém dizer nada, e Zanders nitidamente não está nada impressionado com a tentativa de Ryan de ser durão.

— Vamos atrás do Brett? — pergunta Ryan para mim. — A gente não curte juntos desde a faculdade.

— Não quero.

Olho de relance para Zanders, pedindo em silêncio para ele não dizer nada.

Zanders apoia os cotovelos na mesa e cruza os pés, parecendo inteiramente tranquilo, nem um pouco intimidado pelo meu irmão.

— Bom, então vamos pegar outra bebida lá no bar.

Meu irmão está atrás de outra desculpa para me afastar de Zanders, mas essa é horrível, visto que estou com uma cerveja quase cheia na mão, e há outra novinha na mão dele.

Zanders solta uma risadinha antes de se endireitar.

— Ryan, foi um prazer te conhecer — diz ele, com um tapinha no ombro do meu irmão. — Stevie... — continua ele, passando a mão pela minha cintura até espalmá-la nas minhas costelas, pouco se fodendo se meu irmão está bem ali, de olho. — Guarde aquela dança para mim.

Ele roça meu rosto com os lábios quentes e me dá um beijo suave na bochecha antes de ir embora, me deixando com meu irmão gêmeo.

— Vee — choraminga Ryan. — Não. Não, por favor. Ele, não.

— Como assim?

— Não mente. Você gosta logo *dele*?

— Eu não… *gosto* dele — digo, desviando o olhar. — Mas não desgosto dele também.

— Stevie, o cara troca de mulher como quem troca de roupa. Ele é uma personalidade midiática de merda, que acaba com a reputação do esporte em Chicago.

— Ele não é assim. Tem muita coisa nele que quem está de fora não vê.

— E você não está de fora?

A pergunta de Ryan poderia soar crítica, se vinda de qualquer outra pessoa, mas eu conheço meu irmão, e, pela expressão preocupada do momento, está apenas apreensivo.

— Não sei. Acho que não, talvez. Acho que conheço ele melhor do que muita gente.

Ryan suspira profundamente, resignado.

— Você é adulta, então pode fazer o que quiser, e eu confio na sua opinião, mas Vee… Não vejo nenhum resultado aí além de você sair magoada.

Os olhos dele estão repletos de preocupação e cuidado, mas nenhum julgamento.

É irônico, honestamente, que o amigo de faculdade dele esteja aqui e tenha me tratado dez vezes pior do que Zanders. Mas Ryan não sabe como Brett me tratou, assim como não sabe como Zanders me trata — como se eu fosse importante.

— Eu te amo e me preocupo, só isso.

Ele abre um sorrisinho de desculpas antes de passar o braço pelos meus ombros.

A preocupação dele me lembra de que talvez eu também deva me preocupar. Sentir o que estou sentindo, ou tentando não sentir, é exatamente o que prometi que não faria depois de terminar com Brett.

Isto é, me apaixonar por outro atleta, especialmente um tão famoso quanto Zanders.

— Desculpa pela interrupção, mas queria me apresentar.

Uma mulher linda e alta vem pelo lado do meu irmão, se aproximando muito, sem a menor atenção ao meu espaço pessoal. Ela entra na minha frente, de costas para mim e de frente para ele.

Nossa. Talvez ela devesse tatuar "maria-cestinha" na testa.

— Eu me chamo Rachel.

— Ryan.

Meu irmão aperta a mão dela, que demora um pouco mais do que o necessário para soltar.

Essa escrota olha para trás, encontra meu olhar e continua a fitar a multidão da festa, como se pudesse se encrencar por estar aqui.

— Eu sei quem você é — diz ela, se voltando para Ryan. — Já te vi em alguns eventos e sempre quis me apresentar.

— Bom, é um prazer.

— O prazer é todo meu — diz ela, jogando o cabelo para trás e acertando minha cara. — Vou estar aqui a noite toda, é só me procurar.

Ela vai embora, mas dá uma olhada para trás e uma piscadela para meu irmão.

— De jeito nenhum — comento.

Ryan ri.

— Que foi? Você pode transar com gente de quem eu não gosto, mas eu não posso?

— A gente não... deixa para lá — digo, porque Ryan nem quer saber. — E essa garota aí... só não.

— Estou só te zoando. Não tenho interesse mesmo — diz Ryan, se virando para apoiar os antebraços na mesa, e bate a cerveja na minha. — A gente devia fazer um pacto de gêmeos, para nenhum de nós namorar.

— Haha. Muito engraçado. Vindo do cara que não namora nunca.

Os olhos dele cintilam de malícia antes de ele tomar um gole de cerveja.

— A gente também não está namorando, só para você saber. Eu e o Zanders, no caso.

— Então o que estão fazendo? Porque me parece é que o maior galinha da cidade está mexendo com minha irmã.

Não sei o que responder, mas, antes de tentar, Maddison se aproxima da nossa mesa.

— Oi — diz ele, sorridente, de mãos dadas com a esposa.

— Oi, Stevie — acrescenta Logan, acenando de leve.

— Oi, gente. Logan, você está linda. Verde é a sua cor.

— E azul é a sua. Você está ótima. Estão se divertindo?

— Estamos. Este lugar é incrível.

Maddison e Logan olham de mim para Ryan, e eu percebo que eles não foram apresentados. Que esquisito. Normalmente, é meu irmão que todo mundo conhece, e eu sou só a irmã agregada.

— Ah, foi mal — digo, e me viro para Ryan. — Ryan, esse é o Maddison, capitão dos Raptors, e essa é a Logan — acrescento, apontando para a beldade ruiva. — Eles são nossos vizinhos no prédio. E este é meu irmão, Ryan Shay.

O rosto de Logan fica levemente corado.

— Eu ia vir aqui e fingir que não te conheço, mas a verdade é que sou a maior fã.

Ryan ri.

— Você é casada com o capitão do melhor time de hóquei da liga, e é *minha* fã?

— Maior besteira, né? — acrescenta Maddison, sarcástico.

— Não me leve a mal — começa Logan. — Hoje, sou torcedora de hóquei, mas basquete é meu primeiro amor.

Ryan brinda com a taça de champanhe de Logan.

— Você é das minhas.

— Bom, a gente queria vir agradecer vocês pela presença — diz Maddison. — E, Ryan, vi que você doou seus ingressos de família e uma sessão de treino particular para o leilão. Muito maneiro, cara, obrigado.

— De nada. Fico feliz de ajudar. Essa fundação que você criou é legal pra caralho.

— Bom, na real, não fui só eu...

Alguém interrompe a frase de Maddison, cochichando ao pé do ouvido dele.

— Tenho que ir — diz Maddison. — Já volto, amor.

Ele dá um beijo na esposa e vai embora com o homem que o interrompeu.

— Boa sorte! — exclama Logan, antes de dar a volta na mesa para ficar ao meu lado, nós duas de frente para o palanque ao qual Maddison se dirige.

— Shay! — chama Dom, lá do bar.

Ryan esbarra de leve no meu ombro.

— Tudo bem aí? — pergunta ele, e eu faço que sim. — Foi um prazer, Logan.

— Idem — diz ela, antes de meu irmão ir atrás dos amigos.

Maddison sobe ao palco com o cara que o levou embora.

— Quem é aquele? — pergunto para Logan, só nós duas restando na mesa, a menos de três metros do palco.

— É o Rich — diz Logan, revirando os olhos. — É o agente de Eli e de Zee, e é péssimo. Quer dizer, descolou muita grana para eles, mas, do ponto de vista moral, não sou a maior fã.

Ao ver Zanders subir com Maddison ao palco, eu franzo a testa, confusa.

— O que está rolando?

— Ah, eles vão só fazer um discurso de boas-vindas e agradecer todo mundo pela presença.

— O Zanders também?

— Claro — diz Logan, rindo um pouco. — Ele é metade da Mentes Ativas. Ele e Eli fundaram a organização juntos tem quatro anos.

Fico de queixo caído.

— Como é que é?

Meu olhar está fixo no lindo homem no palco, para o qual está sendo preparado um microfone.

— Você não sabia? Ele não contou?

Faço que não com a cabeça.

— Foi ele que botou Eli na terapia quando a gente ainda estava na faculdade, e é muito dedicado a ajudar jovens a encontrarem o apoio necessário. Se não fosse por Zee, não sei se Eli seria o homem que é hoje.

Caralho.

Caralho. Caralho. Caralho.

Não estou pronta para conhecer esse lado de Zanders. Já estou precisando brigar contra meus sentimentos. Não preciso saber que ele é um cara consciente e um ativista da saúde mental.

Tento engolir saliva, mas minha boca está seca, então viro o resto da cerveja, precisando tanto do líquido quanto da coragem.

— As pessoas são apresentadas a ele ou ouvem falar dele nos tabloides e nas notícias, e acham que o conhecem — continua Logan. — Acham que precisam mudá-lo. As mulheres tentam mudá-lo. As pessoas supõem que ele ainda precisa amadurecer muito, mas a verdade é que Zee é um cara incrível e sempre foi. Ele é nosso melhor amigo, trata nossos filhos como família, e é extremamente protetor. Ele ama intensamente e cuida das pessoas de um jeito inimaginável. Então, não precisa mudar nada. Precisa só que alguém aceite quem ele é e aprecie suas qualidades. Zee sempre vai ser arrogante, descarado e direto pra caramba, mas é isso que o torna quem ele é. Ele só precisa que alguém veja a pessoa que ele já é, e parta daí.

Continuo com o olhar fixo no palco enquanto Maddison e Zanders chegam mais perto da beirada, mas meu coração está a mil.

— Ele precisa que alguém proteja ele também.

Não pisque. Não pisque. Não pisque.

Um pouco de umidade se forma no canto dos meus olhos, mas não sei o porquê. Estou só me sentindo meio atordoada, descobrindo uma parte imensa de quem Zanders é.

Uma coisa que me alenta em Zanders é a sua incapacidade de mentir. Já ouvi mais mentiras do que gostaria de admitir, mas, com Zanders, é inteiramente libertador saber que ele diz exatamente o que pensa. Mas cá está ele, mentindo sobre si mesmo, e ainda que essa mentira esconda essa parte incrível da vida dele, fico inesperadamente perturbada.

Por que ele não deixa ninguém ver esse lado?

— Por que ele não disse nada? — sussurro, baixo demais para Logan ouvir.

Fico inteiramente vidrada enquanto Zanders e Maddison fazem o discurso de abertura. E, durante o discurso, aprendo sobre o ponto de virada na vida dos dois, que os fez procurar terapia. Embora Zanders não se refira à mãe como o motivo para sentir tanta raiva, doze anos atrás, sei que é por causa dela que ele se sentiu abandonado.

Eles mencionam a conexão que têm e que eram rivais quando mais novos, mas que sua jornada de libertação mental foi o que os fez iniciar e alimentar a amizade que têm hoje.

Eles falam em nome de alguns dos jovens da fundação que se beneficiaram das doações arrecadadas ao longo dos anos e do destino das doações de hoje.

Mas, mesmo depois do discurso, uma dúvida imensa permanece.

Por que Zanders não deixa ninguém ver esse lado dele?

25
Zanders

— Posso te pagar uma bebida?

Eu me debruço atrás de Stevie, apoiando o cotovelo no bar, com a vista perfeita para o decote dela.

Não estou tentando olhar, mas também não estou tentando *não* olhar.

— É open bar. — Ela ri.

Levanto dois dedos para o barman e aponto para a cerveja vazia de Stevie, pedindo outra rodada.

Ao fazer isso, meu olhar volta para a bela comissária de bordo ao meu lado. Ela está estonteante como sempre, mas, toda glamorosa e arrumada, como normalmente eu estou, fica em outro patamar.

O vestido azul-celeste faz um contraste perfeito com a pele marrom-clara e abraça todas as curvas dela, com as quais ando obcecado.

Ao mesmo tempo, sinto falta dos cachos e das roupas largas de segunda mão, porque, no fim das contas, é quem ela é.

— Você anda me evitando — digo, tomando um gole da cerveja.

— Seu time todo está aqui, não quero me encrencar — diz ela, em voz baixa, me lembrando que essa história entre a gente, seja lá o que for, é proibida.

Por isso, nas últimas quatro horas de festa, me mantive distante, sabendo que há muitos repórteres aqui registrando a noite. Porém, nem por isso deixei de tentar roubar uma ou outra olhadela, mas os olhos verde-azulados de Stevie raramente encontraram os meus.

Eu me apoio nos dois cotovelos, me abaixando para mais perto dela, querendo tocar um pouquinho que seja sua pele, mas também tentando dar a impressão de que estou só pegando uma bebida no bar.

— Então, é "Vee", é?

— É um apelido de família.

— Meu apelido de família é Zee. Vee e Zee. Uma fofura, né?

Uma risadinha escapa dela.

— Posso te chamar de Vee?

Ela levanta uma sobrancelha perfeitamente desenhada.

— Vai parar de me chamar de docinho?

— De jeito nenhum.

Ganho outra risada.

— Pode me chamar de Zee, se quiser — digo, em voz baixa e hesitante.

Ela olha para mim.

— Quer que eu te chame de Zee?

Dou de ombros e faço que sim, tímido.

Ela morde o lábio para conter o sorriso, e meu olhar segue o movimento. Aquele simples gesto sedutor me excita mais do que dá para imaginar.

Eu me aproximo e roço a boca na orelha dela.

— Mas prefiro que seja gritando.

Eu recuo e a vejo arregalar os olhos, fitar minha boca, e finalmente desviar o olhar outra vez.

O que está rolando?

— Está tudo bem?

Ela engole em seco e faz que sim.

— O que houve?

Ela se vira para mim, e a expressão inteira se suaviza.

— Por que você não me contou que metade do trabalho dessa organização é seu? Achei que fosse só do Maddison. Todo mundo acha.

Eu dou de ombros e levo a garrafa à boca.

— Até tentei te contar, mas sabia que uma hora você ia descobrir.

— Zee...

Olho para ela, e um sorrisinho toma meu rosto. Gosto de ouvir esse nome sair da boca de Stevie.

— Por que não deixa ninguém ver quem você é de verdade?

— É uma longa história. É difícil explicar.

— Eu quero entender. Porque, agora, estou confusa à beça em relação a quem você é.

— Você sabe quem eu sou.

— Sei?

Sabe? Claro, ela viu mais do que a maioria das pessoas, mas não sabe de tudo. Não sabe por que faço pose para todo mundo. Não sabe do meu medo.

Ela viu muito do lado escroto, galinha, grosseiro e arrogante. E mostrei apenas migalhas do lado tio, carinhoso, amável e protetor. Claro que ela está confusa.

— Sai comigo em um encontro.

— Como é que é? — pergunta ela, com uma risada de choque. — Não posso, Zee. *A gente* não pode sair assim.

— Por que não?

— Porque... porque trabalho para você e vou ser demitida se alguém souber.

— Vou garantir que seja em um lugar particular.

— Zee, você não vai a encontros. Larga de ser ridículo.

Ela tenta rir, como se fosse piada.

— Sai comigo.

Eu acrescentaria "por favor", mas implorando assim já pareço desesperado. O que, sejamos sinceros, estou.

— Você disse que só queria ficar de novo — diz ela, balançando de leve a cabeça, confusa. — Foi só físico, e só deveria acontecer uma vez.

— Mudei de ideia — afirmo, e me viro para me encostar no balcão, de frente para ela. — Stevie, sai comigo.

— Não... não posso.

As palavras escapam dela sem convicção, e não sei se ela quer dizê-las, nem se acredita nelas, na verdade.

Então, eu mudo de tática. Porque, embora eu saiba que grande parte dela não me entende, ou acha que mudei de ideia de repente para querer sair com ela, pressinto que há um motivo ainda maior para Stevie recusar.

E por acaso é aquele cara que passou a noite atrás do irmão dela.

— O que aconteceu com seu ex-namorado?

— Porra, por que você é tão atento? — pergunta ela, nervosa.

— Oito anos de terapia, docinho.

Ajeito o cabelo dela atrás da orelha rapidamente, para ver os brincos e piercings que a decoram, mas meu movimento é ágil, de modo que ninguém repara.

— O que ele disse que seu irmão não sabe? — insisto.

Ela olha para mim e finalmente solta um suspiro trêmulo.

— A questão nem é o que ele disse. Acho que é o que ele me fez sentir.

— E o que ele te fez sentir?

Mantenho a voz suave, o olhar fixo no dela, para ela saber que mais ninguém neste salão é importante.

— Como se eu fosse só uma opção, e nem sequer a primeira. Como se ele só fosse me escolher se não tivesse coisa melhor. Eu só... Eu não gostava de sentir que não importava. Queria que ele me escolhesse.

Eu me viro para ficarmos os dois de frente para o balcão, de ombros encostados e mãos roçando, segurando as cervejas. Nossos dedos, igualmente adornados por anéis, ficam bonitos juntos, então estico um deles para acariciar o dela, porque é o máximo de conforto que posso oferecer em um salão com tantos olhos.

— E seu irmão, que, por sinal, parece protetor para cacete, ainda é amigo dele?

— Ryan está tentando ajudar ele a arranjar um emprego com algum canal de esportes por aqui.

— Aqui? Em Chicago?

Stevie faz que sim e continua:

— Ryan não sabe dos detalhes. Não contei para ele. Ele e Brett jogavam basquete juntos na faculdade e eram igualmente amados no campus, que idolatrava o time. Todo mundo queria tirar casquinha deles, mas eu só queria ser escolhida pelo cara por quem estava apaixonada, sabe?

Fico quieto, encorajando-a a continuar.

— Namoramos por três anos, e eu nunca senti que era boa o suficiente para ele. Brett constantemente terminava comigo se aparecessem outras opções que quisesse experimentar, e, quando as opções acabavam, voltava rastejando. E eu era a idiota que sempre aceitava. Só queria ser escolhida.

Eu odeio ele. Em parte pelo que fez Stevie sentir e em parte porque um dia teve o que eu tanto quero, mas a tratou como se ela não importasse. Como se ela não fosse sua primeira opção.

Stevie gira nervosamente o anel no polegar, e eu cubro a mão dela com a minha, interrompendo o movimento. O gesto a faz olhar para mim, finalmente.

— Você não é idiota. Nem é louca por querer ser desejada. Por querer ser amada.

Ela engole em seco.

— E você não é só uma opção, Stevie, porque não há escolha nenhuma além de você.

Ela relaxa o rosto inteiro, derretendo na minha frente.

— Não diga isso.

— Por que não?

— Porque estou tentando não gostar de você.

A honestidade dela me faz rir. Ela já falou que me odeia até demais desde que a conheci.

— Bom, boa sorte, docinho, porque eu sou uma joia.

Na minha visão periférica, Rich faz sinal para irmos a outra merda de entrevista.

Reviro os olhos e volto a atenção para Stevie.

— Tenho que trabalhar, mas não esqueça que você ainda está me devendo uma dança.

Aperto discretamente a mão dela uma última vez antes de deixá-la no bar.

— Quem é essa? — pergunta Rich, com a atenção fixa nas costas de Stevie.

— Deixa para lá.

Passo pelo meu agente, na esperança de distraí-lo da minha comissária de bordo preferida.

Ele não precisa saber dela. Nem hoje e talvez nunca.

Dizer que estou irritado por Rich não me deixar aproveitar a noite é pouco. Ele fica me vendendo para uma entrevista atrás da outra, e só quero uma dança, porra. Uma dança com uma mulher para acabar a noite.

Porém, antes que eu possa fazer isso, certo armador de certo time de basquete me detém.

— A gente precisa conversar — diz Ryan, bloqueando o caminho até a irmã dele com uma mão no meu peito.

Ele é apenas um ou dois centímetros mais baixo do que eu, então mal preciso abaixar o rosto para olhá-lo com meu sorriso malicioso.

— Precisa, é?

— Para de babaquice.

Relutante, vou com ele até uma mesa alta vazia e escondida no canto.

— Sou meio conhecido pela babaquice, caso você não saiba.

— Ah, eu sei bem. É disso que precisamos falar.

— Tá, vai nessa. Manda o discurso de irmão mais velho.

Eu apoio os cotovelos na mesa, deixando ele ficar mais alto do que eu.

Apesar de isso ser irritante, respeito. Como não respeitar? Ele está só cuidando de Stevie.

— O que você está fazendo com minha irmã?

Levanto o canto da boca, tentando segurar a risada.

— Tem certeza de que quer os detalhes?

Ryan está fervendo de raiva, inflando as narinas, então eu baixo a bola.

— Não estou brincando com ela, se é o que acha.

— É exatamente o que acho.

— Bom, não é o caso. Não estou me aproveitando. Na verdade, estou fazendo o contrário. Estou tentando ser discreto com o que está rolando. Sei o tipo de merda que se espalha na internet sobre mim, e não vou deixar sua irmã se envolver nisso.

— E o que é que está rolando? Entre vocês dois?

— Sinceramente? Nada. Somos amigos. Mas não vou mentir: gosto dela. Gosto muito. E, se ela me der uma chance, quero muito ver onde isso pode dar.

Ryan franze as sobrancelhas, confuso e incrédulo.

— E não vou pedir sua permissão nem nenhuma merda dessas, se é o que está querendo.

— Não quero que a Vee acabe envolvida na zona da sua reputação, Zanders. Vou ser direto: acho sua persona midiática uma palhaçada de merda, e você estraga tudo para todos os atletas dessa cidade.

— Você é direto, né? — resmungo, sarcástico.

Ele revira os olhos e continua:

— Minha irmã não vai aguentar o tipo de atenção que você recebe, e não quero ver o nome dela ao lado do seu nos tabloides, sacou?

Faço que sim, quieto, deixando ele continuar.

— Finalmente consegui estar na mesma cidade que ela e, juro por Deus, se você estragar isso… — diz ele, balançando a cabeça. — Ela é adulta e pode escolher o que quiser, mas, porra, não gosto nada disso.

Bem nesse momento, vejo o ex-namorado de Stevie conduzi-la à pista de dança. Ela não parece ter pressa de escapar, nem estar inteiramente animada ali com ele. Não vejo em seu rosto o fogo confiante que sinto normalmente.

— Aquilo ali… — digo, apontando para a pista, me referindo a Stevie e ao ex. — Você trazer esse cara de volta para perto da sua irmã? *Eu* que não gosto nada disso.

— Brett? Você nem conhece ele.

— E *você* conhece? Porque, pelo que sua irmã me falou do namoro deles, acho que você não conhece ele tão bem quanto imagina.

Ryan mantém o olhar na pista.

— Como assim?

— Vou deixar sua irmã decidir o que ela quer que você saiba.

Eu provavelmente já falei demais, mas talvez isso o faça hesitar em aproximar aquele escroto de Stevie de novo.

— Ryan — chamo, e ele se vira para mim. — Você parece um cara legal e nitidamente ama sua irmã. Quero que saiba que respeito sua preocupação e que, sabendo a reputação que adquiri, entendo a apreensão.

A expressão dele se suaviza, e ele baixa um pouco a bola da pose de durão ao abrir um meio sorriso.

— O que está rolando entre nós dois vai muito além da minha zona de conforto, mas vou fazer o possível para esconder o nome dela da mídia, se ela decidir me dar uma chance.

— EZ — diz o DJ, vindo até nossa mesa. — Perdão por interromper, mas você pediu para avisar quando fosse hora da última música da noite.

Eu me endireito e sigo para a pista, para dançar com Stevie, mas, antes de avançar, me viro para o armador.

— E, Ryan, você se esqueceu de dizer "se magoar ela, eu te mato".

Uma risada silenciosa vibra no peito dele.

— Se magoar ela, eu te mato.

— Entendido.

Abro caminho pelo espaço lotado; quase todos os convidados estão na pista para a última música da noite. Maddison está dançando com Logan, e, ao passar, dou um tapinha no ombro dele, feliz pelo espaço estar cheio assim. Ao dançar com Stevie, não posso chamar tanta atenção.

Imediatamente noto as mãos de Brett, baixas demais na cintura de Stevie, quando interrompo os movimentos deles.

— Posso interromper?

Fala sério, por que perguntei? Vou interromper, mesmo que esse moleque não queira.

— Estamos ocupados — diz Brett, tentando se manter firme, mas ele está intimidado pra caralho, dá para ver em seus olhos.

— Brett, eu prometi dançar com Zanders.

A voz de Stevie é suave e gentil, e eu preferia que ela mandasse ele catar coquinho.

— Então pode vazar — acrescento.

— Cara, os tabloides estão todos certos. Você é um escroto da porra — diz Brett, cheio de nojo.

— Muito obrigado pela observação detalhada.

Stevie abaixa o rosto e cobre a boca com a mão, tentando esconder a risada.

— Escuta, sei que você está tentando se aproveitar do irmão dela para ter algum acesso a trabalhos no meio esportivo de Chicago, mas sabe quem é mais conectado nessa cidade do que Ryan? Eu. Então, vou deixar você sair ileso desta festa se for embora agora. Senão, eu sou famoso por dar escândalo e garanto que, quando acabar, você não vai conseguir nenhum trabalho na área esportiva nessa cidade.

Ele olha de relance para Stevie, pedindo para ela me contradizer, mas ela não diz nada. Stevie sustenta o olhar dele, sem recuar.

Boa menina.

Ele se vira para ela.

— Pensa no que a gente conversou. Por favor?

Com isso, Brett vai embora.

Volto a atenção para a formosura de azul e estendo a mão, tirando-a para dançar.

Rindo de leve, ela pega minha mão, mas não basta. Pego sua outra mão também, ponho as duas ao redor do meu pescoço e deslizo as minhas mãos pelos braços suaves dela, roço as costelas abaixo e paro logo acima da bunda.

Eu a puxo para perto, sem deixar o menor espaço entre nós, e ela segura meu pescoço, brincando com minha corrente. O DJ me ajudou bastante ao tocar uma música mais lenta, de modo que aproveito o corpo dela coladinho no meu por três ou quatro minutos, no mínimo.

— E a ideia de se manter firme, Stevie?

— Sou péssima nisso.

Uma risada baixa faz meu peito tremer. Ela é mesmo, mas está se esforçando.

— O que ele quis dizer? O que vocês conversaram?

Deslocando Stevie pela pista, mantenho a boca ao pé do ouvido dela para falar baixo.

— Não diria que a gente conversou. Foi *ele* que falou. Ele não gosta de você.

Solto uma gargalhada grave e alegre.

— É, nem me diga.

— E meu irmão também não gosta de você.

O tom dela é suave e cauteloso, e agora percebo aonde vai chegar.

— E você? Gosta de mim?

Stevie recua um pouco e dirige a mim os olhos verde-azulados.

— Não quero gostar.

Não amo as palavras, mas, porra, amo a honestidade. A parada é essa: ela é sempre honesta comigo, e não posso pedir por mais do que isso.

— Por quê, docinho?

— Porque você me assusta.

Faço que sim e não respondo com palavras, mas mantenho as mãos na lombar dela enquanto balançamos devagar na pista.

— Sua reputação me assusta — sussurra ela, encostando a testa no meu peito.

É um tapa na cara, mas não me surpreende em nada. Sou culpado por criar essa narrativa, sete anos atrás. Em minha defesa, nunca achei que encontraria uma mulher que desejasse assim, então não previ o efeito negativo que isso poderia ter no futuro.

— Desculpa por dizer isso — solta ela, com a voz esganiçada, se escondendo mais no meu peito.

Afasto o cabelo do rosto dela e encosto a boca bem na têmpora.

— Não precisa se desculpar, Vee. Eu entendo.

Engulo em seco, mas, que merda, dói mais do que eu esperava.

— Estou pedindo só uma chance — acrescento, em voz baixa. — Para provar que não sou a pessoa que todo mundo imagina. Que o que você vê na mídia é mentira. Que o cara que você viu hoje, que viu usando um vestido ridículo no Halloween, o cara com quem conversou no Natal… Esse sou eu, Stevie.

Ela recua o rosto, e seu olhar suave, fixo no meu, deseja acreditar.

— Só... sai comigo, por favor. Eu explico tudo.

Ela desvia o olhar.

— Zee...

— Stevie — insisto, e acaricio o rosto dela, fazendo-a olhar para mim. — Eu gosto de você. Sei que isso não parece grande coisa saindo da boca de um homem adulto, mas, porra, gosto muito de você, e é apavorante pra caralho. Você me assusta tanto quanto eu te assusto.

— Por quê? — pergunta ela, balançando a cabeça, confusa. — Por que eu?

— Como assim?

— Entre todo mundo, por que eu? Você pode ficar com quem quiser.

Ela está falando sério? Claro que está, porque essa mulher linda tem mais insegurança e dúvida do que merece, mesmo que tente esconder. Se alguém deveria se sentir indigno, sou eu. Sou eu que carrego o peso dessa reputação de merda.

— Não quero mais ninguém, Stevie. Não tem mais ninguém. Não entendeu? Você é a única opção. Você mexe com minha cabeça desde outubro, porra. Desde aquele dia em que decidiu me colocar no meu devido lugar no avião.

Ela finalmente ri, voltando a se esconder no meu peito, então me abaixo e encosto a boca na orelha dela para continuar:

— Eu não te vejo como você se vê. Eu te acho uma boa pessoa, doce, hilária e estonteante pra caralho, Vee. E só quero uma chance.

Ela continua quieta, então acrescento:

— Você quer ser escolhida? Bom, eu também. Então me escolhe.

Nunca, nem em sonho, achei que um dia ia implorar pela atenção de alguém, para alguém passar um tempo comigo, mas cá estou, fazendo exatamente isso e achando que vale totalmente a pena.

Stevie aperta mais meu pescoço, me puxando, mas acho que não dá para eu chegar ainda mais perto do que já estou. Nós nos movemos pela pista com os corpos colados e falamos em voz tão baixa que só nós dois escutamos.

A música está acabando, mas não estou pronto para soltá-la.

— Era para ser só físico — diz Stevie. — Era para ser só sexo. Por que a gente não pode continuar assim?

— Já passou disso, e você sabe.

Ela fica quieta, então digo algo que nunca disse antes:

— Quero mais do que só sexo.

A música desacelera, acabando, e sei que o momento está no fim.

Passo as mãos pela cintura dela enquanto Stevie me aperta com mais força. Estou com a cabeça encostada na dela, a boca apoiada em seu rosto. Quero beijá-la. Quero afastá-la do meu peito e beijá-la com tanta força que ela vai esquecer todas as preocupações a meu respeito.

— Me beija.

É ela que pede, não eu.

— Sai comigo.

Sinto o peito dela subir com uma inspiração profunda.

— Me leva para sua casa.

Não acredito que estou prestes a fazer isso, mas, em vez de aceitar, eu imploro:

— Sai comigo.

— Zee.

Ela recua e, bem assim, acaba a música e a noite também.

Sou imediatamente cercado de gente que vem apertar minha mão, se despedir. É sufocante, no mínimo, e tudo que quero é uma resposta diferente da mulher que parece se afastar cada vez mais enquanto os convidados da noite bombardeiam meu espaço.

Continuo a olhar para a beldade em azul, mas, por fim, minha atenção é atraída pela massa de gente a quem tenho que agradecer pela presença.

E, quando volto a olhar para onde ela estava, Stevie se foi.

26
Zanders

— Puta que pariu, que palhaçada de falta!

— Relaxa, porra! — diz Maddison, me segurando pelas costas da camisa para me impedir de chegar ainda mais perto daquele árbitro que não enxerga porra nenhuma.

— *Slashing*. Chicago. Camisa Onze. Dois minutos.

— Tomar no cu!

— Cacete, Zee, vai pro banco e cala a boca!

Maddison me empurra para o outro lado da pista, onde estou prestes a passar mais dois minutos afastado — minha terceira falta da noite.

Os torcedores de Chicago batem no vidro, tentando chamar minha atenção, mas eu só olho bem para a frente, para o gelo.

Esse jogo está uma merda.

Bom, o time está jogando bem à beça — mas eu, não. Mandei umas táticas desajeitadas, fiz jogo sujo, e, no geral, estou mais atrapalhando do que ajudando.

Melhor ser expulso de campo de vez e fazer um favor para o time.

Começar uma briga inútil me parece fantástico pra caralho, visto que estou furioso há uma semana e preciso extravasar. Barraco no gelo? É o que esperam de mim. Do que adianta tentar provar o contrário?

O motivo do meu comportamento de merda nessa semana é exclusivamente porque não tenho nem notícias de uma certa comissária de bordo de cabelo cacheado desde a festa. Eu não diria que Stevie está me evitando, já que não viajamos a trabalho e ela não tem meu número, mas, se ela mudasse de ideia em relação a sair comigo, saberia me encontrar.

E ela obviamente não mudou de ideia.

Esses sentimentos são uma droga. É horrível que não sejam recíprocos. Nunca tive esse problema. Nunca gostei de ninguém, e minhas intenções com qualquer mulher sempre foram mútuas.

Sou ridículo. Tenho 28 anos e estou dando toda essa importância para o fato de *gostar* de alguém. Mas, para mim, é importante. Nunca senti mais do que mera atração física por ninguém, mas, com Stevie, me atraio pelo corpo, pela cabeça, pela boca e pelo coração dela.

E ela está inalcançável por causa da minha reputação de bosta.

— Onze, pode voltar — avisa o bandeirinha.

Nos últimos quinze segundos da minha pena de dois minutos, eu me levanto do banco.

Assim que abrem a porta de acrílico que me devolve ao gelo, vou direto até o atacante de Tampa, dou uma trombada feia nele e o arremesso para escanteio, sendo que o disco não está nem perto do taco dele.

Maddison balança a cabeça para mim, decepcionado, e, enquanto sou expulso do jogo e levado ao vestiário, grito para trás:

— É um favor que fiz pra vocês!

Uma chuveirada rápida me basta antes de eu me vestir e pegar as chaves e a carteira. Ainda tem mais dez minutos de partida no terceiro tempo, mas preciso sair daqui. O time pode até me cobrar uma multa por faltar à reunião e à coletiva de imprensa de depois do jogo. Não estou nem aí.

— Zee. — A voz suave de Logan me detém quando abro a porta dos fundos do vestiário e a vejo do outro lado do corredor. — Tudo bem com você?

Abaixo o rosto e faço que sim. Admito que não sou muito convincente.

— Não está, não. — Ela suspira.

Ela abre os braços, avança um passo e me abraça todo. Bom, ou o máximo que dá. Ela é alta, mas eu sou imenso. Independentemente do tamanho, afundo no abraço da minha melhor amiga.

— O que houve?

— Não sei — digo, abafado pelo abraço. — Acho que só estou bravo.

— Com a Stevie?

— Não — digo, balançando a cabeça, e nos soltamos. — Comigo. É culpa minha eu estar nesta situação escrota em que ela não sabe identificar qual lado meu é verdadeiro.

Logan abre um meio sorriso triste.

— Acho que, no fundo, ela sabe. Mas, Zee, você tem que entender que, fora minha família, todo mundo acha que você é de um certo jeito. E, tá, você decidiu isso há anos para avançar na carreira, mas não é sua cara. Então para de fingir. Essa palhaçada que você fez no gelo — diz ela, apontando para o rinque — não é coisa do Zee de verdade. É coisa do EZ malvadão que não existe, então para de insistir. Talvez isso ajude a esclarecer as coisas para a Stevie.

— Lo, ela sabe mais de mim do que jamais pensei em deixar alguém saber. E ela ainda acha que sou um cuzão. O que devo fazer com isso?

— Ela não acha, não — diz Logan, balançando a cabeça. — Escuta, eu não conversei muito com ela na festa, e não conheço ela, mas acho que está confusa com o motivo de você se passar por essa persona midiática para todos. Seja um pouco generoso com ela. Eli era uma pessoa muito egoísta quando nos conhecemos e, se ele continuasse daquele jeito com todo mundo em público, mas fosse doce só comigo entre quatro paredes, acho que eu também ficaria confusa. A mudança de verdade dele só começou quando passou a amar todo mundo ao redor dele, não só a si, nem só a mim.

Ai, nossa, ela está certa. Ela está sempre certa.

— Ainda não estou pronto para ser honesto com todo mundo.

— Tá, mas você pode ser honesto com ela. Precisa contar tudo para ela. Contar da sua família, e de por que você escolheu deixar o mundo vê-lo desse jeito. Se gosta mesmo dela, Zee, acho que precisa contar tudo.

Abaixo o rosto, fixando o olhar no chão.

— Eu gosto mesmo dela.

Logan não responde e, quando volto a olhá-la, vejo que ela está de olhos arregalados e sobrancelhas levantadas.

— Que foi? — pergunto, cauteloso.

Os olhos verdes dela brilham de entendimento.

— Achei que nunca ia te ouvir dizer isso — diz ela, rindo. — Mas soa bem, vindo de você.

— Ai, nossa — digo, revirando os olhos de brincadeira. — Estou virando o Maddison, né?

— Um pouco. E, falando do meu marido, preciso voltar ao jogo.

Abro os braços para abraçá-la de novo.

— Ele vai me matar se eu for o motivo de você perder algum das centenas de gols dele — digo, transbordando de sarcasmo.

— A gente sabe muito bem que ele vai me mostrar o replay sem parar, mesmo que eu veja ao vivo.

Ela me abraça apertado e muda o tom bem-humorado:

— Zee, você merece amor incondicional, mas, para isso, tem que botar todas as cartas na mesa.

Eu a abraço por mais um tempo, e nós dois ficamos em silêncio.

— Te amo — digo, antes de soltá-la e seguir pelo corredor, me sentindo um pouco mais leve e sabendo o que preciso fazer. — Ei, Lo?

— Hmm?

Ela se vira para mim, do outro lado do corredor.

— Larga essa história de mercado financeiro. Você deveria mesmo virar terapeuta.

A risada bem-humorada dela ecoa pelas paredes do corredor estreito antes de ela voltar ao rinque para ver os últimos minutos do jogo.

Depois de uns dois dias refletindo, minha atitude escrota começou a mudar. Logan estava certa, eu mereço amor incondicional, mas não sou só eu quem merece.

Assim que entro no apartamento dos Maddison, sou recebido pelas costas nuas do meu melhor amigo, que anda de um lado para o outro da cozinha com o filho amarrado no peito.

— Oi, cara — cumprimenta Maddison, de costas para mim.

— Oi, Zee — acrescenta Logan, sentada à mesa da cozinha, depois de eu dar um beijo na bochecha dela.

Dou a volta na cozinha e faço carinho nas costas de MJ, que dorme no peito do pai, e dou um beijo na cabeça dele. Em seguida, para completar, dou um beijo na bochecha de Maddison também.

— Zee — adverte ele, levantando a espátula. — Afasta de mim essa boca imunda.

— Tem café fresquinho — oferece Logan.

Eu pego uma xícara do armário e me sirvo da minha dose diária de cafeína.

— Vai comer aqui? — pergunta Maddison.

— Não, não posso. Preciso resolver umas coisas hoje, mas tenho um favor para pedir. Posso roubar a filha de vocês?

Maddison e Logan se viram para mim ao mesmo tempo, paralisados, ambos de testa franzida. Logan pergunta:

— Pode repetir?

— Posso roubar a filha de vocês hoje à tarde? — me corrijo.

— Ah, pode — diz Maddison, e volta a preparar a comida.

— Claro — concorda Logan. — Qual é o motivo?

Tomo um gole de café e me recosto na bancada.

— Bom... É que vou adotar uma cachorra, mas preciso garantir que ela vai ficar tranquila com a Ella.

Um sorrisinho brincalhão surge no rosto de Logan.

— Vai adotar ela de algum lugar específico? Talvez do abrigo onde uma certa comissária de bordo trabalha?

— Talvez.

— Zee, você está ferrado. — Maddison ri.

É, ele não está enganado.

— Não vou adotar para impressionar a Stevie. Estava pensando no que conversamos, Lo, e eu quero mesmo amor. Então, que tal um cachorro? Especialmente um que só quer amor de volta. Sou solteiro, moro num apartamento enorme e posso pagar para alguém cuidar dela quando eu viajar.

— Como ela se chama? — pergunta Logan, se empertigando, animada.

— Rosie. É uma doberman de cinco anos e, pelo tempo que passei lá e pelo que Stevie me contou, é um doce de cachorro. Mas ela está no abrigo faz mais de um ano porque intimida um pouco, sabe? Tenho recursos para cuidar dela, e ela merece que alguém a ame. Então, por que não?

— Zee, estou derretendo aqui. Mozão, e os cachorros todos que você ia me dar? — pergunta Logan para o marido.

— Foi antes de você me dar filhos.

— Talvez, se vocês tirarem uma folga de fazer filhos, dê para adotarem um cachorro.

— Cala essa boca — ralha Maddison, me fazendo cair na gargalhada com Logan.

— Tio Zee! — exclama Ella, que vem correndo até a cozinha, escorregando porque está de meia. — Fiz isso pra você.

Ela estende uma folha de papel, e eu a pego no colo.

— Para mim? — pergunto, examinando o trabalho.

A página simples de desenho para colorir está rabiscada de lápis verde e roxo, nada se atendo às linhas. Talvez ela não seja uma grande artista, mas, cacete, como é fofa.

— É lindo. Obrigado.

A boquinha dela abre um sorriso orgulhoso.

— Ei, quer ir comigo ver uns cachorrinhos hoje?

— Cachorrinhos?

Ela arregala os olhos verdes e animados.

— Um monte de cachorrinhos.

Ela faz que sim, com pressa, antes de se debater nos meus braços, pedindo para descer. Assim que encosta no chão, sai correndo para o quarto, imagino que para se arrumar.

— Vou supor que isso foi um sim.

27
Stevie

— Gus, amigão, preciso lavar essa manta.

Quando tento puxar a manta de flanela suja debaixo dele, o cachorrão vira de barriga para cima, todo esparramado, indicando que vou precisar esperar outro dia para lavar roupa.

Desisto e faço carinho na barriga dele.

O sino da porta chama minha atenção, mas Cheryl está cuidando da recepção e pode conversar com quem tiver entrado, então continuo brincando com o labrador caramelo preguiçoso pra cacete.

— Sr. Zanders, seja bem-vindo de volta — diz Cheryl, me fazendo empertigar as costas e causando um frio na minha barriga.

Não vejo aquele homem lindo nem falo com ele desde a festa, faz mais de uma semana, e é porque estou com medo. Estou com medo de ele não se parecer mesmo em nada com o que indicam as noções pré-concebidas ao seu redor. Estou com medo de ele ser bom. Não, eu *sei* que ele é bom. Acho que sabia antes da festa, mas confirmei quando soube que a Mentes Ativas tinha sido criada por ele também, e não só por Maddison.

Porém, não faço ideia de por que Zanders faz tanta pose para o resto do mundo e finge ser quem não é. Ele diz que não mente nunca, mas essa mentira parece enorme. E, se ele mente sobre isso, estaria mentindo sobre o que sente por mim?

Estou pura e simplesmente assustada.

— E quem é que veio acompanhá-lo hoje? — pergunta Cheryl.

— Essa é a Ella. — Ouço Zanders dizer.

— Oi! — exclama uma voz fininha, me fazendo rir baixinho apesar da pontada no peito.

Fico quieta, sem saber se quero que Zanders descubra que estou aqui.

— E hoje veio visitar a Stevie ou a Rosie? — pergunta Cheryl, me expondo.

Por que ela soa tão confortável com ele? Ela só o viu uma vez, e foi rápido, lá do outro lado da sala.

— Hoje posso escolher? As duas, pode ser?

Isso faz meu rosto esquentar e minha barriga dar outro nó.

Dou a volta na barreira que separa a sala dos cachorros da recepção e tento me ajeitar. Da última vez que Zanders me viu, eu estava de vestido, com maquiagem feita por um profissional. Hoje, estou coberta de pelo de cachorro, não lavo o cabelo há cinco dias e, como de costume, estou de calça jeans larga e camisa de flanela.

Assim que viro o corredor e vejo Zanders me olhando como se eu fosse a melhor coisa que já viu, esqueço as inseguranças, como toda vez que o encontro.

Ele me fita com seus suaves olhos cor de mel, e não consigo deixar de ficar feliz por vê-lo. Senti saudade, por mais que seja estranho admitir.

Engulo em seco.

— Está me perseguindo?

Um sorriso contente surge na boca dele.

— Oi, Stevie gata.

Meu rosto esquenta, como sempre que ele me chama assim. Ou de "docinho", ou de como quiser me chamar.

Fico quieta, ainda em choque por ele estar aqui. Porém, Zanders está com sapatos absurdamente caros, roupa perfeitamente combinada e ajustada e um relógio que brilha de um jeito que só pode indicar ser caríssimo. É ele, sem dúvida.

— EJ, não sei se você se lembra do Halloween, mas essa daqui é minha amiga Stevie.

Isso me traz de volta à realidade, e minha atenção se volta para a menininha de mãos dadas com ele, cujo cabelo castanho volumoso cai ao redor do gorro.

— Oi — ela me cumprimenta de longe com um aceno.

— Oi, Ella. O que vocês vieram fazer aqui?

Dirijo a pergunta à filha de Maddison, mas espero plenamente que Zanders me explique o que está acontecendo.

— Vamos ver cachorrinhos! — responde ela, alegre.

— É hoje o dia? — interrompe Cheryl.

Franzo a testa e olho de um lado para o outro, do homem espetacular e bem-vestido para a dona do abrigo.

— Acho que é — diz Zanders, com seu sorrisão iluminado perfeito. — Mas quero apresentar a Ella primeiro.

— Do que vocês estão falando?

— Você ainda não contou? — pergunta Cheryl, primeiro arregalando os olhos de surpresa e, depois, de humor.

Finalmente, abro o portão e saio para a recepção.

— Contou o quê?

— Vou adotar a Rosie.

Meu queixo cai, e eu o fito com um olhar suave.

— Como é que é?

— Vou adotar a Rosie — repete Zanders, rindo.

Com lágrimas nos olhos, sinto meu nariz ruborizar.

— Como é que é? — repito, com a voz falhando. — Por que não me contou?

A risada dele é leve e ligeira, mas seu olhar é delicado e genuíno ao me ver tentar conter o choro.

— Porque eu não queria que parecesse um plano meu para te conquistar, docinho. Para ser sincero, não tem nada a ver com você.

— Ele tem vindo toda semana para ver ela — acrescenta Cheryl.

Inclino a cabeça para olhar para ele e não consigo mais me segurar: avanço três passos rápidos e o abraço pelo pescoço.

— Obrigada — digo, encostada em seu peito.

Ele não solta a mão de Ella, mas passa o outro braço ao meu redor, acariciando suavemente minha cintura. Ele não diz nada. Apenas me abraça e beija minha cabeça.

— Tá. — Eu me afasto dele, secando o rosto, e respiro fundo para me recompor. — É um dia bom. Preciso parar com isso.

Para completar, solto uma risada sem jeito.

Zanders estica a mão, acaricia meu rosto e me puxa de volta. Eu derreto em seu peito e seu corpo relaxa ao meu redor, seus dedos emaranhados nos meus cachos, me segurando no abraço.

Ele puxa meu cabelo para levantar meu rosto.

— Senti saudade de você — diz ele, rouco.

Ele dirige o olhar de pálpebras pesadas para minha boca.

— Aqui vem ela — exclama Cheryl.

Eu solto Zanders e vejo que Rosie está sendo trazida de coleira. Ela puxa Cheryl, querendo chegar ao jogador gigante. Assim que Zanders se agacha, Cheryl solta a guia e Rosie vai correndo imediatamente para o colo dele, se esparrama de costas e abana o bumbum a mil por hora.

— Minha menina. — Zanders ri.

Ele passa um tempo fazendo carinho na belezura preta e caramelo, e meu coração se alegra como você nem imagina.

— Os dois ficam sempre assim — sussurra Cheryl para mim.

— Por que você não me disse que ele estava pensando em adotar a Rosie?

Cheryl dá de ombros, com uma expressão brincalhona.

— Ella, esta é a Rosie — diz ele.

Ele usa o corpo como uma barreira enorme entre Rosie e Ella, dando um momento para elas se acostumarem. Ella ri quando Rosie cheira sua mão, mas não tenta fazer carinho, espera Rosie dar um sinal. Finalmente, Rosie começa a abanar o rabo e a lamber as mãozinhas de Ella.

Zanders sai do caminho, e Rosie se larga de costas na frente da sobrinha dele.

Ella ri, coçando a barriga da cachorra.

— Gostei dela!

— É, acho que dá para confirmar que Rosie se dá bem com crianças — diz Zanders, com o olhar cor de mel focado nas duas.

Quero beijar ele. Quero pegar ele pela camisa de botão e beijar até perder o fôlego.

— Então, vamos nessa? — pergunta Cheryl.

— Vamos nessa.

O sorriso de Cheryl brilha de empolgação pela doberman que ficou aqui um ano além do que deveria.

Voltamos à recepção depois de apresentar Ella a todos os cachorros e ver Zanders ficar comicamente coberto de pelos.

— Então, acho que consigo deixar toda a documentação dela pronta para amanhã — diz Cheryl para Zanders. — Amanhã é um bom dia para buscá-la?

— Amanhã é perfeito.

— Preciso só do seu número de telefone.

Zanders hesita.

— Acho que a gente não precisa do telefone — interrompo, porque sei como Zanders leva a privacidade a sério.

Ryan é igual, não dá informações pessoais para desconhecidos.

— Tudo bem — diz Zanders. — Mas posso passar o número para Stevie? Resolve?

Cheryl dá um sorriso malicioso.

— É, resolve bem.

— Docinho — diz Zanders, estendendo a mão e chamando minha atenção. — Celular.

Em meio à pequena onda de choque por Zanders querer me dar o número dele, engulo em seco, pego o celular do bolso e o entrego para ele.

Vejo ele digitar o número com precisão, com os dedos decorados com anéis, antes de acrescentar o nome.

Zee (*Daddy*) Zanders

Balanço a cabeça, rindo, e estendo a mão para pegar o celular de volta.

Mas, Zanders sendo Zanders, não consegue se conter e ainda acrescenta um emoji de berinjela ao lado do nome. Por fim, acrescenta mais um coração antes de me devolver o telefone com um sorriso satisfeito.

— E, normalmente, fazemos uma visita domiciliar antes da adoção, mas, já que a Stevie conhece você, podemos deixar para lá.

— Não! — interrompe Zanders. — Acho que precisamos da visita, sim. Parece importante.

Como ele é ridículo. Sei exatamente o que está fazendo.

— Stevie, acho que é melhor você fazer essa visita para mim — diz Cheryl.

Olho para Zanders, que abre um sorriso malandro, e balanço a cabeça, incrédula.

— Não é um encontro romântico — lembro a ele.

Ele leva a mão ao peito, boquiaberto, fingindo ofensa.

— Como você ousa me acusar de dar um golpe para você sair comigo?

O sorrisinho diabólico dele me indica que é exatamente o que está fazendo.

— Falta só a taxa de adoção — acrescenta Cheryl. — São cinquenta dólares.

Zanders solta Ella e tira um talão do bolso interno do casaco comprido de lã. Ele apoia o talão na bancada e preenche o cheque.

Enquanto ele escreve, vejo, com um sorriso contente, Rosie se sentar, perfeitamente calma, ao lado de Zanders, enquanto Ella, do outro lado, espera o tio pacientemente.

— Ah — diz Cheryl, rindo, sem jeito, ao segurar o cheque. — Você preencheu errado — continua ela, corada. — São cinquenta, só. Você colocou cinquenta mil.

Zanders guarda o talão e recua, pondo a mão na cabeça de Ella.

— Eita — diz ele, tranquilo, me indicando que não foi erro nenhum. — Mas não queremos desperdiçar um cheque novinho, né? — continua ele, e dá de ombros. — Melhor descontar esse aí mesmo.

— Como é que é? — pergunta Cheryl, rindo, desconfortável. — Ah, não. Não posso aceitar.

Ela estende o cheque, querendo devolver.

— Aceite, por favor — insiste Zanders. — É uma doação.

Cheryl inclina a cabeça para o lado e curva a boca para baixo.

— Obrigada.

Ela dá a volta na bancada para abraçar ele.

Zanders a abraça e sorri carinhosamente para mim.

Acho que estou ferrada.

— Bom. — Cheryl bufa, tentando secar os olhos discretamente, mas sei que é difícil. O abrigo precisa de muita coisa, e a doação de Zanders vai resolver muitos problemas. — Melhor botar sua foto na parede logo.

Cheryl pega a câmera debaixo da bancada, e Zanders se agacha ao lado de Ella, com Rosie sentada perfeitamente na frente deles.

— Vem cá, Vee — chama ele com um aceno.

— Ah, acho que...

— Vem cá. Preciso de todas as minhas moças juntas.

Fecho a boca com força, tentando sufocar o que sinto ao ouvi-lo me chamar de sua moça, e me agacho ao lado dele.

Zanders me abraça de um lado e Ella, do outro, nos puxando para perto. Apoio a mão convenientemente na parte interna de sua coxa musculosa, e Cheryl tira a foto, com Rosie em destaque na frente.

— Perfeito — diz Cheryl, depois de um momento, quando a imagem preta ganha cor.

Prendo a guia de Rosie para levá-la de volta para a última noite no abrigo, mas antes Zanders e Ella fazem carinho e dão beijos de despedida nela.

— Então, hoje? — pergunta Zanders para mim. — Sete da noite?

— Não é um encontro — lembro a ele.

Ou a mim mesma. Já não sei bem.

Ele pega a mão de Ella e a conduz para a porta.

— De jeito nenhum — diz ele, rindo. — Até amanhã, Cheryl!

Assim que ele sai, se abaixa para Ella subir em seus ombros. Ele vai segurando os pés da sobrinha enquanto Ella apoia os braços cruzados e o queixo no gorro dele, e os dois seguem caminhando para casa.

E a única coisa que me ocorre é que estou totalmente ferrada.

28
Zanders

— Ai, meu Deus, você tá nervoso. — Logan ri.

Viro a cabeça, com a testa franzida, e faço um som de desdém para o celular apoiado na bancada da minha cozinha.

— Não estou nervoso.

— Você tá suando em bicas, cara — diz Maddison, cuja cara feia aparece na tela.

— Bom, também não é que eu *não* esteja nervoso.

— Zeezinho tem um encontro — brinca ele.

— Não é um encontro — corrijo, passando as mãos no peito para alisar o terno. — Stevie especificou que não era um encontro. Tipo, várias vezes.

Maddison força a vista na tela do celular.

— Então essa mesa aí com velas e flores indica que não é um encontro?

Eu me viro para a mesa de jantar, posta com pratos, guardanapos de pano e talheres novos, todos comprados hoje, e percebo que meu amigo deve estar certo. Isso sem contar as velas ainda apagadas e o vaso gigante de rosas no centro.

— É óbvio demais?

Logan e Maddison caem na gargalhada.

— Zee, você contratou um chef particular, pelo amor de Deus.

— Merda. Não faço ideia do que estou fazendo. Nunca fiz isso.

— É só ser você mesmo — diz Logan, me acalmando. — É isso que importa hoje.

— E se ela não gostar de mim?

Eu me debruço na bancada, olhando para meus dois amigos na tela, precisando de um pouco de encorajamento.

— Aí ela não sabe o que está perdendo — responde Maddison. — Mas estou há meses vendo vocês. Ela gosta de você. Só não gosta da sua pose, então larga de besteira.

— Zee — acrescenta Logan. — Conta tudo pra ela.

— Vou contar.

Olho para a mesa perfeitamente posta e percebo: isso não combina com Stevie.

— Ei, gente, tenho que desligar. Amo vocês.

— Te amo, Zee.

— Boa sorte, cara. Te amo — conclui Maddison antes de eu desligar.

Logo em seguida, ligo para cancelar com o chef. Então, peço comida em alguns lugares diferentes. Tiro tudo da mesa e troco por dois pratos comuns, guardanapos de papel e porta--copos para cerveja para mim e para Stevie.

Confiro se a casinha, a coleira e os brinquedos de Rosie estão perfeitamente no lugar, porque, embora hoje não seja apenas uma visita domiciliar do abrigo, ainda há esse aspecto.

Desde o Natal, tenho visitado Rosie uma ou duas vezes por semana, mas escondi de propósito de Stevie, em parte porque não queria deixar ela arrasada se não desse certo, e em parte porque não tinha nada a ver com ela.

A adoção é pela Rosie, mas também é por mim, de um jeito egoísta. Rosie só quer amar e ser amada, e eu também.

Ando em círculos pela sala, com o olhar fixo nas janelas imensas do outro lado, que nem um tarado, esperando Stevie sair do prédio dela e vir até o meu. Ainda não deram sete horas, mas o nervosismo está batendo.

Nunca fiz isso. Nunca jantei e conversei com uma mulher de quem gosto. Fala sério: nunca nem gostei de ninguém, ponto. Porra, é apavorante e desesperador.

Não faço ideia de como estaremos depois de hoje. Stevie vai voltar a ser simplesmente a mulher que trabalha no avião do meu time? Ou ela vai me dar uma chance de provar que posso ser mais do que o cara dos tabloides?

Espero mais do que tudo que seja a segunda opção, porque faz muito tempo que não mostro para alguém quem sou e não sei se vou aguentar ser abandonado de novo.

Meu celular toca na bancada, me arrancando da preocupação. Corro até lá e atendo o número desconhecido, ávido para conversar com a mulher na qual não consigo parar de pensar.

— Stevie? — atendo rápido, com um sorriso animado.

Silêncio, sem resposta.

— Stevie, está me escutando?

Cubro a outra orelha para escutar melhor.

— Evan?

Meu estômago revira. Quero vomitar. Quero me esconder. Jogar o celular na parede por ouvir a voz dessa mulher. A mulher que me abandonou aos dezesseis anos.

— Mãe?

29
Stevie

Passei o dia nervosa. Não faço ideia do que vai acontecer hoje. Não sei o que ele vai dizer, o que eu vou dizer, nem em que pé estaremos quando tudo acabar.

O que sei é que vesti uma calcinha incrivelmente transparente debaixo de todas essas camadas de roupas de inverno, na esperança de Zanders vê-la e arrancá-la de mim.

Um relacionamento apenas físico seria fácil. É o que acho que aguento e o que ele queria inicialmente, mas agora ele não quer transar sem mais envolvimento. Mas me envolver mais com ele me assusta.

Tudo é mais intenso com ele. Se achei que tinha ficado arrasada depois de Brett, isso nem se compara ao nível de destruição potencial que Zanders deixaria para trás. Por outro lado, o que achei ser amor com meu ex não está nem perto do que meus sentimentos podem se tornar se eu abrir o coração para Zanders.

É tudo assustador.

No elevador particular que sobe até a cobertura de Zanders, sinto a garganta apertada de nervosismo. O prédio é estonteante e impecável — dinheiro em forma de paredes. O corredor exclusivo do elevador é limpo, moderno e frio.

Engulo o instinto de fugir e bato duas vezes à porta larga de mogno do apartamento de Zanders, mas, um minuto depois, não há resposta.

Espero mais um momento e bato outra vez.

Sem resposta.

Pego o celular e ligo para ele, inevitavelmente revelando meu número. O toque do celular é tão alto que escuto do outro lado da porta, mas continua a tocar até cair na caixa postal.

Bato uma última vez com força à porta, só por garantia, mas ainda não há resposta.

Não vou mentir. Meu coração está a mil, e não porque acho que aconteceu alguma com ele. O cara parece incompreensível. Intocável. Mesmo que Zanders tenha insistido para nos encontrarmos hoje, será que mudou de ideia? Será que já se arrependeu de me pedir por mais?

Estou corada, enjoada de vergonha, e me viro para pegar o elevador de volta, mas, na metade do corredor vazio, paro de repente. Se quiser me dar um fora, é bom falar na minha cara. Ele não insiste tanto para eu enfrentar as pessoas? Bom, é exatamente o que vou fazer. Além do mais, entre todo mundo na minha vida, ele eu consigo enfrentar sem medo nem receio.

Sem pensar mais, dou passos confiantes de volta pelo corredor, giro a maçaneta e, surpresa, abro a porta destrancada. Assim que entro na cobertura, me arrependo.

Fico intimidada no espaço escuro, masculino, bem a cara dele. O pé-direito é alto e amplo e dá a impressão de infinito. Estou em um lugar que não deveria ver sem ele.

— Stevie?

Viro a cabeça bruscamente e vejo Zanders no corredor do apartamento, coberto apenas por uma toalha enrolada bem baixo no quadril. Um pouco de umidade resta em sua pele marrom-dourada, e o vapor emana do ar ao seu redor. As sombras das concavidades dos músculos estão ainda mais profundas, graças à luz baixa do corredor escuro.

— Merda — diz ele, apertando a toalha na cintura e avançando alguns passos até aparecer melhor para mim. — Desculpa. Não escutei a porta e perdi a noção do tempo.

Quanto mais ele se aproxima, mais evidente fica sua exaustão.

— Está tudo bem? — pergunto, franzindo a testa e abandonando qualquer frustração.

Ele abre um sorrisinho triste, me indicando que não está nada bem.

— Tudo. Desculpa, mas estou muito feliz por você estar aqui.

Ando até ele, o abraço pela cintura e encosto o rosto em seu peito quente e molhado. Ele suspira, passando o braço livre ao redor dos meus ombros e me segurando junto a si. Sinto todos os músculos em seu corpo tenso relaxarem ao meu redor antes de ele apoiar a cabeça na minha.

Não sei o que está acontecendo, mas ele está chateado.

— Você entrou sozinha — comenta ele em voz baixa.

— Eu estava vindo gritar com você por ter me esquecido.

— É justo — diz ele, vibrando com uma risada silenciosa, antes de me abraçar ainda mais. — Mas eu nunca te esqueceria, docinho.

Faço um carinho apaziguador nas costas nuas dele.

— Me dá um minutinho? Já volto, só é melhor eu me vestir.

— Não me incomodo de você ficar pelado.

Outra risada faz meu corpo tremer, e Zanders relaxa.

— Fica à vontade. Tem cerveja na geladeira.

Ele passa a mão nos meus cachos, afastando-os do meu rosto, antes de desfilar aquele corpo glorioso e estonteante de volta para o quarto.

De novo sozinha no apartamento dele, mas me sentindo um pouco mais acolhida, tiro o casaco e o penduro no cabideiro da entrada, antes de tirar os tênis cobertos de neve, gastos demais para usar nesta casa limpa.

Vou até a cozinha, atrás da cerveja que Zanders ofereceu, e, ao abrir a geladeira, não seguro o sorriso ao notar que está repleta de várias IPAs diferentes. Na hora entendo que a variedade de opções é toda para mim.

Eu gosto de qualquer uma, então abro a primeira que vejo e a levo no meu tour autônomo.

A cobertura de Zanders é espetacular. Madeira escura, concreto, metal preto e luz baixa decoram a área, que parece bem masculina. Tem um clima caro e intrigante. É um lugar desses para usar de inspiração em uma revista ou no Pinterest. Não tem nada fora do lugar. É bem a cara dele, e eu não combino nada com isso aqui.

Passando pelo corredor comprido pelo qual Zanders seguiu, me viro para o lado contrário e chego à sala de estar. Os sofás são grandes e fundos, a televisão, imensa, e as fotos, perfeitamente coordenadas, em preto e branco.

As imagens são principalmente dele e da família de Maddison, além de uma dele com alguém que eu imagino ser sua irmã. Zanders já mencionou ela uma vez, e eles são bizarramente parecidos. Porém, não noto uma única foto com o pai dele. Sei que a história deles é complicada, assim como a da mãe, mas acho que não tinha notado que o relacionamento com o pai era tão distante quanto as fotos indicam.

Tem uma foto com Ella que não consigo deixar de pegar e admirar de perto. A relação deles sempre me derrete, e foi a primeira coisa que me fez questionar se havia mais camadas no defesa notoriamente odiado.

— Está xeretando, docinho?

A voz grave de Zanders vibra em mim, e eu ruborizo ao ser pega no flagra. Ele está atrás de mim, tão perto que sinto o calor do seu corpo antes de ele apoiar o queixo no meu ombro.

— Essa aí é uma das minhas preferidas.

— Vocês são próximos mesmo, né?

Mantenho o foco na foto da menininha fofa de cabelo rebelde e do tio dela.

— Ela é minha pessoa preferida.

— Mais do que o Maddison?

— Gosto dez vezes mais dela do que do pai.

O tom dele tem certo sarcasmo, mas não sei se chega a ser brincadeira.

Ponho o retrato no lugar e me viro para ele. Deixo o olhar vagar por seu corpo, notando a calça e o casaco de moletom casuais. Dá para notar que a roupa é cara pra cacete, mas só o vejo vestido desse jeito relaxado quando se prepara para dormir em um voo noturno. Não consigo fechar a boca ao vê-lo tão informal e tranquilo.

— Que foi? Estava esperando me ver de terno completo em casa?

— Tipo isso.

Por mais que Zanders fique absolutamente delicioso de terno perfeitamente ajustado, ele fica uma fofura de roupa confortável, e eu me sinto muito menos intimidada em sua casa chique quando está vestido assim, que nem eu.

— Mas você também fica bonito assim.

Um sorrisinho astuto surge em sua boca.

— Vee, eu fico sempre bonito.

Não é mentira, mas não preciso dizer isso para ele, então, felizmente, uma batida na porta me salva de responder.

— Deve ser a comida. Pelo menos parte dela.

Zanders vai até o hall, esperando que eu o acompanhe.

— Parte? — pergunto, dois passos atrás dele. — E comida? Achei que não fosse um encontro.

Zanders se vira para mim, andando de ré com um irritante sorriso malicioso.

— Você só come em encontros?

Depois de cinco batidas, e de o coitado do porteiro de Zanders malhar o suficiente pelo dia todo, a mesa de jantar está coberta de pizza, comida chinesa, sushi, hambúrguer com batata frita e burritos.

— O que é isso?

Solto uma risada nervosa e confusa, olhando para a mesa vasta repleta de comida.

Um toque de timidez emana de Zanders.

— Não sabia o que você ia estar a fim de comer, então pedi um pouco de tudo.

Inclino a cabeça diante daquele gesto cuidadoso.

— Tudo parece ótimo.

A timidez vira orgulho antes de ele pegar duas cervejas da geladeira. Zanders puxa a cadeira na cabeceira para mim e se senta ao lado, enquanto nós dois enchemos os pratos com as melhores comidas de Chicago.

Acho que é impossível eu me sentir mais confortável sentada ao lado dele, comendo porcaria e bebendo cerveja em sua cobertura espetacular.

— Então, tenho umas perguntas — começo. — Perguntas caninas.

Na verdade, não tenho. Zanders vai ser ótimo com a Rosie, mas ainda estou tentando mentir para mim mesma e dizer que é uma visita do abrigo, e não um encontro.

— Manda bala — murmura Zanders, de boca cheia.

— Ela tem onde ficar quando você viajar?

— Quando *a gente* viajar. Tem. Um dos caras do time tem uma pessoa de confiança que cuida do cachorro dele e que topou cuidar da Rosie também.

— Por que você não me contou que andava visitando ela?

Ele dá de ombros, desviando o olhar.

— Porque não queria criar esperanças, por via das dúvidas. E, como falei, não foi por sua causa — diz ele, e volta a olhar para mim, com a expressão suave e sincera. — Já a doação foi, sim, por você.

Tento segurar o sorriso, sem querer que ele veja que cada coisinha que ele faz começou a me afetar, mas não dá.

— Obrigada, por sinal. Foi um exagero ridículo, mas você nem imagina como vai ajudar.

Ele esbarra a perna na minha embaixo da mesa e acaba cruzando-a de leve com a minha, querendo me tocar de algum modo.

— E está tudo pronto para receber ela? — continuo.

Fala sério, é claro que está. Esse cara está sempre mais do que preparado.

— Tá. Só falta a coleira, mas vai chegar amanhã. Quer ver?

Ele pega o celular e amplia uma foto para me mostrar.

— Você comprou uma coleira Louis Vuitton com pinos de metal?

Ele franze a testa, ofendido.

— Até parece que você não me conhece. Claro que comprei.

— As pessoas vão ficar intimidadas com ela.

— Que bom. Podem ficar. A gente sabe que ela é fofa, mas tranquilo se todo mundo achar que ela é durona.

Volto a atenção para o prato e resmungo baixinho:

— Você gosta mesmo de enganar as pessoas, né?

Olho para ele, arrependida, e a tensão carrega o ar enquanto ficamos em silêncio.

Zanders se debruça na mesa, sustentando meu olhar.

— Você tem mais perguntas? Talvez perguntas que não envolvam Rosie? Talvez sobre mim? Porque eu vou contar tudo que você quiser saber.

Engulo em seco e fito seu rosto estonteante. Os olhos dele são suaves e compreensivos, e não há sinal de julgamento nem irritação por minha declaração.

— Por que você finge assim? Por que não deixa verem como você é gente boa?

Ele olha para o prato.

— Bom, é uma pergunta complicada.

Eu cruzo as pernas na cadeira e me viro para ele, para dedicar toda minha atenção à conversa.

— Bom, a gente tem um jantar de cinco pratos aqui. Não falta tempo.

Zanders dá um sorriso relaxado. Ele volta a me olhar e hesita por um momento antes de afastar o prato.

— Quando fui escalado por Chicago, sete anos atrás, eu já tinha certa reputação da época da faculdade. Chicago estava atrás de um *enforcer*, alguém para proteger o resto do time no gelo, e eu combinava com o papel. Aí, no ano seguinte, dei um gás na narrativa, mas foi só no campeonato seguinte, quando Maddison chegou e acabamos firmando contrato com o mesmo agente, que a coisa pegou mesmo. Rich tinha toda uma ideia de montar essa história para a gente. Maddison é o menino de ouro do hóquei. Todo mundo ama ele. Eu sou o contrário: o jogador que todo mundo ama odiar. A gente entrou no jogo e ganhou uma nota com essa duplinha. E não vou mentir. Porra, eu amava cada minuto.

Faço que sim, que entendo, porque sei como Zanders ama a reputação dele.

— Até este ano — continua ele. — Até agora, não tinha ninguém na minha vida que seria afetado negativamente pela minha persona midiática. Até você chegar, e o fato de que isso fez com que você me visse de um jeito diferente do que eu sou de verdade, e um jeito que te assustou. Porra, Stevie, isso me mata. Se eu pudesse voltar no tempo para sete anos atrás e mudar desde o começo, voltaria.

— Por que não muda agora?

Ele solta um suspiro profundo e resignado.

— Agora é essa é a minha persona no hóquei. Estou no meio do campeonato, prestes a renovar o contrato, e o que Chicago quer é essa minha marca. Não vão me pagar sem isso. Pelo menos, é o que o Rich acha.

— Então é isso? O problema é só dinheiro?

A culpa toma o rosto dele.

— Não é, não.

— Então é o quê, Zee?

Ele não responde, olhando para todos os lados, menos para mim.

— É medo — murmura ele.

Eu bufo, incrédula.

— Você não tem medo de nada.

Ele olha para mim com uma honestidade pura.

— Tenho medo de muitas coisas. Inclusive de você.

Ele toma um gole demorado de cerveja.

— Tenho medo de que, ao verem quem sou de verdade, as pessoas não gostem. De talvez não me amarem mais. Talvez Chicago não me queira, sendo que é aqui que moram meus melhores amigos. Não quero jogar em outra cidade. As pessoas amam o babaca boca-suja que passa muito tempo fora de campo e é visto como playboy. Mas será que vão me amar se descobrirem que prefiro falar da Mentes Ativas do que sobre quem acham que estou pegando? Vão me amar se descobrirem que choro com filmes da Disney com minha sobrinha? Vão me amar se descobrirem que não consigo parar de pensar na minha comissária de bordo, que ainda acha que sou um filho da puta?

Isso me faz hesitar.

— Não te acho um filho da puta, Zee. Acho que você é bom demais para muita gente, mas nunca deixa ninguém ver, e não entendo por que esconde isso. Normalmente, você não mente, mas aí vai mentir sobre sua bondade? Não faz sentido.

— Stevie! — exclama ele, erguendo a voz, sem gritar; está incrivelmente frustrado, mas não é comigo. — É que já fui sincero e não bastou. Porra, até minha mãe me abandonou, pelo amor de Deus!

Tento respirar, mas não consigo. A compreensão me inunda. Faz total sentido que o medo dele de não ser digno de amor venha da mãe — da mulher que o deixou.

— Dói muito menos ser odiado quando não estou sendo sincero do que não ser amado por ser quem sou. Por mais que diga que gosto do ódio, quero ser amado mais do que tudo, mas ainda não estou pronto para arriscar a rejeição.

Eu também já fui sincera e não bastou. Na verdade, foi o que senti na maior parte da minha vida adulta. Este homem, que parece uma muralha de tijolo impenetrável e intimidadora, na verdade é extremamente vulnerável e assustado, com mais sentimentos do que quer admitir.

— Só confio em algumas pessoas com as quais sou sincero. Não estou pronto para confiar em todo mundo mostrando quem eu sou. É *isso* que me dá medo, Stevie.

Cubro a mão dele com a minha e franzo a testa para conter a vontade de chorar.

— Você confia em mim?

O olhar cor de mel de Zanders lê o meu, suave.

— O que você acha, docinho?

— Por quê?

— Porque, agora, o risco de perder o que podemos ter por não ser sincero é muito mais assustador do que o de mostrar quem sou. Eu gosto de você, Vee, e estou sendo inteiramente honesto e vulnerável. Só quero a chance de você me querer também. Querer quem eu sou de verdade.

A comida esfriou no prato, mas não ligo. Não estou mais com fome. Estou cheia das palavras de Zanders, que me dão mais esperança do que eu imaginaria. Ele confia o suficiente em mim para ser honesto e vulnerável. Por que não posso confiar que ele não está mentindo quanto ao que sente por mim?

Eu me levanto, vou até a cadeira dele e me sento em seu colo. Abraço ele pelos ombros e afundo o rosto em seu pescoço.

— Você chora com filme da Disney? — provoco, a respiração roçando a pele dele.

Ele me abraça pela cintura, me segurando.

— De soluçar.

— Você não parece tão chorão.

— Eu choro com muita coisa. Só não mostro. Chorei antes mesmo de você chegar aqui, na real.

Levanto a cabeça do ombro dele.

— Por quê?

Ele abre um meio sorriso.

— Minha mãe ligou.

— Como assim?

— Desliguei no segundo em que percebi quem era, mas aí isso já tinha causado um ataque de pânico total, que não consegui superar. Fiquei todo travado, chorando que nem bebê no chão do banheiro. Entrei no banho para lavar essas emoções e foi por isso que não te ouvi chegar.

— Caramba, Zee — digo, passando a mão no rosto dele, vendo mais do que esperava desse homem. — Está tudo bem?

Ele faz que sim com a cabeça, cauteloso.

— Vai ficar.

O silêncio se estende entre nós. Eu não sabia nada sobre a saúde mental de Zanders nem sobre o fato de que ele era tão apaixonado por ajudar outros a lidarem com as próprias batalhas até a festa, mais de uma semana atrás.

Eu me recosto no ombro dele e pergunto, baixinho:

— Por que você criou a Mentes Ativas?

Ele passa a mão ao meu redor, apoiando no meu quadril, e encosta a cabeça na minha.

— Porque não queria que outros jovens sofressem como eu sofria, como ainda sofro, às vezes. Não ter controle do efeito da própria mente é uma das piores sensações do mundo. Você se sente preso, desamparado. Queria ter entrado na terapia assim que minha mãe foi embora, mas não se falava de saúde mental entre homens, então quis quebrar esse estigma e dar aos jovens que precisam acesso à ajuda. À ajuda de que *eu* precisava, mas não sabia pedir.

Meu coração dói ao compreender tudo, ao ver tudo que ele é. Passo a mão no seu peito, antes de curvá-la ao redor de seu pescoço.

— Como você pode achar que as pessoas não vão gostar de você, se seu coração é assim?

— *Você* gosta de mim?

Ele levanta a cabeça, me fazendo levantar a minha também. Não há hesitação na pergunta. O tom é de súplica, precisando da resposta.

— Não quero gostar.

— Mas gosta?

Esperança. Tanta esperança em seu olhar.

Não sei responder sem abrir o jogo sobre o quanto gosto dele. Ele é bom, bom demais. Só levei meses para perceber. Ele levou meses para descascar cada camada e me mostrar quem é. Mas desse homem, de quem ele é de verdade, eu gosto até demais.

— Eu te odeio, esqueceu?

Compartilhamos um sorriso.

— Stevie, gata, você gosta de mim?

Ele afasta um cacho do meu rosto para me ver melhor.

Olho dos olhos para a boca dele. Sem conseguir me segurar, eu me inclino para a frente, acabando com o espaço entre nós, encostando a boca na dele. Ele se entrega por um momento antes de virar o rosto, interrompendo a conexão para balançar a cabeça.

— Não — diz ele, fechando os olhos, como se me interromper doesse. — Não faça isso se não vier com mais, e não estou falando do lado físico.

— Como assim?

Eu sei o que ele quer dizer.

— Você entendeu — diz ele, com o olhar focado em mim. — Quero mais do que sexo com você. Quero você. Você, por inteiro. Quero só uma chance.

É absolutamente apavorante me abrir assim para ele, mas como é que não vou desejá-lo depois de tudo que ele me mostrou? Ele está tentando me escolher, várias e várias vezes, e tudo o que eu sempre quis foi ser a primeira escolha de alguém.

Minha demora faz a decepção pesar no rosto de Zanders, e ele desvia o olhar de mim, contraindo a boca.

Seguro o queixo dele com o indicador e o polegar e trago sua atenção de volta a mim.

— Não me magoe.

Ele fita meu rosto, tentando me interpretar, e a esperança o inunda.

— Nunca magoaria.

— Se em qualquer momento você não quiser mais isso, se eu não for mais sua primeira opção, me conte.

Ele ergue os cantos da boca.

— Você vai ser sempre minha primeira opção. Foi desde que te conheci, docinho.

— Seja sincero comigo.

— Serei. Já sou — diz ele, acariciando meu rosto e encostando a testa na minha, com a expressão diferente. — Mas ainda não estou pronto para ser sincero com o resto do mundo.

Eu faço que sim com a cabeça.

— Você pode fingir com quem quiser, mas comigo não. Dane-se. Vou até apoiar sua persona inventada, desde que você não seja assim comigo.

— Então, você gosta de mim?

O sorriso dele é ávido e empolgado.

Não seguro a risada diante desse homem gigante fazendo uma pergunta tão ridícula.

— O que você acha?

— Fala. Afaga meu ego, Stevie.

Eu rio, deixando a cabeça cair em seu ombro antes de olhá-lo.

— Você gosta de mim — insiste ele, com a boca a milímetros da minha, olhando para meus lábios.

— Me beija.

— É só falar que faço muito mais do que beijar, docinho.

O fogo arde em seus olhos cor de mel, e sei que ele quer tudo isso tanto quanto eu.

Reviro os olhos de brincadeira.

— Sim, eu gosto de você, o homem mais arrogante de Chicago.

Vejo o peso sair dos ombros dele, seus olhos brilhantes e o sorriso todo pomposo.

— Acho que você quis dizer "o homem mais *sexy* de Chicago".

— Como eu falei... o homem mais arrogante de Chicago.

O sorriso convencido dele aparece bem na hora.

— Porra, eu sabia. Assim, como não, né? Eu sou fodão. Sou...

— Cala a boca — digo, cobrindo a boca dele com a mão. — Cala. A. Boca. — Rio.

O humor dele vira desejo quando afasto a mão. Ele se levanta, envolvendo a cintura com minhas pernas e me carregando como se eu não pesasse nada.

— Que tal eu fazer *você* calar a boca?

Ele pressiona a boca na minha, arrancando as palavras que eu diria, e me carrega até a bancada da cozinha, onde me senta.

— Prefiro que você me faça gritar — retruco, já sem fôlego.

Um sorrisinho diabólico toma sua boca, e a malícia dança em seus olhos.

— Isso, sim, eu sei fazer.

30

Zanders

Acho que nunca me senti tão leve. Eu me sinto compreendido, escolhido e aceito por alguém que também escolhi.

Ponho Stevie sentada na bancada da cozinha, paro de pé entre as pernas dela e a beijo com força, explorando sua boca incessantemente. Em minha defesa, ela está igualmente ávida, enroscando as pernas em mim, apertando minha bunda com os calcanhares, desejando que eu chegue mais perto.

Desço a boca pelo queixo e pescoço dela, fazendo Stevie soltar um gemido baixo.

— Espera, Zee — sussurra ela, mas, ao mesmo tempo, abraça meus ombros, me puxando.

— Cansei de esperar.

Continuo a atacar seu pescoço e seu peito, empurrando a camisa de flanela dela até tirar, a deixando apenas de regata, que expõe mais da pele cor de bronze.

— Zee — diz ela, apaziguadora, levando a mão ao meu rosto para me fazer olhar para ela, com expressão preocupada. — A gente tem que falar da sua mãe. Acabamos passando direto por isso.

Estou tranquilo. A última coisa que quero agora é pensar nessa mulher. Já passei uns bons vinte minutos em pânico absoluto por causa dela hoje.

Faço que não com a cabeça.

— Vee, eu não quero mesmo.

— Tem certeza? Você sabe que pode falar disso comigo, se quiser.

Não consigo conter o sorrisinho. Pela primeira vez em muito tempo, me sinto perfeitamente seguro e protegido contando cada detalhe da minha vida.

— Eu sei. Mas estou bem. Ótimo, até. E prefiro comer minha garota a falar da interesseira que me pariu.

Stevie envolve meus ombros com os braços e levanta uma sobrancelha.

— Sua garota, é?

Eu me escondo no pescoço dela.

— Que sorte a sua.

O corpo dela treme com uma risada.

— A sorte é sua.

Com um sorriso orgulhoso até demais, me afasto do pescoço dela. Stevie nunca fala de si assim, mas a confiança combina muito com ela.

— É, pode crer.

Eu me recosto nela e encontro sua boca, provando, lambendo, explorando com a língua.

Grande parte de mim nem acredita que posso fazer isso. Que ela está disposta a me dar uma chance, apesar da minha reputação de merda. Porém, estou tentando não questionar. Só quero aproveitar ela e o momento.

Acaricio o seu rosto e, com a outra mão, me ancoro na bancada, empurrando Stevie para ela deitar. Eu fico por cima dela, e minha calça de moletom não esconde absolutamente nada da minha urgência para mudar o fato de ter passado mais de dois meses sem transar.

Meu celular me interrompe, apitando o sinal de mensagem, mas eu ignoro e continuo minha agarração febril com a mulher linda na minha bancada. Até que apita de novo.

Resmungo de frustração, levanto o tronco e me estico para pegar o celular.

Maddison: *Fecha essas cortinas, porra.*

Maddison: *Para de me ignorar, cuzão. Fecha essas cortinas, porra.*

Eu rio e beijo Stevie mais uma vez antes de me afastar dela.

Vou até a janela e noto Maddison do outro lado da rua, na própria sala, segurando as cortinas de blecaute. Ele balança a cabeça para mim, em desaprovação, antes de fechar violentamente a cortina. Antes de ir embora, porém, ele passa a mão entre o pano e o vidro e faz um sinal de joinha para mim.

Eu, todo bobo, não seguro o sorriso ao fechar minhas cortinas também.

— Nossa — diz Stevie, se apoiando nos cotovelos. — Meu irmão enxerga aqui dentro, né?

— Provavelmente.

— Graças a Deus ele está viajando, mas a gente nunca mais vai abrir essas cortinas.

Volto a parar entre as pernas dela.

— Combinado — digo, e desabotoo a calça jeans dela. — Mas aí você nunca mais vai andar vestida por aqui.

Ela cobre minha mão com a dela, me impedindo de despi-la.

— Pode apagar a luz?

Há súplica em seus olhos verde-azulados.

Solto o zíper e passo as mãos pelas coxas dela.

— Você confia em mim?

— Zee...

— Stevie, você confia em mim? Eu confio em você a ponto de te mostrar tudo de mim. Você confia em mim a ponto de mostrar seu corpo? Eu já vi no escuro, já senti nas mãos, e tudo que quero é idolatrar você de luz acesa.

Ela solta um suspiro profundo e resignado, e o estresse em seu rosto se dissipa.

— Claro que confio.

— Que bom — digo, e acabo de puxar o zíper da calça jeans. — Porque estou prestes a te chupar como se você fosse o último picolé do planeta.

Ela respira fundo, se deita de costas, e, pela rigidez no corpo, percebo que está nervosa.

Interrompo os movimentos e me debruço sobre ela.

— Mas só se você quiser. Não vamos fazer nada que você não queira, que não te deixe confortável, mas, se estiver com medo de *eu* não gostar, garanto que não é o caso.

— É que... — ela gagueja. — Eu acho gostoso, mas... fico meio tímida.

Franzo a testa e pergunto:

— Alguém fez você se sentir assim?

Ela dá de ombros e desvia o rosto.

O ódio me invade por todo homem que já existiu antes de mim, e não porque provaram o que me pertence, mas porque fizeram ela se sentir menos do que a mulher espetacular que é.

— Bom, Vee, eu estou sonhando com enfiar a cara entre as suas pernas desde que a gente se conheceu, então eu quero. Mas, se você não quiser, a gente para.

Ela hesita, pensando.

— Eu quero — admite Stevie, baixinho.

Dou um sorrisinho e tiro minha blusa de moletom. Envolvo as coxas dela com as mãos, deixando os meus dedos explorarem.

— Se quiser que eu pare, é só falar. Fora isso, só planejo levantar para pegar um ar quando você tiver gozado na minha boca inteira.

— Jesus amado. — Ela se deita na bancada. — Você não tem filtro.

Puxo o quadril dela até passar da beirada da bancada e movo a pelve para roçar entre as pernas dela. Um gemido baixo de desejo escapa de Stevie quando ela arqueia as costas, repetindo o movimento.

Encontro a cintura e arranco a calça com rapidez, puxando pelas coxas grossas, ansioso para sentir o calor dela no lugar do jeans. Porém, quando a roupa dela cai no chão, fico em transe, hipnotizado pela calcinha fio-dental roxo-escura e transparente que não serve para nada além de fazer meu pau repuxar a calça de moletom.

— Hm... — gaguejo, e engulo em seco. — Essa calcinha... é... *caralho.*

Pressiono o polegar nela, tocando a textura do tecido, molhando a mão e fazendo Stevie arquear as costas de novo.

— Você estava achando que ia acontecer alguma coisa hoje, para escolher essa roupa, docinho?

— Estava esperando — geme ela, se contorcendo sob meu toque, pedindo mais fricção.

Que bom que estamos alinhados, porque eu estava esperando, rezando e sonhando.

Levanto o quadril dela e tiro o fino tecido roxo, que largo no chão. Perco o fôlego quando vejo nitidamente a boceta marrom-clara dela já reluzindo de excitação.

Passo os dedos pelo clitóris fazendo um círculo, e ver o corpo quase nu de Stevie com o cabelo cacheado espalhado na bancada da minha cozinha faz meu pau ficar duro até doer.

— Fica com o quadril assim, fora da beirada — digo, e me ajoelho, botando as pernas dela ao redor do meu ombro. — Boa, bem assim.

Dou beijos leves e demorados na parte interna da coxa, com o olhar fixo nela, vendo Stevie tremer. O corpo dela está rígido, tenso de nervosismo, mas eu sei acalmá-la.

Um ou dois orgasmos vão relaxá-la, mas, mais do que isso, os elogios constantes devem resolver a questão.

Arrasto a boca pela pele dela, lambendo e roçando nas pernas macias, fazendo Stevie se remexer de expectativa. Quando alinho a boca com a boceta dela, tenho que admirar por um momento antes de mergulhar. Faz meses que penso nisso, e o momento finalmente chegou.

— *Cacete.*

Minha voz soa mais grave, mais pesada, e a palavra sai quase como um suspiro de alívio.

Sem perder um momento sequer, esfrego a ponta da língua no clitóris, fazendo Stevie sacudir o quadril na minha cara. Eu a cubro com os lábios e lambo, provocando e provando.

Ela é doce. Doce pra caralho, o que dá todo um novo sentido para seu apelido.

— Caralho, que gosto bom — eu digo, a boca vibrando junto a ela.

Ela geme, apertando minhas escápulas com os calcanhares, enquanto os dedos tentam agarrar o que encontram pela frente.

Ela gostou. Ela quer mais.

Stevie está com a cabeça jogada para trás de prazer, mas ela precisa ver essa cena.

— Olha para mim, Stevie, gata.

Ela obedece, os olhos verde-azulados implorando para eu continuar.

Minha língua encontra a entrada e os dedos dela afundam na minha cabeça, arranhando a pele daquele jeito divino. Ela levanta o quadril para responder ao ritmo da minha língua, a respiração ofegante, os gemidos de desejo e o meu nome escapam de sua boca, enchendo a cozinha.

Eu lambo, esfrego e circulo, mantendo o olhar na linda comissária de bordo que não controla o próprio corpo. Boquiaberta, ela me observa, perdendo a preocupação com minha cara entre suas pernas.

— Por favor. Não para, Zee, por favor.

Eu sorrio com a boca nela, ouvindo-a implorar chamando meu nome. Súplicas me dão tesão, assim como os elogios fazem com ela.

— Como é que você é perfeita assim, Stevie? Porra, que perfeição.

Continuo o movimento, aumentando o ritmo e a pressão quando ela aperta as coxas ao redor do meu rosto. Eu me concentro no clitóris e ela treme e se sacode, afundando as unhas na minha cabeça.

Chupo e dou voltas com a língua até o corpo inteiro da minha predileta se tensionar e contrair na bancada da cozinha, arqueando as costas e encharcando minha boca ao gritar meu nome. Vou diminuindo o ritmo, continuando a sentir o gosto dela enquanto Stevie se acalma, relaxando o corpo ao meu redor.

Lambo tudo que ela tem para oferecer e dou alguns beijos suaves na coxa dela antes de me levantar, com muito orgulho e arrogância na cara.

— Isso... — diz ela, e respira fundo, tentando se controlar. — É, vai ter que acontecer de novo.

É o que gosto de ouvir. Não só porque fazer ela gozar está virando meu passatempo preferido, mas porque ela fica confortável comigo de um jeito que nunca imaginou.

— Sempre que você quiser — digo, passando as mãos nas pernas nuas dela antes de puxar seus braços para ela recostar o corpo cansado em mim. — Posso comer você nas três refeições do dia.

— Hmmm — murmura ela no meu peito.

Eu rio e a pego no colo, carregando-a com as pernas enroscadas em mim, a boceta apoiada na minha barriga exposta.

— A gente ainda não acabou, docinho, então nem pensa em dormir depois de só um orgasmo.

— Eu sei — diz ela, envolvendo meu pescoço com os braços. — É minha vez.

— Acho que é má ideia.

Ela afasta a cabeça do meu peito bruscamente para me olhar.

Eu beijo sua boca carrancuda.

— Faz mais de dois meses que não transo, e se essa sua boca deliciosa chegar perto do meu pau, vou gozar em dez segundos.

Ela ri no meu abraço.

— Sr. Zanders, nunca imaginei que você fosse precoce.

— Bom, srta. Shay, nunca imaginei que uma comissária de bordo safada fosse aparecer na minha vida e me fazer virar abstinente.

Um sorriso suave toma sua boca.

— Você não precisava esperar. Nunca esperei isso, e não teria mudado nada para mim. Não teria mudado o que sinto por você.

— Eu sei — digo, levando-a até o quarto. — Mas por que eu ia desejar outra pessoa depois de ficar com você?

Ela afunda no meu peito, abraçando meu pescoço com força.

— Esses elogios todos estão fazendo maravilhas na minha boceta, Zee.

— Notei, você tá encharcando minha barriga.

— Não vou pedir desculpas.

Eu rio e beijo a cabeça dela.

— Não é para se desculpar mesmo.

Entro no quarto e acendo a luz antes de deitar Stevie na cama. Os cachos castanhos se espalham no lençol caro, e o corpo curvilíneo afunda no colchão luxuoso.

Ela relaxa, ficando mais confortável.

— Ai, meu Deus, eu nunca vou levantar dessa cama.

— Por favor.

— Mas, sério, quão rico você é?

Jogo a cabeça para trás, rindo.

— Rico pra caralho.

— Esse apartamento é tão chique. Eu me sinto deslocada.

Eu subo nela, que abre as pernas para me receber. Deito meu corpo gigantesco em cima dela, com os peitos encostados, e a beijo devagar e profundamente, a abraçando e acariciando seu rosto.

— Você é linda pra caralho, e está no lugar certo. Meu apartamento chique fica mil vezes mais bonito com você dentro dele.

— Mesmo com meus tênis sujos e calça jeans larga que você odeia?

— Especialmente assim — digo, encostando o nariz no dela. — E eu não odeio. Só gosto de te zoar. Mas, quando te vi arrumada na festa, percebi que sentia saudade do seu estilo de brechó, porque é seu. E eu gosto de você.

A expressão dela fica mais suave, e ela inclina a cabeça para o lado antes de levantar a sobrancelha em desafio.

— Mas ainda pode me comer como se me odiasse?

Puta merda, que safada.

— Primeiro… — digo, e dou um beijo na boca dela, descendo os lábios pelo queixo, e fazendo pressão com o quadril. — Vou te mostrar como gosto de você.

Pressiono o quadril contra o dela e afundo a cara em seu pescoço.

— Depois, vou te comer como se não gostasse — concluo.

— Hmmm, que variedade.

Ela passa as mãos pelas minhas costas e levanta o quadril, se alinhando com meu pau e pedindo fricção. Eu reajo com prazer, pronto para arrancar essa merda de calça de moletom para afundar dentro dela.

Stevie passa a mão macia por baixo da cintura da minha calça, encontra meu pau e o acaricia.

— Caralho — digo, encostando o rosto em seu peito. — Que gostosa.

Ela dobra os dois joelhos, continuando a me apertar com a pressão perfeita.

— Zee, preciso de você.

Eu me mexo de novo na mão dela, mas preciso me concentrar para não gozar só de sentir sua pele. Eu me levanto da cama e corro para um dos quartos de hóspede atrás de uma camisinha. Não deixo camisinha no meu quarto porque normalmente minha cama é só para dormir, mas, depois de hoje, vou precisar separar um espaço na mesinha.

Assim que entro, vejo Stevie tirar a regata, sentada na cama, ficando apenas de sutiã. Também é roxo-escuro, todo sexy e revelador, mas ainda cobre coisa demais.

— Tira — ordeno, apontando para os peitões dela.

Ela levanta as sobrancelhas, em desafio.

— Tira — retruca, apontando para a minha calça.

Eu amo quando ela é toda espertalhona. Inicialmente, era tão irritante quanto intrigante, mas agora me enlouquece do melhor jeito.

— Faça as honras, docinho.

Dou dois passos tranquilos até a cama, e Stevie se senta na beirada, abrindo as pernas para eu parar no meio delas.

Ela encontra meu olhar ao abrir o sutiã, que deixa cair no chão, enquanto me vê admirá-la. É uma mudança radical da última vez que ela se despiu na minha frente, e eu não podia estar mais feliz.

Engulo em seco, vendo seu corpo inteiro, ela deitada nua na minha cama, bem na frente do meu pau duro que nem pedra.

Stevie enfia os dedos na minha calça para puxá-la para baixo, e, quando meu pau quica, subindo em glória bem na frente de sua boca, percebo a ideia horrível que foi mandar ela tirar minha roupa.

O olhar dela está fixo no meu pau, e ela lambe os lábios, mas, antes que ela o toque, eu estendo a camisinha entre o indicador e o dedo médio, pedindo que ela assuma o controle. Porque, honestamente, se ela encostar na minha pele com a mão ou com a boca, eu vou gozar.

Quando ela põe a camisinha, não consigo deixar de olhar, amando ver que seus dedos adornados por anéis mal se fecham na grossura do meu pau. É chocante que meu ego ainda tenha espaço para crescer, e cresce ao ver as mãos dela, tão minúsculas se comparadas com meu pau.

Levanto o queixo dela e tomo sua boca, a empurrando para trás na cama. Ela encontra o travesseiro, onde repousa os cachos, e eu fico por cima.

Beijo cada centímetro de sua boca, queixo, pescoço e peito, pegando entre os dentes um dos lindos mamilos marrons. Stevie arqueia as costas, empurrando os peitos bem na minha cara. Eu me afundo neles, beijando e agarrando tudo que consigo antes de voltar à boca.

Empurro as pernas dela com o joelho para abri-las.

Estou prestes a fazer algo que nunca fiz — transar com uma caralhada de contato visual e intimidade —, mas nunca antes quis tanto uma coisa.

Com nossos rostos bem encostados, esfrego o corpo no dela. As curvas macias são uma boa lembrança do que andava sentindo saudade e sonhando nos últimos dois meses e meio.

— Enfia, docinho.

Beijo a têmpora dela, e seu olhar verde-azulado se conecta ao meu, dizendo muito mais do que se suporia pelo silêncio entre nós.

Afasto o quadril e nós dois voltamos a atenção para baixo, vendo Stevie me encontrar com a mão, me alinhar e me fazer entrar.

Ela geme no meu ouvido, um eco divino que flui pelo meu corpo todo, enquanto eu afundo, deslizando. Quando estou todo dentro, tenho que parar, me acalmar e dar um momento para nós dois nos ajustarmos à sensação.

Nossos peitos sobem e descem em sincronia, e nunca me senti mais conectado com alguém do que me sinto nesse momento. Não consigo explicar, mas, pela primeira vez na vida, eu entendo.

Para me segurar, aperto os lençóis ao nosso redor até meus nós dos dedos empalidecerem com a força, e, felizmente, Stevie arranha meus ombros e levanta o quadril, ansiando pelo movimento.

Eu recuo antes de meter nela, fundo e devagar.

— Ai, meu Deus, Zee — diz ela, me abraçando e me mantendo perto enquanto continuo o ritmo de tortura. — Que delícia.

— Docinho. — Eu rio, me levantando para olhá-la. — Meu ego já é grande pra porra, e estou tentando não gozar em trinta segundos, então deixa que só eu faço elogios, por favor.

O sorriso dela é fofo e carinhoso, então eu a beijo antes de meter de novo e preenchê-la. Os gemidos dela são ofegantes, tomados de desejo, como música aos meus ouvidos.

Não consigo parar de vê-la abrir os lábios carnudos, com os olhos cor de mar fixos nos meus, e os peitos quicando junto ao meu peito a cada estocada. A quantidade de contato visual me assustaria meses antes, mas, agora, não consigo parar de olhar. Preciso ver o efeito que causo nela. Preciso que ela veja o efeito que causa em mim.

— Eu gosto tanto de você, Zee — sussurra ela, acariciando meu rosto, com o olhar carinhoso e sincero.

Encosto a testa em seu peito e continuo os movimentos, tentando me esconder um pouco.

Eu nunca imaginei que ouviria essas palavras, muito menos com tanta honestidade por trás. Elas me enchem de esperança de que, talvez, um dia, haja ainda mais entre nós. Que, talvez, um dia, eu ame esta mulher, e que talvez ela dê um jeito de me amar também.

Eu não achava que seria possível antes dela, mas talvez meu futuro não seja tão triste quanto eu supunha.

Solto o fôlego em sua pele úmida.

— Você nem imagina o quanto eu precisava de você, Stevie.

Ela inclina a bochecha junto à minha, me segurando pela nuca e me abraçando.

— Eu também precisava de você.

Eu recuo para olhá-la, e seus olhos imploram por mim.

— Mas o que preciso mesmo é que você me dê mais — acrescenta ela. — Então quero que você me coma com tanta força que essa correntinha no seu pescoço espanque minha cara, por favor.

Minha cabeça cai apoiada no ombro dela, enquanto rio.

— Minha safadinha.

Beijo a boca de Stevie e rimos juntos, encerrando o momento emocional.

Levo a mão à base do pescoço dela, para sufocá-la de leve, e o clima entre nós muda.

— Então quero ouvir você gritar meu nome como se fosse uma prece, Stevie, gata.

Ela geme, arqueando as costas e empurrando o quadril contra o meu.

Com isso, começo a meter mais fundo. Castigante. Implacável. A base da minha coluna está vibrando, pronta para gozar, mas eu me concentro para que ela consiga primeiro.

— *Ai, meu deus* — grita ela. — Isso. Não para, Zee. Não para, por favor.

Eu não paro. Mantenho o ritmo e a pressão e vejo a euforia tomar seu lindo rosto sardento. Boquiaberta, ela encontra meu olhar e sustenta minha atenção, e eu me perco nos seus olhos cor de água, como acontece frequentemente.

Duas outras estocadas fundas, e Stevie enterra as unhas na minha bunda, enquanto suas paredes internas me apertam e suas costas se arqueiam. Gozo bem ao mesmo tempo, feliz por ter conseguido me segurar até ela estar pronta.

O nome dela escapa da minha boca, entre alguns palavrões arfantes, antes de ela capturar minha boca. Stevie leva a mão à minha nuca, e continuamos a nos mexer juntos, inconscientemente. Finalmente, meu corpo ofegante cai inerte em cima dela, e ela acaricia minhas costas devagar. Continuo a beijá-la de leve até nossa respiração acalmar, e derretemos na cama, abraçados.

— Vamos fazer isso a noite toda.

Ela ri embaixo de mim.

— Sim, por favor.

Eu me levanto um pouco e sustento o olhar dela por um momento antes de encostar nariz com nariz e capturar sua boca suave de novo.

— Minha — murmuro junto aos lábios dela.

— Que coisa de homem das cavernas.

— Uhum. Minha — digo, beijando sua boca. — Minha — continuo, beijando seu pescoço. — Minha.

Faço pressão com o quadril contra o dela.

Pego a mão dela e ponho o polegar na boca antes de usar os dentes para tirar delicadamente um anel dourado que ela vive girando de nervoso. Mas eu não o ponho no lugar. Pelo menos, não na mão dela. Em vez disso, ponho o anel no meu mindinho, o tomando para mim. Tomando ela para mim.

— Minha — repito.

Com olhos ávidos, espero o que ela tem a dizer.

Ela pega na minha nuca e puxa minha boca para si.

— Sua — confirma.

31
Stevie

Um braço pesado me segura com força junto a um peito firme e eu abro os olhos, pestanejando de sono.

Não que eu tenha dormido muito, se é que dormi.

Depois da primeira rodada, eu e Zanders tomamos um banho, o que rapidamente levou a uma segunda rodada violenta e suja, mesmo que a gente estivesse tentando se limpar. Aí, no meio da noite, ele acordou com minha bunda firmemente encaixada no pau, e veio a terceira rodada, lenta e carinhosa.

Abandonamos a camisinha logo, assim que eu falei que estava tomando pílula, e, embora eu quase não tenha dormido, o sono foi profundo e relaxante, graças ao colchão caro pra cacete de Zanders e ao fato de o meu corpo ter sido absolutamente demolido pelo defesa ao meu lado.

Zanders está com a mão apoiada no meu baixo-ventre, e eu estou deitada de lado, de costas para ele. Não vou mentir, perdi o fôlego quando ele me tocou na barriga, mas, como faço desde que conheci esse homem atrás de mim, deixo para lá, lembrando que ele realmente não está nem aí para o fato de eu ter um pouquinho mais de volume nessa parte do corpo.

— Bom dia.

A voz dele é rouca e áspera, mas linda pra caralho aos meus ouvidos. Ele passa uma perna gigantesca, que mais lembra um tronco de árvore, ao meu redor, me puxando para mais perto.

— Bom dia.

Eu me viro, encostando o corpo nu nele.

O sorriso de Zanders é suave e genuíno, e ele brinca com meu cabelo de leve.

— Seu cabelo é incrível.

Eu reviro os olhos.

— Nem quero saber como está. Molhar os cachos no banho e deixar secar na cama é uma péssima combinação.

— Não esqueça que também puxei bastante.

— Ah, claro, como esquecer?

— Não sei. — Ele suspira, e desce a mão para minha bunda, apertando. — Nunca vou esquecer nada de ontem. Na verdade, acho que não vou conseguir parar de falar disso.

Eu me seguro na cintura dele, apoiando o braço ali.

— Mas vai precisar. Tem que ser segredo.

A expressão dele murcha, mas logo volta ao normal.

— Eu sei.

Ele me pega pela coxa e me puxa até eu montar nele.

Nitidamente precisamos discutir o assunto e descobrir quais são nossos limites fora da cobertura de Zanders, mas só consigo me concentrar em como quero uma quarta rodada com esse homem lindo embaixo de mim.

Cruzo as mãos no peito dele e apoio o queixo ali, com os joelhos dobrados ao redor do quadril dele. Ele continua a me olhar como um novo homem, doce e tranquilo, embora eu ache que talvez ele sempre tenha sido assim. Só não deixava ninguém ver.

— A atenção que você recebe é sufocante — murmuro baixinho.

Ele afasta os cachos do meu rosto antes de abrir um sorriso de desculpas.

— Eu sei.

Sorrio timidamente para ele, sem dizer mais uma palavra, porque realmente não há mais nada a dizer. Essa é a vida dele.

— Acho que, pela primeira vez na vida, queria que ninguém soubesse quem eu sou — diz ele, roçando os dedos nas minhas costas. — Mas, Stevie, só porque vamos ser discretos, não quer dizer que não queira que ninguém saiba de você. Se não fosse pelo seu emprego ou pela minha merda de renovação de contrato, não pararia de falar de você um segundo.

Escondo meu sorriso bobo e ridículo no peito dele.

— Então não pense por um segundo sequer que estou escondendo isso por qualquer outro motivo.

Há um sentido implícito no que ele diz, e eu percebo imediatamente. Por isso, me estico para dar um beijo nele.

— Gosto de você na minha cama.

— E eu gosto de estar na sua cama — digo, e olho o relógio na mesinha, que indica que vou me atrasar para a ligação marcada para o aniversário do meu pai. — Mas preciso ir embora.

Começo a me afastar, nua, mas ele me segura e me mantém ali.

— Opa, opa, opa. Regra nova. Você não pode mais fugir de mim.

— Não vou fugir. Só preciso voltar para casa para ligar para o meu pai.

— Seu celular está aqui. Liga daqui.

— Preciso do notebook. É uma chamada em grupo com o Ryan.

— Eu tenho computador, Vee. Fica aqui. Por favor.

O tom dele é de súplica, assim como os olhos, e nunca vi esse homem arrogante tão desesperado e carente. Na verdade, preciso me conter para não rir desse lado inesperado dele.

— Tá bom — digo, derretendo junto ao corpo dele. — Eu fico.

Ele pega nos dois lados da minha bunda, me puxando.

— Sexo e café.

— Café, sim — digo, dando um tapinha no peito dele e me desvencilhando antes de começar algo que não tenho tempo para acabar. — Sexo, não. Não tenho tempo.

— Vou ser rápido.

Uma risada condescendente me escapa. Algo me diz que não tem nada de rápido no jeito que Zanders transa. Mesmo quando é "rápido", deve ser detalhado e completo, dando total atenção a cada parte do meu corpo.

E, em qualquer outro momento, eu nem pensaria em reclamar disso, mas Ryan está do outro lado do país a trabalho, e a gente precisou marcar a ligação antes do treino dele.

— Tá, então deixamos o sexo pra tarde — diz ele, resignado.

Nós dois nos levantamos da cama, e ele me puxa para junto de seu corpo impecável e tatuado, e minhas costas se colam ao peito dele.

— Comprei umas roupas para você ontem. Estão na última gaveta. Ou, se preferir, pode pegar uma roupa minha, só escolher.

Ele beija meu ombro antes de rapidamente vestir uma calça de moletom. Antes de me deixar sozinha no quarto, dá um tapa firme com a mão larga na minha bunda.

— Puta merda, Vee — diz ele, jogando a cabeça para trás, derrotado, a caminho da cozinha. — Essa bunda é uma loucura!

Sozinha no quarto, a realidade começa a bater. Ontem aconteceu mesmo? Estou tonta e atordoada, e meu peito parece cheio de ar, prestes a estourar. Parece que estou flutuando por aí e meus pés não encontram o chão, da melhor maneira possível.

Do jeito mais incrível.

Gosto muito de Zanders, o que é assustador. Mas é bem melhor sentir medo do que não fazer o que eu desejo.

Abro a última gaveta da cômoda imensa de Zanders e encontro vários pares de calça de moletom, leggings e shorts de algodão. Algumas blusas de moletom diferentes, com e sem capuz. Uma variedade de camisetas e camisas de flanela também. O que todas as roupas têm em comum é que são novinhas, ainda com etiqueta.

É generoso pra caramba, e não é por ele ter gastado dinheiro comigo. Zanders joga dinheiro fora sem parar. Mas é porque comprou tudo em uns cinco tamanhos diferentes. Tem calças aqui nas quais eu não conseguiria caber nem em um milhão de anos, e outras tão grandes que eu acabaria me afogando. A questão é que ele se esforçou para não tentar adivinhar meu tamanho e errar. Já me aconteceu, e é uma vergonha. Em vez disso, ele pegou todos os tamanhos disponíveis para eu escolher o que me deixa mais confortável.

Isso me lembra do presente de Natal que ele me deu. Três calças de moletom, de três tamanhos diferentes. Quanto mais conheço Zanders, mais intencional percebo que aquilo foi.

Não vou mentir. Estou a dois segundos das lágrimas, porque nunca ninguém entendeu minha dificuldade em ganhar roupas de presente. Na maior parte do tempo, é constrangedor quando supõem certas coisas e as peças não cabem. E tem também a culpa associada a não conseguir usar o que me deram.

Então, eu me sinto inacreditavelmente compreendida.

Eu faço uma pilha de roupas que nunca vou conseguir usar, seja porque são grandes ou pequenas demais, e deixo de lado para doá-las mais tarde. Mesmo que eu não as use, alguém vai usar, e Zanders não parece ser muito de fazer devolução.

Separo todas as peças que pretendo guardar e ponho de volta na gaveta, me apossando daquele pequeno espaço do apartamento de Zanders. Mas em vez de vestir algo que ele comprou para mim, eu hesito. Ele me deixou vestir uma roupa dele, o que parece boa ideia.

Nunca usei a roupa de nenhum cara. Não de um jeito fofo, pelo menos. Nunca consegui, porque roupa de homem tem corte reto, e eu sou cheia de curvas. As blusas e casacos de moletom sempre acabam apertando minha barriga, e as calças não passam pela minha bunda e pelo meu quadril. Porém, Zanders é um homem imenso, com coxas mais grossas do que as minhas, então talvez dê certo.

Reviro as gavetas e tiro de lá uma camiseta e uma bermuda esportiva, e nem sei explicar o choque de vitória que toma meu peito quando me visto com facilidade. Provavelmente nunca vou contar isso para ninguém, de tão pequeno e insignificante que parece, mas, pela primeira vez na vida, me sinto como todas as outras garotas que me cercavam quando eu era mais nova, que usavam camisas dos namorados nos jogos.

Encontro Zanders de pé, sem camisa, na frente do fogão, e a corrente de ouro e as tatuagens mexem comigo mesmo àquela hora da manhã.

— Então, não crie muita expectativa para o café. Não faço ideia do que estou fazendo, e nunca cozinhei para ninguém.

Afundo a cara nas costas dele e o abraço pela cintura.

— Vou ficar feliz com qualquer coisa.

Ele abre um sorrisinho para mim ao olhar para trás, e, quando nota as roupas que visto, o sorriso aumenta.

Pego a mão dele, com espátula e tudo, e a levanto para examinar.

— É melhor você tirar isso aí antes de tomar banho — digo, indicando meu anel que ele pôs no mindinho. — Meus anéis não são chiques como os seus. Vai acabar deixando seu dedo verde.

Ele vira a cabeça e me beija.

— Parece que vou precisar trocar todos os seus anéis um dia desses.

— Não foi o que quis dizer. Não preciso que você gaste dinheiro comigo. Meu irmão já gasta demais.

Eu me viro para sair da cozinha, mas Zanders me pega pela cintura e me puxa para um abraço.

— Talvez você deva deixar. Nunca tive com quem gastar dinheiro além de mim e dos Maddison, mas parece legal.

Eu me viro para ele e inclino a cabeça.

— Não estou nem aí pro seu dinheiro, Zee. Não quero que você ache que isso tem a ver com o que sinto por você.

Não quero que você ache que tem mais alguém se aproveitando de você por dinheiro, que nem sua mãe tenta fazer.

Ele ri.

— Porra, docinho, eu sei. Você só usa roupa de brechó, sendo que seu irmão ganha milhões por ano. De jeito nenhum acho que você está abusando do meu dinheiro.

Reviro os olhos e me derreto, percebendo que devo estar parecendo ridícula.

— Na real, é uma das coisas que me fez notar que eu gostava de você — continua ele. — Não estou nem aí para seu irmão ser famoso, mas foi bom ver que você não estava impressionada por nada material que eu tenho. Eu não tinha como usar essa parte da minha vida para te impressionar, e era o que estava acostumado a fazer.

— Ah, puta que pariu, como você é brega. Tá, pode comprar joias para mim. Mas só quero parada cara.

A gargalhada grave de Zanders ecoa pelas paredes da cozinha.

— Combinado — promete ele com um beijo. — O notebook tá na mesa para você.

Abro o computador e me acomodo à mesa de jantar de Zanders.

— Você vai comigo buscar a Rosie? — pergunta ele da cozinha.

— Acho melhor não. É o primeiro dia dela com você. Não quero que ela se apegue a mim, sendo seu cachorro.

Isso faz o defesa gigantesco e seminu na cozinha morrer de rir.

— Vee — diz ele, e pausa, sem conseguir falar. — Rosie está obcecada por mim. Você já ficou pra trás.

Finjo ofensa, boquiaberta, e dirijo um olhar mortífero para ele, mas, infelizmente, não é mentira.

— Babaca.

Ele dá de ombros, se achando hilário.

— De qualquer jeito, acho que o primeiro dia de vocês juntos tem que ser só de vocês.

— Tá bom, se você insiste.

Ele vai até mim, com o café na mão, e para diante da mesa.

— Puta merda. Nem sei como você prefere o café.

Aperto os olhos, achando graça. É fofo e um lado diferente dele que estou descobrindo.

— Álcool cairia bem, já que vou ter que falar com minha mãe agora.

— Então vamos de álcool.

Ele volta com uma garrafa de Baileys e serve uma dose de licor cremoso na minha xícara de café preto.

— Era brincadeira.

— Pra mim, não era.

Eu fico esperando a ligação começar, balançando o joelho de nervosismo. Não tenho mais o anel dourado no polegar para girar, então fico remexendo sem jeito na barra da camiseta de Zanders que vesti, olhando de um lado para o outro da sala.

Passei um bom tempo nessa sala ontem, mas não tinha notado o vaso de rosas vermelhas escondido no canto, perto da janela.

— Zee! — grito para o cômodo ao lado. — Essas flores são para mim?

Ele se vira para o outro lado da sala, de olho no vaso.

— Ah, não. Não são para você, porque ontem não foi um encontro romântico. Nem um pouco.

O sorrisinho safado dele é uma fofura.

— Bom dia, Vee — diz meu irmão, entrando na chamada.

Zanders dá uma piscadela para mim, me acalmando um pouco, e me deixa a sós com minha família.

— Feliz aniversário, pai. — É a primeira coisa que digo, assim que ele e minha mãe surgem na tela.

Meu pai está relaxado, sentado na sala, mas minha mãe usa camadas de maquiagem, o cabelo perfeitamente penteado e uma roupa ajustada e passada. Eu não esperaria nada menos do que isso, mesmo a uma hora dessas.

— Feliz aniversário, pai — diz Ryan. — Foi mal, preciso ser rápido aqui. Tenho que pegar o ônibus do time daqui a pouco.

— Não tem problema, sei que vocês estão ocupados. Só fico feliz de ver meus dois filhos.

— Ryan, você está pronto para o jogo de hoje? — pergunta minha mãe, explodindo de orgulho.

— Acho que sim. Vai passar na ESPN. Vocês vão ver?

— Claro que vamos — responde minha mãe, sorridente. — Não perderíamos por nada.

— Vee… — diz meu pai, e se inclina para perto, forçando a vista. — Onde você está? Não parece seu apartamento.

Olho de relance para Zanders, que entra na sala com um prato na mão, mas ele está tomando cuidado para não aparecer na câmera.

— Hum. — Hesito.

Mesmo que meus pais possam saber quem estou namorando, não quero que saibam. Não quero que minha mãe estrague isso.

— Dormi na casa de uma amiga.

Isso faz Ryan engasgar, sabendo que é pura mentira. Eu apostaria muito dinheiro que ele sabe exatamente onde estou, mesmo sem eu ter contado.

Zanders deixa meu prato de comida na mesa ao lado do computador, para ninguém vê-lo, e abre um sorriso tímido de desculpas antes de voltar à cozinha. O café da manhã que ele estava preparando não veio; em vez disso, o prato contém duas fatias da pizza de ontem, o que para mim está bom. Zanders pode não levar jeito para culinária, mas o que falta em talento para tarefas domésticas, ele compensa em outras áreas.

Os oitocentos quilômetros que separam Chicago de Nashville nunca foram mais necessários do que agora, ao sentir o olhar crítico da minha mãe pela tela do computador. Sinto os olhos azuis analisarem minha roupa, meu rosto sem maquiagem, e, finalmente, meu cabelo desastroso e despenteado.

Enquanto ela me olha, viro vários goles do café alcoolizado e encho a cara de pizza fria.

A conversa é relativamente rápida e indolor, mantendo o foco no meu pai e nos planos dele, mas, quando minha mãe pede para eu ficar mais um tempo depois do meu irmão ir para o treino, meu nervosismo vai a mil.

— Como você está? — pergunta ela.

Franzo a testa, confusa. Que esquisito. Meu pai nem está mais presente para ela fingir assim.

— Bem…

Minha mãe se empertiga. Quando o assunto sou eu, raramente vejo seu sorriso brilhante, mas, hoje, ela o exibe com orgulho.

— O Brett me ligou outro dia.

— Ai, meu Deus — digo, afundando o rosto nas mãos. — Por quê?

— Ele esperava que eu pudesse convencer você a dar outra chance para ele, e, Stevie, não entendo mesmo por que você não quer.

Aquele filho da puta do caralho. Que cagão escroto. Ele foi logo falar com minha mãe, sabendo que minha relação com ela é complicada, só para ela me manipular e me convencer a dar outra chance para ele. Porque, pela primeira vez na vida, eu recusei o joguinho dele, aí ele foi atrás da minha mãe.

Babaca.

— Mãe, eu não gostava de quem eu era quando namorei o Brett, e deve ser razão suficiente para eu não querer voltar para ele. Prefiro não explicar os detalhes sórdidos.

— Bom, Stevie, mas você não vai rejuvenescer, sabe?

Será que ela não pode parar com esse argumento zoado?

— E que diferença faz a minha idade, hein?

Ai, merda.

— Ora, mocinha. Não suba o tom de voz comigo. E a idade faz diferença para filhos, casamento, e todas essas coisas que eu esperava que você fosse ter conseguido a esta altura.

Não consigo mais parar, e não ligo.

— Tá de brincadeira? — exclamo, a voz alta e trêmula, o que faz Zanders dar uma olhada pela porta, para ver como estou. — Talvez eu não queira filhos. Talvez não queira me casar. Talvez não queira nada do que você espera de mim.

— Bom, isso já está óbvio. Você com certeza não fez nada do que eu esperava de você.

— É verdade, mãe. Sou uma decepção, né? Porque prefiro ser voluntária em um abrigo de cães a ficar em casa, fazendo papel de esposa. Ou porque prefiro comprar em brechó a usar essas merdas que você e suas amigas metidas usam. Ou talvez eu seja uma decepção porque não quero casar com o cara que passou três anos só me usando por tédio. Perdão por não querer mais ser a segunda opção dele, mãe, mas cansei de vocês dois me fazerem sentir que sou insuficiente. Cansei mesmo de qualquer pessoa que faz eu me sentir assim.

— Stevie, eu...

Minha mãe não continua, porque Zanders rapidamente chega por trás do computador e fecha o notebook, interrompendo a ligação.

— O que é isso? — pergunto.

Ainda estou agitada, a energia fluindo pelos ossos. Quero continuar. Quero dizer tudo em que já pensei. Não sei de onde isso vem, mas não consigo parar.

— Estou interrompendo ela — diz Zanders, em voz calma e firme. — Você falou o que precisava falar e, pelo que eu vi, não ia querer ouvir nada que ela retrucasse. Até ela aprender a falar com você, ela não vai falar nada. Pelo menos na minha casa.

Respiro fundo algumas vezes para me acalmar. Ou, pelo menos, para tentar.

— Você está bem? — pergunta ele, em voz baixa.

— Ela é tão escrota.

Uma risada escapa do peito dele.

— É, sim. Mas você está bem?

Suspiro profundamente.

— É, na real, estou sim. Foi bom.

— Foi, sim. Mandou bem, gata.

Eu gostaria de dizer que não sei de onde veio essa minha nova confiança, mas seria mentira. Veio do jogador de hóquei de quase dois metros, coberto de tatuagem e joias de ouro, que não me deixa esquecer meu valor.

— Só quero que ela me aceite por quem eu sou, e fico furiosa pela aprovação dela, ou falta de aprovação, me incomodar tanto.

— Não quero passar sermão, Vee, mas as pessoas certas, que merecem estar na sua vida, vão te aceitar exatamente como você é. Tenho aprendido isso rápido.

Inclino a cabeça para o lado, minha expressão se suaviza e a raiva anterior começa a se dissipar.

— Eu te aceito como você é.

Ele torce o nariz antes de se sentar o meu lado e me fazer levantar da cadeira para sentar no colo dele.

— Eu sei — diz ele, com um beijo rápido. — E te aceito, mas, ainda mais importante, *você* vai precisar se aceitar.

Ai, esse cara.

— Tá bom, sr. Quase Uma Década de Terapia — digo, me escondendo no pescoço dele, abafando a voz em sua pele. — Eu me aceito.

Ele se afasta um pouco, me forçando a encontrar seus olhos cor de mel.

— Aceita mesmo?

Faço que sim e respondo mais baixo:

— Aceito mesmo, sim. Comecei a aceitar que meu corpo é diferente do das garotas com quem cresci, e tudo bem. E aceitei meu cabelo cacheado, comparado com o que eu achava que queria. Só passei tanto tempo com gente que me fazia sentir insuficiente, que eu não tinha a aparência que esperavam, que achei que não podia gostar de mim. Mas estou começando.

Um sorriso mais carinhoso e orgulhoso se abre na boca de Zanders quando ele olha para mim.

— Nem sempre — continuo. — Tem vários dias em que ainda fico desconfortável, mas, antes, era assim todo dia. Já não é mais o caso.

Ele afasta meu cabelo do rosto e o bagunça.

— Progresso, Vee.

— Progresso — concordo.

— Um dia, espero que aprecie devidamente o corpo no qual vive, porque, docinho, é uma gostosura, e meu pau nunca esteve tão feliz.

— Meu Deus — digo, caindo para trás de rir. — Você é péssimo.

— Você é obcecada por mim, pode admitir — diz ele, cobrindo meu pescoço e meu rosto de beijos. — Ei, vou trocar de número de celular hoje, então mais tarde mando mensagem do novo, tá?

— Por causa da sua mãe?

A expressão de Zanders fica neutra e rígida, e ele faz que sim com a cabeça.

— Quer conversar sobre ontem?

— Na real, não.

Abro um sorriso de compreensão.

— Ok.

Zanders hesita e observa meu rosto antes de respirar fundo.

— Eu tive um ataque de pânico de tanta raiva que sinto dela por tudo. Por ela me ligar, por me abandonar na adolescência, por tentar voltar para minha vida por causa do dinheiro. Não passo por isso frequentemente, mas, se fico muito chateado e não consigo pensar, às vezes caio na armadilha.

Continuo abraçada no pescoço dele.

— Você está surtando? — pergunta ele, cauteloso. — Talvez eu deva parar com isso de te contar tudo. Pode ser muito pesado para você.

Franzo a testa, confusa.

— Como assim? Não, claro que não. Acho que provavelmente a coisa mais atraente em você é sua honestidade em relação à saúde mental.

— Mais atraente do que meu corpão gostoso ou do que, como você gemeu ontem várias vezes, meu pau incrível?

Não dava para o sorriso dele ser mais convencido.

— Quase tão atraente quanto sua personalidade humilde — respondo, sarcástica. — E sua mãe é um horror, Zee.

— A sua também.

Encosto a cabeça no ombro dele.

— Olha só pra gente — brinco. — Unidos pelo trauma.

O corpo dele treme sob o meu quando ele ri silenciosamente.

— Ontem, percebi que acho que sinto raiva dela por magoar meu pai, e, honestamente, nunca antes pensei nisso pela perspectiva dele.

— Você tem falado com ele?

— Desde o Natal, não. Não me entenda mal, ainda estou com raiva dele, mas menos do que imaginava. Fui egoísta por achar que só eu podia ficar magoado, sendo que a esposa também o deixou. Mesmo falando, fico confuso com o que sinto.

Acaricio de leve a pele abaixo do corte de cabelo raspado dele.

— Progresso — repito.

Seus olhos cor de mel brilham de compreensão.

— Progresso.

Ele esconde o rosto no meu pescoço.

— O que você acha de ir ver meus jogos?

— Zee — brinco, afastando o rosto dele e o forçando a olhar para mim. — Que oficial. Está me pedindo para namorar firme?

— Estou.

Ele dá um beijo na minha boca.

— Acha mesmo que é boa ideia? Não quero que ninguém me veja.

— Talvez não seja, mas nunca tive ninguém para torcer por mim além da minha irmã, e poderia ser bom.

Sou tomada pela compreensão.

— Então eu vou.

— Vai?

Ele sorri, esperançoso.

— Vou, mas preciso ficar sentada longe do gelo, onde nenhuma câmera possa me pegar no fundo. A gente precisa ser esperto.

— Tá bom — diz ele, com um sorriso alegre e infantil, sem conseguir esconder os dentes perfeitos. — Nunca tive para quem dar meus ingressos de cortesia. Vou arranjar lugares distantes do gelo. É só você vestir minha camisa nesse corpinho sexy.

— Hum, não sei. Estava pensando em usar a camisa do trinta e oito.

— Do Rio? Nem fodendo! Você só pode usar a onze.

— Que mandão.

— Ah, docinho — diz ele, com uma risada grave e condescendente, e me pega no colo para me carregar de volta ao quarto. — Você ainda não viu nada.

— Onze é um número tão sem graça.

— Agora você está só de provocação, Stevie, gata — responde ele, e me joga na cama. — Além do mais, não falta graça em ser o número um duas vezes. Por que você acha que escolhi?

Uma risada de entendimento me percorre.

— Agora tudo faz sentido.

Ele se deita na cama, dando um tapinha no colchão ao lado do seu rosto.

— Vem cá. Põe um joelho de cada lado da minha cabeça e senta bem aqui.

Ele bate o indicador nos lábios.

— Como é que é? — pergunto, soltando uma risada de choque. — De jeito nenhum. Vou te sufocar.

— Docinho, só planejo morrer com chá de boceta, então pode vir. Se eu não te fizer gozar no mínimo duas vezes antes do jogo de hoje, acho que a gente vai perder.

Reviro os olhos de brincadeira e, por um momento, fico pensativa, até um sorriso animado me tomar.

— Se isso é seu castigo para mim, me lembra de deixar você puto com mais frequência.

Eu tiro a roupa e monto nele correndo, com um joelho de cada lado de sua cabeça, usando a parede na minha frente para me sustentar e me permitindo pairar acima dele.

— Amo quando você me deixa puto, e eu mandei sentar. Não pairar.

Ele puxa meu quadril para baixo, e sua boca encontra meu clitóris. Sua língua talentosa faz sua magia, e a única coisa que me ocorre é querer saber por que dei tanta sorte.

32
Stevie

Zee (Daddy) Zanders: *Peguei sua mala e estacionei na esquina.*

Eu: *Falei que não precisava esperar. Indy pode me dar carona.*

Zee (Daddy) Zanders: *Sou o cara sexy na Mercedes. Te vejo quando você acabar aí.*

— Vamos?

Indy pega sua mala e eu a sigo pelo corredor do avião vazio. Acenamos em despedida para os pilotos e descemos as escadas em direção ao estacionamento do aeroporto O'Hare de Chicago.

— Na real, arranjei uma carona. Mas obrigada. O Alex deve estar superfeliz por você voltar mais cedo pra casa.

— Mal posso esperar para encontrar ele.

O olhar de Indy brilha de malícia.

— Não devo esperar notícias suas antes da próxima viagem, né?

— Exatamente — diz ela, com uma piscadela, a caminho do carro. — Parei aqui. Tem certeza que tá tranquila?

— Uhum. Minha carona já está chegando — minto.

Aceno para Indy, que sai do estacionamento, e dou a volta na esquina para entrar no estacionamento vazio dos jogadores, onde me espera um Mercedes G-Wagon de vidro fumê. Zanders está encostado na porta do motorista, com as mãos nos bolsos do terno e um tornozelo casualmente cruzado sobre o outro.

— Está me perseguindo? — pergunta o jogador.

— Estou. Você não precisava me esperar acabar de arrumar o avião. Todos os seus colegas foram embora há uma hora.

— Ou vou esperar aqui, ou esperar em casa, então melhor aproveitar e te dar carona — diz Zanders, e passa o braço ao redor da minha cintura, me puxando para um abraço com a mão na minha bunda. — Além do mais, sua bunda foi uma tentação o voo todo nessa sainha apertada, e não queria te dar a chance de trocar de roupa antes de a gente se encontrar.

Ele dá um tapa na minha bunda, aperta, e depois se abaixa para dar um beijo na minha boca.

Ele me conduz para o outro lado do carro, abre a porta do carona e me faz entrar.

— Bom, obrigada. Ryan estava empolgado para vir me buscar já que finalmente estamos os dois de folga no fim de semana, mas, já que chegamos antes, ele ainda está no quarto tempo de jogo.

Zanders prende o cinto de segurança e liga o motor antes de cobrir minha coxa com a mão, me segurando enquanto dirige.

— Ainda mais um motivo para eu te dar carona. É meu único momento com você. Vou passar o fim de semana todo só com a Rosie.

Ele faz a cara mais triste de dar dó, e eu não seguro o riso.

— Passei a semana toda com você. Entrei e saí de fininho do seu hotel em todas as cidades.

— E daí?

— E daí que você aguenta quarenta e oito horas sem mim.

Zanders bufa, como se fosse a ideia mais absurda que já ouviu.

O sr. Desapegado virou mesmo o sr. Carente nessas últimas semanas.

Bem na frente do aeroporto, ele encosta na beira da estrada escura e desliga o carro.

Ele se vira para mim, mudando a expressão para uma cara fofa.

— É meu ano preferido de viagem.

Meu coração acelera, sabendo que tem muito mais sentido naquelas palavras.

— Nem acredito que posso ficar com você em casa e quando viajo — continua ele, apertando minha coxa.

Eu me recosto no assento, amando esse lado novo dele.

— E um dia, com você, vou poder fazer uma coisa muito especial... sexo nas alturas.

Ah, aí está.

Eu caio para a frente de tanto rir.

— Ah, saquei. É só por isso que quis ficar comigo, né?

— Exatamente — diz ele, sorrindo.

Cubro a mão dele com a minha, entrelaçando nossos dedos adornados de anéis.

— Na verdade, chamar só de sexo nas alturas parece pouco. A gente voa a uns onze quilômetros do chão, é mais do que "nas alturas".

— Tá, então quando a gente transar no avião, vai ser sexo *de altíssima altitude.*

Eu continuo a rir, mas Zanders parece estar falando seríssimo.

— Até parece, Zee. Lembra que a gente está tentando não me fazer perder o emprego?

— Eu fico quietinho.

Outra risada condescendente escapa da minha boca, e eu abaixo o rosto.

— Desculpa avisar, mas nenhum de nós dois é de ficar quieto. E, além do mais, você precisa se encolher até para usar o banheiro do avião normalmente — digo, inclinando a cabeça com um sorriso de desculpas. — Não vai rolar.

— Você está acabando com meus sonhos, Vee.

— Eu sei — respondo, passando de leve a mão no cabelo raspado dele. — Desculpa.

De novo, preciso segurar o riso porque ele está agindo que nem uma criança que perdeu um brinquedo só porque não quero transar com ele no meu local de trabalho.

— Mas a gente pode fingir, que tal? — sugiro.

— É?

— Uhum.

— Você usa o uniforme?

Ele me seca com o olhar cor de mel.

— Claro.

Ele sustenta meu olhar e abaixa a mão do outro lado do banco. Com um leve zumbido, ele recua, afastando o assento do volante.

— Agora?

— Uhum — confirma ele, com um sorrisinho diabólico repuxando a boca.

— Aqui?

Olho para a rua. Não tem nenhum poste aceso, nenhum carro passando. E, não vou mentir, estou até a fim.

— Pensar em você montada em mim de uniforme de comissária no meu carrão está me deixando duro pra cacete, Vee.

Olho para a virilha dele e, como sempre, ele está sendo sincero.

Sem hesitar mais um momento, passo por cima da marcha do carro e monto no colo dele. Mantenho a maior parte do peso nos joelhos, e não em cima dele.

Ele logo percebe e, sem dizer nada, me puxa para baixo, me forçando a sentar.

O carro é forrado com um couro vermelho-escuro que parece custar mais do que meu salário anual, e, se eu fosse ele, estaria com medo de estragar. Mas Zanders não parece estar nem aí.

Minha saia sobe e embola na cintura e ele aperta minhas coxas com força, subindo os dedos e fazendo minha pele formigar.

— Eu tenho tanto tesão em você que chega a ser ridículo — arfa Zanders.

Eu me inclino para a frente e acaricio seu rosto, puxando sua boca até a minha.

— Somos dois.

— É sério, Vee. Você nem entende como é perfeita para mim.

Meu rosto pega fogo, então escondo a cara no pescoço dele, abraçando seus ombros e, por consequência, o encosto do banco.

Zanders dá beijos demorados nas minhas sardas, subindo pelo meu maxilar. Quando chega à orelha, morde e puxa, me fazendo abaixar o quadril e me esfregar nele.

O gemido baixo que escapa de mim o encoraja a continuar.

Ele mordisca, lambe e chupa o caminho todo meu pescoço abaixo, até o lenço de cetim que tenho que usar amarrado no pescoço como parte do uniforme. Ele sobe as mãos pelas minhas costas, me mantendo contra seu corpo, e desamarra o tecido com os dentes.

Quando a língua dele encontra a minha de novo, eu me esfrego com força, desejando sentir a fricção, tomando o controle.

Um grunhido grave e gutural escapa dele e ele passa as mãos pelos meus braços, descendo até pegar minhas mãos e posicioná-las ao redor do encosto do banco. Enquanto eu me concentro em aliviar o desejo entre minhas pernas, Zanders pega o lenço de cetim e amarra minhas mãos ali.

Afasto a boca da dele, meus olhos tomados de confusão, mas com muita excitação, quando tento puxar meus cotovelos, sem conseguir.

— Às vezes, deixo você pensar que está no controle, mas, dessa vez, não.

O calor que irradia desse homem é palpável, então faço que sim, tímida, caprichando na pose de inocente.

— Você está encharcada, Stevie, gata.

— Uhum — eu gemo, fazendo força na mão dele, precisando que me toque.

— Sabe, quando peguei sua mala, tinha uma coisa vibrando lá dentro.

Arregalo os olhos de vergonha, sabendo exatamente o que ele ouviu. Direi apenas que não viajo com escova de dentes elétrica.

Ele estica a mão para o banco de trás, onde estão nossas malas.

— E achei isso.

Como eu supunha, ele pega o meu antigo companheiro de viagem predileto. Agora que viajo com meu namorado, não tenho usado tanto meu vibrador roxo.

— O que você tem a dizer?

— Hm... Desculpa por você ter encontrado meu vibrador?

— Não. Quero saber por que a gente nunca usou.

— A gente?

— É, a gente. Não me incomoda ter um pouco de ajuda para você gozar mais rápido e mais forte.

— Jura? Não é nenhuma ofensa esquisita ao seu ego, sei lá?

— Pff — desdenha ele. — Docinho, não tenho dificuldade nenhuma em te fazer gozar sozinho, então, não. O ego está intacto.

Olho dele para o brinquedo em sua mão, e ele espalma a outra mão entre as minhas pernas de novo, me fazendo rebolar de desejo.

— Um dia, você vai me mostrar exatamente como gosta de usar isso aqui sozinha. Mas hoje sou eu que vou tentar.

Rápido e sem hesitar, ele rasga minha meia-calça, empurra de lado minha calcinha e desliza os dedos compridos pelo meu clitóris.

Deixo cair a cabeça em seu ombro e cerro os punhos, desesperada e impaciente para apertar alguma coisa, qualquer coisa.

— Que perfeição, docinho.

Ele continua a escorregar os dedos, circular, provocar.

Meu corpo esquenta com a atenção insistente e os elogios constantes dele, e um calafrio me percorre quando a vibração do aparelho enche o carro. Zanders posiciona o vibrador no meu clitóris inchado, e eu não consigo segurar um grito, contorcendo o meu corpo no colo dele.

— Deixa eu te ver — murmura ele ao pé do meu ouvido.

Levanto a cabeça, arqueando as costas. Zanders usa a outra mão para afastar os cachos do meu rosto, enquanto a vibração do meu brinquedo predileto continua a torturar meus nervos sensíveis.

— Nossa. — Ele arfa. — Você devia se ver, Vee. É surreal.

Faço pressão no brinquedo, querendo mais, mas também frustrada por minhas mãos estarem amarradas e eu não conseguir dar a ele o prazer que ele me dá.

De repente, Zanders enfia um dos dedos compridos e tatuados em mim e o curva para a frente, e meu corpo se tensiona com a sensação. É divino como sempre, talvez até melhor, mas não ter controle do que posso segurar está me enlouquecendo. Estou no limite. Minha pele arde com a pressão, minha barriga se revira de calor, e, quando ele afunda outro dedo em mim, mantendo o vibrador pressionado no clitóris, eu perco o controle.

Bem ali na Mercedes dele, eu me derreto toda, sem o menor controle do meu corpo.

Caio para a frente, arfando junto ao peito dele, que tira os dedos de mim. Seus dedos estão encharcados e, como sempre, ele lambe o que resta de mim em sua mão.

Sem perder um segundo, ele joga meu vibrador no outro banco, abre o cinto e o zíper e empunha a ereção grossa e lisa.

Ele percorre cada centímetro meu com o olhar preguiçoso e pesado, lambendo os lábios e se tocando enquanto espera eu me recuperar.

Quando minha respiração desacelera, ficando mais regular, me ajoelho, pairando acima dele. Encontro sua boca quando ele desliza o pau entre minha fenda, me dando uma ideia do que vem por aí. Não controlo muita coisa agora, com as mãos amarradas, mas isso dá para controlar.

Solto o peso e afundo nele, me preenchendo completamente.

Ele geme em resposta à sensação.

Encostamos as bocas abertas, sem ar, e nos ajustamos ao encaixe. Depois de um momento, eu rebolo, esfregando o clitóris na pelve dele, precisando de fricção.

— Puta merda, como você pode ser gostosa assim?

Ele joga a cabeça para trás.

Não aguento ver ele assim. *Meu*. Nunca tive a confiança de me apossar de algo tão perfeito, tão desejado. Mas, com ele, me sinto convencida pra caramba, sabendo que sou a única que o tem.

Suas mãos ásperas pegam meu quadril, me fazendo subir e descer no ritmo que ele quer.

Meu corpo vibra no limite de outro orgasmo, e a falta de controle é tão frustrante quanto libertadora.

— Você está indo tão bem, Vee. Tão bem.

Não estou fazendo absolutamente nada, mas os elogios constantes funcionam, como sempre, e o desespero rouco em sua voz faz meu corpo inteiro esquentar.

— *Isso* — diz ele, o peito tremendo junto ao meu. — Goza em mim, gata.

Seus dedos calejados roçam a pele delicada do meu pescoço e ele envolve a base com a palma da mão, me sufocando.

Ele rebola mais algumas vezes, com a mão na minha cintura me comandando, e a combinação do tamanho perfeito e dos elogios constantes me faz gozar. Tento puxar meus braços, para me segurar em alguma coisa, mas não adianta. Meu corpo se desfaz de novo.

Meus gritos ecoam pelo carro, e Zanders tensiona o abdome, o ritmo ficando mais irregular. Um gemido grave escapa dele, seguido por um palavrão rouco, e ele goza em mim, puxando minha boca para um beijo.

— Sua boceta é minha coisa preferida no planeta — diz ele, respirando fundo, com esforço.

— E minha joia preferida é a sua mão envolvendo meu pescoço feito um colar.

Ele fica boquiaberto.

— Meu Deus, sou obcecado por você.

Ele me admira com os olhos cor de mel.

Uso os joelhos para me sustentar, e ele desliza de mim, o gozo escorrendo pela minha coxa. O olhar de Zanders está fixo ali, vendo o fluido descer pela minha perna.

— Você é meu paraíso particular, Stevie, gata.

33
Stevie

— Vamos, Ry! Estou morta de fome!

O sol da manhã é forte e esquenta o apartamento do meu irmão, onde espero por ele no sofá.

— Preciso de mais uns minutos.

Ryan finalmente sai do quarto, sem camisa, com uma bolsa de gelo amarrada no ombro.

— Tenho que ficar mais cinco minutos com o gelo — acrescenta ele.

— Como tá seu ombro?

— Todo fodido. O pivô de Utah deu uma porradona no meu braço ontem.

— Que bom que vai ter o fim de semana para descansar.

— Finalmente, um tempinho com minha irmã — diz ele, se sentando no sofá na minha frente. — Parece que a gente se vê ainda menos morando juntos do que quando você ainda estava na Carolina do Norte.

Ele me dirige um daqueles sorrisinhos tristes e bobos.

— Também sinto saudade, Ryan.

— Posso te perguntar uma coisa?

— Claro.

— Me conta o que rolou com Brett?

Isso me faz hesitar, sentindo um certo frio na barriga.

— A gente terminou. Não tem muito o que contar.

— Não foi isso que Zanders insinuou.

Merda. Zee não compartilharia todos os detalhes sórdidos do que eu queria esconder, né?

— O que ele disse? — pergunto, cautelosa.

— Só que não queria que eu deixasse Brett chegar perto de você. É só porque ele é um namorado esquisito e ciumento, ou tem alguma coisa por trás disso? Porque faz anos que você me diz que foi um término simples, mas agora estou sentindo que tem algo a mais aí, e me sinto um irmão bem merda por não ter notado.

Desvio o olhar dele, e o calor sobe ao meu rosto.

— É que eu fico com vergonha, e ele é seu amigo. Você vive tão ocupado com o basquete, com o trabalho, que não quero te meter nessa história e dificultar sua vida.

— Está me tirando, Vee? Nunca estou ocupado demais para você. Você é a pessoa mais importante da minha vida. Você é minha melhor amiga, e se acha mesmo que eu cogitaria defender Brett em vez de você, está louca.

Ele levanta o pé e cutuca meu joelho.

— Por favor, me conta o que houve.

Cruzo as pernas embaixo do corpo e tento girar o anel dourado no meu polegar, meu hábito quando estou nervosa. Porém, o anel está no mindinho de Zanders, então acabo puxando ansiosamente a corda da casaco de moletom do meu namorado, que estou vestindo.

— Você sabia que eu e Brett terminamos um monte de vezes nos três anos de namoro?

Ryan franze a testa.

— Como assim?

— Pois é. Quer dizer, *ele* terminou comigo. Ele terminou comigo tantas vezes que perdi a conta, e era porque tinha outras mulheres que ele queria naqueles momentos. Aí, quando ele ficava de saco cheio, ou, sei lá, se sentia sozinho, voltava rastejando para mim, e a necessidade constante de ser suficiente para ele destruiu minha confiança de um jeito que você nem imagina. Eu acabei me sentindo tão mal comigo mesma que ficava agradecida sempre que ele queria voltar. *Agradecida*, Ryan.

O rosto sardento do meu irmão gêmeo fica vermelho de raiva.

— Por que você não me contou?

Desvio o olhar dele e continuo puxando as cordas da blusa de Zanders.

— Acho que, da primeira vez, só fiquei muito triste. Nós três éramos tão amigos, e eu finalmente achava que tinha achado meu lugar na faculdade. Não queria estragar. Aí, quando começou o padrão de ele me abandonar e voltar, não queria que você soubesse porque sabia que ia cortar ele da nossa vida e, de um jeito zoado, eu ainda queria ficar com ele.

— Porra, óbvio que eu ia cortar ele da nossa vida! — exclama Ryan, se esticando para a frente e levantando a voz. — E vou cortar agora mesmo. Porra, Vee. Você deveria ter me contado. Eu deveria ter te apoiado. Pau no cu desse cara.

Ele se levanta do sofá e começa a andar em círculos na sala.

— Eu dividi quarto com esse filho da puta em todas as viagens na faculdade. Ele olhava nos meus olhos e me dizia que te amava, sendo que estava te enganando? Eu confiei nele. E agora ele está abusando de *mim*. Ele acha que vou ajudar ele a encontrar um emprego nessa cidade? — Uma risada irônica escapa do Ryan. — Nem fodendo.

— Bom, se ajudar, acho que Zanders já resolveu esse problema — digo.

Ryan se vira para mim, me fitando.

— Que bom — diz ele, e respira fundo antes de se instalar no sofá. — Tem alguma outra coisa? Pode desabafar, porque vou acabar com esse filho da puta mesmo.

Mordo o lábio e hesito em expor tudo, mas a honestidade completa e absoluta é muito boa. Zanders estava certo desde o princípio.

— Teve um jogo no fim do último ano de faculdade. Eu estava te esperando na saída do vestiário, mas não sabia que você ainda estava dando entrevista na quadra. Foi no dia em que Brett foi convocado para o acampamento de treinamento.

Ryan faz que sim com a cabeça, parecendo lembrar precisamente do jogo a que me refiro.

— Foi a última vez que falei com ele, porque foi o dia em que entendi tudo. Ele falou para o resto do time, nessas palavras: "Imagina as mulheres que vão se jogar aos meus pés. Acha que vou ficar com a irmã do Shay, se tiver opção melhor?"

— Ele disse isso? — pergunta Ryan, torcendo a boca.

— Exatamente isso. Pode confiar em mim, nunca mais saiu da minha cabeça.

— E você não me contou porque não queria que eu fosse preso por assassinato, né?

Meu peito treme com uma risada.

— Em parte.

— Vee...

— Sei lá, Ryan. As coisas mudaram quando você foi convocado. Não é culpa sua, mas eu nunca comparava nosso sucesso, quando a gente era mais novo. Aí, na faculdade, ficou mais óbvio que eu só estava lá porque você tinha bolsa. E, quando você virou profissional, parecia que a gente tinha tomado caminhos totalmente diferentes na vida. Você atingiu esses objetivos insanos e incríveis, e eu sou só... comissária de bordo. Você tem tanta coisa pra fazer, e é ridiculamente impressionante, e eu não queria ser a irmã chata que precisava de ajuda porque tinha um namorado escroto.

Ryan abaixa a cabeça e ergue o olhar, com os olhos verde-azulados um pouco marejados.

— Você pensa assim?

Dou de ombros, tímida.

— Vee, você é minha melhor amiga e minha pessoa preferida no planeta. Nunca nos comparei, nunca. Fico impressionado com você todo dia. Por fazer o que você ama, por não ficar no Tennessee nem se casar com o primeiro cara que apareceu, como tanta gente com quem a gente convivia — diz ele, e para. — Por não fazer o que a mamãe espera.

Olho para ele e tenho que morder o lábio para não tremer.

— Nunca quis que você se sentisse na minha sombra, Stevie, porque, porra, não é verdade. Queria que você estudasse comigo na faculdade porque você é minha melhor amiga. Queria que você viesse morar em Chicago porque você é minha melhor amiga. Ganho dinheiro suficiente para você ficar aqui, mas não é por responsabilidade, nem nada assim. É por egoísmo, porque quero que minha irmã more na minha cidade e tenho os recursos para isso.

Ele me cutuca com o pé de novo.

— Não esconde mais essas coisas de mim. Eu vou te apoiar de qualquer jeito.

Um sorriso agradecido toma meus lábios.

— Te amo, Ry.

— Te amo — diz ele, e começa a tirar o gelo do ombro. — Quer desabafar mais alguma coisa? Sou todo ouvidos.

— Quero — admito, me surpreendendo.

— Problema com a mamãe?

Meu peito sobe com uma inspiração profunda.

— É.

— Diz aí.

— Você não precisa concordar comigo, e não espero que você escolha um lado nem nada, mas quero que você saiba que criei limites e, no momento, não tenho vontade de falar com ela. Não até ela conseguir conversar comigo sem fazer comentários desagradáveis.

— A coisa é séria assim? — pergunta ele, devagar. — Sei que você sempre chamou a mamãe de malvada, mas achei que fosse só uma dinâmica esquisita de mãe e filha.

— Honestamente, Ryan. Ela faz isso quando você não está por perto para ouvir, e raramente na frente do papai, mas ela faz eu me sentir uma merda desde a época da faculdade. Ela fala do meu corpo, do meu voluntariado e da minha solteirice o tempo todo, e não aguento mais. Nossa relação mexeu absurdamente com o jeito como eu penso sobre mim mesma, e tenho que começar a me defender.

Um sorriso suave de compreensão surge na boca dele.

— Solteirice? Você não contou do Zanders, né?

— De jeito nenhum. Agora, escondo tudo de importante dela.

— Ele é importante.

— É. Depois de você, Zanders é o mais importante para mim.

Um momento de silêncio se estende entre nós, e o rosto do meu irmão é tomado pela compreensão.

— Não estou tentando te meter na história, mas só quero avisar que, quando ela ligar ou vier visitar, eu não vou estar presente.

— Então ela não vai visitar — declara meu irmão, simplesmente.

— Como é que é?

— Ela não vai visitar. Ela não está convidada. A casa é sua também, Stevie, e quem faz você se sentir mal assim não pode ser convidado para nossa casa, nem para nossa vida. Eu não aceito que te tratem assim.

— Ryan, você não precisa parar de falar com ela por mim. Não foi o que eu pedi.

— Eu sei. E não vou parar, mas, como você, vou criar limites. Quando, e se, você voltar a se sentir confortável com ela, ela pode vir para o nosso espaço, mas, até lá, não pode.

— Você faria isso por mim?

— Claro — diz ele, e balança a cabeça. — Não sei mais o que dizer para te convencer que estou do seu lado. E isso inclui a relação com a mamãe. Está tudo certo em criar limites quando alguém não te trata direito.

Meus ombros relaxam. Por que eu não confiei que meu próprio irmão me entenderia, nesses anos todos? Ao mesmo tempo, eu não confiava em mim o suficiente para defender minhas necessidades.

— Obrigada.

Ele se recosta no sofá e cruza casualmente o tornozelo sobre o joelho.

— Então, Zanders — começa ele. — Só posso imaginar que venha dele essa sua confiança para enfrentar a mamãe.

— Ele faz eu me sentir muito bem, Ryan. Ele me trata como primeira opção todo dia, e nunca vivi isso. Ele me lembra constantemente de que eu... sei lá... que eu mereço ser escolhida.

O peito dele vibra com uma risada suave.

— E eu achando que ia odiar ele.

— Você não odeia ele, então?

— Como odiaria? Ele te ajudou como eu deveria ter ajudado. Não conheço bem ele, mas, pelo que você me contou, talvez tenha tido a impressão errada no começo.

— Teve, sim — digo, concordando rapidamente. — Todo mundo tem.

A campainha toca, e a voz do porteiro entra no apartamento.

— Srta. Shay, tem uma Indy no hall. Disse que é sua amiga.

Franzo a testa, confusa. Indy sabe que vou passar o fim de semana com meu irmão, e ela estava doida para ficar em casa com Alex. Então, o que ela veio fazer aqui?

Assim que ela sai do elevador, fica perfeitamente óbvio. Os olhos castanhos dela estão inchados e vermelhos, manchas de rímel escorrido decoram seu rosto, e o cabelo naturalmente loiro de sol está uma bagunça de nós. Ela não está de uniforme, mas a cara deixa óbvio que ainda está com a maquiagem de ontem.

— Indy? O que houve?

Chamo ela para entrar.

— Mil desculpas por interromper seu fim de semana com seu irmão — diz, chorando. — Não sabia para onde ir. Meus pais estão na Flórida procurando casas para a aposentadoria, e eu não posso ir para meu apartamento.

Eu a abraço, e seu corpo magro e fino derrete no meu.

— Não precisa se desculpar — digo, para tranquilizá-la. — O que foi?

Ela inspira fundo algumas vezes em respirações curtas e trêmulas.

— Encontrei Alex com outra pessoa.

Eu a afasto.

— Como é que é?

Ela faz que sim com a cabeça, freneticamente.

— Ontem. Como a gente aterrizou mais cedo, fui fazer uma surpresa para ele, mas encontrei ele na cama com outra pessoa.

— Indy — digo, inclinando a cabeça, com pena. — Sinto muito. Ele é um filho da puta.

— Eu sei! — exclama ela, jogando as mãos para o alto. — Trato ele tão bem há seis anos, e a gente se conhece desde sempre. Como é que ele ousa fazer isso comigo?

— Vem cá — digo, chamando-a para o sofá. — Onde você dormiu essa noite?

— No carro — choraminga ela. — Peguei o que deu do apartamento e fui até a casa dos meus pais, mas aí lembrei que eles estavam viajando.

— Ah, Indy.

Faço carinho nos braços dela para acalmá-la enquanto ela seca o rosto freneticamente, tentando se recompor.

— Posso ficar aqui? — pergunta ela, inspirando fundo. — Só essa noite? Até meus pais voltarem?

— Claro — digo, e me viro para meu irmão, que está sem camisa na cozinha. — Ryan, Indy vai passar a noite aqui com a gente.

Indy segue meu olhar e nota meu irmão. Ela seca o rosto correndo.

— Quem é você?

— Hum... Ryan, prazer.

Ele acena, sem jeito. Deve ser desconfortável para ele encontrar uma mulher chorando no sofá, ainda por cima quando ele está sem camisa.

— Por quê? Quem? — pergunta Indy, se virando para mim, e de volta para meu irmão. — Por que você é gostoso?

Isso faz uma gargalhada aliviada escapar de mim, e meu irmão engasga de constrangimento.

— Indy, esse é meu irmão gêmeo, Ryan. Ryan, Indy.

— Nossa. — Ela bufa. — Que tipo de feitiçaria seus pais fizeram quando vocês estavam na barriga, para saírem os dois tão gatos?

— Vou me vestir — diz Ryan, indo a passos rápidos de volta ao quarto.

— Tudo bem com você? — pergunto para minha amiga.

— Não — admite ela, honesta. — Não estou bem e não sei quando vou ficar. Desculpa aparecer aqui assim, mas não sabia aonde ir.

— Para de se desculpar. Você é minha amiga. Claro que devia estar aqui.

— Preciso de uma noitada de solteira. De vodka e dança. Eu e você, hoje — diz ela, se empertigando de animação, embora seu rosto bonito esteja sujo de maquiagem velha. — Noitada de solteiras em Chicago.

— Bom — digo, balançando a cabeça devagar. — Sabe. Então. A questão é que...

Indy franze a testa, confusa, esperando eu me explicar.

— A questão é que não posso sair em uma noitada de solteiras, porque não estou solteira.

— Como é que é?

— Não estou solteira — repito, um pouco mais devagar.

— É, amiga, eu escutei, só preciso que você explique.

— Tenho namorado — digo, cautelosa, ao conversar com a mulher que acabou de perder o namorado dela depois de seis anos.

— Se ele não for um jogador de hóquei gigantesco que baba por você em todos os voos, nem quero saber.

Um sorriso malicioso toma minha boca.

— É um jogador de hóquei gigantesco que baba por mim em todos os voos.

— Fala sério! — exclama Indy, animada, inteiramente diferente do humor com que chegou aqui. — Você e Zanders estão juntos? Oficialmente?

— É — digo, com um suspiro satisfeito e feliz. — Aquele babaca arrogante é meu namorado.

— Ai, meu Deus! Eba! Amei! Amei por você, amei por ele. Caralho, amei até por mim! Não sei de quem sinto mais inveja. Que maravilha, Stevie.

Tento segurar o sorriso, especialmente considerando a situação atual de Indy, mas não dá.

— Você está feliz? — pergunta ela, baixinho.

— Muito. Mas parece escroto dizer isso agora.

— Deixa disso — diz Indy, fazendo pouco do meu argumento. — Não é só porque meu namoro desmoronou ontem que a gente não devia comemorar o seu. Tá, então nada de noitada na balada. Noitada em *casa*. Filmes, sorvete, e o que quer que amigas façam no sábado à noite.

— Ryan vai estar por aqui. Tudo bem?

— Claro — diz ela, dando de ombros. — Que noitada de amigas ficaria completa sem uma bela paisagem?

— Que nojo.

34
Zanders

— Jura, Vee? Foi aqui que decidiu me trazer?

— É. Estava esperando o quê? Que eu reservasse um jatinho, voasse até Nova York e te levasse na Saks?

Eu recuo de um pulo.

— Nossa, mulher. Isso sim dá tesão.

Stevie revira os olhos de brincadeira e puxa minha mão para entrar.

— Vem, seu mauricinho. Você disse que eu podia escolher qualquer lugar para te levar às compras, desde que você pudesse fazer o mesmo.

Paro bruscamente, bem na frente do brechó, de olho na loja.

— Mas logo aqui? Docinho, dá para melhorar um pouquinho, né? Prefiro até ir à Target.

Ela franze a testa, enojada.

— Não fala assim da Target, como se fosse um sofrimento. Você deveria agradecer pela existência da Target.

Rosie está perfeitamente sentada ao meu lado, nós dois igualmente hesitantes em atravessar aquela porta.

— Por favor, Zee — pede Stevie, arregalando os olhos verde-azulados em súplica. — É aqui que quero fazer compras.

Honestamente, eu cataria até lixo do lado dessa mulher, mas encher o saco dela é um dos meus passatempos preferidos.

— Rosie, avisa pra Stevie, por favor, que ela vai ficar me devendo um banho bem demorado e bem pelado depois disso.

Stevie revira os olhos de novo.

— Rosie, avisa pro seu pai, por favor, que ele está parecendo um babaca metido.

Eu estreito os olhos.

— Vee… a Rosie não fala.

Ela fecha os olhos, frustrada.

— Você é o homem mais irritante que eu conheço.

Eu rio e me inclino para beijar sua boca, que faz um biquinho.

Felizmente, esse canto da cidade é relativamente vazio, e quem anda por aqui não está nem aí para quem eu sou. Talvez nem saibam. Não sei. Mas a ideia de passar a vida sem essa atenção é até boa. Especialmente agora que namoro alguém com quem gostaria de passar o tempo inteiro, inclusive fazendo compras simples no supermercado, indo nos fins de semana ao parque ou até no posto de gasolina, sem medo de ter gente de olho.

Um dia, quem sabe. Tenho esperança.

Quando Stevie abre a porta, meus olhos ardem na tentativa de se ajustarem rapidamente à mudança do inverno triste de Chicago lá fora para as paredes coloridas ali dentro.

— Descobri esse lugar por acaso faz uns meses e amei.

Seguindo Stevie pela loja, um cheiro pungente e não identificado ataca meu nariz.

— Que cheiro é esse?

Stevie se empertiga e inspira fundo pelo nariz, com um sorriso gigantesco.

— *Esse* é o cheiro de brechó.

— Interessante.

Eu a sigo pelo corredor de opções inteiramente descombinadas, mantendo meus braços bem tensos, tomando cuidado para não encostar em nada.

As paredes são todas de tons diferentes de laranja e amarelo, mas quase não dá para ver atrás da quantidade de roupa amontoada nas araras que dominam a loja.

Vejo minha namorada revirar as araras, animada e atenta, sem deixar de olhar uma única peça. Não me entenda mal. Não tenho a menor intenção de fazer compras aqui, mas ver ela feliz e animada assim mexe comigo.

Sou fã de todos os lados dela, mas "Stevie apaixonada" deve ser meu predileto. Esse lado dela sempre aparece no abrigo e apareceu aqui também.

Ela tira do cabide uma calça jeans que parece ser dois números acima do dela, bem como ela gosta. Stevie levanta a roupa, a examina por um momento e se vira para mostrar para Rosie, que inclina a cabeça como se entendesse o que está acontecendo, antes de Stevie mudar de ideia e devolver a calça ao cabide, voltando à busca.

— Por que você gosta tanto de brechó? — pergunto atrás dela.

— Por vários motivos — diz ela, mexendo na arara. — É divertido experimentar novos estilos sem gastar uma fortuna. Prefiro não dar dinheiro para fast fashion, e às vezes tem umas peças legais e diferentes, que não dá para encontrar em lugar nenhum.

Ela pega uma blusa de moletom que parece ter décadas, gasta em todos os lugares certos. O logo na frente, de uma escola antiga, mal está legível, de tão desbotado.

Ela pendura a blusa no braço e prossegue a busca.

— Mas, principalmente, acho legal dar uma segunda vida às roupas. Não dá nem para imaginar o que algumas dessas peças viveram. Talvez alguém tenha usado esse vestido na noite do seu primeiro beijo — diz ela, tirando um vestido floral da arara. — Ou quem sabe — ela pega uma camisa, animada — alguém tenha usado isso para conseguir o trabalho dos sonhos. Isso tudo — ela abre a mão para indicar as araras — tem história, e talvez eu esteja usando essas roupas quando alguma coisa importante acontecer na minha vida também.

Tranquila, como se não tivesse acabado de mudar totalmente meu ponto de vista, ela me dá as costas e continua as compras.

Olho para minha roupa — casaco preto de lã, calça social preta feita no alfaiate, sapato Louboutin preto — e registro esse como o momento em que me apaixonei um pouco mais.

Eu a abraço por trás, puxando-a para meu peito antes de cobrir seu rosto sardento de beijos. Eu me balanço um pouco, ainda abraçado nela.

— Você é especial, Stevie, gata.

— Eu sei — diz ela, derretida. — Sou fodona.

Meu corpo treme com uma risada silenciosa e fico com o queixo apoiado no ombro dela, segurando Stevie com uma das mãos e, com a outra, fazendo carinho distraidamente na cabeça de Rosie.

— Você precisa escolher uma roupa — ela me lembra, continuando a busca.

— Nem fodendo. Vee, uma coisa é eu *andar* aqui, mas comprar alguma coisa é inteiramente diferente.

— A regra é essa. Você deixa eu te dar um presente na minha loja, e eu te deixo me dar um presente na sua.

Ela se vira para me testar.

Eu sustento o olhar dela, sem recuar.

— Tá — diz ela, e dá de ombros, indiferente. — Não precisa comprar nada aqui, mas aí também não vai me dar nada depois.

Bom, isso não vai dar. Faz semanas que planejo essa saída de compras.

— Tá — digo, resignado. — Deixo você comprar uma coisa para mim, e não vale sapato.

Uma risadinha fofa ecoa dela enquanto saímos em busca de algo para comprar.

Estou me esforçando para não mostrar a Stevie como estou feliz com nossa compra no brechó. Escondida no fundo de uma arara, achamos uma jaqueta corta-vento retrô do Chicago Devils, dos anos noventa. É totalmente original, ainda está bem bom estado, e mal posso esperar para usar em um dos jogos do irmão dela quando for a hora de aparecermos juntos em público.

Agora é minha vez de fazer compras para ela, e estou animado. Faz um tempo que planejo esse evento, e mandei fechar a joalheria para ninguém me ver com Stevie. Já gastei tanto dinheiro na loja ao longo dos anos que o joalheiro topou com prazer.

Esse bairro é mais perto de casa, então deixei Rosie no apartamento. As ruas são repletas de restaurantes finos, lojas de roupa de grife e galerias de arte. Lewis é um joalheiro muito requisitado e com clientes de alto nível, então, felizmente, tem uma entrada privativa nos fundos.

— Zee, isso já é extravagante demais.

Uma risada de desdém me escapa.

— Parece até que não me conhece, docinho.

Assim que entramos, Stevie se esconde atrás de mim, de mãos dadas comigo, com ar um pouco intimidado.

— Oi, Lewis — cumprimento, acenando, a caminho das vitrines que mostram seu trabalho.

— E aí, EZ — diz ele, dando um soquinho na minha mão fechada. — Bom te ver. Já decidimos o que comprar hoje?

Eu me viro para Stevie, que fita as vitrines com medo nos olhos verde-azulados.

— Já decidiu o que comprar hoje, Vee?

Ela balança a cabeça rapidamente.

— Nada.

— A regra não é essa — lembro. — Você comprou um presente pra mim na sua loja. Agora, eu vou comprar um presente pra você na minha.

— Zee, eu gastei só quinze dólares.

— E eu vou gastar um pouquinho mais.

— Vou lá buscar a outra peça enquanto vocês decidem o que comprar — interrompe Lewis.

— Outra peça?

Um sorrisinho surge na minha boca.

— Encomendei a primeira correntinha de ouro da Ella.

— Igual à sua?

— Parecida. Menor, óbvio, e mais feminina.

Vejo Stevie se desmanchar na minha frente.

— Mas e pra *você*, o que vamos comprar? — insisto.

— Sério, Zee, isso é demais.

— A gente combinou — digo, e passo os braços por cima do ombro dela para puxá-la para junto do meu corpo e roçar a testa dela rapidamente com um beijo. — Você comprou um presente para mim, então eu posso comprar um presente pra você. Escolhe a joia que você mais gosta de usar, por favor. Vamos trocar por uma de melhor qualidade.

— Minha joia preferida?

— Isso.

Um sorrisinho malicioso surge na boca de Stevie, mas eu a interrompo antes que ela possa responder:

— Além da minha mão.

Ela encolhe os ombros e resmunga que eu saquei a piada antes de ela a fazer.

— Sério — insisto. — O que vamos trocar hoje?

Stevie reflete, e quase vejo as engrenagens em sua cabeça se moverem enquanto ela pensa nas joias que usa. O piercing no nariz, os muitos brincos, os colares sobrepostos e, por fim, os...

— Anéis — declara ela, finalmente. — Meus anéis são meus preferidos.

Eu imaginava, e por isso trouxe ela aqui, em vez de só comprar sem ela. Sabia que ia precisar das medidas dos anéis.

Ela pega minha mão e a levanta para examinar.

— Vamos trocar esse aqui também, né? — pergunta, indicando o anel dourado dela que eu uso no mindinho desde que ela decidiu me dar uma chance.

Pensei nisso, principalmente porque o anel está desbotado e gasto e deixou uma mancha esverdeada na minha pele, já que só tiro para jogar hóquei. Mas não vou trocar de jeito nenhum. As mãos de Stevie podem exibir ouro de 24 quilates daqui para a frente, mas esse anel velho de cinco dólares é dela e, portanto, é meu.

— Não — digo, levando nossas mãos entrelaçadas à boca para encher a dela de beijos. — Esse fica aqui.

Stevie arregala os olhos, animada, quando Lewis tira as medidas das mãos dela, preparando um conjunto novo de anéis personalizados. Alguns dedos vão ter dois anéis, outros, só um. Quanto mais ela percebe que não vai precisar trocar esses de tantos em tantos meses, como fazia com os velhos, mais detalhista e exigente ela fica, sabendo que terá os anéis pelo tempo que desejar.

— E no polegar? — pergunta Lewis.

Roubei o anel de polegar de Stevie em parte porque queria um pedaço dela, mas em parte porque ela tinha o hábito nervoso de girá-lo e, talvez, inconscientemente, eu tenha suposto que, sem aquilo para se apoiar, ela ficaria menos ansiosa. Talvez a confiança dela se destacasse.

— Nada no polegar — diz ela, determinada.

Um sorriso orgulhoso toma meu rosto enquanto espero atrás dela, vendo tudo de cima, segurando o quadril dela tranquilamente.

— Obrigada — sussurra ela quando Lewis vai para os fundos da loja para fazer uns ajustes. — Mas acho que você pode ter criado um monstro: uma perua.

Stevie levanta a mão, examinando as joias chiques novinhas.

— Meu monstro preferido.

Dou vários beijinhos no pescoço e no ombro dela. Gosto de atrair ela para o lado rico da força, mas sejamos sinceros: Stevie, no fundo, sempre vai ser a mulher brechozeira, voluntária de abrigo, que só usa calça jeans larga e tênis sujos, por quem sou obcecado.

— Você primeiro — digo para Stevie, a uma quadra do meu prédio.

Tem um monte de gente aqui hoje, por algum motivo, e a área na frente do meu prédio está lotada.

— Queria que seu prédio tivesse uma entrada de fundos.

Aperto a bunda dela antes de deixá-la seguir.

— Vai dar tudo certo. Meu porteiro te conhece.

Vejo Stevie andar de cabeça baixa e me mantenho afastado. Ela passa pela multidão sem dificuldade, e o porteiro abre a porta grande de vidro do hall e deixa ela entrar.

Espero mais um minuto para nos distanciar e finalmente atravesso a massa de corpos com as mãos nos bolsos, a cabeça abaixada e olhando para o chão, e coberto pelas camadas de roupa de inverno.

Mas não adianta.

— EZ!

— Evan Zanders!

— Eu sabia que ele morava aqui! — grita alguém, e sou cercado e atropelado bem ali na entrada do meu prédio.

— Me dá um autógrafo? — implora outra pessoa, e eu faço o possível para dar o máximo de autógrafos durante a caminhada rápida em direção à porta.

Nos últimos meses, ando tentando separar minha vida da imagem de bad boy do hóquei. Se o time quiser que eu seja escroto no gelo e proteja o pessoal quando necessário, topo com prazer. Mas, quanto mais me acomodo no namoro, percebendo como me sinto por Stevie gostar de mim de verdade e querer minha versão verdadeira, mais quero ser esse mesmo cara para o resto do mundo. E espero que isso seja suficiente para meu o contrato com o único time no qual quero jogar ser renovado.

Aceno rapidinho para a multidão lá fora, e o porteiro me deixa entrar.

— Todo dia aparece mais gente aqui — diz ele. — Quanto mais avança o campeonato e mais vocês sobem no ranking, mais gente quer tirar casquinha, né, sr. Zanders?

— Normalmente, eu amo essas paradas, mas, nesse campeonato, menos.

Olho pela porta de vidro, para os torcedores que apontam e acenam como se eu fosse um bicho de zoológico que veio fazer gracinha para eles.

E, pela primeira vez na minha carreira, desejo que não tivesse ninguém me olhando.

— A srta. Shay está esperando lá em cima.

Dou um tapinha de agradecimento no ombro dele antes de pegar o elevador privativo que vai até o meu andar.

— Zee, você tem que parar de me alimentar — diz Stevie, que se alonga no sofá, tentando ficar confortável. — Daqui a pouco, minhas roupas não vão mais caber. Caramba, nem as suas vão caber.

Ela não está errada. Mesmo que eu malhe todo dia e queime mais calorias do que uma pessoa comum, eu e Stevie pedimos comida quase toda noite, e, porra, eu amo ver ela toda feliz, se enchendo das nossas porcarias preferidas. Não tem muito mais opção, visto que eu sou uma merda na cozinha, e nas viagens a gente só fica em hotel.

— Mas eu gosto de te alimentar.

Eu me sento no sofá, pedindo para Stevie levantar a cabeça e deitar na minha coxa, espalhando os cachos castanhos pelo meu colo. Rosie sobe no sofá do outro lado e se aninha com a cabeçona no meu colo também.

— Nem consigo mais pensar em comida — geme Stevie. — Mas, se conseguisse, diria que a gente precisa experimentar aquela pizza da 28th Street, e também o taco daquela carrocinha nova que para no píer toda terça. E, depois, vale a pena pedir daquele restaurante indiano que abriu agora perto da arena.

Minha gargalhada sacode tanto Stevie quanto Rosie no meu colo.

— Faz uma lista aí — digo, entregando o celular desbloqueado. — Abre o bloco de notas, começa uma lista de todos os restaurantes que a gente quer experimentar.

Stevie se anima. Ela pega o celular e abre o app para criar uma lista nova, mas, antes, hesita, com os dedos pairando sobre a tela.

— O que é isso?

Ela vai descendo e vendo a lista de todas as cidades que a NHL visita.

Não sou de mentir, muito menos para ela, então não minto.

— Antigamente eu fazia uma lista de todas as mulheres que encontrava nessas cidades para saber quem eram quando eu voltasse e elas me procurassem.

Stevie fica paralisada antes de reagir exatamente como eu esperava.

Minha namorada cai na gargalhada, bem ali no sofá.

— Você tá de zoeira! Meu Deus, que ridículo. Zee, você era mesmo uma piranhinha.

— *Inha* — digo, com desdém. — Não tem nada de *inho* em mim, docinho.

— Bom, pelo menos você era um galinha organizado e honesto — diz ela, secando o canto dos olhos. — Posso ler?

— Claro.

Ela passa pelos itens, pensando em qual abrir primeiro, com um sorriso cheio de graça.

— Ah, Nashville. A lista vai ser longa.

Ela clica no nome da cidade de onde veio.

Vejo Stevie estreitar os olhos verde-azulados, confusa, levemente boquiaberta, o divertimento virando emoção.

— Pode até ler em voz alta, Vee.

Ela engole em seco.

— Stevie. Cabelo cacheado e bunda maravilhosa. Não quer transar comigo, mas tomara que mude de ideia.

Ela clica em Denver.

— Stevie. Cheia de marra. Gosta de basquete e de hambúrguer.

Ela fecha a lista e vai para a de Washington.

— Stevie. Melhor sexo da minha vida.

Ela segue para Calgary.

— Stevie. Entrou de fininho no meu hotel e passamos a noite vendo filme.

San Jose.

— Stevie. Boquete de arrasar no chuveiro. Dormiu com minha camiseta.

Depois, Vancouver.

— Stevie. Foi ver meu jogo. Minha companhia preferida.

Finalmente, ela me olha.

— O que é isso?

— Eu falei. É a lista das mulheres que encontro nas cidades. Agora ficou meio diferente, mas o conceito é o mesmo.

Ela volta a focar o celular e abre Los Angeles e Seattle, que não têm nada escrito.

— Aqui está vazio.

— É porque ainda não fomos para lá juntos.

Ela larga o celular na barriga e cruza os braços na frente do rosto para se esconder.

— Nossa. Como você pode ser assim? Mesmo quando te pego sendo galinha, é do jeito mais fofo possível.

Ela me olha, lacrimejando um pouco.

— Você é minha primeira opção, Vee. Minha única opção — digo, afastando os cachos do rosto sardento dela. — Em Chicago e em qualquer outro lugar. É só você.

Ela se senta, puxa meu pescoço para baixo e cobre minha boca com seus lábios quentes. Dou beijos pelo queixo, pelo rosto e pela têmpora dela, que afunda no meu ombro. Eu a abraço com força, continuando a fazer carinho na Rosie do outro lado.

— Eu estou obcecada por você, Zee.

— Somos dois.

Depois de alguns minutos de carinho em Stevie, sinto o corpo dela pesar no abraço, começando a pegar no sono. Apoio a cabeça na dela e sou invadido por uma sensação de gratidão.

Nunca, nem nos meus sonhos mais loucos, achei que teria isso. Nunca imaginei que fosse me sentir seguro para ser quem eu sou como me sinto com essa mulher. Ela me deixa ser direto, honesto e aberto, sem o menor julgamento.

Nunca imaginei que teria minha própria família, mas, entre a doberman ali do lado, que rapidamente virou minha companheira, e a comissária de bordo de cabelo cacheado nos meus braços, eu arriscaria dizer que tenho uma pequena família própria.

E, ao perceber isso, me lembro de repente que já *tive* uma família.

E que sinto saudades.

— Vee? — sussurro, para ver se ela ainda está acordada.

Ela se mexe, abraçando meu pescoço e afundando a cabeça no meu peito.

— Uhum?

Eu hesito antes de soltar:

— Estou com saudade do meu pai.

Ela para o movimento antes de me abraçar com mais força.

— Você devia falar para ele.

— É?

— É — diz Stevie, e pega meu celular do sofá. — Quando você sentir saudade de alguém, é bom dizer.

Ela se abaixa para deitar com os cachos no meu colo de novo, de olhos fechados, me deixando com o celular na mão.

— E, se ele falar alguma coisa que você não gostar, deixo você comprar sorvete para a gente reclamar dele juntos.

Uma risada suave me escapa, e deixo o dedo pairar acima do contato do meu pai. Nossa última mensagem foi dele me avisando que o avião tinha pousado em Chicago, no Natal.

A raiva ainda borbulha no meu peito, mas o alvo não é mais meu pai. Agora, é só minha mãe. Claro que ainda sinto frustração por ele, mas a raiva se dissipou.

O que resta é saudade.

Saudade do relacionamento que tivemos um dia. Que eu achei que nunca voltaríamos a ter. Mas, ultimamente, sinto que talvez possa ser honesto com ele, dizer que preciso dele. Talvez ele também precise de mim.

Sem hesitar mais, digito a mensagem.

Aí, apago. É muito comprida e complicada. Não sei o que dizer. Não sei expressar tudo que senti nos últimos doze anos.

Então não expresso.

Em vez disso, digo o que estou sentindo neste momento.

Eu: *Saudades.*

Achei que o peso sairia do meu peito, mas, em vez disso, a ansiedade inunda meus pulmões, me fazendo perder o fôlego enquanto aqueles três pontinhos cinza dançam na tela.

Pai: *Também sinto saudades, Evan. Sei que você tem muitas coisas a dizer e, quando estiver pronto para dizê-las, estarei pronto para ouvir.*

Solto um suspiro profundo e trêmulo e encosto a cabeça no sofá até o celular vibrar de novo.

Pai: *Te amo.*

Meus olhos ardem com as lágrimas ao ver aquelas duas palavras. Palavras que eu e ele não dizemos há doze anos. Tento me conter, mas, finalmente, meu corpo treme em um choro silencioso. Eu não sabia, até agora, como precisava ouvir isso dele.

Quero responder, mas não estou pronto. Além do mais, as lágrimas estão deixando minha visão tão embaçada, que não conseguiria escrever. Deixo o celular na mesinha de centro e encosto a cabeça no sofá, tentando controlar a respiração e ficar quieto, para não despertar Stevie.

Aperto o nariz com o polegar e o indicador, fechando os olhos com força, tentando segurar as lágrimas.

Stevie pega minha outra mão, entrelaça os dedos nos meus e apoia nossas mãos dadas no rosto.

— Estou muito orgulhosa de você — sussurra ela, ainda de olhos fechados, me permitindo ter o meu momento.

O peso da raiva e do ódio que carreguei por doze anos parece exponencialmente mais leve. Uma mistura confusa do medo que deixa meu corpo e da confiança que vem no seu lugar quando me permito ter aquele minuto, respirando fundo e me recompondo.

Olho para a beldade no meu colo, minha rebelde que tem um coração de ouro e me dá vontade de mostrar meu coração também.

Stevie descansa de mãos dadas comigo, então giro um dos anéis novos em seu dedo, admirando o contraste do ouro em sua pele marrom-clara.

— Obrigada por minhas joias novas — murmura ela.

Afasto os cachos do rosto dela, fazendo cafuné distraidamente enquanto faço carinho em Rosie com a outra mão.

— De nada, Vee. Obrigada por ser minha namorada.

Ela ri baixinho, e se vira para deitar de lado.

— Não precisa me agradecer. É a melhor decisão que já tomei.

Faço carinho no rosto dela enquanto ela volta a adormecer.

— Obrigada por me escolher — acrescenta Stevie, naquele estado sonolento.

Os cílios dela tremelicam sob meu toque, escondendo os olhos verde-azulados. A boca carnuda está um pouco entreaberta, e as bochechas sardentas não podiam ser mais fofas.

— É a melhor decisão que já tomei.

35
Stevie

— Você acha que já entendeu como o hóquei funciona, agora que viu tantos jogos? — pergunta Logan, ao voltar depois de ir falar com Maddison no gelo e se sentar ao meu lado na arquibancada.

— Acho que sim.

Estou olhando de um lado para o outro, admirando o United Center. Faz semanas que venho ver os jogos de Zanders em Chicago, mas acho sempre fascinante como eles transformam o espaço de quadra de basquete em rinque de hóquei. Ontem mesmo vim ver um jogo do Ryan aqui.

— De modo geral, entendi as regras. E, no nosso time, o que sei é que seu marido faz gol e meu namorado fica o tempo todo no banco porque foi escroto.

Uma risadinha escapa dela.

— Parece que você entendeu o básico.

— E você não precisa me fazer companhia em todo jogo — digo, dando uma deixa. — Sei que meu lugar é meio distante. É só que tenho medo de alguém me ver aqui.

— Fico feliz de ficar aqui com você — diz Logan, esbarrando o ombro no meu. — Eli só precisa do nosso ritualzinho pré-jogo, mas, depois, ele se concentra na partida, e não no lugar onde estou. Acho legal você estar aqui. E agora não preciso mais ficar no camarote da família com as outras WAGs.

Tomo um gole demorado de cerveja.

— WAGs?

— É sigla para *Wives and Girlfriends*, namoradas e esposas. Nem todas fazem meu estilo. Algumas são legais, mas outras obviamente namoram jogadores por dinheiro ou status, ou sei lá o que querem tirar disso, então fico feliz de você vir também. Preciso de companhia nos eventos do time.

Abro um meio sorriso e não respondo.

— Quando você puder, claro. Quando vocês assumirem para o público e não for mais segredo.

Genuinamente não sei quando isso vai acontecer, nem como será o futuro do meu namoro com Zanders, então prefiro não me estressar e só aproveitar o momento. E, neste momento, posso ver o cara mais sexy que conheço fazer o que faz melhor.

— Estou superanimada por você estar aqui, Stevie — diz Logan, baixinho. — E muito feliz por você estar feliz, e por Zee estar feliz. Ele é uma das melhores pessoas que eu conheço, e é bom que você o veja como ele é. Às vezes, isso é difícil, quando a persona midiática dele está tão exposta ao mundo.

Olho fixamente para o defesa gigantesco, vendo ele se aquecer. Apesar do tamanho, ele desliza leve pelo gelo.

— Bom, quanto mais tempo passo com ele, mais difícil é ignorar como ele é ótimo. É muito irritante. Ele tinha que conquistar meu coração, né?

Zanders nota meu olhar de admiração ao patinar mais perto da barreira de acrílico que cerca o gelo. Não estamos lá embaixo, perto da pista, mas nossa proximidade ainda é suficiente para eu ver seu sorriso suave quando ele me olha.

— Nunca vi ele assim — comenta Logan, em voz baixa, quase sussurrando, com orgulho na voz.

Zanders puxa a camisa na altura do peito, sacudindo o tecido, indicando a camisa igual a que vesti. Imito o gesto com o uniforme do número onze e seu sorriso elétrico aparece quando ele sustenta meu olhar.

Isto é, até Maddison chegar atrás dele e dar um tapão em seu capacete, provavelmente zoando Zanders por ser tão bobo quanto ele é perto da esposa.

— A Ella não veio hoje? — pergunto, voltando a atenção para Logan.

— Ela está correndo por aí. Os pais de Eli vieram visitar, então estão cuidando dela. Você vai conhecer eles mais tarde. São ótimos.

— E você não precisava mudar os planos de aniversário só por nossa causa, sabe.

Logan faz pouco da minha preocupação.

— Foi um prazer. Adoro que você faça parte do grupo.

Fecho a boca com força, tentando conter o sorriso alegre demais. Pela primeira vez na vida, tenho amigos que querem minha companhia por quem eu sou, e não pelo sobrenome do meu irmão.

É bom.

36
Zanders

Ver Stevie no meu jogo, vestida com minha camisa, mexe muito com meu lado possessivo. Fora minha irmã, nunca ninguém foi à arena só por mim. Não faço ideia de como Maddison aguenta isso todo jogo desde a faculdade. A presença da minha namorada rouba todo meu foco. Não paro de querer olhar para a arquibancada, para ver como ela está bonita, de cabelo cacheado e camisa dos Raptors, mesmo que seja a mesma vista há semanas.

Quase nem acredito que ela está aqui, e parece que preciso conferir para garantir que é verdade.

— Último tempo, Rio, partiu! — grito, quando meu parceiro da zaga e eu entramos no gelo no último tempo do jogo da tarde.

O time está jogando muito bem, tendo acumulado a maior quantidade de pontos na NHL em fevereiro, o que se repetiu no mês de março. Mas, mais do que ganhar outros dois pontos com a vitória de hoje, quando soar o apito, vamos ter garantido o primeiro lugar na nossa divisão para as eliminatórias, o que não acontece com os Raptors há anos.

O goleiro do Buffalo já saiu do rinque dando a eles uma vantagem de seis para cinco. Mas já estamos com dois gols na frente nos últimos segundos do relógio. E, quando Rio toma a posse do disco, dispara pelo gelo e marca no gol vazio, começa a comemoração.

No apito, o time todo pula em cima do nosso goleiro por ter nos levado à vitória sem tomar nenhum gol. O United Center é tomado de gritos, vivas e música em favor do nosso time.

Fomos o primeiro time da liga a garantir nossa vaga nas eliminatórias e agora temos vantagem garantida em casa enquanto estivermos aqui.

A multidão gigantesca de jogadores vai a caminho do banco, trocando abraços e cumprimentos de luva com os técnicos, antes de descer o túnel que leva ao vestiário. Antes de eu sair da pista, Maddison pula em mim.

— Zee, brother, partiu!

Eu o abraço.

— Puta merda, a gente conseguiu!

A gente se abraça por um momento antes de dar uma olhada ao redor da arena, cujas arquibancadas estão cobertas de vermelho, preto e branco.

Desde que Maddison chegou aqui, cinco anos atrás, foi nossa missão mudar a cultura do time. Nós sempre temos chegado às eliminatórias, mas logo somos desclassificados. Temos sido bons, mas nunca ótimos. Mas este ano, sim, estamos ótimos.

E, este ano, temos uma chance de ganhar a Copa.

* * *

Assim que abro a porta da cobertura dos Maddison, Rosie entra correndo como se a casa fosse dela, como toda vez que vem aqui. Ela fareja os sofás e brinquedos, certamente procurando por Ella, antes de desistir e ir pedir carinho para Maddison.

— E aí, cara. Cadê todo mundo? — pergunto, fechando a porta.

Maddison está andando pela cozinha, com MJ amarrado no peito nu, enquanto prepara o jantar de aniversário de Logan. Ele se abaixa um momento para dar a atenção que Rosie pede tão desesperadamente.

— Meus pais tiveram que dar um pulo no escritório depois do jogo, mas logo chegam, e meu irmão deve chegar a qualquer minuto.

Pego MJ do colo do meu melhor amigo e me sento com ele à bancada da cozinha, enquanto Rosie fica sentada e atenta ao lado de Maddison, na esperança de ele deixar cair alguma comida.

— Avisei para Stevie que estava chegando. Ela já deve subir.

— Ah, ela já veio. Só que saiu com Logan e Ella para fazer as unhas logo depois do jogo.

— Jura? Ela veio sozinha?

Eu imaginava que Stevie se sentiria intimidada de subir aqui antes de eu chegar, visto que a casa dos Maddison logo vai estar lotada de amigos e parentes de Logan. Ao mesmo tempo, amo que ela tenha se sentido confiante para fazer isso sozinha, especialmente com meus amigos.

Maddison me olha do outro lado da bancada.

— Que foi? — pergunto.

— Você sabe que ela e a Logan sentam juntas nos jogos há semanas, né? Elas são amigas. E, Zee, desculpa dizer isso, mas Ella anda falando mais de Stevie do que de você.

— Mentira.

Maddison levanta as mãos, na defensiva.

— Ella pede para Stevie pentear o cabelo dela em todos os jogos, e sua namorada deixa minha filha ver todas as fotos dos cachorros do abrigo no celular dela. Então boa sorte para ganhar disso, amigo.

Tá, fico feliz porque meu pessoal gosta de Stevie, mas não precisam gostar mais dela do que de mim.

Segurando MJ com uma só mão, pego o celular e mando mensagem para Stevie.

Eu: *Soube que minha sobrinha gosta mais de você do que de mim. É inaceitável, docinho.*

Stevie Gata: *Não é culpa minha eu ser muito mais legal do que o chato do tio Zee.*

Eu: *Chato? Vou te mostrar quem é chato.*

Stevie Gata: *Mal posso esperar.*

O sorriso no meu rosto chega a doer quando vejo a tela do celular.

Eu: *De que cor vai pintar as unhas?*

Stevie Gata: *Vai bater papo com seu melhor amigo.*

Eu: *Que cor?*

Stevie Gata: *Que diferença faz?*

Eu: *É que vou ver elas ao redor do meu pau mais tarde. Acho que deveria poder opinar.*

Stevie Gata: *Ridículo.*

Mando uma transferência de cem dólares para Stevie com a mensagem "Vermelho, por favor", mas ela recusa e devolve o dinheiro.

Stevie Gata: *Você não vai pagar para escolher a cor das minhas unhas.*

Mando de novo o dinheiro.

Stevie Gata: *Você sabe quanto custa a manicure?*

Eu: *Sei lá. $100? Vermelho, por favor.*

Stevie Gata: *Tá, vou usar para pagar a da Ella também.*

Eu: *Diz que foi presente do tio preferido dela.*

Stevie Gata: *Relaxa, eu já disse que foi presente meu.*

Eu: *Quando a gente se vir, vou ter que dar um jeito nessa sua atitude.*

Stevie Gata: *Mal posso esperar.*

Eu: *Você me deixa louco, e estou com saudades, então vem logo.*

Stevie Gata: *Você também me deixa louca. E também estou com saudade. O jogo foi ótimo, por sinal. Estou morta de orgulho.*

Eu: *Valeu, Vee. Mal posso esperar para comemorar com você.*

— E aí — diz Maddison, chamando minha atenção —, já falou para Stevie que ama ela?

Ele tenta conter a risada brincalhona, mas não consegue, e o peito vibra de tanto rir.

— Nada disso — alerto, porque não estou pronto para pensar naquelas palavras que me apavoraram durante toda a minha vida adulta.

— Cadê a Lindsey? Logan falou que ela não apareceu no jogo.

— Parece que teve muito atraso no voo de Atlanta. Ela ainda vem, mesmo que eu tenha dito que não precisava, mas acho que é porque quer conhecer Stevie. Deve pousar daqui a pouco.

— Quer *conhecer* Stevie? Ou quer *roubar* Stevie?

— Um pouquinho dos dois, provavelmente.

Ajudo Maddison a botar a lasanha no forno, e por "ajudar" quero dizer que fico com o filho dele no colo para ele cozinhar, bem a tempo de chegarem os primeiros convidados. O primeiro a chegar é o profissional que cuida dos filhos deles, mas que, na verdade, é um dos melhores amigos dos dois da faculdade, que eles pagam como babá para ele morar no mesmo prédio e cuidar das crianças quando necessário. Depois, vêm os pais e o irmão de Maddison, seguidos da melhor amiga de faculdade de Logan.

— Tio Zee! — exclama Ella, vindo correndo da porta. — Pintei de amarelo!

Ela levanta as mãos, me mostrando as unhazinhas minúsculas pintadas da cor do sol, com purpurina dourada.

— Uau! Ficou lindo, EJ.

Pego minha sobrinha no colo, do lado oposto do irmão.

— Foi presente da Stevie.

— Ah, foi?

Meu olhar sarcástico encontra minha namorada, que está entrando no apartamento, com toda uma carinha de inocente.

Eu estou sentado em um banquinho alto da cozinha, e Stevie chega por trás de mim, abraça meu peito e remexe as unhas recém-pintadas na minha cara.

O esmalte é azul.

Olho por um segundo e, não vou mentir, a cor ficou bonita em contraste com a pele marrom e os anéis dourados, mas ela escolheu o esmalte só para me provocar. Eu sei bem.

— Ella Jo, preciso conversar com Stevie um segundinho.

Tiro minha sobrinha do colo e, em seguida, entrego MJ para a mãe.

— Feliz aniversário, Lo — digo, e dou um beijo na bochecha de Logan antes de arrastar Stevie atrás de mim, enquanto a risada fofa dela ecoa pelo corredor.

Ela sabe bem o que está fazendo.

Abro a porta do banheiro do fim do corredor e entro com ela. O rosto dela está tão convencido quanto excitado quando fecho a porta com urgência.

— Que história é essa?

Eu a levanto no colo e a apoio na pia da cozinha, parando entre as pernas dela.

— Que foi? Não gostou da manicure?

— Não foi o que eu pedi.

Stevie ri da minha decepção fingida.

— Não pedi sua opinião. E você acha mesmo que a cor das minhas unhas vai fazer você gostar menos de ver minha mão ao redor do seu pau? — pergunta ela, e estende a mão, admirando. — Acho que azul vai combinar bem.

Ela mantém o olhar fixo no meu, abre o botão da minha calça e puxa o zíper. Ela se endireita e leva a boca à minha, mas eu fico de queixo caído quando ela pega meu pau. Stevie o tira da cueca e, ao mesmo tempo, lambe meu lábio.

— Não sei, Zee. Acho que azul ficou bom. O que você acha?

Ela puxa de leve, fazendo todo o sangue do meu corpo correr de uma vez para lá.

Olho para baixo e fico hipnotizado pelos dedos bronzeados, anéis dourados e unhas azul-celeste dela, acariciando meu pau no ritmo perfeito.

— Hm — murmuro. — É... é, azul combinou.

Ela ri baixinho e continua a me masturbar, passando a boca na área sensível logo abaixo da minha orelha. Apoio as mãos no espelho atrás dela, me ancorando. Encosto a cabeça no ombro dela e continuo a me movimentar na mão dela, vendo meu pau entrar e sair.

— Parabéns pelo jogo — diz ela baixinho, beijando e chupando meu pescoço.

— Não para — imploro. — Caralho, Vee, que delícia.

Meu peito sobe e desce rápido e o espelho fica embaçado graças à minha respiração ofegante. Caralho, é uma delícia a mão dela me acariciando no ritmo perfeito. Ela enrosca as pernas em mim, pressionando o calcanhar na minha bunda, e segura a minha nuca com a mão livre.

— Azul fica muito melhor do que vermelho.

Ela continua a me tocar, arrancando um gemido de desejo da minha garganta. Ela levanta os joelhos dos dois lados do meu corpo, tentando aliviar a vontade entre as pernas e arqueando as costas, pressionando os seios no meu peito.

— Vou te comer tão forte quando a gente chegar em casa. Você nem vai conseguir falar depois, muito menos me dizer a cor do seu esmalte.

Estou tremendo na mão dela, pronto para gozar...

— Oi, Linds! — exclama Logan no corredor, fazendo Stevie parar o movimento, paralisada na bancada.

— Puta que pariu, só pode estar de brincadeira — gemo, encostando a cabeça no ombro dela.

— A gente tem que sair daqui.

Stevie arregala os olhos e me solta depressa.

Olho para meu pau duro, querendo chorar de dor por aquela pressão que precisa de alívio, mas é claro que agora é a hora que minha irmã decide aparecer.

Stevie não deveria ter pintado de azul nem de vermelho, e sim de roxo, a cor que meu pau está agora.

— Zee, sua irmã vai pegar a gente aqui juntos — diz Stevie, em pânico. — Eu não posso conhecer ela assim.

Eu afasto os cachos do rosto dela.

— Relaxa. Ela vai te achar dez vezes mais legal se te pegar batendo punheta pra mim no banheiro.

— Para.

Ela ri, dando um tapinha no meu peito ao ficar de pé. Ela ajeita a saia e seca a boca.

— Estou bem? — pergunta.

Levo as mãos ao rosto de Stevie e encosto a testa na dela.

— Está perfeita, Vee. Como sempre. Não se preocupa com a Lindsey. Ela já gosta de você.

Dou um beijo nela, esperando acalmá-la.

Mas quem não se acalma sou eu. Ainda estou com uma ereção gigante que preciso esconder com o elástico da cueca. Faço um gesto para indicar meu pau e lembro:

— Mas você vai precisar cuidar disso logo.

Ela me aperta por cima da calça, me fazendo arfar com a sensação.

— Combinado.

Depois de mais um beijo, ela sai antes de mim para o corredor.

Espero um momento, escondendo bem o que está rolando na minha calça, e saio atrás dela.

— Ah, puta que pariu, é claro. — É a primeira coisa que Lindsey diz quando eu apareço. Ela está no fim do corredor, na frente da entrada, carregando a mala.

— Oi, Linds — digo, e ando até Stevie, encostando a mão na lombar dela. — Essa é minha namorada...

— Stevie! — exclama Lindsey, correndo até ela e a esmagando em um abraço. — Estou tão feliz de te conhecer. Você nem imagina.

— Prazer. — Ela ri.

Maddison e Logan, no fim do corredor, veem toda a interação com sorrisos de compreensão. Eu coço o pescoço antes de levantar as mãos e lembrar à minha irmã:

— Também estou aqui.

— Show — diz Stevie, seca.

— Legal — acrescenta Lindsey.

Minha irmã a abraça por mais um tempo antes de finalmente se virar para mim e revirar os olhos.

— Nossa. Vive querendo atenção.

Ela solta Stevie para me abraçar, mas o meu abraço dura só dois segundos.

Minha irmã dá o braço para Stevie e a puxa.

— Pega a minha mala, tá, Ev? — pede Lindsey, sem olhar para trás.

Fico com meus dois melhores amigos, nós três vendo minha irmã sequestrar Stevie, levá-la para o sofá e tagarelar, animada, sobre sabe-se lá o quê.

— Todo mundo gosta mais da minha namorada do que de mim, é isso? Funciona assim?

— É — responde Logan, sem hesitar.

— Bem-vindo ao clube, cara — diz Maddison, com um tapinha no meu ombro, antes de pegar a mala da minha irmã para tirá-la da porta.

Depois do jantar e do bolo, acabo sozinho na cozinha com Logan e Maddison, nós três lavando os pratos. Entre Ella e Lindsey, mal vi Stevie essa noite. Elas a roubaram de mim tantas vezes que perdi a conta.

Mas tenho que admitir que amo o fato de todas as minhas pessoas preferidas a amarem. Ela é tão especial, tão doce, tão hilária, e não reconhecia o próprio valor por causa das pessoas com quem andava. As pessoas entravam na vida dela para se aproximarem do seu irmão. E ainda tem a mãe dela, que sempre a fez se sentir insuficiente. Mas aqui, com essa gente que compõe minha família, ela é mais do que suficiente. É querida e bem-vinda.

Eu abraço a aniversariante.

— Valeu por ser tão legal com Stevie. Ela nunca teve amigos próximos, então é muito importante.

Logan encosta a cabeça em mim.

— É uma doideira, porque a gente gosta mesmo dela.

— É, acho que ela só não sabia se defender quando as pessoas tentavam se aproveitar da amizade dela para se aproximar do irmão. Mas ela está aprendendo.

Meu olhar de admiração encontra minha namorada com Lindsey na sala.

— Zee — diz Logan. — Ela é ótima. Mas, acima disso, ela faz você gostar de quem você é, e, por isso, eu a amo.

Vejo minha namorada e minha irmã sentadas juntas no chão da sala. Lindsey segura uma taça de vinho, e Stevie, uma cerveja. Rosie está apagada no sofá ao lado de Ella, que entrou em coma de tanto bolo de chocolate que comeu e ainda está com a boca suja.

— Do que vocês estão falando? — pergunto, indo até a sala, me sentando no sofá e puxando a mão de Stevie para ela chegar mais perto.

Ela senta no meu colo, encaixa os pés debaixo da minha perna e me oferece um gole de cerveja.

— Stevie está tentando me convencer a adotar um cachorro — anuncia minha irmã.

O sorriso da minha namorada é amplo e nada inocente.

— Ah, é? E como está se saindo?

— Ela quer que a gente vá ao abrigo amanhã.

Stevie ri baixinho, mas eu noto o tom malicioso por trás. Sei o que ela está fazendo.

— Então espero que você esteja pronta para levar um cachorro para Atlanta, porque eu fui *uma* vez, e já era.

Aponto para a doberman que está alegremente dormindo de barriga para cima do lado da minha sobrinha.

— Eu ia adorar, se ficasse em casa, mas ando praticamente morando no escritório. Stevie, quantos cachorros você tem?

O rosto sardento dela toma um tom levemente rosado.

— Ah, não tenho nenhum. Moro com meu irmão, e ele é alérgico. Mas, como voluntária, eu posso aproveitar os cães todo dia, o que já é ótimo.

Eu a abraço.

— Além do mais, a Vee dorme na minha casa quase toda noite. Rosie é dela tanto quanto é minha.

Stevie sacode a cabeça, desmentindo.

— Tudo bem eu não ter um cachorro meu — diz ela para minha irmã. — Desde que eu ajude eles a encontrarem uma casa, não tem problema a casa não ser a minha.

Eu juro que tudo que sai da boca dessa mulher faz eu me apaixonar mais um pouco.

Ela é uma mistura interessante de suavidade e firmeza, insegurança e confiança, ousadia e timidez. E, independentemente da dualidade, seu coração é sempre carinhoso e aberto.

— Ev, as manchetes andam ridículas ultimamente — diz Lindsey, mudando de assunto.

Stevie olha para todo lado, menos para mim e para minha irmã, com a postura tensa e desconfortável no meu colo.

Faço carinho nas costas dela para tranquilizá-la.

— Estão atrás de qualquer coisa porque faz tempo que não me veem nas festas por aí, nem acompanhado por ninguém depois dos jogos.

Stevie muda de posição, desajeitada. Ultimamente, esse assunto anda sendo sensível para ela. Eu aguento que as pessoas zoem de mim, mas ela acha difícil ler tanta mentira, mesmo que a gente tenha concordado que isso é importante até renovarem meu contrato.

— Viu aquela de ontem, dizendo que você tem um filho secreto e por isso não tem sido fotografado por aí? — pergunta Lindsey, jogando a cabeça para trás de tanto rir.

— Eu tenho uma filha mesmo — digo, fazendo carinho na barriga de Rosie. — Ela só não é secreta.

Eu esperava tirar um sorrisinho de Stevie com isso, mas não adianta, então eu a abraço pela cintura e a puxo um pouco mais.

— Ultimamente tem sido uma merda — admito. — Tenho que esconder nosso namoro e fazer Rick parar de pegar no meu pé. Tem cada vez mais gente acampada na porta do meu prédio, e também anda mais difícil fazer Stevie ir para lá.

— Vocês deveriam só aproveitar e morar juntos — diz Lindsey casualmente.

Stevie engasga com a cerveja, tossindo, desastrada.

Que bom que estamos de acordo quanto a progredir em ritmo normal, mesmo que todo mundo ao nosso redor ache que vamos andar na velocidade da luz.

— Linds, agradeceria se você não fizesse minha namorada engasgar.

Eu aproximo a boca da orelha de Stevie e cochicho:

— Quem faz isso sou só eu.

Ela fica boquiaberta e dá um tapa no meu peito.

— Caramba. Ainda não acredito que você tem namorada — diz Lindsey, balançando a cabeça. — Mas, em algum momento, você vai ter que parar com essa besteira da mídia, Ev. Seus torcedores te amam, e vão adorar te ver feliz. Eles curtiram sua bobajada de bad boy porque é tudo que você apresentou. Mas você vai precisar mostrar quem é de verdade e dar a chance de eles amarem *esse* cara.

— É o que eu tenho dito — concorda Stevie baixinho.

— E, se não gostarem de você, bom, eu meto um processo fodido neles. Sou advogada. Posso fazer isso.

O humor da minha irmã nos relaxa tanto que finalmente vejo Stevie voltar a sorrir.

Sei que Lindsey está certa. Stevie, Logan e Maddison têm dito exatamente a mesma coisa, mas fico assustado de mudar tudo e me revelar assim perto da renovação do contrato. Faltam só uns dois meses. Até lá, aguento essa narrativa escrota.

Espero só que Stevie também aguente.

37 Stevie

— Vai fechar essa boca ou quer usar a baba para limpar o chão do avião depois do voo?

As palavras de Indy me tiram do transe, e eu fecho a boca rapidamente, secando os cantos por via das dúvidas.

— Eu é quem deveria estar babando. Estou dependendo só da imaginação, pensando no que está escondido naquela cuequinha. Você pelo menos tem experiência.

Meu olhar continua fixo na fileira da saída de emergência, onde meu namorado seminu arruma o terno na cabine superior.

— Confia em mim, Indy. Estou babando exatamente *porque* tenho experiência.

Enquanto o time veste as roupas confortáveis para o voo para Fort Lauderdale, eu e Indy continuamos escondidas na traseira da aeronave.

— É o melhor sexo da sua vida ou não é?

— Ah, sem dúvida. Não tem nem comparação.

— Piranha sortuda.

Um suspiro contente me escapa enquanto vejo o lindo corpo esculpido de Zanders vestir a calça de moletom. Os outros caras também estão trocando de roupa, mas meu olhar atravessa eles, concentrado no jogador cheio de joias de ouro e tatuagens pretas.

Ele deve sentir meu olhar, porque, de repente, Zanders vira a cabeça para mim, me encontrando com seu olhar cor de mel. A expressão dele derrete, todo fofo e leve, sorrindo, e não consigo segurar o sorriso tímido de volta.

Até ele levar um dedo sedutor à boca, puxar o lábio inferior e descer a mão pelo peito e pela barriga. Ele não para de me olhar, se fazendo de sedutor, mesmo que, na verdade, esteja todo bobo.

Felizmente, Maddison dá um pescotapa nele antes de Tara vê-lo me olhando desse jeito enquanto está seminu.

— Como você anda desde que… sabe...

— Desde que entrei em casa e encontrei meu namorado, com quem estava há seis anos, metendo em outra mulher? — pergunta Indy. — É. Ótima. Ando ótima.

Ela obviamente não está ótima, a julgar pelas olheiras e pelo tom pálido da pele normalmente bronzeada. Além do mais, o uniforme dela está largo no corpo, graças a sua falta de apetite.

Faz poucas semanas desde que ela descobriu a traição de Alex, mas isso nem se compara aos anos que passou apaixonada por ele. Não tem prazo para superar dor de cotovelo, independentemente do motivo do fim. O coração não se desliga de repente só porque a gente quer.

Ao mesmo tempo, não tem prazo para o coração se apegar a outra pessoa. Aconteceu comigo mais rápido do que eu imaginava. Para ser sincera, foi mais rápido do que eu gostaria, mas agora não tem mais volta. Já estou envolvida demais. Estou me afogando em sentimentos que nem sabia que conseguiria ter, mas também não tenho vontade de emergir para pegar ar.

— Do que você precisa? — pergunto, me virando para minha colega.

— Preciso sair de casa. Preciso encher a cara e passar dois minutos sem pensar nessa merda. Sei que não é a solução mais saudável — diz ela, levantando as mãos, na defensiva —, mas a terapia demora muito mais do que o tempo necessário para eu virar uma dose de tequila.

Fico de boca bem fechada, tentando segurar o riso, mas, felizmente, Indy cai na gargalhada antes de mim. Ela tem andando chateada e magoada, mas, vez ou outra, dá para vislumbrar minha amiga normalmente divertida e alegre.

— Acho uma ótima ideia. Vamos sair hoje. O time de Ryan vai passar o fim de semana em Miami, então ele estava pensando em ir com um pessoal para encontrar a gente, ou a gente pode ir encontrar eles. Tem problema?

— Está de zoeira? Tem problema? Você acha que vou reclamar de sair para a balada com um bando de jogadores de basquete imensos? Não entendo nada desse esporte, mas sei que eles são enormes e supostamente muito bons de pegada.

— Tá bom — eu digo, rindo. — Só não sabia se você estava a fim de sair com Ryan depois daquela noite...

— Ah, não me entenda mal. Nunca mais vou conseguir fazer contato visual com seu irmão depois de ter passado a noite toda chorando na sala da casa dele, com o nariz todo catarrento e enchendo a cara de sorvete, mas o resto do time não precisa saber do meu desastre.

Zee (Daddy) Zanders: *Cacete, Vee. Vem dar pra mim agora? Você assim, de uniforme, tá me fazendo pensar naquele dia no carro.*

Todo o sangue do meu corpo dispara para minhas bochechas e para o meio das minhas pernas, e minha cabeça é inundada por lembranças daquela noite louca. No entanto, eu não respondo a mensagem porque preciso me concentrar no trabalho.

Dois minutos depois, a luz azul acende na cozinha e um apito soa na cabine. Olho para o corredor e vejo a luz correspondente no assento de Zanders.

— Ah, puta que pariu.

— Vai cuidar do seu mozão — brinca Indy, mas há menos sarcasmo escondido na expressão dela do que da última vez que ela fez essa piada.

— Ele nem precisa de nada — eu resmungo, saindo para o corredor. — Pois não? — pergunto para Zanders quando apago a luz do assento dele.

Ele está exibindo o sorriso malandro.

— Você não precisa de nada, né?

— Você não respondeu a mensagem, e eu precisava te ver — cochicha ele, olhando de um lado para o outro para garantir que não tem ninguém vendo. — Você está linda.

Maddison ri no assento ao lado.

— Foi mal — diz ele, ainda rindo e balançando a cabeça. — Stevie, você está ótima, é só que eu não aguento ouvir esse cara falando que nem eu.

— Shh — diz Zanders, para o amigo se calar. — Estou ocupado ficando de casalzinho.

Ele volta a atenção para mim, e eu me agacho ao lado do assento para encontrar o olhar dele.

— Soube que o time do seu irmão vai estar por lá hoje — diz ele.

— É, ou eu vou para Miami, ou ele vai subir para encontrar a gente. Ainda não sei.

— Ele vai subir. Tem uns caras aqui que são amigos do pessoal dele, então todo mundo combinou de se encontrar.

— Ah.

— Tem problema?

— Bom, é, na verdade, tem. Não posso sair com vocês assim.

— Eu acho a desculpa perfeita. Você não pode se meter em encrenca por socializar se estiver só indo encontrar seu irmão.

— E a Indy? Eu ia sair com ela hoje.

— Vê se ela topa sair com a gente e, se topar, eu cuido de fazer os caras ficarem quietos. Se ela não topar, tranquilo, te roubo outro dia.

Abro um sorriso agradecido por ele entender e não me pedir para mudar de planos.

— Vocês estão confiantes com o campeonato?

Zanders se vira para Maddison, e os dois trocam um olhar de modesta determinação. Não é o que costuma acontecer entre esses dois arrogantes, mas eles sabem manter a seriedade quando a questão é o hóquei e a perspectiva do campeonato. Como já começou a primeira rodada eliminatória, precisam de seriedade mesmo.

Eles já estão com dois jogos de vantagem contra a Flórida e, se ganharem mais dois fora de casa, vão sair invictos.

— Estamos prontos — declara Zanders, confiante, antes de olhar para o corredor e pigarrear, com o olhar frio.

Ele não precisa explicar. Já entendi.

— Água com gás só? — pergunto, bem quando Tara passa por nós.

— Com limão — acrescenta Zanders, e eu volto correndo para a cozinha.

A brisa fresca do mar sopra nos meus cachos, afastando-os do meu rosto, e a areia quente desliza entre meus dedos quando eu e Indy pisamos na praia logo na frente do hotel. A temperatura noturna do sul da Flórida é perfeitamente amena, o que oferece um alívio agradável após seis meses viajando pelas cidades mais frias da América do Norte.

— Tudo bem mesmo? — pergunto para minha colega, a caminho de um dos bares na avenida principal da orla de Fort Lauderdale.

— Tudo certo — diz Indy, e dá de ombros. — Assim, já perdi meu apartamento e meu namorado. Se a gente se encrencar e eu perder o emprego, é só mais uma coisa para a lista.

O tom dela carrega sarcasmo, mas não acho que seja brincadeira. Ela anda bem desanimada e derrotada, e manter o emprego é uma das últimas coisas em sua lista de prioridades.

Honestamente, é um bom momento, porque essa mesma preocupação tem caído rapidamente de posição no meu ranking do que é importante, enquanto poder sair em público com meu namorado tem subido rapidamente.

— E não tenho a menor vergonha de me jogar em cima de um atleta profissional — continua ela. — Vou perder o emprego e deixar ele pagar por tudo de que preciso, tipo para sair da casa dos meus pais.

Dou o braço para ela e a olho com leve preocupação.

— Vamos arranjar uma bebida e chamar a atenção de homens dez vezes mais atraentes e bem-sucedidos do que seu ex-namorado.

Dom, do time do meu irmão, vem correndo assim que entramos no bar, estendendo uma cerveja.

— Shayzinha! Pedi uma cerveja para você — diz ele, e olha para a esquerda, onde encontra minha amiga loira estonteante. — Meu Deus, boa noite.

— Dom, essa é a Indy. Indy, esse é o Dom, do time do Ryan.

O choque de Dom passa, dando lugar à típica atitude malandra.

— E você? Quer beber o quê?

Indy olha para as cervejas que ele traz, uma para ele, e outra para mim.

— Álcool — responde ela, e rouba dele uma garrafa, que vira o mais rápido possível.

Dom arregala os olhos, chocado.

— Eu, hum... Vou pegar outra para você, Shayzinha.

Ele coça o pescoço, confuso.

— Relaxa. Não sei nem se vou beber hoje.

Eu não tinha decidido isso antes, mas, vendo Indy nesse estado e sabendo que Zanders amanhã vai jogar e deve estar pegando leve hoje, acho que prefiro ficar sóbria.

Seguimos Dom até onde está o restante do time, e as mesas altas espalhadas pelo bar estão ocupadas por uma mistura igual de jogadores de hóquei e de basquete de Chicago. Alguns dos Raptors olham em dúvida para mim e para minha colega, porque nunca nos viram sem uniforme, nem fora da aeronave. Mas, quando meu irmão se levanta, avança em dois passos largos e me envolve em um abraço, é aí que os olhos dos jogadores com quem trabalho praticamente saltam.

Imaginei que seria hoje a noite para todo mundo descobrir que meu irmão é o armador do time de basquete de Chicago e, surpreendentemente, não me incomodo. As inseguranças que eu tinha sobre me usarem para se aproximar de Ryan já não são mais tão fortes. Ou, pelo menos, agora eu sei diferenciar as coisas e lutar pelo que eu mereço.

De qualquer jeito, tem gente demais me olhando, confusa, e o silêncio domina o bar relativamente cheio.

— Podem relaxar, porra — manda Zanders para o resto do time, levantando-se ao lado de uma mesa nos fundos, com Maddison e Rio.

— Como você conhece Ryan Shay? — pergunta um dos Raptors mais jovens, Thompson.

Do lado do meu irmão, é fácil entender. Os olhos de Ryan são iguais aos meus. A pele dele tem o mesmo tom e as mesmas sardas que a minha, e o cabelo do meu irmão, curto, mas não tão raspado, tem os mesmos cachos que o meu. Claro que, com um metro e noventa, ele é muito maior do que eu, mas ainda assim…

— Você é parente de Ryan Shay? — pergunta outro cara, chocado e boquiaberto.

— Não — responde Zanders de novo, bebendo água casualmente. — Ele que é parente dela. Podem parar de agir que nem um bando de fãzinhos e deixar eles em paz?

Alguns jogadores dirigem olhares curiosos para ele no fundo do bar, o que me faz temer que a identidade do meu irmão não seja o único segredo revelado hoje.

Os trinta e poucos atletas no bar voltam a papear entre si, tentando como podem fingir que não estão nem um pouco chocados.

Olho para Zanders, que abre um sorrisinho suave do outro lado do bar antes de voltar a conversar com Maddison e Rio.

— Quer uma cerveja? — pergunta Ryan, vendo que estou de mãos abanando.

— Não precisa. Ryan, lembra da Indy?

Ele se vira para minha colega.

— Ah. Lembro. Oi.

— Oi — responde ela, igualmente desinteressada.

Ou envergonhada, não sei bem.

Ryan tira do bolso o celular, que está vibrando.

— Merda — resmunga ele, antes de recusar a chamada e guardar o aparelho.

— Que foi?

Ele balança a cabeça, sem querer me contar, mas sei que é alguma coisa.

— Ryan.

Ele suspira bruscamente.

— Um pessoal da faculdade veio da Carolina do Norte para ver o jogo de amanhã. Arranjei ingresso para eles. Brett veio também.

— Puta merda, Ry.

— Eu sei, foi mal. Eu falei que não era para eles convidarem Brett, mas parece que ninguém me escutou, porque ele está aqui. Nessa cidade.

— Cacete! — exclama Rio, passando o braço ao redor do meu ombro e do de Indy. — É um milagre do campeonato. Vocês vieram sair com a gente?

Eu me desvencilho dele, deixando-o pendurado na minha amiga, e volto a olhar para Ryan, cheia de preocupação com a bomba que ele soltou.

— Vocês estão muito gostosas. Quer dizer… lindas. Bonitas? O que é que as mulheres gostam de ouvir?

Eu e Indy rimos um pouco.

— A gente gosta de ouvir que você vai comprar todas as bebidas e pagar nossa conta. Vamos lá, espertinho — diz Indy, puxando-o para o bar.

Rio se volta para mim.

— *Ai. Meu. Deus!* — murmura ele, arregalando os olhos verdes, feliz demais.

— Interessante — comenta Ryan.

— Rio? Ah, ele é inofensivo. É praticamente um golden retriever.

— Estava falando da sua amiga. Indiana? A que ficou chorando ao som de Celine Dion às três da manhã.

Uma mão larga roça discretamente minha lombar, afundando os dedos no meu quadril, mas eu nem me tensiono sob o toque.

— Está me perseguindo? — pergunta Zanders, se curvando para encostar a boca no meu ouvido.

Ele se vira para mim, e seus olhos cor de mel percorrem meu corpo, admirando cada centímetro, antes de ele morder o lábio.

Eu olho de volta, querendo poder tocá-lo. Beijá-lo. Pegar a mão dele. Qualquer coisa, honestamente, mas só posso olhar. Então eu olho pra caralho.

Uma camisa branca de linho tem o privilégio de vestir seu tronco, com os botões de cima abertos, expondo a pele escura e a corrente dourada. A calça é de um tom verde-azeitona, a cor mais clara que já o vi usar, mas ainda assim parece cara pra caramba. É diferente ver ele assim, em uma roupa que não tem o estilo estruturado e todo preto de costume.

— Tá, sei que vocês estão namorando — cochicha Ryan, para mais ninguém ouvir —, mas não precisam ficar se comendo com os olhos bem na minha cara.

— Não tem jeito — diz Zanders, sem hesitar, com o olhar fixo em mim. — Ela é um espetáculo, e ontem à noite fez uma parada com a…

Cubro a boca dele rapidamente com a mão antes de recuar, arrependida. Olho ao redor do bar, mas parece que ninguém viu esse toque tão íntimo.

Ryan fecha os olhos com força, tentando esquecer o que Zanders falou.

— Porra, cara, ela ainda é minha irmã. E se vocês são assim tentando guardar segredo, nem quero saber como vão ser quando finalmente assumirem.

Faz um tempo que não penso nisso, principalmente porque não tenho me permitido. Crio esperanças, mas, no momento, o sonho ainda está distante demais. Zanders precisa renovar o contrato, e isso só vai acontecer se ele mantiver a pose de playboy do hóquei. Pelo menos é o que o agente dele diz.

Só posso torcer para ele não se preocupar mais em manter as aparências depois de assinar os documentos, e, até lá, espero ter analisado a ideia de mudar de emprego.

Zanders olha para minhas mãos.

— Quer uma cerveja?

— Não vou beber hoje.

— Por que não?

— Bom, porque você não vai beber, e eu estava na esperança de você se aproveitar de mim mais tarde, e sei que não vai querer se estiver sóbrio e eu, não.

Ele começa a levantar o canto da boca, malicioso, com palavras safadas na ponta da língua, mas Ryan nos interrompe antes de Zanders conseguir falar.

— Ainda tô aqui, ainda sou seu irmão.

— Vou fingir que não sei qual é o seu gosto e ficar de boa com o Maddison até ele decidir voltar para o hotel.

— Ainda tô aqui — repete Ryan, seco.

O olhar cor de mel de Zanders fica todo doce e fofo.

— Você é linda, Vee — diz ele, e cumprimenta meu irmão com um soquinho na mão. — Foi bom te ver, cara.

Meu namorado volta à mesa do amigo, e eu vejo o traseiro dele se afastar. Bunda perfeita de hóquei.

— Tá boba pra caralho — ri Ryan, me abraçando pelo ombro.

— Você deveria experimentar.

— Não, tô de boa.

— E "foi bom te ver, cara"? Que broderagem foi essa?

— A gente joga na mesma arena, usa o mesmo vestiário. A gente se vê por aí. Não precisa fazer escarcéu.

— Vocês são… *amigos*?

Arregalo os olhos e um sorriso toma meu rosto.

— Não deixe a situação esquisita.

— Indy, me ama, por favor — choraminga Rio, pendurado nela.

— Rio. Não. — Ela ri, já tendo tomado cinco margaritas. — Você ainda é um bebezinho. Eu acabaria com sua vida. Acabaria com a vida de qualquer um agora.

— Pode acabar com minha vida. Eu acho uma ideia perfeita.

— Seu amigo tá meio desesperado hoje — cochicho para Zanders à mesa na frente de Indy, Rio e meu irmão.

— É assim toda noite. — Zanders suspira, encostando o ombro no meu. — Tentei ensinar, mas ele não aprende.

— Acho que esse jeito afoito é parte do charme dele.

Encosto o braço todo no de Zanders, o único toque possível entre tantos olhares.

Ele se apoia no cotovelo, se virando inteiramente de frente para mim, me escondendo das três pessoas do outro lado da mesa.

— E *meu* charme, qual é?

— Seu charme?

— Isso.

— Bom, sua humildade, claro.

— Claro.

— Seu pau enorme, óbvio.

— Estou vendo que o sarcasmo acabou.

— Mas, fora isso, você me faz gostar de mim, e fazia tempo que não sentia isso.

Zanders franze as sobrancelhas.

— Vee, você não pode falar essas coisas quando eu não posso nem te beijar.

— Bom, mas é verdade. Gosto de quem sou com você.

— Puta que pariu — diz ele, olhando ao redor do bar lotado antes de se voltar para mim, se abaixar e cochichar: — Mais tarde, vou te mostrar quanto o homem que você *me* tornou gosta da mulher que você é.

— Indy, você está solteira agora. E eu estou solteiro desde… sempre. — Rio continua a implorar, chamando nossa atenção. — Não estou vendo o problema.

— O problema é que você precisa de professora, o que deve ser o fetiche de alguma mulher, sem dúvida. Mas não é para mim.

— Ah, fala sério, Indiana — opina meu irmão. — Você pode ensinar ele a cantar "My Heart Will Go On" às três da manhã e acordar o prédio inteiro.

Os olhos castanhos de Indy ficam mais sérios.

— Primeiro, eu não me chamo Indiana!

Ah, ela tá bêbada mesmo.

— E perdão por ter sentimentos, sr. Tive-Que-Passar-A-Noite-Escondido-No-Quarto--Porque-Tinha-Uma-Mulher-Gostosa-No-Meu-Apartamento-E-Eu-Tenho-Medo.

Ryan fica boquiaberto.

— Acredite, eu *não* tenho medo de mulher.

— Eu falei que tem medo de mulher *gostosa* — diz Indy, pegando um shot transparente da mesa e virando de uma vez. — Como eu.

A pele marrom-clara do meu irmão empalidece, pois ele está levemente assustado com essa mulher que está em outro nível hoje, mas nada do que Indy disse estava errado.

Um barman aparece com uma dose para Zanders e aponta para duas mulheres bonitas empoleiradas no balcão.

— Cortesia delas.

Nós cinco olhamos para elas, mas as duas continuam a olhar fixamente para o meu namorado, acenando.

Zanders acena de volta, sem jeito.

— Puta merda, cara — admira Rio. — Vai lá.

Eu me ajeito, desconfortável, enquanto Ryan e Indy me observam.

— Tô de boa — diz Zanders, dispensando o amigo.

— Fala sério, cara, vamos lá. Me leva junto. São duas. Dá para dividir.

— Não, Rio. Já falei, tô de boa.

Zanders passa o copo para Indy, que vira a bebida sem hesitar.

— Esse ano você anda chato, EZ. Mal tem saído. Pelo menos no último campeonato eu conseguia pegar suas sobras.

— Pegar?

— Tá, não pegar, mas pelo menos dava para distrair elas enquanto você estava ocupado com as amigas.

Isso faz o grupo todo rir, inclusive eu.

— Não estou mais a fim, Rio, foi mal.

Zanders está segurando a água com os dedos cheios de anéis, e eu faço o mesmo, a centímetros da mão dele. Ele estende o indicador timidamente, acariciando meu dedo para saber se estou bem.

Mas, honestamente, estou de boa. Por que não? O cara é meu, e tudo que ele fez desde que a gente ficou foi me lembrar de que sou sua única escolha. Então não tenho mais ciúme. Só arrogância.

Indy ganha mais umas bebidas quando mudamos para a mesa maior no fundo do bar, onde estão vários dos colegas de time do meu irmão e do meu namorado. Já está bem óbvio que ela está trêbada, e fico feliz por ficar na água e poder ajudar ela a voltar para o hotel quando for a hora.

— Ainda não acredito que você não contou que é parente de Ryan Shay — baba Rio. — Sou atleta profissional, mas Ryan Shay? Até eu tô deslumbrado.

— Honestamente, Rio — diz meu irmão, sentado ao meu lado —, Stevie é muito mais interessante do que eu. Confia em mim. Você tem a parte mais legal da nossa dupla no seu avião.

— EZ, vamos lá, cara! — chama Thompson, um pouco afastado, indicando outra mesa de mulheres.

Elas são lindas e estão quase nuas graças ao calor da Flórida.

O foco delas está fixo em Zanders, na cabeceira, e já me acostumei, mas é a quarta vez hoje que algum colega do time tentou provocar, e ele está cansando.

— Tô de boa. Como já falei três vezes — insiste Zanders, antes de virar a água.

— Mas por que não?

Zanders hesita, olhando de relance para mim antes de se voltar para os amigos.

— Porque hoje não estou para farra. Então, tô de boa.

— É, você nunca bebe nas eliminatórias, mas isso nunca te impediu de ir para a farra. Vamos lá, EZ! Alimente os tabloides!

Infelizmente, Maddison já voltou para o hotel, então ele não tem como salvar Zanders dessa.

— Fala sério, Zanders! Ensina seus truques!

O maxilar de Zanders treme de irritação.

— EZ, mermão! Faz o seu melhor!

— Vamos ver! Dá seu show!

— Puta que pariu! Larga do meu pé, caralho! — reclama Zanders, com um tapa brusco na mesa de madeira, e o silêncio toma o grupo animado. — Tenho namorada, tá? E ela tá bem aqui, porra — diz ele, apontando para mim, completamente exausto e frustrado. — Então, por favor, pelo amor de Deus, calem a boca.

Meu rosto esquenta sob a atenção. Todos os caras ao redor da mesa estão boquiabertos, de olhos arregalados e sobrancelhas erguidas. Vozes baixas soam, principalmente do time de hóquei, olhando de Zanders para mim.

Ele abre um sorriso de desculpas para mim e levanta as mãos, derrotado.

Os cochichos viram gritos quando os dois times começam a aplaudir e assobiar.

— EZ tá namorando!

— Logo com nossa Stevie!

— Vocês já treparam no avião?

— Opa, é a minha irmã — intervém Ryan.

O momento de frustração de Zanders se dissipou, substituído por um sorriso juvenil que me faz derreter.

Nem imagino como deve ser libertador para ele assumir para o pessoal, e ainda por cima o time ficar feliz por ele. Talvez seja a confiança necessária para ele saber que, quando decidir mostrar quem é para o resto do mundo, todos também vão amá-lo.

— Se alguém abrir a boca, vai se ver comigo — adverte Zanders, recuperando a típica presença dominante rapidamente. — Stevie vai ser demitida se essa história se espalhar. Então fiquem quietos.

— Porra... — xinga Ryan, baixinho, do meu lado, olhando fixamente para a porta.

Sigo seu olhar e noto alguns de seus colegas de faculdade entrando no bar, dentre eles o meu ex.

Zanders deve notar minha expressão de pânico porque segue meu olhar também e, assim que se vira para a porta, dispara a passos largos e velozes.

— Ah, não, não, não — resmungo, pulando os caras ao meu lado, precisando sair dessa mesa antes de Zanders chegar até Brett.

Seu corpo musculoso é grande e intimidador, e eu corro atrás dele.

— Ora se não é o Evan Zanders — provoca Brett assim que eu pego Zee pelas costas da camisa branca de linho, tentando contê-lo.

Zanders continua a avançar para a porta, e eu só faço ele desacelerar muito levemente ao segurar a camisa, mas isso não faz muita diferença, porque, aparentemente, quem eu precisava deter não era meu namorado.

Em um piscar de olhos, Ryan passa por nós e, recuando o cotovelo, dá um soco pesado na cara do meu ex.

O barulho nem é tão alto, mas cala o bar inteiro, e eu e Zanders paramos no meio do caminho.

Brett leva a mão ao nariz, e o sangue escorre dos dedos e pinga no chão.

— Puta que pariu, Shay!

— Foi pela minha irmã, seu filho da puta. E, se você aparecer de novo onde eu não convidei, o próximo soco vai ser por mim mesmo — diz Ryan, e se vira para os antigos colegas. — Tirem ele daqui.

A raiva do meu irmão é palpável, e o peito dele sobe e desce quando ele volta para a mesa.

— Cuzão do caralho — resmunga ele.

Quando Ryan passa por mim e pelo meu namorado, Zanders estende o punho, e meu irmão o cumprimenta com orgulho.

Indy o interrompe no meio do caminho, entre a mesa e a entrada.

— Isso foi um tesão — admite ela, bêbada, logo antes de se curvar e vomitar tudo que bebeu bem nos sapatos de Ryan. — Ai, nossa — diz ela, cobrindo a boca de vergonha. — Mas isso não foi.

38
Stevie

Assim que levo Indy de volta ao quarto com um copo de água e Advil, desço de fininho para encontrar Zanders na praia. Ele está carregando os sapatos caros na mão e dobrou um pouco a barra da calça para não arrastar na areia.

Felizmente, a orla está deserta a esta hora, nos permitindo uma rara privacidade fora do apartamento dele. As únicas luzes vêm dos hotéis da praia, mas não são fortes o suficiente para iluminar a areia.

Carrego minhas sandálias em uma mão e pego a mão de Zanders com a outra.

— Vamos nos afastar mais — sugere ele, e eu o sigo, afundando os pés na areia.

A brisa do mar é perfeitamente fresca, aliviando a umidade da Flórida.

— Nem acredito que contei tudo no bar — diz Zanders, balançando a cabeça. — Fiquei frustrado e cansei de não saberem da gente.

Viro a cabeça para ele, segurando seu antebraço e entrelaçando os outros dedos nos dele.

— Não foi o ideal, mas eu entendi. É muita pressão para você ser alguém que não quer ser. Será que o time vai ficar quieto?

— Acho que vai, sim, porque eles todos têm medo de mim.

Ele aperta minha mão e continuamos a seguir pela praia vazia, nos afastando da fileira de hotéis.

— Você ainda está ok com isso? Com a gente guardar segredo?

Ele se vira para mim, cheio de preocupação nos olhos cor de mel.

— Não — digo, honesta. — Mas é o que tem que acontecer por enquanto. Preciso do meu emprego e, mais que isso, você precisa renovar o contrato.

— Liguei para minha equipe de RP quando você subiu. Só para o caso de alguém no bar ter escutado alguma coisa e espalhar. Também disse que fui eu quem socou o Brett, então, se isso aparecer, a imagem perfeita de Ryan vai ficar intacta.

— Você não precisava fazer isso.

Ele dá de ombros.

— Foi vantajoso. Combina com a narrativa que Rich está montando e impede Ryan de ficar mal na fita. Além do mais, minha namorada provavelmente fica caidinha quando eu protejo o irmão dela.

Esbarro o quadril na coxa dele.

— Fica mesmo.

— Aqui está bom — diz Zanders, e joga os sapatos na areia.

Ele se senta, abrindo bem as pernas, e estende a mão para me chamar para sentar.

— Olha só, você sentado de bunda na areia, sem nem reclamar de ter que levar a roupa para a tinturaria.

Uma risada faz o peito dele vibrar junto às minhas costas quando eu relaxo entre suas pernas.

— Recentemente, aprendi que, às vezes, as roupas não são tão importantes. Só as memórias que construímos quando as usamos.

— Parece algo que uma mulher incrivelmente inteligente e sábia diria.

— Ela é razoável.

Zanders abraça meus ombros, me puxando para perto, e sobe a boca quente pelo meu pescoço e pela minha mandíbula. Eu me derreto toda enquanto as ondas do mar quebram na orla, preenchendo o silêncio que nos cerca.

— Estou com saudade da Rosie — choraminga ele junto à minha pele.

Mantenho a boca fechada, tentando segurar o sorriso. Rosie é exatamente do que Zanders precisava, ele percebendo isso ou não. Ela virou sua parceira, sempre ao seu lado, disposta a oferecer o amor incondicional que ele não sabe pedir, mas de que precisa.

Ela é um bom lembrete de que alguém precisa dele, depende dele. E é um motivo para ele sentir saudade de casa. Zanders pode não ter percebido, mas ver os melhores amigos construírem uma família ao seu redor, mesmo que sempre o incluam, provavelmente fez ele querer uma conexão própria em Chicago. E agora ele tem.

— Você recebeu fotos hoje?

— Recebi — diz ele, sorridente. — Quer ver?

Ele já está mexendo no celular antes mesmo de eu responder.

Zanders apoia o queixo no meu ombro e, embora eu não veja o seu sorriso, o imagino perfeitamente enquanto ele passa o dedo na tela, exibindo as fotos de hoje da cadela preta e caramelo.

O pobre dog-sitter foi bombardeado com milhares de mensagens por dia durante as primeiras viagens de Zee depois que ele adotou Rosie. Finalmente, eles combinaram que pelo menos uma foto por dia acalmaria o pai de pet superprotetor, sabendo que a menina dele está em boas mãos.

Se eu já imaginei que eu veria fotos de Rosie espalhada em uma caminha luxuosa ou pegando sol em uma espreguiçadeira, com a coleira extremamente cara reluzindo ao sol? Não. Nem em um milhão de anos. Especialmente porque ela passou um ano inteiro no abrigo. Mas a menina intimidadora é a maior doçura, e só precisou que um cara igualmente intimidador percebesse.

— Ainda não acredito que você comprou essa coleira para ela.

— Ela precisa de uma corrente que nem a do pai — ele se gaba, e gira um dos meus anéis. — Todas as minhas garotas têm brilho.

Seguro a mão tatuada dele.

— Só ficou faltando seu dedo mindinho.

— Mas esse é meu preferido, Stevie, gata — diz ele, me deixando girar o anel que perdeu toda a cor. — Porque era seu, e você é minha preferida.

O celular dele começa a tocar na mão, bem ali na minha frente, e o nome do agente dele aparece na tela.

— Merda. — Ele suspira, antes de recusar a chamada.

— Pode atender. Eu fico quieta.

— Não quero falar com ele agora. Ou ele vai me passar sermão por esses meses discretos, ou me elogiar por uma briga da qual não participei.

Percebo que ele ainda está olhando o celular atrás de mim, esperando que toque de novo. Quando o nome de Rich aparece outra vez, Zanders recusa sem hesitar e guarda o aparelho.

— Tira a roupa.

— Como é que é? — pergunto, chocada, virando a cara para ele.

— Tira a roupa. Ou fica de sutiã e calcinha, pelo menos.

Eu hesito, sem dizer nada, ainda sentada, de tão confusa.

— Se for me dizer que não vestiu calcinha hoje, a gente vai ter uma conversa bem diferente, em que as únicas palavras são "boa menina" e "sim, senhor".

Deixo escapar uma risada.

— Você bem queria que eu te chamasse de "senhor" na cama.

— Queria mesmo.

— Por que vou tirar a roupa?

— Porque vai me seguir até dentro do Oceano Atlântico.

Ele se levanta atrás de mim e dá a volta até a minha frente. A luz é fraca, só o brilho leve da lua, mas basta para ver ele tirar a camisa e a calça antes de esticar a mão para mim.

— Vamos lá, docinho. A gente sabe bem que sua coisa preferida é me seguir.

Eu reviro os olhos de brincadeira e deixo ele me levantar.

— Nunca te segui para lugar nenhum. Ainda estou convencida de que você mandou instalar um rastreador em mim para aparecer em qualquer lugar e estragar minha noite.

Deixo a roupa cair na areia junto à dele, ficando só de calcinha e sutiã.

Ele aperta minha bunda com a mão quente antes de descer o braço, me levantando no colo e me fazendo enroscar as pernas em sua cintura.

— Acho que o universo sabia que a gente precisava se esbarrar tantas vezes. Nós dois sabemos que você estava cega e nem notou o homem devastador de lindo na sua frente — diz ele, dando um beijo na minha boca enquanto me carrega para o mar. — E eu estava cego e nem notei que o que mais precisava na vida estava bem no meu avião.

— *Meu* avião — corrijo.

— Desculpa, não te escutei.

Ele beija meu pescoço enquanto adentra o oceano surpreendentemente quente.

Quando a água nos cerca, começo a me sentir leve em seu colo, flutuando, mas ainda abraçada em seu pescoço e sua cintura, enquanto Zanders fica no raso. O luar reflete na superfície da água, emanando luz suficiente para eu ver o lindo homem na minha frente.

O silêncio se estende entre nós, mas não é desconfortável. É pacífico. Como se estivéssemos os dois bem no lugar certo, e nenhuma palavra precisasse preencher o vazio ou interromper a quietude. É contente.

— Stevie? — sussurra Zanders no silêncio.

— Hum?

— Você é mesmo. Você sabe, né? Você é o que eu mais precisava na vida.

Sinto um leve tremor no meu peito, e não é que ele não diga essas coisas com frequência, só que, às vezes, as palavras batem de outro jeito. Quando o homem que tem tudo na vida, que tem toda opção que o mundo oferece ao alcance das mãos, diz que você é o que ele mais precisava, bom, é difícil não se abalar.

Zanders aperta o abraço e me gruda ao seu corpo, colando nossos peitos. Fito seus olhos cor de mel, sem saber se ele entende tudo que fez por mim. Ele mudou minha vida, porque mudou minha perspectiva. Ele me lembra de que sou digna de ser escolhida, e ter essa confiança muda tudo. Toda situação, toda circunstância é vista por outro lado.

— Você é minha melhor amiga — continua ele.

Eu levanto as sobrancelhas e pergunto:

— Já deu a notícia para o Maddison?

— Às vezes acho que ele gosta mais da esposa do que de mim, então ele que se vire.

Eu rio e me aproximo para beijá-lo na boca.

— Você também é meu melhor amigo, Zee. O que é uma novidade imensa, porque, meros seis meses atrás, eu estava convencida de que te odiava.

— Você nunca me odiou — desdenha ele.

— Mas eu queria.

— Por quê?

Por quê? Porque te odiar era muito menos assustador do que reconhecer que um dia eu ia te amar.

— Porque você era tudo que eu não queria. Atleta. Arrogante. Tem muitas opções para listar.

— Um deus do sexo. Gato que nem um modelo. Charmoso pra cacete — continua ele por mim.

— E acho que eu odiava o fato de não odiar nada em você.

— Bom, eu nunca te odiei, Vee. Mas você me deixava louco, isso eu admito.

— Eu? — Rio. — Por quê?

— Porque você não aceitou minhas baboseiras. Não gostou da persona de quem todo mundo gosta, e isso me assustou. A ideia de que alguém talvez não acreditasse na mentira me assustava. Além do mais, você tinha uma resposta rápida para tudo que eu dizia, o que foi novidade. Você me enlouqueceu porque eu não te odiava em nada. Eu gostava até demais de você.

— Também gosto até demais de você.

Passamos um tempo flutuando na água quente e, quando voltamos à areia, encontramos o celular de Zanders inundado de mensagens e ligações perdidas do agente. Ele volta a se sentar no chão, só de cueca encharcada, e começa a apagar tudo que o agente mandou sem ler uma mensagem ou escutar um recado.

Ele olha para o celular, de testa franzida, frustrado, e eu não sei como ajudar. Não sei aliviar essas preocupações, já que odeio a persona midiática de Zanders tanto quanto ele. Por mim, ele pararia com isso tudo. Deixaria as pessoas verem quem ele é de verdade, deixaria amarem ele, mas não sei como isso funciona. Vejo tudo de fora, e Zanders parece acreditar que o único jeito de ficar em Chicago é ser esse bad boy desagradável, então estou tentando apoiar ele, mesmo que doa ouvir mentiras sobre minha pessoa preferida.

Eu me sento no colo dele, forçando-o a olhar para mim, em vez de para o telefone. Ele começa a relaxar a testa enquanto a frustração nos olhos se esvai antes de ele se esticar para a frente e afundar a cabeça no meu pescoço.

— Estou tão exausto — murmura ele junto à minha pele.

— Está pronto para parar?

Ele faz que sim.

— Você tem que ter fé que o time e os torcedores vão querer você pelo seu talento, e não pela publicidade extra.

— E se não quiserem?

Acaricio o rosto dele, levantando-o para me olhar.

— E se não quiserem? — repito a pergunta.

— Vou jogar em outro time.

— Como você se sente com isso?

— Assustado. Não quero ficar sozinho.

— Você ficaria sozinho?

— Ficaria. Os Maddison estão em Chicago. Ele está estabelecido, não vai a lugar nenhum, talvez nunca. Maddison deve se aposentar nos Raptors. Eu ficaria sozinho.

Sinto as palavras como um soco no estômago. Eu estava falando de mim quando perguntei se ele ficaria sozinho. Porque a verdade é que eu acho que iria atrás dele para onde quer que fosse, se ele pedisse. Mas nitidamente não foi no que ele pensou.

O celular toca de novo, e o nome de Rich aparece na tela.

— Atende.

— Não vou aguentar ele agora.

— Ele vai te encher a noite toda e, por enquanto, pelo menos eu estou aqui.

Ele me olha por um momento antes de atender.

— Evan Zanders, que porra está rolando? — grita Rich no viva-voz.

Eu já não adorava a ideia desse cara, mas ouvir ele falar assim com meu namorado confirma minha suspeita de que ele é um filho da puta daqueles.

— Oi, Rich.

— Pode me explicar por que o pessoal de RP está vasculhando a internet toda para derrubar várias alegações de que você arranjou uma namorada?

Merda. Claramente, não foi só nosso grupo que escutou Zanders no bar.

A frustração volta ao rosto de Zanders, então, sem pensar, eu o seguro e trago sua boca para perto da minha. Ele sorri com os lábios carnudos durante o beijo enquanto o agente continua a atacá-lo no telefone.

— Puta merda, Zanders, você arranjou uma namorada? É isso que está rolando?

Ele continua a me beijar, com a boca ocupada demais para responder, e puxa meu corpo para junto do dele, me fazendo rebolar. Graças a estarmos encharcados e quase pelados, sinto ele crescer rapidamente sob mim. Ele nos muda de posição, me deitando na areia e esfregando o corpo no meu, acertando em cheio os pontos sensíveis.

Eu arqueio as costas e um gemido acidental escapa da minha garganta. Cubro a boca com a mão rapidamente, arregalando os olhos de horror, na esperança de o agente não ter me ouvido.

Zanders ri em silêncio, rebolando sobre mim outra vez.

— Esses sonzinhos me deixam louco — cochicha ele, antes de afundar um pouco os dentes no meu ombro.

— Você tem namorada?

— De jeito nenhum — mente Zanders, escondendo o sorriso malicioso junto ao meu pescoço e descendo a boca quente pela minha pele. — Não tenho namorada. Nada disso.

— Então por que essa notícia está se espalhando logo hoje?

— Porra, sei lá, Rich. Se está preocupado assim com minha vida íntima, pode resolver isso.

Ele volta a beijar meu corpo e me excitar, provocando a pele do meu peito com a boca quente, descendo os lábios.

— Talvez eu deva deixar os boatos se espalharem mesmo. Talvez assim você veja o dano que está causando à imagem que nos esforçamos tanto para criar. Talvez assim você entenda o que estou tentando avisar durante todo o campeonato.

Zanders para logo acima do meu umbigo.

— Rich, eu estou pouco me fodendo.

— Estou fazendo isso por você, Zanders! Seu cheque só é desse tamanho porque você e Maddison oferecem mais do que o talento no gelo ao time. Eles pagam pelo pacote completo! Pagam pela merda da duplinha contrastante de Maddison e EZ. Então por que caralhos arriscar tudo isso logo no ano da renovação?

— Duvido muito que Chicago não vá renovar meu contrato só porque o time não está estampando manchetes com meu nome.

É isso aí. Esse é o meu homem.

Ele passa os dedos por baixo da lateral da minha calcinha.

— Ah, jura? — diz Rich, e solta uma gargalhada cruel. — Então por que não ouvi nem notícia de um contrato novo de Chicago, sendo que o campeonato já vai acabar?

Isso faz Zanders parar e afastar as mãos de mim. Ele se empertiga, pega o celular e o traz para mais perto da orelha.

— Espera. Como assim?

— Eu avisei — continua Rich. — Falei que Chicago queria o bad boy, e esse ano você mudou da água para o vinho. Não estou nem um pouco surpreso por não terem me procurado.

Zanders fica boquiaberto de choque, com o olhar enevoado e vazio.

— Porra, Zanders, eu avisei. Agora preciso me esforçar para arranjar outras opções.

O agente desliga depois disso.

Toda a alegria e vida que existia em Zanders se vai, e ele fica sentado em choque, quieto. O luar me deixa ver seu peito subir e descer rapidamente em respirações ansiosas quando a realização de seu maior medo toma seu rosto.

— Zee…

— Vamos embora — diz ele, rápido. — Você tem que voltar para o hotel antes de sermos pegos. Foi descuidado isso, estar aqui, em público.

Ele se levanta da areia e se veste sem conseguir manter contato visual.

Sinto fisicamente a distância que ele cria, e não sei como acabar com isso nem apagar seus medos, quando a realidade é que talvez ele tenha perdido o contrato. Como aliviar essa preocupação? Não dá. Não quando sou eu o motivo.

Zanders para uma quadra antes e me vê entrar no saguão do meu hotel, com as roupas e o cabelo ainda molhados do mergulho.

A caminhada rápida até o elevador passa em um borrão, meu peito repleto de preocupação, minha cabeça, cheia de medo. Medo pela carreira de Zanders. Medo do desconhecido e do que isso representa para nós.

— Stevie?

Viro a cabeça na frente do elevador e vejo Tara sentada no sofá do saguão, de pernas cruzadas e com as mãos no colo.

— Por que sua roupa está toda molhada?

Sinto o sangue se esvair do meu rosto, pega no ato. Graças a Deus Zanders está longe, mas o olhar desconfiado de Tara me indica que ela sabe que tem alguma coisa rolando.

— Dei um mergulho.

Não é mentira.

— Sozinha?

— Foi — respondo rápido demais. — A água estava gostosa. Você deveria experimentar.

Ela me fita em silêncio e, felizmente, nenhuma outra palavra pode ser dita, porque o elevador apita, chegando ao térreo.

— Boa noite — digo, com a voz esganiçada e o tom doce demais, mas não adianta para diminuir a tensão entre nós.

— Uhum — murmura ela, desconfiada, quando entro no elevador.

39

Zanders

Sair invicto da primeira rodada me aliviou um pouco, mas a ideia de que Chicago não vai renovar meu contrato anda na minha cabeça desde aquela noite na Flórida. Eu fui descuidado com meu relacionamento, confiando no fato de que ainda não tínhamos sido descobertos, e esperando que as consequências não fossem tão graves quanto imaginamos.

Mas a realidade está batendo e sei que um ponto de virada me aguarda no futuro próximo. Ou eu não vou jogar para os Raptors depois do campeonato, ou Stevie não vai trabalhar para o time.

Não tem outro jeito e, por enquanto, não estou pronto para lidar com a decisão. Só consegui curtir as viagens este ano porque ela estava comigo.

Então, andamos quietos, nos evitando no avião, interagindo apenas na segurança do meu apartamento. Stevie ainda tem assistido aos jogos em Chicago, mas tomamos precauções a mais na arena — ela fica em áreas reservadas e particulares, não me espera depois do jogo e me encontra direto em casa.

O que mais me preocupa, contudo, é como Rich anda quieto. Ele não fez contato comigo desde a noite em que me contou que o time não tinha iniciado o processo de renovação do contrato. Rich nunca fica quieto assim. Ele vive planejando, trabalhando em algo para ganharmos uma caralhada de dinheiro, mas, ultimamente, só silêncio.

Depois de meus amigos insistirem por tanto tempo que o time renovaria meu contrato mesmo sem a besteirada toda que eu acrescento, estava começando a acreditar. Foi um erro.

É difícil me concentrar nas semanas mais importantes da minha carreira, a poucas rodadas da final da Copa Stanley, com meu futuro incerto. É difícil dar atenção para o aqui e o agora, se não sei onde vou parar quando tudo acabar.

Mas, mesmo que Chicago ainda não tenha me oferecido o novo contrato, não é garantido que não vão oferecer, então, nas semanas que virão, enquanto seguimos a caminho da final, vou me concentrar no que acrescento ao time do ponto de vista esportivo. Sou um dos melhores jogadores da defesa da liga toda, e o melhor de um time que está a nove vitórias de ser campeão.

Assim que abro a porta do apartamento, Rosie entra correndo, em busca da minha namorada. Minha cadela é tranquilíssima, então em dias em que patino de manhã, em preparação para o jogo, como hoje, levo ela comigo ao rinque e deixo ela passear pelo vestiário e ganhar carinho do time todo.

Stevie resmunga por perder o carinho da manhã, e ainda não sei se ela está falando de mim ou de Rosie, mas, em nome do meu ego, escolho acreditar que é de mim.

Sigo Rosie até o quarto, na expectativa de encontrar cachos castanhos espalhados no travesseiro, só esperando que eu volte, mas a cama está vazia, e não vejo nem sinal da linda comissária de bordo.

Um choro baixo ecoa do banheiro da suíte, quebrando o silêncio, então sigo o barulho.

O banheiro está escuro, iluminado apenas pelo brilho suave do espelho, diante do qual encontro minha namorada quase nua. Ela está com a calça de couro preta puxada só até a altura da coxa, e mais nada escondendo o corpo. Quando Stevie finalmente ergue o rosto, vejo seu reflexo no espelho e noto a tristeza em suas feições.

Os olhos verde-azulados estão avermelhados, o rosto sardento, corado em um tom escuro de rosa, e os lábios carnudos tremem de leve quando ela me olha.

— O que houve, Vee?

Dou dois passos largos e lentos até parar atrás dela, na frente do espelho.

Ela seca os olhos com pressa.

— Não achei que você fosse voltar tão cedo.

Ela respira fundo, tentando se recompor, antes de dar meia-volta e tentar passar por mim. Eu a detenho antes de ela fugir e a abraço, deixando-a afundar o rosto no meu peito.

Faço carinho nas costas dela, acalmando-a, e pergunto de novo:

— O que houve?

— Só está sendo uma manhã difícil — murmura ela, abafada pela minha camisa.

— O que aconteceu?

Ela inspira fundo, e suas costas se erguem sob minha mão.

— Eu queria me arrumar para o seu jogo mais tarde, mas a roupa não cabe — diz ela, e a respiração entrecortada faz seu corpo tremer. — A namorada de um dos caras do time fez camisas para o jogo de hoje, e Logan me deu a do seu número. Eu ia esconder debaixo de uma jaqueta, sei lá, mas nem cabe.

Afundo a mão em seus cachos e a abraço, deixando ela sentir o que precisa sentir.

— Só estou tendo um dia ruim.

— Tudo bem, Vee. Você pode ter dias ruins.

Stevie passa mais alguns momentos escondida no meu peito antes de se recompor e se afastar. Ela seca o rosto e abre um meio sorriso.

— Vai ficar tudo bem.

Eu a observo por um instante e fica evidente que ela não está nada bem. Stevie tem uma relação diferente com o próprio corpo a cada dia, e não há problema nenhum nisso, desde que ela esteja a caminho de se aceitar, e ela está. Os dias ruins vêm e vão.

Minhas mãos encontram a cintura da calça que não fecha, e afundo os dedos para puxá-la para baixo. Assim que ela levanta os pés para acabar de tirar a calça, jogo a roupa para o lado e acendo todas as luzes do banheiro, iluminando o espaço.

— Vem cá.

Faço ela parar na frente do espelho de corpo inteiro, totalmente nua. Atrás dela, deixo seu corpo ser refletido por inteiro, e seguro seus braços.

— Zee.

Ela desvia o olhar do espelho, e um gemido de choro escapa de sua boca.

— Vee, se olha no espelho, por favor — peço, o mais calmo possível.

Ela volta a olhar com tristeza para o espelho, com a boca levemente retorcida.

— Me diz do que você gosta.

— Nada.

— Stevie…

Ela inspira fundo e estuda seu reflexo.

— Gosto do meu cabelo.

Eu afasto os cachos dela do rosto e deixo um rastro de beijos em seu ombro nu.

— Eu amo seu cabelo. O que mais?

Ela se examina e solta, finalmente:

— Gosto dos meus olhos.

Cruzo os dois braços na frente de seu ombro e digo:

— Eu amo seus olhos.

Ela fica quieta, se olhando no espelho.

— O que mais? — pergunto.

Ela se olha de cima a baixo e balança de leve a cabeça, indicando que não vai dizer mais nada.

Isso me devasta, mas sei que não é verdade. Stevie está só tendo um dia ruim, e tudo bem, porque eu tenho uma lista infinita do que amo no corpo dela.

— Tá bom — digo, e beijo sua cabeça. — Então olha no espelho e me diz do que *não* gosta.

Ela franze a testa e encontra meu olhar no reflexo, e seu rosto está tomado pela confusão.

— Se a lista do que gosta é tão curta, me conta do que não gosta.

Vejo Stevie travar uma batalha interna consigo mesma, sem querer falar nada daquilo em voz alta.

Ela olha pelo espelho inteiro e, quando finalmente sussurra, é com o tom suave, quase inaudível:

— Não gosto das minhas coxas.

Cubro suas pernas nuas com as mãos, e a pele marrom-clara é tomada por arrepios.

— Eu amo suas coxas — digo, e as aperto. — Gosto especialmente quando elas esquentam meu rosto quando estou te chupando.

Isso faz minha namorada normalmente atrevida rir baixinho.

— Mas minha coisa preferida é quando você senta no meu colo, na minha frente, com essas coxas ao redor das minhas pernas — continuo. — Eu gosto de te ver.

Stevie inclina a cabeça para o lado, franzindo as sobrancelhas.

— Do que mais você não gosta?

Os olhos verde-azulados percorrem o reflexo.

— Não gosto da minha barriga. Queria que fosse mais reta.

— Eu amo sua barriga — digo, acariciando com as duas mãos. — Amo que seja macia e que eu tenha no que segurar quando a gente se abraça. Ou quando transa.

Ela tenta esconder o sorrisinho.

— Não gosto dos meus peitos.

— Para com isso — digo, e recuo, meio ofendido. — Não pode ser verdade. Estão entre minhas coisas preferidas.

Finalmente, uma risadinha escapa dela.

— Não gosto que tenham tamanhos diferentes.

— Vee, mas isso é só porque você é humana. E eu não tenho preferência entre os dois.

Ela continua a descer o olhar pelo espelho.

— Não gosto das minhas estrias.

Encontro as marcas que ela está olhando.

— Essas daqui? — pergunto, passando os dedos pelas linhas irregulares no quadril. — Você não gosta que seu corpo se adapte? Porque eu acho maneiro pra caralho.

— Bom — diz ela, e olha para baixo, em admiração —, gosto bem mais quando você está tocando nelas assim.

Eu rio um pouco também e a abraço, e nos entreolhamos no espelho.

— Você não tem que amar seu corpo todo dia, seria uma expectativa meio irreal, mas eu estarei aqui para amá-lo quando você não conseguir.

— É que anda mais difícil agora, com o campeonato, e as esposas e namoradas dos jogadores do seu time vestidas iguais em todos os jogos. Elas são todas perfeitas, e eu não pareço com elas.

— Por que elas são perfeitas? Por causa do tamanho que vestem? Isso não torna ninguém perfeito. E, qualquer que seja o tamanho, ser igual aos outros não tem a menor graça. Você é um espetáculo, Vee, e o que te torna diferente é exatamente o que te destaca. Do melhor jeito.

Ela abre um sorrisinho no espelho.

— Você acha que eu sou igual aos caras com quem jogava hóquei em Indiana? Nem fodendo. E agora, na liga, os outros jogadores não se parecem comigo também. Mas olha para a gente, juntos — digo, e aponto para o reflexo. — Não dá para olhar para a gente e dizer que não nos encaixamos. Nós combinamos perfeitamente.

No reflexo, seus olhos verde-azulados ficam marejados.

— Você é a melhor coisa que já me aconteceu, Zee.

Ai, caralho. Meu coração. Essas palavras. Essa mulher. Meu coração acelera e falta ar nos meus pulmões.

— Digo o mesmo, docinho.

Dou vários beijos na cabeça dela e olho de volta para o seu reflexo no espelho.

— Você falou para Logan que a camiseta não coube?

— Falei — afirma Stevie. — Ela disse que não vai vestir a dela também.

Imaginei.

40
Stevie

— Já acabou de arrumar seu lado do avião?

— Hmm? — pergunto distraída para minha colega, de olho fixo na telinha do celular.

— Já acabou de arrumar seu lado do avião?

O tom seco de Tara me faz erguer o rosto abruptamente. Ela está com as sobrancelhas levantadas, o olhar aguçado e os braços cruzados.

— Já. Tudo pronto. Só esperando o fim do jogo.

O olhar de desaprovação de Tara vai do meu rosto para o celular, e de volta para mim, antes de passar por mim em direção à cozinha.

Reviro os olhos e me instalo no assento mais próximo, ainda assistindo ao jogo no celular: segunda rodada, sexto tempo, sete minutos de prorrogação. Chicago está com vantagem de três a dois contra Vegas nessa série de jogos e, se ganharem hoje fora de casa, seguiremos para a terceira rodada, a apenas uma série de jogos da final da Copa Stanley.

— Como eles estão indo? — pergunta Indy, se largando no assento ao meu lado, mas, antes de eu responder, um gemido rouco escapa dela. — Puta merda, esses assentos — diz ela, afundando mais no couro luxuoso. — Claro que os jogadores todos apagam assim que entram no avião. Que delícia.

— Está na prorrogação — digo, querendo rir também, mas estou estressada demais. — Sete minutos. Quem fizer o primeiro gol leva.

Passo distraidamente o indicador no polegar, querendo girar o anel dourado.

— E Zanders, como está? — pergunta Indy, no cochicho mais baixo.

— Está bem. Mas hoje passou uma cacetada de tempo em campo.

— Ah, olha o Rio! — aponta Indy quando o número 38 entra em campo, e sei que, quando Rio está no gelo, o número onze vem logo atrás.

Zanders está principalmente na ofensiva, com Chicago em controle do disco. Maddison dá uma boa olhada no gol, e a voz do comentarista se eleva, supondo que um gol vem por aí, mas um dos jogadores de Vegas rebate na zaga, afasta o disco da zona do gol e estende o tempo deles em jogo.

Antes que o disco passe da linha azul, Rio estica o taco e mantém o time no lado certo para outra jogada.

O disco quica entre o time de branco, e a exaustão fica evidente em seus passes desajeitados e suas manobras lentas. Felizmente, Vegas está igualmente descuidado, todos na pista cansados pelo tempo de jogo.

Meu coração está a mil, e eu me remexo no banco, sem conseguir me acalmar, de olho fixo na telinha.

O disco volta para Zanders, e ele tenta passar rápido, mas, em vez disso, toma impulso e bate com força do meio de campo, na esperança de encontrar um dos colegas na frente do gol.

Mas o disco não encontra um dos colegas. Em vez disso, passa voando pelo goleiro, encontra a rede e garante a vitória na prorrogação.

— Ai, meu Deus! — eu grito.

Em um pulo, Indy se levanta e grita comigo, nós duas nos abraçando, pulando e comemorando.

— Não entendi o que rolou, mas sei que foi bom! — acrescenta Indy.

— Foi bom pra caralho!

— Desde quando vocês se importam com os jogos? — pergunta Tara, desconfiada, interrompendo a celebração.

Indy e eu levamos um choque e nos soltamos, nos empertigando e ajeitando o uniforme.

— Hm... — hesito. — A gente deveria se importar. Quanto mais eles avançarem no campeonato, mais voamos e mais ganhamos de dinheiro. Né?

Tara me olha de cima a baixo, claramente sem acreditar.

— Claro.

Os jogadores estão agitados como nunca os vi ao embarcarem no voo de volta a Chicago. Rio botou música para tocar no máximo na caixa de som, o time está animado e, a cada jogador que embarca, soam vivas constantes.

Fazem mais barulho ainda quando chega o defesa gigantesco de joias douradas e terno completo de alfaiataria que marcou o gol da vitória.

Meu rosto dói de tanto sorrir, infinitamente orgulhosa dele por continuar a demonstrar que as manchetes e a atenção que ele atrai vão muito além de sua vida íntima. Ele tem o talento para sustentar as provocações e a competência para uma boa renovação de contrato apenas com base no trabalho.

A caminho do assento, os vivas continuam. Os jogadores enchem os corredores, ainda inquietos para tomar seus lugares. Zanders joga a mala no bagageiro e sorri, cheio de animação, até, finalmente, olhar para a cozinha dos fundos e me ver.

— É, vou dar no pé antes de ver alguma coisa que não me incomodaria de ver, mas que não devo — diz Indy, e sai para o corredor, se perdendo no mar de jogadores de hóquei.

Em troca, Zanders aparece na cozinha, com o desejo ardendo nos olhos cor de mel. Ele espalma as enormes mãos na minha cintura e, com passos dominantes, me empurra contra a parede da aeronave. Ele se abaixa e leva a boca à minha em um beijo febril.

Com os lábios macios e urgentes, ele me beija cheio de fome, me fazendo perder o fôlego com a invasão de sua língua. O corpo poderoso me aperta no fundo da aeronave, enquanto ele acaricia meu rosto e aperta minha bunda com a outra mão, e, por um momento apenas, me permito me entregar, esquecendo onde estou.

Finalmente, ele recua, com o peito subindo e descendo rápido, enquanto nós dois tentamos encher os pulmões do oxigênio que nos faltava.

— Você vai me causar problemas — eu lembro, mas estou me importando cada vez menos com esse fato.

— Só quis comemorar com você.

É com um sorriso genuíno que ele volta ao assento.

— Tá, até eu senti esse beijo — admite Indy, se abanando, ao voltar para a cozinha.

— E Tara?

— Está puxando tanto saco lá na frente que nem notou.

Meu celular apita na bancada.

Zee (Daddy) Zanders: *Ainda estou sentindo seu gosto.*

— É bom eu estar jogando bem assim agora — diz Zanders, fechando a porta do banco do carona do carro. — Com o contrato em aberto, fico feliz por verem tudo que tenho a oferecer. Não faria sentido se recusarem a renovar.

Zanders tira nossas malas do carro, as pendura no ombro e passa o outro braço pelas minhas costas. O frio da noite atravessa meu casaco, mesmo que seja primavera, então fecho o agasalho um pouco mais, saindo da garagem anexa ao edifício de Zanders.

— Quer entrar primeiro, ou entro eu? — pergunto ao meu namorado ao virar a esquina do prédio, parando um pouco afastados, como de costume.

Olhamos a entrada, onde cada vez mais torcedores têm acampado conforme o campeonato avança, mas, surpreendentemente, não tem ninguém nos degraus nem na rua.

— Parece que hoje estamos tranquilos — diz Zanders, e solta meu ombro para entrelaçar os dedos nos meus com um sorriso orgulhoso, e andamos juntos até o prédio. — Acho que amanhã a gente deveria pedir café da manhã em casa, para não ter que sair da cama — sugere Zanders, subindo os degraus que levam à entrada. — Que tal...

— Evan Zanders!

— EZ, olha aqui!

Flashes brilhantes piscam de inúmeras câmeras quando uma tropa de paparazzi salta dos esconderijos.

— Zanders, quem é essa aí? — grita outro repórter.

— Abaixa a cabeça! — manda Zanders, tentando me esconder com o corpo quando subimos correndo.

— Evan Zanders, quem é essa mulher?

Vozes gritam, berram, exigindo atenção da estrela do hóquei, e as luzes e os flashes das câmeras me distraem, dificultando minha visão. Só quero passar por aquela porta e escapar da multidão.

Meus pés estão tentando fugir freneticamente, desesperados para escapar daquela atenção, e fico profundamente agradecida quando o porteiro de Zanders nos ajuda a entrar.

Porém, os flashes não param, e escuto os gritos mesmo através das paredes de vidro que vão do chão ao teto na entrada.

Zanders me cobre com o paletó, tentando me esconder da mídia, enquanto corremos para o elevador.

— Puta que pariu! Tirem eles daqui! — grita ele para os funcionários da portaria.

Assim que entramos na segurança das quatro paredes de metal do elevador, eu me encosto na parede atrás de mim, com o corpo vibrando de adrenalina. Meu coração está a mil por causa do susto, mas o que mais me apavora é a possibilidade de repercussões.

— Tudo bem? — pergunta ele, ansioso, passando suavemente um dedo no meu rosto e me fitando.

Faço que sim com a cabeça, sem conseguir falar.

Zanders anda em círculos no elevador e pega o celular, procurando sinal, mas o aparelho só volta a pegar quando chegamos ao andar.

Ele abre a porta do apartamento para mim, larga as malas e liga para o agente.

As três chamadas caem na caixa postal.

— Puta que pariu, Rich. Atende esse celular, porra — resmunga ele no telefone, andando em círculos nervosos pela cozinha. — Rich! — berra Zee na caixa postal. — A gente tem um problema, e preciso que você resolva antes de parar na internet. Me liga.

Ele desliga e começa a digitar mensagens frenéticas, mexendo os dedos na velocidade da luz.

— Não se preocupa. Vai ficar tudo bem — diz ele.

Mas não sei se está tentando se acalmar ou me acalmar.

Minutos depois, tenho uma intuição. Eu me sento à mesa da cozinha e abro o notebook dele. Entro no Google imediatamente e digito o nome de Zanders.

Como eu imaginava, já tem fotos de nós dois juntos espalhadas pela internet, e a tela é preenchida por manchetes.

"Mulher misteriosa com Evan Zanders, de Chicago."

"Quem é ela?"

"Quer saber onde Zanders anda se escondendo? Agora, a gente sabe."

— É tarde demais — digo, enquanto ele continua a digitar urgentemente no celular.

— Quê? — pergunta ele, distraído.

— Zee.

Meu tom, brusco e focado, chama a atenção dele. Zanders franze a testa, frustrado, e se vira para mim, com o olhar sombrio, me indicando que ele sabe como isso vai ser ruim para nós dois.

— É tarde demais — insisto. — Já saiu.

41
Zanders

Ontem foi um pesadelo.

Aconteceu a pior coisa que poderia ter acontecido.

Bom, quase a pior coisa. A única vantagem daquele encontro com os paparazzi foi que ninguém conseguiu fotografar o rosto de Stevie. As únicas fotos flutuando pela internet mostram as costas dela, embora meu rosto esteja claramente visível. Felizmente, o casaco de Stevie cobriu o uniforme, mas os cachos castanhos marcantes estão inteiramente expostos para o mundo ver e comentar.

Não há nenhuma dúvida quanto a ela ser mais que uma peguete. Visto que eu tentei escondê-la e considerando minha expressão de puro choque, ficou óbvio que ela é mais importante. A palavra "namorada" foi estampada nas fotos bem rápido ontem.

Eu mal dormi.

Rich ainda não me respondeu, e ele e o pessoal de RP não fizeram porra nenhuma para me ajudar, bem quando eu mais precisava.

Mas o pior de tudo nem é a possível consequência para o meu contrato ou para o emprego de Stevie. O pior de tudo são os haters escondidos atrás dos teclados, que enchem a internet de comentários cruéis contra minha namorada.

No momento, minha maior preocupação não é meu futuro como jogador de hóquei em Chicago. Não é minha imagem. O que consome todos os meus pensamentos é eu ter permitido que minha pessoa preferida fosse exposta assim, só porque as pessoas amam falar de mim.

Eu me tornei muito protetor com a Stevie, especialmente em relação ao que ela pensa de si e do próprio corpo. E agora, por causa de mim e da minha imagem escrota, há comentários incessantes pela internet, xingando ela e reafirmando o diálogo interno com o qual ela ainda se debate.

Uma coisa era quando as palavras cruéis vinham dela ou do pequeno grupo de gente escrota com quem andava e que dizia que ela era insuficiente; mas e agora que a internet toda decidiu fazer isso? Temo que minha voz não seja suficiente para calar tanto ruído.

E, é claro, porque as pessoas usam a internet para espalhar ódio, os comentários não mostram ninguém feliz por mim ou animado para saber quem estou namorando. São todos nojentos, agressivos, dando golpes baixos, e estou com medo de funcionarem.

Depois da crise que Stevie teve no banheiro semana passada, essa é a última coisa de que ela precisa.

Eu deveria ter imaginado. Eu sabia. Estávamos sendo mais cuidadosos, cautelosos, mas, sem pensar duas vezes, eu disse para ela entrar comigo no prédio, de mãos dadas, e agora estamos nessa bagunça por minha causa.

Eu estava nas nuvens depois da vitória, mas tudo desmoronou meras horas depois.

Meu apartamento está quietíssimo. Sem televisão no fundo, sem música. Só silêncio. A quietude é assustadora, como se nós dois soubéssemos que teremos que enfrentar uma tempestade assim que falarmos do assunto.

Já estou na terceira xícara de café do dia e levo uma para Stevie, no quarto. Passei a maior parte da noite acordado, andando pela sala e vasculhando a internet, mas, da última vez que saí do quarto, ela finalmente estava dormindo.

Quando entro no quarto novamente, porém, encontro Stevie acordada, ainda na cama, de costas para mim. Ela está abraçada em Rosie e mexendo no celular, e, mesmo do outro lado do quarto, reconheço as imagens na tela. De tanto olhar para essas fotos durante a noite, elas ficaram marcadas na minha memória.

A confirmação de que ela também está lendo os comentários de ódio é o fato de ela tentar secar uma lágrima sem ser notada.

— Vee, não olha isso, por favor — imploro, me sentando ao lado dela na cama. Deixo o café na mesinha e, devagar, tiro o celular da mão dela. — Não precisa ler essas coisas.

— Por que as pessoas são tão malvadas? — pergunta ela, com a voz fraca, quase inaudível.

— Não sei, amor, mas não quero que você leia.

— Seu agente ligou?

Esperança. Tem tanta esperança brilhando em seus olhos vermelhos.

— Não, ainda não.

Suspiro profundamente e devagar, inundado de frustração. Rich nunca larga do meu pé, mas decide sumir logo agora? Quando preciso da ajuda dele?

— E teve notícias das suas colegas? — pergunto, passando a mão em sua perna em um gesto tranquilizador.

— Indy me mandou mensagem para saber como estou, mas nada de Tara — diz ela, e balança a cabeça, se lembrando de que isso é bom. — Por enquanto.

Eu a observo, sem encontrar o fogo que normalmente emana da minha namorada.

— Você está bem, Vee?

Ela dá de ombros, e um sorrisinho triste repuxa sua boca.

O silêncio se estende entre nós, sem que saibamos o que dizer.

— Eu vou conseguir sair do prédio? — pergunta ela finalmente.

— Vai. O pessoal da segurança liberou a área, mas vou mandar alguém te acompanhar quando for sair.

— Acho que vou agora.

Meu coração se aperta.

— Quer ir embora?

Ela faz que sim com a cabeça, desviando o rosto, e ainda vejo a tristeza nadando no verde-azulado de seus olhos.

— Quero conversar com meu irmão.

Claro que quer, mas eu queria que não. Queria que ela ficasse aqui, conversasse comigo. Dissesse o que está sentindo. Dissesse se está pronta para assumir o relacionamento em público. Porém, ela não precisa me dizer, porque está evidente em seu rosto.

Ela não está pronta para isso. Ela não aguenta a atenção negativa que vem por associação a mim, e eu não a culpo.

— Tá. Vou deixar você se arrumar.

Depois de tomar banho e se vestir, Stevie me encontra na porta do apartamento. Não deixo de notar que ela prendeu os cachos em um coque, alisando o que deu, e vestiu um casaco de moletom com capuz para se esconder no caminho.

A exaustão toma suas lindas feições, graças às palavras cruéis que a agrediram, e seria impossível eu me sentir mais culpado do que agora.

Ela não deveria estar magoada assim. As maiores inseguranças dela não seriam reforçadas se não fosse por mim.

Ela está se escondendo por minha causa.

— Vai ficar tudo bem — digo.

Eu a abraço com força, segurando-a um pouco mais do que de costume, porque a verdade é que *vai* ficar tudo bem. De um jeito ou de outro, vou resolver isso para ela.

Ela passa a mão pelo meu pescoço, me puxando a seu encontro. Sua boca é macia, mas há um toque de desespero no beijo, e não sei o motivo. Não sei por que este beijo é diferente.

— Te ligo mais tarde.

Observo seu rosto quando as palavras escapam de minha boca, em busca de algum alívio do nó que sinto no estômago, mas não adianta. Ela parece estar à beira de um surto.

Continuo a olhar minha namorada enquanto ela segue pelo corredor a caminho do elevador. De cabeça abaixada, ela aperta o botão, mas é só quando vejo suas costas começarem a tremer que avanço alguns passos rápidos e a abraço.

— Vee, vem cá.

O choro desesperado dela é a coisa mais dolorida que já escutei, pois sei que fui eu que o causei. Ela está magoada porque está comigo. As pessoas acham que podem dizer coisas horríveis sobre ela porque ela está comigo.

Afasto o rosto dela do meu peito e acaricio suas bochechas, secando as lágrimas dos olhos inchados. Ela franze a testa e engole em seco, e a derrota absoluta em seu rosto enche o meu peito de culpa.

Como posso implorar para ela não dar atenção a eles? Como posso lembrar que a única opinião que deveria importar é a dela?

O elevador chega ao meu andar e as palavras ficam engasgadas na minha garganta.

Perdão.

Por favor, não dê ouvidos a eles.

E daí o que os outros dizem sobre você?

Mas essas palavras não soam bem. São hipócritas, porque eu deveria estar me lembrando da mesma coisa. Os comentários ruins na internet não são só sobre Stevie. São sobre mim, também. E estou tendo a mesma dificuldade de lembrar que a única opinião importante para mim é a das pessoas mais próximas.

Stevie entra no elevador, de frente para mim. Parte de mim quer esticar os braços e impedir as portas de se fecharem. Quero tirar ela dali e forçá-la a falar comigo. Quero garantir que ela saiba como é importante. Insistir que ela tem valor. Mas, ao mesmo tempo, ela pediu para ficar sozinha.

Fico paralisado no corredor enquanto as portas de metal se fecham. Stevie fica um momento ainda empertigada antes de se recostar na parede e afundar a cabeça entre as mãos, bem quando o elevador acaba de se fechar.

Estou engasgado com a culpa ao voltar ao apartamento. Meus olhos ardem por vê-la assim. Já vi minha namorada sofrer, mas isso é diferente. Ela é tão confiante quanto insegura. Depende só do dia, do momento, das pessoas que a cercam. Mas agora, neste momento, as inseguranças a destruíram de um jeito que nunca vi.

O ganido de Rosie aumenta minha dor quando paramos na frente da janela, vendo Stevie atravessar a rua em segurança, sem ser incomodada.

A raiva está começando a crescer, me distraindo da maré de preocupação. Rich tem tanta culpa quanto eu. Se ele tivesse atendido a merda do telefone ontem e cuidado da situação, como ele é pago para fazer, não estaríamos assim.

Pego o celular, supondo que vou ligar e cair na caixa postal pela milésima vez, e encontro uma mensagem.

Rich: *Me liga. Já.*

Rosie se enrosca no sofá, me olhando como se pressentisse que há algo de errado enquanto eu ando em círculos pela sala. Levo o celular à orelha com força e espero Rich atender.

— Que porra é essa, Zanders?

— Eu deveria perguntar a mesma coisa! Onde é que você passou essa noite toda?

— Você não pode gritar comigo, se foi você que fez merda.

— *Eu* fiz merda? *Eu* fiz merda? — exclamo, soprando uma risada de desprezo. — Se não fosse por essa imagem escrota que você me obrigou a construir nesses anos todos, eu não estaria nessa bagunça. Ninguém daria a mínima para o fato de eu ter namorada. Já percebeu como isso é estranho, porra? Sou o único jogador da liga que aparece em manchetes só por ter uma namorada.

— Essa imagem *escrota* rendeu milhões de dólares para você. E mais milhões. E você curtiu cada segundo. Para de mentir, Zanders. Você não mente tão bem.

— Eu quero parar. Não quero mais fazer isso. Quero viver em paz e jogar hóquei.

— Você ainda não sacou, né? Não tem como parar. Esse é você no mundo do hóquei. É quem as pessoas querem.

— As coisas mudam. Torcedores mudam de opinião. *Eu* mudei. Não é porque parei de pegar uma mulher por noite e brigar o tempo todo que as pessoas vão deixar de querer me ver jogar.

— Tem certeza? Já leu os comentários por aí? Os fóruns estão lotados de comentários sobre você. E pode confiar, Zanders, não é fácil assim, não. Você está vendendo uma marca, um estilo de vida. Eles querem o EZ. O que você traz para o hóquei vai além dos sessenta minutos que passa no gelo. Você traz uma persona. Alguém por meio de quem os torcedores podem imaginar viver. As pessoas pagam tanto para ver você porque podem te ver quebrar cabeças no jogo, sair toda noite com uma mulher diferente e ganhar uma quantidade ridícula de dinheiro que gostam de ver você esbanjar. Aí, os torcedores voltam para suas vidinhas tristes, querendo ser você. Estão pouco se fodendo para o fato de você ter namorada. O que não querem é que você quebre a fantasia.

— Mas isso não é minha responsabilidade!

— É, sim! É literalmente parte do seu trabalho. É por isso que você ganha esse dinheiro todo.

— Você acha mesmo que o time não vai renovar meu contrato por causa de uns comentários por aí? Está de zoeira.

— Você leu os comentários? Se está achando que Chicago, que já chegou perto de estourar o orçamento, por sinal, não vai considerar a opinião de torcedores que dão apoio financeiro para o time, você se engana. Chicago espera que você jogue sujo, cause escândalo e encha as arquibancadas de torcedores doidos para ver o babaca dos tabloides. E não são uns comentários por aí. São dezenas de milhares, Zanders. Não é coisa boa.

Se eu li? Li alguns, mas estava mais preocupado com os que falavam de Stevie do que de mim.

— Eu avisei que isso ia acontecer. Estou avisando durante o campeonato inteiro — continua Rich.

Essas palavras fazem soar um alarme na minha cabeça. São conexões demais. Coincidências demais.

— Rich, como os repórteres sabiam onde eu moro?

Ele hesita por um momento.

— Tem torcedores acampados aí há semanas. Achou que não iam descobrir?

— É, mas nesse timing... e eles estavam escondidos. Parece armação.

— Você acha que foi coisa minha? — pergunta ele, soltando uma risada de desdém. — Eu quero é o contrário disso. Quero a volta do velho EZ. Quero o cara que seria fácil de negociar com Chicago. Isso é a última coisa que eu queria.

— Preciso que você tire essas fotos da internet.

— Já é tarde.

— Que bosta, Rich! Os comentários sobre ela são de uma brutalidade fodida. Apaga tudo. Já.

O desespero em meu tom é evidente.

— Já circulou demais. Não tem jeito. E eu me preocuparia menos com os comentários sobre sua namoradinha, e mais com aqueles sobre você. O melhor conselho que posso dar agora é para você voltar a ser o cara que as pessoas amam odiar.

Olho para o teto e jogo a cabeça para trás, derrotado.

— Não quero mais que me odeiem.

— Pelo menos estão falando de você. Finalmente chamamos atenção. É o que a gente quer. É o que a gente precisa para renovarem seu contrato. Honestamente, neste ponto, Chicago talvez já esteja fora de cogitação. Estou começando a pesquisar para onde podemos te mandar.

— Não pode ser verdade — digo rápido, frenético. — Estou jogando o meu melhor. Estamos quase na final.

— Então por que não me procuraram? Passei o campeonato todo te dizendo que tipo de cara eles queriam. De menino de ouro, já basta Maddison. Eles querem a dupla que vende ingresso há cinco anos. Se você não topar, eles vão encontrar outra pessoa. Alguém que custe muito menos, sem dúvida.

— Estou pouco me fodendo para o dinheiro. Só quero ficar aqui.

— Se quiser tanto ficar em Chicago, já sabe o que fazer. E só tem algumas semanas.

Se não fosse contra as normas da federação procurar a administração dos Raptors pessoalmente, em vez de por intermédio do meu agente, eu ligaria agora mesmo para perguntar que caralhos está acontecendo. Infelizmente, por motivos jurídicos, não posso.

— Preciso ir resolver esse caos — diz Rich, e desliga.

A ansiedade percorre o meu corpo, e eu me sento no sofá, ao lado da cadela. Rosie afunda a cabeça debaixo do meu braço, se largando no meu colo, mas não consigo parar de sacudir o joelho, então ela imediatamente se levanta e prefere deitar ao meu lado.

Os sites que passei horas olhando ontem são os mesmos que aparecem primeiro hoje na pesquisa.

A foto notória, que se espalhou pela internet toda, é de Stevie e eu, de costas, subindo correndo a escada da entrada do prédio. Estou olhando para trás, com a cara de uma criança que foi pega fazendo algo que não devia. Os cachos castanhos de Stevie esvoaçam, como de costume, e o casaco comprido esconde a camisa de botão e a saia do uniforme, mas ainda dá destaque para seu corpo.

Os comentários não param de chegar. É constante. É cruel.

As palavras que usam para descrevê-la são do tipo que eu não desejaria nem que meu pior inimigo lesse, muito menos a pessoa mais importante para mim.

É só ódio e inveja. Eu sei disso, mas não sei se Stevie sabe. Stevie nem notava que a própria mãe sentia inveja da vida dela. Como é que vai decifrar isso nas mensagens de desconhecidos na internet? E não são poucos comentários. São milhares e milhares criticando, xingando, ridicularizando.

Só porque ela está comigo. Sempre falaram merda de mim e, agora que ela está associada a mim, parece que sentem que têm o direito de fazer isso com ela também.

Esta foto é só das costas dela. É só uma silhueta de casaco. Não veem os olhos verde-azulados que deixam minhas pernas bambas sempre que se apertam quando ela ri. Não veem as sardas que decoram seu rosto, que formam desenhos e formatos que aprendi de cor. Não veem o sorriso que me derrete toda vez que brilha.

Além do mais, nenhuma foto mostraria sua esperteza, seu senso de humo, seu charme atrevido, nem seu coração inteiramente aberto e bondoso. Nenhuma foto mostraria como ela é doce.

Mas não faz diferença, porque o ódio incessante que jogam contra ela é por minha causa. Eu vi sua luz se apagar hoje cedo por minha causa.

Ela não deveria viver isso.

Volto a atenção para outros comentários preocupantes, e minha barriga dá um nó só de ler. São exponencialmente piores do que os que vi ontem. Inicialmente, eram só especulações, perguntando se era isso que eu andava fazendo, comentando minha mudança.

Mas é claro que trolls se retroalimentam, e as coisas que dizem estão indo de mal a pior.

"Claro que o Zanders tá tão molenga do campeonato. Tá brincando de casinha."

"A única coisa que gostava nele era ver que gostosa ele andava comendo. Não, agora tô de boa."

"Claro que Chicago não renovou o contrato dele. Esses comentários aqui estão mandando a real. Ele já era."

"Que viadinho."

"Chicago não vai renovar, mas também nem quero que ele venha jogar no meu time."

Eu estava errado. Eu achava que dava conta de tudo. Achava que podia fazer as duas coisas, ser o babaca que o mundo do hóquei esperava, mesmo que fosse autêntico entre quatro paredes. Mas não funcionou, e agora vou perder meu contrato.

Eu sabia, no fundo, que os torcedores não queriam ver quem eu sou de verdade. Queriam o exibido, o extravagante, o brigão, o playboy, mas, mesmo achando que estava conseguindo fingir bem em público, não estava. Obviamente, ninguém acreditou. Ninguém levou minha mentira a sério.

Essa reputação vai me seguir pelo resto da vida. É quem eu sou, é quem eu sempre fui, e cometi o erro de achar que talvez pudesse mudar. Achei que, assim que renovassem meu contrato, eu poderia deixar isso para lá. Mas ninguém quer quem eu sou de verdade. Ninguém vai pagar para torcer por mim.

Antigamente, eu ganhava energia com o ódio. Sentia vontade daquilo, mas, agora, é um fardo pesado nos meus ombros, me atrapalhando. E, desta vez, não é só o meu nome que estão arrastando na lama.

Os alertas de Ryan inundam minha memória.

"Não quero que a Vee acabe envolvida na zona da sua reputação."

"Minha irmã não vai aguentar o tipo de atenção que você recebe."

Ele estava certo. Por que estou fazendo isso com ela?

Eu não tenho saída, mas ela pode ter.

Ninguém nunca vai me amar por quem eu sou e, neste ponto, é melhor ser quem eles amam odiar.

42
Stevie

Meu coração dói por Zanders. As coisas que as pessoas andam falando dele são difíceis de ler. Não é só porque ele é um atleta famoso que não é humano, que não se magoa.

O dia todo, a internet está criticando ele, reforçando seu maior medo — que os torcedores não vão amá-lo se souberem que ele é mais do que um encrenqueiro notório.

Felizmente, acho que ele já deve saber que não é verdade.

Enquanto os comentários criticam Zanders como atleta, os direcionados a mim são cruéis, mas apenas sobre meu corpo.

Essa gente não me conhece. Nem me viu direito. Essas pessoas viram apenas o formato geral do meu corpo, escondido por um casaco, mas, porque meu namorado é conhecido, acham que podem falar mal do meu corpo por ser diferente do das mulheres que estavam habituadas a ver ao lado dele.

Não vou mentir. Dói.

Essas palavras são as mesmas com que me refiro a mim mesma há anos. As mesmas que minha mãe passivo-agressiva e minhas amigas superficiais pensaram, sem nunca dizer. Mas, quando dezenas de milhares de desconhecidos reforçam as ideias negativas que tenho me esforçado tanto para expulsar da minha cabeça, essas palavras viram cimento, encontrando cada reentrância, se instalando e afetando qualquer pensamento.

Tenho um irmão famoso e passei anos escondida dos holofotes porque não aguento a atenção. Mas o holofote me encontrou e, mesmo que os comentários me magoem, amadureci o suficiente nos últimos seis meses para afastá-los até certo ponto. Sei que pessoas magoadas magoam outras pessoas, e muito do que estão dizendo não tem nada a ver comigo.

Não me entenda mal, os comentários estão ecoando e se repetindo na minha cabeça o dia todo, mas, neste ponto, não posso fazer nada além de seguir em frente.

— E aí? — pergunta Ryan, do sofá, na minha frente.

Ele está com o notebook aberto, digitando sem parar.

— Nada por aqui — digo, e forço a vista para a tela do meu computador. — Achei vaga em companhias em Boston e Seattle, mas, para trabalho de comissária, só isso.

— Bom, está fora de cogitação. Você não vai embora de Chicago.

Continuamos a pesquisar vagas de emprego. Saí da casa de Zanders hoje de manhã porque queria pedir conselho para meu irmão. Visto que ele está acostumado à fama, precisava de sua orientação para decidir o que fazer, e, assim que cheguei, nós dois concluímos que era hora de começar a procurar outro emprego.

Mesmo que ninguém saiba que sou eu na foto, é só questão de tempo até meu nome ser divulgado. Pode não ser hoje, nem a partir da foto de ontem, mas em algum momento vai aparecer. Eu e Zanders não podemos passar a carreira toda dele em segredo.

Desliguei o celular assim que cheguei em casa, sabendo que não aguentaria ler mais nenhum comentário ofensivo. Os escritos sobre mim são horrivelmente maldosos, mas aqueles sobre Zanders doem ainda mais, e ler palavras feias sobre minha pessoa preferida é uma forma especial de tortura que nunca quero viver de novo. Ando frustrada com a reputação dele, e as coisas estavam cada vez mais desanimadoras nas últimas semanas, mas isso chegou ao limite hoje, e não consegui deixar de expressar minhas emoções de tristeza profunda por ele.

Zanders é forte. Ele tem casca grossa e faz isso há anos. Mas isso tudo é novidade para mim, e não sei quanto tempo vou aguentar vendo as pessoas fecharem os olhos para o coração imenso dele.

Tudo que quero é que ele se abra para o mundo e diga a verdade. Se não gostarem dele porque ele vai além do que supuseram, e se não quiserem torcer por ele porque é mais divertido torcer contra ele... bom, isso é problema dessas pessoas, e não de Zanders.

— O que você acha de parar de ser comissária e fazer outra coisa? — pergunta Ryan, de trás da tela do computador.

— Já pensei nisso, mas não sei o que mais faria. Não quero trabalhar em horário comercial, porque aí só poderia passar o fim de semana no abrigo. É disso que gosto no trabalho de tripulação. Tenho folgas de dias, semanas, até.

— Aquela sua colega já procurou por você? A gerente.

— Não sei. Desliguei o celular assim que cheguei.

— Então talvez esteja tudo tranquilo. Você pode ter tempo para pensar. Mesmo se o time continuar ganhando, só tem mais umas poucas semanas de campeonato. Você pode trabalhar até o verão e, mesmo que não role, eu ajudo com o que precisar.

— Eles vão continuar ganhando — garanto.

As palavras são mais para mim do que para Ryan. Grande parte da preocupação que senti hoje foi quanto ao efeito desses comentários nojentos em Zanders nas últimas semanas do campeonato mais crucial de sua carreira. Ele está pertinho da final. Pertinho de um contrato novo. Não quero que ele duvide de si justo agora que está jogando tão bem.

E, mesmo que ele tenha que manter as aparências até o fim do campeonato para Chicago renovar o contrato, a gente aguenta. Estamos tão perto do fim.

— Talvez eu possa arranjar um trabalho com meu time para você?

— De jeito nenhum.

Antes que Ryan possa protestar, uma batida na porta chama nossa atenção. Nós dois olhamos para a entrada antes de nos entreolharmos, em dúvida.

— Eu atendo.

— Olha no olho mágico antes de abrir a porta, Vee — diz Ryan, com preocupação.

Depois de tudo que aconteceu ontem e hoje, ele está mais protetor do que de costume. Mas nosso prédio é o mais seguro possível. Não vai aparecer um repórter aleatório no corredor para me interrogar.

Pelo olho mágico, vejo o homem mais espetacular do outro lado da barreira de madeira, com a cabeça escondida por um capuz e os ombros caídos. Mesmo se eu não visse seu rosto, o reconheceria em qualquer lugar. A presença dominante é difícil de ignorar, embora sua postura esteja um pouco desanimada no momento.

— Zee, o que você veio fazer aqui? Alguém te viu subir?

Viro a cabeça de um lado para o outro ao abrir a porta, conferindo o corredor vazio, mas, quando volto a olhar para ele, meu coração aperta.

Os olhos cor de mel, que me acostumei a ver brilhar, estão opacos e desviam dos meus. Não há nem sinal do sorriso malicioso que me faz derreter sempre que aparece.

— Tentei ligar, mas caiu na caixa postal — ele diz, com o tom muito mais suave do que de costume. — Posso entrar?

Abro caminho e escancaro a porta para ele entrar. Zanders mantém a cabeça baixa, sem olhar para mim nem para meu irmão. Olho de relance para Ryan, em uma conversa rápida e silenciosa.

— Falei para o Dom que ia encontrar ele para um treino rápido, então vou deixar vocês conversarem — diz Ryan, e se levanta do sofá, pega a bolsa de academia e segue para a porta.

— Ryan — interrompe Zanders, e hesita um instante. — Perdão pelas manchetes.

Meu irmão acena com a cabeça, em compreensão, antes de fechar a porta e nos deixar a sós.

— Zee, o que houve?

Faço carinho no braço dele para acalmá-lo, mas ele fecha os olhos com força ao sentir o toque, o que só piora o nó no meu estômago.

Ele não responde.

Eu me sento no sofá, tentando ficar mais confortável para a conversa desconfortável.

— Quer sentar? — pergunto, dando um tapinha ao meu lado.

Ele balança a cabeça sem dizer nada e se recusa a me olhar.

— Zee, o que houve? Você está me assustando.

Finalmente, ele cede e encontra meus olhos com seu olhar cor de mel, me permitindo ver o mundo sem fim de culpa nele, as sobrancelhas franzidas de arrependimento.

Minha garganta está apertada e meu estômago parece oco. Já está doendo.

— Não — falo. — Não, por favor.

Ele inspira fundo.

— Vee...

— Não — interrompo, desesperada. — Você não pode fazer isso.

— Vee, você sabe como é importante para mim.

— Para. Não faz isso, por favor — eu imploro.

Ele hesita antes de voltar a olhar a parede.

— Nós dois... a gente só...

Ele balança a cabeça, sem conseguir falar o resto das palavras.

— Por causa das fotos? A gente toma mais cuidado. Eu... eu posso tomar mais cuidado.

— Não são só as fotos.

Zanders fecha os olhos com força e, quando abre de novo, toda a emoção se foi. Ele se mantém de pé, do outro lado da sala, olhando para longe, sem conseguir manter contato visual.

— Vamos ser sinceros — continua ele. — A gente sabia que ia acabar um dia.

— Como é que é? Não, não sabia! *Eu* não sabia! — exclamo, e me levanto do sofá, tomada pelo desespero. — Eu nunca pensei que a gente ia terminar, Zee.

— Fala sério, Stevie. Você sempre soube quem eu era, que eu sempre seria assim. Você teve a impressão certa quando me conheceu. Achei que pudesse mudar, mas não posso.

— É por causa do que estão dizendo na internet?

Ele sacode a cabeça rapidamente.

— Então o que foi? Porque hoje mesmo você disse que ia ficar tudo bem. Prometeu que ia ficar tudo bem — digo, e cubro a boca para calar os sons esganiçados que tentam escapar. — Por favor, não faça isso.

— Eu só... Eu não consigo mais.

O homem na minha frente não é o mesmo homem pelo qual passei meses me apaixonando. Não sei onde ele está, mas não é aqui.

Não sei que palavras dizer. Não sei que palavras vão fazer isso parar.

— Fiz alguma coisa errada? — pergunto, com a voz fina.

Finalmente, ele mostra um momento de emoção. A dor toma o seu rosto, e ele fecha os olhos com força, desviando um pouco o corpo. Ele balança a cabeça e engole em seco, sem conseguir falar.

— Posso consertar?

Sacudindo a cabeça devagar de novo, ele morde o lábio, se recusando a olhar para mim.

— Olha para mim! — grito de desespero do outro lado da sala. — Se for terminar comigo, pelo menos veja o que está fazendo.

Seu olhar cor de mel me encontra, me permitindo entendê-lo pela primeira vez desde que a conversa começou. Ele está mentindo. É raro ele mentir, mas, quando tenta, é muito ruim. E, agora, está mentindo.

— Seu agente falou alguma coisa?

Sem resposta. Zanders nem balança a cabeça. Ele não diz nada, porque estou certa.

— O que houve? É porque você está comigo? Você não vai ser contratado porque está comigo?

— Não é por sua causa — diz Zanders, finalmente. — Mas não posso continuar com isso.

— Por quê?

Ele solta um suspiro profundo e resignado.

— Não tenho resposta, Vee...

— Não me chama assim — digo, irritada. — Você não pode me chamar assim enquanto faz isso comigo.

Outra inspiração brusca.

— Stevie, não estou tentando te machucar.

— Bom, então está se saindo muito mal.

— Não quero te magoar, mas você vai acabar se magoando continuamente se ficar comigo.

— Isso é por causa do que estão dizendo na internet, não é? — pergunto, e sopro uma risada condescendente de quem entendeu tudo. — Você está fazendo isso por causa da opinião de *desconhecidos*.

Mais uma vez, ele não responde, o que já é resposta.

Meu corpo inteiro dói. Minha cabeça lateja. Meus pulmões estão sem ar. Meus olhos ardem. O homem que me ergueu com palavras, que insistiu tanto em me lembrar de que sou suficiente, que abafou o ruído de todo o resto do mundo, agora escuta o que os outros têm a dizer.

Engulo em seco, tentando conter as emoções que querem escapar, mas elas estão no limite e está difícil segurá-las.

— Você sente vergonha de mim?

Minha voz falha última palavra, quase inaudível.

Finalmente, a expressão estoica de Zanders se desmancha, e ele avança um passo rápido na minha direção, falando com o tom desesperado:

— Stevie, de jeito nenhum…

Levanto as mãos na frente do corpo, querendo manter a distância, impedi-lo de se aproximar.

— A última palavra que eu usaria para descrever o que sinto por você é vergonha — diz ele, com um olhar que suplica para eu acreditar. — Eu sentia tanto orgulho de estar com você.

Sentia.

— Por que você está fazendo isso?

Ele mais uma vez não responde e fica parado, me olhando, me implorando em silêncio para eu aceitar.

— Me responde!

— Porque não posso mudar! Não posso mudar quem sou nem como as pessoas me veem. Essa reputação vai me seguir pelo resto da minha carreira, e eu me recuso a arrastar você para isso.

— Que besteira.

— É a verdade!

— Não, é uma *versão* da verdade. Mas a verdade mesmo é que você podia começar a ser honesto a respeito de quem é. Podia parar de fingir, mas não quer, porque tem medo de acabar em outro time. Tem medo de os torcedores verem quem você é de verdade, de não gostarem, e de Chicago não renovar seu contrato, né?

Não sei por que pergunto. Já sei.

Sacudo a cabeça, decepcionada, e uma risada incrédula me escapa.

— Que covardia, EZ.

Ele olha para mim.

— *Não* me chama de EZ. Não sou eu.

— Não é? Porque é o papel que você parece decidido a representar. Fácil de manipular. Fácil de controlar.

A pose de Zanders desmorona inteiramente na minha frente. As emoções que ele normalmente expõe tão claramente estavam escondidas desde que ele chegou, mas finalmente aparecem. Ele está derrotado e, para um homem que toma conta de qualquer ambiente, ele parece pequeno neste apartamento.

— Stevie, eu vou ficar sozinho, se precisar mudar de time — diz ele, e sua voz poderosa falha. — Minha família está aqui, e eu já perdi minha família uma vez. Já estive sozinho e não vou aguentar isso de novo.

— Você nunca ficaria sozinho. Eu teria ido com você para qualquer lugar.

A confusão toma o rosto de Zanders.

— Não teria, não. Ryan está aqui. O abrigo está aqui. Você não iria embora.

— Eu teria ido com você para qualquer lugar, mas você nunca perguntou.

A culpa fica evidente em sua expressão, como se ele repensasse a decisão. Ele engasga com a respiração, chocado, com o olhar fixo no meu.

Zanders anda até mim devagar e, dessa vez, eu deixo. Não o interrompo quando ele abre os braços e envolve meus ombros com seu aperto esmagador.

Afundo o rosto em seu peito e inspiro seu cheiro, tentando guardar na memória para quando ele for embora, apesar de, ao mesmo tempo, nutrir esperanças de não ser necessário, porque não viverei nem um dia sem ele.

Zanders distribui beijos lentos pelo meu pescoço e minha mandíbula com a boca macia, e cada toque queima minha pele com a ideia de que pode ser a última vez. O beijo se demora um pouco mais na minha bochecha, e derreto sob seu toque, precisando que ele me queira. Que ele me ame.

Que ele me escolha.

Preciso que ele mude de ideia. Parte de mim está convencida de que o sinto mudar de ideia no jeito como me abraça. Como se nunca fosse me soltar, o que eu aceitaria perfeitamente.

Ele dá mais um beijo desesperado no canto da minha boca, e sei que é o fim.

— Desculpa, Vee — sussurra ele, e meu coração se estilhaça, perdendo qualquer esperança.

Com isso, ele me solta e me dá as costas para sair do apartamento.

— Por que você deixou eu me apaixonar por você? — grito do outro lado da sala, com as lágrimas começando a cair sem permissão pelo meu rosto.

Isso faz Zanders parar a caminho da porta, ainda de costas para mim.

— Você disse que eu era sua primeira opção, e eu acreditei.

As costas de Zanders vibram com a respiração engasgada antes de ele secar o rosto rapidamente com a manga da roupa e sair do apartamento.

Assim que a porta se fecha, todas as emoções que eu mal estava tentando esconder emergem, me sufocando, e me encolho no sofá, deixando a dor da minha perda me inundar.

43
Stevie

Eu deveria ter dito que estava doente para não vir trabalhar hoje. Não seria mentira. A dor de cotovelo tomou meu corpo todo, e talvez seja a pior doença que exista.

Claro que já levei pés na bunda antes, mas essa vez foi diferente. Relacionamentos anteriores nunca se compararam a este, com ele. Estou em um estágio inesperado do luto, tentando processar a perda de alguém que ainda está vivo. Alguém que ainda mora no prédio da frente. De certo modo, acho que deve doer até mais do que perder alguém que morreu. Essas perdas não necessariamente foram de alguém que escolheu te deixar.

Mas Zanders escolheu me deixar, e agora tenho que viver o luto de ele não fazer mais parte da minha vida por sua própria escolha.

Quero odiar ele. Quero detestar tudo nele, porque odiar alguém é muito mais fácil do que amar quem não me ama de volta.

Mas eu o amo, e essa é a pior lembrança.

Meu coração nunca doeu tanto quanto nos últimos dias. Sinto a dor em todos os nervos. Não há um pensamento sequer que não seja enevoado por ele. Por nós. Parece que meu ser inteiro não entende que ele não faz mais parte de mim. Que ele não me quer.

Minha cama nunca esteve tão vazia, nem minhas noites, tão inquietas quanto agora, sem Zanders e Rosie ao meu lado. Minha cama nunca foi tão insossa, e os dias, tão longos. O tempo deveria curar tudo, mas anda em câmera lenta. Como devo me curar, se os minutos parecem horas?

Penso nele constantemente e sinto saudade de tudo nele. Sinto saudade da confiança que encorajou em mim. Do sorriso que me fazia derreter. Até dos vinte minutos que passava esperando ele acabar de se arrumar quando eu já estava pronta.

E, acima de tudo, sinto saudade de como achava que ele me amava, e queria ter sido o suficiente para ele ficar comigo.

Ele não me procurou. Não houve nenhuma mensagem, nem telefonema. Para ele, o término foi simples, mas transformou meu mundo inteiro em uma espiral de bagunça, e não sei mais arrumá-lo.

— Está pronta? — pergunta Indy, gentil, enquanto esperamos na cozinha pelo embarque do time em Chicago.

Meus olhos cansados e sem vida estão desfocados, voltados para a entrada.

— Nem um pouco.

O terceiro jogo da terceira rodada é amanhã à noite. É a primeira viagem desde que Zanders terminou comigo, e estamos a caminho de Seattle. Surpreendentemente, pela primeira vez na vida, eu preferiria estar indo para Nashville.

Há lembranças ligadas a essa cidade que prefiro não rever. É o lugar onde as coisas começaram a mudar comigo e com Zanders. Nashville tende a fazer eu me sentir insuficiente e, no momento, isso é a última coisa em que preciso pensar. Pode acreditar, é o que penso sem parar, já. Mas, mais importante, é em Nashville que está meu pai, e, às vezes, uma garota só precisa do pai.

— Uau — sussurra Indy. — Ele está um horror.

As palavras dela me tiram do devaneio distraído, me despertando, e eu olho. Zanders está parado, de pé, na fileira dele, com o olhar fixo em mim.

Ele parece apagado, com se sua luz tivesse queimado. Nunca imaginei que fosse dizer isso, mas ele está mesmo horrível.

Zanders sustenta meu olhar e, quanto mais me olha, imóvel no corredor, mais lágrimas começam a arder nos meus olhos. Mas eu me recuso a chorar no trabalho e me recuso a mostrar como ele me destruiu.

Ele está de testa franzida, com os cantos da boca virados para baixo. O terno completo típico está amarrotado, com o paletó e o colete desabotoados. Ele precisa cortar o cabelo e fazer a barba, mas, mesmo desgrenhado assim, não consigo parar de olhar para ele.

O rosto dele está gravado na minha memória há dias. É a única coisa que vejo, de olhos fechados ou abertos, e, agora que ele está na minha frente, eu me recuso a desviar o olhar.

Infelizmente, Tara aparece na minha frente, atrapalhando a visão.

— Sei que era você.

Meu coração aperta.

— Como assim?

— Na foto. Sei que era você.

— Não sei do que você está falando.

— Larga disso, Stevie. Já faz tempo que desconfio.

Minha garganta está apertada e tento engolir a verdade, procurando uma mentira para disfarçar. Mas minha vida foi só uma merda colossal nesses dias e, no momento, já não me importa mais tanto assim.

— E vai fazer o quê? Me demitir por desconfiança? Fique à vontade.

Tara recua um pouco, parecendo surpresa por eu me entregar assim.

— É o que vou fazer assim que confirmar.

— Ótimo — digo, com a voz neutra. — Agora, se eu puder voltar a trabalhar, seria uma maravilha — acrescento, e aponto na direção do corredor. — Parece que todo mundo embarcou, então é bom a gente partir, né?

Tara ajeita a postura, se empertigando, e tenta me analisar.

— Faça a demonstração de segurança da saída de emergência — ordena ela, nos dando as costas e seguindo pelo corredor.

— Quer que eu faça? — oferece Indy.

— Não — digo, endireitando os ombros. — É meu trabalho. Eu faço.

Com minha falsa máscara de confiança, que não preciso usar faz tempo, sigo para a saída de emergência. Sinto olhares em mim, mas tento ignorá-los. Não tem o menor jeito de o time não ter visto os comentários horríveis na internet, e eles todos sabem que sou eu na foto.

É uma vergonha, para ser sincera, mas só quero que o dia acabe.

Olhando para o chão, me dirijo a Maddison e Zanders.

— Estão prontos para as instruções da saída de emergência?

— Stevie — diz Zanders, com um suspiro de alívio, pedindo minha atenção.

— Estão prontos? — insisto.

Desta vez, olho para Maddison, implorando para ele responder, para eu acabar com isso e voltar a me esconder na cozinha.

Ele está se sentindo péssimo. É evidente pelo olhar, então, finalmente, faz que sim com a cabeça e me permite começar.

O olhar de Zanders queima em mim o tempo todo, enquanto repito exatamente as mesmas instruções de todos os voos. Tenho quase certeza de que os dois já aprenderam de cor, mas Zanders me observa, atento a cada palavra, implorando para eu olhá-lo. Mas não consigo. Dói demais.

Isso era divertido. Era a desculpa perfeita para ver ele no começo de cada voo, mas dessa vez eu odeio.

— Estão dispostos a auxiliar no caso de emergência?

Olho primeiro para Maddison.

— Sim — responde ele, olhando para Zanders, claramente desconfortável pela tensão entre mim e seu melhor amigo.

Eu me recuso a olhar para Zanders e me mantenho distraída olhando para o nada, esperando que ele diga que sim.

Ele sabe das regras. Sabe que precisa responder antes de decolar, mas fica quieto, então eu repito:

— Está disposto a auxiliar no caso de emergência?

— Stevie.

O tom dele está tomado de desespero.

— Está disposto a auxiliar no caso de emergência?

— Pode me olhar? — ele pede, se inclinando para a frente.

Não me importo com o tom triste dele. Tenho que fazer meu trabalho, e ele não está deixando. Foi ele quem terminou comigo, e aqui está, me forçando a esperar na frente dele. É um método especial de tortura.

— Olha para mim, por favor — ele implora.

— Pode responder a pergunta?

Pelo canto do olho, vejo ele se largar no assento, derrotado.

— Sim. Estou disposto a auxiliar.

Só precisava ouvir isso, então vou embora, pronta para voltar ao meu espaço seguro. Porém, hoje, nenhum lugar nesta aeronave parece um refúgio. Está menor e mais apertada do que nunca.

Dou apenas dois passos antes de Zanders pegar meu braço, me fazendo parar. Infelizmente, eu não estava preparada para o contato físico, e seu toque queima minha pele, me lembrando do quanto meu corpo sente falta dele.

Olho para a mão dele, e a primeira coisa que noto é meu anel velho e gasto em seu dedo. Por que ele ainda está usando? Quero que ele tire, porque tem significado demais naquilo, mas, ao mesmo tempo, espero que ele nunca tire.

Outro erro que cometo é levantar o olhar. Os olhos cor de mel dele estão marejados, mas esperam minha atenção. As sobrancelhas estão franzidas, implorando para eu ficar e falar com ele. O pomo de Adão se mexe quando ele engole em seco antes de abrir a boca para falar, mas eu o interrompo antes.

— Precisa de alguma coisa? Bebida? Travesseiro? Comida? Sabe, já que agora sou apenas sua comissária de bordo.

Maddison recosta a cabeça no encosto do assento, como se afetado pelo que eu disse.

O rosto de Zanders mostra a dor física causada pelas minhas palavras, mas a maior parte de mim não se importa. Ele me machucou. É justo que ele sinta um pouquinho do que estou passando.

Mentira. Eu o amo demais para desejar dor a ele, mas, para me preservar, não sei como me sentir melhor neste momento. Em momento nenhum, na verdade.

— Água com gás, imagino?

Ele solta um suspiro brusco, pisca rápido e faz que não com a cabeça até finalmente soltar meu braço e me deixar partir.

Mantendo o olhar fixo na cozinha, mando meus pés me carregarem de volta o mais rápido possível, tentando sustentar a expressão neutra até poder me esconder.

— Você é muito poderosa — elogia Indy, assim que volto para nossa área de trabalho. — Mas, se quiser tirar um segundo para chorar, eu cuido das coisas aqui.

— Tá — digo, com a voz falhando. — Um segundinho só, talvez.

Passo o resto do voo para Seattle escondida nos fundos. Rio aparece em certo momento e faz uma piada sobre eu e Zanders termos passado o ano todo nos pegando escondidos, mas, como eu nem sorrio, ele percebe o erro.

Parece que, fora Maddison, ninguém do time sabe do término. Não sei se isso é boa ou má notícia, mas estou tentando não inferir demais. No fim, a gente terminou, então especular para arranjar um pingo de esperança só vai arrastar ainda mais essa dor que estou convencida de que vai durar a vida toda.

Meu uniforme me lembra dos elogios que Zanders desfiava quando eu o usava, então tiro a roupa assim que chego ao hotel e visto meu moletom mais confortável. Claro que também me lembra dele. Eu nem trouxe as roupas que ele me deu, mas não faz diferença.

A vista do hotel é para a roda-gigante de Seattle, bem na beira da água, mas, por mais bonito que seja, me lembra do cais naval de Chicago, o que me lembra do apartamento de Zanders e, portanto, de Zanders.

Odeio que meu cérebro associe ele a toda a minha vida em Chicago. Queria parar de pensar nele todos os segundos de todos os dias. Mas a cidade está tomada por ele, e não sei afastá-lo. Ele inundou minha vida inteira.

No meu coração, Chicago representa Zanders, mas o mesmo vale para todas as cidades que visitamos juntos.

Apago todas as luzes do quarto e me encolho sob as cobertas da cama, precisando do escuro para dormir. São só três da tarde, mas dormir desliga minha cabeça, então tenho dormido o dia todo quando possível, na esperança de o tempo passar mais rápido.

Meu celular toca na mesa de cabeceira, iluminando o quarto todo escuro, e eu não podia ficar mais agradecida do que ao ver o nome do meu pai na tela. Tenho quase certeza de que um suspiro audível de alívio me escapa assim que atendo.

— Oi, pai.

— Vee! Como vai minha menina?

— Já estive melhor.

Um momento breve de silêncio se estende entre nós. Meu pai descobriu tudo do meu relacionamento com Zanders na época do término, mas parte de mim acha que ele sabe desde a visita no Natal.

— Ryan ligou. Estava preocupado com sua viagem e queria que eu cuidasse de você.

— É gentileza de vocês, mas vai ficar tudo bem.

Pode até não ser verdade, mas estou manifestando o desejo.

— Bom, eu prometi para seu irmão que ia cuidar de você. Então, qual é o número do seu quarto?

— Como assim?

— Qual é o número do seu quarto? Estou na porta do hotel.

Arregalo os olhos e afasto o celular para olhar para a tela, sem saber o motivo. Ele não está no FaceTime, então não tem como provar que está em Seattle. Estou só chocada.

— Jura?

Minha voz falha, sentindo a mínima pontada de esperança pela primeira vez em algum tempo.

— Juro! Me deixa subir!

Assim que meu pai bate à porta, corro até ele e o esmago em um abraço, tentando sentir a alegria que ele sempre traz para a minha vida.

— Também senti saudade, Vee — ele diz, me aconchegando no abraço de urso antes de mostrar o engradado com seis IPAs. — E trouxe cerveja.

— Graças a Deus. Sabia que tinha motivo para gostar de você.

Meu pai abre duas cervejas, me entrega uma e se senta no sofá à minha frente.

— E aí, como anda?

Solto uma risada desdenhosa.

— Por onde começo?

— Por onde quer começar?

Tomo um gole demorado, tentando engolir a emoção que quer vir à tona.

— Zanders terminou comigo.

— Então a gente odeia ele agora?

Isso me faz rir.

— Ainda estou decidindo.

— Ele deu um motivo ou foi do nada?

— Não sei. Ele me deu um motivo, mas não sei se acredito.

Meu pai faz silêncio, me deixando continuar.

— Ele disse que nunca vai conseguir mudar, e que eu sempre soube quem ele era, mas não acho que é verdade. Acho que está com medo de se expor porque a reputação que ele criou na NHL é contrária ao homem bom que ele de fato é. Ele está para renovar o contrato e duvida de si. Você sabe como são importantes os anos de renovação de contrato do Ryan, e isso ainda é diferente, porque Ryan não tem que mentir sobre quem é para se sustentar, enquanto Zanders sente que precisa.

— E uma namorada não se encaixa na imagem — declara meu pai, entendendo facilmente a situação. — Ele quer mudar?

Dou de ombros.

— Eu achava que sim. Tinha certeza de que ele ia ser honesto depois de renovar o contrato, mas agora não acho mais que seja o caso. Parece que ele está convencido de que esse é o único jeito de os torcedores acompanharem a carreira dele.

— Como você se sente? — pergunta meu pai, tomando um gole da cerveja.

— Uma merda.

Jogo a cabeça para trás, fechando os olhos com força para segurar as lágrimas que querem cair.

— Nesse tempo em que namorei Zanders, ele me fez sentir que eu era sua primeira opção. Nunca fui a primeira opção de ninguém, e agora parece que foi tudo mentira. E não é que queira que ele me escolha em detrimento da carreira, mas poderia haver outra opção, e ele nem quis tentar dar outro jeito.

Meu pai hesita, olhando ao redor do quarto antes de se voltar para mim.

— Eu vi as manchetes. Será que ele estava tentando te proteger? Porque isso faz muito sentido para mim. Nem conheço ele, mas, pelo que você falou, ele protege as pessoas que ama.

— Talvez, mas não preciso que ele me proteja. Na verdade, estou de saco cheio disso. Ryan já faz isso demais, e talvez Zanders também, mas eu sei me defender. Esses comentários sobre mim na internet foram nojentos, e as pessoas são um lixo, mas nada me chateou tanto quanto o jeito como falavam dele. Eu nem estava pensando em mim nessa situação.

Meu pai inclina a cabeça, com orgulho evidente no rosto.

— Que foi? — pergunto, cautelosa.

— Você ama ele.

— Nossa, pai — digo, afundando o rosto na mão para esconder meus olhos marejados e ardidos. — Nem me lembra.

Ele aperta meu braço.

— Desculpa. É que nunca vi você assim. Sei que está doendo, e não quero desmerecer isso. Só não estou acostumado a ver você tão confiante. Eu gostei.

Foi Zanders quem me estimulou a ter confiança, a me defender. Mas será que tudo acabou agora que ele se foi?

— A mamãe não gosta.

Meu pai fecha a boca com força, tentando se conter.

— Não quis tocar no assunto, caso você não quissesse conversar sobre ela.

— Ela tem me ligado sem parar.

— Eu sei.

O silêncio se estende entre nós, e nos entreolhamos, desajeitados. É bom não me sujeitar aos comentários críticos e aos olhares de desdém, mas, ao mesmo tempo, não quero afastar minha mãe para sempre. Quero que nossa relação melhore. Quero que a gente tenha a relação de quando eu era mais nova, e ela achava que eu iria seguir seus passos. Foi só depois de adulta que minhas escolhas começaram a decepcioná-la e nossa relação foi prejudicada, mas me pergunto se um dia ela encontrará a capacidade de me apoiar de novo.

— Ela está bem? — pergunto, finalmente.

Meu pai toma um gole demorado de cerveja.

— Ela está entendendo algumas coisas que a atingiram com força. Foi difícil para ela ver aquelas manchetes todas e saber que falavam de você. Mas não vou dizer que ela não merece o que está sentindo.

— As manchetes só disseram exatamente o que ela diz há anos.

— É isso. Acho que ver aquilo escrito na cara dela, vindo de outras pessoas, fez ela perceber o que faz com você.

As palavras do meu pai não carregam tanta emoção, e ele é um cara relativamente sensível, que dá valor para a família acima de tudo, mas o jeito como ele fala da minha mãe está parecendo distante. Diferente.

Eu franzo a testa.

— Vocês estão bem?

Ele desvia o olhar.

— Não sei, Vee. Não é o tipo de coisa que se discute com os filhos.

— Bom, mas se for sobre mim, acho que você deveria me contar. Sou adulta.

— As coisas andam meio tensas, mas não quero que você se preocupe.

Eu me empertigo.

— Bom, agora me preocupei. Não quero que vocês tenham problemas por minha causa.

O peito dele se move com um suspiro, e seus olhos castanhos ficam um pouco marejados.

— Ela é uma boa pessoa, Stevie. Ela só esteve perdida nesses últimos anos, e não foi uma boa mãe para você. Sei disso e, no fundo, ela também sabe. É difícil ver ela magoar você, especialmente porque ela nem sempre foi assim, sabe. Ela foi muito boa mãe quando você era mais nova.

A voz do meu querido pai falha, e ele cobre a boca com a mão.

— Eu sei, pai — digo, e aperto o braço dele. — Eu lembro. Só queria que ela se orgulhasse de mim como antes, mas agora já desisti.

Ele faz que sim, entendendo.

— Você não chegou a conhecer sua avó, mas ela era bem difícil — diz, soltando uma risada seca que não tem nenhum humor. — Ela tratava sua mãe exatamente como sua mãe anda tratando você. A única diferença é que você escapou. Você forjou seu próprio caminho e não fez tudo o que ela esperava. Mas sua mãe tinha grandes sonhos, que interrompeu para tentar agradar a mãe dela. Nós nos casamos muito mais novos do que pretendíamos porque a mãe dela nos pressionou. Ela foi para uma faculdade que a sua avó escolheu.

Meu pai me cutuca de leve, como se perguntasse em silêncio: "Soa familiar?"

— Agora, não vou botar palavras na boca da sua mãe, mas acho que tem algum ressentimento aí, e, em vez de se orgulhar de você, como uma boa mãe deveria fazer, ela sente inveja. Mas, sabe, acho que ela está começando a enxergar isso e perceber que trata você exatamente como era tratada pela mãe. Mãe pela qual ela nutre rancor até hoje, por sinal.

Fico quieta, absorvendo essa nova informação. Nunca soube tanto do passado da minha mãe, de como ela foi criada. É difícil enxergar atrás da máscara perfeitinha dela.

— Não estou tentando dar desculpas — continua meu pai —, mas é difícil superar esse trauma geracional, e, pela primeira vez em muito tempo, tenho certa esperança de que ela possa aprender e amadurecer com isso.

Vejo fisicamente o peso emocional que ele está carregando por tentar ser um marido compreensivo e defender a filha ao mesmo tempo. Não era minha intenção afetá-lo ao cortar contato com a minha mãe ou afetar a relação deles, mas é claro que afetou.

Levanto a cerveja para brindar com ele e digo:

— Bom, então quem sabe alguma coisa boa saia dessas manchetes, afinal?

Ele bate a garrafa vazia na minha.

— Talvez.

— Acho que preciso de mais uma cerveja depois dessa conversa.

Eu me levanto do sofá e pego mais duas garrafas da bancada.

— Está falando minha língua — diz, tomando um gole. — Então, me conte do resto. Como vai o trabalho? E o abrigo?

— O abrigo está ótimo. Amo estar lá. A dona é incrível, e os cachorros, uma fofura. Quanto ao trabalho, não sei por quanto tempo ainda terei emprego, então sei lá.

— Eles sabem que era você na foto?

— Não oficialmente, mas é só questão de tempo até meu nome ser exposto, e aí serei demitida.

— Quando Ryan me ligou, falou que tem algumas vagas de comissária em outras companhias, e uma é aqui em Seattle.

— É, mas não dá nem para considerar. Não posso deixar ele em Chicago. Não depois de ele se esforçar tanto para eu ir morar lá.

— Ele queria que eu te encorajasse a considerar.

Isso me faz hesitar.

— Espera aí. Sério?

— É. Se você quiser.

— Por que ele não me disse nada?

Uma risada de entendimento faz tremer o peito do meu pai.

— Porque é o Ryan. Você acha que ele ia conseguir olhar na sua cara e dizer para você se mudar para o outro lado do país sem cair no choro? Ele é uma represa de emoções, a não ser na sua frente.

Quando surgiu aquela vaga na semana passada, eu nem pensei. Sair de Chicago estava fora de cogitação. Eu e Zanders ainda estávamos namorando, e eu nem imaginei que Ryan fosse sugerir que eu me mudasse. Mas nada me ajudou a me acalmar. Nada ajudou a aliviar a dor que tem me exaurido. Talvez três mil quilômetros de distância deem uma acelerada no processo de cura e, neste momento, estou tão desesperada que topo qualquer coisa.

Só quero me sentir melhor. Não quero sair de casa e ver o prédio de Zanders. Não quero pensar nele sempre que estou no abrigo e noto um pequeno conserto pago por sua doação. Não quero pensar no Natal sempre que passar pelos degraus da frente do prédio dele. Não quero pensar em como ele ama a sobrinha sempre que inevitavelmente o vir com Ella no colo. Não quero me lembrar de que, pela primeira vez na vida, senti uma conexão genuína com meus amigos sempre que encontrar os Maddison no saguão do meu prédio. Só quero alívio da dor por tudo que perdi.

Passei a vida toda esperando para alguém me escolher e sempre me decepcionei, desejando aprovação alheia. Mas por que estou aguardando que alguém me torne uma prioridade se nem eu faço isso por mim?

Eu posso me escolher.

— Eu quero, sim — digo, confiante. — Quero me candidatar amanhã.

44
Zanders

— Quatro faltas, Zee?

Maddison joga a camiseta encharcada de suor no cesto no meio do vestiário do time visitante.

— E me pergunta se eu me importo com isso.

Caso ele não note pela minha expressão vazia ou pelo sangue seco na minha boca depois de uma das brigas de hoje, a resposta é “não”.

Em qualquer outro dia, Maddison me passaria o costumeiro sermão de capitão, dizendo que decepcionei o time ao dar tanta vantagem para Seattle. Ele me lembraria de que acabamos de perder fora de casa, então estamos só com um ponto de vantagem na terceira rodada eliminatória. Ele me mandaria tirar a cabeça do cu e rever minhas prioridades.

Mas ele não diz nada disso porque sabe qual é minha a prioridade. Não estou pensando no hóquei. Não estou pensando no meu contrato. Estou pensando só na mulher que sumiu da minha vida porque eu não queria mais machucá-la com minha reputação.

Maddison continua com o olhar fixo no meu dedo mindinho, do qual estou desenrolando o esparadrapo que uso para cobrir o anel de Stevie há três jogos. O anel é tão fino e delicado que consegui usar em campo, porque os juízes acham que estou com o dedo enfaixado por motivos médicos. Então eu continuei usando a joia, à qual me agarrei como uma boia de salvação. Como se tê-lo no meu dedo fosse o símbolo de tê-la na minha vida.

Mas o jeito que ela me olhou ontem no avião, como se eu fosse um desconhecido com quem ela não queria ter nada, me lembra que não é o caso. Não estou mais na vida dela. Então vou usar essa merda de anel barato até o metal se desintegrar, porque é a única parte dela que ainda tenho.

O olhar de desculpas de Maddison me encontra, cauteloso, antes de ele voltar a olhar para o meu dedo.

— Não quero falar disso — lembro, antes de pegar a toalha e ir tomar banho.

Já com meu terno de volta, saio com o time do vestiário, a caminho do ônibus que nos aguarda nos fundos da arena. Vários torcedores ávidos nos recebem com cartazes e canetas, isolados atrás da barreira que cerca nossa curta caminhada. A maioria dos jogadores para um pouco, autografa cartazes e tira foto com os torcedores, mas eu fico de fone de ouvido, fixando o olhar sem emoção no ônibus.

Do outro lado, quem ladeia o caminho são os repórteres, com flashes pipocando, gritando nossos nomes, na esperança de conseguir um nada que eles possam distorcer para se tornar alguma coisa. Preciso de toda a minha força de vontade para não levantar a mão e mostrar o dedo do meio. Honestamente, combinaria perfeitamente com a imagem que

Rich quer que eu projete, mas sinto esse impulso porque os culpo em parte pela merda que minha vida virou dias atrás.

Chicago não queria o bad boy de volta? Bom, cá está. Voltei às minhas brigas sujas de sempre, sem dar a mínima para ninguém, nem para os torcedores implorando por minha atenção. Eles conseguiram o que queriam, então, se puderem adiantar essa merda de renovação de contrato, cairia bem.

— Zanders.

Meu braço é puxado para trás, desviando meu olhar focado do ônibus, e vejo uma mão pequena segurando meu antebraço. A mão é de uma mulher de sorriso paquerador. Tiro o fone do ouvido, me perguntando que caralhos ela quer, e por que acha que pode me tocar casualmente assim.

— Sou a Coral.

Eu me desvencilho.

— Legal — digo, seco, e continuo a caminho do ônibus.

Ela corre atrás de mim, os saltos altos estalando no cimento, e me segura de novo.

— Não, eu sou a *Coral*. Foi Rich quem me mandou.

Puxo meu braço com mais força e aviso:

— Não me toca, porra.

A confusão e um toque de vergonha tomam o rosto dela quando ela olha ao redor, soltando uma risadinha enquanto ajeita a barra do vestido.

— Estou pouco me fodendo para quem te mandou. Não me toca de novo.

— Ok — interrompe Maddison, se metendo entre nós, passando o braço pelo meu ombro e me conduzindo ao ônibus.

Ele usa o corpo para me esconder das câmeras, mas, mesmo que os repórteres não tenham visto a interação, certamente escutaram.

— Não aguento mais — digo em voz baixa, para que só Maddison ouça.

— Eu sei, cara.

São duas da manhã e eu não consigo dormir. Não é a menor surpresa. Mal dormi a semana toda, graças à cama vazia e a Rosie, que choraminga de madrugada por saudade de Stevie. Mas, para ser sincero, não é só Rosie que fica acordada de saudade.

Parece que parte da minha alma se foi, e não tenho como sobreviver assim. Tudo que fiz foi porque escolhi colocar ela em primeiro lugar. Não era justo fazer ela sofrer assim só por ser associada a mim. Ela não deveria ter que aguentar críticas e ódio porque me namora. Ela é bondosa, doce e gentil demais para precisar viver com aquele ódio contínuo.

Eu estava tentando dar prioridade para ela e achei que isso seria mais fácil de digerir. Já que fiz isso pela Stevie, achei que fosse aguentar a dor que causei em mim.

Mas não senti um momento de alívio. Desde o segundo em que saí do apartamento de Stevie, quando vomitei na frente do prédio por ter feito algo que nenhuma parte do meu corpo queria fazer, até este instante presente, a dor só fez piorar exponencialmente.

Pego o copo da mesinha de centro no meu quarto do hotel e tomo um gole do uísque que servi há uma hora. Tenho uma política rígida de não beber durante as eliminatórias, mas nesta semana fiz várias coisas que nunca imaginei, então beber depois do jogo parece bem tranquilo em comparação com minhas outras decisões.

São duas da manhã, e estou sentado no sofá em Seattle, bebendo uísque quente e olhando todas as fotos dela enquanto leio todas as mensagens que já trocamos, tentando preencher de algum modo o vazio. Tirei print de todas as fotos do Instagram de Stevie no dia em que os paparazzi nos encontraram, quando decidimos parar de nos seguir mutuamente como método de esconder o nome dela da imprensa. Já perdi a conta de quantas vezes olhei essas fotos só nesta semana.

Ouço uma batida baixa na porta e, sendo o otário triste que sou, um momento de esperança me atravessa, achando que pode ser ela. Porém, mesmo estando na mesma cidade, ela nunca me procuraria, e não a culpo nem um pouco.

Maddison está do outro lado da porta, parecendo tão exausto quanto eu, com o cabelo castanho desgrenhado e os olhos pesados de sono.

— Posso entrar? — pergunta ele quando abro a porta e seus olhos vão para o uísque na mesa. — E sua regra de não beber?

— Tenho feito muita coisa que nunca imaginei. Achei que beber nem se comparava.

— Então me vê um copo também — diz Maddison, apontando para a garrafa.

Pego outro copo de cristal e sirvo um pouco do líquido âmbar morno. Ele brinda comigo e toma um gole.

— Que nojo.

— Eu sei.

Eu me sento no sofá e me curvo para a frente, apoiando os cotovelos nos joelhos, de cabeça baixa.

— Você precisa parar de se castigar.

Levanto a cabeça de repente.

— Você acha que eu ter preguiça de ir atrás de gelo é um jeito de me castigar?

Solto uma risada desanimada.

— Não é disso que estou falando, e você sabe muito bem.

— Se você veio falar de Stevie, não quero nem saber. São duas da manhã, porra, pode ir embora.

— Estou pouco me fodendo para o que você quer ou não quer saber. Não consigo dormir porque meu melhor amigo está no pior estado que já vi, então a gente vai conversar, sim.

Eu me recosto no sofá, cruzo um tornozelo sobre o joelho casualmente e tomo um gole de uísque quente. Faço tudo isso com um sorrisão arrogante de merda, dizendo silenciosamente: *Boa sorte em me fazer falar, babaca.*

— Eu demiti Rich.

Bom, isso funciona.

— Como é que é?

Eu me estico para a frente de novo para deixar o copo na mesa, mas o derrubo por acidente, chocado.

— Eu demiti Rich — repete Maddison. — Faz tempo que queria fazer isso, e aquela merda que ele aprontou para você com os paparazzi foi a última gota.

— Mas a gente nem sabe se foi ele mesmo.

— Você sabe que foi ele, sim. Faz anos que ele ganha um extra para dar dicas para a imprensa. Não tenho como provar, mas todo mundo sabe. É só por isso que faz sentido ele querer que seu nome apareça em qualquer manchete e os repórteres sempre te encontrarem.

Sei que é verdade. No fundo, sempre soube, só que isso nunca me afetou tanto assim. Porém, desta vez, passou dos limites, e não fez mal só a mim, mas à pessoa mais importante para mim.

— Sei que a sua situação é diferente agora, por causa da renovação do contrato, mas eu e Logan decidimos em conjunto que eu ia romper com ele.

— Mas ele nunca mexeu com você — digo, franzindo a testa, confuso. — Você fez sucesso sendo exatamente quem é.

— Zee — suspira Maddison, exausto. — Você é da família, cara, então mexer com você é a mesma coisa que mexer comigo.

Abaixo a cabeça e tento esconder a umidade nos olhos antes de assentir, sem conseguir falar.

Demitir o agente não é pouca coisa. A maioria dos atletas passa a carreira inteira trabalhando com o mesmo agente, desde que continue a ganhar dinheiro. Maddison teve um enorme sucesso desde que começou a trabalhar com Rich, então o fato de ele fazer isso por mim não é um gesto nada pequeno de lealdade.

— Você sabe que não posso fazer isso agora — lembro. — Demitir Rich basicamente acabaria com minha carreira. Eu ia precisar me representar, e nenhum time pode negociar comigo durante o campeonato.

— Eu sei. Você tem que fazer o que for melhor, mas quero que saiba minha posição. Cansei desse joguinho todo que a gente faz. Você é uma pessoa tão boa quanto eu, até melhor, e estou cansado de ninguém saber disso. Eu me arrependo de fazer meu papel esses anos todos e deixar os torcedores acharem que eu era melhor que você. Porra, você é grande parte do motivo para eu ser quem sou hoje.

Dou um sorrisinho e olho para ele, querendo quebrar o tom sério da conversa.

— Que foi? — pergunta ele, hesitante.

— Vai me beijar depois dessa declaração de amor, é?

— Babaca.

— Escroto.

Levanto o copo para brindar com ele.

— Isso é muito importante para mim, cara. Obrigado — digo, e me recosto, soltando um suspiro profundo e resignado. — Mesmo que Rich seja um escroto, eu ainda não posso ser quem sou. Os torcedores de Chicago não me querem. Só o menor vislumbre de mim já fez eles falarem um bando de merda na internet.

— Então vai jogar em outro time, para uma torcida que vai te apoiar.

Eu recuo a cabeça, estreitando os olhos.

— Você viu uma porção pequena de gente escrota xingando na internet — continua Maddison. — No geral, acho que qualquer torcida vai adorar ter você, inclusive a de Chicago, mas, se você achar que eles não te querem mesmo, ou que você não pode ser quem é lá, vai jogar onde puder ser.

— Não posso.

— Por que não?

Que pergunta é essa? Ele sabe a resposta.

— Porque sua família está em Chicago. Não vou abandonar você e Logan. E nem fodendo que vou abandonar Ella e MJ.

— Zee — diz Maddison, se inclinando para a frente, com o tom completamente sério. — Não faz diferença onde você esteja, para que time jogue. Você vai ser sempre da nossa família. Você não precisa da minha permissão para ir embora, mas, se por algum motivo achar que precisa, bom, eis a permissão. Só quero que você seja feliz. Todos queremos.

Sinto um aperto no peito. Eu sabia disso, mas ajuda ouvir a reafirmação. Especialmente agora, tão perto do fim do campeonato, sem saber se é meu último em Chicago e sem saber se vou embora daqui a poucos meses.

Faço que sim com a cabeça várias vezes, sem conseguir falar, engasgado de emoção. Quando olho para Maddison, ele parece estar enfrentando a mesma dificuldade, piscando rápido com os olhos castanhos marejados.

— Ai, caralho — digo, rindo para quebrar a tensão, e aperto o nariz com o polegar e o indicador. — A gente é patético.

— Você é meu irmão — diz Maddison, e sua voz falha quando ele seca o rosto. — Onde você mora não vai mudar isso. Minha família sempre vai ser a sua, mas, pela primeira vez em muito tempo, você tem sua própria família também. Não posso ver você jogar isso fora por medo de se afastar da gente.

— Não posso tirar Stevie de Chicago.

— Ela disse que não iria embora?

Faço que não com a cabeça.

— Foi o contrário, na verdade. Ela disse que me seguiria para qualquer lugar, mas não quero tirar ela do irmão nem do abrigo. Seria escroto.

— Zee, pela primeira vez na vida, para de tentar proteger todo mundo ao seu redor. Ela está tentando oferecer uma saída para essa persona que você topou. Está dizendo que vai se mudar para onde for necessário. Deixa alguém te ajudar.

— Porra, Maddison.

As lágrimas estão fluindo. É verdade que mal pararam essa semana, mas normalmente choro em particular.

— Porra, não sei o que estou fazendo — digo, com a voz falhando. — Estava tentando proteger ela dessa merda toda da fama, mas nem consigo pensar direito. Sinto tanta saudade dela.

— Então por que terminou com ela? — ele pergunta gentilmente, embora eu saiba que prefere me xingar por esse erro.

— Como eu falei, estava tentando proteger ela de tudo.

Ele fica quieto, me deixando continuar.

— Estava tentando proteger ela de mim — acrescento, entendendo.

Olho para ele, e fica nítido que ele sabia, pois abre um sorriso triste.

— Terminei com ela antes de ela poder terminar comigo — continuo, e um suspiro incrédulo me escapa. — Caralho, o que tem de errado comigo?

— Não tem nada de errado com você, Zee.

— Tem, sim! — grito, frustrado. — Eu tinha tanta certeza de que ela ia terminar comigo depois de ver toda essas merdas sobre mim na internet, que terminei antes de ela poder fazer o mesmo — digo, afundando o rosto nas mãos. — Achei que ela ia me abandonar que nem todo mundo.

Porra, tive três sessões com Eddie na semana passada, e nem para ele me dizer o que eu estava fazendo? Precisei de uma conversa de madrugada com meu melhor amigo e de uísque morno para entender que ainda estou lidando com as merdas da minha mãe?

— Stevie te amou mesmo quando você estava tentando mostrar seu pior lado. Mas e o seu melhor? Quem você é de verdade? Você precisa confiar que ela te ama o suficiente para continuar com você.

— Ela não me ama.

Eu balanço a cabeça, desdenhando.

— Que mentira. — Maddison ri, condescendente.

— Não ama, não.

— Zee.

Tento olhar para ele, mas é difícil manter o contato visual. Maddison não pode entender isso em mim e, felizmente, nunca vai entender. Ele tem o amor da família e o amor da alma gêmea. Nunca viveu sem isso para entender a lógica que precisei criar para mim apenas para sobreviver.

Ninguém nunca me amou. Ninguém nunca poderia nem poderá me amar, então precisei me amar o suficiente para compensar. O que ele está pedindo de mim, para confiar que alguém aceite essa responsabilidade, é demais.

Escutei o que Stevie disse quando eu estava indo embora do apartamento dela na semana passada, mas, para ser sincero, achei que fosse uma tática para me fazer ficar ali ou para me fazer voltar atrás. Nem minha mãe me amou. Como é que posso esperar que outra pessoa me ame?

— Zee — repete Maddison. — Meus filhos te amam. Minha família te ama, e você acredita nisso. Então por que não pode acreditar que Stevie também te ama, porra?

Fico quieto, tomado por emoções, lembranças e inseguranças que não deixam as palavras saírem. O amor é uma ideia assustadora, e passei toda a minha vida adulta me convencendo de que não preciso dele. De que posso me amar o suficiente para não precisar procurar isso em outras pessoas. Mas essa crença frágil começou a desmoronar rapidamente desde que Stevie se foi.

— Você ama tanto, mas precisa começar a acreditar que é *amado*.

Caralho.

— Acredite, por experiência própria: isso tudo — continua Maddison, indicando o quarto de hotel —, a fama, o dinheiro, a torcida... Nada disso vale a pena sem ela.

Faço que sim, concordando, mas nem sei consertar. Não sei como posso sonhar em consertar a situação com Stevie se preciso resolver tanto do passado que me assombra e me limita.

— De qualquer maneira, ela não aguenta essa baboseira da mídia. Ela se protegeu disso com Ryan, e aí eu apareci — falo, e balanço a cabeça, lembrando por que terminei com ela, por que dei a chance de ela escapar. — Ela não merece o tipo de ódio que dirigem a quem está ligado a mim.

Maddison revira os olhos.

— Que tal deixar ela decidir o que aguenta ou não?

Franzo a testa antes de aliviar a tensão.

— Você passa tempo demais com sua esposa para ficar sábio assim.

— Aprendi uma ou outra coisa ao longo dos anos — diz ele.

— Fala alguma coisa de hóquei aí para o caso de alguém ver você sair do meu quarto, só para a gente poder dizer que não ficou só chorando e bebendo uísque.

— Isso ia dar uma manchete e tanto, né? — pergunta Maddison, se levantando do sofá. — Você vai tomar jeito, e nós vamos ganhar na quinta. Aí a gente vai voltar para casa e ganhar essa rodada em Chicago. E, aí, a gente vai ganhar a porra da Copa Stanley.

Eu me levanto também, aperto a mão dele e passo a outra mão para suas costas, para dar um soquinho em seu ombro.

— Combinado.

— Você é o melhor cara do mundo, Zee. Você merece coisas boas, mas precisa aceitar quando elas chegam na sua vida.

Assinto, concordando, mas ainda tentando me convencer.

— Eu amo Eddie, mas, porra, libera ele e me paga pela terapia! — Maddison ri no corredor, a caminho do próprio quarto.

Pela primeira vez em dias, eu gargalho. Eu sorrio. Minha mente está límpida.

Porém, ao me deitar na cama, cercado de escuridão, puxo alguns travesseiros para o meu lado, sentindo a necessidade de abraçar alguma coisa, que nem o otário triste que sou. Já é alguma coisa, mas não é ela, e minha memória muscular sente saudade do abraço dela toda noite.

A ansiedade percorre todos os meus nervos, fluindo por todos os meus dedos, se recusando a deixar o descanso chegar. Tento engolir com a garganta engasgada, e meus pulmões se esvaziam quando sou atingido pelo pensamento:

O que acontece quando você aprende que precisa de amor, mas já não tem nenhum?

45
Stevie

O voo do meu pai decolou faz algumas horas, e já estou com saudade. Depois de passar alguns dias longe de Chicago e de Zanders, embora ele estivesse na mesma cidade que eu, a névoa começou a se dissipar da minha mente. A clareza voltou e, neste momento, a única coisa que me deixa de pé é a dominante determinação de me colocar em primeiro lugar.

Zanders pode não ter me escolhido, mas, daqui em diante, eu mesma vou me escolher.

Visto que a versão de felicidade que desejo, com Zanders na minha vida, está fora de cogitação, vou escolher a melhor opção possível: uma vida bem longe dele, podendo sair de casa sem ver o seu prédio. Podendo ir ao parcão sem medo de encontrar Rosie. Podendo trabalhar em uma aeronave sem tê-lo como passageiro.

Pode não ser a vida mais feliz, mas vai ser suficientemente feliz, e a necessidade profunda de sentir uma fagulha de alegria é o único motivo das minhas decisões.

Nos últimos segundos do quarto jogo em Seattle, quero comemorar com Indy na aeronave, mas, embora esteja mesmo felicíssima por Zanders, meu corpo exausto não tem energia para celebração. E, de modo mais egoísta, parte de mim odeia o fato de que eu não estarei a bordo na final, se acontecer.

Mas ninguém sabe disso ainda.

Desde o instante em que embarquei hoje, parei para admirar tudo, sabendo que será minha última vez aqui.

A cozinha onde conheci uma das minhas melhores amigas me inunda de lembranças de Indy e eu nos divertindo horrores, admirando jogadores de hóquei seminus e sendo pagas para isso.

O assento do Rio, onde quase perdi a audição mais de uma vez quando passei por sua caixa de som.

Aquele maldito cooler, transbordando de bebidas, inclusive a água com gás que Zanders se recusava a pegar.

A saída de emergência, onde o vi pela primeira vez.

A viagem em que ele me encurralou ali e tirou a roupa na minha frente, o que não me incomodou em nada, mesmo que eu tenha reclamado na época.

Todos os voos em que ele e Maddison me faziam rir enquanto eu tentava dar as instruções de segurança.

Mas todas essas lembranças são apenas a culminação de uma só: foi aqui que me apaixonei por ele e, em nome da minha sanidade, preciso ir embora e tentar esquecer.

Os faróis dos ônibus do time iluminam as janelas da aeronave ao se aproximar, fazendo meu coração acelerar tanto que sinto o ritmo como um tambor no corpo inteiro. E isso nem se compara à minha reação física quando vejo Zanders embarcar primeiro.

Ele nunca é o primeiro a embarcar. Normalmente, vem mais para o final do grupo, tranquilo, no tempo dele, mas hoje, não. Hoje, ele é o primeiro a sair do ônibus e subir na aeronave e, assim que pisa no corredor, olha para onde estou. Tento me esconder, querendo acabar logo com esse último voo, mas seu olhar me fulmina.

Como sempre, ele está vestido impecavelmente, e hoje parece um pouco menos abatido do que da última vez que nos vimos. Sem hesitar um momento sequer, ele acelera, passa rapidamente pelo assento e segue na minha direção.

— Eita, porra — murmura Indy ao meu lado, mas estou hipnotizada, com o olhar fixo no dele, vendo ele disparar até mim.

Eu deveria me mexer, me esconder, qualquer coisa, mas não dá. Meus pés parecem grudados no cimento, me aprisionando no que está prestes a acontecer.

Não quero falar com ele. Depois de 48 horas de clareza, não quero falar com ele, não quero que ele me lembre de que não quer ficar comigo. Entendi o recado. Mas, ao mesmo tempo, ele é a única pessoa com quem eu *quero* falar. A única pessoa que pode fazer eu me sentir melhor, mesmo que seja ele quem me causou dor.

Dor de cotovelo é escrota mesmo.

— Stevie.

Ai, que merda.

— Posso falar com você, por favor? — ele pede, com os olhos cor de mel suaves, mas suplicantes.

Solto um suspiro exausto.

— Zanders...

Ele arregala os olhos ao ouvir o nome, e vejo seu pomo de Adão se mexer, engolindo em seco, antes de me corrigir:

— Zee, só quero fazer meu trabalho. Por favor, só me deixa passar pelo dia de hoje.

Os assentos ao redor dele começam a ser ocupados pelo resto do time, e não quero causar escândalo. Quero aguentar esse voo, passar despercebida e deixar todo mundo esquecer que existo assim que desembarcar.

— Por favor — insiste ele. — Preciso só...

— Zanders — interrompe Indy, em meu nome. — A questão não é o que *você* precisa. Ela não quer conversar. Deixa ela trabalhar.

A expressão de Zanders murcha de culpa, e a dor fica evidente em seu rosto. Não quero causar dor a ele. Não estou com raiva. Só quero superar.

— A gente conversa no próximo voo — ofereço. — Só preciso de um tempo.

Uma faísca minúscula de esperança surge nele, e ele faz que sim com a cabeça, rápido, sem saber que não haverá um próximo voo. Pelo menos não para mim. Por mais que ele tenha me machucado, no entanto, não aguento vê-lo triste. Essa mentira egoísta vai me fazer aguentar a última viagem.

— No próximo voo? — implora ele, querendo uma garantia.

Sustento seu olhar e tento me lembrar de tudo. Os olhos cor de mel, que ficam verdes à luz do sol. A boca que tocou cada centímetro do meu corpo. A corrente dourada no pescoço dele, que já puxei para me segurar uma ou outra vez. O coração dele, que roubou o meu. A honestidade dele, que me chocou profundamente antes de eu conhecê-lo melhor. A compaixão dele, que pouca gente sabe que existe.

Tento me lembrar dele.

Mesmo que doa até eu não saber nem se meu corpo ainda funciona, fico agradecida pela vida que ele me deu. Pela confiança que me transmitiu. Pelo amor que me mostrou que eu podia viver. É difícil sentir raiva de alguém que foi o motivo da melhor parte da minha vida.

Um cacho cai na frente do meu olho, e Zanders levanta a mão para afastá-lo, como já fez inúmeras vezes. Porém, ele para a milímetros do meu rosto, abaixando o braço ao lembrar que não pode mais fazer isso.

Quero que ele me toque, mas temo que vá doer demais me lembrar da sensação.

Ele inspira profundamente, inflando o peito para se recompor, e me oferece um sorriso de desculpas antes de voltar ao assento com a cabeça baixa.

— Eu não aguento — admite Indy. — Não aguento. Isso não está certo. Vocês têm que ficar juntos.

Ela se larga na parede, agoniada.

— É tão óbvio — insiste ela. — Estou mais chateada com isso do que com meu próprio término.

— Tudo bem — digo, e aperto o braço dela, com um sorriso apaziguador. — Vai ficar tudo bem.

Indy não sabe que vou me mudar para trabalhar em Seattle nem que este é meu último voo, mas quero aproveitar as últimas horas como colega dela, então vou guardar segredo por enquanto.

— Vou contar os passageiros ou fazer outra coisa produtiva para não morrer de tristeza aqui atrás — diz Indy, saindo para os corredores movimentados. — Se meu joelho esbarrar acidentalmente no saco do Zanders no caminho, é tranquilo?

Bom, eu nunca pensei que teria que dizer isso para ela, mas:

— Deixa o saco dele em paz, por favor.

— Tá. Mas o saco do resto do time tá todo pra jogo — diz ela, e dá de ombros. — E, sim, foi exatamente isso que eu quis dizer.

Rio vira a cabeça ao ouvir isso, arregalando os olhos, interessado.

— Eu estou pra jo…

— Não.

Indy passa correndo por ele.

Eu me mantenho ocupada com o que encontro na cozinha, me escondendo e contando os minutos para poder desembarcar. Quando as rodas saem da pista, faltam exatamente 237.

— Stevie.

O porte alto de Maddison ocupa a pequena entrada da cozinha. Ele olha rapidamente para trás, confirmando que ninguém está ouvindo, antes de voltar a atenção para mim.

— Não desista dele.

Eu suspiro, derrotada.

— Maddison…

— Por favor. Sei que não deveria me meter, mas ele está destruído. Nunca vi ele tão mal.

— Foi ele quem terminou comigo! — exclamo, antes de retomar a compostura e o volume. — Foi ele que fez isso, e preciso começar a superar.

Maddison sustenta meu olhar com sua expressão de desculpas.

— Você sabe quem ele é, e eu sei quem ele é, mas, às vezes, ele esquece. Ele está enfrentando uns demônios agora, mas, por favor, não desista dele. Ainda não.

Como dizer ao melhor amigo dele que nunca desisti de Zanders e nunca desistirei? Mas desisti de *nós*. Quando aceitei o novo emprego e marquei um voo para Seattle para semana que vem, para procurar apartamento, desisti de nós.

Mas não posso dizer nada disso agora, então aceno de leve com a cabeça e desvio os olhos de Maddison.

Ele volta ao assento, e eu passo as quatro horas seguintes escondida na cozinha e tentando aproveitar como posso meu último voo, mesmo que o homem que eu amo e que me devastou esteja sentado a menos de dez metros de mim.

Quando o vejo desembarcar assim que pousamos em Chicago, me pergunto quantas vezes ainda o verei pessoalmente, se é que verei.

— Quanto tempo ainda tenho com você?

— Um mês. Dois, talvez. Semana que vem vou atrás de apartamento, então vai depender disso.

— Não quero que você vá embora — lembra Cheryl. — Se pudesse pagar para você trabalhar aqui, e convencer você a ficar, faria isso sem pestanejar.

Sentada no chão com um dos cachorros recém-chegados, eu abro um sorriso agradecido para Cheryl.

— Vou sentir saudade daqui.

Isso é dizer muito pouco. Este abrigo roubou parte enorme do meu coração nos últimos nove meses, desde que vim morar em Chicago. É o lugar onde me sinto mais necessária, onde sou mais feliz, onde sinto que estou fazendo algo digno com o meu tempo. Para mim, a questão nunca foi dinheiro, mas preciso de salário para me sustentar, e preciso de um recomeço para tratar do meu coração magoado.

Se eu pudesse levar o abrigo e os cachorros todos para Seattle, faria isso no mesmo instante.

Eu queria poder levar tudo da minha vida em Chicago, menos a dor, mas, neste momento, é mais importante me sentir melhor do que sentir saudade das minhas partes preferidas da cidade.

— Sabe, você não vai morar com seu irmão em Seattle — diz Cheryl, e olha sugestivamente para o cachorro no meu colo. — Talvez seja hora de adotar o seu.

O pug-lata que foi deixado aqui há meras 24 horas está tremendo no meu colo, então continuo a fazer carinho nele, esperando acalmá-lo.

— Assim que eu me instalar, devo voltar para Chicago para ver alguns dos jogos de Ryan. Talvez aí possa buscar um cachorro.

Sentindo o olhar de Cheryl, mantenho o foco no cachorro no meu colo.

— Stevie, tem certeza de que quer ir?

— Tenho — digo, forçando um sorriso. — Vai me fazer bem.

O sino da porta tilinta quando meu irmão entra correndo.

— Ryan? — pergunto, pois nunca vi meu irmão alérgico entrar nesse prédio, então sei que alguma coisa grave deve ter acontecido para ele estar aqui.

— Vee — diz ele, enquanto seus olhos verde-azulados me encaram com uma expressão de desculpas. — Seu nome foi exposto.

O ambiente ao meu redor congela. Tenho certeza de que os cachorros ainda estão passeando e brincando, mas não consigo nem notar. Minha atenção está fixa em Ryan, tentando registrar o que ele disse, esperando ter entendido errado.

— Tem certeza?

Pego o celular e digito meu nome, desesperada.

"Namorada de Evan Zanders. Comissária de bordo do time."

"Pego traindo Shay" vem acompanhada da foto do jogo em Seattle, quando uma mulher agarrou o braço dele. Sei que não é verdade, mas não é legal de ver.

"Irmã de Ryan Shay, armador dos Devils, namora Evan Zanders, defesa dos Raptors."

Todos os artigos vêm com a foto de nós dois entrando correndo no prédio de Zanders, aquela que circulou rapidamente a internet na semana passada e causou uma inundação de comentários detestáveis. Mas, agora, incluíram várias outras fotos de mim. Fotos em que meu rosto aparece.

Que bom que me demiti faz dois dias, porque, senão, estaria sendo demitida já.

— Tem paparazzi e repórteres na nossa porta — acrescenta Ryan.

Fico sentada, quieta, chocada. Passei por esses comentários horríveis todos na semana passada. Não estou pronta para passar por isso de novo.

Gus, o cão de Cheryl, se aproxima calmamente do meu irmão e esfrega todo seu corpo dourado nas canelas dele.

— Vamos para casa? Preciso sair daqui — diz Ryan, torcendo o nariz, prestes a espirrar.

Eu me levanto, pegando no colo o novo cão do abrigo, que finalmente adormeceu, e entregando-o para Cheryl.

— Volto amanhã — garanto, antes de sair atrás do meu irmão.

Ele me oferece um sobretudo comprido, que eu uso em dias de chuva, mas hoje está sol e faz 25 graus, então franzo a testa, confusa.

— Para o caso de você querer se esconder.

Olho para minha roupa: a regata curta e apertada, expondo minhas curvas, inclusive alguns centímetros de barriga de fora, e uma camisa de flanela amarrada na cintura. O cabelo está preso em um coque cacheado, a calça jeans, larga, os tênis, sujos, e, no geral, estou bem a minha cara.

Essa constatação me faz pegar o casaco do meu irmão e me cobrir, apesar do dia quente.

— Fica atrás de mim — lembra Ryan, quando chegamos perto do nosso prédio.

A entrada do prédio está inundada de gente com câmeras nas mãos, a espera de qualquer coisa.

— Tem certeza que de não vieram por causa do Maddison ou de você, sei lá?

Ryan olha para trás, com cara de pena.

— Não, Vee. Não é por nós.

Olho para o prédio de Zanders, cuja entrada está vazia pela primeira vez em semanas, e comparo com o meu, onde toda a gente está acampada.

Nós nos aproximamos discretamente, tentando não chamar atenção.

— Só anda rápido — sussurra meu irmão. — Pronta?

Nem um pouco, mas não faz diferença, porque vão nos ver quando chegarmos em três, dois, um...

— Ryan Shay! — grita o primeiro.

— É sua irmã?

Sentimos os flashes das câmeras e os gritos da multidão, que tentam chamar nossa atenção.

— Isso que é benefício para funcionária, hein?

— Stevie, olha aqui!

Ryan me cobre, me posicionando entre ele e o prédio, e nosso porteiro abre o portão, nos deixando entrar no hall. Meu irmão dá um passo rápido para o lado, bloqueando as câmeras, quando eu entro correndo.

— Abaixa a cabeça — acrescenta Ryan quando entramos, a caminho do elevador, mas paro de repente, bem no meio daquele saguão todo branco e impecável, que sempre fez me sentir deslocada em relação ao resto dos moradores.

Mas não estou mais nem aí para onde devo ou não me encaixar nem para a opinião de ninguém sobre minha aparência e minhas roupas. Não estou nem aí para desconhecidos que não gostam dos quilinhos a mais que carrego. Essa sou eu, e cansei de deixar os outros ditarem onde posso me sentir aceita.

Finalmente me aceito, então todo mundo pode me acompanhar.

— Vee, vamos lá — insiste Ryan, segurando as portas e me chamando para entrar no elevador.

Olho para trás, para a multidão lá fora, e escuto os gritos através das paredes. Tiro o sobretudo comprido, o largo no chão e volto correndo para a porta.

— Stevie! — grita meu irmão, mas eu continuo a avançar para a multidão de repórteres.

A adrenalina inunda minhas veias quando escancaram a porta, os flashes das câmeras me cegando, os gritos me ensurdecendo.

— Srta. Shay!

— Aqui, Stevie!

— Há quanto tempo vocês estão namorando?

— A sua empresa sabe?

— Não vou responder pergunta nenhuma — falo, erguendo a voz para ser ouvida na multidão. — Não tenho nada a dizer além de que essa sou eu. — Escancaro os braços, sem me esconder. — Tirem fotos, postem onde quiserem. Não estou nem aí.

Respiro fundo, entendendo o que estou fazendo.

— Posso não ter a aparência que vocês querem, mas sabem quantas mulheres por aí são que nem eu? As palavras que vocês publicam sobre meu corpo me afeta, mas afeta elas também. Então cansei de me esconder por medo do que vocês têm a dizer. — Estendo mais ainda os braços, me exibindo. — Esta sou eu e, se quiserem comentar, bom, isso é problema de vocês, não meu.

Os repórteres ficam quietos, alguns anotando em bloquinhos e outros tirando fotos.

— E é esquisito, sabe? Isso de vocês darem tanta importância para quem eu sou. Fotos não vão mostrar nada. Sou uma irmã, uma filha, uma amiga. Sou uma pessoa com sentimentos e emoções, e me tratar como se não fosse, tratar esses atletas como se não fossem, é doentio. Esses caras que vocês idolatram são pessoas. Estão só tentando jogar o esporte que amam, e alguns de vocês estão mais preocupados com a vida íntima deles, fora de campo. Deixem eles em paz. *Me* deixem em paz.

Eu me viro para entrar, mas mudo de ideia depois de um passo.

— Ah, e, se forem continuar a me seguir, aviso logo que sou voluntária no abrigo Cães Idosos de Chicago, então, se quiserem me perseguir por lá, espero que comecem a levar uns cachorros para passear também. Estamos precisando de voluntários.

A multidão se agita com uma leve risada, aliviando a pressão no meu peito. Eles podem fazer o que quiserem com isso. Não tenho mais medo do que as pessoas vão dizer.

Olho para o outro lado da rua, atrás da multidão de repórteres, e vejo Zanders chocado, de pé na entrada do próprio prédio, olhando para mim. Ele está todo arrumado, com o terno típico do dia de jogo, com a chave do carro pendurada na mão, mas paralisado.

Finalmente, um sorriso de orgulho surge em sua boca, ainda enquanto ele me olha fixamente.

— Você e Evan Zanders ainda estão namorando? — pergunta um dos repórteres, chamando minha atenção de volta.

Eu hesito, pois ainda não estou pronta para admitir.

— Como eu disse, não vou responder perguntas.

Volto para o hall sem olhar para o homem do outro lado da rua.

— Caramba, quem é você? — pergunta Ryan, com uma risada orgulhosa, e passa o braço pelo meu ombro a caminho do elevador.

Respiro fundo, e o peso do ódio por mim mesma que carreguei por anos começa a derreter. É impossível eu me sentir mais livre do que me sinto agora.

— Sou só eu.

46

Zanders

Fodona.

Stevie entra no prédio depois de deixar sem palavras a multidão de paparazzi e repórteres na rua, e é impossível sentir mais orgulho dela.

Ela se defendeu, mostrou ao mundo quem é, e não porque eu quis, nem por pressão de outra pessoa. Foi porque ela se assumiu e não está mais tentando se esconder.

Todas as minhas moléculas querem correr atrás dela e implorar para ela falar comigo. Pedir para ela me deixar explicar o que estou pensando e contar como estou sofrendo sem ela. Mas ela pediu tempo e prometeu que conversaríamos no próximo voo, então, até lá, vou lidar com as coisas que me impedem de ser o homem que ela merece.

A confiança dela me energiza com a minha própria, e eu entro na Mercedes, deixando meu celular se conectar com o sistema de som do carro. Assim que saio da garagem, ligo para Rich, enchendo o espaço com o toque do celular.

— EZ, ainda estou resolvendo seu contrato e lidando com as merdas do Maddison. Não tenho muita notícia.

— Você está demitido.

Faz-se um momento de silêncio no carro.

— Desculpa, não ouvi bem. Você está no carro?

— Você está demitido, Rich.

Ele solta uma risada de desdém.

— Não estou, não.

Pisco os faróis antes de sair da minha garagem e parar ao lado do prédio de Maddison, sem dizer mais uma palavra.

Meu silêncio atrai a atenção de Rich.

— Zanders, você está cometendo um erro absurdo! Está a menos de duas semanas de precisar de um time novo e resolveu demitir seu agente? Ninguém vai fechar contrato com você. Até para jogar em outro país vai precisar de sorte.

Sair de Chicago é um medo imenso meu, e não tenho a menor vontade, mas não vou deixar Rich ouvir minha preocupação.

— Então eu vou jogar em outro país — digo, o mais tranquilo possível.

— Nenhum time pode conversar com você durante o campeonato. Só podem falar com seu agente. Você sabe, né?

— Sei.

— Então não podem falar com você, só comigo — insiste ele.

— Sei.

— Então você está cometendo o maior erro da sua carreira de propósito. Você sabe quanto dinheiro fiz você ganhar ao longo dos anos? — pergunta Rich, com o tom normalmente autoritário tornando-se agoniado. — Eu criei você!

— Não, Rich.

Eu me recosto tranquilamente no assento enquanto espero por Maddison, olhando distraído para os paparazzi que, felizmente, não enxergam através do meu vidro fumê.

— Você criou uma persona na mídia e batizou com meu nome, mas não sou mais essa pessoa, e acho que nunca fui. Se Chicago não quiser me contratar pelo meu talento, vou achar quem queira, mas você não vai mais ganhar um centavo meu. E boa sorte com as dicas para os paparazzi, agora que não temos mais nenhuma relação.

— Do que você está falando?

— Foi você quem vazou o nome da Stevie, não foi?

Ele nem precisa confirmar. Assim que saí de casa e vi a multidão na frente do prédio dela, eu soube.

— Por favor, não me diga que está jogando fora sua carreira, seu contrato multimilionário, por causa de uma mulher. Pela sua comissária de bordo. Eu entendo a fantasia, juro, mas larga de ser burro assim, Zanders.

— Nem ouse falar dela, porra — digo, me empertigando, olhando pela janela do carro, na esperança de ninguém me ouvir. — Eu já deveria ter te demitido há anos.

— Você vai se arrepender.

— Não, Rich. Não vou mesmo. Minha advogada vai cuidar da documentação.

— Zand...

Desligo na cara dele, como ele fez comigo tantas vezes. Então mando mensagem para Lindsey, que é minha advogada, para avisar o que aconteceu.

Seria mentira dizer que fico tranquilo com a decisão. Não fico. A ansiedade percorre o meu corpo, me lembrando de que estou totalmente fodido sem agente, e tento me convencer de que essa é a escolha correta. É suicídio profissional no hóquei, mas precisa acontecer pela minha vida fora do rinque.

Só tenho mais uns dias até o próximo voo com Stevie, e preciso chegar nela com algo além de um pedido de desculpas quando for implorar por perdão. Preciso mostrar que estou tentando mudar as coisas que me limitaram na vida quando explicar por que fiz o que fiz — e demitir Rich está no topo da lista.

Lindsey: *Já não era sem tempo. Vou preparar os documentos ainda hoje. E quando você planeja conversar com a nossa mãe?*

Endireito os ombros e tento relaxar, porém a ideia dessa conversa futura anda me enchendo de pânico desde que contei do plano para minha irmã. Mas preciso ficar calmo, não só porque o jogo de hoje determina se vamos para a final da Copa Stanley, mas porque essa mulher já me causou ataques de pânico demais ao longo dos anos, e me recuso a conceder mais um.

Eu: *Ela vem amanhã.*

Lindsey: *Estou orgulhosa.*

Finalmente, Maddison sai do prédio de cabeça baixa e coberta, e os repórteres o fotografam. Ele aperta o passo assim que sai, vira a esquina e pula na minha Mercedes. Piso fundo no acelerador e disparo antes de nos verem.

— Que porra foi essa? Era ruim assim com você?

— Eles não estavam me esperando e, sinto decepcionar, também não estavam te esperando — digo, dando seta, entrando na autoestrada e seguindo para a arena. — Vazaram o nome da Stevie para a mídia faz umas horas. Estavam esperando por ela.

Pelo canto do olho, vejo Maddison boquiaberto.

— Merda — murmura ele. — Como ela lidou com isso?

Um sorriso orgulhoso surge em meu rosto, e eu mantenho o olhar na estrada.

— Ela arrasou.

— Foi o Rich?

— Só pode ter sido.

Um silêncio longo se estende entre nós.

— Eu acabei de demitir ele — digo.

Olho rapidamente para Maddison ao meu lado, em silêncio, chocado. Finalmente, uma gargalhada profunda e chocada escapa do peito dele.

— Puta que pariu, agora sim! — ele grita, sacudindo meus ombros para comemorar. — Ele está volta! Partiu!

— Tá, tá. — Eu rio. — Estou dirigindo.

Maddison se recosta com um suspiro contente.

— Você sabe que vai se foder pro próximo ano sem agente, né?

— Sei.

— O que vai fazer?

Dou um sorriso malandro.

— Acho que vamos ter que arrasar nessa final. Vamos ganhar a Copa Stanley assim que eu recuperar minha namorada.

47
Stevie

Bato o pé de nervosismo no piso de mármore branco enquanto espero meu Uber. Minha mala é pequena, apenas o essencial para os cinco dias que passarei em Seattle. Não sei quanto tempo vou demorar para achar apartamento, especialmente um com aluguel razoável, mas pelo menos posso aproveitar esses dias para explorar a nova cidade, e vai ser bom passar um tempo longe de Chicago, em um lugar em que ninguém me conhece.

Hoje não tem ninguém à espreita na minha porta, o que chega a me surpreender, visto que ontem Zanders e o time ganharam o jogo em casa, garantindo a vaga na final. Mas, agora que tiraram fotos e não tenho mais nada a esconder, parece que os repórteres não estão nem aí para mim.

A primeira chance de Chicago na Copa Stanley em oito anos dominou as manchetes e, embora eu nem tenha olhado, imagino que eu e meu relacionamento com Zanders sejamos uma mera nota de rodapé.

— Não parece que você está indo para Pittsburgh — comenta nosso porteiro, se referindo à viagem do time amanhã, olhando para minha mala.

— Dessa vez, não.

Abro um sorrisinho antes de desviar a atenção de volta para as portas de vidro, esperando o carro.

Ele está ao meu lado, com as mãos cruzadas nas costas.

— Sabe, srta. Shay. Eu vejo muita coisa, escuto muita coisa e guardo muitos segredos. E precisaria ser cego para não enxergar como você vai magoar aquele rapaz se não contar que está se mudando.

Olho de relance para ele.

— Como você sabe?

— Trabalho como porteiro há 47 anos. Eu percebo essas coisas.

Antes que eu possa responder, uma silhueta do outro lado da rua chama minha atenção. O porte esguio, o cabelo preto e brilhante, preso em um coque baixo e elegante. A bolsa muito cara pendurada no braço.

— Licença — digo distraidamente para o porteiro antes de deixar a mala com ele no hall e sair com pressa do prédio.

— Lindsey! — grito, olhando para os dois lados antes de atravessar a rua correndo para alcançá-la. — Lindsey! — grito de novo, mas ela não se vira, seguindo direto para o prédio de Zanders. — Lindsey — acrescento uma última vez, segurando o braço dela antes que ela entre.

Ela se vira para mim, com o rosto tomado pela confusão.

— Ah, perdão — digo, soltando-a. — Achei que fosse outra pessoa.

Os olhos cor de mel são muito parecidos, além do sorriso malicioso.

Eu sacudo a cabeça, sem acreditar no que vejo.

— Como você conhece minha filha? — pergunta ela.

Arregalo os olhos. O que ela está fazendo aqui? Zanders sabe que ela veio? Ela não pode estar aqui, não agora. Não com tanta coisa em risco na vida dele.

— O que você está fazendo aqui? — pergunto, brusca.

Ela se empertiga toda, cheia de atitude.

— Como é que é?

— Eu sei quem você é. É a mãe do Evan. O que veio fazer aqui?

Ela me olha de cima a baixo, observando e julgando cada centímetro. Minhas roupas largas de segunda mão não a impressionam, sem dúvida, especialmente em comparação com sua bolsa e seus sapatos de grife. Ela aperta a alça da bolsa cara com as mãos de unhas feitas, segurando-a como se contivesse todo o valor do mundo.

Ela se parece com Zanders, mas, ao mesmo tempo, eles são totalmente diferentes.

— Não sei quem você acha que é — diz ela, franzindo a testa, enojada —, mas ele me convidou.

Como é que é? Por que ele faria isso? E logo nessa semana?

Ela dá as costas para mim, subindo os degraus com os saltos de sola vermelha que já viram dias melhores.

— Você que saiu perdendo, sabia? — grito, fazendo ela parar no meio do caminho e se virar para mim, alguns degraus acima, me olhando do alto. — Seu filho é incrível. Apesar de você.

— E com quem você acha que está falando?

Ela desce na minha direção com passos tranquilos, como se perseguisse uma presa.

Eu me endireito, empertigada.

— Estou falando com a mulher que abandonou o filho de dezesseis anos porque o pai dele não ganhava dinheiro suficiente para comprar coisas chiques para ela. É você, caso esteja confusa.

Ela estreita os olhos, desconfiada.

— Cuide da sua vida. Isso não tem nada a ver com você. É questão minha com o meu filho. Nem sei quem você é.

— E isso é surpresa? — pergunto, com uma risada condescendente. — Claro que você não sabe quem eu sou. Você passou doze anos sumida.

— Você...

Levanto a mão, a interrompendo.

— Não acabei. Seu filho pode até não enxergar, nem conseguir dizer isso na sua cara, mas ele está melhor sem você. Quem faz isso? Quem abandona o filho adolescente e volta quando ele ganhou mais dinheiro do que você sonhava? Você abandonou ele! Ele só queria o amor da mãe, e você foi embora, porra. Mas foi pior para você, porque ele é a melhor pessoa que eu conheço, e ele virou esse homem sozinho, sem sua ajuda. Você nem imagina quem deixou para trás.

Eu dou as costas para a mulher que pariu Zanders, mas no meio caminho mudo de ideia e me viro de novo para ela.

— Pare de vir atrás do dinheiro dele. Você só faz passar vergonha. Foi um favor para ele, você ir embora.

Mostro os dois dedos do meio para acrescentar um toque dramático antes de voltar ao hall do meu prédio, onde espero o carro.

48

Zanders

Stevie mostra os dois dedos do meio para minha mãe, e não consigo conter o sorriso doentio e satisfeito ao assistir à cena de cima, pela janela da cobertura.

Estou obcecado por aquela mulher atrevida, e é difícil explicar como meu peito se enche ao saber que ela me apoia, mesmo que ainda não esteja pronta para conversar comigo.

O orgulho logo vira pânico, porém, quando vejo minha mãe desaparecer, entrando no saguão do meu prédio.

Faz dias que penso nisso, ensaiando constantemente as palavras que quero dizer para ela. Porém, mesmo que me sentisse pronto ao comprar a passagem dela e reservar o hotel, neste momento, todo o preparo foi pelo ralo.

Minha irmã achou o número dela semana passada, e passei a manhã toda prestes a clicar no mesmo contato, querendo cancelar o encontro. O pânico me percorre, e também a raiva. Mas eu não podia cancelar. Preciso enfrentar essa mulher desde os dezesseis anos, mas foi só agora, ao perceber que meu passado com ela limita meu futuro, que a necessidade se tornou urgente.

Perdi até a conta das mensagens que digitei para Stevie, contando o que estava prestes a fazer, precisando de ajuda, querendo seu apoio. Mas não mandei nenhuma. Teria sido muito egoísta. A expressão desesperada de súplica e a voz fraca e tensa dela estão marcadas na minha mente desde o dia em que terminei. Não posso pedir ajuda se fiz isso, se é tudo minha culpa. Então vou aguentar isso sozinho, sabendo que é um passo para reconquistá-la.

Estou andando em círculos pela sala quando, finalmente, toca o interfone.

— Sr. Zanders, tem uma... — meu porteiro hesita. — Uma sra. Zanders aqui?

Ela ainda está usando esse sobrenome? Que conveniente.

Inspiro fundo pelo nariz e expiro igualmente devagar.

— Sim, obrigado. Pode deixar ela subir.

Menos de dois minutos depois, escuto o elevador parar no meu andar, e, mais quinze segundos depois, a batida na porta ecoa pela cobertura, causando um calafrio indesejado.

Eu mexo no relógio de pulso e ajusto o colarinho da camisa, sem conseguir me sentir confortável. Pensei em vestir algo mais relaxado, mas vou tratar o encontro como uma reunião de negócios, então optei por camisa de botão e calça social. De qualquer modo, não é a roupa que me deixa incomodado e claustrofóbico, e sim a mulher do outro lado da porta.

Mas a casa é minha, e a vida, também. Eu estou no controle. Tenho sucesso e me orgulho do que criei para mim. Sem ajuda dela. Não vou deixar ela fazer eu me sentir tão insignificante quanto no dia em que foi embora.

Respiro fundo outra vez para me acalmar, me endireito e seguro a maçaneta, engolindo o nervosismo para abrir a porta.

— Evan — diz minha mãe, orgulhosa. — Que bom te ver.

Ela sustenta meu olhar, com o sorriso forçado que esconde suas intenções, e diante dessa mulher me sinto desmoronar, voltar a ser o garoto triste de dezesseis anos que ela abandonou.

Os olhos dela são como eu lembro, espelhos do meu. O cabelo é perfeitamente arrumado, mas a pele marrom-clara envelheceu nesses doze anos. Ela apareceu em um jogo meu há dois anos, mas só a vislumbrei de relance antes de a segurança expulsá-la. Eu não tinha notado os detalhes.

As roupas dela são de grife, mas já de várias temporadas atrás. Os sapatos e a bolsa estão inacreditavelmente gastos, me lembrando de por que ela me abandonou: por dinheiro. E provavelmente é por isso que voltou: por mais dinheiro.

— Posso entrar? — pergunta ela, interrompendo meu devaneio.

Dou um passo para o lado, deixando ela entrar na minha casa. É estranho receber minha mãe aqui. Ela traz uma energia fria, falsa e quase venenosa, inteiramente contraditória à aura brilhante, à alma indomada e à natureza doce de Stevie. Mas tenho que lembrar que estou fazendo isso tudo para melhorar e recuperar minha namorada.

— Uau — diz minha mãe, tonta ao admirar o espaço, enquanto seus olhos praticamente brilham com cifrões. — Que cobertura incrível. Há quanto tempo você mora aqui?

— Pouco mais de seis anos.

Ela faz que sim com a cabeça, observando cada detalhe e me lembrando de que nada mudou.

— Posso pedir algo para beber?

— Tenho água.

Ela ri um pouco.

— Um espumante cairia bem, ou até um pouco de champanhe.

Reviro os olhos, a caminho da cozinha, e a deixo na sala. A geladeira está lotada de IPA e água com gás, e não vou servir nada disso para ela.

— Aquela sua vizinha de cabelo cacheado é inacreditável — exclama ela da sala, e eu não consigo conter o sorriso. — Que atitude.

Não tenho planos de explicar quem Stevie é. Não faz diferença, porque a mulher sentada no meu apartamento não terá valor algum na minha vida depois de hoje. Ela não precisa saber da parte mais importante.

Deixo o copo na mesinha diante da minha mãe e me sento na cadeira perpendicular a ela.

— O que é isso?

Ela olha para o copo como se estivesse chocada por eu não abrir uma garrafa de espumante especialmente para ela.

— Água.

Ela força o sorriso falso de novo e toma um gole.

— Fiquei muito feliz por você me ligar, Evan.

Nossa, eu odeio esse nome quando ela o usa.

Eu pigarreio, ajusto meu relógio e giro os anéis nos meus dedos. Minha mãe me olha, observando tudo, provavelmente calculando o preço de todas as minhas joias.

Porém, ao passar o dedo distraidamente no anel do mindinho, lembro por que estou fazendo isso.

— Liguei porque precisamos conversar.

— Eu estava esperando que…

— *Eu* preciso conversar — corrijo.

Ela arregala os olhos cor de mel e ajusta os ombros.

— Então diga.

— Por que você foi embora?

O peito dela vibra com uma risada brusca.

— Evan, podemos deixar o passado para trás e seguir em frente? O que mais quero, no mundo todo, é seguir em frente.

— Não. Por que você foi embora?

Ela balança a cabeça, procurando algo, qualquer coisa, para justificar o abandono.

— Eu sacrifiquei muita coisa quando estava com seu pai.

— Por exemplo? — questiono, sem deixar ela se safar com respostas vagas.

— Eu sacrifiquei a vida que imaginei para mim. As coisas que eu queria.

— Coisas materiais. Sua família não bastava para você.

— Isso não é verdade.

— É, sim. Você preferiu dinheiro e posses inúteis aos seus filhos.

Ela fica em silêncio, sem argumento.

— Sabe como foi, aos dezesseis anos, sair do treino de hóquei e ficar no estacionamento esperando você aparecer? Meus amigos todos foram embora com os pais, e eu fiquei lá, esperando. O papai apareceu duas horas depois e, quando chegamos em casa, todas as suas coisas tinham sumido. Quem faz uma coisa dessas, porra?

— Evan, eu quero seguir em frente.

— Eu também! — grito, o que faz Rosie se levantar de um pulo da caminha e sentar ao meu lado, atenta. — É por isso que você está aqui, mãe. Eu quero seguir em frente, mas me agarro a tanta raiva do que você fez, que não consigo. Você era a mulher que deveria me amar incondicionalmente, e não amou.

Eu pauso, deixando ela me contradizer. Responder que me amou, sim. Que talvez não amasse meu pai ou nossa cidadezinha em Indiana, e por isso tinha ido embora, mas que o problema não era eu.

Ela não diz que me ama.

— Então, daqui seguimos para onde? — pergunta ela. — Como seguimos em frente?

— *Nós* não seguimos. *Eu* sigo.

Ela franze a testa, confusa.

— Trouxe você aqui para olhar na sua cara e dizer que acabou. Cansei de me agarrar à raiva e à dor que você causou. Cansei de esconder seu nome da imprensa por medo de descobrirem você. E cansei de deixar sua incapacidade de me apoiar quando mais precisei me afastar das pessoas que querem participar da minha vida. Das pessoas que nunca me abandonariam como você.

Ela fica sentada, sem emoção, e um choque de orgulho me percorre.

Inclino a cabeça para trás e fecho os olhos, com um leve sorriso na boca. Todos os músculos do meu corpo relaxam, sentindo o efeito físico do que eu disse.

— Eu vim na esperança de você querer que eu voltasse para sua vida.

— Não. Você veio na esperança de que eu *pagasse* para você voltar para minha vida, mas adivinha, mãe? Não tenho mais dezesseis anos e estou pouco me fodendo para você.

Ela fica boquiaberta.

— Foi por isso que me trouxe até aqui? Me fez viajar para isso?

— É.

Ela fica quieta, em choque.

— Vou adivinhar. Você achou que eu ia trazer você para cá, pagar para você ficar por perto. Botar você em um camarote nos meus jogos.

A pose dela se desfaz completamente na minha frente.

— Achei que você quisesse que eu voltasse para sua vida. Achei que tivesse me trazido por saudade!

Eu faço que não com a cabeça.

— Não, estou de boa.

Ela está ficando agitada no sofá, se remexendo e olhando ao redor da sala, observando tudo que pode ter valor. Como se estivesse fazendo o inventário do que esperava ganhar de mim.

— Você não quer voltar para a minha vida, mãe. Pode admitir. Estava esperando que eu ainda fosse aquele adolescente triste, com saudade, que faria tudo para você voltar. Achou que eu daria tudo para você ficar. Você não me ama. Você não me quer. Você quer as coisas que vêm comigo.

Stevie é quem passa pela minha cabeça primeiro. A pessoa mais importante para mim, que nunca quis nada meu, e para quem eu quero dar tudo. Depois, meu pai, que eu culpei pela ausência da minha mãe. O homem que trabalhou em dobro para compensar o dinheiro perdido, para eu não ter que parar de jogar hóquei. Sempre achei que ele tivesse me abandonado como ela, mas, na verdade, foi o oposto. Ele ficou do meu lado e trabalhou mais para a minha vida não mudar tanto.

São essas as pessoas para quem eu daria tudo. Não a mulher na minha frente.

Olho para a bolsa dela. É de grife, mas já tem pelo menos dez anos, e tudo finalmente se encaixa.

— Quando ele te abandonou?

Não faço ideia da cara do homem por quem ela nos trocou, embora tenha tentado imaginá-lo por anos, questionando o que ela viu nele. Ele passou pela cidade a trabalho e levou minha mãe embora de jatinho. Mas, no fundo, eu sei exatamente o que ela viu nele: cifrões suficientes para abandonar a família.

Minha mãe se empertiga, fingindo confiança, como se o motivo para ela estar aqui não tivesse relação nenhuma com o financiador que a deixou.

— Há seis anos.

Faz sentido. Logo que entrei na liga, ela começou a tentar voltar à minha vida.

— Tenho outros irmãos sobre quem deva saber?

Ela solta uma risada incrédula.

— Não.

Balanço a cabeça várias vezes.

— Ok. Nunca mais me ligue.

Ela volta para mim seus olhos cor de mel.

— Está falando sério?

— Totalmente.

Vejo as engrenagens girarem na cabeça dela.

— Sei como você é discreto na imprensa. Sei de coisas que eles iam amar saber. Pelas quais *pagariam*.

Ela está desesperada, tentando se salvar.

— Fique à vontade. Não vou mais me esconder. Se quiser contar que foi uma mãe horrível e se jogar na lama, faça isso. Escondi você porque me envergonhava do fato de a minha própria mãe não me amar, mas não tenho mais motivo para vergonha. Eu sou suficiente. Lindsey é suficiente. É você quem valoriza as coisas erradas. Quando você partir, quem vai estar ao seu lado? Suas bolsas? Seus sapatos? Seu dinheiro? Que vida triste, mãe. Não sinto mais raiva de você por isso. Sinto é pena.

Como é que essa mulher me causou tanto pânico ao longo dos anos? Ela não merece. Nunca mereceu. O desespero transborda dela, é patético. Na verdade, olhando para ela, não sinto nada. Ela não é ninguém para mim.

— Você sabia que eu culpei o meu pai pelo seu abandono? Você não estava lá para eu sentir raiva nesses anos todos, então a raiva que senti foi dele. Mas ele ficou do meu lado e trabalhou sem parar para cuidar de mim e de Lindsey. Você fez um favor para ele ao ir embora. Ele merece muito mais do que você.

— Evan…

— Está na hora de você ir.

Eu me levanto, e Rosie também, ao meu lado.

Minha mãe hesita, erguendo as sobrancelhas, incrédula. Ela pega a bolsa e ajeita a blusa ao se levantar. Eu a conduzo à porta, percebendo que ela reluta em me acompanhar.

— Seu voo sai às duas, e o check-out do hotel é daqui a uma hora, então, se fosse você, eu iria correndo fazer as malas.

— Como assim?

Ela fica parada no corredor, chocada.

— Obrigado por não me amar o suficiente para ficar ao meu lado, mãe. Ajudou muito a reconhecer quem faz diferente.

Começo a fechar a porta, mas mudo de ideia.

— Ah, e é hora de aposentar essa bolsa. Está bem fora de moda.

Tá, isso foi mesquinho pra cacete, mas não me controlei. Fecho a porta e me recosto, me sentindo o mais livre que me senti em doze anos.

Depois de passar pela segurança, praticamente saio correndo pela pista no aeroporto O'Hare, indo atrás do avião. Estou desesperado para conversar com Stevie, mas tentei respeitar os limites e o tempo dela.

A final da Copa Stanley começa amanhã, e o primeiro jogo é em Pittsburgh. Estou ansioso para começar essa viagem por motivos que vão além do hóquei. Precisei de todo o meu autocontrole para não ligar para ela depois de a minha mãe ir embora ontem, mas teremos três dias juntos em Pittsburgh, e pessoalmente vai ser melhor explicar.

Tomara que ela fique orgulhosa de mim. Acho que ficará.

Os técnicos, a equipe e os jogadores ocupam os corredores enquanto eu atravesso o grupo para meu lugar na saída de emergência. Na ponta dos pés, olho por cima do pessoal em busca de Stevie na cozinha, mas tem muita gente no caminho.

Eu sento e balanço o joelho, ansioso para ela vir dar as instruções de segurança. Vai ficar tudo bem. Tem que ficar.

— Nossa — diz Maddison, se largando ao meu lado. — Você veio correndo que nem um doido.

— Foi mal — digo, olhando de novo para a cozinha, sem ver sinal de Stevie. — Vou poder falar com ela hoje, então estou ansioso.

— Não se preocupa — tranquiliza Maddison. — Ela vai entender. É só explicar tudo.

Depois do nome de Stevie vazar, eu fiquei com medo de ela ser demitida. Mas ela me contaria, e não ouvi nada dela até agora.

— Estão prontos para as instruções de segurança da saída de emergência?

Finalmente.

Porém, ao erguer o rosto, não é minha comissária de cabelo cacheado que quer nossa atenção. Não é Indy, e também não é aquela escrota.

— Quem é você? — pergunto, grosso.

— Natalie.

Ela abre um sorriso gentil, emanando inocência.

— Cadê Stevie?

Ela franze a testa.

— Quem é Stevie?

Quem é Stevie? Como assim?

Olho para Maddison, que está tão confuso quanto eu. Saio do lugar em um pulo e corro até a cozinha, empurrando meus colegas no caminho.

— Cadê ela? — pergunto para Indy, desesperado.

Ela respira fundo, sem conseguir encontrar meu olhar.

— Porra, Indy, cadê ela?

Ela finalmente me olha, cheia de pena. Sem conseguir responder, simplesmente abana a cabeça.

— Ela foi demitida? — pergunto, desesperado, erguendo a voz. — Aquela vaca demitiu mesmo ela quando o nome vazou?

Dou um passo rápido no sentido contrário, pronto para dizer o que penso da gerente das comissárias, mas Indy me pega pelo braço.

— Ela não foi demitida. Ela se demitiu depois do último voo. Antes de o nome vazar, até.

Como assim? Não pode ser. Ela prometeu que conversaria comigo hoje. Ela não mentiria para mim.

Ou mentiria?

— Você sabia?

Sinto um aperto na garganta e meus olhos arderem quando me viro para a colega de Stevie, desesperado.

Indy faz que não com a cabeça.

— Ela só me contou depois de pousar. Eu nem imaginava.

Eu me largo na parede, incrédulo. Isso está acontecendo mesmo? Por que ela não me contaria? Por que me deixaria acreditar que eu ainda tinha chances?

Ela foi a melhor parte do campeonato e agora, nas últimas horas, sumiu.

Preciso vê-la. Preciso falar com ela e me desculpar. Contar da conversa com minha mãe. Preciso me responsabilizar por ter terminado com ela por medo. Implorar para ela entender.

Preciso dela, mas ela não está aqui, e não sei se aguento mais três dias até voltarmos para Chicago.

— Tem mais uma coisa que você precisa saber — diz Indy, com pena na voz. — Ela arranjou outro emprego. Vai se mudar para Seattle.

49
Stevie

Dois dias de procura por apartamento, e nada. Todo lugar agradável em bons bairros é caro demais para mim. Eu precisaria morar muito longe do trabalho ou morar em uma pocilga, e não quero nenhuma dessas opções. Para ser sincera, não quero nada disso. Não quero nem estar aqui, o que dificulta achar um lugar para morar.

Minha cabeça está em Chicago, e meu coração, em Pittsburgh.

Zanders está lá com o time, e eu não percebi que me sentiria tão decepcionada por perder a final, mas sinto. Essa temporada toda, viajando com eles, vendo eles subirem no ranking e ganharem cada etapa, fez eu me sentir parte daquilo. E agora, durante a última etapa, estou do outro lado do país, a mais de três mil quilômetros deles, sem saber de nada.

Qual foi o clima do time ao embarcar hoje cedo? Estavam nervosos? Empolgados? Concentrados? Que música Rio botou para tocar a caminho do assento?

Como está Zanders depois de encontrar a mãe?

Quero todas as respostas e conseguiria facilmente se respondesse às mensagens ou aos telefonemas incessantes de Zanders. Ele não tinha entrado em contato desde o término, mas imagino que, ao embarcar hoje e notar que eu não estava, mesmo tendo dito que estaria, tenha abandonado o plano.

Meu hotel é frio, escuro e desanimado, mas a cidade lá fora é colorida e iluminada, transbordando de gente. Quando saí, mais cedo, a brisa fresca do mar encheu meu nariz com o cheiro salgado, além de um sopro de café e flores.

Não quero nada disso.

Quero o cheiro do apartamento de Zanders logo depois da entrega do café da manhã, já que nenhum de nós sabe cozinhar. Sinto saudade do perfume do abrigo, depois do banho semanal de todos os cães, quando o espaço todo cheira a xampu. Prefiro até o odor do meu irmão nojento voltando do treino.

Quero Chicago, mas estou aqui.

Acho que eu deveria sair e explorar minha nova cidade, mas, em vez disso, estou largada na cama no meio da tarde, olhando para o celular enquanto chegam mensagens de Zanders.

Fazia muito tempo que eu não via o nome dele na minha tela, e estava com saudade.

Estou com saudade dele.

Zee (Daddy) Zanders: *Atende, Stevie, por favor.*

Zee (Daddy) Zanders: *Me liga?*

Zee (Daddy) Zanders: *Vee, estou surtando total. Fala comigo, por favor?*

De novo, o nome dele pisca no celular e seu belo rosto enche a tela, uma foto de uma das nossas manhãs preguiçosas juntos. Fui eu que tirei a foto. Ele está na cama, sem camisa, de olhos fechados, mas acordado, com um sorrisinho malandro.

Todas as partes de mim sentem saudade de todas as partes dele e da nossa vida juntos.

É justamente por isso que atendo o celular.

— Stevie?

A voz dele está triste, falhando.

Seguro o celular com força junto à orelha e fecho os olhos ao escutar a dor em seu tom.

— Não vai embora, por favor — implora ele.

Não sei o que dizer, então fico em silêncio.

— Achei que você fosse estar aqui hoje. Aí achei que você tinha sido demitida, mas foi você quem se demitiu? Stevie, estou implorando, por favor, não se mude. Eu preciso de você.

Eu afundo no colchão, com o celular colado na orelha. Respiro fundo e deixo as palavras de Zanders me inundarem. Era o que eu queria e precisava escutar, e achava que nunca mais ouviria. A única coisa que ele me disse desde o término foi que precisávamos conversar, e, naquele momento, eu não tinha nem me permitido criar esperança. Por que criaria? A última coisa que ele dissera fora adeus.

— E o que *eu* preciso? — pergunto, suave. — Zee, você terminou comigo. Não pode esperar que eu fique parada, esperando, torcendo para você mudar de ideia.

— Eu estava só tentando te proteger — admite ele em voz baixa, com derrota evidente.

— Eu sei. Eu entendi, mas nem por isso deixa de doer, saber que você abriu mão de mim tão fácil.

— Eu não queria que você tivesse que lidar com as partes mais feias da minha vida — diz ele, com a voz falhando. — Estava tentando te proteger.

— Você não pode proteger todo mundo de tudo. Deveria ter confiado que eu saberia me cuidar. Foi *você* que me ensinou a me defender.

O silêncio se estende entre nós.

— Você quer estar em Seattle? — pergunta ele finalmente. — Você nem gosta tanto de voar. E o abrigo? E Ryan?

— Só quero me sentir melhor.

— Eu sinto tanta saudade que nem funciono direito — diz ele, e inspira fundo. — Como você está parecendo tão bem?

— Não estou. Não estou nem perto de bem, mas é para fazer o quê? Esperar, torcer para você me querer um dia?

— Eu sempre te quis, Stevie.

— Então por que me largou?

Escuto ele engolir as emoções.

— Parecia que estava tudo desmoronando em cima da gente, sabe? Eu fiquei muito ferrado no dia em que tudo vazou. Não tinha controle sobre o que diziam de você. Estava tentando consertar alguma coisa, qualquer que fosse. Não queria que você perdesse o emprego.

— Eu não ligava para o meu emprego!

— Bom, mas eu ligava! — exclama ele, antes de acalmar a voz. — Vee, pela primeira vez na vida, nesses meses, me senti em casa na estrada porque você estava comigo, e, sendo egoísta, eu não queria perder isso. Precisava saber que você estaria lá comigo.

Minha garganta aperta, me impedindo de responder. Meus olhos estão ardendo com as lágrimas que me recuso a derramar há dias, mas também sinto raiva por ele tomar essa decisão por mim.

— E estava com medo de você ir embora de vez — continua ele, tão baixo que é quase inaudível. — Estava tudo tão bom, bom até demais, e a última vez que me senti confortável assim para confiar que alguém continuaria na minha vida, esse alguém me abandonou.

Tudo dói. A voz dele dói. O vazio dói.

Eu nunca teria abandonado ele. Se Zanders me pedisse para ficar na vida dele para sempre, aceitaria em um piscar de olhos, mas não necessariamente o culpo por reagir como reagiu. Nos anos mais importantes de sua formação como pessoa, a mulher que deveria apoiá-lo e amá-lo não fez isso. Só que eu não sou ela.

Mesmo entendendo, eu preciso me proteger. Ele me abandonou, enquanto eu só queria poder amá-lo, e, quem sabe, que ele me amasse também.

— Você convidou ela mesmo ontem?

— Convidei.

— Você está bem?

Ele respira fundo, enchendo os pulmões.

— Estou. Acho que sim. Cortei relação com ela de vez. Deveria ter feito isso há tempos, mas só agora me senti pronto.

Uma pausa se estende entre nós.

— Estou orgulhosa de você, Zee.

— É?

— Claro que estou.

— Eu ia contar da minha mãe e de todo o resto hoje. Só precisava conversar com você.

— Bom, agora está conversando comigo.

— Posso ir te ver? Talvez eu consiga pegar o avião entre os dois jogos. Ou pular a coletiva de imprensa e essas coisas.

O tom dele é desesperado, as palavras se embolam.

— Você sabe que não dá. Ninguém deixaria você fazer isso.

— Não posso te perder, Stevie.

O zumbido do ar-condicionado enche o quarto, ajudando a abafar o silêncio.

— Você me deixou — digo, com a voz falhando. — Eu nunca teria te deixado.

— Por favor, estou implorando, não me deixe agora.

— Zee, veja isso pelo meu lado. Você passou meses me dando força, se orgulhando de mim, me fazendo ficar orgulhosa de mim também, aí, assim que descobriram da gente, você fugiu. Sabe como me senti horrível? Queria só que você me escolhesse, *nos* escolhesse, independentemente da opinião dos outros.

Ele fica quieto do outro lado.

— Você sabe como é ver alguém sair pela porta depois de você implorar para ele ficar?

Ele também não responde. A memória das minhas palavras me vem à mente. *Por que você deixou eu me apaixonar por você?* Foi humilhante quando ele foi embora depois de eu dizer isso, mas que mal faz mais uma rodada de vergonha?

— Era simples. Eu queria que você me amasse.

O silêncio dele me ensurdece, dizendo tudo que preciso saber, destroçando meu coração de novo.

— Queria que você me deixasse te amar, mas você não consegue, né? Acho que você não sabe confiar que alguém vai te amar incondicionalmente.

— Vee — diz ele finalmente. — Eu só...

O silêncio se estende na linha por tempo demais.

— Eu não sei como fazer isso.

Fecho os olhos diante da dor que vibra pelo meu corpo todo, confirmando o que já sabia. Por mais que eu o ame, como podemos viver juntos se ele não acredita nisso?

— Boa sorte amanhã.

— Stevie...

Eu desligo antes que ele possa dizer qualquer outra coisa.

50

Zanders

Três dias de tortura. Três dias de mensagens e telefonemas sem resposta. Três dias me perguntando como estraguei a melhor coisa que já me aconteceu. Três dias questionando por que não confio que ela me ama como diz. Três dias desejando estar menos ferrado pelo meu passado, para aceitar o que ela me oferece, porque é tudo de que preciso.

Mas meu pensamento mais constante nos últimos três dias foi: como é que vou fazer Seattle me contratar, se não tenho nem agente?

Não quero sair de Chicago. Não quero deixar Maddison, Logan, nem meus sobrinhos. Estou a apenas duas horas de carro da casa do meu pai, e a um voo curto da minha irmã.

Mas não posso perder Stevie. Posso até não entender minha desconfiança e meu medo do amor, mas tenho certeza de que não posso perder ela.

Estou mais do que desesperado, precisando encontrar Stevie, falar com ela, me curar. Precisando sentir qualquer coisa além do buraco imenso e dolorido no meu peito que só ela é capaz de preencher, mas não sei consertar nada disso.

Mesmo às duas da manhã, torcedores cercam o portão do aeroporto, animados para nos receber na volta para casa depois de duas vitórias, precisando de só mais duas para ganhar o campeonato. Gritos e vivas ecoam da multidão entusiasmada, toda de vermelho, preto e branco, esperando para nos ver sair do avião em Chicago.

Mas não estou nem aí. Claro que agradeço pelo apoio, e estou muito animado por estarmos liderando essa série de jogos, mas só ando jogando bem assim porque preciso de um milagre para conseguir escolher onde vou parar no ano que vem.

— Zee, espera aí! — grita Maddison no meio do dever de capitão, acenando para os torcedores e agradecendo pela presença. — Você veio de carona comigo.

— Bom, então se apressa. Preciso ir.

Jogo a mala na caçamba da caminhonete dele e entro no carro.

— Você não vai lá agora. São duas da manhã.

— Vou, sim. Preciso encontrar com ela. Se ela quiser se mudar para o outro lado do país, tranquilo. Tá bom. Mas preciso que ela diga isso na minha cara.

— E se ela quiser mesmo?

Maddison sai do estacionamento, a caminho de casa.

— Ela não quer — insisto, abanando a cabeça de incredulidade e olhando pela janela. — Nem fodendo que ela quer abandonar o irmão ou o abrigo. É tudo culpa minha. Ela não quer ir. Só quer fugir de mim.

Maddison mal estacionou quando saio da caminhonete, correndo para o prédio dele. Não uso o elevador dele, claro, porque não é para o seu apartamento que vou. Paro alguns andares abaixo da cobertura e bato rapidamente à porta de Stevie.

Ela não responde, mas não me surpreende, porque já passou de duas da manhã. Eu ligo. Nada. Mando mensagem. Nada. Ela vai me odiar, mas preciso vê-la. Estou contando os minutos desde que partimos de Chicago, quando descobri que ela não estava a bordo.

Continuo a bater, tentando não esmurrar a barreira de madeira, mas, porra, que tentação.

— Vai embora. — Escuto do outro lado, mas não é a voz de Stevie.

— Ryan, abre a porta.

— Vai tomar no cu.

Tá, eu mereci.

Não vou embora. Fico parado, esperando, deixando ele me olhar pelo olho mágico até, finalmente, entreabrir a porta.

— Vai se foder, Zanders. Vai pra casa.

— Por favor, só me deixar ver ela — digo, frenético, em súplica.

— Ela não está.

Ele tenta fechar a porta na minha cara, mas eu uso o braço para impedi-la de bater.

Olho bem nos olhos dele, implorando por informação. Ryan deve ficar com pena de mim, sei lá, porque me olha rapidamente de cima a baixo, solta um suspiro resignado e abre a porta.

— Ela ainda está em Seattle.

Ainda? Já passaram dias.

— Quando ela volta?

— Não sei. Daqui a uns dois dias, acho, mas não é mais da sua conta.

— É, sim! — grito, alto demais para essa hora. — É tudo culpa minha.

— Bom, pelo menos isso você sabe. Vou dormir, então pode ir embora.

Ponho o braço no batente da porta de novo.

— Como posso consertar isso? Sei que você também não quer que ela se mude, então, por favor, Ryan. O que eu faço?

Ele contempla a pergunta, me olhando de cima a baixo, provavelmente questionando se deveria ajudar o homem que magoou sua irmã. Finalmente, ele relaxa os ombros, cedendo.

— Ela passou a vida toda se sentindo a segunda opção, e você ainda reafirma isso ao escolher sua merda de pose de playboy em vez de ela? Que porra foi essa? — pergunta ele, subindo a voz, com raiva. — Ela odiava os holofotes da minha vida, mas estava disposta a viver neles de tanto que queria ficar com você. E aí você termina com ela assim que o público descobre? Fala sério, cara. Larga de ser otário. Foi muito escroto. E agora ela vai se mudar para a três mil quilômetros daqui por sua causa.

— Você encorajou ela a ir!

— Você não viu ela naquele dia! Só queria que ela melhorasse, mas, mesmo fingindo estar bem, ela não está. Sua fama de playboy foi mais importante do que ela, então pode ir resolver essa merda.

Ele está certo. Posso até ficar com raiva de Ryan por sugerir a mudança, mas, no fim, fui eu que causei isso. Estávamos felizes, e eu estraguei tudo.

— Eu demiti meu agente.

Ele recua, em choque.

— Como assim?

— Eu estava cansado dessa pose. Você está certo. Eu escolhi minha imagem em detrimento da sua irmã. Eu fiz merda, perdi ela, então demiti meu agente.

— Você não está no meio de renegociação de contrato? — ele pergunta, arqueando as sobrancelhas, confuso. — Vai jogar sua carreira fora.

Ele não precisa me lembrar disso. Eu já sei.

— Ninguém quer que você perca a carreira por causa disso, Zanders.

Dou de ombros, tentando parecer o mais casual possível. Minha carreira não está no topo das prioridades no momento.

— Jesus amado — solta ele, rindo de surpresa. — Você ama ela mesmo.

Ryan fecha a porta, mas, antes de trancar, eu o escuto dizer:

— É melhor dar um jeito de dizer isso para ela antes que seja tarde.

O clima está uma loucura no terceiro jogo da final. O United Center está lotado, e todos os ingressos, sentados e de pé, esgotaram. Ficamos em desvantagem de 3-2 no terceiro tempo, mas Maddison marcou um gol rápido e um dos alas novatos fez uma jogada milagrosa, nos dando vantagem de um gol e a vitória de três jogos na série.

Nos últimos segundos, não consigo deixar de me sentir extremamente emocionado.

Essa cidade foi tudo para mim nesses últimos sete anos. É verdade que tive que fazer esse papel que não queria, mas, no geral, o tempo que passei com a camisa dos Raptors foi o melhor da minha vida. É o primeiro e único time para o qual joguei profissionalmente. Meu melhor amigo veio parar aqui logo depois de mim, pela primeira vez no mesmo time que eu. Construí uma família aqui, um lar, e, depois de hoje, talvez só tenha mais um jogo nesta arena.

Não quero contar com a vitória antes de acontecer, mas é difícil acreditar que não vamos arrematar o último jogo na nossa própria arena. Pelo jeito que andamos nos comunicando, marcando e defendendo, pela vantagem de jogar em casa, instintivamente, sei que vai acontecer a vitória total. Só sei.

Alguns meses atrás, jogar em casa era uma desvantagem para mim, pois aqui sabia que não tinha ninguém para me ver. Quando estava viajando, pelo menos sabia que mais ninguém tinha a galera torcendo nem esperando na saída do vestiário. Mas, aqui, eu tinha um lembrete constante de que estou sozinho.

Isso é, até Stevie começar a vir me ver jogar, mais para o começo do campeonato. Saber que ela estava ali, escondida na multidão, esperando que eu saísse de terno depois do jogo, mexeu com minha confiança. Eu estava jogando para alguém além de mim. A energia que recebia ao ser o visitante odiado nem se comparava com o amor que eu sentia ao jogar em casa com a minha companhia.

Mas estou sozinho de novo. O ingresso que separei para Stevie nunca foi usado, e a única família que veio me ver nem é minha. É de Maddison.

Fecho a porta da sala do técnico e volto ao vestiário.

— Tudo certo? — pergunta Maddison, no locker ao lado do meu.

— Tudo, mas não vou treinar amanhã. Ele me liberou.

— Zee, só falta um jogo para a gente talvez ganhar o campeonato. Como assim, não vai treinar?

Jogo a camisa usada no cesto no meio do vestiário e deixo os patins no nicho do armário para serem afiados.

— Tenho que fazer uma coisa mais importante — digo, e faço contato visual com meu melhor amigo, que me encara, confuso. — Confia em mim. Isso vai me preparar para o jogo muito mais do que qualquer treino.

Levo pouco mais de duas horas de carro para ir de Chicago até a cidade onde cresci. Passaram--se seis anos, mas só fiz a viagem duas vezes. Uma para um aniversário de Lindsey, e outra quando meu pai sofreu uma lesão de coluna no trabalho e acabou no hospital.

Essas duas horas poderiam até ser cem. Eu poderia estar na rua do lado, ou em outro canto do país. Eu sentia raiva demais para voltar. Raiva demais para encontrar com ele.

Essa raiva indevida me impediu de manter uma relação com o meu pai por doze anos, mas deixar Stevie entrar na minha vida abriu uma parte de mim que eu tinha fechado por muito tempo. Eu voltei a desejar amor. Por mais assustador que seja perceber que é isso que ela me oferece, no fundo, sei que é verdade. Stevie me ama — me *amava* —, e eu tinha tanto medo de deixar alguém me amar, que a afastei. E também afastei o meu pai.

Passei primeiro pela casa, mas o carro dele não estava na garagem. Não demorei para dar uma volta na minha cidadezinha até encontrar a caminhonete estacionada na frente do único bar de esportes na cidade. Meu pai nem bebe, mas adora jogar bilhar, então não me surpreende ele estar aqui depois do trabalho.

Na minha última conversa com ele, Stevie estava comigo, e queria que ela estivesse aqui de novo. Essas semanas sem ela revelaram a profundidade em que estava embrenhada em todas as partes da minha vida. Tudo era melhor, mais fácil, mais completo com ela, mas eu não percebi na época porque ela se infiltrou em minha vida de um modo impecável. Acho que eu sempre precisei dela para preencher aqueles espaços, mas não notei que estavam vazios até ela ir embora.

Tranco o carro e entro no bar. Nem tento me esconder ou abaixar a cabeça. É uma cidade pequena. Eu fiz sucesso na NHL. Todo mundo me conhece, mas não é a festa que recebo em Chicago. Aqui, só se orgulham de mim.

O bar pequeno e decadente se aquieta quando eu chego, não que estivesse tão barulhento antes. Tem menos de vinte clientes, e quase todos me olham. Eu me destaco aonde quer que eu vá, mas aqui, na minha cidade, minha calça Tom Ford, meu suéter Balenciaga e meus sapatos Louboutin são praticamente uma placa de neon brilhante.

— Olha só quem é — anuncia o barman para o bar quieto. — O próprio sr. NHL veio nos agraciar com sua presença — continua, com uma reverência dramática. — A que devemos tal honra?

— Bom te ver, Jason. — Rio, cumprimentando com um soquinho na mão meu antigo colega de escola atrás do bar. — Meu pai tá por aí?

— No bilhar — diz ele, indicando com a cabeça.

Sigo naquela direção antes de ouvir ele gritar de trás de mim:

— Vai ganhar a Copa pra gente amanhã, afinal?

Eu me viro de frente para ele com um sorriso malandro.

— Estou planejando.

A única mesa de bilhar do bar fica escondida no salão dos fundos. Eu e meu pai vínhamos aqui nos fins de semana quando eu não tinha jogo. A gente tomava refrigerante e ele me ensinava a jogar bilhar, por isso sei exatamente o caminho até a mesa.

— Posso jogar?

Meu pai ergue o olhar da tacada perfeitamente alinhada.

— Evan? — pergunta, e se endireita, com o taco ao lado do corpo. — O que está fazendo aqui?

A calça jeans dele está gasta nos joelhos, e as botas, completamente arranhadas e desbotadas na ponta, o que me indica que ele veio direto da obra. Meu pai é um homem trabalhador, que se dedica a serviços pesados para sustentar a família. Os dois filhos são extremamente bem-sucedidos em suas respectivas áreas, mas ele continua na lida, dando sangue e suor, mesmo que Lindsey viva se oferecendo para aposentá-lo.

— Queria te ver.

Meu pai fica paralisado, em choque.

— Pensei que a gente podia conversar — continuo.

Ele finalmente faz que sim com a cabeça.

— Podemos conversar.

Dou a volta na mesa pelo outro lado, nós dois de olho nas bolas espalhadas, e não um no outro.

— Prepara um jogo novo — sugere meu pai.

Eu obedeço e alinho as bolas de bilhar na mesa. Sinto seu olhar confuso acompanhando meu movimento, me seguindo quando tiro um taco da parede.

Quando me volto para ele, ele desvia os olhos rapidamente.

— Pode começar.

Um sorrisinho surge no meu rosto.

— Você não pode só me dar a primeira jogada.

Tiro do bolso uma moeda, que levanto para lembrar que sempre fizemos assim.

O peito dele vibra com uma risada.

— Coroa.

Jogo a moeda, pego no ar e bato no dorso da mão.

— Foi coroa.

Fazemos silêncio quando meu pai começa o jogo, a tensão pesada no ar entre nós. Mas a pressão não é negativa. É só que nós dois sabemos que há muito a dizer.

Uma das bolas cai no canto esquerdo, dando direito a outra tacada.

Continuamos em silêncio enquanto ele se prepara.

Alternamos mais quatro tacadas antes de, finalmente, ao alinhar meu taco, eu olhar para ele.

— Eu encontrei minha mãe.

Ele olha de relance para mim.

— Como assim?

Apoio o taco na mesa e me endireito.

— Convidei ela para me visitar na semana passada.

A expressão dele murcha, pesarosa.

— Ah, Evan. Você está bem?

Faço que sim com a cabeça, sem conseguir falar.

— Do que vocês falaram?

— Não falamos. *Eu* falei. Para ela.

Ele fica quieto, me olhando. Os olhos do meu pai têm um tom de cinza interessante, a pele ao redor enrugada pela idade e pelos anos exposta ao sol. Eles contêm mil perguntas ao me fitar, embora ele não pronuncie nenhuma delas.

— Passei tanto tempo com raiva — lembro a ele. — Descontei essa raiva toda em você porque você estava lá, e ela, não, mas você não mereceu nada disso. Ela tinha poder demais na minha vida, e eu cansei. Quis recuperar meu controle.

Os olhos cinzentos dele ficam marejados.

— Você tinha todo o direito de sentir raiva de mim. Fui o motivo de ela ir embora.

— Não foi, não. Ela foi o próprio motivo para ir embora, mas você ficou, e eu nunca agradeci.

Ele abaixa a cabeça.

— Perdão por culpar você por tantos anos. Fiquei tão magoado, por egoísmo, que não percebi o que você estava fazendo. Eu me senti abandonado pelos dois, mas você se afastou porque estava trabalhando mais, para minha vida não mudar. O hóquei não é barato, e eu nunca perdi um torneio sequer por sua causa. Você ajudou Lindsey com a faculdade de direito. Você garantiu que eu tivesse uma boa moradia. Nunca passei fome. Tive tudo de que precisava e nunca agradeci.

Ele faz que sim com a cabeça, ainda de olho no chão.

— Então obrigado, pai.

Ele rapidamente seca os olhos com os dedos calejados.

Finalmente, meu pai me olha.

— Sei que não fui o mesmo pai para você que era antes de ela ir embora, mas eu tentei. Eu tentei mesmo, Evan.

— Eu sei.

— Eu também estava sofrendo, mas, ao mesmo tempo, sentia culpa por não ser suficiente para sua mãe ficar conosco. Fui o motivo para ela abandonar vocês, então, às vezes, era difícil ficar em casa e ver você. Achei que você me odiasse e eu não o culpava por nada.

Merda, agora meus olhos estão ardendo.

— Eu nunca te culpei, pai. Eu precisava de você e ainda preciso.

O homem rude, às vezes frio, me olha do outro lado da mesa, com o rosto vulnerável e as barreiras masculinas derrubadas, os olhos se enchendo de lágrima.

— Eu te amo, pai.

As palavras parecem certas, necessárias e muito merecidas ao saírem da minha boca. Não as digo para ele há doze anos. Não as disse para muita gente nesses doze anos, e o alívio físico que vejo ele sentir me deixa triste por não ter dito isso o tempo inteiro.

— Também te amo, Evan.

Ele balança a cabeça, rápido, tentando se recompor.

Dou a volta na mesa e dou um abraço no meu pai, que ele retribui.

— Desculpa por não ter conseguido dizer isso antes.

— Às vezes é assustador. Eu sei.

A voz dele soa suave, compreensiva.

Nós nos abraçamos mais um pouco antes de finalmente nos soltarmos.

— Por muito tempo, eu tinha medo de deixar qualquer pessoa me amar — continua ele. — Também tinha medo de amar outra pessoa.

— E ainda tem?

Ele faz que não com a cabeça.

— Não tenho mais.

Olho com desconfiança para ele.

— Que foi? Não me olha assim.

— Pai, você tem namorada? — provoco.

Ele dá de ombros.

— Talvez.

— Como é que é? — pergunto, e uma risada incrédula me escapa. — Por que você não disse nada?

— É recente. Mais ou menos. Ela foi minha amiga por muitos anos e esperou muito tempo para eu estar pronto para deixar alguém entrar na minha vida. Logo antes do Natal, deixei de ser bobo.

Abro um sorriso orgulhoso.

— Posso conhecer ela?

— Eu ia gostar muito.

A tensão do ar já se foi faz tempo quando pego o taco e alinho a tacada de novo.

— Então, tem algum motivo para você precisar vir para cá e ter essa conversa na véspera do maior jogo da sua vida?

Dou a tacada, sem encaçapar uma bola sequer, e espero meu pai jogar, mas ele não se mexe. Ele mantém a atenção em mim, esperando a resposta.

Faz-se uma longa pausa entre nós.

— Por que você não foi atrás da minha mãe quando ela foi embora?

— Porque tem gente que não vale a pena ir atrás.

Faço que sim com a cabeça, compreendendo.

— E gente que vale a pena seguir até o fim do mundo.

Mantenho os olhos ardendo voltados para a mesa à minha frente, enquanto as emoções atacam todos os meus sentidos, querendo ressurgir.

— Você tem alguém por quem vale a pena ir atrás? — pergunta ele, baixinho.

Solto um suspiro brusco.

— É. Acho que tenho.

— É uma pessoa que você ama?

Faço que sim com a cabeça, sem conseguir falar.

— Então não deixa ela ir embora, Evan. Sei que amar assusta, e deixar alguém amar a gente, especialmente depois de tudo que aconteceu, assusta ainda mais. Mas prometo que, com a pessoa certa, vale a pena.

É apavorante confiar que alguém não vai me deixar vazio e oco depois de eu dar tudo de mim. Mas, mesmo que eu nunca tenha dito a Stevie como a amo, estou igualmente vazio e apavorado pela ausência dela.

— Nesses anos todos, fiz o papel do malvadão que os fãs amam odiar e gostei disso porque sabia que odiavam uma versão falsa de mim. Não queria dar a ninguém a oportunidade de odiar quem eu sou de verdade, mas isso também me impediu de deixar que me amassem. Mas acho que alguém amou quem sou de verdade, e eu talvez a tenha perdido.

— Você disse que a ama?

Faço que não com a cabeça, culpado.

— Então acho que é hora de ela saber.

Um silêncio se estende entre nós.

— Pai, não sei onde vou jogar depois desse ano. Não tem outro time tão perto quanto Chicago, mas eu estava torcendo para você me deixar pagar passagem para você ir aos jogos. Sinto saudade de ver você no rinque e sei que você precisa trabalhar…

— Eu vou — ele me interrompe.

Abro um sorriso agradecido e tiro do bolso um ingresso.

— Você vai me ver ganhar a Copa Stanley amanhã?

— Olha só para você, Ev.

Ele balança a cabeça, incrédulo, com um sorriso gigante no rosto.

— Foi um sim?

Ele ri.

— Pode crer que foi um sim — diz ele, e pega o ingresso da minha mão, olhando para o papel, maravilhado. — Estou tão orgulhoso de você.

Dou outro abraço nele.

— Você me apresenta para ela amanhã? — pergunta ele.

— Se eu conseguir fazer com que ela vá ao jogo.

51
Stevie

— Ryan! — grito, puxando minha mala. — Está em casa?

— Tô — resmunga ele do quarto, e vem à sala arrastando os pés. — Você mudou de voo? Chegou cedo assim por quê?

Mesmo com os olhos pesados de sono, quase fechados, ele me puxa para um abraço.

— Peguei um voo de madrugada. Estava pronta para voltar.

Ele se espreguiça, ainda acordando.

— E talvez você não quisesse ficar longe de Chicago? Especialmente hoje?

Dou de ombros casualmente, desviando o olhar dele.

— Você assinou contrato de algum apartamento?

Fico quieta.

— Você sabe que não precisa ir embora, se não quiser. Não quero que você vá se não sentir que é o melhor lugar para você. Você pode ficar aqui sem pagar aluguel. Zanders provavelmente nem vai ficar em Chicago depois do campeonato.

Olho para ele de repente.

— Como assim?

— Ele não tem agente, nem contrato novo — diz, casual demais.

— Como assim, não tem agente?

Ryan franze a testa, confuso.

— Ele demitiu o agente. Ele não te contou?

Como é que é?

— Não! — exclamo, subindo o volume da voz por desespero. — Por que ele faria isso?

Meu irmão hesita.

— Eu, hm… Acho que é melhor você falar disso com ele.

— Ele não pode demitir o agente! Precisa ser escalado por algum time. Precisa renovar contrato com Chicago. Ele não quer ir embora — digo, atropelando as palavras. — Como você sabe?

Ele abre um sorriso de desculpas.

— Ele veio procurar você assim que chegou de Pittsburgh.

Claro que veio. Ele ligou sem parar depois da nossa conversa, mas eu não atendi. Depois de ele me dizer que não sabia deixar ninguém amá-lo, não tinha mais o que dizer. Mas alguma coisa naquela conversa, além de tudo que já amo nesse homem, me impediu de assinar um contrato de aluguel em Seattle. Ainda não consigo. É um passo oficial demais para dar sem encontrá-lo.

— E ele veio procurar você toda noite, Vee.

— O que vai acontecer se ele não tiver agente?

— Nenhum time pode conversar com ele sem agente durante o campeonato. Ele vai ter que esperar passar a final e torcer para os times não terem finalizado todas as escalações.

Eu me largo no braço do sofá.

— Isso é tudo culpa minha.

— Não é, não, Stevie. É coisa do Zanders. Ele tomou as próprias decisões e está lidando com as consequências. Mas não vou dizer que não tem nada a ver com você. Acho que perder você abriu os olhos dele, mas isso não é necessariamente ruim.

A última coisa que quero é que Zanders perca a carreira por minha causa. Na verdade, o único conforto que eu tinha era esse, saber que a torcida o amava antes de mim e o amaria depois.

— Vee — diz meu irmão, com o tom leve, quase cauteloso. — Você quer perdoar ele.

Afundo a cabeça nas mãos, escondendo meu rosto.

— Quero — resmungo abafado, esperando que ele não me julgue. — É patético?

Ryan ri baixinho antes de passar o braço pelos meus ombros e me puxar para um abraço de lado.

— Nada de patético.

— Você não acha que é igualzinho à situação do Brett?

— De jeito nenhum. Pau no cu do Brett. Tem uma diferença enorme. Você aceitou voltar para Brett depois de ele terminar porque estava tentando provar que era suficiente para ele, mas, se aceitar voltar para o Zee, vai ser porque ele está se esforçando para ser suficiente para *você*.

Ryan vai à cozinha e liga a cafeteira.

— Mas do que vale minha opinião? Eu não namoro.

Eu me sento à mesa na frente do meu irmão.

— Acabou o campeonato. Talvez seja hora de você se expor um pouco de novo. Tem que começar a seguir em frente, e namorar não é distração se não tiver do que se distrair.

Ele me dirige um olhar mortífero que diz "a gente estava falando dos seus problemas, e não dos meus".

— Essa época é mais importante ainda do que o campeonato. Você sabe. Vou passar o verão todo com dois treinos por dia. E eu te amo, Vee, mas ver você sofrer de dor de cotovelo não é lá o melhor incentivo para namorar de novo.

Fico boquiaberta, fingindo estar chocada, antes de pegar um pano de prato e jogar na cabeça do meu irmão.

— Babaca.

Tem um envelope com meu nome grudado na geladeira, e só reparo quando Ryan o puxa e o entrega para mim.

— O que é isso?

Olho para o envelope branco, reconhecendo a letra rabiscada.

— Ingresso pro jogo de hoje.

— O Zee trouxe?

— Ontem.

Olho fixamente para o envelope nas minhas mãos.

— Acho que você deveria ir.

Volto a atenção para Ryan.

— Acho que ele te ama, mas não sabe dizer, e, se você sentir o mesmo, deveria ir. Você nunca vai se perdoar se perder esse jogo — ele diz, e toma um gole de café. — E esse é todo o bom conselho que tenho a dar a uma hora dessas.

Ryan me deixa na cozinha e volta para o quarto.

Cautelosa, abro o envelope e tiro o ingresso. Tem um post-it azul colado, com uma simples mensagem de súplica:

Esse campeonato não é nada sem você.

Por favor, venha hoje.

Zee

52

Zanders

Eu mal dormi.

Hoje é a noite em que eu talvez realize o objetivo da minha vida toda. Só faço sonhar com ganhar a Copa Stanley desde que soube da sua existência. Qualquer moleque que calça um par de patins de hóquei sonha com este momento, mas poucos têm a experiência.

O feito mais significativo da minha vida pode se realizar hoje, e só consigo pensar no que me trouxe até aqui.

Meu pai trabalhou em dobro para pagar meus torneios de hóquei, para eu nunca perdê-los. Fui muito procurado por olheiros no segundo ano do ensino médio, mesmo na minha cidadezinha em Indiana. Recebi uma bolsa integral da Universidade Estadual de Ohio. Fui reprovado em duas matérias em um semestre e perdi a chance de jogar no segundo ano, quase perdendo a bolsa.

Conheci meu melhor amigo aos sete anos e o odiei até os 22. No fim de semana do torneio dos veteranos, deixamos as hostilidades de lado e percebemos que éramos mais parecidos do que diferentes.

Eu me lembro da noite em que fui convocado para a liga e do meu telefonema para Lindsey, que gritava de alegria do outro lado.

Meus primeiros dois meses em Chicago, quando eu estava me cagando de medo de ser o novato em um time todo de veteranos. Meu primeiro campeonato na NHL, quando passei uma quantidade inacreditável de minutos no banco por causa de faltas.

O ano em que Maddison veio para cá, e as peças começaram a se encaixar. Começamos a construir o time ao nosso redor. Mas, nos últimos seis anos, decaímos, mal chegando às eliminatórias em alguns campeonatos e, em outros, perdendo nas classificatórias.

E este ano. Este é o campeonato em que minha vida toda mudou. A primeira viagem do ano transformou tudo. Uma comissária de bordo de cabelo cacheado e cheia de atitude me colocou no meu lugar e se tornou tudo que nunca soube que precisava. Ela expôs as partes que faltavam na minha vida e as encaixou simultaneamente.

Eu me livrei de pesos desnecessários, restaurando relacionamentos que perdi. Decidi parar de interpretar a persona que a torcida ama odiar. E, mais importante, neste ano, fiz a coisa que mais temia. Deixei alguém se apaixonar por mim e não consigo imaginar um final mais perfeito do que levantar a taça com ela ao meu lado.

Meu pai voltou comigo para Chicago ontem, depois de mais duas rodadas de bilhar. O voo de Lindsey chegou hoje às dez da manhã, e os dois vão passar alguns dias em um hotel. Estão na arena pela primeira vez na minha carreira profissional, e sou inundado pelo conforto de saber que tenho torcedores que vieram só para me ver.

A mídia anda uma loucura, seguindo tudo que fazemos desde que voltamos dos dois jogos em Pittsburgh. O histórico universitário sórdido da minha relação com Maddison anda nas manchetes nacionais, a história feliz de rivais que viraram amigos e agora estão a uma partida de se tornarem campeões da Copa Stanley.

O nome de Stevie circulou um pouco, mas nosso sucesso nas semis ofuscou ela e nosso relacionamento, o que é bom. Prefiro que a mídia não descubra antes de mim o que está rolando com a gente.

Passei no apartamento de Stevie todos os dias desde que voltei, mas ela ainda não chegou. Não sei nem se está em Chicago hoje, muito menos na arena, mas não consigo pensar nisso agora.

Nas próximas horas, meu foco precisa estar totalmente dedicado aos três tempos de hóquei que estou prestes a jogar, e por isso arranjei para ela um ingresso em um assento que eu não enxergo. Não posso passar a noite procurando por ela e, se notar o lugar vazio, sei que vou me desconcentrar.

Meu pai e Lindsey estão no camarote da família com Logan e o resto dos Maddison, mas quero estar presente se e quando Stevie conhecer meu pai, e também foi por isso que pedi um assento para ela na arquibancada geral.

Mesmo que não esteja confirmado que ela chegou em Chicago, tenho que acreditar que sim. Não imagino que ela perderia este jogo.

Maddison se senta diante do locker ao lado do meu, nós dois vestidos para o jogo e prontos para começar. Ele se apoia nos joelhos, olhando fixamente para o chão.

— Está pronto?

Faço que sim, tão concentrado quanto meu melhor amigo.

— E você?

— Tô — diz ele, e faz um momento de silêncio. — Talvez seja nosso último jogo juntos...

— A gente pode deixar essa conversa para depois de ganhar a Copa?

Ele ri um pouco.

— Pode. Claro.

— Sabe, para o menininho perfeito que tinha tudo que queria, você acabou virando mesmo o melhor amigo que eu poderia pedir.

O peito dele treme em uma risada silenciosa.

— Para o escroto que eu achei que você fosse, você acabou mesmo sendo um cara e tanto.

Estendo o punho, e ele bate com o dele.

— Mas ainda te acho um babaca — lembra ele.

— E você ainda é um escroto.

O barulho no United Center é ensurdecedor quando saímos do túnel. Luzes piscam, iluminando o caminho para o gelo escuro, mas os comentaristas, os torcedores e a música se misturam tanto que a única coisa que escuto é meu coração batendo forte. Minha respiração ofegante não enche bem os pulmões quando deslizo pelo gelo, me aquecendo, mas não tenho como me controlar. Nunca estive tão nervoso para um jogo.

Logan desce para encontrar Maddison no vidro, como em todos os jogos. Normalmente, zombo deles, mas hoje estou concentrado demais.

— Onze! — grita o juiz. — Tira esse anel.

Confuso, olho para minhas mãos e para as luvas apoiadas no banco, que tirei para tomar um gole da água. Já tirei todos os meus anéis e a correntinha. Está tudo no locker. Até que eu vejo: o anelzinho de Stevie, quase imperceptível no meu dedo mindinho, que eu esqueci completamente de enfaixar. Agora é tarde. O juiz já viu.

— Não — retruco.

Ele vem até mim, confuso.

— Como?

— Não vou tirar.

— Então não vai jogar.

— Opa, opa, opa — exclama Maddison, patinando com pressa até mim e se posicionando entre nós. — Ele vai jogar. Vai tirar o anel.

Maddison pega minha camisa e me arrasta de volta pelo túnel, escondido da vista dos outros.

— Tira essa porra desse anel.

— Não.

— Zee, larga de ser ridículo. Tira essa porra do seu dedo.

Não respondo, mas também não tiro.

Maddison muda de abordagem.

— Não quer dizer nada, cara. Stevie vai te perdoar. Eu sei que vai. Só me dá sessenta minutos de hóquei e depois a gente resolve isso, tá?

Fico quieto.

— Você sabia que eu tenho um bilhete que a Logan escreveu para mim no campeonato dos veteranos da faculdade que eu ainda leio antes de todo jogo? Mas, mesmo se eu perdesse ou esquecesse de ler, ela não deixaria de me amar. É só um símbolo, e você está apegado a esse anel porque acha que é tudo que tem da Stevie agora.

Depois de um momento de reflexão, finalmente concordo, resignado, e tiro o anel de Stevie a contragosto. Olho ao redor, procurando um lugar seguro para guardá-lo, porque não posso voltar para o vestiário.

— Não sou nenhum monstro, também. Amarra essa porra no cadarço e enfia no patins, sei lá.

Eu olho bem para ele.

— Cafona pra porra.

Ele dá de ombros, sem vergonha.

O hino nacional, os anúncios e os rituais pré-jogo passam em um instante, e, sem nem notar, estamos no primeiro tempo.

O nervosismo no nosso banco é alto. Os passes não estão se encaixando, as transições estão truncadas e as trocas, mal calculadas. Por outro lado, Pittsburgh está jogando como se não tivesse nada a perder, porque não tem mesmo. Com desvantagem de 3-0 na final e jogando fora de casa, todo mundo está torcendo contra eles, e é assim que eles jogam. Atacam forte, disparam o tempo todo e patinam rápido e relaxados.

Eles marcam no minuto doze do primeiro tempo, ganhando vantagem de 1-0.

No primeiro intervalo, nosso técnico passa um sermão sobre jogar com medo e lembra que, se não ganharmos hoje, amanhã temos que voltar a Pittsburgh para o quinto jogo. Quero ganhar em casa, todo mundo quer, e a última coisa de que preciso é pegar um avião e lembrar que Stevie não está lá.

É a primeira vez que ela me vem à mente durante o jogo, e eu a afasto dos pensamentos, precisando voltar a me concentrar.

Sofro uma falta no começo do segundo tempo quando um dos atacantes do Pittsburgh me dá uma porrada alta com o taco, arrebentando minha bochecha, fazendo jorrar vermelho do meu rosto para o gelo.

Eu mal sinto. Tem tanta adrenalina nas minhas veias que mal percebo dor. Mas ficamos em vantagem de jogadores, e um dos nossos atacantes que está no segundo ano com a gente marca nos primeiros vinte segundos da rodada, empatando o jogo e acalmando o time.

O tempo consiste em tiros a gol iguais, eu e Rio segurando os ataques de Pittsburgh. Eles fazem o mesmo com Maddison e seus alas.

Acabamos o segundo tempo em empate de 1-1.

O terceiro tempo, que esperamos ser o último, começa quieto — sem papo, pouca conversa no gelo, o nervosismo evidente dos dois lados. Para Pittsburgh, é o medo de ser o fim do campeonato. Para nós, é a percepção de que podemos acabar com isso aqui. De que podemos ganhar a Copa nos últimos vinte minutos, o que é assustador para cacete.

O impulso vai e vem entre os times. São trocas curtas, dando descanso muito necessário para nossas pernas cansadas. Pittsburgh ataca faltando três minutos para o fim da rodada, e o disco passa voando pela luva do goleiro, mas, por milagre, bate na trave em vez de acertar a rede.

A torcida exclama de medo, todo mundo de pé. Não vou mentir, o susto quase faz meu coração parar.

Mais duas trocas, e está acabando o terceiro tempo quando pulo no gelo para a minha vez. Maddison e os atacantes entraram há dez segundos, então os últimos minutos são com nossos melhores jogadores.

O centroavante de Pittsburgh me empurra para alcançar o gol e, por um milagre da defesa, o disco quica na canela do goleiro e eu o pego na guinada, disparando para fora da nossa zona. O ricochete chega no taco de Maddison, que está no lado certo, e ele usa a velocidade para avançar para a zona ofensiva.

Ele é o cara mais veloz no gelo, o que fica evidente quando para na frente do gol de Pittsburgh em um piscar de olhos. E, faltando menos de um minuto para o fim do terceiro tempo, ele mira entre as pernas do goleiro e o disco bate na rede e marca ponto com o possível gol da vitória.

Largo o taco no chão e vou correndo para me jogar em cima de Maddison, empurrando ele para a lateral. O resto do time faz o mesmo, e nossa torcida explode em vivas, batendo no vidro.

A gente passa pelo banco e se cumprimenta com as luvas antes de Maddison me segurar pelos ombros e olhar nos meus olhos. Ele está segurando o sorriso, que nem eu, mas nós dois sabemos que ele marcou o gol da vitória da Copa Stanley com um passe meu.

Tento ficar concentrado nos últimos sessenta segundos, especialmente quando Pittsburgh tira o goleiro, nos dando desvantagem, mas não consigo parar de olhar para o relógio, vendo os segundos acabarem.

Dez... nove... oito...

Estico o taco quando um dos atacantes golpeia o disco e, de algum modo, tomo o controle, então o empurro para o gol vazio. O disco vai para escanteio. Somos chamados para bater o *icing*, e os juízes recolhem o disco e o trazem para nossa zaga.

Maddison se prepara para o possível último confronto do campeonato com quatro minutos no relógio, e a torcida vibra, na expectativa. Eu me curvo, tentando respirar, precisando me recompor, mas não consigo. Meu peito está leve, meu coração, acelerado, minha boca, seca. Escuto tudo, vejo tudo, sinto tudo.

O disco cai.

Três... dois... um...

Caralho, acabamos de ganhar a Copa Stanley.

Largo as luvas imediatamente, abandono o taco, tiro o capacete. O calor inunda meu corpo e eu ataco o goleiro com o resto do time, nos amontoando até sermos apenas uma bagunça de camisas vermelhas emboladas.

Não distingo palavra nenhuma. É grito para caralho, comemoração, uns caras chorando nessa pilha confusa, enquanto confetes vermelhos e pretos começam a chover no gelo, nos cobrindo.

Porra, a gente conseguiu.

Depois de um campeonato massacrante, a gente conseguiu. Depois de 22 anos de patinação, treinos de madrugada, condicionamento, ossos quebrados, músculos arrebentados e vontade de pedir demissão tão frequente que perdi a conta, eu consegui. Todo segundo de esforço, sacrifício e trabalho valeu a pena, culminando neste momento.

Duas mãos agarram minha camisa, me levantando de uma vez, e Maddison se joga em mim para um abraço esmagador.

— É isso aí, Zee, baby!

Eu abraço ele de volta.

— Caralho, cara, a gente conseguiu!

A gente se abraça mais um pouco antes de ser atacado por mais gente, mais jogadores, mais técnicos, mas faltam palavras para este momento. O momento em que realizei meu único sonho de infância, e ainda por cima ao lado do meu irmão.

O cabelo ruivo de Logan chama minha atenção um mero segundo depois de chamar a de Maddison. Ele corre até ela, mal dando tempo de o bandeirinha abrir a barreira de acrílico antes de ele pegar ela no colo para não soltar mais.

Meu sorriso dói de tão grande ao ver meus melhores amigos juntos. Os olhos verdes de Logan estão avermelhados pelas lágrimas de felicidade, enquanto ela tenta se esconder no pescoço de Maddison, e é aí que me ocorre.

Stevie.

Todo mundo do camarote da família vem ao gelo, mas Stevie não está entre eles. Ela não sentou com eles, mas preciso dela aqui. É o momento que eu estava esperando. Preciso dizer como a amo e preciso que o mundo todo saiba. Ela se sentiu rejeitada quando as pessoas descobriram o nosso namoro, então é justo que ela se sinta escolhida recebendo a mesma atenção.

— Scott! — grito para um dos técnicos que está comemorando no gelo, e o puxo do meio de um abraço. — Aquele ingresso que você arranjou pra mim. Sabe a Stevie, do avião? Minha namorada? Ela está sentada lá. Traz ela pra cá?

Falo alto o suficiente para ser ouvido na algazarra, em tom de súplica.

Ele faz que sim com a cabeça, apressado, notando a urgência no meu rosto, e sai correndo.

Lindsey se vira e me ataca com um abraço.

— Parabéns, Ev! — ela grita no meu ouvido.

Eu a levanto no colo e giro com ela. Ao deixá-la no chão, ela me afasta, segurando meus braços, com um sorriso extremamente orgulhoso no rosto.

Meu pai passa a mão pelo meu pescoço e me puxa para um abraço. Ele é quase da minha altura, mas, de patins, fico bem maior. Eu me curvo para me esconder em seu abraço.

— Que orgulho de você, filho.

Ele bate com força no meu ombro, ainda me abraçando.

— Te amo, pai.

Estico o braço para puxar minha irmã e nós três nos abraçamos. Toda a tensão se esvai do meu corpo por ter minha família aqui para comemorar depois de tudo que vivemos.

— Amo vocês.

Ergo o rosto para olhar atrás deles, em busca de qualquer sinal de Stevie, mas ainda não vejo nada.

Levo uma pancada por trás dos joelhos e quase me desequilibro. Olho para baixo e encontro uma pilha de cabelo castanho rebelde e mãozinhas agarradas às minhas pernas.

Pego minha sobrinha com facilidade, e a seguro no colo. Ela aperta minhas bochechas suadas com suas mãos minúsculas.

— Você ganhou, tio Zee!

Não consigo segurar o riso.

Volto a olhar para Maddison, que está curtindo um momento com o pai, o irmão e a madrasta, antes de pegar no colo o filho de oito meses, MJ. Ele enche o rosto dourado de MJ de beijos, sem deixar de abraçar Logan.

Olho ao redor, e nada de Stevie.

Maddison olha de relance para mim e para a filha.

— EJ, acho que seu pai quer comemorar com você.

Vou até ele e a entrego.

Ele enche Ella de beijos antes de sair de patins com os dois filhos para dar uma volta da vitória no rinque.

— Estou tão orgulhosa de vocês dois — diz Logan, e me abraça.

— Te amo, Lo — digo, e, ao recuar, encontro seu olhar. — Ela veio?

Logan abre um sorriso de dó.

— Não sei. Ela não me disse se viria.

Franzo a testa quando a realidade começa a bater. Eu estava tão confiante de que Stevie viria. Não tinha a menor dúvida. A gente ia ganhar. Eu ia dizer como a amo, como ela traz sentido para minha vida, e implorar para ela me amar. Lembrar que nada disso vale sem ela. Mas ela não está aqui.

Tudo que fiz nas últimas semanas foi porque precisava ser o homem que ela merecia. Precisava enfrentar meu passado, restaurar um relacionamento e, de modo geral, ficar pronto para ela. Eu *estou* pronto, mas ela não veio.

— Zee — chama Logan de volta. — Aproveita o momento. Curte bem e se preocupa amanhã só. Você ainda está aqui, em Chicago. Você tem a gente. Caramba, até seu pai veio! — exclama, e empurra meu peito, orgulhosa. — Stevie te ama, sei que ama, mas seja egoísta neste momento e comemore com seu time.

Faço que sim, concordando, quando, finalmente, meu olhar encontra Scott, parado atrás do vidro. Vou até ele, apressado.

— Ela não estava lá! — grita ele. — Foi mal, cara.

Meu coração dói. Não sei se é saudável sentir todas as emoções possíveis em cinco minutos — os auges mais altos e os declínios mais baixos. Achei que ela estaria aqui. Tinha me convencido de que estaria.

Maddison volta do passeio com os filhos e dá um jeito de segurar MJ com um braço, Ella nas costas e Logan do outro lado. Ele afunda a cabeça no pescoço dela e, sendo emocionado como é, seu corpo todo vibra, e tenho quase certeza que está deixando lágrimas caírem. Esse cara passou por muita coisa na carreira e na vida familiar, lutou muito para chegar aqui e perdeu muita coisa no caminho. Mas ele está aqui. Ele conseguiu, e chegou junto da família.

E, pela primeira vez em muito tempo, sinto inveja do meu melhor amigo. Ele tem tudo. Ele tem o que eu quero. Nunca vi essa vida dele como algo que eu desejava até este último ano, mas, agora, está perfeitamente nítido. Quero o que ele tem, mas ela não está aqui.

É aí que percebo.

Stevie desistiu de mim.

53
Stevie

— Licença!

Tento me enfiar pelos corredores lotados, querendo chegar perto do gelo.

— Licença!

Não adianta. É muito barulho, muita comemoração. Muitos torcedores querendo chegar o mais perto possível do gelo, querendo ver os novos campeões da Copa Stanley. Os assentos estão esvaziando, e todo mundo está ocupando os corredores das arquibancadas, me esmagando em uma massa de camisas vermelhas e pretas.

— Licença. Preciso descer.

Vou empurrando, mas logo sou jogada para trás.

Mal enxergo o gelo daqui, mas preciso ver ele.

Meu lugar era bastante alto, o que tornou impossível descer antes de a multidão toda invadir. Ilhada no meio de uma massa de torcedores, levo um susto com o confete estourando do teto. É então, paralisada a vinte fileiras do rinque, que desisto, percebendo que não vou chegar lá embaixo a tempo da comemoração.

Mas preciso ver ele.

Eu me enfio na fileira mais próxima e subo em uma das cadeiras dobráveis para enxergar o gelo.

Maddison puxa Zanders da pilha de jogadores caídos no chão para abraçá-lo, e meu peito se enche. Tudo que Zanders sonhou culmina neste momento, e é impossível sentir mais orgulho do que sinto agora.

Quer dizer, até ver um homem quase tão alto quanto ele entrar no gelo. Com o cabelo igualmente raspado, a pele um pouco mais escura do que a de Zanders, usando a camisa do filho, com o sobrenome dos dois estampado nas costas.

Nunca o vi nem em foto, mas sei que é o pai de Zanders, e vê-lo aqui, vê-los se abraçarem, me inunda com uma maré de emoções.

Por um lado, fico muito feliz por eles estarem juntos em um momento que lembrarão pelo resto da vida.

Por outro, uma faísca de esperança se acende em mim, pensando que, se Zanders pode permitir que o pai o ame de novo, talvez, um dia, ele acredite que eu também o amo.

Ella o ataca pelos joelhos, e o sorriso de Zanders ilumina meu corpo inteiro. Estou começando a ter muita dificuldade de respirar, de tanto orgulho no peito.

Ver Zanders com as pessoas mais essenciais da vida dele me lembra do quanto ele precisa ficar em Chicago. Ele precisa renovar o contrato daqui, ficar com Maddison e com a família. É esse o lugar dele.

É claro que ainda dói saber que ele não acredita que eu o amo, mas nos últimos dias, desde que nos falamos, questionei se talvez eu conseguisse ignorar isso. Zanders procurou o pai. Cortou relação com a mãe e com o agente. Nitidamente está se esforçando para restaurar os danos que o levaram a não aceitar o amor de ninguém. Talvez isso seja suficiente. Talvez esse progresso já seja suficiente para mim.

Enquanto estávamos juntos, Zanders me tratava como se me amasse, e era só disso que eu precisava. Espero que, ao olhar para trás, ele perceba que eu realmente o amei desde o princípio.

Tudo que quero é descer ao gelo, comemorar a vitória, mostrar para ele que estou aqui, mas as coisas entre nós estão tão confusas que não é a hora de resolver. Este momento não é meu, e quero que ele aproveite a vitória com o time e a família. Ele merece cada segundo de reconhecimento.

E, de qualquer forma, vou vê-lo hoje.

— Srta. Shay. Que bom vê-la de novo — cumprimenta o porteiro de Zanders, abrindo a porta do saguão.

— Você também — digo, e aponto para o elevador. — Posso subir?

— Claro. A senhorita está sempre na lista, mas o sr. Zanders ainda não voltou.

— Tudo bem. Eu espero lá.

Tenho a chave do apartamento de Zanders, mas, em vez de usar, eu me sento no chão do hall privativo entre o elevador e a porta. Nossa situação está muito instável para eu esperar lá dentro, mas preciso que ele saiba que eu fui ao jogo e que saiba como estou orgulhosa.

E não só por causa do hóquei. Na verdade, nem um pouco por causa do hóquei, e sim porque vejo como está se esforçando em outras áreas da vida, e ele precisa saber que reconheço isso.

Os minutos passam enquanto espero, e os menores sons atraem minha atenção para o elevador, o aguardando, mas ele nunca chega.

A cerimônia e as comemorações do jogo demoram, mas já é quase uma da manhã. Imaginei que a essa hora já teria voltado.

Ligo para ele. Cai na caixa postal.

Mando mensagem. Sem resposta.

Não é que a gente precise conversar e se resolver hoje, mas ele merece saber que eu estava no jogo, torcendo por ele, como sempre torcerei. No dia mais importante da vida dele, não quero que ele questione se eu o apoiei ou não.

O chão fica insuportavelmente desconfortável por volta das duas, então, depois de outro telefonema sem resposta, acabo desistindo e voltando para dormir em casa.

Vou precisar encontrá-lo para dar parabéns outro dia.

54
Zanders

— Essa é a pior ressaca da minha vida.

— Não — discorda Maddison. — É a pior ressaca da *minha* vida.

Logan ri baixinho, estacionando na área dos jogadores do United Center, e eu fico felicíssimo de o carro finalmente ter parado. Passei a manhã toda me concentrando em não vomitar, e o carro não estava ajudando.

— Vocês precisam se recuperar — diz Logan, e se estica para entregar um café para mim e outro para o marido, que sofre igualmente, sentado no banco do carona. — Tomem ibuprofeno, se encham de cafeína e abram seus melhores sorrisos de capitão e capitão alternativo. O país todo vai ver vocês na televisão.

Engulo uma piada sobre ela ser nossa mãe depois de tantas noitadas e tomo o analgésico com um gole de café.

A noite de ontem foi uma loucura, do melhor jeito possível.

Dei um beijão na taça da Copa Stanley, levantei o troféu e tomei banho de champanhe no vestiário. Os jogadores todos foram pra casa do Rio, onde continuamos a comemorar até amanhecer. Não dormimos muito, se é que dormimos, e saímos de lá que nem um bando de universitário depois de uma chopada. Foi uma das melhores noites da minha vida.

Só faltava Stevie, mas segui o conselho de Logan e curti com meus amigos do time pela última vez.

O efeito de encher a cara de espumante está voltando em forma de náusea e dor de cabeça de rachar, mas preciso me recompor para o desfile dos campeões. Não só o centro todo de Chicago vai nos ver passar, mas a mídia vai transmitir para a América do Norte inteira, então espero que a energia das ruas movimentadas de Chicago baste para curar minha ressaca.

Felizmente, Logan passou pelo meu apartamento e buscou roupas limpas para mim depois de pegar Rosie com a cuidadora para ela poder participar da comemoração.

O estacionamento está lotado dos ônibus de dois andares que serão usados no desfile. Amigos e parentes enchem a área externa, usando a camisa dos jogadores, e o time todo se destaca nitidamente: estamos todos mostrando os efeitos da farra de ontem.

Por pior que eu esteja, porém, vou aproveitar. A gente acabou de ganhar a Copa Stanley, e é hora de a cidade toda comemorar.

Na hora seguinte, somos informados do trajeto do desfile, de quem vai com quem, e, felizmente, o ibuprofeno e o café fizeram efeito suficiente para eu me sentir mais humano e menos à beira da morte.

Meu pai e Lindsey aparecem, os dois com minha camisa, e os pais e filhos de Maddison chegam logo depois. Nós dois ficamos no ônibus da frente, e todo mundo embarca, com

Rosie e Ella na dianteira, acompanhados por um câmera de um canal de televisão local que vai filmar o evento todo.

O ônibus está coberto pelo logo dos Raptors, com meu nome e número de um lado e os de Maddison do outro. O andar de cima é aberto, sem assento, deixando espaço para a gente circular enquanto acena para a multidão na rua.

Estou superfeliz de ver toda essa gente aqui, minha família e a família de Maddison, mas o fato de estarem todos juntos torna mais evidente a ausência de Stevie.

— Tudo bem? — pergunta Lindsey, fazendo carinho no meu braço.

— Tudo — solto, com dificuldade.

Não é mentira, mas também não chega a ser verdade. A maior vitória da minha vida está meio… vazia.

— Sinto muito por ela não ter aparecido ontem, Ev.

— É, eu também.

Forço um sorriso, e ainda não estou pronto para me aprofundar sobre o motivo da ausência de Stevie.

Esbarro no braço no da minha irmã.

— Ei, vou precisar que você tire as fotos hoje. Meu celular tomou um banho de champanhe ontem no vestiário e morreu.

— Tranquilo.

— Tio Zee? — pergunta Ella, cutucando minha perna.

— Que foi, mocinha?

Eu a pego no colo, a encaixando no meu quadril.

— Cadê Stevie?

Meu coração dói um pouco mais. Ella me pergunta isso quase toda vez que a vejo nas últimas semanas, mas esta vez é a que mais dói. Comemorar aqui com todas as pessoas mais próximas de mim, mas sem Stevie, me parece final e decisivo.

Eu tinha muita esperança de que ela me perdoaria, ou veria o progresso que fiz e consideraria me dar outra chance, mas, mais do que isso, precisava que ela soubesse que eu a amo. Stevie viver a vida toda achando que não a amo é a parte que mais me perturba.

— Ela não veio, EJ.

— Mas ela vem?

Seus olhos esmeralda suplicam por um sim.

Abro um sorriso de desculpas para minha sobrinha.

— Acho que não.

O sorriso doce de Ella murcha antes de ela encostar a cabeça no meu ombro.

— Saudade dela.

Cacete, essa doeu.

— Eu também.

Engulo o vazio e o arrependimento quando saímos do United Center, liderando o desfile pelo centro da cidade.

As ruas estão lotadas de torcedores nas calçadas, todos usando o uniforme do time. Eles comemoram sem parar, a música está alta, e a torcida está em outro nível, com cartazes e vuvuzelas.

A vitória de ontem não foi só do time, nem minha apenas. Foi da cidade que amo há sete anos. Mesmo que os torcedores não me amem por quem eu sou, gostei muito de fazer showzinho para eles durante a minha carreira. Essa cidade virou meu lar, e vou sentir saudade para cacete.

Ella sobe nas costas do pai para acenar para a multidão. Lindsey tira fotos de tudo, documentando para a gente, e eu pego os trinta quilos de doberman que é a Rosie para exibi-la para os torcedores.

Meu pai passa o braço pelo meu ombro, mas não olha para a torcida lá embaixo. Pelo canto do olho, vejo que está totalmente virado para mim, com orgulho evidente em seus olhos cinzentos. Nem imagino como seria se ele não estivesse aqui. Só queria ter sido menos bobo e teimoso nos últimos doze anos para que não tivéssemos perdido tanto tempo.

Eu gostaria de acreditar que não me arrependo de nada, porque tudo tem seus motivos. Doze anos de relação difícil com meu pai me faz apreciar mais do que eu imaginaria seu amor e seu apoio. Deixar minha mãe controlar meu pânico e minha raiva tornou ainda mais libertador me livrar dela. O confinamento que eu sentia com Rich como agente fez eu me sentir ainda mais vingado ao demiti-lo.

Mas eu me arrependo de ter terminado com Stevie. É verdade que eu provavelmente não teria enfrentado minha mãe, demitido Rich ou me reconciliado com meu pai se não fosse isso, mas afastar a primeira pessoa que me amou de verdade deve ser o maior erro da minha vida.

Continuo a acenar, abrindo o maior sorrisão de celebridade, tentando me concentrar no momento para aproveitá-lo, mas, assim que o ônibus vira a esquina da outra rua, Rosie começa a cutucar minha perna, pedindo atenção.

O desfile só avança a poucos quilômetros por hora, mas eu não noto onde estamos. O mar infinito de torcedores de preto e vermelho me distraíram do local. Estamos perto do meu apartamento, mas, mais importante, estamos quase no CIDC.

— Para.

Todos se voltam para mim, inteiramente confusos.

— Para. Para o ônibus!

— Zee, tudo bem? — pergunta Maddison, confuso, mas eu passo disparado por ele até a dianteira do ônibus.

Preciso ver ela.

— Para o ônibus! — grito de cima para o motorista, com urgência e desesperado, mas ele não me escuta.

A multidão animada abafa minha súplica, mas Logan percebe e desce correndo pela escada interna, fazendo o ônibus parar rapidamente.

Rosie desce voando pela mesma escada, e eu vou logo atrás. Um ruído constante e agudo de freio de ônibus soa atrás de mim, e o desfile para completamente, mas não estou nem aí. Todo mundo pode esperar.

Logan está lá embaixo, com um sorriso orgulhoso de compreensão.

— Vai atrás dela — encoraja ela, apertando meu ombro.

A multidão se agita, animada, ao me ver descer do ônibus, mas eu abro caminho freneticamente pela aglomeração de torcedores, indo em direção ao prédio decadente logo atrás.

Tentam me impedir, pedindo fotos ou autógrafos, mas eu não paro.

Preciso ver ela.

Ela pode não ter ido ao meu jogo e pode ter desistido de nós, mas tem que saber como eu a amo. Mesmo que Stevie não sinta mais o mesmo, ela merece saber.

Vários câmeras me seguem, e fico feliz. Depois de tudo que fiz Stevie enfrentar, o mínimo é mostrar ao mundo inteiro como amo essa mulher.

55
Stevie

Não dormi muito ontem. Depois de esperar no corredor de Zanders até as duas da manhã, voltei para descansar em casa, mas só tinha algumas horas até precisar acordar. Eu queria chegar cedinho ao abrigo para cuidar dos cães.

Desde as seis da manhã, tem torcedores lotando a calçada na frente do nosso pequeno e velho abrigo. Eles fazem barulho e, para muitos cachorros, os gritos, vivas e música alta podem ser assustadores, especialmente em um lugar novo que não é a casa que eles conhecem.

Felizmente, nosso grupo de cães idosos foi pouco afetado pelo ruído, mas ainda fico feliz de passar o dia aqui. É uma boa distração do fato de que ainda não consegui encontrar Zanders.

Eu e Cheryl não nos preparamos para atender ninguém hoje. Viemos só cuidar dos cães. A calçada está muito cheia, e a cidade está toda fechada para comemorar o campeonato.

Pela primeira vez no dia, toca o sino da porta, e, quando saio para receber quem chega, Rosie volta correndo para sua antiga casa e esfrega o corpo todo nas minhas canelas enquanto choraminga, implorando por atenção.

Eu não me permiti pensar na saudade que sinto dela, mas, agora que ela está aqui, é inevitável. Quando Zanders terminou comigo, não perdi só ele, mas ela também.

Eu me abaixo, ficando na altura dela para coçar as orelhas e dar todo o carinho que não pude oferecer nas últimas semanas.

— Rosie, o que você está fazendo aqui? — pergunto, de forma retórica.

É então que me ocorre.

Ergo o rosto e ali está ele, logo na frente da porta.

Eu o olho, sem acreditar que ele está ali mesmo, e me levanto devagar. Ele está lindo como sempre, de cabelo recém-raspado, usando joias douradas e roupas perfeitamente ajustadas. Os olhos cor de mel fulminam os meus, me encarando do outro lado do ambiente, e meu peito treme sob seu olhar inabalável.

A multidão lá fora está em frenesi, fazendo um ruído quase ensurdecedor. Canais de noticiário ligaram as câmeras, alguns conseguindo entrar atrás dele, mas não consigo dar atenção a nada além de Zanders.

Não acredito que ele está aqui agora.

Cheryl passa por mim e sai da sala, enquanto eu continuo a fazer carinho distraidamente na cabeça de Rosie, que se senta ao meu lado.

Zanders e eu nos encaramos em um impasse, sustentando o olhar por tempo demais, enquanto o silêncio se estende entre nós.

Eu engulo em seco.

— Está me perseguindo?

Ele solta uma risada leve.

— Você nem imagina, Stevie, gata.

Nossos sorrisos iguais aliviam a tensão no cômodo até ele franzir a testa de preocupação, me olhando em súplica.

— Você me ama?

A pergunta me pega tão desprevenida que não consigo falar. Ele sabe que sim, mas não esperava que ele perguntasse tão diretamente. Mas é Zanders. Eu sempre devo esperar que ele seja direto.

— Porque eu te amo, Stevie.

Como é que é?

— Eu sempre te amei. Só não sabia que era isso, na época. Nunca tive ninguém para amar, e ninguém nunca me amou como você — continua ele, e respira fundo. — Você pode até não querer mais saber de mim, Vee, e eu não a culpo se for o caso, mas não posso deixar isso acabar sem dizer que te amo para caralho.

Isso está acontecendo mesmo? Minha garganta está seca, minha boca, árida, e meu coração, batendo mais rápido do que provavelmente deveria. Palavras que eu estava convencida de que nunca o ouviria dizer agora saem livremente de sua boca.

— O maior erro que já cometi foi deixar você ir embora. Eu disse a mim mesmo que estava fazendo isso para te proteger, mas estava assustado, na verdade. Ninguém nunca tinha me amado o suficiente para ficar comigo, e eu estava cansado de ser abandonado, então abandonei primeiro. Mas, Stevie, não passou um segundo sequer sem que me arrependesse dessa decisão. Você é a melhor coisa que já me aconteceu. Sempre será.

Zanders fica parado na minha frente, vulnerável, diante de câmeras que filmam suas palavras sinceras, mas, em estado de choque, eu continuo quieta.

Ele engole em seco profundamente antes de continuar.

— Achei que a ideia mais assustadora seria perder Chicago, perder minha torcida, mas estava errado. O mais assustador é perder você. Esse tempo todo, achei que precisasse que uma cidade inteira me amasse, mas, na realidade, preciso só de uma pessoa. Preciso só que *você* me ame. Você sempre foi minha primeira opção, Vee, e perdi a noção disso por um momento, mas eu prometo que você nunca mais vai precisar questionar seu lugar na minha vida.

Abro a boca para falar, mas ele não deixa.

— Se quiser morar em Seattle, vou fazer o possível para jogar em Seattle. Se quiser se mudar para outro lugar, então também vou — diz ele, e solta um suspiro pesado. — Stevie, gata, eu iria com você para qualquer lugar.

Antes que eu possa responder, ele continua, frenético:

— Eu amava viajar porque, por um momento, podia esquecer que não tinha ninguém me esperando em casa. Mas o único motivo para gostar das viagens neste último ano foi a sua presença. Carreguei a melhor parte de casa comigo. Eu me apaixonei por você nas alturas.

— Altíssima altitude — interrompo, finalmente.

— Quê?

— Só "nas alturas" é pouco.

Um sorriso repuxa a boca dele, mas ele o contém.

— Docinho — diz, e fecha os olhos, fingindo frustração. — Estou no meio de um momento importante.

Meu peito vibra em uma risada silenciosa.

— Perdão. Continue, por favor — digo, com um gesto.

— Obrigado — responde ele, apertando os lábios, tenso, apesar de estar achando graça. — Enfim, como eu dizia, me apaixonei por você a *altíssima altitude* e estou implorando para você também me amar.

Meu rosto se suaviza ao compreender.

— Eu vou acreditar em você, Stevie. Prometo que vou. Vou acreditar no que você disser — diz ele, com uma pausa. — Você ainda me ama?

Há um momento de silêncio e hesitação entre nós. Os olhos de Zanders imploram para eu amá-lo. E como não amaria? Nunca parei de amá-lo. Só queria que ele permitisse.

E, agora, ele não só permite, mas implora por isso.

Dou alguns passos rápidos, passo a mão pelo pescoço dele e o puxo para baixo. Sua boca é como lembro, macia e quente, mas ele fica paralisado, imóvel, como se não acreditasse no que aconteceu.

Finalmente, depois de um segundo, ele se recompõe, e sua boca derrete na minha, aceitando tudo que tenho a oferecer. Ele desliza as mãos pela minha lombar, e o metal dos anéis pressiona meu corpo com seu toque dominante. Ele passa a língua pela abertura dos meus lábios, e logo dou acesso, e é só quando os vivas lá de fora ficam exponencialmente mais altos que nos separamos, mas apenas um pouco.

Inspiro fundo pelo espaço mínimo entre nossas bocas, precisando encher o pulmão de oxigênio.

Ele apoia a testa na minha e sussurra de novo a pergunta desesperada:

— Você ainda me ama, Stevie?

Eu olho para cima.

— Claro que amo. Sempre te amei. Só queria que você me permitisse.

Ele fecha os olhos e, quando os abre, parece que o peso do mundo saiu de seus ombros.

— Achei que você tivesse desistido de mim. Como não foi ao jogo…

— Eu fui.

Ele recua um pouco para me olhar melhor, mas mantém meu corpo junto ao dele em um abraço.

— Tentei chegar ao gelo, mas tinha gente demais. Aí fui esperar no seu apartamento.

Ele relaxa a testa, entendendo.

— Eu fiquei na casa do Rio. O time todo ficou. Não voltei para casa.

— Eu liguei.

Ele ri um pouco.

— Meu celular pifou.

Um sorriso surge nos meus lábios.

— Eu nunca desistiria de você. Eu te amo.

Ele me puxa e se esconde em meu pescoço.

— Eu te amo tanto, Vee.

Faço um carinho leve na nuca e na cabeça dele, me deleitando com as palavras que nunca achei que fosse ouvir.

Ele me abraça um pouco mais, me aperta um pouco mais, antes de levantar a cabeça do meu ombro.

— Cheryl — chama, e, quando eu me viro, vejo a dona do abrigo, que nos observa cheia de orgulho. — Posso roubar ela hoje?

Ela une as mãos e as cruza sob o queixo.

— Por favor.

— Preciso que você me acompanhe lá fora — diz Zanders, afastando um cacho rebelde do meu rosto. — Tem muita gente lá. Tudo bem por você?

Eu me empertigo, confiante.

— Não me incomoda mais.

O sorriso de Zanders é suave, mas orgulhoso.

— Essa é minha mulher.

Ele acaricia meu rosto e sua boca encontra a minha por um momento.

Entrelaçando seus dedos decorados por anéis nos meus, Zanders me conduz para fora, passando pelos repórteres e pelo labirinto de torcedores. Rosie vem atrás de nós. Tem muito mais gente do que eu esperava aqui, todos olhando para nós.

— Aí tá ela! — escuto de um dos ônibus.

Olho para cima e vejo Rio debruçado na grade do ônibus, levantando sua típica caixa de som com música alta.

— Stevie!

— Saudade, Stevie!

— Manda ver, EZ! — continuam os gritos da fileira de ônibus que levam todos os jogadores de hóquei para quem trabalhei este ano, de olho na gente.

Zanders nos leva ao ônibus dele e me deixa subir primeiro, e, assim que chego ao segundo andar, sou atacada por um abraço. Levo um momento para ver que é Lindsey que me aperta com toda a força.

Abraço ela de volta, e ela aperta minha nuca.

— Desculpa pelo meu irmão ser um idiota.

Nós duas gargalhamos até ela se afastar, me segurando com os dois braços, com um sorriso agradecido.

— Stevie! — grita Ella, atacando minhas pernas, e eu me abaixo para ficar na altura dela. — Penteia meu cabelo?

— Claro.

O ônibus entra em movimento, continuando o desfile.

Eu e Maddison temos uma conversa rápida e silenciosa de longe. Ele abre um sorriso agradecido antes de Logan me abraçar.

Zanders leva a mão à minha lombar.

— Quero te apresentar a alguém.

Ele me leva ao homem quase tão alto quanto ele, perto de Lindsey.

— Vee, esse é meu pai. Pai, essa é minha namorada, Stevie.

Meus olhos ardem um pouco, mas eu me contenho. De todos os progressos que Zanders fez, esse é, de longe, o mais importante. O pai sempre o amou, assim como eu, mas ele tinha dificuldade de acreditar em nós.

E agora ele acredita.

— Que prazer conhecer o senhor — digo, com as sobrancelhas franzidas.

Ele solta um suspiro de alívio.

— Ah, você nem imagina o prazer que é conhecer você, Stevie — diz ele, e curva o corpo alto, me abraçando. — Obrigado — sussurra baixinho, para mais ninguém escutar.

As palavras engasgam na minha garganta. Não consigo falar, então, em vez disso, faço que sim rapidamente, junto ao abraço dele.

Compartilhamos um sorriso de compreensão antes que os braços de Zanders envolvam meus ombros de novo, puxando minhas costas para seu peito.

Ele me encoraja a ir ficar com ele na frente, com toda a torcida de Chicago lá embaixo, e, neste momento, me ocorre que é a primeira vez que estamos em público juntos, sem nos esconder. E, para alguém que temia a fama que seguia Zanders por aí, não me incomodo em nada com a atenção.

Quero que todos saibam que ele é meu.

Ele cobre meu pescoço e meu ombro de beijos, e encontro meu anel gasto em seu dedo mindinho, que giro antes de repetir a mesma coisa que ele me disse na manhã que pegou aquele anel de mim.

— Meu.

Eu derreto sob seu toque.

Ele me abraça mais apertado.

— E você é minha, docinho. Nada disso — disse ele, apontando para a multidão — estava certo sem você. Você é minha primeira e única escolha, Vee, e nunca mais vou fazer você sentir que não é.

Isso é tudo que já desejei, ser escolhida pela pessoa que mais amo. Tive amigas na escola que só queriam andar comigo por causa do meu irmão. Sou irmã gêmea e, ainda assim, fui a segunda opção da minha mãe. Tive um relacionamento em que a primeira opção dele era qualquer pessoa que não fosse eu.

Mas aqui, com a pessoa que valorizo acima de tudo, fui escolhida.

— Certo, pessoal — interrompe Maddison, provocando a gente. — Esse evento é classificação livre.

Mesmo dizendo isso, ele apoia a mão na bunda da esposa.

Zanders mostra o dedo do meio para ele e usa a outra mão para envolver meu pescoço, voltando a capturar minha boca com a dele.

— Te amo para caralho — ele murmura no beijo. — Eu iria com você pra qualquer lugar, Stevie.

Interrompo essa conversa, roçando o nariz no dele, e o beijo de novo.

— Linds! — ele grita, olhando para trás. — Vamos estourar essa champanhe! Ganhamos a Copa Stanley, e eu recuperei minha namorada. Agora a gente pode comemorar!

56
Zanders

— A gente precisa comprar um tênis novo para você.

Abro a porta do apartamento para deixar Stevie entrar, mas Rosie dá um jeito de passar na frente de nós dois.

— Não precisa, não.

— Vee, era pra ser branco. Esse seu… não é.

Ela tira os sapatos aos chutes, com certa atitude, e os deixa na porta antes de seguir para a sala.

— Sua sorte é que você é bonito demais, sabia?

Corro atrás dela, abraçando-a por trás.

— Você me ama.

Ela ri no meu abraço.

— É. — Ela suspira. — Amo, mesmo.

O desfile foi bom e tal, mas passei o dia querendo voltar para casa. Meu apartamento tem outro clima quando Stevie está aqui. Fica mais iluminado, mais divertido. É um lar quando ela está, e não planejo que vá embora nunca mais.

Só não sei como será essa vida. Não sei onde vou jogar no ano que vem. Não sei se Stevie alugou apartamento em Seattle. Está tudo incerto, mas o mais importante é que recuperei minha namorada, e podemos resolver o resto juntos.

— Vee, é bom a gente conversar sobre o que vem por aí.

— Mais tarde.

Ela vai andando de ré para a sala, enquanto tira a camisa de flanela e deixa cair no chão.

Do outro lado do cômodo, eu arregalo os olhos e fico boquiaberto. Só fiz fantasiar com a memória dela nas últimas semanas, e agora, no meu apartamento, tenho Stevie de verdade outra vez.

Olho de relance para as janelas, para confirmar que as cortinas estão fechadas, antes de voltar imediatamente a olhar para a minha namorada. Stevie desabotoa a calça jeans, com os olhos verde-azulados fixos nos meus.

— Rosie! — grito para meu quarto, onde ela provavelmente está apagada na caminha, exausta de um dia tão animado. — Fica aí. Sua mãe vai deixar seu pai felizinho agora.

Stevie ri baixinho enquanto puxa a calça jeans pelo quadril e pela bunda. Meu olhar demorado sobe pelas coxas grossas dela, pela pele macia da barriga e para os peitos pelos quais sou obcecado, escondidos por uma regata tão grudada que parece até pintada.

Sinto meus olhos pesando conforme dou passos lentos e tranquilos até ela, estendendo as mãos, pronto para tocar e amar o corpo do qual morri de saudade nas últimas semanas. Porém, assim que a alcanço, ela recua um passo, mantendo a distância.

Stevie abre um sorrisinho malicioso, e os seus olhos brilham de divertimento quando ela abana a cabeça para me dizer não.

— Stevie — digo, arrastado. — Faz semanas que não te toco.

Ela levanta uma sobrancelha.

— Eu sei.

— *Preciso* te tocar.

Ela faz que não em silêncio antes de tirar a regata, ficando apenas de calcinha azul-clara e sutiã combinando. A lingerie mexe muito com minha imaginação, e a cor combina perfeitamente com sua pele cor de bronze e olhos de mar.

É aí que eu entendo.

— É meu castigo?

Ela dá de ombros.

— Só quero saber se você aprendeu sua lição, porque nunca mais vai terminar comigo.

O sorriso dela é sinistro e cruel, meio torto.

— Ah, docinho — digo, avançando um passo, que ela espelha ao recuar. — Aprendi minha lição, sim. Pode acreditar. Nunca mais vou cometer esse erro.

— Só quero ter certeza de que você assimilou mesmo, sabe?

Finalmente, ela avança, põe as mãos no meu quadril e me empurra para trás. Olho para baixo, hipnotizado pela fenda do decote, pelos peitos quicando a cada passo, e tudo que quero é tocar cada centímetro de seu corpo. Preciso daquilo tudo nas mãos, na boca.

Minhas pernas batem no sofá, e ela me empurra até eu sentar.

— Proibido tocar. Pode só olhar.

Puta merda.

Ela mantém o olhar fixo no meu ao esticar as mãos para trás e abrir o sutiã, que deixa cair no chão.

— Opa, confiante — encorajo.

Ela ri baixinho antes de passar pelos peitos os dedos cobertos de anéis, beliscar os mamilos até eles se tornarem pontinhas marrons.

— Caralho, Vee — murmuro, atordoado. — Que perfeição.

Relaxo no sofá, me esparramando que nem um rei no trono.

Ela rebola um pouco, parada na minha frente, para dar um show, descendo as mãos pela pele macia e pegando o cós da calcinha.

Engulo em seco, implorando por dentro para ela tirar logo, precisando ver aquela bocetinha marrom linda que faz muito tempo que não lambo.

Ela brinca com o tecido, mas mantém a calcinha no lugar.

— Sem provocação. Tira logo.

Ela obedece, puxando a calcinha devagar pelas coxas até cair nos tornozelos.

Minha namorada nua se ergue ali, em toda a glória, infinitamente mais confiante do que da primeira vez que a vi pelada, e isso é ótimo para ela.

Considerando a minha ereção, também é ótimo para mim.

A fenda entre as pernas dela já está reluzindo de excitação, fazendo meu pau pressionar dolorosamente meu zíper. Ajeito rapidamente para tentar aliviar o incômodo.

Ela abana a cabeça devagar.

— Proibido tocar.

— Stevie — eu choramingo. — Você não pode ficar assim, desse jeito, sem me deixar tocar nada. Que tortura.

— É de propósito. Mas, se seguir as regras, eu te dou o que você quiser — ela diz, avançando. — No final.

Eu me resigno, afundando na almofada, com os braços estendidos nas costas do sofá, esperando que isso me impeça de tentar alcançá-la com as mãos.

— Que bom que te amo.

O sorriso dela é suave.

— É. Que bom.

Ela sobe no sofá, montada em mim, mas fica ajoelhada, sem me tocar nem dar a fricção muito necessária pela qual meu pau implora.

Ela percorre o próprio corpo com as mãos, sentindo cada pedacinho que estou doido para tocar. Desce os dedos pela barriga, cada vez mais baixos, e eu acompanho o trajeto em transe. Com a outra mão, aperta o peito, brinca com ele, massageia o mamilo, mas estou concentrado demais na mão que segue em direção ao clitóris.

Ela roça o dedo do meio ali, arrancando um gemido baixo da sua garganta.

— Jesus amado — eu suspiro, hipnotizado.

Ela se esfrega, rebolando em cima dos dedos.

— Caralho, Vee. Está gostoso?

— Uhum — ela murmura e morde o lábio, me olhando. — Muito gostoso.

— Olha só você. Surreal, Stevie, gata.

Acho que nunca fiquei tão excitado na vida e começo a rebolar o quadril involuntariamente, implorando pela fricção que ela nega.

Inteiramente vestido, fico sentado no sofá com a mulher que eu amo montada no meu colo, se tocando só para mim. Fora o fato de ser uma tortura que só, não sei como dei sorte assim na vida.

Ela massageia as dobras úmidas em círculos lentos, a boceta pairando a centímetros de mim. Seus olhos ficam bem inocentes e carinhosos.

— Me diz o que você quer ver.

Meu Deus.

Recosto a cabeça e coço o queixo, incrédulo, antes de respirar fundo e voltar a me concentrar nela.

— Enfia um dedo. Deixa eu ver você se dar prazer.

Ela tira a mão do clitóris e estende os dedos úmidos até minha boca, pedindo por mais lubrificação. Eu chupo os dedos, lambendo a excitação dela, percorrendo com a língua, e cobrindo a pele com meu gosto.

Stevie os puxa de volta e se esfrega de novo antes de o dedo do meio desaparecer.

Ela cai para a frente, gemendo, se sustentando com um braço nas costas do sofá, os peitos bem na minha cara, implorando para eu cair de boca.

Esse showzinho vai me matar.

Ela se endireita, de joelhos, e continua a meter com o dedo. O cabelo cacheado cai no rosto dela. Preciso afastá-lo para vê-la, mas também quero muito a recompensa por seguir as regras.

Os movimentos dela são hipnotizantes, um dedo molhado entrando e saindo em ritmo torturante.

— Mete mais um dedo para mim, Vee.

Ela inclina a cabeça para trás, expondo o rosto. As bochechas sardentas estão coradas, os belos olhos semicerrados, mas ela curva a boca em um sorriso de malícia quando outro dedo some dentro dela.

— Que boa menina — eu suspiro. — Que obediente.

Ela mexe os dedos devagar.

— Acelera para mim.

Ela aumenta o ritmo, e os dedos a levam ao limite enquanto a palma da mão pressiona o clitóris.

— É tão gostoso — ela geme.

Caralho, que perfeição.

Preciso tocar ela, ou me tocar, aliviar a dor do meu pau tão confinado. Quero me juntar a ela, e isso é pura tortura. Se eu já não tivesse aprendido a lição, ver ela meter com os dedos sem me deixar participar me ensinaria bem.

Cerro os punhos, tentando me conter, precisando que ela me libere logo.

Ela se contorce sob o próprio toque, o corpo tremendo, com dificuldade de sustentar a posição.

— Meu Deus, como você é linda. Goza assim, gata.

Ela continua os movimentos, rebolando nos dedos, e gemidos e gritinhos escapam livremente de sua boca.

— Porra. Esses gemidos estão me deixando louco, docinho.

Ela dá um sorriso satisfeito.

— Deixa eu te ver gozar, Vee.

— Zee?

Tenho que engolir em seco, tentando me segurar ao ouvir ela chamar meu nome enquanto está assim. Eu lambo os lábios, observando ela, hipnotizado.

— Hmmm?

— Me ajuda a terminar?

Puta que pariu. Ela não precisa nem pedir. Não perco tempo e passo as mãos ao redor dela, apertando a bunda. Eu me levanto, a pego no colo e me viro para jogá-la no sofá. Caio ajoelhado, abro bem as pernas dela e as penduro nos ombros, para minha língua quente encontrar seu ponto mais sensível.

— *Ai, meu Deus* — grita ela, jogando a cabeça para trás.

Eu não sabia que tinha ganhado um apelido novo, mas ela pode me chamar assim sempre que quiser.

Provoco seus nervos inchados, lambendo em ritmo torturante, mas, diferentemente dela, vou deixar ela gozar, porque, por egoísmo, é uma das coisas que mais gosto de ver.

Ergo os olhos para seu peito, que sobe e desce rápido, sua barriga contraída, seu rosto corado e sardento. Continuo a lamber, chupar e beijar, finalmente sentindo o gosto dessa mulher de quem senti tanta saudade.

Abro o cinto e o zíper rapidamente enquanto continuo o movimento da língua. Tiro o pau e dou uns puxões muito necessários. O alívio é quase excessivo, só de tirar da contenção da roupa, mas de jeito nenhum que vou gozar antes meter fundo nela.

— Zee, tô quase lá — ela geme, tensionando o corpo todo.

Seguro os seus joelhos para abrir mais as pernas enquanto continuo a devorá-la com a boca, fazendo ela gozar na minha língua toda e deixando ela se esfregar em mim.

O peito dela arfa, e um sorriso contente toma sua boca. Pura euforia invade seu rosto sardento, e não sei se já vi nada tão delicioso quanto essa performance dela.

Minha namorada nua fica mole, esparramada no meu sofá caro para cacete. Eu me levanto, olhando para ela, ainda todo vestido, exceto pelo pau na mão.

Ela olha bem para ele.

— Que showzinho esse seu, hein, docinho?

Ela morde o lábio e faz que sim com a cabeça.

— Sabe que vai precisar pagar por isso, né?

Stevie se senta, alongando casualmente os ombros.

— Mal posso esperar.

Ela se ajoelha na minha frente, puxa minha calça para baixo rapidamente e enfia o meu pau na boca.

— Me mostra como você chupa gostoso. Isso, isso mesmo. Essa é minha gata.

Ela passa a língua pela cabeça antes de me engolir tão fundo que chega a engasgar um pouco, mas não para.

— Bem assim. Minha gata.

Agarro seu cabelo e meto na boca dela involuntariamente.

— Caralho, como eu te amo — solto, praticamente sem ar para falar. Jogo a cabeça para trás, de olhos fechados, me concentrando para não gozar em dois segundos. — Ai, meu Deus, te amo.

Stevie mexe a cabeça, me pegando quase todo na boca quente enquanto acaricio seu rosto.

— Minha garota talentosa.

Continuo a encorajá-la, mas, quando ela chupa com força, passando os lábios pelo comprimento do meu pau, tenho que tirar, para não gozar tão rápido.

Estou arfando, precisando de oxigênio, e fico curvado, empunhado os cachos dela, tentando me recompor. Finalmente, me endireito e tiro a camisa, ficando tão pelado quanto ela.

— Sobe no sofá e abre bem as pernas. Vou te comer até você não conseguir mais andar.

Um sorriso animado toma seu rosto e ela volta ao sofá, ajeitando a posição para me dar espaço.

Abro as pernas dela com o joelho, empunho o pau e me posiciono, mas então olho para baixo e a vejo. E, imediatamente, fico enfeitiçado por ela, como sempre.

Falo com a voz suave, quase cautelosa:

— Eu te amo, Stevie.

Ela ri, deitada de costas, nua.

— Foi de "sim, senhor" para "mozão" rapidinho.

Levanto as sobrancelhas.

— Pode repetir esse "sim, senhor".

Ela revira os olhos de brincadeira e me dá um tapinha no peito. Eu caio em cima dela, sorrindo com o rosto encostado em seu pescoço, e a deixo me abraçar por um momento.

Ela faz carinho de leve nas minhas costas.

— Eu te amo tanto — sussurra ela.

— Pode me dizer isso de novo?

— Eu te amo e vou te lembrar disso quantas vezes você precisar.

Acariciando o seu rosto, afasto o cabelo para vê-la melhor.

— Senti tanta saudade, Stevie. Me desculpa.

Ela abana a cabeça, deixando para lá.

— Olha só tudo de bom que aconteceu por causa disso — diz ela, e faz uma pausa, deixando as palavras pesarem. — Mas nunca mais apronte uma dessas.

Nossos sorrisos mudam o tom de novo.

— Nunca.

Minha boca encontra a dela, macia e suave, e eu me posiciono para penetrar ela devagar.

Abrimos a boca ao mesmo tempo, mantendo contato visual, e, caralho, como ela é gostosa. Nessas últimas semanas, me masturbei pensando nela até demais, mas nada se compara a isso.

Mantenho o ritmo lento e consistente, nós dois nos mexendo juntos, até me apoiar nos cotovelos e melhorar o ângulo para aumentar a velocidade e a força.

Envolvo o pescoço dela com a mão e minha corrente pende do pescoço, pairando acima dela, e Stevie nem parece ligar, completamente perdida no momento. Meto nela com força, quase até doer, e não consigo parar de pensar em como ela está linda embaixo de mim, os peitos balançando a cada estocada.

Os cachos estão esparramados debaixo dela, fios macios e dourados mesclados às ondas castanhas. Ela pestaneja e, quando o olhar verde-azulado se conecta com o meu, quase perco o controle.

Não vou durar muito tempo se continuar nessa posição.

Ainda com o pau dentro dela, passo o braço pelas costas de Stevie, levanto seu corpo curvilíneo e me sento no sofá. Ela monta em mim com as coxas macias, os peitos bem na minha cara.

— Senta bem, docinho. Me mostra o que você sabe fazer.

Ela rebola em cima de mim e me recosto no sofá, com as mãos cruzadas atrás da cabeça.

— Puta que pariu — eu suspiro, fechando os olhos e sentindo ela quicar no meu pau. — Como é que você é boa assim?

Ela continua o movimento, rebolando e requebrando. Eu me inclino para pegar um dos mamilos marrons e bonitos com a boca e agarrar a bunda dela com as duas mãos, fazendo ela quicar mais rápido. Estou quase lá, e sei que ela, também.

Ela me abraça pelos ombros e esconde o rosto no meu pescoço, deixando o corpo ao meu dispor.

— Você é tão gostoso — ela geme, escondida, começando a tremer e sacudir.

— Continua assim, Vee, você está indo muito bem. Me usa mesmo. Não para. Preciso que você goze em mim.

Ela não para. Continua os movimentos até, finalmente, desmoronar, enquanto o orgasmo a percorre, fazendo-a perder o controle absoluto do corpo.

Puxo sua boca para perto da minha e seguro seu quadril com força, metendo nela mais algumas vezes, sentindo a boceta dela me apertar. Eu me descontrolo bem junto dela, e nós dois curtimos a onda juntos.

— Te amo — lembra ela, com a respiração ofegante, abraçada no meu pescoço, a boca roçando a minha.

Um sorriso surge no meu rosto. Nunca ouvi ninguém me dizer isso assim, nem nunca quis ouvir. Mas, com Stevie, gostaria de ouvir isso todo dia, pelo resto da vida.

Eu a seguro no abraço, com a mão em sua nuca.

— Também te amo.

Ficamos alguns momentos em silêncio, nos acalmando, e, quando não consigo mais me conter, solto:

— Você assinou contrato de aluguel em Seattle?

— Zee. — Ela ri. — Você ainda está dentro de mim.

— Eu sei, mas hoje é o primeiro dia depois do campeonato, então finalmente posso negociar com os times. Se você for se mudar para Seattle, tenho que fazer uns telefonemas e ver o que arranjo.

Ela se levanta devagar, até meu pau sair, e se ajeita para continuar sentada no meu colo enquanto eu a abraço.

— Não aluguei apartamento, mas tem um emprego já me esperando.

— É lá que você quer morar?

Ela acaricia meu rosto devagar.

— Quero morar onde você estiver. Posso arranjar qualquer emprego, mesmo que eu não goste muito. O importante é você estar em um time.

— Mas quero que você faça alguma coisa de que goste.

Ela dá de ombros.

— Você estava certo. Eu não gosto tanto de ser comissária e, desde que tenha tempo para fazer trabalho voluntário com cachorros, ficarei feliz.

Beijo a testa dela e me demoro com a boca ali.

— Vai ser estranho não ter sua companhia nas viagens — digo, e balanço um pouco o braço. — Mas pelo menos vou ter sua companhia em casa.

Ela solta um suspiro contente, apoiada no meu ombro.

— É sério, Stevie. Quero sua companhia em casa. Quero que você venha morar comigo.

Ela me olha, franzindo a testa.

— Mesmo que a gente só fique aqui até o fim do verão, quero que você venha morar comigo. E, quando sairmos de Chicago, quero que a gente more junto. Se não pudermos viajar juntos no campeonato, preciso passar todos os segundos com você em casa.

Um rubor sobe em seu rosto sardento e um sorriso alegre se abre em sua boca, mas ela tenta contê-lo.

— Eu ia gostar disso.

— É? — pergunto, um pouco incrédulo.

Não moro com ninguém desde a faculdade. Aprendi a gostar de ter meu espaço. Mas não é mais assim. Tudo que quero é ser sufocado pela presença de Stevie.

— É.

Ela me beija com a boca sorridente.

Acaricio o rosto dela e minha língua acessa sua boca, acelerando as coisas, fazendo o meu corpo se aquecer para a segunda rodada, mas o interfone toca, interrompendo o momento.

— Sr. Zanders? — Ecoa a voz do porteiro. — Um tal de Scott está aqui para ver o senhor. Disse que é diretor do time.

Stevie e eu nos entreolhamos, confusos. Ela sai do meu colo correndo e me deixa chegar à porta, onde atendo o interfone.

— Hm… — começo, e hesito, olhando a mulher nua no meu sofá, que faz que sim com a cabeça, rápido. — É, pode mandar ele subir.

Stevie se esconde no quarto enquanto eu visto uma calça de moletom e recebo Scott na porta.

— Desculpa por aparecer assim — diz ele, apertando minha mão antes de eu fazer sinal para ele entrar. — Mas você não atendeu o celular.

— É que pifou ontem depois do jogo.

Faço uma careta de confusão. Acabei de ver Scott no desfile. Por que ele não falou comigo lá?

— Está tudo bem? — pergunto.

— Tudo, mas eu queria conversar.

Ele olha para o sofá, procurando onde se sentar, mas logo nota as roupas espalhadas pela sala.

— Ah, mas é claro. — Ele ri.

Olho para ele sem me desculpar.

— Foi você quem apareceu no dia em que reatei o namoro. Estava esperando encontrar o quê?

— *Touché.*

Scott se senta à mesa de jantar, e eu pego água com gás para nós dois.

— E aí, o que foi?

— Bom, como você sabe, o campeonato acabou ontem. A gente estava proibido juridicamente de conversar com você antes e pretendia te dar uns dias de folga para curtir a vitória, mas, depois de você falar em rede nacional que pretendia firmar contrato com Seattle, a gente decidiu que não podia mais esperar.

— Esperar para quê?

— Zanders, você é parte essencial do nosso time há sete anos, e a gente ama sua presença em Chicago. Achei que, no mínimo, você viria conversar com a gente para recusar a oferta antes de ir para outro lugar.

— Scott, eu passei o ano todo esperando a renovação. Do que você está falando?

— A gente fez oferta em outubro. Nós ficamos esse tempo todo esperando você assinar, por isso ficamos meio chocados quando você falou de sair do time na frente das câmeras. Achamos que ia contar para a gente primeiro.

— Mas eu não queria ir embora. Trabalhei o ano todo na espera de um novo contrato.

Scott joga a cabeça para trás, chocado.

— Mas o contrato foi apresentado desde o primeiro jogo. Seu agente ficava voltando a negociar, dizendo que você achava que o salário não era digno. Sei que não é um aumento, mas é o que você já ganha, e a gente está no limite do orçamento. Não dá para oferecer mais.

Puta que pariu, o Rich.

Passo a mão no rosto, incrédulo.

— Scott. Eu nunca nem vi o contrato. Juro. Eu teria assinado no mesmo segundo. Não ligo para o dinheiro, só quero ficar aqui.

— Seu agente voltava para nós todo mês e dizia que você ainda não estava satisfeito.

— Foi por isso que demiti ele. Ele é ganancioso. Não estava negociando um salário melhor para mim, só uma comissão maior para ele.

— A gente quer você. Sempre quis. Esse time é seu e de Maddison.

É mesmo? Eu gostaria de acreditar, mas quem dominou o time sempre foi o Maddison autêntico e minha personalidade midiática. Não sei se a cidade quer que a dinâmica mude.

— Sei lá, Scott. Não quero insistir na narrativa que eu e Maddison criamos desde que ele chegou. Cansei. Sei que isso enche as arquibancadas e tal, mas não aguento mais. Quero que as pessoas saibam que sou metade da Mentes Ativas. Quero que gostem de mim, e não acho que isso vai acontecer em Chicago.

Ele hesita.

— Você entrou na internet hoje?

— O celular pifou.

Scott pega o celular dele e digita algo rápido antes de me mostrar a tela.

— Além de estarem todos obcecados por você e por Stevie, por causa daquela declaração de amor na televisão ao vivo, a torcida de Chicago está surtando por você ter dito que vai embora. Todo mundo quer você aqui, Zanders. Sei que aquelas manchetes de umas semanas atrás foram uma merda, mas nem se comparam ao amor que as pessoas estão mostrando por você hoje — diz ele, e me entrega o celular. — Olha só.

É verdade. Mensagens e mais mensagens enchem a tela, torcedores desesperados para eu voltar a vestir a camisa dos Raptors. Também tem um fluxo de mensagens de apoio a mim e Stevie que mal posso esperar para mostrar para ela, mas, no quesito hóquei, não tem um comentário sequer de torcedores querendo que eu vá embora.

O que tem são torcedores de outros times falando que iam adorar que eu fosse jogar na cidade deles, inclusive inúmeros de Seattle.

Muita gente fala da Mentes Ativas, comentando que não sabiam que eu era sócio de Maddison. Tem fotos minhas com meu pai no desfile. Comentários sobre a adoção de Rosie, e muita cobertura do CIDC por causa do nosso momento lá hoje.

— Nossa. — Suspiro, devolvendo o celular para Scott. — Eu não sabia.

— Chicago quer você. Sempre quisemos. Podemos mudar a narrativa, Zanders, mas, como time, sabemos que tipo de cara você é, e é por isso que queremos sua presença. A comissão técnica te ama, e a gente curte muito ter você no time. Queremos que você volte a qualquer custo.

Um silêncio demorado se estende entre nós.

— Não posso decidir sem falar com Stevie.

— Claro.

— Mas, se aceitar, terei uma condição não negociável.

— À vontade.

— Tudo certo? — pergunta Stevie da cama, onde está esparramada, vestindo só uma camiseta minha.

Vou até ela, atordoado e incrédulo.

— Chicago quer renovar meu contrato.

— Como é que é?

Ela se senta, animada.

Eu me deito e passo a perna por cima dela, para puxá-la.

— Aparentemente, a oferta estava na mesa o ano todo, só que Rich não me disse nada.

— Filho da puta.

— O que você acha que eu devo fazer?

Ela passa os dedos no meu rosto delicadamente.

— O que você *quer* fazer?

— Não sei.

Ela ri baixinho.

— Sabe, sim. Você não quer sair de Chicago, nem eu. Sua família está aqui. Você não pode olhar nos meus olhos e dizer que o tio Zee ia gostar de morar longe de Ella.

Recosto a cabeça.

— Nossa, não. Ela já tem quatro anos. Vou fazer o quê? Ver ela só nas férias até me aposentar?

— Exatamente. Se Chicago estiver oferecendo o que você quer, aceite. É sua casa.

Minha expressão se suaviza.

— Vai me deixar torná-la "tia Vee" oficialmente, é?

— É melhor mesmo.

Por um momento, nos entreolhamos enquanto Stevie acaricia meu queixo com os dedos delicados.

— Se quiser um recomeço em outro time, vou com você para qualquer lugar, mas não imagino que você vá ficar feliz longe de Chicago. É o que desejou o campeonato todo.

— É, mas eu já estava me preparando, criando distância mental.

— Acho que isso é até bom, Zee. Quando a gente se conheceu, seu maior medo era ir embora de Chicago. Agora, você está pronto para ir, se necessário, mas, mesmo estando maduro o suficiente para saber que ficará bem em outro lugar, não é obrigado a ir.

— Quer ficar aqui?

Meu tom está cheio de esperança.

— Ryan está aqui e o abrigo também. Se eu puder opinar, sim, quero ficar.

— Você sempre pode opinar, Stevie. A decisão é *nossa*, não só minha.

— Estão oferecendo o que você quer?

Faço que sim com a cabeça.

— Mas disse que só assino sob uma condição.

— Qual é?

Epílogo
Zanders

QUATRO MESES DEPOIS: OUTUBRO

— Zee, vamos lá. Você vai se atrasar para o jogo, e a gente ainda tem que passar no CIDC.

Abraço Stevie, a puxando para perto até ela apoiar a cabeça no meu peito, e não só no meu bíceps.

— Mais uns minutinhos — digo, enrolando delicadamente um cacho entre o indicador e o polegar. — Não estou pronto para ir embora. Vai ser minha primeira vez sem você desde junho.

Rosie volta os olhos doces cor de âmbar para mim, com a cabeça apoiada na minha barriga, enquanto eu abraço minhas duas garotas na cama por mais um tempo.

— São só três dias.

— Nem me lembre — resmungo. — Não acredito que eu gostava de jogar fora de casa.

Stevie ri e puxa meu queixo.

— Não sei quando você virou esse homem gigante e carente — diz ela, me beijando com os lábios macios. — Mas é uma fofura.

— Foi mais ou menos um ano atrás, quando te conheci, docinho.

Ela mexe nos meus anéis, se demorando um pouco mais no que roubei dela.

— Vai passar rápido.

— O que você vai fazer enquanto eu estiver viajando?

— Sei lá. Provavelmente passar uma noite só de meninas, com Logan, Ella e Rosie.

Jogo a cabeça para trás.

— Sem mim?

— Vamos tentar não causar muito ciúme — diz ela, com um tapinha no meu peito. — Amanhã vou ver o jogo do Ryan. Sexta, vou para o abrigo. E tenho sessão de terapia familiar no sábado.

Eu me viro um pouco, passando o cabelo dela para trás da orelha.

— Como você está com isso?

— Bem. Está andando. Não é como se eu nunca mais quisesse falar com minha mãe, só não dava para continuar daquele jeito.

Abro um sorriso orgulhoso. Achei que eu teria que criar limites para ela, mas Stevie conseguiu fazer isso sozinha.

A mãe continuou a tentar contato durante todo o verão, mas Stevie se manteve distante. Só pelo final de agosto ela começou a mencionar reabrir o canal de comunicação. Meu maior medo era que a mãe tivesse acesso fácil a ela para dizer o que quisesse. Mas Stevie nos surpreendeu ao sugerir que voltaria a falar com ela apenas durante a terapia familiar, em sessões que sempre incluiriam o irmão ou o pai.

Vai ser a quarta semana de sessões on-line, e ela parece estar bem — feliz, até. A terapeuta foi indicada por Eddie e, toda tarde de sábado, depois de desligar o computador, Stevie parece mais leve, como se mais e mais do relacionamento tóxico desaparecesse a cada semana.

Eu não estava superfeliz com isso, honestamente, mas o pai de Stevie, Neal, nos visitou algumas vezes nas férias e me fez acostumar com a ideia. Ele é um dos caras mais legais que conheço e só quer que a família volte a ser unida, então não o culpo pelo esforço.

— Tá, Zee. A gente tem que levantar. Está tarde.

Stevie se levanta antes que eu possa impedi-la.

Coço a cabeça de Rosie uma última vez antes de expulsá-la do colo para me levantar. Troco a camiseta por uma camisa de botão, visto a calça do terno e, enfim, o paletó. Sigo para a sala, pegando tudo que ainda não guardei na mala: fone de ouvido, carregador de celular, óculos escuros. Depois de passar o verão todo em Chicago, quase esqueci como se viaja. Ou talvez só não queira viajar.

— Não esquece que seu pai chega domingo de manhã com a namorada, e que de tarde a gente tem a festa de aniversário do MJ — diz Stevie, do quarto.

— Eu sei. Já comprei nosso presente pra ele.

Stevie colocar a cabeça para fora do quarto, franzindo a testa, confusa.

— Não, *eu* já comprei nosso presente para ele. O que você comprou?

— Achei um conjuntinho maneiro de moletom da Prada do tamanho dele.

Stevie cai na gargalhada.

— Que foi?

— Zee, ele só tem um ano.

— Docinho, isso tem que começar cedo. O que você comprou?

— Uns livros e brinquedos. Para ele brincar.

Ela fala devagar, como se eu precisasse absorver as palavras.

— Bom, pode botar seu nome nesse presente, e eu boto o meu no outro. Vamos ver qual o MJ vai preferir.

Ela revira os olhos, voltando ao quarto, mas, antes de se afastar demais, a escuto dizer:

— Nem precisa etiquetar o seu. Não vai ser nada difícil descobrir quem comprou Prada para um aniversário de um ano.

Se a zoeira for uma forma de declarar amor, é nossa predileta, e eu pretendo provocar minha garota rebelde pelo resto da vida.

Meu apartamento, antes sombrio e masculino, agora vibra de cor. Quando Stevie se mudou para cá, quatro meses atrás, não só trouxe a energia alegre, como suas compras preferidas de brechó. Não que combinem com a decoração, mas são dela, então fico feliz de estarem aqui. Iluminam a casa, assim como ela.

Rosie vem devagar me encontrar na cozinha e eu me abaixo para dar todo o amor que não poderei oferecer nos próximos três dias. Por mais que odeie que Stevie não vá me acompanhar nas viagens dessa vez, estou feliz por Rosie poder ficar em casa, em vez de ficar indo e vindo com o cuidador.

— Pronto? — pergunta Stevie, tranquila, chegando na sala.

Eu me levanto, a notando do outro lado do ambiente, e fico boquiaberto, arregalando os olhos.

— Caramba, Vee. Olha só você.

Ela dá uma voltinha, exibindo a calça jeans preta e justa e a camiseta curta dos Raptors com meu nome e número. Ela está incrível. Porém, ainda usa os tênis Nike sujos, por mais que eu tenha comprado um par novo que continua no fundo do armário.

— Gostou?

Levanto a mão dela para fazê-la dar outra pirueta.

— Amei. Está um espetáculo — digo, e passo a mão na bunda dela, a puxando para mim. — Vou sentir saudade pra caralho.

Ela me abraça pelos ombros e me dá um beijo na boca.

— Vou sentir saudade. Me liga sempre que quiser.

— Ah, vou passar três dias perturbando seu telefone, Stevie, gata — digo, com alguns tapinhas na bunda dela. — Tá, vamos nessa.

Estaciono a Mercedes na frente do CIDC, embora a fachada esteja praticamente irreconhecível se comparada com uns meses atrás. Foi pintada, ganhou uma placa nova e chamativa, e o telhado também foi consertado.

Quando decidi renovar o contrato com Chicago, minha única condição inviolável foi que os Raptors patrocinassem plenamente o abrigo Cães Idosos de Chicago.

Foi mais vantajoso do que imaginei para todos os envolvidos. O dinheiro do abrigo abate impostos do time, então não custou nada, e, quando souberam de Cheryl e dos cachorros, ficaram superfelizes de ajudar. Os recursos doados permitiram reformar completamente a construção antes decadente e forneceram mantas, brinquedos e camas novos para os cães. Todo o remédio e a comida estão pagos e, pela primeira vez desde a morte do marido de Cheryl, ela não precisa se preocupar com o aluguel. Está tudo resolvido.

E, por egoísmo, minha parte preferida é que Cheryl conseguiu contratar Stevie oficialmente. Depois daquele momento em rede nacional, a popularidade do abrigo cresceu em um ritmo louco. Moradores de Chicago, que não sabiam que existia um lugar assim, correram para adotar os cães do CIDC, e Cheryl precisava de toda a ajuda.

Agora, a média de permanência dos cães no abrigo é de menos de um mês, apenas o suficiente para resolver todas as necessidades médicas antes de serem escolhidos e adotados por novas famílias carinhosas.

O time adorou se envolver. Alguns dos jogadores até adotaram cães nessas férias e, porque eles se conectaram muito com a causa, a administração aceitou incluir nossa parceria nos jogos também.

Começando hoje, Stevie vai levar um dos cães do abrigo para todos os nossos jogos em casa. Nos intervalos, os cães vão aparecer no telão com as informações do CIDC, e acho que não ficarão tanto tempo no abrigo depois de 23 mil torcedores dos Raptors verem suas carinhas fofas na tela.

Posso não ter a companhia de Stevie nas viagens, mas ela estará em todos os jogos em casa e, melhor ainda, sei que estará em Chicago fazendo o que ama.

— Quem vamos levar hoje? — pergunto, abrindo a porta para ela entrar.

Ela entra saltitando, animada.

— Teddy. O vira-lata com terrier que foi deixado aqui em setembro.

— Ah, pode crer. Adoro o Teddy.

Stevie se vira rapidamente, com os olhos arregalados de ânimo.

— Ou *a gente* pode adotar ele.

É a sugestão dela sempre que algum cão é abandonado.

Acho difícil dizer não para ela, especialmente quando o assunto é esse. Passamos o verão todo fazendo lar temporário, sempre que algum cachorro tinha dificuldade no abrigo, mas ela acabou achando lar definitivo para todos. Um dia, porém, eu não me incomodaria de ter outro, ou até de encher o apartamento.

— Mas acho que vão fazer fila na porta para adotar ele depois de hoje — acrescenta ela, antes que eu possa responder.

Cheryl vem com Teddy, perfeitamente tosado e arrumado com uma bandana dos Raptors, pronto para o jogo. Ela o entrega para Stevie, e Teddy enche minha namorada de beijos alegres.

— Já mostrou para ele? — pergunta Cheryl.

— Mostrou o quê?

Stevie abre um sorriso brincalhão, ajeita Teddy no colo e puxa um dos formulários de adoção na bancada.

— O que foi? — pergunto, olhando a folha.

— Lembra que eu falei que alguns dos cães seriam ótimos cães de assistência? Bom, com o financiamento do time, Cheryl conseguiu contratar uma treinadora especializada, então vamos começar — diz Stevie, e aponta o último parágrafo da folha. — Isso diz que quem adotar um cão no programa de terapia pode frequentar determinada quantidade de eventos da Mentes Ativas ao longo do ano. A gente achou que seria maneiro para os cães e para os jovens.

— Como é que é? Vee... — digo, encarando as páginas, sem palavras. — Está de brincadeira?

Ela faz que não com a cabeça, com o sorriso brilhante e os olhos verde-azulados cintilando.

— Nem sei o que dizer. Inacreditável. Obrigado. Obrigado às duas.

Pestanejo rápido, com o olhar fixo na página, sem conseguir olhar para Stevie ou Cheryl.

Rosie teve um impacto significativo na minha vida, inclusive na minha saúde mental, o que foi um dos motivos para eu insistir tanto para os Raptors apoiarem este lugar. Nem imagino como seria benéfico ter a companhia de um animal para me acalmar quando eu era mais novo. Isso vai ser incrível para os jovens da Mentes Ativas.

Stevie faz carinho no meu bíceps e apoia a cabeça no meu braço.

— Te amo.

Olho para o formulário, estupefato diante de outra manifestação do coração doce de Stevie.

— Também te amo.

— Tá bom — interrompe Cheryl. — Vocês vão se atrasar. Me mandem fotos do Teddy no telão.

Estou entrando no oitavo ano de liga, e o United Center já virou minha segunda casa, mas acho que vou passar ainda mais tempo aqui do que antes. Entre os meus jogos e os do Ryan, é melhor me mudar logo para cá.

O fato de que depois do jogo de hoje vou ter que ir direto para o aeroporto pesa em mim há semanas. Não estou nada animado para encarar a realidade de que Stevie não estará no avião, mas tem coisas boas demais acontecendo com ela em Chicago para eu me permitir esse drama. Uma delas é que, pela primeira vez durante a carreira profissional do irmão, ela pode ir a todos os jogos dele em casa, já que não vai viajar na mesma época.

Stevie está superanimada, e sei que ele, também.

— Pronto, Zee?

Maddison veste o paletó depois da primeira vitória do campeonato.

Pego o celular, a carteira e as chaves e saio com ele do vestiário.

Os torcedores estão enfileirados lá fora, querendo foto, autógrafo ou só um vislumbre dos últimos campeões da Copa Stanley. Eu faço a vontade deles. É tudo parte da minha nova imagem: eu, completa e absolutamente.

O que é chocante é que a torcida gosta mais de mim agora do que quando eu fingia.

Meu agente novo, que também é agente de Maddison, é um pai de família que entende o tipo de pessoa que somos. Ele não nos pressiona para fazer pose e só traz oportunidades confortáveis para nós. Tanto ele quanto a diretoria dos Raptors priorizaram a Mentes Ativas, e a ONG ganhou muita atenção nesses últimos meses, quando todo mundo descobriu que eu era sócio-fundador.

É bom não só ter o apoio de um novo agente, como de todo um time de hóquei. Sinto que finalmente posso ser quem sou sem ser castigado.

O portfólio de clientes de Rich está quase zerado. Ele, mais que todos, sabe que os paparazzi amam um bom escândalo e que boatos correm rápido. Quando outros atletas souberam da merda que ele fez comigo, que não me falou do contrato em negociação, foram demitindo ele pouco a pouco.

Mas Rich se ferrou, porque a dupla que eu faço com Maddison agora é infinitamente mais popular do que nossa pose nos últimos anos. Quem diria que a torcida de Chicago ia amar minha versão pai de pet, feliz e autêntica, que gosta de passar o fim de semana em casa com a namorada?

Mas não me entenda mal. Eu ainda caio na porrada no gelo se alguém se meter com meu time. Uma coisa que nunca vai mudar é que não tenho limites para proteger meu pessoal.

— Tio Zee! — exclama Ella, correndo até mim quando finalmente chego ao estacionamento dos jogadores, passando da torcida. — O que vai me dar esse ano?

Pego ela no colo e a carrego até onde a mãe dela e Stevie nos esperam.

— Hmm. Não sei. Você fez quatro anos, acho que é hora de um upgrade. O que você quer de toda cidade que eu visitar?

— Quem sabe uma roupa nova ou uma boneca?

De ímãs para bonecas. Um upgrade e tanto.

— Quer uma boneca de toda cidade que a gente visitar? É muita boneca.

— É — ela declara, simplesmente, e dá de ombros, como se fosse totalmente razoável pedir 31 bonecas.

Ela arregala os olhos cor de esmeralda ao ver quem está atrás de mim.

— Oi, papai! — exclama e se desvencilha do meu colo para correr até ele.

Dou um beijo na bochecha de Logan e faço cosquinha na barriga de MJ para ouvir ele rir, antes de encontrar Stevie, que espera na minha Mercedes ao lado da caminhonete de Maddison.

Eu a abraço pelos ombros e balanço.

— Foi bom o jogo — diz, acariciando minhas costas. — Aquela briga foi bem sexy. Mexeu comigo.

— Foi, né? — pergunto, e exibo o rosto, virando de um lado para o outro. — Olha esse rostinho. Intocado, perfeito como sempre.

Ela revira os olhos, mas já se acostumou com meu jeito.

— Como foi com o Teddy? — pergunto, e nós dois olhamos para o vira-lara com terrier animadíssimo no chão, abanando o rabo tão rápido que mal dá para ver.

— Ótimo. Cheryl disse que recebeu mil mensagens de gente querendo marcar uma visita para conhecer ele.

— Rio disse que está interessado.

— Ele deveria ligar para o CIDC depois do voo. Ele e o Teddy se dariam bem. São parecidos.

Teddy nos encara, doido por atenção.

— Faz sentido.

Eu me derreto junto a Stevie, escondendo o rosto em seu pescoço.

— Não quero ir — resmungo.

— Vai ficar tudo bem. — Ela ri. — Manda um oi para a Indy. A gente vai ter que comemorar a promoção dela na volta.

— A Tara já era, né?

— É. Foi demitida por socializar com jogadores. Quem diria? — pergunta Stevie, e tenta esconder o sorriso satisfeito, mas o escuto em sua voz. — Agora Indy é quem manda.

— Sabe, Stevie, gata — digo, e a puxo para perto, a olhando —, você não é mais comissária, não pode ser demitida, e eu lembro de uma história de sexo nas alturas que ando doido para cobrar.

— Altíssima altitude — corrige ela —, mas eu não vou transar em um avião público. — Ela dá um tapinha condescendente no meu peito. — Foi mal.

Levanto uma sobrancelha.

— Se acha que eu não contrataria um jatinho só para isso, obviamente não me conhece, docinho.

— Ridículo.

Os olhos verde-azulados dela brilham de divertimento.

— Você me ama.

— Amo, sim.

— Pronto, cara — interrompe Maddison. — A gente tem que ir para o aeroporto.

— São só uns dias — lembra Stevie. — Te amo. Se divirta com o time.

Passo a mão atrás do pescoço dela, acariciando a mandíbula com o polegar. Beijo do pescoço dela até o rosto sardento, antes de chegar à boca com urgência. Nós dois sorrimos no beijo, sabendo que estou sendo carente demais, mas, foda-se, estou mesmo.

— Te amo, Vee.

Concluo com mais um beijo antes de levar a mala para o carro de Maddison.

— Quando vai oficializar essa história? — brinca ele, quando Logan e Stevie não podem mais escutar.

No banco do carona da caminhonete, reviro os olhos.

— Nem todo mundo se casa no segundo em que conhece a pessoa certa.

— É, mas você não é todo mundo. Então como vai ser? Vai pedir ela em casamento, afinal?

— Lewis está fazendo a aliança — digo, e dou um sorriso malicioso. — Pegar as medidas dos dedos dela meses atrás foi o disfarce perfeito. Logo deve estar pronta.

— É extravagante para caralho, né?

— E você não me conhece?

Maddison sai do estacionamento e eu mantenho o foco na janela, observando minha namorada.

— Bem-vindo ao clube — diz ele. — É uma porcaria sair de casa.

Stevie acena, com o seu sorriso doce e carinhoso de sempre, e nem acredito na sorte que tenho de poder voltar para casa, para ela.

Achei que nunca diria isso, mas:

— Odeio jogar fora de casa.

Agradecimentos

Para minha mãe — obrigada por se animar com todos os detalhes no caminho, mesmo que esteja proibida de ler meus livros. Ainda assim, agradeço seu apoio.

Para Camille — obrigada por ser minha Indy. Você é a melhor colega de trabalho que virou companheira de viagem e melhor amiga. Nos últimos seis anos, viajar a trabalho com você criou algumas das minhas lembranças preferidas. Você sempre topa brunch por aí, e eu não pediria nada melhor numa amizade.

Para Allyson — obrigada por todo o ânimo e apoio. Como leitora e uma das minhas melhores amigas, fico sempre ávida para te contar do processo. Estava superempolgada para você ler este aqui.

Para Erica — obrigada por fazer um trabalho fantástico na edição. É impossível ficar mais agradecida por trabalhar com alguém que entendeu o humor e o tom da história. Muito obrigada.

Para Becka, Hannah, Jane e Ki — obrigada por me ouvirem e por todo o amor que vocês deram a S, Z e a mim. O grupo de bate-papo... Bom, é tudo o que direi.

Para Becka — minha primeira amiga escritora on-line que se tornou minha melhor amiga na vida real — nossa amizade é algo que eu prezo muito. Obrigada por ser os primeiros olhos a verem *Nas alturas*.

Para meus leitores — obrigada por tudo. Obrigada por me acompanharem e me apoiarem nessa jornada. Isso é tudo por vocês. Acima de tudo, obrigada por todo o amor que vocês deram ao Zanders. É por causa de vocês que ele passou de personagem secundário a personagem principal. Espero ter feito justiça a ele por vocês e espero que vocês o amem tanto quanto eu.

Impressão e Acabamento:
EDITORA JPA LTDA.